SV

Per Odensten
Gheel
Die Stadt der Besessenen

Roman

Aus dem Schwedischen von
Angelika Gundlach

Suhrkamp Verlag

Titel der Originalausgabe: *Gheel. De galnas stad*
Erschienen 1981 bei P. A. Norstedt & Söners Förlag, Stockholm

Erste Auflage 1984

Druck: Thiele & Schwarz, Kassel
Printed in Germany

Wenn ich zerbreche, erinnere dich an unser letztes abendliches Gespräch – und an meinen letzten Wunsch, der in dem einen Wort ausgedrückt ist: GHEEL.

AUGUST STRINDBERG

Das Meer war still und ruhig, doch dann entstand plötzlich ein heftiger Sturm mit gewaltigen Wogen, die die Schiffe der gottlosen Rusen durcheinander warfen, sie auf den Strand schleuderten, zerschmetterten. Nur wenige von ihnen entgingen dem Unglück. Die Rusen kehrten dann wieder in ihr Land zurück.

DIE NESTORCHRONIK

Seitdem trägt jeder einzelne von uns
sein Herz mit einer schweren Kette
an eine treue Rippe gefesselt.

VASKO POPA

Der Meister schwang seine Laterne in die Gasse
und schrie:
»Genug von Dämonen und wilden Tieren!
Nach dem Menschen
steht mein Verlangen.«

DJALAL ud-din RUMI

Kurz gesagt – zu herrschen übertrifft an Annehmlichkeit jeden körperlichen Genuß.

EMANUEL SWEDENBORG

Erstes Buch

Erster Tag

I

Ein Engel namens Hjelm wurde in jenem Herbst in Carlscrona gefangen.
Er hörte Stimmen; dann Schritte und Stimmen, die flüsterten, lachten, wimmerten oder heulten. Auch weinten. Oder nach ihm zu rufen schienen. Er wußte es nicht.
Er konnte sich an nichts erinnern; nicht einmal an den Aufprall, an die Erde, die schrie.
Als er aufwachte, war er eingesperrt.
Er sah ein schmutziges Bretterdach und versuchte, den Kopf zu bewegen; doch der saß fest.
Da schloß er die Augen.
Er hörte deutlich die Schritte draußen. Die Stiefel auf dem Steinboden kamen und gingen, mal zwei, mal viele.
Dann hatte er mit Gottes Gnade einen übernatürlichen Schlaf: Er schlief ein halbes Jahr lang oder länger.

Aber er mußte hochkommen, auf den Beinen stehen. (Sich krümmen, die Hände um die Fesseln schließen, sie strecken, die Knie beugen – den Boden erfassen, breitbeinig, weich.)
Er versuchte es, und erbrach sich ins Bettzeug.
Als er aufwachte, brachten sie ihn in die Waschküche und wuschen ihn in der Zinkwanne.
Es war das zweite oder dritte Mal. Er sah seinen Körper. Der schrie vor Magerkeit, blauweißgrau. Die Rippen ächzten, wenn er die Arme bewegte. Das Geschlecht war ein Hautfetzen unter dem Haarkissen, der Hodensack zog sich zusammen.
Er fürchtete sich sehr und stand da und sah auf seine Zehennägel und versuchte, nicht nach hinten zu schielen. Seine Zähne klapperten.
Im übrigen war kein Fehl an ihm; er hatte jedoch keine Daumen.

Er versuchte abzuheben und zu fliegen: von der Pritsche in der Zelle; von einem Schemel im Korridor; vom Holzkasten in der Küche; vom Rand einer Kupferkasserolle in einem Traum von

süßem Brei; von der Zinkwanne (umgedreht); von der Fensternische; vom Rücken von jemand, der sich anbot; vom Abtritt; vom Tisch der Wärter (mit besonderer Erlaubnis); doch er konnte sich nicht erinnern. Er hatte vergessen, wie man es machte.
Flieg doch, zum Teufel, sagten sie.
Er versuchte es die ganze Zeit.
Er versuchte auch, ruhig und klar zu denken. Er versuchte, sich zu erinnern, wie es gewesen war, bevor er abreiste. Er versuchte, sich an Gesichter und Worte zu erinnern: an den Auftrag.
Doch meistens fürchtete er sich nur noch mehr; er konnte sich an nichts erinnern.
Suchet, so werdet ihr finden, sagte er und bewegte die Lippen und die Zunge.
Er wiederholte es oft. Dann fühlte er sich besser. Sie warten auf mich, sagte er. Es soll anfangen. (Dann aber kam manchmal das Schlimmste: »Sie?« Welche »sie«?)

2

Der Tag aber, der für Gottes Volk der Tag Der Schöpfung werden sollte, begann mit einem Pferdebegräbnis; und zwar deswegen, weil der Herzog selbst bestimmt hatte, daß die Wegbereiter unsichtbar zum Treffpunkt gebracht werden sollten. Nicht einmal während der Reise durch sein eigenes Land sollten sie Postpferde benutzen. Darum brachen sie (die beiden, die im Ausland gewesen waren, und noch einer) mit zwei Pferden vor dem Wagen und einem, das geschirrlos hinterherlief, von der Hauptstadt auf.

Das Geschirrlose war ein junger mutiger großgewachsener Hengst, und sie hatten die Absicht gehabt, ihn bis zuletzt aufzusparen. Doch er war so erfüllt vom Leben des frühen Frühlings, daß er den Tod schon im Kreischen der ungeschmierten Wagenräder witterte.
Den ganzen ersten Tag kämpfte er mit dem Seilende. Wenn sie an den Rastplätzen versuchten, ihn zu beruhigen, und sich ihm mit frischem Heu in den Händen näherten, rissen seine gelben

Zähne nur noch wütender am Seil, und er beobachtete jede ihrer Bewegungen. Sie ließen ihn festhalten und verstärkten die Befestigung; doch am Morgen des zweiten Tages hatte er sich befreit.
Da hatten sie es noch weit bis zu Dem Wald Im Norden. Sie rutschten auf lehmfetten Wegen durch Sörmland, nach Östergötland hinein; doch Kolmården und die Smålandswälder hatten sie schon lange als einen unsichtbaren Geruch von Spinnengewebe und Grünschimmel im winterstarren Tageslicht gespürt.
Später – als sie noch am Rande Des Waldes waren und sehen konnten – entdeckten sie, daß das älteste der Pferde hinkte, und als sie es neu beschlagen wollten, fanden sie eine eiförmige Wunde mit Würmern, die Froschlaich glichen, unter dem Hufeisen. Da banden sie es los; und zwei Nächte lang hörten sie, wie es aufhörte zu atmen und in der Dunkelheit dastand, und wie es darauf wartete, daß das Moos über seine weitgeöffneten Augen wandern würde.
Mit nur einem Pferd für den Wagen kamen sie in die Mitte Des Waldes, und da hatten sie sich schon mehr als vier Tage verspätet.
Dort blieben sie, um einen Tag lang auszuruhen, und um die Zeremonien für die Wiedergeburt einzuleiten. Und der Gesandte Edman, der später der Kanzleisekretär des Vorstehers werden sollte, verband ihnen die Augen, als sie am Feuer saßen, und sie mußten Stillschweigen geloben. Dann erbrach er das Siegel des Umschlags mit den Anweisungen, und sie begannen, sich auf den langen Existenzwechsel vorzubereiten.

In der ersten Nacht aber schliefen sie traumlos.
Im Morgengrauen stand der Gesandte auf und band ihnen Hände und Füße; er nahm die Binden aus der Schatulle und verband ihnen die Augen, bevor der Morgen in sie hineinsinken konnte. (Und jetzt sahen sie nichts als den Tumult, wenn Bilder der Vergangenheit aufsteigen, um von der Dunkelheit vernichtet zu werden.)
Den ganzen Tag lagen sie blind und gefesselt auf dem quietschenden, rasselnden, schwankenden Wagen.
Um die Mittagszeit gab ihnen der Gesandte Wasser und steckte

ihnen Brocken von Brot in den Mund. Sie sprachen nicht; doch der Geschmack von Blech oder Grünspan im Wasser war so scharf, daß der, der jetzt den unschwedischen Wiedergeburtsnamen Bias bekommen hatte, sich aufsetzte und über das hinweg, was er für die Wagenseite hielt, ausspuckte, statt dessen aber Brust und Arme des Gesandten traf, so daß er, der Gesandte, sich vergaß und fluchte und ihm einen sehr wenig vorsichtigen Schlag gegen die Brust versetzte.
Doch der, der jetzt Bias hieß, ließ sich nicht dazu verleiten, zu antworten und es ihm heimzuzahlen; und so mußten sie nicht die Wiederherstellungsriten ausführen, die sonst galten, wenn das Schweigen fahrlässig gebrochen wurde.
Es lag noch immer eine trockene Kälte in der Luft. Wohin die Sonne nicht gelangte, war eher Spätwinter als Vorfrühling, und gegen Nachmittag froren sie sehr.
Der, der jetzt Himmer hieß, gab Edman Zeichen, daß sie Dekken haben wollten. Doch der Gesandte sah sie nicht, oder wollte sie nicht sehen. So froren sie weiter.
Alle vier Stunden erhielten sie Wasser und Brot; und keiner von ihnen spuckte, denn sie waren damit beschäftigt, der Qual des rüttelnden Wagens zu widerstehen, besonders in Nacken und Rücken und Schultern; denn selbst die vorgeschriebene Bewegungslosigkeit näherte sich nach erstaunlich kurzer Zeit der Qual.
Der, der jetzt Himmer hieß, ermannte sich, nicht um irgendwelche Erleichterungen zu bitten.
Er hörte den zweiten, Bias, Laute von sich geben. Doch es war unmöglich zu entscheiden, ob sie mehr bedeuteten als das Flehen, das sie an sich schon darstellten.

In den vierundzwanzig Stunden, die folgten, beteten sie mehr Gebete als in ihrem ganzen früheren Leben.
Doch schließlich wurde ihnen auch diese Linderung genommen, und sie stürzten in einen Abgrund, in dem sie nicht aufhörten zu fallen.
Der Meister und die Worte Des Meisters wurden wie in einer gewaltigen Zentrifuge an die Ränder des Daseins geschleudert. Und verwirrt erlebte der, der jetzt Himmer hieß, Augenblicke

von Klarheit, in denen er Lücken, Schwächen, ja sogar Fälschungen in der Verkündigung Des Meisters sah.
Irgendwann kamen ihm die schönen Worte vom Paradies in den Sinn: vom Zusammenfließen der rasch wechselnden Jahreszeiten in einen einzigen ewigen Frühling.
Und er sprach sie aus in einer so konzentrierten Lautlosigkeit, daß er nicht wußte, ob er flüsterte oder schrie:
»So flossen die vier Jahreszeiten, obgleich sie getrennt waren voneinander, zusammen in eine einzige, die dem ewigen Frühling glich, wenn sie rasch ineinanderglitten.«
Doch gerade der Wechsel, das unablässige Zusammenfließen von Bewegungen, bildete den Mittelpunkt des Entsetzens, wo sie in der Mitte der Zentrifuge schwebten, während die Wirklichkeit zu den Wänden geschleudert wurde.
Statt von den Winden des Frühlings gestreichelt zu werden, hingen sie in einem Abgrund von Zeitlosigkeit, aufgefädelt auf Nadeln aus Dunkelheit.

In der zweiten Nacht in der Mitte Des Waldes träumte Himmer den Anfang des Traums von den Teufeln. Er schlief, wußte aber noch, daß er träumte und auf dem Wagen lag; denn der stand still, und er konnte das Geräusch des Feuers hören, obwohl es so weit entfernt war, daß die Wärme ihn nur schwach erreichte.
Er träumte in Bildern; doch die Bilder waren sehr deutlich in Worte geformt, so daß er sie hörte.
Er sah und hörte seinen neuen Namen, der einem Teufel gehörte. Er sah ihn von hinten. Er sah einen Teufel namens Himmer, der er selbst war. Und dieser Teufel war in den Worten. Er erzählte sich selbst und war in ihm, der auf dem Wagen war und die Lippen bewegte. (Und da wußte er, daß er nicht schrie, sondern flüsterte.)
Auf diese Weise kam ihm der Teufel zu Hilfe und teilte die Qual, seinen Körper zu tragen. Doch auch er fiel immer weiter, bis er dorthin kam, wo sich der Rückweg zu einem einzigen Punkt großer Bewegungslosigkeit verengt.
Er nahm am Traum teil, aber nur dort, wo die Lücke oder die Stille entstand. Auf der anderen Seite trat das Bild eines jungen Mannes hervor; und ein weißhaariger magerer Knabe; und die

abgelegten Kleider einer alten Frau; und der scharfe Geruch von Essig.
Dort verließ ihn die Vergangenheit.
Er sah und hörte den Wagen, das Geräusch des Feuers, die rauhe branntweinheisere Stimme und den Schmerz, wenn der Gesandte, schnüffelnd vor ihn umfließender Einsamkeit und Angst, die auf der Wagenpritsche vom Bauch auf den Rücken drehte.
Dann verdickte sich das Dunkel noch mehr.
Es wuchs, wie wenn man zwei Bilder aufeinanderlegt.
In der Schwärze, die sich so verdichtete, bewegten sich Menschen und Zeit. Zusammengenommen verdichteten sich die Lügen zu Wahrheit.
Zum Schluß war Nichts mehr da.

Doch sie kamen heraus.
Am zwölften oder fünfzehnten Tag erreichten sie die Ebene und kamen heraus.
Da waren sie der Vernichtung nahe. In ihren wiedergeborenen Gesichtern gab es nur die Nähe zum Nichts, und das Wissen von ihm.
Auch Edman, der Gesandte, hatte Salz von getrocknetem Schrecken in den Mundwinkeln.
Der Wagen aber blieb in der Öffnung zwischen den Bäumen stehen, das Pferd senkte den Kopf, und sie kamen heraus.

3

Sie konnten kaum sehen oder sprechen. Doch der Gesandte löste die Lederriemen; und seine Erleichterung, die Sonne unbeschattet zu sehen, war so groß, daß er ihnen zu helfen versuchte, sich aufzusetzen.
Er war selbst sehr schwach, seine Hände zitterten, und wenn er sich nicht an der Wagenseite festhielt, fühlte er, wie die Erde sich drehte.

In Bias' Gesicht lag an diesem Morgen nur eine hilflose Sterblichkeit. Es war runzlig und grauweiß wie bei einem hungernden Neugeborenen. Erst, als der Tag weit fortgeschritten war, wurde es von der Wärme des Windes erfaßt, und die Lippen, die in einer Hungergrimasse erstarrt waren, begannen zu beben, und das Wimmern konnte aus ihm hervorbrechen wie aus den Kleidern der Gestank seiner Ausscheidungen, in denen er lag.

Himmer aber vermochte noch keinen Laut von sich zu geben.

Stirn, Wangen und Augenlider waren verlassen wie ein Dorfplatz im Krieg. Er glotzte wie ein ausgetrockneter Springbrunnendämon, aus dem nur Staub, Schmähungen oder verschiedenerlei Lästerungen kommen.

Doch der Küstenwind drang langsam in sie ein. (Und dieser Tag war es, an den Himmer später dachte, wenn er sich bemühte, Das Paradies und Das Hyazinthenlicht aus der Beschreibung des Meisters in seinen Predigten neuzuschaffen.) Der Wind kam mit den Gerüchen des Meeres, des Eichenwaldes und des Vorfrühlings der Strandwiesen in Blekinge; er führte die Kiebitzschreie und den Lerchengesang nah an ihre Gesichter.

Halbblind erfaßten sie die ganze Schönheit und den Überlebenswillen dieses wolkenumflogenen Küstenlandes: die Seevogelrufe, die Gerüche von Erde, Gras und Leberblümchen, die Bewegungen der abgeflossenen, dampfenden Erde. Über ihnen wirbelte die Sonne in einer bodenlosen Schale von Blau; und diese unerhörte Bläue war der Salzgeruch und das befreiende Meer und die Luft, die den Strand umspülte.

Es war früh am Morgen, doch sie hatten sich auch in der Zeit verirrt und konnten den Namen des Tages nicht bestimmen.

Später rechneten sie zurück: zur Woche nach Ostern, zu den Keimtagen des ersten Grases im April.

Das Pferd aber hatte den Kopf gesenkt und wollte sich nicht rühren. Es zitterte nur schwach, als der Gesandte es antrieb.

Es hielt den Kopf gesenkt, als könne es an den Duft lebendigen Grases und säuerlich sanfter Winde nicht mehr glauben.

Es war ein sandfarbener, mehr als halbalter peitschenscheuer Hengst. Seine Augen glänzten halbgeschlossen, die Nüstern waren geweitet, die Unterlippe hatte sich gesenkt und zeigte das graurote Zahnfleisch. Es sah aus, als sei er aus der Kälte des

Gestrüpps hinter dem Wagen hervorgewachsen. Er war ausgemergelt und kältefleckig und verwirrt, und er glaubte, sie würden ihn zurückzwingen in die Kälte, den Hunger und die Dunkelheit.
Der Gesandte trieb ihn an; er versetzte ihm Hiebe auf den Hals. Doch das Pferd rührte sich nicht. Es zitterte nur und wuchs nur noch fester in die Bewegungslosigkeit. Schließlich verlor der Gesandte die Besinnung.

Auch der Gesandte hatte Angst. Das Pferd mußte ziehen, es mußte stärker sein. Es durfte sich nicht weigern, oder sterben, oder zusammenbrechen.
Der Gesandte spürte einen Schwindel, und er wurde wütend durch die Angst und den Schwindel; die Angst wuchs, während er schlug, und er verrechnete sich in den Kräften des Pferdes.
Er schlug das Pferd auf Maul und Augenlider: von der Seite, von vorn und von hinten. Und seine Angst wurde immer größer, je mehr er schlug.
Die beiden anderen lagen auf der Pritsche und rührten sich nicht. Er war allein mit dem bebenden, bewegungslosen Pferd. Er bat, flehte, weinte, schrie und schlug das zitternde, bewegungslose Pferd. Er streichelte, flehte und schlug – bis es plötzlich in sich zusammensank und stürzte, als habe es jemand mit einer Axt getroffen.
Es blieb auf der Seite liegen.
Ein Röcheln zog durch Skelett und Haut; die Hinterbeine schnellten in einem letzten verwirrten Zugversuch auf die Räder zu – dann lag es still, bewegungslos.
Der erhobene Arm des Gesandten aber hing noch in der Luft, während die Peitsche von selbst fortfuhr, den Pferdekörper zu schinden.
Dann fiel auch der Peitscharm: und der Peitscher.
Er blieb über der Wagenseite liegen, und glitt auf den Boden hinunter und landete mit dem Gesicht an der Deichsel. Er versuchte, das Pferd mit der Hand zu berühren, erreichte es jedoch nicht, obwohl er sich reckte und an der Deichsel zog.
Da blieb er sitzen: die Hand nach dem Pferd ausgestreckt, steif wie ein Striegel.
Und als er schließlich die Augen öffnete, sah er, daß schon

Irgendjemand den Pferdekörper in so großer Eile geholt hatte, daß nur noch die zerpeitschte Haut da war: die Hufe, die Zähne, die müden, sehenden Augen.

Das geschah am ersten Tag, als sie aus Dem Wald gekommen waren: am Morgen Des Schöpfungstages.
Sie zerrissen das Gras und gruben mit bloßen Händen in dem noch morgengefrorenen Boden.
Vielleicht glaubten sie, daß die Gräber, die sie gruben, ihre eigenen waren; oder daß sie durch das Nadelöhr gehen sollten.
Nachher trampelte der Gesandte die Erde nieder und glättete sie. Er sprach das Gebet Des Herrn, ohne sich an die Worte erinnern zu können, am ganzen Körper zitternd.
Dann schleppte er die beiden anderen auf die Wagenpritsche und brach daneben zusammen. Er stürzte in eine tiefe und schlaflose Betäubung, die mehr als vierundzwanzig Stunden dauerte, und wachte erst auf, als ihm ein Regenschauer vorsichtig über das Gesicht kratzte.
Und da hatte Gott ihn beide Pferde und das übrige vergessen lassen.

*

Der Meister sprach:
Einmal, als ich erwachte, empfand ich einen unerklärlichen Schrecken; und ich hielt zwei weiße Federdaunen in meiner zur Faust geballten rechten Hand zusammengepreßt.

4

11. November 1915:
So war es: es ging vor und zurück: der Stein und das Licht durch die großen Fenster des Korridors. (Er sah alles.) Mrenta Nebb schloß auf. Sie holten die Scheuerbürsten heraus. Mrenta Nebb schloß zu.
Sie waren ganz unten an der Tür zur Außentreppe. Siller der Hering und Ester folgten. Ester hatte einen Absatz verloren. (Er sah alles).
»Nich ins Wasser kriechen«, sagte Inez.

Die Seife roch nach Kindern. Oder nach den Badezelten in Alle 8 Tage.
Der Lappen leckte und tropfte, das Wasser im Eimer schwappte. Etwas sprang hoch. (Kleine schwarze Striche im Schlamm am Rande des Schilfs rasten los und verschwanden, bekamen aber keine Angst.)
»Wring ihn aus«, sagte Mrenta Nebb. »*Über* dem Eimer!«
»Nich so«, sagte Inez.
Ester hatte einen Eimer. (Gal-va-ni-siert.) Sillen hatte einen Lappen. Erst waren sie starr und hart. Dann sanken sie ins Wasser hinein. Hjelm hielt das Wasser fest.
»Beweg dich!« sagte Mrenta Nebb. Sie begann zu reiben, und ihr Rücken bewegte sich. Ihr Arm wuchs und keuchte. (Er sah ihre Hand: ein blaulila Gewächs. Ein Blatt oder eine Rotkohlhülle: aber Fleisch.)
»So! Und so! Und so!« sagte Mrenta Nebb.
Die Knie wurden naß. Seine Hand fing auch an. Die Bürste war geschwungen. Die Hand stieg den Arm hinauf. Er kümmerte sich nicht darum.
»Dann nehm ich die Fenster«, sagte Inez. Sie kletterte hinauf, sie hatte Zeitungspapier. Die Beine waren von den Knien bis zu den Schnürsenkeln um den Spann gleich dick: schmal und gleich dick. Die Absätze gingen einwärts. Die weiße Farbe war abgeblättert; sie waren müde, wenn auch nicht traurig.
Ester und er krochen daneben. Sillen kroch fast genauso schnell wie Mrenta Nebb am anderen Ende.
»Nicht an derselben Stelle!« sagte Mrenta Nebb aus dem Steinfußboden. Sillen bewegte sich. Sie sagten nichts. Auch er bewegte sich: die Knie. Die Hände zischten durch die Seife und das Wasser und die kriechenden Sandkörner.
»Daß das so unmöglich sein soll«, sagte Mrenta Nebb.
Inez stand im Fenster. Sie rieb mit Kugeln aus Zeitungspapier. Sie krochen näher. Er folgte der schwingenden Bürste. Wenn er ankam, würde er sie angucken, und sie würde lachen.
(Wenn die Luft *will* und sich öffnet und jemanden durchläßt. Denn da *hört* man, wie es sein soll. Die Arme hören die Beine und den Rücken und die Hände und den Kopf und die Augen: wie wenn man im Herbst Laub verbrennt, und ein paar springen über das Feuer.) Da oben kann man rausfallen.

(»Verstehs du?« sagte Inez. »Nich du, du kanns es ja, nich du. Aber die andern; darum sin da Gitter.«)
Der Stein roch wie etwas in den Zeitungen. (Wenn der Vorsteher im Versammlungssaal vorliest: jemand kommt rein und verbrennt, bei lebendigem Leibe: es wächst in den Körper hinein.)
Sie krochen. Ester hatte einen Eimer und bewegte ihn. Er hörte den Vorsteher kommen. (Er sah und hörte alles. Die Arme wurden steif, die Bürste still. Keiner rührte sich: das Scheuerwasser.) »Ausgezeichnet!« sagte der Vorsteher. (Er sah den borstigen schwarzen Schnurrbart, der von der Oberlippe herunterhing und knurrte.)
Die Salzundpfefferhosen des Vorstehers streiften Esters Arm. Ester kroch ganz außen. Als die Hosen bei ihr ankamen, bekam sie Angst. Sie zuckte zusammen und kippte den Eimer um: und das Wasser! und die Beine! und die braun gewachsten Stiefel!
»Wo ist die Hausmutter«, sagten die Zähne des Vorstehers. »In der Küche«, sagte Inez.
»Hör auf damit und komm herunter!« sagte der Vorsteher lauter.
»Sie hat's nich mit Absicht gemacht«, sagte Inez.
»Das entscheide ich«, sagte der Vorsteher.
Vor den Fenstern regnete und spiegelte es. Als sie anfingen, leuchtete der Stein in langen bleichen Feldern. Er begann zu weinen.
»Steh auf!« sagte der Vorsteher und packte Ester am Arm.
(Hjelm stand auf und guckte nach unten, die Stiefel waren voller Ameisen. »Alle schuften wie die Teufel, ohne was davon zu wissen«, sagte Tuppen der Hahn. Ein paar krochen unter den Hosenbeinen hoch. Hjelm stand ganz still. »Nehmt ihn da wech!« rief Inez.)
Auch Hjelm stand auf und guckte nicht auf den Schnurrbart, obwohl er wollte. (Aber Ester und der Steinfußboden und die Wände waren schon beieinander.)
Der Vorsteher packte Ester sehr hart und hielt sie von sich weg. Am anderen Ende ließ Sillen den Lappen in den Eimer fallen.
Hjelm weinte. Ester schwankte vor und zurück, die Hände tot in den Achselhöhlen. So hätte sie fliegen können. (»Gebrochene

Äste brennen am besten«, sagte Tuppen. »Es ist streng verboten, Feuer zu machen«, sagte der Vorsteher.)
Dann kam Tuppen aus dem Speisesaal, die Schürze unter dem Leibriemen hochgefaltet.
»Alle ham Hunger«, sagte Tuppen. »So is Das Leben.« Mehlsuppe, Kommißbrot, Zeniths Margarine und Zichorienkaffee.
Der Boden im Korridor war getrocknet, die Steine waren erloschen. Hjelm schwieg, den Mund voller Ungerechtigkeit.
»Selich sin die Reuevolln«, sagte Tuppen.
»Jetz geht euch umziehn«, sagte Inez. »Er hat's nich böse gemeint. Er war nur ärgerlich wegen den Hosen.«
Ester ging selbst. Inez nahm Hjelms Arm. Er zitterte und schniefte. »Komm jetz«, sagte sie.
Sie half ihm mit den Hosen, knöpfte sie da vorn auf und zog sie herunter.
»Muß du wirklich immer heuln«, sagte Inez. »Sechsunddreißich Jahre un flennt wie'n Konfirmand.« (Wenn sie sang und er ihre Hände angucken konnte.)
»Nu sin sie trocken«, sagte sie. »Ich nehm mir was zu essen für dich un Ester. Aber ihr müßt auf'm Klo essen.« Er nickte und schnüffelte.
»Üb jetz«, sagte Inez.
Er kletterte ins Fenster hinauf. (Sprang. Kletterte hinauf. Sprang. Kletterte hinauf. Sprang).
»Zwanzichmal«, sagte Inez. »Paß auf, daß dich keiner sieht.« Sie stopfte es ihm da vorn in die Hose und schneuzte ihn mit Zeitungspapier.

Arvid Waern aber kam.
Arvid Waern sägte mit der Kreissäge auf dem Hof. Seine Hände, die er nicht in den Taschen hatte, kamen von draußen, und seine Kleider.
Hjelm schloß die Augen und stand ganz still.
»Hinlegen«, sagte Arvid Waern.
Tuppen läutete die Nachtglocke.
»Man darf nur eimal pinkeln«, flüsterte Sillen. »Dann muß man an sich halten, wenn Arvid Waern da is.«
Die Atemzüge bewegten sich. Und die Heizkörper hinter den

Betten. Und das Dunkel aus den Körpern: die Köpfe, die Hände, die Füße und Beine. Auch er versuchte, an sich zu halten.
So wie: Ich versuche, mich zu halten, sagte er.

Zweiter Tag

5

So war es: nach Der Geburt und Dem Tod: der Regen hörte auf. Die Wolken wehten leer übers Meer zurück, die Sonne drängte in die Zwischenräume hinein. Im Wald Im Norden war noch Schneegestöber.
Der Gesandte sollte Hilfe holen. Er war stark genug, er konnte gehen.
Er machte sich auf den Weg mit schwacher Sonnenwärme im Gesicht; und zum ersten Mal seit langem konnte er das Geräusch seiner eigenen Atmung ohne Unruhe hören: er verließ sich darauf, daß sie weitergehen und nicht im selben Augenblick aufhören würde, in dem er sie mit seinen Gedanken losließ.
Über ihm hingen die Lerchen in ihren Jubelschaukeln. Doch er hörte sie, ohne zu hören; und er sah nicht, wie die ersten Möwen vom Meer hereingeglitten kamen, die Oberseiten von Licht geweißt.
Als er mehr als eine Stunde durch das hohe gelbe Gras gegangen war, trampelte er zufällig ein Kiebitznest nieder.
Es hatte vier Eier. Nur eines blieb unbeschädigt, und er wußte nicht, was das bedeutete.

Später schleppte er sich mühsam über acht aus dem Boden wachsende Steinmauern.
Er ging mehr als drei Tage lang.
Die Sonne kam und kehrte lautlos um, ohne Ketten oder knarrende Seile.
Er kam zu einem Wald aus lichten Birkenruten, oder Haseln. Vielleicht kam er zu einem niedrigen mückenreichen Haselwäldchen.

Draußen im Gras waren alle Bewegungen klein. Wolken und Möwen bewegten sich in rätselhaften Mustern von großer Bewegungslosigkeit.
Auch die Dämmerung, die sich weit draußen im Osten sammelte und vom Meer hereinkam, war zögernd: sie breitete ein Netz von unsichtbar wachsender Dunkelheit über den Boden, so daß der Himmel einen Augenblick aufleuchtete, bevor er langsam erlosch.
Hie und da strich er sich über den Kopf, um ein Spinnengewebe noch verweilender Angst wegzustreichen.
Er war ein rundköpfiger, schwerer Mann, mit kurzem Hals und großen lauschenden Ohren unter einem grauen Haarkranz; er merkte aber nicht, daß sein Arm sich nie hob und die Hand sich nicht öffnete. Wenn er meinte, die Form seines Schädels in der Innenseite der Hand zu fühlen, hielt er den Arm ausgestreckt an seiner Seite; und seine geschlossenen Finger streichelten, ohne daß er es wußte, noch immer den Peitschenschaft.

Jenseits des Haselwaldes wurde die Erde trockener, härter und röter.
Das Gras lichtete sich, und er fühlte Steinsplitter unter seinen Füßen knirschen. Gleichzeitig kamen bittere Gerüche von Salz und Tang aus dem Boden; und die einsamen, flatternden hungrigen Möwenschreie nahmen zu.
Er nahm an, nach Südwesten gegangen zu sein, hinauf zur Ebene, vom Wald weg; doch er war nicht sicher. Auf der anderen Seite war der Strand und das kalte einsame Meer.

Als er sich (im Laufe des vierten Tages oder der vierten Stunde) bückte, um einen Steinsplitter herauszupflücken, der bei den Zehen in die Stiefelsohle eingedrungen war, stießen seine Finger auf ein Spinnennest, groß wie eine vollreife Pflaume.
Er hob es näher zu seinen Augen und sah jetzt, daß er eine sehr alte fremde Silbermünze in der Hand hatte. Doch als er hineinbiß, schlug ein Modergeschmack von Bösem gegen seine Zunge.
Da schleuderte er die Münze von sich und begann zu rennen.

Er rannte und lief lange. Er lief so lange, daß es ihm vorkam, als habe sein Körper einen Pakt mit dem Boden geschlossen. Solange er sich bewegte (und rannte oder lief), würde dieser ihn nicht belasten, sondern tragen, wie die Luft einen trägt, der fliegt, auch wenn er müde ist. Der Pakt konnte nur gebrochen werden, wenn er fiel oder stehenblieb oder auf andere Weise bewegungslos wurde.
So blieb er weiter in seinem Körper, der sich vorwärtsbewegte, doch er rief nicht mehr. Und er sah weiterhin keine Menschen.

Schließlich war er bei etwas angekommen, das von weitem einer Mauer glich; oder einer Wolke aus dickem, lehmigem, laubriechendem Herbstdunkel.
Die Laubwolke (oder die Mauer) öffnete sich und nahm ihn auf, und er hörte ein starkes Windrauschen.
Er lief in das Rauschen hinein, und begann zu rufen; und um ihn rief der Dunkel-Wolken-Wind. Und er rannte weiter; und jetzt schrie er, als laufe er in jemanden hinein, der schreiendes Dunkel war.

Dort fanden ihn die Auswanderer.
Er lag am Rand des größten der Oser, in der Nähe des Steilhangs zum Strand hin.
Zusammengekauert lag er da, und seine Beine bewegten sich, als laufe er. Er hatte eine abgebrochene Pferdepeitsche in der Hand, seine Augen waren weitoffen und olivbraun: grau und schwarzfleckig wie Kiebitzeier.
Die Männer, die ihn fanden, trugen ihn die östliche Seite des Oses hinunter, die, die nach dem Wagenlager zu lag.
Sein Körper war steif, und sie konnten ihn nicht ausstrecken, bis sie die Hälfte der letzten Flasche Branntwein in ihn hineingegossen hatten, die es im Lager gab. Da wurde er haltlos und schlottrig, als sei in seinem Rücken eine Feder abgerissen. Er begann zu zittern und zu schluchzen und erbrach sich, und fiel dann in einen unruhigen Schlaf, der die ganze Nacht dauerte.
Und der geistesabwesende Mann mit dem Vogelgesicht, der sie von Göteborg aus geführt hatte und der Aulin hieß, betete im Licht einer gesprungenen Sturmlaterne das Gebet für Schiffbrü-

chige. Er hielt die anderen auf Abstand und ließ einige der Männer die ganze Nacht wachen; dann betete und wachte er weiter. Und erst im Morgengrauen, als das Gesicht des Kranken an seinen Platz im Schädel zurückgeglitten und von ungefährlicher Leere erfüllt war, wagte er, sich schlafen zu legen.

6

Um die Mittagszeit aber des folgenden Tages lag ein deutlicher Geruch von Tierpisse in der Luft über dem Lager: er war scharf, sauer und abgrenzbar.
Und Propst Aulin fragte seine Haushälterin Anna Hoeffer, ob sie ihn auch spüre; doch sie schüttelte den Kopf.
Er fragte sie zweimal.
Doch sie bemerkte den Gestank nicht.

Zu dieser Zeit waren alle im Lager erschöpft, gequält und ausgehungert. Sie hatten lange auf die Wegbereiter gewartet, und die Vorräte verbraucht, obwohl sie gefischt und Eier gesucht und Vögel gejagt hatten.
Viele waren krank; viele hatten sich schon allerlei kleine Gebrechen und Kränklichkeiten zugezogen. Die jüngeren Frauen trugen hohläugige Kleinkinder auf dem Rücken festgebunden, und es lag wachsende Angst in ihren Stimmen, wenn sie die älteren Kinder trösteten.

Am Nachmittag ließ Aulin den Gesandten vorführen.
Zwei der Wärter hoben ihn von der Wagenpritsche, und es kam jemand zum Vorschein, der wie ein Schlachttier im Fell dalag.
Sie legten ihn in der Nähe der Feuerstelle auf den Boden.
Zunächst rief er so große Aufregung hervor, daß man ihn beinahe niedergetrampelt hätte. Dann aber empfanden viele nur Enttäuschung, und noch mehr Angst.
So stellte sich Propst Aulin mitten ins Gedränge und versuchte, sie zu beruhigen, auch als sie stumm und starräugig geworden waren. Er beschrieb die Prüfung der Wegbereiter im Wald und bat sie, ihre eigene Müdigkeit mit der Kraftlosigkeit des

Körpers auf dem Boden zu vergleichen. »Und er ist doch nur der Gesandte«, sagte er.
Eine kleine sehnige Frau aber mit raschen, braungesprenkelten Augen rief von hinten, und fragte, warum sie nicht zu suchen begonnen und die anderen geholt hätten, wenn sie schon diesen halbtoten armen Teufel gefunden hatten. Sie mußten ja irgendwo in der Nähe sein, wenn ihnen die Zeit nicht weggelaufen war.
Aulin wandte sich ihr zu und versuchte, sie zu sehen, wie sie mit einem blassen und quengelnden Kind auf dem Arm dastand; und er fragte laut, so daß alle es hören konnten, was eine Mutter tue, wenn die Milch versiege und die Kinder hungerten.
Die Frau aber, die Mrenta hieß und mit dem früheren Hauslehrer Nebb verheiratet war, schlug sich mit der Innenseite ihrer freien Hand an die Stirn, auf der sie einen Leberfleck hatte, groß wie ein Daumennagel. Und sie sah dem Pastor zwischen den Köpfen der anderen hindurch ins Gesicht und sagte, daß sie sie auf jeden Fall nicht mit Engelszungen in Grund und Boden reden würde. Und Aulin verstummte und schüttelte nur müde den Kopf; und die Predigt fiel aus.

Doch er schickte acht von den Männern aus und ging mit ihnen auf den höchsten der Oser, und dort versuchte er zu zeigen, wo sie suchen sollten.
Sie hatten Wasser für einen Tag und Äxte, um Schleppbahren zu bauen; und als sie durch das Lager gingen, begannen einige der älteren Frauen zu singen; und der Gesang breitete sich aus, so daß schließlich alle sangen. Und ein kahlköpfiger magerhalsiger Mann namens Tuppen stellte sich auf eine leere Wassertonne und krähte in alle vier Himmelsrichtungen, damit sie Glück hatten.

Den Gesandten aber hoben sie wieder in den Wagen, und dort schlief er bis kurz vor der Abenddämmerung. Doch als er die Augen aufschlug und das Segeltuchgewebe des Daches sah, glaubte er, er liege im Totensack, und versuchte hochzustürzen; doch sie beruhigten ihn.
Er bat lallend um Branntwein und erhielt die letzten Tropfen

aus der Flasche; dann fiel er in die kurze steifbeinige Bewußtlosigkeit zurück.
Als er zum zweiten Mal erwachte, war er klarer und konnte mit Worten sprechen; doch er war noch immer unzuverlässig und kraftlos.
Da fragten sie ihn, ob er wieder hinaus an die Luft wolle, und er nickte matt.
Später lag er in dem steingemergelten Gras vor Propst Aulins Wagen auf einer Kuhhaut, während es dunkel wurde; doch er konnte nicht sprechen und wußte nicht genau, wer er war.

Die Wagen waren in einem Kreis aufgestellt. Sie standen auf dem Boden eines gewaltigen Kessels, dessen Wände in drei Himmelsrichtungen Oser aus rotbraunem Steinschotter waren.
Im Osten war das Lager offen zum Meer.
Unterhalb des Steilhangs erstreckte sich der Strand in einem weiten Bogen nach Norden und Süden. Die Geröllsteine waren bis zu dem festen roten Kies hinaufgespült, der den Boden des Lagerplatzes bildete.
Der Geruch von den Tangwällen am Wassersaum drang weit aufs Land hinauf; und er schnitt durch das Zelttuch der Wagen ebenso scharf, als hätten die Räder im Meeresdung gestanden, oder als hätte man ihn auf den Wagen geladen.

In der Dämmerung zündeten sie auf den Osern Feuer an.
Der Gesandte lag in der Nähe des Lagerfeuers.
Die verwegensten Kinder krochen zu ihm hin und betasteten sein Gesicht, und er versuchte, sich aufzusetzen. Dann und wann jagten die Frauen sie weg, und er stöhnte und bat mit schwacher Stimme, sie sollten sich gar nicht um ihn kümmern und ihn schlafen lassen; doch sie kamen zurück, und er hatte nicht die Kraft, sie von sich fernzuhalten.
Er konnte den Kopf heben und sich auf die Seite legen, und da unterschied er Menschen, die sich um das Feuer bewegten.
Ein dünnes Mädchen mit geradem, wohlerzogenem Rücken und Ellenbogen voll von schorfigen kleinen Wunden hielt sich die ganze Zeit über in seiner Nähe auf.

Sie fragte schüchtern, ob er hungrig sei, und er machte ein unbestimmtes Zeichen mit der Stirn oder den Falten seines Mundes.
Schließlich lief sie und holte eine große Schale kalter Rübensuppe; doch die war so dünn, daß sie kaum nach etwas anderem als Salzwasser und Erde schmeckte; und er würgte und bat um Branntwein.
Da verschwand sie wieder, kam aber mit dem Vogelmann zurück; und da wurde der Gesandte noch schwächer, und der Brechreiz stieg ihm jetzt direkt vom Magen in die Kehle hinauf.
Aulin aber hob die Schale mit der Rübensuppe und sagte dem Mädchen, sie solle sie selbst essen; und sie aß sie hastig, ohne aufzusehen, ganz dicht an den kranken Füßen des Gesandten.

Der Abend kam mit Winterwasserkälte.
Sie legten den Gesandten näher an die Feuerstelle.
Dann hielten sie die Abendandacht und sangen.
Das Dunkel wurde dichter, und die Feuchtigkeit drang dicht an die Rücken derer, die die Wärme suchten.
Der Gesandte aber hörte den Gesang wie ein entferntes Brausen der Strandwellen über den Kies jenseits des Steilhangs; und dort fuhr er fort zu fallen.

Dritter Tag

7

12. November 1915:
Da stieg der Gesang aus ihren Köpfen auf, und aus den Nacken und aus all den schmalen Hälsen unterhalb des Podiums.
Sie keuchten und blinzelten mit den Augen und sangen, daß das Essen besser geworden sei, trotz all der Hungernden auf der Welt, und im Dreck und in den Schützengräben, die totschlugen und starben. Denn die Hausmutter und die Essensglocke waren jeden Tag zu hören.
Und Aulin hinter der Orgel mit allen Silben im Gesang von frischgebratenem Huhn und Dem Paradies mit geschlossenen

Augen und den tüchtigen spielenden Armen und der gestärkte Kragen steif um den Mund.
Sie sangen von der Milch und den Klopsen und dem Schwarzbrot und der Preiselbeermarmelade, und von vor dem Essen, wenn alle draußen und auf dem Korridor warteten, und die Knöpfe zugeknöpft hatten und gebügelt und frischgewaschen waren und schluckten, während der Gesang wuchs.
Und von der Fleischsuppe, wenn der Löffel sich senkte, und der Brühe mit den Fettaugen, und er hörte, wie sie sangen, denn er saß auf dem Scheißhaus, in dem neuen grünen mit der Ölfarbe an den Wänden, wo das Wasser in den Rohren und den Heizkörpern brauste, und es war feiner als im Kgl. Schloß, und eigentlich zu fein, um hineinzuscheißen.
Später, als er hereinkam, öffneten sie die gefalteten Hände und die Gesangbücher, und auf stieg der Gesang und die Register der ganzen Orgel und die Elfenbeinknöpfe; und so schlich er sich, während der Gesang seinen Lauf nahm, herein und setzte sich ganz nach hinten, und er bewegte die Lippen und fiel mit den anderen nach oben unter die Decke, wo etwas durch die Fensterluken zog: wie Leinenlappen aus weißer Kreide oder der Gips von diesen Statuetten da oder Er Mit Den Ausgebreiteten Armen der Das Mädchen Und Den Treuen Hund segnet, alle elternlos.
Und ein Novembersonntagslicht wurde entzündet ohne Winter.
Ein uralter Seidenstoff fiel von der Seite vor das Fenster und über die Gesichter, wie er so dasaß und sang und die Lippen bewegte.
Der Gesang wurde klarer und wuchs, und so mußte es geklungen haben, als sie angriffen in der Zeitung, und auf dem Podium stand der gefirnisste Tisch und das Christusgemälde hinter dem Schrank mit den Zeitungsausschnitten des Vorstehers, die gelb und trocken waren wie Knochen hinter Glas, und ein Hundekiefer und ein Vogelschädel, wo der Vorsteher saß.
Da saß er blind und unsichtbar und wiegte sich und sang, daß Er aus dem Gemälde steigen solle und vom Podium, und daß die Orgel aufhören solle, so daß der Gesang verstumme und alles stumm und still werde.

Und das Licht unten am Boden roch, als könne sich jemand durch diesen Tag drängen.
Er sah auf seine Knie hinunter und betete und bewegte die Lippen und neigte den Kopf wie die anderen und sagte Worte, die ungefährlich waren und sich zurechtgefunden hatten.
Und er sah den Fleck am Hosenschlitz und versuchte, die Hand darüberzuhalten. Aber dann konnte er seine Hände nicht gefaltet halten, und da hätte jemand meinen können.
So legte er den Ellbogen darüber und das Kinn an die Knöchel und das eine Bein über das andere, und sang weiter.

8

Um am Morgen des zweiten Tages kamen die Männer mit den Körpern der Wegbereiter zurück; und was von ihnen übrig war, war kaum so viel, daß es die eingeatmete Luft zusammenhalten konnte.
Sie waren nur Knochen und gelbe Haut, und spröde wie altes Papier.
Und Propst Aulins Adoptivtochter Magdalena, die, die dem Gesandten die Suppe geholt hatte, sah jetzt zum ersten Mal das Gesicht des Mannes, den zu lieben sie Gott versprochen hatte.
Sie hatte die ganze Nacht beim Feuer auf dem nördlichen Os gewacht und die Dunkelheit abgewartet, bis sie selbst eine Lampe von leuchtendem Warten war.
Als sie die Tragbahren durch das Gras kommen sah, begann sie zu laufen.
Doch sie zuckte zurück, als sie die Gesichter der Kranken sah.

Propst Aulin hatte einen Wagen mit Gras und Fellen betten lassen.
Und Anna Hoeffer und die, die mit dem früheren Hauslehrer Nebb verheiratet war, schnitten die erstarrten Kleider an den beinahe ebenso steifen Körpern der Kranken auf. In der blinden, kühlen, lauschenden Morgenluft befahl Propst Aulin, man solle Stichmesser holen. Und als der Eber, der das letzte Schwein war, das sie hatten, gegen die Oser schrie, so daß nachher nur noch das Geräusch der Strandwellen lauter war,

hatten sich alle im Lager um den Wagen versammelt, in dem die Kranken lagen.
Doch keiner klagte über den Hunger; nicht einmal, als die Düfte des Kochfleisches so deutlich und groß wurden, daß sie den Himmel füllten.
Die Gerüche waren verschlagen und schamlos.
Als Anna Hoeffer am dritten Tag Markknochen kochte, kam ein schneller harter Regen vom Meer herein, und alle glaubten, sie würden der Duftplage entgehen. Doch da trat der Geruch in die Regentropfen und es regnete Markknochendampf: Die Erde dampfte von gekochtem Fleisch mit Nelken und Koriander.
Es half auch nicht, ihn zu verschlucken. Dann verließ er nur die Kehle und breitete sich durch die Haut über den ganzen Körper aus; und der Geschmack von Blutwurst oder gebratenem Schinken füllte die Adern mit solcher Heftigkeit, daß die Haut sich rötete.
Doch sie beteten weiter; und niemand zerriß die Kette dienender Entsagung, die um ihre Kehlen lag, und die sie zusammenhielt.

9

Viele meinten nun, daß, wenn die Wegbereiter stürben, sie alle nach Göteborg zurückkehren mußten: dies wäre ein Zeichen, daß die Auswanderung aufgeschoben werden solle, oder in die falsche Gegend geführt habe, oder daß der ganze Auftrag mißverstanden worden sei.
Doch alle waren sich einig, daß man zunächst alles tun solle, damit die Kranken überlebten.
Vor allem sollten sie sich zum Leben essen, doch es war auch anderes vonnöten; Fürbitten, genügend Flüssigkeit, Wärme.
Einige der verheirateten Frauen erboten sich, ihnen nach alter Art das Fieber aus den Körpern zu wärmen, und das schien einleuchtend.
Der aber, der sich Tuppen nannte und im Ausland gewesen war, sagte, das sei schön und gut, daß es aber keine Wirkung haben werde, wenn die Wärne nicht von unschuldigerem Fleisch als von diesem komme.

Die verheirateten Frauen protestierten heftig, und es wäre beinahe zu einem Streit am Lagerfeuer gekommen, obwohl dergleichen streng verboten war.
Schließlich sagte Anna Hoeffer, die ja selbst unverheiratet war, allein der Verdacht, daß die Kranken nicht die notwendige Hilfe erhielten, müsse ausreichen. Sie schlage also vor, selbst im Wagen der Wegbereiter zu schlafen, während irgendein junges Mädchen sie wärme.
Sie sagte dies mit leiser Stimme und mit deutlichen Schwierigkeiten, und das machte auf alle, die dort saßen, einen starken Eindruck.
Und Propst Aulin sagte (obwohl auch seine Stimme auf dem besten Wege schien auszutrocknen), es sei in diesem Fall das Passendste, wenn die, die schon mit einem von ihnen verlobt war, die Arbeit übernehme.
Und so entschied man.

Darum begann Magdalena Aulin, nachts die Kranken zu wärmen.
Im Grunde hatte niemand sie gefragt, ob sie wollte. Man hatte es für überflüssig gehalten, oder sogar für unpassend; und sie selbst hatte es nicht erwartet, wenn auch ihre Angst zunächst groß gewesen war. Dann aber dachte sie, daß sie auf diese Weise mehr Zeit haben würde, sich an den zu gewöhnen, der der Ihre werden sollte.

Wenn das Licht des Morgengrauens durch das Segeltuchgewebe sickerte, tauchten die Kranken oft auf in einen kalten feuchten Schlaf, erschöpft von der Nacht, die sie in langen Fieberanfällen herumgeschleudert hatte. Dann konnte sie sie fast ungestört betrachten (und ihre fremden unschwedischen Namen); und besonders den, der der Ihre werden sollte.
Er hatte einen wohlgeformten Kopf. Hinter der Knochenmaske glaubte sie runde Wangen und ein weiches Kinn zu sehen. Auch die Augen waren rund, obwohl sie sich manchmal zusammenzogen, so daß die Stirn sich runzelte und eng und gedrückt wurde und die Nasenflügel scharf und gierig wirkten. In der Ruhe aber waren Nase und Mund beinahe ungefährlich: weder unmäßig, ungeduldig noch drohend.

Das Schöne an ihm war im übrigen das Haar. Es war hell und kraus wie die Locken einer Kalbsstirn, und daran hatte sie ihn von den Beschreibungen her erkannt.
Sie hatte aber vermieden, die Lippen und den Mund zu betrachten, denn sie wußte nicht, ob er bereits so viel geschwiegen hatte, daß sie unnatürlich geworden waren.
Sie hatte nicht einmal gewagt, den Propst zu bitten, den Gesandten danach zu fragen, denn sie dachte, das könne als Kindlichkeit oder als Beweis mangelnden Glaubens aufgefaßt werden. Jetzt sah sie, daß sein Mund klein war und weiche schwellende Lippen hatte wie die Amoretten an den Decken bei den Kaufleuten in Göteborg.
Sie berührte sie, und die empfindsamen Mundwinkel zuckten, und eine spitze Zungenspitze fuhr heraus, um den Kitzel wegzufegen.
Und je mehr sie ihn beobachtete, desto fehlerloser wurde er hinter dem gelben, vertrockneten, und scharfen Knochengesicht, das der Hunger ihm aufgelegt hatte.

In den ersten Nächten wärmte sie auch den anderen, den, der Himmer hieß.
Und es verwirrte sie, daß sie im Körper keinen Unterschied empfand.
Er war im Wuchs dem, der der Ihre werden sollte, ähnlich. Trotz seiner Knochigkeit sah man, daß er breite Schultern hatte und daß Beine und Arme kräftig gewesen waren und Rücken und Hüften geschmeidig.
Das Gesicht war nicht so wohlgeformt. Er hatte engstehende, kleine Augen. Der Nasenrücken war hoch und schmal, die Backenknochen waren breit und der Hals ebenso lang wie der platte Nacken. Die Stirn war gewölbt und breit, die Augenbrauen waren dicht und feingezeichnet wie bei einem Mädchen: das Haar aber war dünn und strähnig und farblos.
Sein ganzes Äußeres sprach sie weniger an. Trotzdem empfand sie im Körper keinen Unterschied bis zur vierten oder fünften Nacht. Da begann das Fieber zu sinken, und die Kranken schwitzten und froren weniger; und als sie in dieser Nacht bei dem lag, der Himmer hieß, und ihn wärmte, wuchs plötzlich

sein Geschlecht gegen die Außenseite ihres Schenkels und wurde lang, heiß und steif.
Zuerst bekam sie Angst und zuckte zusammen, als habe sie sich verbrannt. Sie hatte vielleicht mehr als Angst. Doch Anna Hoeffer saß da und schlief mit offenem Mund gegen die Wagenseite gelehnt und hatte nichts bemerkt; und da warf sie die Felle weg und schlängelte sich hoch und kroch wieder zu dem zweiten, zu dem, der der Ihre werden sollte.
Dort lag sie ganz starr und bewegungslos und wagte nicht zu atmen, bis die Angst und die Scham sich ein wenig auflösten. Doch ganz verschwanden sie nicht.
Mehrere Stunden später, am Morgen, berührte sie ihn vorsichtig, an derselben Stelle wie den anderen.
Sie zwang sich dazu. Er war die ganze Zeit weich. Da atmete sie leicht gegen seinen Hals und berührte ihn gleichzeitig, und nach einer Weile wurde er hart, und sie zog hastig die Hand zurück und war erleichtert und ängstlich zugleich.
Später lag sie da und lauschte auf die Atemzüge und das Schnarchen im Wagen; und sie empfand Mutlosigkeit und eine unbestimmte Erwartung in der Verwirrung, die sie umgab und die sich mit dem Tageslicht durch das Segeltuch mischte.
Schließlich schlief sie unruhig ein; und sie träumte etwas, woran sie sich nachher nicht erinnern konnte: nur an die Einsamkeit ganz kurz vor dem Aufwachen.

Als aber neun Tage und Nächte vergangen waren, war bei den Kranken das Fieber fast verschwunden; und am zehnten Abend wärmte sie sie nicht, sondern ging zu dem Wagen, in dem sie und Anna Hoeffer vorher geschlafen hatten; und sie schlief tief und schwer, war aber trotzdem unausgeschlafen, als sie erwachte.
Und an diesem Tag schrieb sie zum ersten Mal diesen neuen, fremden und ausländischen Namen nach ihrem eigenen.
Sie schrieb ihn auf einen Papierstreifen, aus dem Vorsatzblatt des Gesangbuches herausgeschnitten, und legte ihn in eine Blechdose, die Pfefferminzkonfekt enthalten hatte. Die Blechdose versteckte sie unter einer kleingewachsenen Eiche, die ein Stück vom Lager entfernt ganz allein dastand, und so einsam, daß es aussah, als warte sie auf jemanden.

Danach dachte sie den Namen leichter; und sie versteckte ihn an verschiedenen Stellen; am Boden des Salzfäßchens, am Saumband ihres Unterrocks, in der Rückenfalte des Gesangbucheinbandes, an der Schmalseite des Holzaxtschaftes.
Und als sie im Boden von Propst Aulins Rasiernapf ihr Gesicht gespiegelt sah, ließ sie ihre Lippen ihn aussprechen und sie bekam einen neuen Mund, anstelle des rauhen gesprungenen Striches, den die Bedeutungslosigkeit in ihr Gesicht geritzt hatte.
Sie lächelte dem neuen Mund zu und empfand kaum noch Scham, obwohl sie sehen konnte, was es bedeutete: Lippen an das Bild von Lippen gepreßt, die ihre eigenen waren.

Propst Aulin hatte jetzt entschieden, daß es ausreichte, wenn Anna Hoeffer die Kranken pflegte: sie fütterte sie, und die Wärme und den Schlaf konnten sie in Zukunft selbst bewältigen; und Magdalena sollte außerhalb des Wagens warten wie all die anderen.
So saß sie in den folgenden Tagen im warmen Wind beim Wagen auf der Erde, oder im Regen mit einer Decke über dem Kopf, oder (so oft sie konnte) in der Nähe des Gesandten.
Sie belästigte ihn nicht, doch sie war, wo er war, oder in der Nähe; und sie wußte selber nicht genau, was sie eigentlich davon erwartete.

10

Als aber der Gesandte wieder auf den Beinen war, ging er zu Aulins Wagen, um sich über den Hunger zu beklagen. Oder genauer: er schwankte dorthin, um den Körper für sich sprechen zu lassen.
Doch Aulin breitete nur die Arme aus und schüttelte seinen hungernden Vogelkopf. Er wies darauf hin, daß der Gesandte wie die meisten im Lager jetzt aufrecht gehe und daß dies ein Beweis dafür sei, daß er die Nahrung, die er brauche, aus dem Licht und dem Wind nehme; und je weniger Fleisch er mit sich herumschleppe, desto weniger Luft müsse er in sich hineinquälen.
Seit elf Tagen (und dem letzten Pferd) lebten sie übrigens alle

von Vogelschreien und Wind. Das Gotteswort von den Lilien auf dem Felde wandten sie mit so großer Sicherheit an, daß nicht einmal der Gesandte des Vorstehers Einwände dagegen haben konnte. Und sie würden damit fortfahren, bis Der Herr die Zeit für gekommen hielte, sie mit größerer Handgreiflichkeit zu nähren.

Aulin machte sich sogar die Mühe, auf die Schrift über die Hungernde von Norra Åby in Schonen hinzuweisen. Zu dieser unwissenden und einfältigen Frau kam Gott als ein Stern und Engel, und danach wollte sie nichts anderes essen als Den reinen Geist. Sie hörte auf, sich zu bewegen, ging zu Bett und nahm nur noch Glauben zu sich.

Zwar zog sich da ihr Magen aufgrund des Mangels an Speisen zusammen, so daß man durch den Unterleib hindurch das Rückgrat sah, und ihre Füße bogen sich nach hinten und wurden unbenutzbar. Doch davon abgesehen lebte sie gesund (und stark wie ein Pferd) mehrere Jahre lang. Sie brachte sogar mit einem entlaufenen Korporal aus Carlshamn uneheliche Nachkommenschaft hervor.

Es gibt nämlich, der Wissenschaft zufolge, für Gläubige zwei Arten, den Körper zu erhalten: mit sichtbarer Nahrung und mit der, die Gott durch den Atem gibt. Auch ist es ja schließlich so, daß Gottes Geheimnisse größer als seine Wunder sind, und damit muß sich der Gelehrteste, oder der Neugierigste, begnügen.

Und dieses letzte unterstrich Aulin mit einer sanften Zeigefingerklaue gegen etwas in der Herzgegend des Gesandten, um seinem Verstand auf die Sprünge zu helfen.

Doch der Gesandte schwankte vier weitere Tage lang umher, um zu unterstreichen, daß die Wirklichkeit, wo er selbst ihre Sache nicht führen konnte, dies selber tue, mit der ganzen Kraft seines geschwächten und schlotternden Körpers.

Dann errang auch er, wie es schien, den Sieg über das Fleisch; und er ging immer öfter auf fast geraden Beinen einher.

Dafür begann er, eigensinnige Notizen zu machen, und interessierte sich für das frühere Leben der Auswanderer; für ihre irdischen Verhältnisse: was sie besaßen und nicht besaßen, was sie verkauft hatten und an wen; wieviel Bargeld sie hatten. Und all dies mußte er im Auftrag des Vorstehers wissen, der seinerseits der Gesellschaft in Avignon Bericht erstatten sollte, und insbesondere dem Bibliothekar Pernetty, der die Ökonomie der gesamten Gesellschaft verwaltete.

Der Gesandte hielt sich gern in der Nähe des Kastenwagens auf, in dem die drei Gäste, die sie von Anfang an bei sich gehabt hatten, untergebracht waren.
Doch nur einer von ihnen, ein knapp fünfzehnjähriges Mädchen, konnte sich in Worten ausdrücken. Die anderen waren mit normal gesprochener Sprache unmöglich zu erreichen.
Die Geister des Mädchens waren von zweierlei Art; und wenn die guten regierten und ihr Körper zur Ruhe kam, konnte sie verschiedene Angaben über Gottes Volk wie über die Gemeinde der Neuen Kirche in Göteborg machen, in der sie gelebt hatte, seit sie sieben Jahre alt war.
Das Mädchen, das Inez Carlberg hieß, redete gern und ausführlich; und manchmal berührten die Geister von sich aus das Gemeindeleben mit solcher Aufrichtigkeit, daß Propst Aulin eingreifen und sie warnen mußte. Doch meistens waren sie nur quengelig und weinerlich. Sie wollten Brot, Käse, Milch und Aufschnitt; sie weinten und schnieften und äußerten schlecht gemachte Verwünschungen.
Der Gesandte bekam schließlich weniger aus ihnen heraus, als die Anstrengung, die Fragen zu wiederholen, ihn selber kostete; und er hörte auf, mit ihnen zu sprechen. Dafür begann er, Propst Aulins engstirnige Buchführung zu geißeln, und käute alles wieder, was ihm im Lager aufzuschnappen gelang.
Indem er das tat, beschäftigte er den Hunger. Der folgte ihm zwar wie ein Schatten, doch er war erträglich und stellte nicht den Anspruch, mit dem Körper zusammenzufallen.

Als er aber mit der Untersuchung fertig war, als die dürftige Recherche beendet war und sich herausstellte, daß der Bericht nichts als die Beschreibung einer beinahe vollständigen Misere enthalten mußte, verließ ihn die Widerstandskraft.
Der Hunger setzte ihm mit anderen Mitteln zu: er wurde *rasend.*
Er wütete in seinen Gedärmen und begann, immer mehr von

seinen Gedanken einzunehmen, bis er ihn buchstäblich verschlang. Nicht einmal im Schlaf konnte er mehr entkommen, und er hatte keinen Ort, an den er hätte fliehen können.
Immer öfter irrte er umher und witterte und führte Gespräche mit allem Eßbaren: mit Abfall und Lederriemen und dem Kleister in aufgebrochenen Buchrücken, mit Häuten und Fellstücken und dem Gips in flügellosen Engelstatuetten, mit der Abwesenheit von Graupen und Mehl und Bohnen und Gewürzen und Tabak in leeren Fässern, Kisten, Töpfen und Näpfen. Sein Körper sprach mit *allem* Essen, das hätte da sein können und nicht da war.
Schließlich bekam selbst der Schatten Körperteile, die einem anderen gehörten: einer Vogelscheuche, die bald weinte, bald drohte, ihm Hände, Kopf und Füße gab.

Doch obwohl der Hunger ihn auf diese Weise verschlang, wagte er nicht, den Gesandten so weit zu treiben, daß er den Wagen mit den Kranken angriff, aus dem der Geruch von gebratenem und gekochtem Fleisch wuchs und wuchs, so daß er in seinen Gedärmen kleinere Erdbeben hervorrief.
Statt dessen versuchte er zu fliehen.
Er verließ das Lager in einem Augenblick scharfsichtiger Verwirrung; er kroch die Oser hinauf wie eine Wasserschildkröte auf dem Weg zur Vernichtung. Umgeben von Stimmen, Vogelschreien, Winden und Gesichten, arbeitete er sich über das nördliche Os.
Einige von den Männern aber sahen ihn, und schleppten ihn gewissermaßen im Vorbeigehen, als sie von einer Eierjagd zurückkehrten, wieder zum Lager zurück.
Dies blieb sein letzter Versuch, Glauben an seine Würde aufzubieten.
Und nicht einmal Aulin hatte noch die Kraft, ihn mit etwas anderem zu empfangen als mit einer unbewußt wegfegenden Bewegung der Hand, die ihn endgültig verschwinden ließ; denn auch Aulin quälte der Hunger jetzt so sehr, daß er des Essensgeruchs wegen aufgehört hatte, die Wegbereiter im Krankenwagen zu besuchen.
Nur Anna Hoeffer ging jetzt noch dorthin.

Sie hatte ihnen zuerst Markknochenbouillon gegeben; dann Blutsuppe; dann gekochtes und gebratenes Schweinefleisch – je nachdem, wie ihre Eingeweide es bei sich behalten konnten.
Sie bereitete das Essen an einem niedrigen Feuer ganz dicht am Wagen zu, eilig mit Töpfen und Kesseln klappernd.
Nachher tilgte sie ebenso hastig alle Spuren.
Doch die Gerüche hingen noch in der Luft, aufgeladen mit Anrufen und Zweideutigkeiten.
Und während sie weiterhin das Essen zubereitete, begann ein Gerücht umzugehen, daß sie selbst aß.

Anna Hoeffer war an sich mager und ausgeplündert von allen, die ihre Arbeit gekauft hatten.
Sie war eine knochige und schweigsame Frau, mit reichem graugesprenkeltem Haar, fliehendem Kinn und nach vorn gerichteten Nasenlöchern. Nur das duftende Haar deutete Überfluß an. Wenn sie es abends löste und zu einer Flechte formte, wurde diese breit und vielversprechend wie ein Laib Brot. Alles andere an ihr war von der Natur auf Heller und Pfennig berechnet.
Während sie die Wegbereiter fütterte, magerte sie nicht sichtbar ab.
Doch sie hielt alles, was ihren Arbeits- und Frauenwert ihrer Meinung nach bedrohte, in so strammen Zügeln, daß sie nicht einmal auf den Gedanken gekommen wäre, selbst zu essen.
Sie magerte nicht ab wie die übrigen, denn es gab an ihr nichts mehr zu nehmen; nicht einmal vom Hunger.
Doch ein Gerücht kam in Umlauf, daß sie jeden zwanzigsten Bissen selbst verschlang.

Vierter Tag

11

Auch den Engel, den daumenlosen, der sich Hjelm nannte, quälten die Gerüche, die ihn umgaben: die unmenschlichen Laute, die aus den Wänden und dem Boden kamen. Es scharrte, quietschte und plärrte – auch wenn er stillstand und versuchte, den Atem anzuhalten.

Es roch von seinen eigenen Händen und aus den Öffnungen des Körpers; ein süßer, fader, dumpfer und gleichzeitig scharfer Geruch, der kratzte und schrie, sobald er sich bewegte.
Er konnte nicht viel essen, obwohl er wußte, daß er früher gern gegessen und Bier getrunken hatte.
Er versuchte, die anderen zu belauschen, was sie sagten und taten. Er tat dasselbe.
Doch vor dem Essen ekelte ihm.

Sie gruben, gruben um und hackten in einem Acker vor dem Bretterzaun.
Er schlief und aß und grub. Wenn das Wetter und die Jahreszeiten es zuließen, gruben und hackten sie im Acker.
Er sah sitzende und fliegende Vögel.
Einmal war er allein auf der Straße. Da kam etwas: eine Welle oder ein warmer Windzug.
Er lauschte vollkommen starr und bebend. Doch nichts geschah.
Die Straße war ein langer Hang, ein Abhang. Sie führte zur Sumpfwiese und zu den Holzbrücken: zum Stadtzoll, wo es Hunde gab.

Er konnte an seinem Gesicht merken, daß die Zeit innehielt, umkehrte und zurückkam. Er fühlte nichts, wenn er es im Fensterglas oder in der Wasserlache auf dem Hof gespiegelt sah. Es interessierte ihn nicht, was für ein Gesicht er bekommen hatte.
Er sah aber, daß es sich verändert hatte. Es nutzte sich ab und alterte.

Er begann, Besorgungen zu machen. Er war genau und erledigte alles, was sie sagten.
Weißt du jetzt, wie du heißt und wo du wohnst? sagten sie.
Dann sagte er, wie er hieß und wo er wohnte.
In welcher Stadt? sagten sie. Dann sagte er es.
Manchmal half er dem Verwalter beim Schreiben und beim Abrechnen von Ausgaben.
Doch meistens machte er Besorgungen. Er holte Flaschen für die Wächter.

Wenn er zurückging, dachte er: diesmal bin ich zurückgegangen.
Es war im Spätwinter. Er dachte deutlich und klar: ich mache jetzt Besorgungen. Wenn es wärmer wird, gehe ich weg. Ich schlafe draußen. Ich bin gelandet.

Im warmen und flüsternden Sommerduft machte er sich auf den Weg.
Es war Nachmittag, beinahe Abend. Er hatte für den Verwalter einen schweren und ölfleckigen Koffer geholt.
Er stellte den Koffer und den Karren an einen unbekannten Bretterzaun, hinter einen Mietstall an einer fremden, nach Pferden riechenden Straße.
Dann fand er die schaukelnden Holzbrücken und ging aus der Stadt und dem Hundegebell.
Am Stadttor waren viele Leute, die drängelten und schrien und lärmten und lachten und schwiegen.
Doch er kam durch, leise wie eine Katze.
Später saß er weit ab vom Weg in den Büschen versteckt, bis es dunkel wurde.
Er hatte Angst, sah aber.
Den ganzen Tag schlief er unter einem Busch, unter einem dichten Gestrüpp.
Es war sonnig und warm. Als es dunkel wurde, ging er.

Das Land und die Dörfer präsentierten das Gewehr: Er kletterte über Gatter in der Sonne und Mauern im Dunkeln.
In der dritten oder vierten Nacht kam er zu einem breiten und schwarzrauschenden Fluß. Er sah ihn kaum in der Dunkelheit, doch er roch nach Heu.
Er wagte nicht zu versuchen, ob er schwimmen konnte.
Er mußte eine Brücke finden; da hatte er Angst.
Doch er fand sie und schlich hinüber. Das Wasser brauste und hallte in den Steinen wider und verbarg ihn: wie wenn er die Augen zumachte.

Nachts ging er auf den Weg hinaus und zu schlafenden oder gleichgültigen Häusern. Die Hunde hörten seinen Geruch kommen.

Doch sie bellten nicht.
Manchmal streckte er die Hände aus; sie sahen ihn an und blinzelten schlaftrunken.
Er aß Beeren und trank Wasser, und mehr brauchte die Freiheit nicht. Doch er ging in einen Hühnerstall; dann in einen Erdkeller; dann in ein Vorratshaus; dann in einen Wagenschuppen; dann in einen Abort; dann in eine verlassene Grube.
Er fand nichts Eßbares außer im Vorratshaus. Dort begrub er sich in Blutklößen, Salzhering und Sauermilch.

Die ganze Zeit ging er in die Richtung, wo die Sonne aufgeht.
Hier irgendwo sind sie, dachte er.
Manchmal glaubte er, das, was er sagte, wiederzuerkennen: irgend etwas, das er früher gesagt hatte: irgendein »Ich-du-sie«.
Hier sind sie, dachte er dann. Hier in der Nähe. Ich bin gelandet.

12

Den ganzen ersten Herbst, Winter und Frühling aber sandte der Tod seine Zeichen.
Die undichten Wagen waren in einer Wagenburg aufgestellt. Die Oser türmten sich im Norden, Westen und Süden mit einer unermüdlichen Leblosigkeit, die nicht einen Laut von Grün in den Wind hinaustreten ließ. Die Kinder hatten geschwollene Bäuche, und ihre Ohren und Nasenlöcher waren voll von rotem Staub.
Die Kranken und Alten, die Kleinkinder und die halberwachsenen Knaben litten am meisten und starben zuerst. Der Winter aß sie von innen: eisig, rauhfeucht, windig und sonnenlos.
Von Sommer zu Sommer quälte Gott selbst sich vorwärts, dicht neben ihnen an den Grenzen der Vernichtung: baute, schleppte, schaufelte, hackte, bog, riß und zog. Gemeinsam schleppten sie die Gewichte im Inneren des Körpers. Und es gab keinen Weg zurück außer den Spuren, die der Tod zeichnete.
Dieser Zustand dauerte erstaunlich lange; und er versenkte sie schließlich in eine Gleichgültigkeit ähnlich der Erschöpfung, die einer erwartungsvollen Trauer vorausgeht.
Himmer erzählt in der Chronik über diese Zeit, die er am Ende

seines Lebens verfaßte (ein Bericht, der in großen Teilen von seinen Nachfolgern verstümmelt wurde), wie er dreimal unter Mühen ins Leben gebracht wurde:
Das erste Mal, als seine Mutter ihn kopfzuoberst gebar, das zweite Mal, als er mit der vernichteten Vergangenheit hinter sich wiedergeboren wurde, und das dritte Mal, als der Tod selbst ihn ins Lager trug.
Er spricht in der Beschreibung dieser ersten Zeit von der Unsicherheit der Begriffsgrenzen. Alles war neu; alle Bestimmungen waren schwankend und gleitend. Der Zustand der Menschen wie das Verhältnis zwischen den Dingen schien geheimnisvollen Eruptionen unterworfen.
Er erinnerte sich, daß Bias das Zeichen für »Verringerung« gemacht hatte, als sie aus dem Wald gekommen waren. Und daß er später im Lager Bias' Gesicht, die Hände und die hochgezogenen Schultern beobachtet hatte, ohne zu verstehen, was sie sagen wollten; außer daß die Bewegungslosigkeit der Wille der Versteinerung zum Leben ist.

Morgens saßen sie gelähmt und halb schlafend in dem blechfarbenen Aprillicht, gebeugt über die Holzkisten, die in den Wagen ihre Tische waren. Wenn sie die Blechteller mit der Rübensuppe an die Lippen führten und durch die Zeltöffnungen zu den Osern sahen, erfüllte sie eine so metallische Müdigkeit, daß diese die Wahrnehmung ihrer selbst, die sie vom Blechgeschmack abgrenzte, aufzulösen drohte.
Dieselbe Müdigkeit (oder denselben »Zweifel«) entdeckte Himmer zu dieser Zeit in Propst Aulins Gesicht.
Dieser machte eine staunenerregend schnelle Alterung durch. Es kam vor, daß er in zufälligen Stellungen steckenblieb, während er sprach: sein Mund erstarrte, die Augen glitten ab in eine Leere, die den Blick ausgehöhlt zurückwarf, die Worte blieben ungesprochen in der Luft hängen.
Sein Verhalten rief zunächst Verstimmung hervor. Doch als es sich wiederholte, gewöhnte man sich daran, wie wenn man eine lästige, aber unvermeidliche Eigenheit an einem Menschen akzeptiert.
Das »Desinteresse«, der »Zweifel«, die »Müdigkeit«, die in seinem Gesicht an die Oberfläche drangen, erregten schließlich

so wenig Aufmerksamkeit, daß gerade *dies* zu beunruhigen begann. Viele meinten, daß die Erschöpfung (die sie »Starrheit« oder »Schwarzheit« oder »vorübergehenden Tod« nannten) die Verarmung des ganzen Gottesvolkes wiederspiegele und daß sie das ernsteste Zeichen sei, das der Tod sandte.

Auf den Tag eine Woche, nachdem die Wegbereiter auf den Krankenfellen hinaus ins Freie verlegt worden waren, waren Himmer und Aulin einen der Oser hinaufgeklettert. Es war früh am Morgen; alle im Lager schliefen, außer den Alten und den kleinsten Kindern.

Sie waren die steile Ostseite des nördlichen Oses hinaufgestiegen.

Das Rieseln von Kies und Steinchen und das Geräusch ihrer eigenen keuchenden Atemzüge war das einzige, was sie hörten. Die Möwen und Seeschwalben umflogen sie mit aufgesperrten Schnäbeln und Schreien, die von ihrer eigenen aufdringlichen Lautstärke beinahe weggewischt wurden.

Oben auf dem Höhenkamm aber konnte Himmer jetzt zum ersten Mal sehen, was Gheel werden sollte.

Im Osten unterhalb des Lagers lag das lichtschillernde Meer mit seiner Borte aus Geröllsteinen, die sich zwischen der Steinmole im Norden und dem feuchten Schimmer im Süden, wo Steine, Tang und Wasser ineinanderflossen, in einem langen Halbbogen dahinzog.

Im Westen sah er die Meereswiese weich und saftig zum Weide- und Ackerland ansteigen. Und darüber zog die Landstraße einen dünnen Kreidestrich durch das Grün.

Wenn er sich nach Norden drehte, konnte er in die flache Senke hinuntersehen, in deren rotem Kies sie den Brunnen finden mußten; und er sah die Mole und die lichte Reihe von schwarzblanken Steinen, die einen natürlichen Wellenbrecher formten und die nur verstärkt, verdichtet und mit Pfählen versehen werden mußte, um vollwertiger Schutz eines Hafens zu sein.

Noch weiter nach Norden schimmerte durch einen windgekrümmten Jungwald aus Eichen und Erlen der trockene weiße Strandstein der Landzunge; auf der anderen Seite glitzerte das Wasser in der langen Bucht, die sich nach Westen drehte.

Und ganz in der Ferne war das Geräusch eines Flüßchens zu

hören, das nicht zu sehen war, aber mit den Steinen und den Wurzeln der Strandbäume sprach.

Himmer war an diesem Morgen körperlich noch matt; seine Sinne waren unzuverlässig. Er spürte noch immer vom Vollmond her, der erbleichend ins Meer gesaugt wurde, den entfernten Geruch lauwarmen Kampferglases. Doch wenn die Müdigkeit ihn nicht verwirrte oder betrog, war er erfüllt von aufgestauter Kraft und visionärer Ungeduld.

Mit blinzelnden Augen begann er, auf die Grenzen Der Schöpfung zu zeigen: das Gasthaus, die Kapelle, die Wohnhäuser, die Schiffsbrücke und die Wege.

Er las wie von einer Karte; er sah Pfade, Brücken, Getreidespeicher, Schmieden, Ställe und Schafhäuser. Er sah Hindernisse und entfernte sie; begegnete denkbaren Einwänden, überprüfte, verwarf und kam zurück – die ganze Zeit die Zukunft wie eine Karte vor sich ausgebreitet.

Doch als er sich Propst Aulin zuwandte, um seine Erwartung in dessen Gesicht zu spiegeln, sah er, daß dieser mit gesenktem Kopf dastand, die Augen geschlossen und strichförmig, als schlafe er.

Himmer ergriff ihn an den Schultern und schüttelte den mageren Körper, damit er aufwachte. Doch die Pupillen, die ihn ansahen, waren leblos wie Glas im Dunkeln; und Aulin schüttelte den Kopf wie über etwas hinter seinen eigenen Augäpfeln.

Himmer fragte, ob er sich nicht wohlfühle oder krank sei. Doch Aulin antwortete nicht. Er schüttelte nur weiter den Kopf in diesem festgehaltenen Widerstand gegen irgend etwas.

13

Am Tag darauf, der ein Mittwoch war, gingen Himmer und die am wenigsten erschöpften Männer und Frauen zum Ackerland auf der Ebene im Westen hinauf.

Es war ein warmer Tag und die letzte Woche im April. Die Sonne schien auf die Tautropfen im Spinnengewebe, denn die Frühlingsspinne hatte abzusondern begonnen.

Die Erde war abgeflossen. Es lag schon Wärmestaub und

Hitzeflimmern über den Äckern, die Spinnen hatten geeggt, und sie fanden einen Mistkäfer mit Löß unter dem Kinn. Die Buchen entlang der schmalen Landstraße hatten noch nicht zu grünen begonnen, doch die Knospen strotzten vor Sirup: das Ausschlagen würde nicht länger als eine Woche auf sich warten lassen.
Sie untersuchten die Erde. Sie war getrocknet und wirkte geduldig: nicht zu trocken, nicht zu weich.
Das Land war alte Krondomäne. Die Gesellschaft hatte es als Schenkung vom Herzog erhalten; dieser hatte es sich erworben durch Dienste, die er dem König während der letzten Reichstage geleistet (beziehungsweise nicht geleistet) hatte.
Im Norden und Süden gab es Gelände zur Urbarmachung. Alles war sicher und vertraglich festgelegt. Und sie freuten sich über das, was sie sahen – und empfanden miteinander vielleicht etwas weniger Angst als zuvor.

Sie säten Hafer; und die Hälfte der Männer und die meisten Frauen und alle größeren Kinder nahmen an der Frühjahrsbestellung teil.
Sie hatten begonnen, das Land mit zwei neuen Pferden urbar zu machen, die Himmer in Torhamn gekauft hatte, und die Buchen grünten; die Schwalben hatten sich in die Oser hineingebohrt, die Federn noch triefend von Meeresgrunddunkel.
In der Kreuzmessenwoche starb ein weiteres Kind, ein vierjähriges Mädchen; doch als sie gesät hatten, waren sie noch immer so kräftig, daß sie die anderen und die alten Leute am Leben erhalten konnten.
Und als der Hafer in der Erde war, und das Neuland vorbereitet war, konnten die Kinder und die Alten und einige von den Frauen sich entfernen, um sich um die Laichplötzen zu kümmern.
Es war kurz nach Christi Himmelfahrt und Rückkehr, der erste Angeltag. Sie tauften den braunwasserrauschenden Fluß, der jenseits der Landstraße am tiefsten war, auf den Namen Återkomman, die Rückkehr.
Die Laichfische standen dick entlang den Flußufern, schwarzrückig und in so dichten Schwärmen, daß das gelbe Wasser über dem Sandgrund dunkelschäumte. Sie konnten sie mit den Händen greifen, indem sie einfach die Finger in das kalte Wasser hielten.

Mehrere Tage lang pflückten sie Plötzen, Stunde um Stunde; und dies war das erste Mal seit langem, daß sie laut lachten und ohne daß sich ihre Lippen wie Darrleder anfühlten. Später gewöhnten sie sich, und es wurde eine alltägliche Arbeit; und sie trieben sich müde gegenseitig an und wetteiferten, wer die meisten Fässer füllen konnte, bis Tuppen der Hahn wieder die volle Stunde krähte.
Die Ufer waren übersät mit leichenstarren Plötzen, die metallisch wurden und in der Dämmerung Münzplatten glichen. Die kühle Luft roch nach Schlamm, Fischschuppen, Schleim und Kies. Die Plötzen glotzten sie mit stieren Augen aus ihren gelben erstarrten Wasserwelten an; und sie preßten den Laich aus den Weibchen, so daß diese vor Bestürzung keuchten, und aßen ihn roh, auch als sie nicht mehr hungrig waren.
Sie arbeiteten in einem Rausch kalter Erschöpfung, die wassergeschwollenen Hände von Salz und Kälte zerfressen; und sie arbeiteten noch lange weiter, nachdem das Nachtdunkel feucht den Schweiß unter den nassen, erkalteten Kleidern erreicht hatte.
Mit dem Geschmack von Plötzenrogen und Schlachtsalz in den Atemzügen schleppten sie die vollen Fässer heim; und sie waren überzeugt, daß dies ein Gegenzeichen sei, ausgesandt als Zeugnis von Ihm, der allem Leben einhauchen konnte – selbst durch einen glotzenden Fischmund.

Der Plötzenfang war das erste, was sie von dem neuen Platz bekamen.
Später merkten sie, daß nicht einmal der Hunger einem Erlebnis seine Stärke bewahren kann.
Tuppen stellte bereits jetzt fest, daß die Zeit, ebenso wie der Irrglaube, eine Lampe ist, die Dunkelheit macht; und daß man Dunkelheit nicht sehen kann, oder studieren; und daß Dunkelheit die Abwesenheit von Licht ist, und Zeit das Wegfallen von Zeit. Und sie stimmten ihm bei.
Der Name des Flusses wurde durch Eile und Faulheit rascher abgeschliffen, als jemand hätte ahnen können; er verlor seinen Zusammenhang mit dem Tag Der Rückkehr. Und nach und nach hieß der Fluß Åkomman, Das Leiden.

Doch während die Frauen und die Hälfte der Männer in der Frühjahrsbestellung und Urbarmachung arbeiteten, und die Alten und Kinder aus dem Fluß Plötzen pflückten, baute der Rest der Männer die ersten Wohnhäuser in der Senke mit dem roten Kies, die sie Den Rachen nannten.
Die Häuser waren kräftig und niedrig wie Bootsmannskaten.
Wegen Holzmangel mußten sie ein Drittel der Hausrümpfe aus Stein bauen. Wenn der Wind vom Meer kam, suchte er Ritzen in den Steinteilen; dort wollten sie jedoch das Vieh halten: durch das Holz, zu den Menschen, gelangte er nicht.
Sie bauten gemeinsam; doch die Hälfte der Hälfte der Männer arbeitete auch an der Kapelle und am Gästehaus.
Sie bauten das Gästehaus Wand an Wand mit der Kirche, so daß man zwischen beiden hin und hergehen konnte, ohne sich Rauhwinden, Regen oder einsamen Nachtteufeln aussetzen zu müssen.
Die Kirche bauten sie ganz aus Stein, und in zwei Stockwerken, und das obere wollten sie als Speicher benutzen, oder wenn das Gästehaus nicht ausreichte.
Sie hatten zwei Pferde mit starken Sprunggelenken und kleinen klugen Köpfen, die die schwersten Blöcke und Steine heranschleppten; und Seile und Blöcke und Taljen halfen ihnen beim Heben.
Doch sie waren weiterhin, mitten im Sommer, vom Tod dicht umgeben. Sie hungerten. Und den Wegbereitern, die von Der Muttergesellschaft die unschwedischen Wiedergeburtsnamen Himmer und Bias erhalten hatten, lag die Vernichtung noch so lebendig unter der Haut, daß sie in ihren Atemzügen wie ein schwacher Geruch von Schimmel oder Schlamm zu spüren war.

In Die Chronik schrieb Himmer:
»Neunzehn Familien, einhundertvierzehn Seelen übergab dieses Jahr der Neuen Kirche.
Sie verkauften alles, was sie besaßen, und wanderten aus aus Göteborg, um den Gästen zu dienen und sie zu befreien: um die Geister sprechen zu hören.
Am östlichen Teil der Blekingeküste sollten sie die Wegbereiter

treffen, die einen diesigen, lahmenden und sprachlosen Winter über bei Der Gesellschaft in Avignon gelebt und niemanden kennengelernt hatten, außer Das Schweigen.
Wenn sie sich östlich von der Jämjöebene in Blekinge begegneten, sollte alles beginnen.«

*

Über Den Hunger sagte Der Meister:
Ich spreche jetzt vom Hungern, vom Dürsten, vom verzweifelten Schmerz im Magen, wenn man nicht länger aufrecht stehen kann, und wenn sich einem der Boden vor den Füßen öffnet.
Wenn man nicht einmal mehr weiß, wonach man ruft, oder nach wem.
Von körperlicher Entbehrung weiß ich auch etwas. Vom Zwang des Verzichts.
Dagegen habe ich nie gehungert.
Ich vermute, daß es wie eine ekelhafte Krankheit ist. Über die Ursachen und die Aufhebung des Hungers sollen andere sprechen.
In Der Welt des Geistes wird niemand hungern oder dürsten müssen, der sich dessen nicht verdient gemacht hat.

Fünfter Tag

14

16. November 1915:
Etwas in der Art, eine große Kraftlosigkeit oder Krankheit oder Mattheit ergriff ihn. Und sie fingen ihn wieder und sperrten ihn in eine enge und stinkende und geschwärzte Zelle, wo er rief und flehte; und seine Ausscheidungen kamen aus allen Öffnungen, und sie verhöhnten und verspotteten seine Unsauberkeit, und seine Kräfte erstarben, bis er in einer großen Ohnmacht lag.
Doch er war noch immer kein Stein-Stein. Er glaubte, Kräfte zu haben; vielleicht konnte er Regen machen. Er hörte Wakanda Orenda Manitou, und er lauschte seinem Tsav.
Die Stimmen befahlen ihm zu lauschen; und er hörte sie

sprechen und dort fortfahren, wo sie aufgehört hatten, als er sich auf den Weg machte.
Er hörte die Greuel seiner eigenen Worte und Stimmen, wie Israel den Ton seiner eigenen Irrlehren hörte, das Echo der Henotheismen babylonischer Hymnen. Wie: Suche, o suche, Ishtadevata. Und baue dein Pantheon, Mann Frau Sohn, oder wie einen Hof mit dem höchsten Gott als König und den übrigen als seine Minister und Diener, und so, daß die Götter eroberter und verbündeter Staaten darin eingefügt werden; denn Gott ist in allem, in Brahma Logos Zeus, wie Atman in Brahma ist, Dem Herrn Der Tiere und Des Wildes, Dem Höchsten Wesen, ein guter Gott, der im Himmel wohnt, Urheber, Hervorbringer, Shang-ti, Sonne, Geber von Licht und Leben, Hüter Der Ordnung, Mond, Tod und Leben, Venus, Sirius, Blitz Donner Wind Sturm, Die Ermutter, Der Schmied, Prometheus, Der Trickster, Dema; oder Der weise Ganesa mit dem Elefantenkopf; oder Der wohlwollende Hanuman, der Affe; oder Poseidon, das Pferd; oder Dionysos, der Stier; oder Artemis, die Bärin; oder Athena glaukopis: die Eulenäugige. Oder Re, Thor, Indra: die Donnerer; oder all die anderen Offenbarungen des Heiligen, die die Ungehorsamen bestrafen und die Treuen belohnen und Gegenstand von Vertrauen, Hingabe und Liebe sind.
Und da bewegt er die Lippen und flehte, daß Jesus oder Bhakti oder earthmaker oder die Geborgenheit oder der höchste aller Werte oder das höchste Gut oder die Allmacht oder die Allwissenheit oder die Alliebe ihm helfen sollten; wie Die Liebe in allen todesfürchtigen Hymnen der Welt den Bedrängten und Kranken und Gequälten geholfen hat.
Er stand auf; und in der Dunkelheit auf seinen zwei geschwächten Beinen stehend, in der Nacht, die ihn von allen Seiten umgab, schrieb er mit dem Zeigefinger an die Wand, auf die rauhe Oberfläche des Mauerwerks, und betete um Hilfe.

Am Morgen aber fand er sich auf dem Boden liegend, und sie kamen und banden ihn ans Bett, damit er nicht wegflöge.
Und er hörte, wie sie miteinander sprachen, verstand jedoch nicht, was sie sagten, denn er lauschte meist dem, was wieder in seinem eigenen Inneren sprach.

Und derjenige von ihnen, den er nun seinen Tsav nannte, um ihn zu verhöhnen, oder nur um etwas zu erzählen, daß Plutarch Lykurg als Vorbild anführte; ungefähr wie die fünf Elemente der Chinesen, oder die vier der Indianer und Griechen, die von den Denkern des Islams und des Christentums Aristoteles gestohlen wurden, bis Paracelsus in der Suppe aus Schwefel Salz Quecksilber und Magneten umherschwamm, und die auf griechischen Boden floß und von Demokrit und den Epikureern aufgenommen wurden, obwohl ihre Elemente unveränderliche Einheiten waren, die sich ewig im Weltraum bewegten, bis sich verschiedene Systeme bildeten, wie Buchstaben, Bilder und Kombinationen von Worten, während andere, besonders die Araber, sie sich als etwas vorstellten, das nach kurzer Zeit im Nichts verschwand, und daß an ihrer Stelle gemäß Allahs Willen neue Partikel geschaffen würden, allerdings nur, bis das epikureische Universum wiederentdeckt wurde, und noch lange mußte es in allen Veränderungen konstante Elemente geben, und diese waren als physikalisch unteilbar zu denken, und alle Naturprozesse mußten durch ihre Bewegungen in einem laboratory habit of mind erklärt werden können, innerhalb der Ärostatik oder der Lehre vom Gleichgewicht der Gase durch die Versuche mit einer Quecksilbersäule in einer Glasröhre wie die Angst vor dem leeren Raum durch das Pumpen von Luft aus von Guerickes Kupferkugel so daß die physikalischen Abläufe im Prinzip mit absoluter Exaktheit bestimmt werden konnten während es auf der atomaren Ebene für exakte Bestimmung eine Grenze gab die nicht zu überschreiten war. So daß das Bild der ultramikroskopischen Billardkugeln dem Bild des ultramikroskopischen Planetensystems Platz machte.
Wie wenn das Blut ins Herz strömte und erhitzt und verdünnt wurde, um in den Lungen abgekühlt und kondensiert zu werden, und dann den Weg zurück zum Herz machte, und erneut erwärmt wurde, so daß sich der Kreislauf ständig fortsetzte wie in einem Feuer ohne Licht.
Da stand er wieder auf und versuchte, mit dem Zeigefinger an die Wand zu schreiben, und flehte um Hilfe. Doch als er aufwachte, lag er auf dem Bett und war mit Riemen festgeschnallt und atmete nur schwach und bewegte die Arme und versuchte zurückzukehren wie ein Fisch an Land, sank aber

abwärts oder aufwärts in ein anderes und langsameres Dunkel, das ihn für immer vernichten konnte, wenn es wollte; und sich selbst, und sich selbst, und sich selbst.

Doch er konnte einen Stift ausleihen.
Er bekam einen grüngekauten gelben Bleistift, der im Zimmer des Vorstehers neben dem Papierkorb auf den Boden gefallen war. Und irgend jemand (oder irgend etwas) sagte ihm (sehr deutlich), daß er ihn nehmen und benutzen dürfe.
Er konnte ihn mit der ganzen Hand umfassen, er hatte genau die richtige Größe.
Papier gab es unten im Keller; meist Kolonialwarentüten mit Fettflecken, und ungebrauchte und ausrangierte Formularblocks und ein Kassenbuch mit schimmelriechenden Blättern, auf dessen erster Seite der Name »Aurora« stand. Welcher schwach nach Pökelfleisch, Hering und Essiggurke roch.
Da mußte er wieder zu den anderen hinaufgehen. Und einmal setzte er sich an den Tisch im alten Vorratsraum, in dem, den sie die Letzte Ruhe nannten.

Die Hand hielt den Stift. Sie schrieb auf die Innenseite einer aufgeschlitzten braun- oder heringsduftenden Tüte; oder auf die Rückseite eines leeren Abmeldeformulars.
Die ganze Zeit sah er die Damalsbilder in seinem Kopf, und er beschrieb (so gut er konnte) alles, was er gesehen hatte. Sie selbst, und Häuser und Pferde und Äcker; doch auch das Geräusch des Meeres und den Geruch von Tang, Dung, Milch und zerkleinertem Gras.
Er versuchte auch, den Geruch von Hundegebell zu beschreiben; oder was die Erde unter dem ersten Novemberschnee verschwieg, der an einem frostigen schlammigen Abend fiel.
Und dies mußte das längste und deutlichste von ihren tausend Leben sein. Er hatte sich zwischen den Welten bewegt, in denen sie alle existierten – nur unmerklich verändert von Welt zu Welt, von Geburt zu Geburt –, und als er landete, hatte er noch die Erinnerungen an damals: an die Wagen, Den Meister. Das Sanktuarium; an alles, was existierte.
Einige aber existierten nur dort. Und denen gab er selber Namen. Einen nannte er Himmer; einen anderen Bias. Ein

Mädchen, oder eine junge Frau, nannte er Magdalena. Sie kam auf ihn zu, und war manchmal auch noch in ihm, wenn er nachts schlief.
Und nach und nach, wie er beschrieb, was er dort gesehen hatte, und was mit dem, der sich Hjelm nannte, geschah, und die Zettel, die Papierfetzen oder die Seiten in dem steifvergilbten Kassenbuch auf beiden Seiten dicht beschrieben waren, legte er sie in einen Schuhkarton, den Inez Carlberg ihm geschenkt hatte, um Zwieback darin aufzubewahren. Er knotete das breite, farblose Seidenband um den Zwiebackkarton und stellte ihn ganz unten in den Schrank im Schlafsaal; ganz hinten an die Wand.

Seine Finger hatten manchmal Mühe, die Knoten aufzuknoten; und er nahm den Karton nur heraus, wenn er allein war.
Doch je öfter er mit den Knoten des Seidenbandes herumhantierte, desto sicherer wurden seine Finger.

Er beschrieb alles, was er dort gesehen hatte, und wußte. Er beschrieb eines von ihren früheren tausend Leben, tief in jener Zeit, in der ihm einmal als Engel ein ganz bestimmter Auftrag erteilt worden war.
Und in großer Gefahr.

15

Vieles war in der Schwebe. Ja, die Welt balancierte auf der Spitze des Schwertes eines Schwertschluckers.
Sie mußten mit allem Erfolg haben: mit der Saat, der Jagd, dem Fischen, dem Hausbau. Nicht zuletzt mußten sie mit ihren Gebeten das richtige Wetter herbeiführen.
Und keiner, der auch nur die geringste Arbeit ausführen konnte, durfte krank werden.
Außerdem waren sie einer Wüste von Einsamkeit und Stille ausgesetzt. Nur ein gelbblasser, hustender und hohläugiger Fuhrmann aus Svanhalla wagte sich zu ihnen hinunter: mit den Rüben und den Heringen, die sie zu Wucherpreisen von den Fischerbauern in Torhamn kaufen durften.

Der Wegbereiter Bias aber machte zu dieser Zeit Magdalena, Propst Aulins Adoptivtochter, den Hof; denn trotz des Hungers mußte das Leben weitergelebt werden.
Und nachdem sich Anna Hoeffer mit Aulins wachsender Unzugänglichkeit solidarisch gezeigt hatte, hatte die Frau, die Emerentia Nebb hieß, aber Mrenta genannt wurde, die Rolle der Anstandsdame übernommen. Sie sorgte dafür, daß die Verlobten begannen, sich zu treffen: bleich, knochig und matt, und in Kleidern, die um ihre Körper schlotterten.

Zunächst waren sie steif und ernst. Magdalena Aulin ging mit gesenktem Blick neben Bias, dessen runde Augen in ihrem Weiß immer blauer erschienen, je weiter man in den Sommer kam.
Er war fast zehn Jahre älter als sie, doch sie war es, die ihm zeigte, was sie wollte, daß er sah.
Unten am Strand erklärte sie die Wahrheit über die Zeit, die die Steine auf dem Rücken tragen: die Abdrücke von Vogelfüßen, Muscheln und kristallisch tausendjährigen Früchten; und was Gott damit sagen wolle. Und in einem warmen Gewitterregen oben auf der Landstraße sprach sie so eifrig über die Sünde und den Willen, daß ihr das Haar an der Stirn klebte und die mageren Wangen vor Klugheit erstarrten.
Bias nahm alles, was sie sagte, auf, als koste er jeden Gedanken. Er hörte geduldig zu und bewegte die Zunge über die Lippen. Doch manchmal riß er sich los und zog sie mit sich. Er brachte sie sogar zum Lachen, indem er ganz oben auf dem Os auf dem Kopf stand oder wie ein Ball den Abhang hinunterrollte.
Er hängte sich in den Kniekehlen ins Baugerüst des Gästehauses, obwohl sein Körper noch matt war. Ohne daß sie ihn darum gebeten hätte, kletterte er in die Wipfel der Sommereichen und holte Wintereicheln, hart und blaugebrannt wie Goldeier; und er hob Steine, groß wie Ferkel, und brach dicke Äste über dem Knie, während er mit der Zunge so gegen den Gaumen schlug, daß der Knall geradewegs vom Magen in den Mund zu springen schien.
Manchmal faßte er sie an.
Er hob sie vorsichtig auf einen oder von einem Stein, oder über

einen Graben; und dann hielt er sie mit gestreckten Armen hoch, denn sie war einen halben Kopf größer als er.
Sie kamen an den Sonntagabenden fast immer zuletzt zum Kochplatz am Feuer, und die älteren Frauen nickten, und die Männer blinzelten.
Und es kam vor, daß man denen, die dort saßen, ansah, daß sie auf sie gewartet hatten, denn viele fanden, daß die Stille wärmer wurde, wenn sie da waren, und daß die Gedanken sich leichter öffneten und die knisternden Wirbel und andere Kunststücke des Feuers einließen, das in ihrer Müdigkeit lange geschwiegen und nur kerzengerade gebrannt hatte.
Sie hatten nicht viel, womit sie sich unterhalten konnten.
Abends pflegten sie sich am Feuer zu versammeln; und meistens hatten sie, wenn sie gebetet und gesungen hatten, nicht mehr zur Zerstreuung als den Gedanken an den Schlaf, der schon in den Körpern umherschwebte.

An einem solchen Feuerabend aber begann Tuppen, eine Geschichte zu erzählen.
Er erzählte, wie er einmal allein und zuschanden gemacht in einem Graben gelegen habe. Er hatte ein schlimmes Leben geführt und sich mit Huren und öffentlichen Sündern amüsiert, und so gründlich eins auf die Schnauze gekriegt, daß sein Rücken draufging.
Es war an einem abgelegenen Weg irgendwo im Ausland; wo nur herrenlose Schafe, Säulenheilige und Ziegen vorbeikamen. Da lag er und war dabei einzugehen, denn er konnte weder aufstehen noch um Hilfe rufen.
Mehrere Tage vergingen. Er spürte keinen Hunger und hatte keine Schmerzen. In den Nächten fror er, und rund um die Uhr quälte ihn ein verdammter Durst. Schließlich war er so ausgetrocknet, daß er in seinen Gliedmaßen die Sehnen reißen hörte wie die Saite einer ungespielten Geige an der Wand; und er machte sich bereit zu sterben.
Er lag auf dem Rücken und sah in einen vollkommen klarblauen Himmel hinauf; und er glaubte, er habe schon angefangen, sich aufwärts zu bewegen, als plötzlich ein feiner Sprühregen einsetzte. Am Himmel war nicht mal ein Wolkenfetzen zu sehen, doch es begann zu regnen!

Der Regen fiel ihm geradewegs ins Gesicht. Es regnete sechs Nächte und Tage lang. Er sperrte den Mund auf und schluckte und trank und schluckte und bekam genug ab, um zu leben. Schließlich wurde er von einem Knecht, der sich auf dem Weg zu irgendeinem Viehmarkt verirrt hatte, gefunden. Zu essen bekam er in einem Gesindehaus, wo alle rohe Zwiebeln aßen. Und dort war er nach acht Tagen wiederhergestellt und so völlig gesund, daß er wieder selbständig reden, kauen, schlukken und scheißen konnte, ganz wie früher, zu Hause in Schweden.
Die Jahre vergingen, und er sündigte und lästerte weiter, im Ausland wie daheim.
Doch an einem windigen Herbstabend acht Jahre später, an einem Küchentisch in einem Dorf namens Ödestugu in Småland, und als Dank fürs Essen, stellte er die Heilige Schrift, den Rücken nach oben, auf die Deckelkanten. Er ließ eine schon herbstbetäubte und musikalische Stubenfliege zwischen die sich aufblätternden Seiten kriechen, denn er hatte die Absicht, zu dem Text, den die Fliege zum Singen wählte, ein wenig zu sagen.
Und die Fliege suchte ihren Winterunterschlupf beim Propheten Jesaja, im sechsundzwanzigsten Kapitel, neunzehnter Vers:
»Aber deine Toten werden leben, meine Leichname werden auferstehen.
Wachet auf und rühmet, die ihr liegt unter der Erde! Denn dein Tau ist ein Tau des grünen Feldes; aber das Land der Toten wirst du stürzen.«

Nur Tuppen sprach an diesem Abend am Feuer.
Seine Stimme war neu und jünger als sonst. Er sprach lange, sorgsam und mit vielen Wiederholungen. Und niemand unterbrach ihn.
Dreimal hintereinander erzählte er die Geschichte, und mit nur kleinen Veränderungen; und jedesmal, wenn die Fliege zum Propheten Jesaja hineinkroch, stand es den Zuhörern klarer vor Augen, daß Tuppen den Tod so endgültig überwunden hatte, daß er Schwierigkeiten haben würde zu sterben.
Als er fertigerzählt hatte, gab es nichts hinzuzufügen, außer vom Feuer, das schweigend weiterplapperte.
Früh am Morgen des nächsten Tages aber begann ein feiner,

tangduftender Regen über dem Lager zu fallen. Und dies war der Morgen, an dem Bias die Trommel hervorholte und Den Tod nachahmte, so daß die Freundschaft zwischen den Wegbereitern ein Ende fand und das Gelöbnis zu Eintracht, das sie an die Gesellschaft geleistet hatten, zum ersten Mal gebrochen wurde.

Bias führte zu diesem Zeitpunkt eine Gruppe Männer, die mit der Rodung für die neue Straße begonnen hatten. Von der Landstraße über das Ackerland im Nordwesten hinunter, durch den Laubwald an der Spitze der Landzunge: bis zum Rachen und zum Hafen und zum Kirchbau.

Sie hatten einige Tage gearbeitet und hatten noch oben an der Landstraße zu tun.

An jenem Morgen begann jemand, über Tuppens Erzählung zu sprechen. Und Sillen der Hering meinte, das Bibelwort müsse ja auch für sie gelten. Und nachdem sie ja den Hunger überlebt hätten, könne man wohl sagen, daß auch sie im Begriff seien, sich aus dem Grabe zu erheben, oder? Sie seien wirklich auferstanden oder jedenfalls auf dem besten Wege dazu.

Die Männer sprachen leise und fröstelnd in der Morgenkühle. Der Graunebel stand dicht um sie herum. Die Arbeit wollte nicht recht in Gang kommen: der Schlaf saß noch satt und eirund in ihren Körpern. Doch das Gespräch hatte sie in bessere Laune versetzt. Es fing sogar jemand an zu pfeifen.

Sie hatten einen Jungen bei sich, der Botengänge machen und Werkzeug tragen sollte. Er war zehn Jahre alt und hieß Elis und war der Sohn von Mrenta und Abraham Nebb.

Bias nahm den Jungen beiseite.

Sie standen im Nebel auf der Landstraße; die übrigen konnten sie nur als ein Schattenpaar sehen. Sie konnten die Stimme des Jungen hören, als er sich zu den Bedeutungen von Bias' Zeichen durchfragte. Doch sie konnten nicht hören, was er sagte.

Sie sahen Bias' Arme sich im Dunst bewegen, nicht aber seine Hände oder den Ausdruck seines Gesichts.

Bias sprach lange mit dem Jungen; so lange, daß die anderen vergaßen, weiter auf sie zu achten.

Gegen Mittag hatte sich der Nebel gelichtet. Die Sonne stand weiß wie eine geschälte Mandel im grauen Himmel.
Mit Äxten, Spaten und Brecheisen hatten sie sich in den Haselwald zwischen den Ulmenhainen östlich des Ackerlandes hineingearbeitet; sie waren mit Blöcken mooszottigen Urgesteins aneinandergeraten.
Schweißnaß kehrten sie zur Landstraße zurück, um Salzplötzen zu essen und kalte Rübensuppe zu trinken.
Bias ging voran, das Gesicht graurot und blank vor Arbeit; seine Zähne glänzten, die Adern standen geschwollen in der Stirn.
Sie ließen sich in einem Eichenwäldchen ganz oben am Hang zur Landstraße hin nieder. Von dort aus konnten sie die Äcker im Süden und Norden sehen. Sie konnten mit dem Blick die Landstraße in beiden Richtungen mehrere Kilometer weit verfolgen: sehen, wie sie sich zusammenzog und dünn wurde wie ein Stickfaden.
Sie aßen und ruhten.
Während sie im Gras lagen und alle Gerüche des Sommers sich über sie neigten, kam der Junge zurück. Und er hatte an einem Strick eine Trommel über der Schulter.

Die Trommel gehörte Bias. Sie hatte festgebunden am Wagen des Gesandten gehangen, als sie diesen fanden.
Vielleicht wollte Bias sie unterhalten. Er hatte Schweinefleisch gegessen, als sie leerkauten; er hatte Bratenkräfte, wo in ihnen Rübensuppe war.
Vielleicht wollte er etwas gutmachen. Vielleicht wollte er nur gehört und gesehen werden; wie Tuppen.
Jedenfalls hängte Bias sich die Trommel um den Hals und begann zu tanzen; schwankend wie ein trauriger Bär auf platten Füßen.
Mit dem Trommelstock in der fleischigen rechten Hand schlug er den Takt, die andere schlug nach den wilden Bienen vor seiner Nase. Die Oberlippe war hochgeschoben und bildete mit den geweiteten Nasenlöchern eine Schnute. Er schnaubte und brummte. Sein Hinterteil schlotterte und wußte nicht, wie ihm geschah: waldeinsamkeitsnärrisch, bärengreisenhaft, wunderlichgeil.

Die Männer feixten erfreut, und einige lachten wiedererkennend.
Danach trommelte er »Bischof am Freßtrog«: Almosen, Bauchfleischsülze und Blähungen.
Die Trommel rülpste, furzte und stank. Er schmeichelte und ließ sich schmeicheln, wählte aus und verwarf, schmatzte mit sich spitzenden Kirschlippen. Der Schnaps floß wie Engelspisse durch die Gnadenkehle und landete in dem Riesentrommelbauch und fing dort an zu knallen und lustvoll zu grollen.
Sie sahen, wie er sich auf sich ausbreitende zitterfette Schenkel setzte und dem Bauch Platz machte.
Seine feisten Finger tanzten in Trommelwirbeln über die Schüsseln – und heraus schlüpfte der Himmelswonnenaal in Gelée; und die Kotelettenreihe aus frommstem Edelfleisch; und der funkelnde glaubensfeste Burgundertrank.
Zum Schluß das flambierte Ewigkeitsgelübde: brennende Portweinbirnen mit sündigen Dämpfen; der brodelnde Seligkeitsbrei des ganzen Himmlischen Zuckerkuchens!
Er saß in der Hocke mit der Trommel zwischen den Knien: bald Tisch, bald Bauch, das Gesicht glänzend wie ein Käselaib.
Die Männer grinsten oder lachten; bis auf einige, die mit offenem Mund gafften, alle der Unsichtbarkeit teilhaftig, die man sehen kann.

Nach dem Prälaten trommelte er »Die Majestät jubiliert«: Schwanzwedeln und süßsaures Füßeküssen.
Er ließ die Finger der rechten Hand flüsternde Einleitungen und Einfältigkeiten direkt auf das Trommelfell plappern, während der Trommelstock in der linken in die Luft salbaderte und laute aufrechte Schläge für das Vaterland und den Heldentod schlug.
Er hätte weitergemacht, doch einer der Männer schrie auf und deutete – und da kam auf der Straße ein Bauernkarren angefahren.

Der Mann im Wagen sah sie nicht. Sie waren weit entfernt und von der Landschaft verborgen wie Läuse im Hundefell. Sie aber erkannten ihn. Es war der Huster, der mit der Klapperbrust, der gelbäugige Fuhrmann. Er war offensichtlich unten im Lager gewesen. Jetzt wollte er heim. Jetzt floh er.

Die meisten im Grashang zwischen den Eichen erhoben sich in die Hocke.
»Is er alleine?« sagte ein gebeugter Mann auf den Knien.
Man reckte die Hälse.
»Da kann einer dahinterliegen. Oder sitzen. Hinter den Säcken.«
Bias war der einzige, der stand. Er hatte die Trommel am Seil um den Hals; der Arm mit dem Trommelstock hing schlaff an seiner Seite.
Plötzlich versetzte er der Trommel einen leisen zischenden Schlag, machte einen Sprung – und saß mager und weich im Gras, das Gesicht von Bildern durchströmt.

Über dem Gras bewegte sich der Kopf des Mannes im Karren, klein wie ein Ameisenei. Die Männer im Eichenwäldchen waren interessiert. Sie wollten reden, und gesehen werden, und gehört werden.
Der Kopf hüpfte nur unmerklich näher. Die Sonne und der Himmel waren gleich staubig weiß.
Bias machte das Zeichen für »Vogelfang«. Seine Augen glänzten fromm und taubenblau; er krümmte den Rücken und schaukelte mit der Trommel zwischen den Knien.
Er drehte die Handfläche der freien Hand zum Boden und zog den Kopf zwischen die Schultern.
Die Männer kicherten.
Sie legten sich auf den Bauch, und Bias machte ein paar rasche kriechende Laufschritte in den Hang hinein und rollte mit der Trommel hinunter.
Er kroch weiter hinter einer Gruppe graugewelkter Vorjahresstengel, die einmal Bärenschote oder Wildmalve gewesen waren.
Dort saß er: an den Straßenrand gedrückt.

Es war Stunden her, daß der Nieselregen gefallen war. Der Landstraßenstaub wurde schon wieder fliegeleicht. Bias nahm eine Handvoll Grus mit der linken Hand und seihte mit Daumen, Zeige- und Mittelfinger die Steine ab, so daß sich der Staub am Boden der Handfläche sammelte. Er rieb ihn sich ins Gesicht. Als er fertig war, machte er es noch einmal. Dann ließ

er vier Handvoll Grus, mit Steinen und allem, über seine großlockige Haardecke regnen.
Die Männer, die im Eichenwäldchen auf dem Bauch lagen, nahmen schon an der Jagd teil. Sie fühlten in ihrem Inneren, wie er aussah: den Kopf im Mehlkasten – wenn auch grauer: graugrau.
Die ganze Zeit drückte er sich an den Boden. Das Wagengeklapper näherte sich: das kreischende, mahlende Knirschen von Radreifen in Grus.

Er ließ sie herankommen.
Der Ochse ging langsam und mit hängendem Kopf. Der Mann im Karren döste. Er hatte aufgehört zu sehen: ein unerfülltes, mageres, kränkliches Gesicht: Hals, graues strähniges Haar, dünne Fuhrmannschultern.
Als weniger als drei Meter zwischen ihnen waren, sprang Bias auf.
Von nirgendwoher plumpste er vor dem Ochsen nieder und stand auf krummen, schwankenden Beinen da, die Trommel zwischen den Knien baumelnd.
Der Ochse hielt inne, eher erstaunt als verängstigt; er stierte stumpf auf die schaukelnde Trommel.
Der Mann auf dem Sitzbrett aber zuckte zusammen und schrie: ein durchdringender Schrei, fast wie der eines Kindes.

Es wurde nicht so, wie sie es sich vorgestellt hatten.
Die Trommel trommelte; aber sie wurde grauer. Die Sonne, der Himmel und die trommelnden Augäpfel des staubbedeckten Trommlers: alles graute in die todesgraue Starrheit im Gesicht des Mannes hinein, das sie sehen konnten.

Sie sahen, wie Bias sich dem Wagen und dem schreckensstarren Mann näherte, um ihn von der Seite zu nehmen. Wie Der Tod es ja tut: von hinten oder schräg von vorn: von der Seite.
Doch alles war schon leer und starr: das Wagenholz, der Mann und der graue Himmel. Nur der Ochse lebte. Er witterte den schweißigen Staubgeruch und das Trommelfell des fremden Wesens.
Da war Die Donnernde Trommel Des Todes schon ganz nah bei

dem Mann, der bis ins Holz hinein erstarrt war. Lautlos donnerte sie. Der Mund grinste aufgesperrt, der Kopf wackelte, das Haar schnarrte, zitterte und bebte. Die ganze Trommel spielte und hämmerte dem Mann ins Gesicht, so daß das Gesicht auf dem Kutschbock den Mund aufriß und der Trommelkörper schrie und ein widerlicher Gesang aus dem Mund Des Todes stieg.

Es war weder der Schrei eines Kindes noch der Schrei eines Mannes. Er begann in dem Loch in dem grauweißen Gesicht auf der Erde und stürzte in den Mund hinein und kehrte lautlos zur Trommel zurück ... bis der Ochse den Kopf wieder hob und einige Male den Hals warf und den Schrei unschlüssig in einen Instinkt verwandelte, den deutlich zu machen er die Deichsel im Joch selbst veranlaßte.

Der Ochse setzte den Wagen mit einem Ruck in Bewegung, so daß der Mann hintenüberfiel, ohne die Zügel loszulassen; und das riß am Mundstück und tat weh, und darum versuchte der Ochse, sich zu befreien – und begann, schwer und verwirrt vorwärtszutrotteln, auch angetrieben vom Kreischen der jammernden Räder.

Die Männer im Eichenwäldchen sprangen auf, und einer rief den Fuhrmann im Wagen. Sie winkten und schrien, und einer rannte zur Straße hinunter.

Doch der Ochse trabte holpernd weiter, und sie sahen den Wagen und den leeren Kutschbock immer weiter entfernt im Staub verschwinden.

Niemand empfand mehr Befriedigung: durchgehende Ochsen, hantierbare Katastrophen, von der Seite zu betrachten: einen einsamen Bauern erschrecken.

Und Bias erkannte den Geruch der Niederlage. Er hängte langsam die Trommel ab, schlug sich den Staub aus den Kleidern und vom Haar und winkte dem Jungen.

Sie brachen auf und kehrten schweigend zur Rodung im Dickicht zurück.

Und bald verurteilten allein die Bewegungen der Arme und die gekrümmten Rücken alles, was nicht Schweiß und Mühe war.

Der Junge aber kam zum Lager, die Trommel um den Hals. Und er erregte mehr Aufmerksamkeit, als er hätte hoffen können.
Den Stolz starr um den Mund, wiederholte er Bias' Künste, so gut er konnte.
Die Kinder sprangen auf und schrien vor Entzücken, und einige von den Männern am Kirchbau gingen hinunter, um nachzusehen, was vor sich ging.
Und der Junge führte alles vor, was er gesehen hatte; und er war dem Erlebnis so nahe, daß er glaubte, was er zeigte, *sei* das, was er gesehen hatte; und er glaubte, sie lachten über den Fuhrmann und den Ochsen und den Karren, während sie vor allem über seine eitle Tölpelhaftigkeit lachten, die alles andere überbot.
Es scharte sich eine kleine Volksversammlung um ihn, und die Trommel lärmte, und Himmer, der mit dem Dachdecken am Gästehaus beschäftigt war, ging hinunter, um Wasser zu trinken.
Doch als ihm klarwurde, daß die Affenkünste des Jungen etwas zeigten, das wirklich geschehen war, wurde er unruhig. Und als die Straßenroder zum Abendessen zurückkamen, stand er da und wartete. Er packte einen von ihnen und fragte ihn aus. Und das war der, den sie Sillen den Hering nannten; und er ließ ihn nicht eher gehen, als bis er alles aus ihm herausbekommen hatte.

Erst war Himmer stumm. Er sagte nichts. Mitten im Abendessen aber, das sie am Boden an der Gästehauswand einnahmen, stand er so heftig auf, daß er die Schale mit der Rübensuppe auf seinem Knie umkippte. Er entfernte sich aus dem Geruch von müden Menschen und Mörtel und ging im Laufschritt den Hang zum Wagen hinunter, in dem Bias sich gerade umzog und auf einem Bein dastand, seine guten Hosen aus Leinen in einem Haufen um die Füße.
Er drängte sich hinein; und ohne ein Wort versetzte er ihm einen so kräftigen Schlag ins Gesicht, daß Bias hintenüberfiel wie eine Föhre und mit dem Nacken gegen das Wassertönnchen an der Wand schlug.
Die Dunkelheit, die einbrach, als die Öllampe zerschlug,

brachte auch keine Kühle oder Besinnung; und Himmer drängte sich schwankend durch die Wagenöffnung hinaus, und stürzte, und stand fluchend auf, und verschwand irgendwo zwischen den Wagenrädern, die grau und hoch geworden waren, hinter dem Lagerfeuer.
Und am nächsten Tag war Bias verschwunden; er war im Lager nirgends zu finden, und er kam nicht zurück.

Himmer aber fragte erst am Morgen des dritten Tages nach ihm. Er hielt Magdalena Aulin an, als sie an der halbfertigen Gästehaustreppe vorbeiging.
Er stand auf der untersten Treppenstufe, an der Stirnwand des Gästehauses, und sie kam um die Ecke, ein großes und unförmiges Bündel Brennreiser auf dem Rücken, und niemand sonst war in der Nähe.
Es war das erste Mal, daß er sie allein ansprach, und seine Stimme war strenger, als er es sich vorgenommen hatte. Sie aber riß ihren Arm an sich und lief weg, ehe er sich auch nur hätte räuspern können.

Sechster Tag

17

2. Dezember 1915:
Er kam zu spät zum Morgengebet. Und er (der selbst gehen konnte und mit den anderen draußen sein durfte) wurde zum Vorsteher ins Kontor gerufen; und hinten an der Wand war eine Europakarte und die Kopie (oder das Doppel oder das Pendant) zu Ihm Mit Den Ausgebreiteten Armen. Und der Vorsteher war sehr mild und benutzte sein braungetöntes und gesundes Gesicht und den englischen Predigerschnurrbart, um müde-enttäuscht auszusehen, und trommelte mit einem Bleistift auf das Löschpapier (so daß seine langen Finger müde wurden); und er sah auf, irritiert durch die Unterbrechung (5 und 6 mal 7 und 8 mal 47 mal 3 mal 29 minus 247).
»Was willst du«, sagte er irritiert.

Er sagte, daß er.
»Gut«, sagte der Vorsteher. »Ich brauche wohl nicht zu predigen.«
»Nein«, sagte er.
»Hast du Angst vor mir?« sagte der Vorsteher.
»Ja«, sagte er.
Da erlosch das Gesicht, nur noch Schnurrbart; der Bleistift landete im Federkasten, die Augen lackschwarz (seine in denen des Vorstehers).
»Willst du Erklärungen abgeben«, sagte der Vorsteher müde.
»Nein«, sagte er.
»Nimmst du deine Medizin?«
»Ja, Herr Vorsteher.«
Der Vorsteher hob das Notizbuch weg und schlug die Zeitung auf, die darunterlag. Sein Zeigefinger begann zerstreut, in der Karte auf der ersten Seite zu suchen. Er pustete durch den rechten Schnurrbartflügel.
»Wir lassen also das Abendessen ausfallen«, sagte er in die Erde und den Explosionstrichter hinein.
»Ja, Herr Vorsteher«, sagte er.
(»Vier Tage vorrücken, ununterbrochene Kampfkontakte.«)
»Fühlst du dich wohl bei uns«, sagte der Vorsteher und blätterte.
»Ja«, sagte er.
»Besser als bei den anderen?«
»Ja.«
»Viel besser?«
»Ja, Herr Vorsteher.«
»Wie war es da?« sagte der Vorsteher und guckte plötzlich hoch. »Haben sie geschlagen?« (Der Kleinefingernagel putzte irgendwo in den Vorderzähnen: Oberlippe und Schnurrbart hochgezogen: gelb, schwarz und rot – eine Flagge: und das Siegelringemblem des langen, mageren Fingers.)
Er nickte (und versuchte, nicht zu zittern).

(»Vierzigtausend Mann«, las der Vorsteher sich vor und blätterte weiter.)
»Hier schlagen wir nicht«, sagte er. »Oder?«
Der Vorsteher streckte seinen wohltrainierten Rücken und las.

»Oder?« sagte er lauter.
»Nein, Herr Vorsteher«, sagte er und versuchte, nicht zu zittern.
»Das ist nämlich nicht nötig.«
»Nein, Herr Vorsteher.«
»Läßt du Den Herrn in deinem Herzen sprechen«, sagte der Vorsteher und las.
»Ja, Herr Vorsteher.«
(Die gesunde braungelbe Lederwärme seines Gesichts.)
»Jeden Tag?«
»Ja, Herr Vorsteher.«
Der Vorsteher blätterte.
»Dann bleibst du bei uns«, sagte er, und es war keine Frage, obwohl er sich die Mühe gemacht hatte, es wie eine solche klingen zu lassen.
»Ja, danke, Herr Vorsteher.«
»Aber irgendwann wirst du wieder nach Hause gehen.«
(Er fing an zu zittern.) »Ja, Herr Vorsteher.«
Der Vorsteher nickte und blickte auf. »Das ist gut«, sagte er.
Er wedelte mit der Hand und ließ sie in die Schützengräben sinken.
»Jetzt kannst du gehen«, sagte er.
Er machte eine Verbeugung. »Danke«, sagte er.
Und als er die Türklinke anfaßte (Vorsteherarm Hand Türklinke Tür Wand Haus Zittern), sagte die Stimme vom Tisch: »Du brauchst keine Angst zu haben.«
Und er drehte sich um (starr, starr, starr) und verbeugte sich wieder.
»Ich bin streng, aber niemals grausam oder ungerecht. Sagt das nicht auch die Hausmutter?«
»Ja, Herr Vorsteher«, sagte er.
Und das Zeitungspapier und die Tüte mit den Pfefferminzpastillen. Der Spiegel der Schreibtischplatte und das Echo des Bleistifts und des Lineals und des Artilleriefeuers.
Er stand noch da. (Er stand noch da.) (»Ich stand noch da«, sagte er, »denn ich war noch jung und glaubte, zum Leben Zeit zu haben. Und das hat mich gerettet. Die Kugel passierte meine rechte Schläfe in einem Abstand von drei Millimetern.«)

Der Vorsteher sah auf, gleichgültig gutmütig. »Geh jetzt«, sagte er.
Er drückte die Türklinke hinunter.
»Da ist wohl jemand, der wartet«, sagte der Vorsteher in die Zeitung hinein.
Das war ein Witz.
»Ja, Herr Vorsteher«, sagte er.

18

Sie hatten aber Glück mit dem Wetter; vielleicht war das ein Versöhnungszeichen. Mitte Juli blühten die Ackerskabiosen, und sie begannen mit der Heuernte.
Zu Johanni hatte es geregnet, so daß die Ernte hätte mager werden müssen, doch das Zeichen trog. Und Augusta Holmquist, eine Witwe, die auf rätselhaften Wegen aus Holmsjö in Blekinge zu Gott in Göteborg gekommen war, gab geduldig alles weiter, was sie wußte.
»Greta hat gepinkelt. Die Nüsse hätten Würmer kriegen müssen«, sagte sie zu Tuppen.
Tuppen sagte: »Es wird mehr Raum geben, wenn der Kreislauf sich selber regelt.« Und er meinte dies als ein zweideutiges Lob der Vernunft.
Am Jakobstag ernteten sie Roggen, und da hatte die Gerste Ähren angesetzt, danach wurde das Gras stärker und härter.
Doch noch immer gingen viele halbhungrig zu Bett, und viele hatten eine Essenphobie: sie hatten Angst, zu tief in die Mehlkästen zu gehen, und träumten nachts davon.

Unmittelbar vor der Heuernte waren zwei der kleinsten Kinder an einer Erkältung gestorben, obwohl die Luft fast den ganzen Frühsommer über trocken und warm gewesen war.
Als aber diejenigen, die Gewinnlose gezogen hatten, das Wagenlager abbrachen und in die Häuser im Rachen einzogen, waren sie zu müde, um nur trauern zu können. Sie kleideten die Treppenstufen in Trauer und beteten für die Kinder, die niemals mit ihnen einziehen würden. Danach zogen sie Sonntagskleider an und machten Besuche; und die, die Glück gehabt hatten, lobten und beglückwünschten einander mit leisen Stimmen.

Niemand konnte sich über die Auslosung beklagen, denn Himmer hatte die Namen, Familie für Familie, am Feuerplatz mit einer Messerspitze in den Sand geschrieben; und darauf hatten sie zusammengefaltete Zettel mit den Hausnummern gelegt und gezogen, so daß alle sehen konnten, daß es mit rechten Dingen zuging.

Später an diesem Tag versammelten sich die Erwachsenen am Strand, um zu baden. Alle, die konnten, kamen. Sie gingen vor dem Abendessen zum Strand hinunter, zogen ihre Kleider aus und ließen den bleichen Wind ihre Haut berühren, die Männer für sich, die Frauen ein Stück weiter weg.
Der Sand war noch warm.
Sie gruben mit den Zehen im Tangwall. Sie waren ernst, als verrichteten sie eine Andacht oder erfüllten ein Versprechen.
Das Wasser glänzte spiegelnd und still. Der Wind hatte sich gelegt, die Schreie der Seeschwalben kamen vom Land her.
Sie gingen hinaus in das seichte Wasser, drehten sich um und betrachteten das Dorf mit Blicken von außen und auf den scheuen Abendhimmel über den Osern, wo alle Laute doppelte und lauschende Echos hatten.
So standen sie, mit hochgezogenen Schultern, die Arme über dem Brustkorb, fröstelnd und still, und sie glichen mageren weißen Tieren, die herausgekrochen waren aus einer vergessenen Dunkelheit.
Sie redeten nicht, berührten aber das Wasser mit steifen, hartgewordenen Fingern und lauschten den Seevogelschreien.
Und obwohl sie einander nicht ansahen, bewegten sich ihre Spiegelbilder aufeinander zu und flossen zusammen wie in einem deutlichen und langsam unsicher werdenden Traum.
Als sie wieder an den Strand kamen, beeilten sie sich mit den Kleidern; und sie tapsten und torkelten mit den widerspenstigen und an ihrer nassen Haut klebenden Kleidungsstücken herum, und wichen den Körpern der anderen noch emsiger aus als draußen im Wasser.
Und die ganze Zeit saßen die Kinder in einem gelähmten Haufen in der Nähe der Mole und betrachteten stumm das unerhörte Schauspiel.

19

Zu dieser Zeit schrieb Himmer, ohne Hilfe von Aulin oder Bias, seinen ersten Bericht für die Gesellschaft.
Er schrieb ihn draußen im Gras jenseits der Landstraße.
Sein Körper war noch ohne Falsch und ohne mehr Unruhe, als er mit schwerer Arbeit hätte sättigen können; doch Dinge und Ereignisse bewegten sich neben ihm wie eine Wolke, und als er saß, fror er vor hilfloser Einsamkeit. In dem hohen Gras formte er mühsam Buchstaben zu Worten, die nicht seine waren, und beschrieb Ereignisse, von denen er nicht sicher war, daß er an ihnen teilgenommen hatte. Er wurde knapp, streng und unpersönlich; und die Strenge wuchs, als er gezwungen war, sich zu demütigen und um mehr Geld zu bitten.
Er versuchte, den Hunger zu beschreiben, fand ihn aber nicht wieder; und schließlich teilte er nur mit, daß sie viel durchgemacht, aber überlebt hätten, und daß sie Geld für neue Pferde, Werkzeug und Vieh brauchten.
Er erwähnte auch seine Unruhe über die Tatsache, daß das Admiralitätskonsistorium ihnen keinen Inspektionsbesuch gemacht hatte, da dies als Feindseligkeit oder bestenfalls Gleichgültigkeit ausgelegt werden könne. Im übrigen gab er seiner Besorgnis angesichts der Zukunft keinen Ausdruck und erwähnte nichts von Bias' Verschwinden, oder von Aulins Abwesenheit aus seinem Körper.
Er bat auch nicht um Briefe oder Instruktionen, schloß jedoch mit einem Zitat Des Meisters:
»Es gibt drei Zustände, die der Mensch nach dem Tod durchlaufen muß, bevor er entweder in den Himmel oder in den Abgrund kommt. Der erste ist sein Außenzustand, der zweite sein Innenzustand und der dritte sein Vorbereitungszustand.«
Er wußte nicht mit Sicherheit, warum er gerade diese Zeilen wählte. Oder warum er das Zitat gerade hier beendete. Die Fortsetzung lautete: »Diese Zustände durchläuft der Mensch in der Welt der Geister.«
Vielleicht wollte er einen dunklen Vorwurf zum Ausdruck bringen oder einen Zweifel, der so winzig war, daß er nicht einmal sich selbst ihn zu sehen erlaubte.

Vielleicht deutete er an, daß sie zu lange in der Entbehrung gewesen waren – am Schluß dessen, was Der Meister »Vorbereitungszustand« nannte.
Jedenfalls formulierte er den Brief im Kopf, unter dem Gewölbe aus Kiebitzschreien und Licht im Grasmeer sitzend. Und am Föhrenholztisch in dem neuen Haus schrieb er ihn mühsam ins reine, mit einem Gefühl von Unzulänglichkeit und Falschheit, das ihn nicht verlassen wollte.

Am folgenden Tag aber kam Åke Hansson mit der einzigen überlebenden Brieftaube und wollte sie auf einen Erkundungsflug schicken.
Åke Hansson war ein dickbäuchiger sonnenverbrannter Kerl mit mehr Muskeln im Körper, als dieser zunächst andeutete. Man behauptete von ihm, er sei zur See gefahren, und viele meinten, er wisse mehr als die meisten von landsuchenden Vögeln und den mit ihnen verbundenen Zeichen.
So sah Himmer keinen Grund, Einwendungen zu machen.
Es war im übrigen derselbe Morgen, an dem er sich zum ersten Mal seit seiner Genesung in einem Spiegel sah.
Er sah ein mageres, spitznasiges Gesicht mit lichtempfindlich starrenden Augen, die entweder seine eigenen oder mit den schon verbrauchten Gesichten eines Irren erfüllt waren Er rasierte den schütteren Wollbart aus dem Gesicht und brach viermal in Gelächter aus (und schnitt sich ebensooft), wenn er daran dachte, wer er war und für wen sie ihn hielten.

Am dritten Tag aber kam die Taube zurück. Und sie trug etwas, das einem Bindfadenende glich, im Schnabel. Und sie war erschöpft und hatte Federn verloren, und jemand oder etwas hatte ihr in den Nacken gehackt.
Sie gruben gerade den Brunnen im Rachen; und obwohl er normalerweise jeden Aberglauben bekämpfte, nahm er die Taube in seine Hände und hielt sie über das noch flache Loch und sagte, daß die Segelschnur eine Reise über Wasser bedeute, und daß sie bald Besuch bekommen würden.

Und er behielt recht.
In derselben Woche, am Donnerstagmorgen, kam ein schäbiger magerer Vorreiter in Den Rachen heruntergeklappert.
Er saß auf einem Pferd, das an sich schon eine Verleugnung all dessen war, was Das Domkapitel heilig hielt. Es war schlechter ernährt als alles, was sie an Pferden gesehen hatten, und schien darauf vorbereitet, sich augenblicklich in Luft aufzulösen.
Der Fremde aber (der in seinem Körper dieselbe vergeistigte Direktheit hatte) band das Pferd an die Treppe des äußersten Hauses (das Aulin gehörte), und bat so herausfordernd tonlos um Wasser, daß niemand daran zweifeln konnte, er komme wirklich vom Konsistorium.
Er erwies sich als ein rastloser Mann, der gern die Leute unterbrach, bevor sie ausgeredet hatten.
So machte er, als Anna Hoeffer mit aufgelöstem Haar und einem Zug schläfriger Verwirrung im Gesicht auf die Treppe trat, keinen Versuch, sie zu wecken. Seine Augen blieben graumatt und undurchdringlich wie das Vorsatzblatt von Propst Muhrbecks Katechismuskommentar. Und Anna Hoeffer schob ihm einfach die Tür vor der Nase zu; übrigens mit der Hand, in der sie eine leere Branntweinschatulle hielt. Diese stammte noch vom chaotischen Einzug her, den sie, trotz Magdalenas Beteuerungen, nicht als beendet anzusehen wagte.
So mußte der knochige Admiralitätsprediger gleichgültig, doch mit hochgezogenen Schultern, zum nächsten Haus gehen, um Wasser zu bekommen; und dort machte er klar, ohne festzustellen, mit wem er sprach, worum sich das Ganze handelte: Der Admiralitätssuperintendent könne gegen Mittag erwartet werden; und er selbst, der dritte Admiralitätsprediger Johansson-Radier, habe das dringende Bedürfnis zu ruhen, denn er sei, auf eigene Initiative, schon vor Mitternacht in Carlscrona aufgebrochen, weil er die stille, von Menschen unberührte Sommernachtslandschaft schätze. Er habe jedoch gefroren.
Während er sprach, hielt er den Kopf schief, als siebe er die Formulierungen von einem Ohr zum anderen.
Als er aber entdeckte, daß er auf der Treppe eines Hauses voll glotzäugiger Rotznasen gelandet war, sah er sich nach etwas

anderem um, plötzlich von der Trostlosigkeit des diesigen Morgens überwältigt; und er setzte sich, wo er stand, auf den Boden, so daß zwei magere Knie aus dem Überzieher hervorsprangen, als wollten sie auf beiden Seiten das nicht enden wollende Kinn bewachen, das auch im Begriff schien, sich zu entfernen.

Dort fand ihn Himmer, umgeben von einer großen und stummen Volksversammlung, die ihn mit derselben Versunkenheit betrachtete, mit der er selbst durch sie hindurchguckte.

Als Himmer ihn bat, ihm zu folgen, verbeugte er sich nur müde und fragte tonlos nach einem Bett; und er ging sofort zur Ruhe und schlief in Himmers Kammer ein, ohne seine Stiefel ausgezogen zu haben.

Da drängten sich die Leute schon auf der Treppe und vor dem Haus, und alle redeten unruhig und laut durcheinander; denn Das Konsistorium sollte anerkennen, was dem Herzog vom König zugebilligt worden war, und wie es mit den Ansichten des Königs war, wußte man: sie schwankten und folgten den Winden. Zwar fielen sie selten, neigten sich aber um so öfter. So balancierte Das Volk Gottes auf dem schlaffen Seil, das die familiäre Verbindung des Königs mit dem Herzog war – wenn auch Der Abgrund theologische Namen hatte: Korrespondenzlehre, Dreieinigkeitsleugnung, Rechtfertigung und Versöhnung.

Sie mußten antworten, und zwar richtig antworten, als Das Konsistorium zu fragen begann.

Obwohl es anscheinend den Umständen nach gut angefangen hatte: der düstere Prediger, der drinnen schlief – und in den Stiefeln.

Darüber hinaus konnte ein weiterer Gesichtspunkt beruhigend wirken: sie wußten ja, daß der Superintendent enge Kontakte zur Gesellschaft hatte; das war der Grund dafür gewesen, daß ihm der Herzog (mit Hilfe seiner Drähte zum König) sein Amt verschafft hatte. So hätten sie eigentlich nicht *so* unruhig sein müssen. Aber man konnte nie wissen. *Niemand* konnte mit Sicherheit *etwas* wissen (außer Ihm Der Alles Weiß). Selbst konnten sie nur hoffen und ein Inspektionsessen vorbereiten – falls *das* irgendeine Wirkung haben konnte.

Doch was das betraf, wurden sie ruhiger, als sie ihn sahen.
Da war es auf Himmers Blechtaschenuhr nach eins, und die kleinen Jungen auf dem nördlichen Os gaben Laut.
Der Superintendent war ein Berg junger, erfolgreicher Fettleibigkeit; und seine von den Wangen verkleinerten Augen waren schon rotgerändert und hungrig, als er sich aus dem Einspänner wälzte.

Er ergriff Himmers Hand, ohne daß der Schimmer eines Lächelns durch sein Fleisch zog; und während seine drallen Hände vorwurfsvoll den Staub aus den Falten seines Reisemantels schlugen, suchten seine Augen irritiert nach dem Prediger.
Himmer verbeugte sich steif und hielt (zu seinem Erstaunen) eine Art Begrüßungsrede. Der Fette, der nicht mehr als ein paar Jahre älter sein konnte als er selbst, schnitt eine Grimasse und wedelte in einer Geste eiliger Herzlichkeit mit der Hand, und verzog im Vorbeigehen die Lippen zu einem Lächeln. Dann sah er sich um und nickte leer den Menschen zu, die sich um ihn drängten.
»Wo ist Radier?« fragte er.
Himmer verbeugte sich mit steifen Schultern ein zweites Mal.
»Der Herr Admiralitätsprediger schläft«, sagte er ebenso trocken.

Sie führten Den Dicken in die Mitte Des Rachens hinunter, in die Nähe des noch nicht fertigen Brunnens, wo ein für vier Personen gedeckter Tisch stand.
Sie hatten draußen gedeckt, obwohl es diesig war und der weiße, schwellende Regenhimmel jederzeit reißen konnte. Aber es war die einzige Möglichkeit gewesen; alle konnten nicht essen, dazu reichten weder Essen noch Platz, alle aber konnten zusehen, ohne daß es ein Gedränge gab.
Sie hatten Esser gewählt.
Himmer war selbstverständlich, er vertrat Den Meister und Die Gesellschaft. Abgesehen von ihm hatten die Frauen Mrenta Nebb gewählt und die Männer Tuppen.
Mit dem Tisch hatte es dagegen Probleme gegeben. Alle, die sie hatten, waren zu klein. Dann aber kam jemand auf den

Gedanken, daß man eine Tür aushängen und auf die Plötzentonnen legen konnte, und das hatten sie getan.
Magdalena Aulin war nach einem Tischtuch gelaufen und mit einem ihrer Brautlaken zurückgekommen. Doch Mrenta Nebb streichelte ihr rauh die Wange und sagte, daß sie es nicht annehmen könnten, weil die Flecken darauf von ihr, Magdalena, selbst kommen sollten. Doch andere Laken kamen zum Vorschein, und so begannen sie, ihren Erfindungsreichtum gegen die mageren Vorratshausbestände zu erproben.
Sie hatten Möweneier, Salzplötzen, Stockhering und Rüben, Milch, Butter und etwas Schrotbrot, Haselnüsse und Käse; und außerdem eine kleine Jungfer Branntwein, die Mrenta Nebb vor ihrem Mann hatte verstecken können, um etwas für die Kinder zu haben.
Zum Nachtisch hatten sie Walderdbeeren gepflückt, groß wie wilde Kirschen.
Sie sahen den Tisch entstehen und fühlten sich ganz zufrieden; und während sie ihn deckten, bewegten sie sich mit Bewegungen um ihn, die sie sonst eigentlich nur zur Musik machten.

So fühlten sie sich ein wenig sicherer, als sie den fetten jungen Kirchenhirten zu Tisch führten – und der Tisch bog sich auch unter ganzen Bergen von Labkraut und Färberkamille. Und es wurde sofort deutlich, daß der Superintendent, so gespreizt er auch gewirkt hatte, in der Nähe des Tisches zugänglicher wurde.
Er schnaufte unter seinen Zentnern, hob die Stimme, damit ihn alle hören konnten, und fragte, jetzt gemütlicher, ob jemand Radier geweckt habe – und fügte mit einer Wellenbewegung über den Bauch hinzu: »Denn es ist doch wohl nicht der Sinn der Sache, daß ich allein bestochen werde?«
Doch kaum jemand lachte; und sie beobachteten ihn weiter, freundlich und interessiert, mit ihren abgetragenen Schuhen, mageren Hälsen und den gelben Holznägeln in den Holzschuhen.
Die ganze Zeit über lächelte Himmer starr und blinzelnd in das cremige Licht. Er reichte Mrenta Nebb, die rechts von ihm saß, das Roggenbrot, und sie nahm es, ohne zu lächeln, und beugte nur widerwillig den Nacken, während sie auf dem Tisch eine dicke Scheibe abschnitt.

Später reinigte Tuppen mit leichten Bewegungen die Plötzen von den Gräten. Doch er war nicht mehr hungrig, fühlte sich nur matt und schwitzte; und diese merkwürdige Sicherheit in seinen Händen beunruhigte ihn.

Und Himmer saß aufrecht und still und kaute, wie es schien, ohne etwas zu schmecken. Er versuchte auch nicht, Konversation zu machen und wurde, wie immer, wenn er sich irritiert fühlte, vom Gähnen befallen.

Der Superintendent aber war offensichtlich geübt und in Hochstimmung. Er erkundigte sich pflichtschuldigst nach den Strapazen der Auswanderung und begann dann zu dozieren. Er sprach von seinem unersättlichen Interesse für Philosophische Fragen, vor allem während der Jahre an der Universität.

Mit einem hartgekochten Möwenei in jeder Hand, und Dauerbrot und Salzplötzen in den Mundwinkeln, beschrieb er seine zu jener Zeit wachsenden Einsichten in Das Geistige: die Energie des Suchens, die innere paradiesische Kraft der Metalle, die Geheimnisse der Astrologie, den Einfluß der verborgenen Kräfte auf Gemütsstimmungen und Schicksale von Menschen, das Überschauen zukünftiger Ereignisse, die Entdeckung verschiedener Universalmittel, die Kontrolle der Geisteskraft – mit anderen Worten: die Inbesitznahme des Steins Der Weisen, in dieser und der übersinnlichen Welt.

Wie immer wurde er von seiner eigenen Zungenfertigkeit angesteckt.

»Ich werde«, sagte er (und kniff erwartungsvoll seine kleinen Augen zusammen), »von meiner eigenen Bekehrung erzählen.«

»Die Sache war nämlich die, daß meine Familie für mich die Offizierslaufbahn vorgesehen hatte. Meine Eltern aber« (und er reckte sich nach dem triefenden Käse) »wurden später Mitwanderer Im Geiste. Sie gehörten dem Kreis von Suchern an, der unsere Exegetische und Philanthropische Gesellschaft gründete, und deren Versammlungen wurden damals nicht nur vom Herzog von Södermanland besucht, sondern heimlich vom König selbst.«

»In meinem Elternhaus«, sagte er (und lüftete diskret seinen Hintern von der Tonne, deren Kanten angefangen hatten, ihn für seine Berufswahl zu strafen), »begegnete ich als Kind oder

Halbwüchsiger dem bemerkenswerten und namenlosen Bannbrecher, der eine eigene Ordensgesellschaft für junge Adelige und Offiziere eingerichtet hatte. Er überzeugte mich, daß ich zu Gott nicht den Weg über den Ritteradel zu gehen brauchte, sondern mich statt dessen der Aufgabe widmen müsse, die Wohnung Des Geistes direkt aufzusuchen, und deren, sozusagen, Platz im Körper.«
»Und dies«, sagte er (und streckte die Hand nach einem weiteren Stück Dauerbrot aus), »zwingt mich, etwas einzugehen auf die vierzehn Stationen, die den Weg der Seele zum Geist, zum Himmel und zum All säumen.«
Und das tat er.

Sie beendeten die Mahlzeit mit Gebet und Danksagung; und die Kinder bekamen das, was vom Essen und von den Walderdbeeren übrig war.
Anschließend führten sie ihren Glaubensbruder im Dorf herum, und sie waren erleichtert und stolz. Der fette junge Mann wurde gegen seinen Willen zeitweise von ihrem Eifer mitgerissen und vergaß sogar, sich über ihren volkstümlichen Mangel an Künstelei zu entsetzen.
Die Häuser waren noch so neu, daß sie nach Harz und feuchtem Kalk rochen. Der Hausrat war spärlich und atmete Armut. Die Kirche, die gerade ihr Dach bekommen hatte, glich einem Stall mit einem zu hoch geratenen Mauersockel.
Als sie zum Gästehaus kamen, tauchte der Admiralitätsprediger auf, schlaftrunken und in sich gekehrt. Und der Intendent entzog in seiner wachsenden Unzufriedenheit der Gästearbeit seine Aufmerksamkeit und hielt dafür eine giftige Strafpredigt über säumige Beamte in der Admiralitätsverwaltung, die ihm aufgefallen waren. Und alle wußten, daß er den Prediger meinte, wenn es auch weniger klar war, worin dessen Versäumnis bestand, einmal abgesehen davon, daß er geschlafen hatte.
Jedenfalls kürzte der Intendent Himmers lange und minuziös vorbereitete Rede über die Gästearbeit irgendwie ab.

Es fiel noch immer kein Regen, obwohl sich die Wolken dicht über die Meeresbucht und das niedrige zerzauste Gras des

Kiesplatzes herabsenkten. Doch die Möwen und die Kiebitze schrien nahe, als wollten sie darauf hinweisen, wie aufdringlich alle Unsichtbarkeit ist, wenn man sich weigert, sie zu sehen.
Der Superintendent atmete schwer, wollte aber trotz allem seine neugewonnene Anteilnahme an ihrem Werk zum Ausdruck bringen; so bestand er widerwillig darauf, mit auf das höchste Os im Norden zu klettern.
Doch als sie oben ankamen, konnten sie kaum etwas sehen. Der Strand war von milchweißen Dünsten verborgen, die Hafenmole erschien undeutlich wie eine Reihe Robbenköpfe auf der Wasserlinie.
Es war nicht kalt, doch alles triefte vor Nässe; und weil sie schon lange draußen gesessen hatten, begann die Feuchtigkeit durch die Kleider zu dringen.
Der Superintendent war jetzt graubleich und wortkarg. Er hustete, deutete Bronchienbeschwerden an und erkundigte sich nach Rotweingrog. Es hatte schon zu dämmern begonnen. Doch sie wollten ihm die Äcker und das Neuland zeigen, bevor es dunkel wurde, und er konnte nicht entkommen; so hustete er nur grau und nickte mit Wangen, die bleich und weich wie Käsemasse geworden waren.

Sie kamen nicht vor dem Dunkelwerden zum Rachen zurück. Nun froren die Geistlichen, daß sie zitterten, und sie waren schlammig, klitschnaß und erschöpft; der Prediger jedoch vor allem im Geiste.
Es war beschlossen worden, daß beide bei Himmer schlafen sollten, der ja allein wohnte.
Er ließ sie die Stube teilen: der Intendent bekam das Sofa und der Prediger Stroh auf dem Boden.
Schlotternd und schlechtgelaunt trockneten sie vor dem Feuer ihre Kleider.
Ohne Amtskleider wirkten beide, wenn auch auf unterschiedliche Weise, sofort weniger erlösungssicher. Die breiten hängenden Schinken des Intendenten schwiegen, während der magere Brustkorb des Predigers diesem einen seltsam triumphierenden Zug von Weltlichkeit gab.
Augusta Holmquist kam mit heißem Rotwein (Gott weiß woher) und Brot und Käse für den ausgehungerten Prediger;

und die Stimmung stieg langsam mit der Wärme und der trägen Gleichgültigkeit in den Körpern, die Ruhe brauchen.
Da saßen sie, der Intendent, der Prediger und der Inspizierte vor dem Feuer, nur mit einer Decke über den Schultern. Und sie nippten an dem dampfenden Rotwein und konnten zum ersten Mal an diesem Tag miteinander schweigen und sich gegenseitig dennoch als beinahe menschlich erleben.
Draußen stand die Julinacht, dampfend und schwarznaß von dunkelgewordenem Grün. Der Himmel war still: nur die ungewissen Mitteilungen des knisternden Feuers.

Es wäre keinem von ihnen eingefallen, ein theologisches Gespräch zu beginnen. Oder ein eschatologisches, oder ein dämonologisches, nicht einmal dem Superintendenten.
Propst Aulins Bewußtsein aber war im Laufe des Nachmittags von einer Reihe unabweisbarer Signale getroffen worden. Langsam waren die Echos der Vergangenheit aufgestiegen, und er hatte begonnen, sich auf die Inspektion vorzubereiten.
Himmer sah ihn plötzlich in der Tür.
Er stand da in vollem Ornat, und Inez Carlberg stützte ihn vorsichtig, als könne sein Vogelschädel im selben Augenblick zerfallen, in dem er über die Schwelle trat.
Himmer stand mit einer Verbeugung auf, wickelte sich die Decke enger um den Körper und führte ihn mit respektvoller Resignation zum Stuhl am Feuer, wo sich der Propst, gerade wie spanisches Rohr, auf die Stuhlkante setzte.
Aulin roch nach Seife und schien nicht überrascht, den Admiralitätssuperintendenten und dessen Mitarbeiter nackt vor dem Feuer zu finden. Er selbst war trocken und rein. Es hatte sich aufgeklart. Sternenlichter, schwach wie Nadelstiche, waren aufgeschimmert, als er und Inez über den Kiesplatz gingen.
»Ich möchte mit Dompropst Ekebom anfangen«, sagte er unvermittelt, und wandte sich mit einem schiefen Lächeln den bestürzten Wangen des Superintendenten zu.

Propst Aulin sprach nun, schlafwandlerisch und mit nadelfeinem Gedächtnis, länger als eine Stunde. Er gab Gerüchte und Tatsachen aus der Vergangenheit des göteborgischen Frömmigkeitslebens wieder.

So beschrieb er zum Beispiel vom ungebadeten Studienrat in Griechisch den meerschweinchenartigen Geruch, der sowohl Beyers Äußerungen über Ekebom zu vorgerückter Stunde als auch seinen Mantel in der Garderobe umgab. Oder den kaum merklichen Zug hysterischer Empfänglichkeit für formelle Befürchtungen, die Frau Beyer in der Zeit des Streites angesichts aller Frauen an den Tag legte, die jünger waren als sie selbst.
Er hob das Widersinnige in der Behauptung des Dompropstes hervor, daß die Lehre der Neuen Kirche nicht nur schismatisch und häretisch, sondern (in ihren zentralen Teilen) auch sozianisch sei – und daher infamer als der Winkelpapismus.
»Um Ekeboms eigene Worte zu travestieren: Das sind Blasphemien, Lügen und verdammte hartleibige Einfalt«, sagte er und ließ seine dünne wohlartikulierte Stimme die Worte mit der ganzen Scheinsachlichkeit einer akademischen Pseudodisziplin präsentieren.
Er hob langsam den Zeigefinger und drohte zierlich lächelnd in die Richtung des Intendenten, so daß auch der Prediger sich die Decke dichter um die Schultern zog und schauderte.
Mit gesenkter Stimme wandte er sich hierauf flüsternd an den Prediger: »Beyer war ja damals in großen Schwierigkeiten; denn die Frau hatte, wie alle wissen, im Beisein zweier feindlicher Geistlicher auf ihrem Totenbett die Partei der Widersacher ergriffen und die Lehre ›triste Engelsmolke‹ genannt. Aber Der Meister gab Beyer neuen Mut. Er teilte mit, daß der abgeschiedene Geist der Frau widerlegt habe, was ihr sterbender Körper gesagt hatte. Die geistlichen Satansbraten waren Verführer gewesen; sie hatten ihre Gedanken mit den Geistern in Satans Gefolge in Verbindung gebracht. Und diese Lümmel, dieses Schweinsgedärm des Satans, waren vom Himmel herabgeworfen worden – und wüteten nun gegen alles, was zu Der Neuen Kirche gehörte! So einfach war das! Diaboliten!!«
Er sah sich triumphierend um, als habe er aus einem geheimen Prozeßprotokoll vorgelesen, und fuhr fort, Details und Wiederholungen herunterzuleiern, bis der Sauerstoff in der Luft langsam abnahm und sie anfingen, wie in einer Bleikammer nach Atem zu ringen.
Schließlich wimmerte der Superintendent laut. Seine gequälten

Ferkelaugen flehten herzzerreißend; und in einer kurzen Pause, in einem Riß in der Wortwand, beugte sich Himmer über Aulin und flüsterte ihm ins Ohr – und beide bedachten die mangelhafte Bekleidung der Gäste.
Eine Schweigeminute verstrich (in der alles den Atem anhielt).
Dann nickte Aulin ausdruckslos. Er hob die Hand zu einer zerstreuten Segnung, stand auf, verbeugte sich mit altmodischer Straffheit (und haarfeinem Lächeln im ausgetrockneten Gesicht) – und verließ den Raum so plötzlich, wie er gekommen war.
Die Zurückgebliebenen tauschten einige harmlose Höflichkeiten aus (und Verbeugungen, die lästig waren wie die halb ironischen, halb vorwurfsvollen Gesten des Alten); danach zogen sie sich überstürzt zurück.
Später drückte sie der Wein in einen langsam dahingleitenden Schlaf; und sie schliefen – auch der Prediger im Stroh –, ohne von unbekannten Dämonen besucht zu werden.

Am nächsten Morgen war der Himmel hoch und saubergeputstet. Der Wind führte den Wellenschaum hoch aufs Land hinauf, und der Salzgeruch drang in das rohe Holz der Häuser.
Die beiden Geistlichen brachen früh auf. Es war beschlossen worden, daß Himmer mit dem Kastenwagen nach Carlscrona mitfahren sollte, um die ersten Gäste abzuholen.
Alle waren mit der Trennung einverstanden. Der Superintendent hatte versprochen, für Gottes Volk in der Bürgerschaft zu sprechen; und es bei der Armenhausdirektion und in Familien mit geheimen Unglücksfällen zu empfehlen. Sie ihrerseits wollten den Intendenten nicht vergessen, wenn der Herzog von sich hören ließ.
Im Gegenwind setzte sich der Prediger geduckt auf das ausgemergelte Pferd. Der Superintendent wuchtete sich in den Einspänner, über Nase und Mund ein Handtuch gegen den Staub.
Sie wurden vom ganzen Volk Gottes zur Wegkreuzung hinaufbegleitet; und man nahm Abschied, als gelte es, ins Ausland zu ziehen oder in den Krieg.
Auf jeden Fall war der Augenblick von Ernst erfüllt, und Der

Geist durchströmte alle so deutlich, daß der Vogelgesang im frühen Morgenlicht abnahm und statt dessen Seufzer sanfter Zuversicht aus dem Grün der Bäume stiegen.

Die aber, die später am Tag mit dem Kastenwagen hinterherfuhren, waren angespannt und wortkarg; und diese Stimmung begleitete sie die ganze Reise über.

Sie sahen kaum Menschen, was sie befürchten ließ, sie könnten sich in einer Landschaft bewegen, die so fremd war, daß entweder sie selbst oder die Bewohner der Landschaft unsichtbar gemacht worden waren.

Als sie die Ebene verließen und sich dem waldigen und bergigen Gebiet näherten, das die Stadt zur Landseite hin umgab, empfanden sie noch immer Mißmut. Jetzt glaubten sie, Jemand oder Etwas, verborgen im Inneren der Vegetation, habe sie die ganze Zeit über beobachtet.

Nicht ein einziges Mal hielten sie an, außer um ihre Notdurft zu verrichten; und den Proviant aßen sie ohne Appetit, vom Kreischen der Wagenräder umgeben.

Nicht einmal Mrenta Nebb, die in ihrem ausgeblichenen Brautkleid neben Himmer auf dem Kutschbock saß, hatte das Gefühl, daß der ihr eigene Widerstand dem Druck dieser unendlichen Ausgesetztheit standhalten werde.

Als sie der Stadt so nahe gekommen waren, daß sie den ersten Kanal im Norden passiert hatten, sahen sie violette Wolken über den Baumwipfeln stehen – und die Wolken waren bewegungslos und hatten Seiten wie gefrorene Messerklingen aus Salz.

Mit abgewandten Gesichtern fuhren sie am Blauen Tor vorbei, wo von einigen Kneipengästen ihre Kleider verhöhnt wurden.

Und als die Wagenräder mit einem harten Rasseln, das Mrenta noch unverhohlener als das schamlose Grinsen in den Augen der Stadtwachen schien, am Stadtzoll durch das Tor rollten, und als sie auf der ersten der langen Holzbrücken zur Sumpfwiese am Ende der Landbrücke kamen, fragte Himmer, während er das Pferd zügelte, ob auch sie den Geruch bemerke.

Und sie bemerkte ihn sehr deutlich: es roch nach verbranntem Fleisch.

Der Wagen rollte weiter über die dröhnenden Holzbrücken. Weit weg auf der Anhöhe tauchten Windmühlen und zwei seltsam verstümmelte Kirchtürme auf.
Der Wind fuhr dicht in ihre Gesichter, so daß die Augen tränten.
Es hatte zu dämmern begonnen; doch der Geruch des verbrannten Fleisches wich nicht.
»Hier verbrennen sie ihre Hunde«, sagte Himmer ohne jede Ironie. »Und begraben ihre Lügen.«
Und seine Stimme hatte einen so metallischen Klang erkämpften Selbstvertrauens, daß Mrenta zusammenzuckte, als sei sie bei etwas Beschämendem ertappt worden.
Und dabei hatte sie, nach einem fast ganzen Leben mit Abraham Nebb, aufgehört, sich für anderes zu schämen als ihren eigenen Mangel an Geduld.

Siebter Tag

21

Warme Tage kamen, und es regnete selten. Hjelm, der auf der Flucht war, wanderte von Fliegen, Schmetterlingen und taumelnden Schatten umgeben.
Er stahl eine Henne und rupfte sie, hatte aber kein Feuer. Er wartete nun auf ein Zeichen von der Sonne oder vom Donner: einen Erdstoß oder einen Luftblitz. Doch nichts geschah. Er hatte trockenes Gras und Birkenrinde zwischen ein paar Steine gelegt. Er starrte sie an und sagte mehrere Male: Brenn! Doch nichts geschah.
Er wanderte mehrere Tage in starker Sonnenwärme und mit Rückenwind. Der Weg staubte, doch der Wald war schattig und roch nach Moos, Ameisen und kaltem unterirdischem Wasser.
Er begegnete Männern in einem leeren Ochsenwagen und grüßte. Doch er war unsichtbar; sie sahen ihn nicht.
Er hatte großen Durst.

Zwei Tage darauf schlief er in einem Graben ein. Er wachte davon auf, daß ihn jemand an den Schultern packte. Er wurde starr vor Angst und fing an zu zittern und konnte nicht sprechen.

Der Mann aber, der ihn berührte, war klein und mager wie er selbst.
Sie waren einander wirklich ähnlich: die gleichen eingedrückten Nasen. Als habe sie jemand mit Daumen und Zeigefinger zusammen- und nach unten gedrückt; und schwarzes, trockenes Haar.
Weiß Gott, verdammt noch mal, sagte der Magere.
Dann durfte er mit ihm nach Hause gehen.
Sie kamen zu einem Haus im Wald. Es war einsam, grau und blind, mit schiefen Wänden und Moos.
Weiß Gott, verdammt noch mal, sagte der Magere. Schlaf beim Herd; paß auf den Eimer auf.

Es gab einen Jungen dort, schiefgewachsen und graurunzlig. Er war dünnbeinig und roch nach kranken Setzkartoffeln; auch er war vor irgend etwas weggelaufen.
Der Magere sah sie an und schüttelte den Kopf.
Weiß der Teufel, sagte der Junge.
Beide lachten.
Da lachte er auch; sie lachten alle drei.
Der Magere hatte zwei Bücher und lehrte den Jungen lesen.
Der Magere fragte nicht viel; er fragte, wie er heiße.
Doch Hjelm konnte sich nicht erinnern, wie sie ihn genannt hatten, bevor er reiste; und er hatte vergessen (oder wollte sich nicht erinnern), wie sie ihn in Carlscrona nannten.
Dort gab es *einen*, vor dem er keine Angst hatte: einen Alten, mit stillen Augen, der seinen Arm genommen hatte, wenn sie in die Waschküche und zu den Bürsten sollten. Er hieß Hjelm.
Hjelm, sagte er probeweise.
Der Magere sah seine Hände an.
»Wirklich, Hjelm«, sagte er und schüttelte den Kopf. »Du bist mir'n schöner Krieger.«

Nachts ging er hinaus und suchte Essen. Es war eine arme Gegend. Die Keller der Bauern waren klein und niedrig und bargen meist nur Reste von Vorräten. Er fand ein Stück ausgetrockneten Speck und ein Fäßchen Salzheringe.
Der Magere freute sich nicht, als er zurückkam. Er nahm ihm das Essen weg und sagte, er werde Prügel bekommen, wenn er es noch einmal tue.

Doch er hatte von neuem Lust zu essen, und so schlich er sich wieder hinaus, wenn sie schliefen. Er brachte nichts mit, sondern aß alles allein auf.
Er konnte Essen von weitem riechen. Er aß alles mögliche: Äpfel, Kartoffeln, Salzheringe, Sauermilch, Blutklöße, Rüben. Hinterher schlief er lange. Er ging nach Hause und legte sich vor dem Haus unter einen Busch.
Der Magere und der Junge arbeiteten anderswo. Sie fragten, ob er das Haus bewacht und Holz für den Herd geholt habe. Das hatte er.

Doch er vergaß. Er fand ein Huhn, ein totes und gerupftes, und er vergaß und nahm es mit zum Haus.
Er kam am Morgen zurück. Es war niemand zu Hause. Er wollte dem Mageren und dem Jungen eine Freude machen.
Er machte draußen Feuer, damit sie es rochen und kamen. Es brannte gut, und er sang. Dann ging er nach dem Salzsäckchen. Als er zurückkam, brannte die Stallwand.
Er versuchte, hineinzukommen. Doch es brannten die Wand und das Dach und die Tür, und er verbrannte sich die Hände. Er versuchte, den Atem anzuhalten und das Feuer nicht zu sehen und den Hahn und die Hennen zu holen. Doch auch er fing Feuer, und er verbrannte sich das Gesicht.
Während die Hühner und der Hahn brannten, lief er draußen hin und her; und er konnte nicht schreien, sondern er lief nur und hörte, wie es in seinem Inneren schrie, während es brannte.
Er durfte dennoch bleiben.
Der Magere sah ihn an und sagte: Verdammter Idiot. Ich bin ’n verdammter Idiot.
Und er durfte bleiben.

Der Magere und der Junge konnten schreinern. Er, Hjelm, trug Steine und schleppte Baumstämme für einen neuen Stall: für ein Hühnerhaus.
Eines Nachts nahm er einen Blutkloß, den er gefunden hatte, mit nach Hause. Der Magere sagte nichts. Sie aßen ihn zusammen auf, alle drei.

Der Junge konnte auch malen. Er malte mit einem Kohlestück Häuser und Menschen und Bäume an die Wände. Er malte Menschen und Pferde und Sonnen und Sterne. An die Küchenwand malte er einen großen Engel und zeigte ihn ihm. Die Farben mußt du dir selber denken, sagte er.
Er hatte langes goldenes Haar, weiße Flügel und Sonntagskleider und eine rote Schärpe. Es leuchtete um ihn. Er spielte mit einem Bogen auf einer mit Saiten versehenen Kiste. An seinen Fingern glitzerten Ringe mit Edelsteinen: blaue, rote und wassergrüne.
Ihm stiegen Tränen in die Augen, wenn er ihn ansah.
Er sagte nichts. Doch er dachte an ihn und erinnerte sich an ihn lange Zeit.

Später waren sie im Haus. Sie drückten sich ums Feuer, auch wenn es nicht brannte. Sie froren und waren hungrig. Er schlief, soviel er konnte. Der Magere und der Junge gingen hinaus, bevor es hell wurde. Manchmal kamen sie mit Hering. Manchmal mit nichts. Manchmal hatten sie Rüben. Einmal hatten sie einen Hasen gefangen.
Er war immer hungrig. Es kam Regen und schneite viel. Er schlief und fror.
Er durfte nichts anrühren; er mußte Wasser holen. Der Schnee fiel. Er hackte Wasser aus dem Brunnen und fror.

Es dauerte sehr lange. Er hatte nicht geglaubt, daß man so frieren konnte. Vielleicht dauerte es mehrere Jahre lang. Jedenfalls hielt die Dunkelheit sie eingeschlossen in einer vollkommen bewegungslos schweigenden Kälte, die sie mit gelben Wolfsaugen anstarrte, oder kläffte, oder nach ihrem warmen Blut winselte. Und ihr Hunger erreichte nie die Erde, an der sie leckte.

Doch schließlich wurde es langsam heller. Das Eis wurde ein wenig nachgiebiger. Zuletzt war die Morgendunkelheit verschwunden. Da öffnete sich die Kälte wieder für Gerüche – bis alles ein einziges, weitgeöffnetes Fenster von Erde, Fichten, Moos, Wasser und Grabenschlamm war.
Warmer Regen prasselte gegen das Fenster und zog vorbei, das Gras richtete sich wieder auf, wenn er in den Nächten hinausging.
Und er holte wieder Essen.

Er durfte den Mageren auf einen Markt begleiten. Sie gingen zwei Tage und Nächte auf der Landstraße. Er fragte, wie das Dorf heiße. Vergaß es aber im selben Augenblick.
Er sah Frauen, die Brüste und runde Hüften hatten; und er sah, was er von ihren Beinen sehen konnte; und die feine, weiche Haut unter den Kleidern.
Da waren sie schon weit gekommen.
Mehr aber fragte er den Mageren nicht.
Er wußte nicht warum. Er versuchte auch nicht zu fliegen. Er wollte bleiben: als sie zurück zum Haus kamen, wollte er bleiben.

22

Das Gästehaus war fertig, als sie mit den ersten Gästen aus Carlscrona zurückkamen. Es war so neu, daß die Feldmäuse noch keine Zeit gehabt hatten, unter dem Fußboden einzuziehen, und noch immer quoll in Betten und Schränken das Holz.
Das Sanktuarium aber war erst halbfertig.
Ehe der Gesandte sich auf den Weg machte (sich auflöste, weggetragen wurde vom Wind, oder vom Himmelslicht), hatte er eine detaillierte Zeichnung über Das Sanktuarium übergeben, angefertigt von der Hand des Herzogs persönlich.
Dieser waren sie mühsam gefolgt, und die Arbeit hatte sich in die Länge gezogen.
Die ersten im Gästehaus einquartierten Gäste wurden daher von diesen hämmernden, dröhnenden und kreischenden Dämonen jenseits des Bethauses überfallen und gequält: schneidende

oder kratzende Klauen versuchten einzudringen, sobald der Morgen graute. Bei Dunkelheit war es ruhiger: dann atmete die Schwärze dicht neben ihnen, versuchte jedoch nicht, sie zu erreichen.

Sie bauten Das Sanktuarium wie ein Seitenschiff an die Kapelle, dem Gästehaus gegenüber. Auf diese Weise war es sowohl in sich abgeschlossen als auch im Zusammenspiel mit dem Bethaus zu benutzen.

Die Ausmaße waren verhältnismäßig bescheiden. Alles außer dem Dach bauten sie aus Stein. Zur Einrichtung aber verwendeten sie ungehobelte Föhre, so daß sich ein gräulicher und langsam rötlich werdender Holzglanz dem Tageslicht im Innenraum mitteilte. Dies hatte Himmer selbst bestimmt, da die Zeichnungen hinsichtlich des Anstrichs keine Vorschriften enthielten.

Der Vorraum hatte einen eigenen Eingang an der linken Schmalseite, war aber mit dem Bethaus verbunden. An den Längsseiten liefen offene Galerien entlang, die weitläufigen Viehboxen glichen. Die Galerien ihrerseits gingen in vier abgeschlossene Verschläge über, die den Anweisungen des Herzogs gemäß »Archiv und Kleiderräume« sein sollten. Hinter dem Vorraum lag der »Äußere Saal«. Hier waren die Wände den Zeichnungen entsprechend aus Holzbrettern, und so »unregelmäßig zusammengefügt, daß sie leicht eine Bergwand imitierten«.

Arvid Waern aber, der knorrige Kerl, der an einem Regenabend im Versammlungshaus in Göteborg aufgetaucht war, mit einer Frau, ebenso durchnäßt und wortkarg wie er selbst, und mit denselben aus Holz geschnitzten Wangenknochen und dem Geruch von Tannenwald – Arvid Waern, der sofort Wurzeln schlug und festwuchs, wo er seinen Körper und seine schweigende Frau aufstellte, war Hausmeister geworden, und Materialverwalter, und später Polier bei den Bauarbeiten; und er warf nur einen Blick auf die falsche Bergwand des Herzogs auf der Zeichnung, schnaubte und spuckte auf die Erde und begann, Steine hereinzutragen. So bauten sie auch hier eine Trockenmauer: der Stein durfte sich selbst imitieren.

Den Taufstein machten sie aus einer Wassertonne, gesenkt in eine Mulde aus Feldstein. Er wies den Weg zu dem kleineren Baum, der hinter dem »Saal« lag und in der geisterviolettten Tintenschrift des Herzogs »Das Allerheiligste« genannt wurde. Dort gab es »Den Weihrauchaltar, Den Schaubrottisch und Den Siebenarmigen Leuchter«, alles aus rohem Föhrenholz, und von dem bestürzt schweigenden Mann angefertigt, der von Göteborg an ihr Gast gewesen war; und um den sich nach Mrenta Nebb Arvid Waern gekümmert hatte, und den sie seit kurzer Zeit Stift-Arvid nannten, oder Den Stift.
Weiter innen, in einem zunehmenden Dunkel, sah man undeutlich »Den Vorhang«, der ein zichorienblaues Laken hinter vier grobhöckerigen Steinsäulen war. Und dahinter – »Der Altar«: groß und breitbeinig wie ein Fischsäuberungstisch, doch im Halbdunkel aus sich selbst leuchtend durch die einem Holz eigene, absichtslose Blondheit.

Das Sanktuarium war als Wiederholung der Form gedacht, die es viele Jahre früher in einem nebeligen Spätwinter erhalten hatte, als es in der Privatwohnung des Herzogs im Schloß in Stockholm in aller Eile aufgeführt worden war.
Doch die Nachbildung erfuhr eine dialektale Abweichung. Die Wirklichkeit widerlegte von sich aus das falsche Verhältnis des Originals zur Notwendigkeit. Das Sanktuarium in Gheel wuchs nicht so sehr aufwärts als abwärts, in die Wirklichkeit hinein. Es spiegelte nichts anderes als die Bedürfnisse derer, die es bauten; und dies so nachdrücklich, daß man hier schließlich von einem *irdischen* Geisteshaus, von einer Speisekammer der Geister, sprechen konnte.
Doch während der ganzen Zeit des Baues fühlte Himmer sich unbehaglich.
Die Geheimnisse Des Sanktuariums lagen im Inneren der Materie verborgen. Alle Entscheidungen mußten, wie die Luftblase in einer Wasserwaage, einer Reihe von Erwartungen angepaßt werden. Es war ein Kryptolith, offen für alle möglichen Zufälligkeiten, und konnte ebensogut mit Hilfe eines Würfels (oder eines Herzogs) wie mit Hilfe einer Meßlatte ausgeführt werden. Außerdem war es Bias' Domäne: hier sollte

er die Berühungskunst ausüben, bei der es darum ging, Das Nichts mit einem Netz aus Nichts zu fangen.
Dennoch hatte Himmer sie so angetrieben, daß alle härter arbeiteten, als vielleicht beabsichtigt war.
Sie hatten das Laubsammeln beendet. Im Laufe einiger blauer windiger Tage hatten sie den Honig der Wildbienen geholt (zu der Zeit, als die Fliegen vor ihrem Summen davonflogen, um den Winter zu überleben). Sie hatten geerntet und Herbstroggen gesät; und zum ersten Mal seit langem hatten sie ohne Hunger zu Bett gehen können.
Doch die Kapelle und der Brunnen waren nicht fertig; der Bethausturm hatte keinen Aufbau bekommen, die Wände waren nicht gekalkt und der Brunnen war nicht abgedichtet worden. Das Wasser, das sie tranken, schmeckte nach dumpfer Erde und braunen Metallen. Die Arbeit an der Brücke hatte noch nicht einmal begonnen. Und die Wege und Pfade waren weiterhin unzureichend und unsicher.
Mehr und mehr von Gottes Volk hatten so schonungslos von ihrem Körper gezehrt, daß sie Mühe hatten, das innere, leitende Licht zu sehen.
Nicht einmal als die ersten Gäste vom Armenhaus kamen, fühlten sie sich verändert, veredelt oder gereinigt. Sie sahen nichts von ihrer eigenen Frömmigkeit. Nur einen Haufen ausgetrockneter, kranker und verschreckter Körper, die sich aus dem Kastenwagen laden ließen; und die Müdigkeit, die nie nachließ: Gliedmaßen aus Haut, Knochen und Sehnen, die einer Art Werkzeug glichen.
Obwohl ja niemand wußte, ob das der *Sinn* war: ob auch diese müde Freudlosigkeit eine Prüfung war.
Jedenfalls ließ Gott zu dieser Zeit Bias zurückkehren, unverbraucht und umgeben von den zahllosen Möglichkeiten, die die Hoffnung auf ein besseres Leben sind.

23

Er kam eines Morgens, so früh, daß ihn niemand sah. Als die Viehhüter fröstelnd die rauhe Morgenluft atmeten, fanden sie ihn dort, ebenso augenfällig wie die Kälte in der Mitte Des Rachens.

Er saß schlafend auf dem Quersitz eines zweirädrigen Karrens, mit massiven Rädern und halbzylindrischer Ladefläche.
Auch der Ochse, der an den Karren gejocht war, schlief. Er stand mit hängendem Kopf und erschöpften Bewegungen der Kiefer da und kaute apathisch.
Der Karren war mit Kisten, Säcken und Tonnen überladen, vom freien Teil des Sitzbretts bis zur Hinterwand; und alles war unter etwas festgezurrt, das einer Segeltuchplane glich.
Als die Kuhhüter zum Wagen kamen und Bias an den Schultern rüttelten, öffnete er seine Augen zu Schlitzen, sah sie an, lachte aus vollem Halse und schlief weiter.
Da weckten sie Himmer; und sie trugen Bias in Himmers Haus, zogen ihn vorsichtig aus und brachten ihn in der Kammer zu Bett; und die ganze Zeit schlief er zusammengerollt wie in einem Schneckenhaus aus Vertrauen.

Als er am späten Nachmittag aufwachte, wusch und rasierte er sich, zog die Sonntagskleider an und machte bei Magdalena Aulin Besuch.
Er war feierlich und ernst, und alle konnten sehen, daß sich sein Körper in den schwarzen Sonntagskleidern steif, schwerfällig und geziert bewegte.
Magdalena stand in Anna Hoeffers Küche, sie war allein, und sie rührte Teig.
Sie hatte niemanden gefragt, wie er aussah, oder ob er gesund und ganz wirke; und der Rücken, den sie der Küchentür zuwandte, war mager und ein wenig gebeugt; ihre Schulterblätter waren dünn und ohne Erwartung, auch ihre Arme waren ohne eine Spur von Hilflosigkeit.
Bias aber machte all den Neugierigen, die sich da draußen versammelt hatten, umständlich die Tür vor der Nase zu. Und blieb an der Schwelle stehen; und da drehte sie sich mit der Holzschüssel in den Händen um, während der Arm mit dem Löffel weiterrührte, und sie nickte ihm steif zu.
Er verbeugte sich tolpatschig, machte ein paar Schritte durch den Raum und blieb stehen, ohne zu wissen, was er tun sollte.
Da stellte sie die Kumme neben den Herd und streckte die Hand aus; und er stapfte hastig weiter und ergriff sie energisch

und verbeugte sich tief, wagte aber noch immer nicht, ihr ins Gesicht zu sehen. Statt dessen führte er seine Lippen an den Handrücken, mit einer ungelenken Geschmeidigkeit, die irgendwo in den Halsmuskeln begann; und sie zog die Hand nicht zurück, sondern überließ sie ihm so lange, bis es der Wärme seines Atems gelang, sie beide ein wenig zu erweichen, bevor sie sich geniert voneinander zurückzogen.

Sein Gesicht, das fast immer lebhaft war, hatte eine schlaffe Verschwommenheit angenommen. Es war von kindlicher Tapferkeit so erfüllt, daß sie beinahe in Gelächter ausgebrochen wäre. Und als er das sah, wagte er wieder sein gewohntes Lächeln, das sein rundes Gesicht in Augenweiß, Lippen und Zähne verwandelte.

Dann machte er eine ungelenke Verbeugung und bewegte sich rückwärts auf die Tür zu; und er sah so hilflos aufgeputzt aus, wie er rückwärts auf dem Fußbodeneis dahinschlitterte, daß sie kichern mußte.

Doch als er die Tür zwischen ihnen geschlossen hatte, erstarrte ihr Gesicht eilig wieder zur Oberfläche; und sie begann mit kleinen erfrorenen Bewegungen in den Armen und Handgelenken zerstreut den Tisch zu decken.

Und nach einer Weile war sie nicht einmal mehr sicher, daß er wirklich bei ihr gewesen war.

Draußen im Ort aber beobachtete man interessiert, wie Bias Himmer aufsuchte; und wie er ihn hinter dem Brunnen sah und zu ihm rannte und ihn umarmte und ihn geräuschvoll auf beide Wangen küßte. Dergleichen hatte man nie zuvor gesehen. Er nahm Himmers erstaunte rechte Hand und legte sie an seine frischrasierte Wange, und sah ihm ins Gesicht und schlug mit den Augenwimpern, so daß alle, die dort standen, grinsten, lächelten oder einfach nur verlegen wurden.

Und Himmer schob ihn von sich weg, weder zu schnell noch zu langsam, und dann gingen sie in sein Haus, um ungestört zu reden.

Sie setzten sich an den unaufgeräumten Tisch in der Kammer. Himmer holte ein schnittfestes Stück Käse und Branntwein in einer Lederflasche und bat Bias, zu erzählen, wo er gewesen sei.

Doch Bias zeichnete nur etwas in die Luft, das »Durst« glich oder »Lichtwelle«, und machte das Zeichen für »Salz« in die hohle Hand.
Himmer fragte nun, ob er über offenes Meer gefahren sei, doch Bias stand nur halb auf, legte ihm über den Tisch die Hände auf die Schultern und sah ihn mit einem Ausdruck an, der an Wertschätzung erinnerte.
Nicht einmal nach vier gekippten lauwarmen Brotschnäpsen hörte er auf zu lächeln. So saßen sie eine ganze Weile und schwiegen und lächelten und kauten Käse.
Schließlich breitete Himmer zwischen dem Geschirr auf dem Tisch eine Karte aus, und auf ihr deutete Bias mit dem Daumen an, daß er in der Gegend von Hamburg gewesen sei. Doch als Himmer ihn bat, deutlicher zu werden, schob er die Karte von sich und machte einige schlampige und branntweinverschwommene Zeichen, die »Stein«, »Glas«, »Dunkelheit« oder »Vernichtung« glichen. Dann stand er auf, fuchtelte mit den Armen, zeichnete einen schluderigen Wagen über die Käseplatte und zeigte auf die Tür.
Sie gingen hinaus und vorbei an allen Neugierigen, die dastanden und warteten, und hinunter zum Wagenschuppen, wo noch unausgeladen der Karren stand.
Bias sprang geschmeidig und keineswegs ungern auf ihn hinauf und begann die Seile zu lösen, die die Segeltuchplane zusammenhielten.
Und noch während er auf der Fuhre balancierte, versuchte Himmer, ihn zum Sprechen zu bringen, und er fragte mit einem einzigen Wort: »Die Gesellschaft?«
Doch Bias wandte nur sein Gesicht gen Himmel und grinste; und er machte mit der linken Hand das Zeichen für »Starkes Sonnenlicht« oder »Verwunderung« so schnell auf Himmers Brust zu, daß die Bedeutung sich auflöste und verschwand, oder in etwas überging, das als »Flügelauge« oder »Sturmhand« gedeutet werden konnte.

Unter der Segeltuchplane befand sich ein großer ovaler Holzbottich mit perforiertem Deckel, der im Durchmesser ungefähr fünf Fuß maß.
Es standen dort auch vier Kisten, die gebogene Eisenstäbe, fünf

große Säcke leerer Flaschen, zwei dichtgeflochtene Kiepen mit dünnen Seilen in Docken und drei Kästen enthielten, die seidengepolsterte Wände hatten.
Die Kästen enthielten längliche hochkantstehende Spiegel, mit dünnem Bettinlett dazwischen. Sie ähnelten Scheiben aus dünnem Eis, die in Leinen gewickelt und dicht nebeneinander in eine Schatulle gepackt worden waren.
Doch das Bemerkenswerteste war ein zierliches Möbel aus braunglänzendem Edelholz mit vier grazilen Beinen und einem beunruhigend feingliedrigem Pedalsystem. Dieses erstreckte sich zwischen drei der Beine und war mit Schnüren und unzuverlässigen Messingklemmen getakelt. Auf den vier Beinen ruhte ein rechteckiger Kasten, dessen blanke Seiten und Deckel bedeckt waren mit Intarsienranken, die unbekannte prunkvolle Pflanzenteile darstellten.
Mitten auf dem Deckel schwebte ein Engel mit sichtbar geschlossenen Augen und schwellenden Wangen, der in eine überlange vergeistigte Trompete blies.

Nach und nach hatten sich Leute im Schuppen versammelt, und Bias wurde unruhig, als sie den hochbeinigen Kasten auf den Boden heben wollten. Er machte das Zeichen, daß er Beleuchtung haben wolle, und Tuppen der Hahn humpelte nach einer Rübenöllampe.
Bias kippte vorsichtig eine längliche Schatulle vom Karren. Er löste sorgsam den Wirrwarr von Knoten, faltete das Segeltuch beiseite, zog die Messingsplinte aus den Lederösen und öffnete den Deckel.
Jetzt drängten sich alle um ihn, und die ganz vorn standen, beugten sich über den Kasten und sahen etwas, das zunächst einer langen Spindel ähnelte, oder einem unnatürlich länglichen Bienenkorb. Die Spindel oder der Bienenkorb war an einer Messingachse aufgehängt, die auf einem hyazinthenfarbenen verblichenen Samtpolster ruhte.
Als Bias den Spindel-Bienenkorb behutsam aus der Schatulle hob, konnte man sehen, daß er aus vielen Glastellern bestand, die Boden an Boden auf die Querachse gefädelt waren, so daß sie ineinanderruhten und dennoch frei lagen.
Er nickte Himmer zu, den Deckel mit der Engeltrompete zu

öffnen; und Himmer ließ ihn zögernd aufspringen – und sie sahen einen zinkverkleideten Kasten.
Ein enttäuschter Seufzer zog durch die Versammlung. Bias aber senkte die Stange mit den Tellern in den grauen Kasten; und die spröden Linien und Schatten der hohen Beine und des glänzenden Holzes flossen zusammen und füllten den Hohlraum zwischen den Tellern und den Zinkwänden, so daß die Glasspindel auf einem See beweglicher Dunkelheit schwamm. Dann riefen seine zeichnenden Finger nach Wasser, und das Gemurmel im Wagenschuppen wuchs erneut.
Er bückte sich und ordnete mit geschlossenen Augen die Leinen des Pedalsystems; und jetzt drängte sich die Neugier auch in denen vor, die aufgrund von Erziehung oder Dummheit normalerweise Distanz zu allem Neuen hielten, besonders zu solchem, das auf sie Eindruck zu machen droht.
Das Wasser wurde in einem schwappenden Holzeimer eilig durch das Gedränge nach vorne gereicht, und er kam im selben Augenblick bei Bias an, in dem dieser sich aufrichtete und mit geschlossenen Augen die Hand nach ihm ausstreckte.
Und er goß langsam das Wasser über die Teller. Dann machte er mit Rücken und Ellbogen eine ungeduldige Bewegung nach hinten – und senkte die Hände, bis die Fingerspitzen auf den Tellerrändern ruhten.
Wie still es im Schuppen jetzt war.
Darauf begann sein rechter Fuß wippend das Pedal zu treten ... und ein Strom von unwahrscheinlich dünnen, schwebenden Tönen stieg unter seinen Fingern von den rotierenden Tellern auf!

Es war eine Musik, die anders war als alles, was sie je gehört hatten.
Die Töne standen Seite an Seite wie aus Glas, oder in knisternden Lautflammen, so deutlich, daß man sie in der Dunkelheit sehen konnte.
Sie waren schneidend hoch, ohne zu brechen oder scharf zu sein; eher flüsterten sie mit einer Art zärtlichen Weichheit in ihrem durchsichtigen Feuerkern. In einer erstarrenden Tonschmelze über ihren Köpfen brannten sie vor Kühle: schwebten in einem Bogen äußerster Unbeweglichkeit, und fielen – fielen und

fielen – in einer schwindelnd langsamen Schraubenbewegung aufwärts, immerzu aufwärts . . . bis man selbst das Gefühl hatte zu fliegen, oder zu fallen, oder beides gleichzeitig.
Und wie ihre staubigen, schweißigen Körper so gedrängt im Wagenschuppen standen, während sich draußen die Dämmerung senkte, verwandelte sich ihr Fleisch und fiel von ihnen ab: Steine, Erde und Bäume.
Und noch etwas anderes, eine Trauer oder ein Gefühl unerhörter Einsamkeit, oder der quälende Genuß selbst, mit dem sie in die Bewegungslosigkeit sanken, machte sich frei und stieg durch sie auf, und hob sie durch die Dunkelheit.
Sie wiegten und bewegten sich langsam wie berauscht.
Und die Musik stieg und fiel weiter, wallend und unwirklich, in die schwebende-stürzende Stille – bis die Schönheit dessen, was sie sahen und nicht sahen, sie mit einer so unwirklichen Mattheit erfüllte, daß sie nicht mehr fallen konnten; und sie kehrten in ihre Körper zurück, in den Geruch von Schweiß und feuchten Kleidern und frühem Abend.

Während das geschah, hielt sich Himmer am Möbel mit dem schwebenden Engel fest.
Er war vor allem vom Branntwein berauscht und dachte und fühlte klarer als sein lauschender Körper. Er stand unsicher breitbeinig in seinen Stiefeln und spürte den Geruch des Erdbodens, und in der Hand einen breiten blankschwarzen Ledergürtel, der auf dem Boden der Kiste gelegen hatte.
Er war sich bewußt, daß außerhalb des Schuppens alles wie immer war. Die Wolken wälzten sich, wurden geboren und zerrissen an einem Himmel in der Mitte zwischen Meer und Abend. Gras und feuchte Halme bewegten sich unter den Füßen von Ameisen, Käfern und jagenden Tieren mit feuchtem Fell. Das Vieh hob die Köpfe, kaute und lauschte. Gegen die Bretterwand preßte der Wind welkes Laub und das Geräusch von Stimmen, die auf dem Weg von den umliegenden Dörfern über dem Wasser erstorben waren.
Er wußte, daß jetzt etwas geschah und daß es alle beeinflussen würde, und er versuchte zu verstehen, was es war. Er schluckte und bewegte die Beine und veränderte die Stellung seiner Stiefel und fuhr sich mit der Zunge über die Lippen.

Als die Töne aus der Maschine schließlich aufhörten, machte er es wie die anderen. Er räusperte sich, spuckte und schluckte, und erreichte wieder seinen Körper, so daß dieser die Kleider spürte und was er an den Füßen hatte und die gedrängten Körper der anderen. Der Geruch von Schweiß und Erde und Staub drang wieder hervor, und die Erinnerung an die langen Arbeitsstunden, die irgendwo im Morgengrauen begonnen hatten.
Zusammen mit den anderen drängte er sich aus dem Schuppen, als schäme er sich; und er sah Bias nicht an, der schwergeworden und an den Tellern in dem jetzt schweigenden Möbel festgewachsen war.
Er sah nichts, sondern hörte nur einige, die im Gedränge an der Tür zu früh und zu laut zu reden anfingen; und er kam hinaus in die Kühle der Dämmerung und wurde von den ersten schwachen Sternen und dem Wind ins Gesicht empfangen, bevor dieser durch die Kleider an seinen betäubten Körper drang.

24

Am Tag darauf zeigte sich Bias für kurze Zeit mit dem breiten Ledergürtel.
Er trug ihn am Morgen, als er vom Rachen zum Sanktuarium hinaufging. Später konnte man mit eigenen Augen sehen, daß er aus im Flußwasser gealterter Pferdehaut genäht war. Er sonderte einen starken Geruch von faulendem Schilf und Stalldung ab (genauso sagte es Tuppen) und schimmerte auch bei trübem Wetter schwarzblau und spiegelblank. Er war mit Tausenden von Löchern durchbohrt, kleiner als Schrot, deren Öffnungen im Bad aus echtem Schwefel, Eisenfeilspänen, magnetisierenden Metallen und eingelaufenem Ammoniak hergestellt worden waren.
Und Augusta Holmquist, die zu denen gehörte, die ihm an diesem Morgen begegneten, erzählte, daß sie sich auf den Küchenschemel habe setzen müssen, als sie nach Hause kam, ganz matt im Körper und schweißnaß; und daß sie Gedanken in Worten gedacht und die ganze Zeit das Bild einer einsamen alternden Frau gesehen habe, die in einem

verlassenen Körper gefangen war – einem Körper, den sie wiedererkannte.
Und ein anderer, der beleibte Kerl, den sie Sillen den Hering nannten und der gern auf Bänken saß oder an Hauswände gelehnt und nichts tat, hatte ihn auch gesehen.
Er war in der Tür zum Gästehaus auf ihn gestoßen, und es hatte in seinem Kopf einfach einen Schlag getan, und er war ohnmächtig geworden und der Länge nach hingefallen. Er hatte sich an den Türpfosten hochziehen müssen, um wieder auf die Beine zu kommen; und das Komische war, daß ihn niemand dort hatte liegen sehen, obwohl über eine Stunde vergangen sein mußte. Hinterher hatte er das Gefühl gehabt, von einer Reise zurückgekehrt zu sein, oder einen Besuch in seiner Jugend gemacht zu haben. Er hatte ein Mädchen gesehen, der er früher, als er Ziegelstreicherlehrling in Christianstad gewesen war, den Hof gemacht hatte. Sie hatte ihm hinter einem Baum zugewinkt, und dann bei einem roten Brunnenhaus, und sie war splitterfasernackt gewesen.

Dies geschah am Tag nach der Glasharmonika und Bias' Rückkehr.
Doch als Bias am Nachmittag mit den anderen im Sanktuarium zu arbeiten begann, und Steinfliesen und Erde und das Geräusch von Brecheisen gegen Gestein die Haut in den Handflächen erfaßte, radierte der Alltag die Unwirklichkeit wieder aus.
Ein paar von denen, die mit der Abdichtung des Brunnens beschäftigt waren, machten in dem schneidenden Wind im Rachen zufällig Rast, und sie fingen an, über die Kraft Des Gürtels zu reden, und wo Bias gewesen sei. Und wie sich herausstellte, waren fast alle der Meinung, daß sich in seinem Gesicht etwas verändert habe.
Tuppen (der überall arbeitete, ohne daß man sich nachher erinnerte, ob er dabeigewesen war) kam vorbeigehetzt; und er blieb, um einen notwendigen Schluck des kläglichen, braunen Wassers zu trinken.
Und es dauerte nicht lange, bis er mitten im Wind und der wachsenden Menschenansammlung stand und erklärte, was *wirklich* geschehen war. Denn er wolle seinen Kopf darauf

wetten, daß Bias bei der Gemeinde in London gewesen sei, und daß Der Meister persönlich ihn dorthin habe holen lassen. Er habe in diesem Fall die Reise in derselben Kalesche gemacht, die auch den schlafenden Diener Leander über den Kanal geführt hatte, in der Nacht, als Gott selbst in Gestalt eines Schiffbrüchigen Den Meister besuchte. Obwohl Bias am Tage gereist war: das Lichtschillern der Wellen sei wie Splitter in seinen Augen steckengeblieben. Darum wirkten sie auch kleiner, als man sich erinnerte: heller und härter: wie Märzschnee, auch an den Rändern des Augenweiß'. Die Pupillen seien geschrumpft oder mit Salzwasser getränkt.
Was die Glasharmonika, den Gürtel und die Maschinen betreffe, seien es Geschenke Des Meisters, deren Kosten der Herzog getragen habe; und sie seien bei Der Gesellschaft in Avignon von Graf Grabiancka angefertigt worden, von dem Tuppen gelesen hatte, daß es ihm bei mindestens einer Gelegenheit gelungen sei, Die Zeit anzuhalten.
Grabiancka sei im übrigen länger als drei normale Menschenalter bei Weisen Lehrern auf dem Indischen Kontinent gewesen, wo man ihn in sämtliche heute bekannten Maconiquischen Wissenschaften eingeweiht habe.
»Aber«, rief Tuppen, um den Wind zu übertönen, der jetzt so an den Kleidern riß, daß es unten am Boden heulte, »und ich gebe nur die Worte des Buches wieder, das ich gelesen hab: ›Von alledem sprechen nur Wahrscheinlichkeiten, keine Tatsachen.‹ «
Er verstummte, um Atem zu holen, und die anderen nickten ermunternd und warteten andächtig.
»Auf der andern Seite«, schrie er, »kann das Gewicht der gesammelten Wahrscheinlichkeiten Tatsachen aufheben. Und tut's oft!«

*

Über die Künste sprach Der Meister:
»Ich zögere nicht, wenn ich sage: In bestimmten Höllen gibt es Unzuchtnester, die abscheulich aussehen, voller Schmutz und Exkremente.
Es gibt auch dunkle Wälder, in welchen höllische Geister umherstreifen wie wilde Tiere, und unterirdische Höhlen, in die solche, die von anderen verfolgt werden, fliehen.

Es gibt auch Einöden, die ganz und gar unfruchtbar und sandig und steinig sind, und Orte mit rauhen Klippen und Grotten; und an einigen Orten auch Holzschuppen.
In diese Einöden werden diejenigen von den Höllen hinausgeworfen, die die schwersten Strafen erlitten haben, vor allem diejenigen, die auf der Welt durchtriebener als andere darin waren, Künste zu stiften und zu ersinnen.
Ich weiß es. Ich bin selbst dort gewesen.«

Achter Tag

25

3. Dezember 1915:
Er hatte jetzt ein Geschlecht, das sich oft aufrichtete.
Weiß du, was die ins Essen tun, sagte Tuppen.
Es waren viele zum Angucken da. All die, die nicht da waren. Und Körper (wenn jemand sich bückt) oder vor allem im Speisesaal oder im Versammlungssaal (wenn jemand sich über den Tisch beugt). Und in der Waschküche, wo es naß und beschlagen und blank ist (wie von Schweiß), und wenn die Jüngeren, rund und schwer, und eine Höhle, und sogar die Laute sind naß und feucht.
Fast immer aber nur zur Wand hin auf der Toilette, und ohne Gesicht, oder mitten in den Leim in der Korbwerkstatt wie Späne auf dem Fußboden.
Meistens: nur rauf und runter, rauf und runter; und der Schleim und die Stimmen oder jemand, der heranschleicht oder die Tür aufreißt, und die Hosen steif und an den Knöpfen fummeln und zuknöpfen und hart im Bauch oder gepinkelt oder manchmal gesessen und gedacht.
Wie als der erste Schnee kam: er nahm den Wintergeruch mit sich hinunter: die schiefen Treppen hinunter (und die Unsichtbarsten).
Er öffnete die Eisentür das erste Mal, so daß niemand es hörte, und schlich sich in die Wärme des Holzkessels hinunter, und in die trockene Luft und den Geruch von Ruß, Holz, Feuer und Eisen. Er schlich sich in die Wärme des Kessels: und zwischen

der Wand und dem Holzstapel gab es ein Loch zum Sitzen, wenn Abraham Nebb in der Stadt war.
Dort war es trocken und warm wie in einem vergessenen Wald, wenn man etwas zwischen den Händen hält. Wo die Haut am weichsten ist, bevor die Falte und das Haar (Gras) anfangen, und die Beine sich langsam öffnen und einlassen: so hielt er sie zwischen den Händen.
Der Schnee fiel still da draußen und schmolz an der Außenseite der Wand unten am Boden, wo das Kesselraumfenster ebenso blind war, auf der Innenseite mit Graulicht übermalt. Und dort in der Höhle umfaßte er ihn, bewegte aber nicht die Hand, sondern war nur eine kurze Weile bei ihr (Magdalena).
Das Feuer donnerte im Kessel, und sie hatten es nicht einmal bemerkt. Weder Edman noch Aulin; und konnten nicht einmal eifersüchtig werden, weil er entkommen war.
Er saß da und lauschte, wie auf dem Boden der Ruß wuchs, und das körnige Rindenmehl des Holzes, und die Hacksplitter, die Sägespäne, der Staub und der stille Donner.
Der Zement, auf dem er saß, war trocken: er war wie die rauhe Haut auf der Innenseite der Hand einer alten Frau.
Und er dachte an sie (Magdalena), bis sie hereinkam (in den Speisesaal-Korridor-Versammlungssaal, die Küche-Wäschestube-Treppe; oder in den Gartenschuppen mit den gesprungenen Scheiben und dem Zeitungspapier, streifig-vergilbt und braun und zusammengestaucht) wie Regen an der Zunge.
Er versuchte, nicht ihr Schlüsselbein anzusehen, oder ihre Unterlippe, die traurig oder müde war, oder leicht wie Luft.
Die Wände (die Ölfarbe, der Firniß und der Essensgeruch, der sich in Fettschichten abgesetzt hatte) sahen sie auch, und all die anderen (ohne daß sie es wußte), und das Gescharre der Füße, und die nackten Glühbirnen (ganz nackt und hell mit schimmernder Haut). Denn sie wußte nichts. Nicht einmal, daß er . . . sondern nur die Bänke und die Stille und die Löffel, die über die Mehlsuppe schabten. Und hinter ihm ihr gebeugter Hals und Kopf, und ihre Hand, die den harten, heißen, pulsierenden Schaft festhielt.

26

Und Bias, der Wegbereiter, der zurückgekehrt war, machte weiter Magdalena Aulin den Hof.
Doch etwas hatte sich verändert. Sie gingen stummer und steifer nebeneinander her, und die Wolke der Erwartung, die sie umgeben hatte, war wie weggeblasen.
Sie gingen am Strand spazieren; und der Herbst drang eher pflichtgemäß in den Wind und in die abwartenden Bewegungen der Möwen ein, so daß er zu einem lauschenden Licht im Himmel über dem Dorf wurde.
Magdalenas unsichere Verliebtheit war auch vergangen. Sie bereitete sich mit Gebeten und Entbehrungen auf die Hochzeit vor, obwohl sie nicht genau wußte, *was* sie entbehrte. Sie sprach mit Gott in langen kühlen Gebeten, die eher ein Austausch von Stimmungen als Gespräche waren; und sie flüchtete sich in einen selbstvernichtenden Fleiß, in dem alles, was ihre Hände an Wäsche, Tischdecken, Tüchern, Röcken und Bändern zustande brachten, sie an das Leben erinnerte, das sie erwartete: die Würde und der Ernst: die stille Freude, die das Leben aller prägen mußte, die auserwählt waren zu dienen.
Während seiner Abwesenheit hatte Bias in ihrer Vorstellung von Gott, der Welt und sich selbst den ihm angemessenen Platz wieder eingenommen. Jetzt war die Vorbereitungszeit. Der Mann, der von Der Gesellschaft dazu ausersehen war, Der Berührer zu sein, und der in den irdischen Dingen hilflos und unsicher war, wartete auf ihre Stärke und ihre Sicherheit.
Sie sprach ihn auf den Spaziergängen scheu und mit halbabgewandtem Gesicht an; doch sie schätzte es, daß er da war: sie zu Verantwortung und Willensstärke zu ermahnen.
Er seinerseits wurde nur noch steifer und trug seinen Körper mit einer plumpen Trägheit umher, die schließlich wie Unterwerfung aussah.
Er faßte sie nie an. Manchmal aber traf seine Augenfarbe die Linien ihres Körpers mit solcher Heftigkeit, daß sie zusammenzuckte, als habe jemand ihre Haut geritzt.
Doch das waren nur kurze Augenblicke von Angst oder Schwindel.

Sie gingen am Strand entlang, oder oben auf der abgelegenen Landstraße.
Die Seeschwalben schrien unsichtbar tief in der Dämmerung und der blauenden Kühle.
Wenn sie schweigend zur Wärme an den Herd in Anna Hoeffers Küche zurückkehrten, bewegte sich das Feuer wie ein Lebewesen neben Gegenständen, die sie wiedererkannten: den Napf mit dampfender Grütze, das Brot, das Messer.

27

In diesem Herbst bestimmte Bias seinen Assistenten und Stellvertreter.
Es geschah an einem regnerischen Vormittag, scheinbar zufällig. Er führte Tuppen den Hahn hinter Den Vorhang in Das Allerheiligste, wohin vorher niemand hatte sehen dürfen, der nicht durch Arbeit dazu gezwungen war.
Es wußte auch niemand, was hinter dem blaugebleichten Laken geschah. Doch später am Tage trat Bias hinaus, Tuppen voran, und da trug Tuppen einen Gürtel ähnlich dem, den Bias gehabt hatte, wenn auch schmaler und mit weniger dichter Perforierung.
Alles verlief einfach, mit einem Zug von Schicksalhaftigkeit.
Bias legte seine linke Hand auf Tuppens Schulter, während die rechte über seinem Kopf das Zeichen für »Sämann-Ackermann« machte; und er wiederholte es, bis es mit Tuppens runzligen, mageren Kiefern und seinem Hals unauflöslich verbunden schien.
Als die Handbewegungen über der blauglänzenden Haut des Schädels aufgehört hatten und das Zeichen noch aus eigener Kraft vollendet in der Luft hing, zog er Tuppen hinter Den Vorhang zurück; und als sie später zurückkehrten, war Tuppen wieder er selbst und trug den Kraftgürtel nicht mehr, hatte wieder sein normales Aussehen und seine gewöhnliche Größe angenommen.
Niemand fand das Geschehene herausfordernd oder ungebührlich, oder auch nur überraschend.
Als Tuppen zu Gottes Volk gekommen war, hatte er zwar zu den Verachteten und Überflüssigen gehört. Doch er hatte seine

eigene Würde besessen, und er konnte Dinge von Menschen unterscheiden, und Menschen von Träumen. Die Angst vor dem Leben war in ihm so groß geworden, daß er aufgehört hatte, davor zu fliehen. Darum konnte er mit allen sprechen, auch mit denen, die nie zuhörten und nichts verstanden.
Als Himmer am selben Abend erfuhr, daß Bias Tuppen als seinen Mitarbeiter gewählt hatte, wuchs sein Respekt, und als sie sich trafen, lobte er ihn.
Und Bias' Gesicht drückte so aufrichtige Freude über das Lob aus, daß Himmer, als er langsam den Hang zum Rachen hinunterging, in den Muskeln um die Nackenwurzel einen plötzlichen Krampf spürte; und er wußte nicht, ob dies auf Überanstrengung zurückzuführen war, oder nur auf die feuchte Kälte im Sanktuarium, in dem sie eben erst Bretter über den Erdboden gelegt hatten.

28

Während der Reise von Göteborg hatte sich Mrenta Nebb der drei Gäste angenommen, die von Anfang an dabeigewesen waren.
Sie hatte es getan, ohne daß jemand sie darum gebeten hätte, und je tiefer man in den Hunger geriet, desto selbstverständlicher wurde ihr Tun.
Während der Entbehrungen der ersten Zeit war es, als habe niemand mehr die Kraft, sich ihnen zu nähern. Der Krieg der Welten, der in ihren Augen stattfand oder beendet wurde, drückte nicht länger Katastrophen aus, die sich in einem weit entfernten Sternensystem abspielten. Man konnte nicht mehr in der Distanz oder in Unerreichbarkeiten Schutz suchen; und die ersten Gäste wären vermutlich verhungert, hätte nicht Mrenta Nebb dafür gesorgt, daß sie zu essen bekamen.
Der Älteste, den sie später Den Stift nannten, war in seiner Jugend in eine Schreinerlehre gegangen. Mrenta gab ihm Abrahams wenige Werkzeuge, und er begann, ohne Verwirrung oder Zögern die Kleinigkeiten zu schreinern, um die sie ihn bat. Solange seine Hände arbeiteten, erinnerten nur noch die milchigen Augen und der Mund daran, daß er aus sich hinausgetreten und in seinem eigenen Tod begraben war.

Auf diesselbe Weise kümmerte sie sich um die dünne versteinerte Frau, die Ester Mit Dem Haar genannt wurde. Sie beruhigte sie, sie band ihr ein Tuch um den Kopf, um ihre Kahlköpfigkeit zu verbergen, schleppte sie aus dem Kastenwagen und versuchte, sie zu lehren, weiterzuleben und sich selbst zu erlauben, da zu sein. Das schwatzhafte junge Mädchen mit den Plappergeistern aber, Inez Carlberg, machte sie zur Kinderhüterin; auf diese Weise nahmen die Kleinkinder ihre ganze Zeit in Anspruch, und sie bekam immer seltener Engelsbesuch. Sie fing sogar an, abends bei der Gästebetreuung zu helfen.

Das Ganze endete damit, daß Mrenta und sie bei der Arbeit im Gästehaus füreinander so notwendig wurden, daß sie beinahe zu einem einzigen Körper zusammenwuchsen. Nach weniger als einem Jahr hatten die meisten vergessen, daß sie einmal im Kastenwagen gesessen hatte. Sie wurde in den Gästehaussälen von so selbstverständlicher Bedeutung, daß man sie als einen Teil von Mrenta sah; sie hatte sich ganz einfach in einen anderen Menschen verwandelt.

Ursprünglich war beabsichtigt gewesen, daß Anna Hoeffer die Gästebetreuung leiten sollte. Doch als Propst Aulin unter dem Druck seiner Verantwortung und den Strapazen der Auswanderung zusammenbrach und zum Wachschläfer wurde, nahm er Anna Hoeffer mit. Und Himmer hatte schon auf dem Rückweg von Carlscrona im Wagen Emerentia Nebb gefragt, ob sie sich denken könne, Anna Hoeffers Platz einzunehmen.

Als sie nach Gheel zurückkehrten, hatte daher Mrenta mit Abraham gesprochen, doch nicht, um zu diskutieren oder Unterstützung zu finden, sondern nur, um ihm mitzuteilen, daß sie ja gesagt habe. Und ehe das Gästehaus noch ganz fertig war, war sie mit ihren drei Kindern in eine Wohnung eingezogen, die geräumiger war als je eine zuvor.

Die Abteilung der Vorsteherin lag im westlichen Teil des Hauses, neben dem Speisesaal und der Küche. Sie hatte einen großen hellen Saal, ein Schlafzimmer und drei geräumige Kammern.

Der Fußboden war breitbohlig und cremegelb; und Inez, die mit einzog, stellte Tonkrüge mit Kiefernzweigen in alle Ecken,

so daß der rohe Holzgeruch mit einem pfefferigen Duft von Wachheit gewürzt wurde und Abraham nicht wieder ins Holz hinein erstarrte.
Sie wie Mrenta hatten genau kontrolliert, daß die Holzdecke und die Wände ohne Höcker und Augen waren, denn Abraham Nebb neigte zum Grübeln und sah Zeichen, wo man keine hätte sehen müssen. Darum sollte er für sich allein die kleinste Kammer bekommen, die, die von den Gästen am weitesten entfernt lag.

Mrenta und Inez hatten von Anfang an alle Hände voll zu tun.
In den westlichen und nördlichen Sälen lagen die neuen Gäste aus Carlscrona, sieben Männer und vier Frauen. Im Fremdenzimmer, wo Verwandte übernachten konnten, waren zwei Frauen mittleren Alters, oder schon älter; und ein jüngerer Mann hinter einem Schirm aus Holz, auf dessen Außenseite das ausdruckslose Gesicht des auferweckten Lazarus um sich blickte, beinahe sphäroidisch in der Form.
Morgens, mittags und abends sollten alle zu essen bekommen. Zwischendurch mußten die Gäste gewaschen, ins Freie geführt und betreut werden; wenn auch nur zwei von ihnen, eine spuckend-schreiende junge Frau und ein Mann, der bei lebendigem Leibe brannte, Phasen von Gewalttätigkeit hatten. Die anderen schliefen viel – mit offenen oder geschlossenen Augen.

In der ersten Zeit waren die beiden Frauen im Fremdenzimmer Mrenta und Inez eine gute Hilfe.
Die kleinere und magerere von ihnen war eine verbrauchte Segelnäherin aus Björkholmen. Sie war selbst mit ihrem jüngsten Kind, einem elfjährigen Jungen, ins Dorf gekommen.
Nachdem ihre eigene Angst abgenommen hatte, ging sie auf leisen Sohlen ganze Tage zwischen den Betten der Gäste umher: mit Wasser in Holzbechern, oder mit Handtüchern, um die Gesichter zu trocknen. Die aufsein konnten, hütete sie in dem langen hallenden Korridor und hatte von allen am meisten Geduld mit der kratzenden Frau, die mit Riemen festgeschnallt

war und deren Lippen von getrocknetem Speichel oder Schaum aufgesprungen waren.
Der junge Mann hinter dem Lazarusschirm zeigte sich eigentlich nur bei den Mahlzeiten. Dann kam er in alten Lederpantoffeln angeschlurft. Er aß schweigend und gierig mit einem feucht schlingenden Mund, den er nie zumachte. Hinterher schlurfte er zum Bett zurück: mit hochgezogenen Schultern, und als sei er in seinem Körper nur vorübergehend einquartiert. Er war schon dünnhaarig und sah aus, als habe er nie eine Jugend gehabt, obwohl er sich mitten darin befand. Auf unklare Weise gehörten er und die rasende junge Frau in den Riemen zusammen.
Doch er ging nie zu ihr und schien auch kein Interesse an ihr zu haben, bis sie plötzlich an einem graukalten Nachmittag begann, das Essen zu verweigern.
Sie war fieberheiß und spuckte alles aus, was Mrenta in sie hineinzugießen versuchte. Da nahm er den Holztrichter und fütterte sie einen ganzen Abend und eine ganze Nacht mit solcher Ausdauer, daß sie sich ergab und am nächsten Tag von sich aus aß. Danach kehrte er zu seinem Bett hinter dem Schirm zurück und ging nicht mehr zu ihr.
Die beiden Frauen im Fremdenzimmer begegneten ihm mit einer Art abwartendem Respekt, obwohl ihre Gespräche sich meist auf Alltagsphrasen beschränkten, die sie am Eßtisch in der Küche austauschten.
Die Segelnäherin und die andere fülligere Frau im Fremdenzimmer redeten nicht besonders viel miteinander. Die dickere, die andeutete, sie sei Begünstigte und Karamellkocherin gewesen, war nicht selbst Mutter, hatte aber ihre fast gleichalte Schwester mitgebracht, die sie ihr Leben lang zu Hause gepflegt hatte.
Die Karamellkocherin war eine kleine, korpulente, zusammengesunkene, weißhaarige und porzellanglatte Frau. Wenn man sie neben ihrer kranken Schwester im Bett sah, konnte man glauben, sie seien Zwillinge. Jedenfalls waren sie jetzt zwei weißhaarige, porzellanglatte Abbilder ihrer Angst vor irgend etwas.

Keiner von den dreien im Fremdenzimmer zeigte Ungeduld darüber, daß die Einweihung Des Sanktuariums, mit der die Behandlung hätte beginnen können, auf sich warten ließ. Sie schienen darauf eingestellt, lange zu bleiben, obwohl man sehen konnte, daß sie ihr Kommen einiges gekostet hatte.
Sie schienen auch nicht deshalb zu bleiben, weil sie die Gebetsarbeit kontrollieren wollten, oder die Betreuung, oder das Essen. Eher machten sie den Eindruck, als hätten sie Angst, im Wege zu sein. Als hätten sie schon vor langer Zeit aufgehört, überhaupt *irgend etwas* zu verlangen. Sie beklagten sich nicht einmal über den Lärm vom Sanktuarium, in dem ganze Tage die Sägen kreischten und die Hammerschläge dröhnten.
Mrenta Nebb aber quälte es, daß sie warten mußten. Sie ahnte, daß sie unruhiger waren, als sie zeigten, und daß vor allem die Segelnäherin anderweitige Pflichten hatte.
Jeden Abend dankten ihr die beiden Frauen mit blassem Lächeln und verschwanden schattenlos durch die Wand ins Fremdenzimmer.
Als der Lärm der Sägen, Hämmer, Brechstangen und Äxte aufhörte, war alles beinahe still. Man hörte nur noch die Frau in den Riemen, die im Schlaf schrie; und die schlurfenden Pantoffeln des Lazarusmannes, wenn er im Dunkeln der Goldborte auf dem Holzschirm mit den Fingern bis zum Bett folgte.

29

Im westlichsten Gästesaal lag zu dieser Zeit ein junger Mann, der Daniel Pettersson hieß.
Er hatte einen großen Kopf, hohle Wangen und einen langen dünnen Hals, in dem sich der Adamsapfel im Hautsack bei jedem Schlucken auf und ab bewegte. Sein Rücken war gebeugt, das Haar dünn und farblos, das Gesicht von halbverheiltem Ausschlag und Pickeln durchbohrt.
Er war siebzehn oder achtzehn Jahre alt, lang und strichmager, und er kam aus dem Armenhaus.
Wenn sich jemand seinem Bett näherte, zog er Arme und Beine im Hemd zusammen, und wenn jemand versuchte, ihn zu berühren, biß er nach der Hand.

Um ihn aus dem Bett zu bekommen, mußten Mrenta und Inez ihn auf den Fußboden kippen. Wenn der Korridor leer war, jagten sie ihn hinaus und schlossen die Türen ab. Dann knurrte er zunächst und schlug vor Angst durch die Luft und lief an den Wänden entlang, auf und ab. Später beruhigte er sich und trottete dahin, die Hände vor der Brust verknotet.
Er lief stumm und mit gebeugten Knien, als versuche er, seinen eigenen Bewegungen zu entkommen, sein Mund war aufgesperrt und erstaunt und zungenlos.
Doch wenn sie vergessen hatten abzuschließen, und jemand auf den Korridor kam, fror er mit dem Rücken an der Wand fest, und nur seine Zunge bewegte sich, starrend und wachsam.
Vorsichtig mußte sich dann Mrenta oder Inez einschalten, die Tür zum Schlafsaal öffnen und ihn gleichsam unabsichtlich zurücktreiben. Wenn sie sich ihm auf weniger als zwei Meter genähert hatten, löste sich die Versteinerung in einen Strom von Bewegungen auf, der ihn zurück über die Schwelle und ins Bett hineinwarf. Dort lag er dann zusammengekauert auf der Seite, die Knie an die Brust gezogen, bebend bis in die knochigen Zehen hinein.
Das Essen stellten sie ihm in einer Schale ans Fußende des Bettes, doch zunächst aß er erst, wenn sie wieder fort waren.
Auch die anderen Gäste erschreckten ihn, und so hatte Mrenta gleich zu Anfang an die Decke ein Seil legen lassen und Segeltuch vor das Bett gehängt, und sie hatte dieses in eine Ecke geschoben, so daß es nach allen Seiten hin geschützt war.

Inez aber pflegte den Vorhang beiseite zu ziehen, wenn sie sich mit den anderen Männern im Saal beschäftigte; sie fütterte, wusch, trocknete und kämmte sie, daß er es sehen konnte, und half ihnen manchmal auch dann, wenn es nicht nötig war.
Es kam auch vor, daß sie müde und warm auf den Rand seines Bettes sank, zunächst aus Gedankenlosigkeit, dann mit Absicht. Und er gewöhnte sich langsam daran und akzeptierte es, obwohl sie nicht wagte, in seine Richtung zu sehen. Doch sie wußte, daß er zusammengezogen dalag wie ein kleines Kind und sie beobachtete und daß er immer noch zitterte.
Sie ließ es immer öfter geschehen, daß sie sich auf sein Bett

setzte, wenn sie mit dem satten, sauberen und zufriedenen alten Mann jenseits des Seiles ein Schwätzchen hielt. Und manchmal summte sie Lieder vor sich in, die Abraham Nebb sie gelehrt hatte: »Du reicher Trost der Armen«, oder »O Traurigkeit, o Herzeleid«. Und sie lachten oder wiegten sich schwermütig mit, und wenn sie wollte, konnte sie sie dazu bringen, in die Hände zu klatschen, wenn sie geendet hatte.
Sie fingen an, auf diese Augenblicke zu warten, und legten sich schon zurecht, wenn sie kam. Und die alten Männer, die Gesichter voll feinzerfurchter Haut, schnalzten mit der Zunge und gluckten und wiegten die Arme im Takt des Liedes; und ihr Wohlgefühl war einfach und wirklich wie der Geruch von Schmierseife, oder auch ihr Gähnen, oder die Bewegung, mit der sie sich das Haar aus der Stirn strich. Und Daniel Pettersson hatte aufgehört, zu erstarren oder zu zittern, wenn sie den Segeltuchschutz wegzog; und auch er erkannte wie die anderen ihren Schritt im Korridor.
Schließlich begann sie zu sprechen, ohne sich abzuwenden. Sie sah ihm ins Gesicht, sank am Fußende aufs Bett und redete mit sich selbst und den anderen, und sah ihn manchmal an, als existiere er.
Sie schäkerte und schwatzte; erzählte, was sie tagsüber getan habe oder morgen tun werde, neckte und stellte einfältige Fragen, oder plapperte einfach drauflos, was ihr einfiel: vom Essen, vom Wetter, von den Kindern, von Mrenta; von ihrem freien Sonntag, was sie tun wolle, wenn sie nach Carlscrona käme.
Eines Abends begann sie, vom Armenhaus in Kungsbacka zu erzählen, von alledem, woran sie sich deutlich erinnerte: von den Läusen und den gelben Klauen. Wie sie geweint hatte und auf dem Boden herumgekrochen war: die Klauen, die sie an Haaren und Ohren gezogen hatten. Dann von den Geistern: den weichen und weißen Stimmen, und was sie durch Inez' Mund gesprochen hatten. Und von Propst Aulin und wie sie nach Göteborg gekommen war und zwischen Bettlaken schlief, und vom Rübenölgeruch im Kissen, und dem Rote-Beete-Topf, und der getrockneten Minze: wie sie Kräutertee aus einer Tasse hatte trinken dürfen, und vom Kirchenfenster im Regen, und vom Weißbrotgeschmack.

Sie erzählte ruhig und genau und fand Worte, die sie selbst erstaunten. Als habe sie in einem Märchen gelebt, in dem das Böse von Anfang an gespielt und ungefährlich gewesen war, und alle es *wußten* und nur darauf warteten, daß sich am Ende die Güte zu erkennen gab.
Sie sprach auch mit sich selbst, und vergaß sie manchmal und saß stumm da. Und einmal fragte sie plötzlich, ob Daniel glaube, daß ihr vergeben werde, daß sie Anna Hoeffer Essensdiebstahl nachgesagt hatte, als sie damals im Wagenlager gehungert hatten; und Daniel Pettersson nickte deutlich, und sein Mund war normal und weich und grinste nicht mehr fratzenhaft.
Danach kam es vor, daß er auf dem Rücken lag und sie ansah, während sie sprach, und eines Abends saß er aufrecht, als sie den Vorhang beiseite zog.
Sie sprach mehr und mehr mit Mrenta über ihn, und Mrenta meinte, sie solle länger dort bleiben, wenn sie abends Zeit hatte.
Manchmal, wenn sie eine Weile nichts zu tun hatte, ging sie auch am Tag zu ihm (und Mrenta fragte, ob sie in Der Löwengrube gewesen sei); und manchmal nahm sie das Gesangbuch mit, aus dem Aulin vorgelesen hatte, wenn die Geister durch ihren Mund den größten Unsinn redeten, und sie las ihnen vor, und manchmal erfand sie das, was sie las, damit es den Löwen besser schmeckte. Und sie spürte, daß die ganze Zeit über mit Daniel Pettersson etwas geschah, und sie dachte immer öfter an ihn, auch wenn sie mit anderem beschäftigt war.

Er war jetzt so wenig ängstlich oder mißtrauisch, daß er sich sogar über sie ärgern konnte. Seine Hände, Schultern und Augen fauchten sie manchmal an, obwohl er bewegungslos und mit geschlossenen Augen dalag. Das Einsame in seinem Gesicht riß dann auf, die Augenbrauen signalisierten Wut, und die Falte über dem Nasenrücken fuhr hoch, so daß sie sehr viel später zu kichern begann.

Beim ersten Mal, als er gewaschen werden sollte, hatten Mrenta und sie die Hilfe von zwei ausgewachsenen Männern in Anspruch nehmen müssen. Er hatte nach ihren Händen, Armen

und Gesichtern gebissen, und sie waren gezwungen gewesen, ihn festzubinden. Doch seine Notdurft hatte er die ganze Zeit in den Nachttopf verrichtet, und dann hatte er sich selbst gewaschen, wenn sie eine Wanne in den Raum stellten.
Sie erinnerte sich. Und sie sagte es: Erinnerst du dich, wie du Angst vor mir hattest? Vor *mir*!
Und er lachte auch: ein schiefes Lachen – doch die Fratze nur noch auf den Wangen und um die Augen.
Eines Nachmittags aber verbrühte sie sich die Hände in kochendheißem Wasser. Das war in der Küche, und Elis, Mrentas ältester Sohn, hatte Mehlsäcke für sie gefahren. Viermal waren sie zur Mühle an der Holzbinge geholpert, und dann wollte sie ausruhen, denn er war linkisch und schwerfällig wie ein Öländer. Und jetzt lief er in sie hinein, als sie den Kessel vom Herd heben wollte, und das Wasser schwappte ihr über die Hände, und sie ließ den Griff los – und das kochende Wasser floß ihr über die Arme.
Sie schrie laut und weinte wie ein Kind, obwohl sie sich schämte; und Mrenta schmierte Seife darauf und verband sie mit Leinenlappen.
Der ganze Tag geriet aus den Fugen: das Füttern, das Wäschewechseln, das Waschen. Und die ganze Zeit schmerzten und brannten ihr Hände und Arme, als hätten wütende Teufel daraufgepißt, und alles ging verkehrt, schief und daneben.
Als sie in Die Löwengrube kam, war sie böse, müde und den Tränen nahe.
Daniel saß aufrecht mit hellwachen Augen und dem Kissen im Rücken; er sah ihren Verband nicht an und spielte taub und ließ sie dreimal fragen, ob er noch einmal aus der Suppenschüssel haben wolle, ehe sie merkte, daß er sie zum Besten hielt.
Sie hätte es ertragen müssen. Sie hatten schon vorher auf diese Weise gespielt; sie pflegte ihn zum Besten zu halten. Doch etwas knallte zusammen. Wie eine Wollschere, oder ein Paar beißende Kiefer, die zusammenschlagen.
Sie wurde vollkommen rasend; und bevor ihr klar wurde, was sie tat, fegte sie mit ihrer verbundenen freien Hand über sein Gesicht, und hieb mit der anderen die Kelle zu Boden.
Sie sah es, als stehe sie daneben und sehe zu.

Sie schlug wieder zu und fühlte, daß sie ihn traf; und sie schlug, bis ihre Hand ganz dicht vor seinem Gesicht steckenblieb, und sie merkte, daß er sie mit einem harten Griff am verbundenen Handgelenk festhielt.
Sie keuchte auf und fühlte, wie ihre Wangen plötzlich glühendheiß wurden.
Er sah ihr in die Augen, und sein Gesicht war eine kreideweiße Pappscheibe, und ihre Hand zitterte in seiner, und ihre Knie begannen zu beben, und sie riß den Arm an sich und stürzte schluchzend hinaus.
Sie schloß sich in der Speisekammer ein und weinte.
Mrenta klopfte mehrere Male und fragte, wie es stehe – doch sie saß nur da und schwieg: schwieg, schwieg wie ein kleines Kind. Bis ihre Augen trocken und heiß waren.

Mrenta ließ sie. Sie brachte das Füttern selbst zu Ende, und ging später mit der Bettwäsche zum Waschhaus, und kochte und rubbelte und entfernte Flecken. Anschließend scheuerte sie im Vorraum den Fußboden, und das dauerte den ganzen Nachmittag vor dem Abendessen, obwohl die Segelnäherin ihr half.
Doch als sie zurückkam, und durch den kalten Korridor zur Küche ging, wäre sie in dem leeren Halbdunkel beinahe über Abrahams Beine gestolpert.
Er saß mit gerecktem Hals und dem Nacken an der Wand auf dem Fußboden und lachte still.
Wie immer, wenn er für sich allein lachte, bekam sie Angst. Er aber hob seinen schweren Kopf und sah sie freundlich an, und seine Augen scherzten, und es war nirgendwo etwas Bitteres oder Totes oder Drohendes. Nicht einmal Schnapsgestank.
»Ich hab's gesehen«, sagte er freundlich. »Der Storch führte die Kröte.«
Seine Augen guckten sie vergnügt von unten an.
»Du hättest es sehen sollen. Die langen Beine unter dem Hemd. Langsam, Hand in Hand . . . wie zwei Ritterfräulein die Wände entlang . . . auf und ab im Korridor. Der Storch führte und tröstete die Kröte. Sie reichte ihm bis zur Achselhöhle!«
Abrahams langes Gesicht in dem Bart war warm und lebendig.

Sie stand still und schwitzend, noch immer den Eimer in der einen Hand und den Scheuerlappen wie einen regenfaulen Salatkopf in der anderen.
Der Arm mit dem Scheuerlappen sank, und sie sah ihn an, und die Angst glitt von ihr ab.
Und als sie wirklich verstand, was er meinte . . . als sie es wirklich *verstand* . . . spürte sie, wie sie selbst zu lachen anfing. Und daß sie zum ersten Mal seit langer Zeit die Kraft hatte, beim Lachen in ihrem eigenen Gesicht zu sein.

Neunter Tag

30

Der Daumenlose aber erlebte ein Gegenwunder: er wurde von einem Hund gejagt. Ihm war nicht klar, welchen Fehler er gemacht hatte.
Er hatte gesagt, daß er kommen werde. Er hatte dem witternden Wind seine Hände gezeigt; und in der Dunkelheit, leise und kameradschaftlich, gepfiffen.
Der Hund aber begann zu bellen. Er knurrte und riß an seiner Kette und biß nach ihm in die Luft.
Der Hof erwachte.
Zwei verschlafene Knechte kamen heraus. Er begann zu laufen. Sie ließen den Hund los.

Er lief durch den Bach, bis der Hund den Geruch verlor. Die beiden Männer waren sehr nah. Er konnte im Dunkeln ihre roten Augen sehen.
Sie stürzten vorbei, schwer und fluchend mit scharfem Gestank von Schweiß.
Und er konnte sich auf den Heimweg machen.

Doch der Magere fand Essen, das er nicht hatte stehenlassen können: Käse und Zwiebeln und vier Eier. Der Magere wurde rasend und bewegte schrill seine Arme vor ihm, so daß seine Stirn runzelig und bleich wurde.
Da bekam er Angst und begann zu weinen.

Und er versprach, nachts niemals mehr hinauszugehen.
Doch der Magere und der Junge schliefen fest und atmeten schnüffelnd. Sie schlossen jeden Abend die Tür ab.
Er bekam Essen von dem Mageren, jeden Tag zumindest etwas.
Er aß gern. Er hatte den Geruch gern. Er konnte vor allem viel essen, und er war fast immer hungrig.
Er konnte sehr leise gehen, wenn er wollte, und er konnte verschlossene, blinde, taube und stumme und schweigende Türen öffnen.
Alle Finger, die er noch hatte (oder die ihm zugeteilt worden waren), waren türkundig und klug. Sie tasteten, lauschten, erkannten wieder und vergaßen nie. Sie brauchten nicht viel Hilfe, nur ein kaputtes Messerheft, oder ein Stück Schuhmacherpfriem. Sie atmeten ruhig und versagten nie, und wenn sie öffneten, sang es leise darin und als täten sie etwas anderes. Alles ging gut. Immer.

Im Frühjahr aber war er in einer Hofumzäunung, wo er schon früher gewesen war. Er erinnerte sich an den Geruch.
Er pfiff und sagte, daß nur er es sei, der wiederkomme.
Und der Hund schüttelte sich und blinzelte und ließ ihn kommen.
Doch als er an der Kellertür war, begann der Hund plötzlich zu bellen: laut und aufgebracht und wütend.
Es war ein großer und erfahrener braunweißer Rüde, ein Denker.
Er lief sofort zu ihm hin.
Er streckte die Hände aus und flüsterte und bat ihn, still zu sein und niemanden zu wecken.
Doch statt dessen biß der Hund nach ihm.
Es gelang ihm, die Hand zurückzuziehen; doch die Zähne rissen eine tiefe Wunde in die Innenseite, in der Nähe des Handgelenks.

Es waren mehrere, die ihn verfolgten. Er lief und hielt die Hand in die Höhe, und das Blut floß.
Der Hund schnaubte und schnüffelte. Er war stark und geübt, er hatte oft gekämpft und gesiegt. Doch er war dumm und ein wenig unsicher vom zu vielen Denken.

Der Hund lief vorbei, wo er in einer hundertjährigen Eiche saß, einen und einen halben Meter über der Erde.

Als der Magere am Morgen die Hand sah, sagte er nichts.
Er wusch die Wunde mit warmem und unheilverkündendem Herdwasser und verband sie mit einem Fußlappen und einem Stück gepechter Schnur.
Dann packte er ein Proviantbündel.
Der Junge war still und traurig und saß am Tisch und sah zu.

Der Magere sagte ihm, er solle sich auf den Weg machen. Da fing er an zu weinen, richtiges Männerweinen, Männertränen. Der Rücken sank ihm in die Brust. Doch das Gesicht des Mageren war angespannt und geschrumpft; und er reichte ihm das Proviantbündel und sagte, er müsse gehen.

Der Magere sagte, was er sagen sollte, und er versuchte, es nachzusagen.
Doch es ging nicht, es erstarb. Er konnte nicht denken. (Er hörte aber auf zu weinen.)
»Geh nach Jämjö«, sagte der Magere. »Und dann in Richtung Fågelmara. Kannst du das behalten?«
Er nickte.
»Halt dich abseits von der großen Straße. Und such Arbeit bei den Kleinbauern. Nur bei denen. Du kriegst Arbeit. Es wird gutgehen.«
Der Magere wandte sich an den Jungen, der ganz stumm auf dem Holzkasten saß:
»Er schafft's. Es geht gut.«
Der Junge nickte mit seinem mageren Hals, mit den Kieferknochen und dem grauen Kopf.

Sie begleiteten ihn zum Hang hinaus.
Der Magere strich sich über die Lippen und war heiser. »Gott helfe dir, Kamerad«, sagte er rauh und spuckte trocken.
Der Junge stakste auf seinen dünnen Beinen dahin: nur ein Paar Kniescheiben.
Er ergriff seine Hand, sie verbeugten sich steif.
Der Magere stand allein da, klein und knochig.

Da versuchte er, sich auf den Boden zu setzen, bekam aber einen Schubs in den Rücken und stolperte vorwärts. Er kauerte sich hin und zitterte, doch der Magere kriegte ihn wieder auf die Beine.

Er verlor das Proviantbündel und hob es auf.
Er hielt das Proviantbündel gegen seine Brust gepreßt und schwankte, als sei er betrunken.
Doch der Magere stand noch da, kleiner und kleiner.
»Geh jetzt«, sagte er, klein wie ein Sandkorn. »Geh!«
Und der Wind, der über den Hof gerast kam.

31

Er mißverstand, oder verhörte sich, oder hörte und sah nichts – nur die Äcker und die Lehmaugen der Bauern.
Er bekam Schläge und war hungrig.
Während der Ernte, wenn es Platz für alle gab, nahmen sie auch ihn. Doch er blieb zurück und mußte mit den Kindern gehen.
Seine Hände krümmten sich. Nicht einmal den Rechenschaft konnte er halten wie ein normaler Mensch.
Solange die Heuernte dauerte, durfte er im Wagenschuppen schlafen. Die Knechte gaben ihm Branntwein. Da sang er: er schrie, durchsichtig und voller Flügel und Halbdunkel.
Er war abgemagert und glich einem Insektensammler.
Obwohl die Nächte hell und blühend waren, konnte er nicht hinausgehen und nach Essen suchen. Die Hunde bellten, sobald er kam, und bissen nach seinem Schatten.
An einem Samstagabend stahl er in einem leeren Gesindehaus ein paar Höfe weiter Pökelfleisch.
Sie ergriffen ihn augenblicklich und prügelten ihn auf dem Misthaufen durch.
Dann füllten sie ihn mit Branntwein und zwangen ihn, an die Fenster des Bauern zu schlagen und zu poltern, an das Fenster, hinter dem die Tochter eingeschlossen war.
Der Bauer kam heraus und ließ den Hund los; und er wurde in die Arme, in den Kopf und in die Beine gebissen, obwohl er davonrannte.

Als er aufwachte, lag er in einem Wagen. Eine Frau (oder ein Engel oder eine, die jemandem glich, bei dem er sich hätte verstecken wollen) fütterte ihn, er konnte nicht selber essen.
Er bewegte seine Arme, lag da und sah sie an und flatterte schwach mit den Flügeln.

Der Wagen gehörte einem Hausierer.
Er durfte dort bleiben. Der Wagen fuhr zwischen den Märkten in Blekinge und dem südlichen Småland.
Der Hausierer sah auf seine Hände, auf die Stelle, wo keine Daumen waren.
Du bist genau richtig, sagte er.

Der Hausierer hatte ein hilfloses und geschwollenes Gesicht, weißes kurzgeschnittenes Haar und vorstehende, blutunterlaufene Augen.
Er hieß verschieden an verschiedenen Orten, und weinte, wenn er betrunken genug war. Dann wollte er auch Verse deklamieren, und fingerhakeln, und dann weinte er, weil er kinderlos war.
Die Frau war von oben bis zu den Knien gleich breit. Dann wurden die Beine dünn und zerbrechlich. Vor ihren Augen hing langes gelbgraues Haar, das jünger als der Hals, die Kinne und die Oberarme war. Doch die Bewegung, wenn sie es zurückstrich, war noch jünger. Es war, als trage sie das Haar offen, um Hand und Arm zu trainieren, noch ein wenig jung zu bleiben.
Sie hatte große müde Augen, die weit auseinanderstanden und alles sahen. Sie war älter als der Hausierer und schlief morgens; und sie trank noch mehr als er, um einschlafen zu können, und war doch weniger kinderlos als er, selbst wenn sie nüchtern war.

Den ganzen Spätsommer und Herbst über fuhr er im Wagen des Hausierers und verkaufte Nägel und wundertätige Mittel.
Als der erste Schnee kam, blieben sie länger in den Dörfern, und der Hausierer zauberte mit den Händen und lehrte die, die Bücher lesen wollten.
Die gelbhaarige Jungalte und er machten auch mit: er hatte ein weißes Hemd.

Er stand auf einem niedrigen Schemel, völlig bewegungslos, die Hände ausgestreckt und die Augen an der Decke.
Der Hausierer rief aus Pulver Rauchbrände hervor, und sie, die Graublonde, machte auf einer Metallscheibe Gewitter.
Dann fiel er händelos vornüber vom Schemel, und der Hausierer stach ihm Nadeln in den Rücken, ohne daß er erwachen durfte.
Es tat weh, doch er lernte es.
Hinterher rieb sie Salbe darauf.
Er lag im Wagen auf dem Bauch, und sie strich ihm mit Haar und Händen über Rücken, Hüften und die Rückseiten der Beine.

Manchmal zog sie ihm die Kleider aus, um zu sehen, ob die Wunden ordentlich heilten.
Einmal, als der Hausierer beim Eisfischen war, wurde sie krank und fror.
Sie war grauweiß und betrunken und zitterte vor Kälte.
Er mußte auf ihrer Brust und ihrem Bauch liegen, um sie zu wärmen.
Dann ritt sie ihn.
Er bekam Branntwein und Fleischkost und wurde schwer und hart in den Oberschenkeln, und sein Geschlecht stand aufrecht.
Er hatte nichts dagegen, daß sie auf ihm ritt.
Wenn sie geritten hatten, bat er sie, ihn die Namen der Dörfer zu lehren, in denen sie gewesen waren.
Er versuchte, sich zu erinnern: Spjutsbygd, Sillhövda, Figgamåla, Fridlevstad, Rödeby, Ketillsmåla, Eringsboda, Sibbamåla, Augerum, Lösen, Ramdala, Fågelmara, Jämjö.
Doch er konnte die Laute und die Bilder nicht lange festhalten: sie stürzten ein wie die Wände eines uralten Hauses.

Der heiße schwere altjunge Körper bewegte sich auch im Schlaf auf ihn zu. Dann vergaß er, woran er sich nicht erinnern konnte. Er vergaß alles außer der Steifheit und der Öffnung; und dort trat er ein und flog.

Er zog den Wagen und trug Nägelsäcke und kümmerte sich um das Pferd und fiel und ließ sich von den Nadeln des Hausierers stechen. Er wurde die ganze Zeit stärker, erkannte aber Gerüche nicht vor dem zweiten oder dritten Mal. Doch er dachte, es müsse so sein.

In einem Dorf hörte er über Leute sprechen, die diejenigen hätten sein können, nach denen er einmal gesucht hatte.
Doch er vergaß auch das, und erkannte nichts wieder. Und auch danach geschah in ihm nichts.
Er dachte, es müsse sein, wie es war. Auch mit ihr, die in den Nächten manchmal kam und ihren schweren, kinderunwilligen Körper auf seinen legte.
Im Frühjahr aber jagte der Hausierer ihn weg; bei einem Fischerdorf irgendwo an der Ostküste hängte er ihn ab.
Es war am Morgen. Die Graugelbhaarige schlief schwer im Wagen, der fortrumpelte. Er stand unten am Strand: im Dunst zwischen den Steinen und rieb einen Kasserollenboden mit Sand.
Er sah den Wagen sich in Bewegung setzen, begriff aber erst, als es zu spät war.
Er begann zu laufen. Er lief, was er konnte. Er rief und schrie, sie solle aufwachen. Er rief ihren Namen und erinnerte sich an ihn.
Doch der Wagen blieb nicht stehen, und er erreichte ihn nicht.

Mehrere Male träumte er dann, daß er flog: hoch über den Rübenfeldern in Sonne und scharfem Wind, über dem Regenschlamm. Dann sah er Sterne und andere Engel, die rochen, wie er erwartet hatte: nach Zimt, Heu und Nelken.
Manchmal wachte er auf.
Er bewegte sich in einem dünnen, gelbgrauen Dunst: hörte Stimmen, sah die Hände und das Licht in den Gesichtern. Dann verfinsterten sich die Lippen, und er glitt zurück ins All hinauf.
Er flog wirklich lange.

Manchmal ging er auf der Straße, wenn er erwachte: in einem starken Geruch von Straßenstaub, Gras, Pferdemist und Harz.
Er fror oft, trug aber Kleider. Und er aß manchmal zusammen mit anderen auf der Straße.

Einmal arbeitete er auf den Äckern; stand naß und schwer in der Erde, oder braunschwarz von Staub, der den ganzen Körper bedeckte, so daß er nach Feuer Tod Erde roch.

Doch schließlich mußte die Klarheit kommen und auch ihn erreichen: sehen, hören, denken: verstehen.
Das Licht.
Wie: »Bleiben, vollenden, fertig werden, zurückkehren.«

Er lag auf dem Rücken in einem trockenen, flachen Graben.
Alles war still und deutlich und laubraschelnd. Ein langsam wandernder Himmel, fast bewegungslose Wolken.
Er sah und hörte und wußte, wer er war. Was zu tun er gekommen war. Und warum.
Die Stille glitt von allen Seiten in ihn hinein: vom Gras, von der Landstraße, den Baumwipfeln, den Käfern, den Möwen über ihm.
Er sagte laut seinen richtigen Namen.
Jetzt brauche ich nur Wind, sagte er dann und stand auf.

Er ging in einer großen Windstille nach Südwesten, unten in Ostblekinge. Er war sich nicht im Zweifel über den Weg.
Er ging zwei Tage lang, dann noch einen weiteren, ohne zu schlafen.
Sein Körper wurde nur leichter: er nahm den Wind in sich auf und füllte sich mit offener Klarheit.
Der Himmel war weiß und grau und vollkommen windlos. Nicht ein Ast bewegte sich, nicht ein Zweig, nicht ein Blatt.
Er ging durch eine windstille, silberschwarze, bewegungslose Landschaft, unter einem weißen und bewegungslosen und windlosen Himmel.
Das Zittergras und die Samenkapseln am Straßenrand lagen leer und taub und raschelten nicht, obwohl sie warteten.
Wenn ich ankomme, sagte er und sah zu dem leeren Himmel.
Es war klar und still, und beinahe Morgen.
Gib mir nur Wind, sagte er.

32

Zu dieser Zeit wußten sie nichts von dem Sturm. Doch im zinnfarbenen Morgengrauen des Michaelistages (im ersten, zweiten oder dritten Jahr von Gheel) kroch oder krabbelte Augusta Holmquist, die sich noch zu den Irdischen zählte, den Sandweg am südlichen Os hinauf.
Sie hatte das Strohbündel unter dem Arm, und war unterwegs, um den Wind über den Futterbestand zu befragen.
Der Himmel starrte blauschwarz, doch es herrschte Meeresbleiche. Das Stroh bewegte sich nicht, als sie es auslegte.
An diesem Tag wollten sie die Kühe einstellen. Und die Wolle lag frischgeschoren in den Kästen: sie hatten den Viehstall fertigbekommen. Der Wind schwieg, und das Strohbündel lag da: das Futter würde reichen.
Sie saß in der Hocke, die Röcke lappig um die Beine gewickelt. Ihre Nase lief, ihre Augen brannten naßgeschwollen. Sie blinzelte zum Kirchturm, in dem das neue Fensterglas wie langsam fließendes Dunkel zwischen den Lippen der Fensterläden schimmerte.
Nur das Turmdach war noch immer unvollendet. Das Bethausdach des bescheidenen Bethausturms. Aber das hat Zeit. Der Herr ist geduldig: ein Birkbaum. Ja, eine Birke.
Das Meer lag still, und sie hörte deutlich die schlafenden Fliegen zwischen dem Glas und dem Holz im Turmfenster.
So würde sie gern lange sitzen wollen und mitschweigen. Wenn nicht die Kälte anfinge, sich mit den Hinterbacken anzulegen ...
Doch als sie aufstand (um steifbeinig die Windstille herauszufordern) und ihr saubergeputztes Irdischsein dem Meereshorizont zuwandte – entstand irgendwo ein Wind; vielleicht über dem Ziegeldach der Seidenfabrik an der Harrar Pal utca; in Obuda, im fernen Land Ungarn.
Der Windhauch befand sich, von der Herbstkälte beeinflußt, in einem fließenden Zustand. Er wurde von einer unendlichen Zahl kleiner Luftwellen bewegt und wuchs, bis er zu einem Wolkenwind wurde. Dann brach er aus wie aus einer Spalte und wurde vom Südostwind Euros ergriffen, der stets aus jener Gegend bläst, wo die Sonne im Winter aufgeht.

An diesem Morgen war Euros ein Auffallwind. Acht Dachziegel fielen sofort herunter und zerschellten auf den uralten Steinen des Fabrikhofes. Dann schraubte sich der Wind aufwärts und nahm über den Gärten entlang dem Flußufer an Geschwindigkeit zu.
Er warf sich (laut pfeifend) in der Nähe der Elisabethbrücke über das Donauwasser, in Richtung Pest, und raste direkt in die Mauer des gebrechlichen Hauses, in dem später während des Petöfi-Aufruhrs der Gastwirt Pilvax Girlanden aus Wolfsaugenglöckchen aufhängte und fünfzig Revolutionäre verpflegte. Dort zersplitterte er und drehte-rollte-wirbelte die Mauer hinauf, rutschte über den Dachfirst und bekam im Luftmeer über den warmluftgähnenden Schornsteinen neuen Schwung.
All die Winde wurden vom südostlichen Starkwind aufgesogen, dessen Hauptfurche nun geradewegs nach Norden führte, auf Ostrava zu.
Und als Euros, eine Stunde nach Morgengrauen, westlich von Lodz heranfegte, war er bereits ein röckehebender, grober Kaltsturm.
Beim Übergang über die Weichsel kippte er vier Holzprahme und neun kleinere Boote um. Dadurch wuchs er weiter und erschlug auf dem Weg nach Danzig zehn Kühe. In Tczew schüttelte er drei Melkerinnen und verwundete einen einarmigen Kriegsveteran; und er schleuderte Baumäste, Dachziegel, Möbelstücke und schließlich ganze Ziegelmauern umher; da war er selbst eine donnernde Mauer für all jene, die versuchten, Widerstand zu leisten.
Auf der Höhe von Danzig warf er sich unerwartet auf Rostock zu. Er raste über das flache Küstenland bei Rügen und peitschte Schlamm und Salz aus dem Sand. Dann drehte er sich nach Nordosten zurück, zerstrümmerte die Kirchturmspitze im litauischen Klaipeda, und traf, mit donnernder Meeresgischt, auf Kaikas, den Nordostwind, der aus der Gegend bläst, in der die Sonne im Sommer aufgeht.
Das geschah im Landesinneren, in der Gegend von Kaunas.
Dort bestieg Euros Kaikas; aber verkehrt, wie die Jungkuh den Stier besteigt, den Rücken gekrümmt von absurden Konvulsionen. Als die Erlösung ausblieb, explodierte er: er wurde menschenvernichtend!

In einem weiten Bogen schwenkte er zurück zur Küste; und er ließ lebendig Begrabene, Totes oder sterbendes Leben, in staubrauchenden oder brennenden Häusern und Ställen hinter sich zurück.
Mit einem einzigen orkanischen Sensenschlag tötete er vierundsechzig Menschen und raste aufs Meer hinaus. Als er zurückkehrte, durchbrach die Sturmwelle die Schutzwälle an der Küste und sprengte vier Deiche.
Fast achthundert Menschen und Tiere wurden sofort obdachlos; neunzig ertranken oder wurden ertränkt – und da war es erst neun Uhr morgens.

Doch als der Sturm die Küste bei Gdingen verlassen hatte, und über das offene Meer zog, schien er etwas nachzulassen.

Als das, was über dem Land riesigen Bergen und Bergketten aus zusammengedrängter Luft geglichen hatte, die sich in einem Regen von Erdblitzen aus dem Inneren der Erde hervorwälzte – als dies auf die Widerstandslosigkeit des nachgiebigen Meereshorizontes traf, nahm die Mordlust ab und wurde weniger gottähnlich. Und das Unwetter, das sich um die Mittagszeit der Blekingeküste näherte, war ein herbstlicher Halborkan, bedrohlich, aber nicht lebensgefährlich.

Er warf meterhohe Wellen über das Geröll bis zu den unteren Stufen der Oser hinauf. Über den Steinhäuptern der Hafenmole kochten Luft und Granit zu einem grollenden Rauch zusammen, der sich über die zusammengehäuften, geduckten Häuschen im Rachen stürzte.
Doch das Dorf war zum Überleben gebaut. Im Inneren der niedrigen Häuser drückten sich die Menschen aneinander, erfüllt von Müdigkeit und Geduld.
Sie blieben den ganzen Tag im Hause, warteten und lauschten, und nur wenigen gelang es, ernstlich besorgt zu sein. Das Vieh war eingestellt und der Stall stabil. Selbst die neue Scheune würde standhalten, wenn sie sie auch an einer weniger herausfordernden Stelle hätten bauen können. Doch sie hatten sich gemeinsam durch das Grundgebot buchstabiert: Bete und arbeite. Sie hatten gehorcht und gebetet und geschwiegen.

Warum sollten sie nicht den Anblick der Scheune oben im Hang genießen, nachdem sie selbst die Wahl getroffen hatten, im Rachen zu wohnen?

»Das Schicksal is nur'n verdammtes Blinzeln in Gottes Auge«, sagte Tuppen der Hahn zu seinem sturmgekräuselten Gesicht im Wassereimer. Und später an diesem Tag:

»Ich hab' mal'n Pferd gesehn; das legt sich hin, um an 'ner Kolik zu sterben. Da läßt 'ne alte Frau Wasser in ihren linken Schuh und gibt dem Pferd zu trinken. Am nächsten Tag ist es aufgestanden, gesund wie'n Marktschreier.«

Und Himmer selbst (der von Der Gesellschaft ausersehen worden war, jeder Art von Hochmut zu widerstehen) hatte Befriedigung empfunden, als er die Einwände dagegen zurückwies, die Scheune auf Höhe der Kirche und des Gästehauses zu legen.

Sie hatten überlebt: sie selbst; wenn auch Der Herr geholfen und dazu beigetragen hatte. Außerdem hatte er, Himmer, zu dieser Zeit (als er seine große Einweihungsansprache vorbereitete) das Pech gehabt, beim Meister auf Zeilen zu stoßen, die, statt dem Geist Luft zu verschaffen, wie Gewichte an den Beinen hingen; und seine Fähigkeit, sich gegen Schwierigkeiten dieser Art zu wehren, hatte sich gerade hier reduziert. Im Laufe der langen Stunden in der Lesekammer waren die Sätze taub geworden wie die Zunge im Mund eines satten Essers. Die Gedanken hatten aufgehört, sich vorwärts zu bewegen, und begonnen, von Selbstwiederholungen widerzuhallen. Schließlich hatten manche Worte jede Verständlichkeit verloren, und er war mit dem Kopf gegen eine Wand gerannt, die nicht rein zufällig zu sein schien, sondern eher einer Krankheit glich.

Während mehrerer Nächte hatten seine Gedanken zum Beispiel folgende Zeilen gekaut:

»Das Hinunterstürzen selbst nimmt sich für das Auge so aus, daß etwas mit dem Kopf nach unten und den Füßen nach oben hintenüber fällt; es nimmt sich so aus, weil er sich in umgekehrter Ordnung befindet, er hat nämlich den Abgrund geliebt und den Himmel verworfen.«

Es kam ihm vollkommen unsinnig vor, daß jemand bewußt die Hölle geliebt und den Himmel verworfen haben sollte – sofern er die Existenz des letzteren nicht leugnete. Und wie sollte jemand für Vergehen gegen Vorstellungen verurteilt werden können, die er nicht teilen konnte, selbst wenn er es wollte und versuchte? Und wenn er aus Faulheit, Gleichgültigkeit oder Einfalt diese Begriffe ablehnte, mußte das ja darauf beruhen, daß es ihm nicht gelungen war, sie sich begreiflich zu machen. Denn wer würde auf den Himmel verzichten und den Abgrund wählen, wenn er sie als wirklich und gegenwärtig erleben konnte?

Außerdem war die Unsicherheit, die er seit seiner Reise nach Carlscrona und Bias' Rückkehr empfunden hatte und die von einer fließenden, weihraucherfüllten Briefantwort von Der Gesellschaft verstärkt worden war, nachdem er nach Bias' Maschinen gefragt hatte – dieser Zweifel war weiter gewachsen, bis er ihn in den Abgrund zu stürzen drohte; buchstäblich mit dem Kopf nach unten und den Füßen nach oben. Nur seine Starrköpfigkeit und das tägliche Herumpaddeln in dem unversiegbaren Strom praktischer Probleme, der die Entstehung von Gheel war, hatten ihn daran gehindert abzuspringen (mit den Füßen in der einen Richtung und dem Kopf in der anderen).

So stand er, als der Sturm kam, noch immer aufrecht am Fenster und sah ihn kommen. Und er hörte ihn sich donnernd über die Kapelle, das Gästehaus und die neue Scheune auf der Anhöhe werfen. Und er spürte eine bleiche Erwartung, und freute sich im voraus auf alles, was weiterhin Widerstand leisten würde, gegen was es auch immer sei: Das Schicksal, Gott, Die Natur oder Die Ordnung Der Dinge.

Auf jeden Fall gegen das, was nachts durch seinen Kopf stürmte, und was jetzt ganz offen vom Meer zu ihnen hereinbrüllte. Denn auch wenn der Sturm die Scheune zerstörte, oder das Dach vom Bethaus riß, konnte er nicht den Widerstandswillen vernichten, den Himmer um sich spürte, und dem man zum Beispiel Ausdruck geben konnte, indem man eine Scheune an eine Stelle baute, wo das Dach leichter als irgendwo sonst heruntergeweht werden konnte.

Irgendwo tief in seinem Inneren hoffte er sogar, daß sich der Sturm dieser Herausforderung als würdig erweisen werde – indem er sie vielleicht vernichtete.

Er wütete zehn Stunden.
Schnaubend vor Lust zu ertränken, trieben die Wellen kochende Kieskörner, Steine und Muschelschalen bis zu den Seiten der Oser hinauf. Der Sturmrauch unten im Rachen war so dicht und kräftig, daß herausgepeitschtes körniges Salz und abgerissener Blasentang zwischen die Mauerstämme und Fensterritzen der Häuser gepreßt wurden. Innen bedeckte er die Wände mit so triefend rauher Kälte, daß viele glaubten, er habe sie schon in ein langsam erstickendes Ertrinken hineingesogen, und hinausstürzen wollten.
Die Abenddämmerung kam früh. Sie grollte von herumwirbelnden Gegenständen, die heulend, winselnd oder wimmernd gegen Dächer, Wände und Fensterläden schlugen.
Manchmal polterten die Körper mit Geheimnissen, die im Meer existierten, gegen die Häuser. Ohne zu sehen, sah man all diese Fischmünder und schleimfaserigen Augenhöhlen zwischen schuppigen Warzen, die sich gewöhnlich tief unten verbargen, voll von Aasfressergestank.
Sogar das Holz bekam giftige böse Augen, und auch die Steine in den Steinmauern begannen zu zischen: es pfiff, brüllte, brauste, gellte, flüsterte und heulte aus klaffenden Mündern in den Ritzen.
Im Gästehaus aber sangen Mrenta und Inez mit den Kindern und den Verwandten, so daß es unten im Rachen zu hören war, als der Sturm Atem holte. Und Abraham ging mit kalter Fischsuppe und Brot zwischen den Betten in den Schlafsälen umher, aufgeheitert durch ein vollkommen klares und nüchternes Untergangsgefühl; welches ihn mit einem unerwarteten Gefühl der Zärtlichkeit erfüllte, auch für sich selbst.
Und die Gäste waren ruhiger als gewöhnlich. Einige schliefen den ganzen Tag mit so weitgeöffneten Augen, daß die flackernde Flamme der Rübenöllampe in den Pupillen noch tanzte, nachdem Abraham schon längst die Tür hinter sich geschlossen hatte und wieder das graustarre Dämmerdunkel hereingebrochen war.
Niemand im Rachen ging an diesem Tag hinaus. Nur Bias lief irgendwann nach dem Abendessen, geduckt und den schwarzflammenden Kraftgürtel fest um die Mitte gezogen, zum Sanktuarium hinauf.

Dreimal preßte ihn der Sturm vom Hang hinunter, bis es ihm gelang, die schlüpfrige Türklinke zu ergreifen und sich an der Wand zu halten; aber da war er leichenblaß und erschöpft und schaffte es nicht, die Tür aus eigener Kraft aufzudrücken, sondern mußte warten, bis der Sturm sich abwandte.
Er hatte über dem linken Knie einen harten Hieb abbekommen von etwas, das herumflog und zuschlug. Die Hose war zerrissen, in den Wundenrändern saßen Steinsplitter, Tang und grobkörniges Muschelmehl.
Doch der Hieb hatte die Weichteile getroffen und die Kniescheibe unbeschädigt gelassen.
Während Mrenta und Inez ihn verbanden, und er im Dampf von kochendem Essig und Zuckerlösung der Länge nach auf dem Küchentisch lag, lauschten sie auf neue Laute im Sturm; und sie machten sich Sorgen um die Tiere und fragten sich, wie es ihnen wohl ginge. Doch sie konnten nichts hören hinter der Windwand, die weiterhin brauste, donnerte, brüllte und bisweilen sang.

Der Abend wurde Nacht. Die Leute im Dorf lagen in ihren Betten und sahen und hörten, wie draußen in der Dunkelheit die Zeit davonraste. Und wie sie zurückkam, wieder und wieder, und sie die ganze Zeit näher an das heranführte, was sie nicht sein wollten, aber waren.
Als schließlich das Licht langsam zurückkehrte, und das Morgengrauen die Pferde im Stall erkennen ließ, daß zumindest die Menschen, die im Stroh schliefen, noch da waren, schlummerten auch die ein, die in den Häusern lagen; und sie schliefen unruhig ein paar Stunden, während der Sturm nachließ und erstarb.

33

Als es vorüber war, konnten sie in ein friedliches und herbstbleiches Vormittagslicht hinausgehen; und sie waren überrascht, wie wenig das donnernde, dröhnende, feinädrige Dunkel zerstört hatte.
Die Steine der Hafenmole reckten so gut wie unberührt ihre blanken Robbenköpfe in die Höh. Von einigen Häusern war

der Dachtorf abgeschält worden, von anderen die Schornsteine und Dachtraufen zerbrochen. Ein Heuwagen war den Abhang hinuntergeschleudert worden und an den niedrigen, breiten Knorreichen hinter der neuen Straße zerschellt. Im ganzen Dorf aber waren nur sieben Fenstergläser eingedrückt, abgesehen von den Scheiben an der Ostseite des Bethausturms. Dort lagen Glassplitter auf dem Boden, und Fliegen lagen verendet auf dem Rücken, bedeckt mit puderfeinem Glasstaub, der in ihren ahnungslosen Pelz gedrungen war.
Mensch wie Vieh aber waren wohlauf, und – mit Ausnahme von Bias – ohne auch nur eine Schramme.

Mit fünf Stunden Verspätung konnte Inez im Gästehaus mit dem Mörserstößel an das Dreifußeisen zum Frühstück schlagen; und der Duft von dampfender Grütze und Roggenbrot, das aufgeschnitten wurde, breitete sich von der Küche in die frischgelüfteten Säle aus; und alle bekamen zu essen und spürten die Sicherheit, die darin liegt, wenn man Milch aus Holz fließen hört; und sie aßen, außer dem Lazarusmann, der sich nicht zeigte oder zu sehen war.
Dankbar und vorsichtig kauend erhob sich die Segelnäherin vom Küchentisch und ging durch den Korridor langsam zum Fremdenzimmer, um zu sehen, was ihn noch im Bett festhielt; denn sie wußten, daß er manchmal nicht aufstand, sondern liegenblieb, aus irgendeiner Art von Protest gegen irgend etwas.
Sie klopfte vorsichtig an die goldlackierte Holzleiste des Schirms, und als er nicht antwortete, guckte sie seitlich am Schirm vorbei, um nachzusehen, ob er da war.

Er lag auf dem Rücken, die schweren lehmigen Stiefel und die Hosen voller Sand und Kies. Die Segelnäherin berührte mit den Fingerspitzen seinen Arm und sagte (vorsichtig), es sei Essenszeit, doch er sah sie nicht an und rührte sich nicht.
Und als sie mit Mrenta Nebb zurückkam, lag er noch immer mit offenen Augen auf dem Rücken.
Das längliche, dünnhaarige Greisenknabengesicht wirkte aufgelöst und leergebügelt, und in seiner Wolljacke und an den Außenseiten der Hosenbeine saßen Reste von Tang, der nicht

getrocknet war, und im Schein der Öllampe glitzerte der Muschelsand.
Er sah aus, als habe das Meer ihn gesteinigt; er war durch und durch naß und glänzend und blau im Gesicht, und seine Hände waren eiskalt.

Mrenta fragte, ob er draußen im Sturm gewesen sei, doch er antwortete nicht.
Die beiden Frauen sahen den verschmierten, nassen Mann im Bett an, und dann einander, und auf den Fußboden. Doch es gab nirgendwo eine Spur von Wasser oder Lehm von den Stiefeln; weder hinter dem Schirm noch draußen auf dem Korridor, wo sie eben gegangen waren. »Es muß getrocknet sein«, sagte Mrenta, während sie sich über ihn beugte.
»Du mußt kürzlich draußen gewesen sein«, sagte sie überredend (als spreche sie mit Elis), »oder hat dich der Sturm durch das Dach reingelassen?«
Sie fing an, ihm die Wolljacke auszuziehen.
»Hast du versucht wegzugehen«, sagte sie. »Du bist ja völlig naß. Bist du durch den Sturm geflogen?«
Sie konnten im Gesicht oder an den Händen, die wie die eines Kindes mit den Handflächen nach oben an seinen Seiten ruhten, keine Wunden oder Beulen sehen. Mrenta beugte sich über ihn, um seinen Atem zu suchen, doch die grauweißen und gelben Lippen waren zusammengeschlämmt wie ein paar Lehmbrocken. Da öffnete sie sie mit den Fingern; und als sie die Kiefer und die Lippen vorsichtig aufgedrückt hatte, konnten sie sehen, daß sein Mund voll war von einer Art kleiner, runder, flacher weißer Steine.

Zunächst konnte weder Mrenta noch die Segelnäherin Atemzüge feststellen, obwohl sie mit dem Ohr an seinem Mund lauschten. Doch als Mrenta die eingesunkene Brust mit Rübenöl, Branntwein und mörserzerstoßenem Pfeffer eingerieben hatte, bewegte er sich ein wenig. Und er ballte langsam die Fäuste, als Bias mit dem Kraftgürtel hinter den Holzschirm gehinkt kam, so daß Mrenta wie die Segelnäherin durch den Geruch von Seegras und Gewürzen den Gestank von Leder spürten.

Mrenta zog dem nassen und sandigen jungen Mann die Stiefel und die Hosen aus und begann, den Kopf nach Spuren von Schlägen abzusuchen; doch sie fand nur einen kleinen blauen Fleck, kaum größer als ein halber Daumennagel, hinter dem einen Ohr.
Sie trockneten ihn mit sauberen Handtüchern, und Bias rollte ihn in trockene Schaffelle ein, um die Körpertemperatur zu erhöhen. Und es gelang: er atmete deutlicher und bekam wieder seine normale, graugelbe Gesichtsfarbe. Doch er schloß weder die Augen, noch öffnete er die Hände, selbst dann nicht, als Mrenta mit dem Zinnlöffel ein wenig heiße Hafergrütze in ihn hineinzwang, oder als sie aus Bias' Lederflasche Branntwein in den nassen, graublauen Rachen goß.
Er kaute und schluckte mit unbewegtem Gesicht, wobei er auf Bias' Stiefelschaft starrte; und als er später am Nachmittag seine Notdurft verrichten mußte, runzelte er nur die Stirn, so daß die Segelnäherin begriff und ihm (vorsichtig) behilflich war.

Den Rest des Tages lag er gerade und steif, die Augen an der Decke und die Fäuste hart an den Seiten geballt.
Auf dem Boden unter dem Bett standen seine niedergetretenen Hausschuhe. Und die Greisenhaftigkeit seines langen, fast kahlköpfigen Gesichtes glitt langsam in die Brust hinunter, so daß seine Luftröhre pfiff, wenn er atmete. Sonst war er still.

Zehnter Tag

34

Drei Tage nach dem Sturm weihte Himmer das Gästehaus ein; und Bias konnte mit der Benutzung des Sanktuariums beginnen.
Es erstaunte viele, daß Himmer in der Einweihungsansprache weder den Sturm erwähnte noch das rätselhafte Unglück mit dem Lazarusmann. Die Wahrheit aber war, daß Himmer, noch während er am Einweihungstag in dem leichten Wind auf der Kirchentreppe stand, nicht wußte, was er sagen sollte.

Er hatte alles verworfen, was er geschrieben hatte, und zu seinen eigenen oder den Gedanken Des Meisters drang er nicht vor. Er war leer, stumm und sehend.
Der Wind war wie ausgestorben. Vom Meer kam der leicht säuerliche Geruch, der seit seiner Kindheit alle umgeben hatte, die verreisen und für immer verschwinden sollten. Er stand da und sah über das Dorf und den Strand hinaus; und hatte auch jetzt nichts zu sagen.

Dennoch schuf und verkündete er später an diesem Tag Die Vier Wahrheiten, die nach und nach die Grundlage für die ganze künftige Existenz des Dorfes bildeten.
In der neuen Kanzel schwebte er mehr als zwei Meter über dem Boden vor ihren Augen, und trotzte, im Indigolicht eines halb einstürzenden, sternenkalten und frischgestrichenen Himmels, dem Predigtverbot, umgeben von den Reitern Der Apokalypse und vier gegeneinander kämpfenden Engeln.
Die Vier Wahrheiten schienen geboren zu sein aus dem Gegensatz zwischen seinem gequälten körperbeschwertem Gesicht und der steigenden Bewegung Des Geistes, der den hölzernen Korb trug, in dem er hing.
Sie äußerten sich von selbst.
Sie entstanden in einer Sturmwelle von Behauptungen und Fragen, während einer zum Teil unverständlichen Predigt, die mehr als zwei Stunden dauerte, und die erst endete, als ein heftiges Nasenbluten über seinen Mund spülte und ihn zum Schweigen brachte.
Und es ist unklar, warum er aus diesem Tumult von Wahrheiten ausgerechnet diese vier herausgegriffen hatte, oder sie später notierte, so daß sie wiederholt und behalten werden konnten. Und Bias ließ sie von Arvid Waern in die Wand über dem Altar hauen, hinter Dem Vorhang im Allerheiligsten Des Sanktuariums, wo sie noch lange weitersprachen:
»Gott ist Tat.«
»Die Gäste sind der Sinn.«
»Gott ist Einsamkeit.«
»Der Körper ist der Kriegsschauplatz.«
Das Bethaus war zu diesem Zeitpunkt von Menschen überfüllt, die auch entlang den Seiten und am Anfang des Mittelgangs

standen; und zwischendurch quietschte in dem leichten Windzug die Tür, als wolle sie mehr Luft hereinlassen.

Es war ein kalter, trockener und steingrauer Tag; und Mrenta hörte, wie es in den Steinen der Mauerritzen zu klingen begann, als der Wind während Himmers Rede allmählich zunahm.
Sie war müde. Sie hatte sich etwas im Rücken verzerrt, als sie sich am Morgen nach dem Nachttopf unter dem Bett der kleinen Mädchen beugte; und sie konnte nicht lange den Worten folgen, die der ekstatisch leise Mann im Holzkorb über ihre Köpfe ausspuckte.
Statt dessen schloß sie die Augen und lauschte den anderen ruhenden oder lauschenden Körpern; merkte aber bald, daß sie auch dies nicht konnte, und öffnete die Augen und starrte auf ihre rauhen Hände hinunter, um dem ein bißchen näherzukommen, das zu erleben sie gekommen war.
Die Kälte durch die Tür war kraftlos. Sie wurde von der feuchten Wärme überwältigt, die versammelte gläubige Menschen durch Kleider und Seelen verbreiten: beim Verschlucken von Speichel, beim Verlesen von Urkunden. Sie sah Abrahams viereckige Knie in den schwarzen Hosen und erkannte den schwachen Seifengeruch seiner frischgewaschenen Haut, und den der Kinder, die danebensaßen.
Die kleinen Mädchen wanden sich unruhig im Schlaf, wachten auf und schliefen wieder ein, aneinandergelehnt wie zwei grauwangige Stoffpuppen, deren Sonntagskleider zu groß und zu unhandlich sind und die Schutz beieinander suchen. Und Elis trat manchmal mit seinen neuen Stiefeln gegen das Bankholz, mit der Ungeduld, die seine knabenmageren Kiefer eintrocknete.
Doch der leiernde schwebende Mann da vorn, mit dem hölzern weichen Blekingetonfall und den krampfhaften Händen, versuchte nach wie vor, sich selbst davon zu überzeugen, daß er auf dem Weg zu Einer Wahrheit war. Und man hörte, wie er das Standbein wechselte und unter den Worten suchte, bis ganz andere vorpreschten, so daß er selbst erstaunt zurückblieb.
Sie war auch nicht seinetwegen gekommen. Obwohl er überzeugend wirkte, was die Demut und die Vernichtung betraf, während der Schmerz in ihrem Rücken stärker wurde.

Trotzdem war es einer der großen Tage, auch für sie.
Sie hatten lange auf ihn gewartet. Seinetwegen saßen sie mit ihren trockenen schweren Augen und leeren Mägen hier (sie wurde in der Kirche immer hungrig) und warteten auf das, das kommen sollte, wenn der schreckensstarre, verwirrte Mann da vorne mit dem fertig war, was er zu sagen versuchte; und sie würden in eine Art Wunder eintreten, das trotz allem vorbereitet wurde; in jedem Fall wie zu einer Feier, die es erleichtern würde, weiterzumachen.
Obwohl sie selbst beschlossen hatte, nicht mit ins Sanktuarium, sondern mit den Kindern nach Hause zu gehen, wenn er geendet hatte. Es war ihr lieber, daß die Gäste bekamen, woran sie gewöhnt waren, und sie hatte gesehen, wie Inez wartete.
So drehte sie den Kopf zur Seite und versuchte, Abrahams Blick einzufangen, ohne daß es auffiele, doch im selben Augenblick hob sich die Stimme da vorne. Und sie war gezwungen, einige von den Worten aufzunehmen, die hervortraten, ohne daß sie sie verstand:
»Welches ein Sieg war für Des Meisters Bestimmung der Seele als ein Beben der feinsten Materienpartikel.«

35

Viel später standen sie auf, hungrig und erschüttert durch das überraschende Ende, als sich der Prediger da oben plötzlich an den Mund faßte und mit der Hand voller Blut verschwand. Und als sie auch das zur Kenntnis genommen hatten, reckten und streckten sie sich mit einer gähnenden Erwartung im Körper; und sie begannen das Schlußlied zu singen, während die, die kleine Kinder oder andere Pflichten hatten, schon dem Ausgang zudrängten, um nach Hause zu gehen in dem Wind, der jetzt grollte und an den Mauern rüttelte.
Mit ihren erwachten Stimmen und zerknitterten Kleidern sangen sie, ergriffen von der Beharrlichkeit in Himmers Predigt. Und als sie fertig waren, entstand im Holzgeruch der Kleider eine peinliche Unsicherheit, bis einige begannen, sich zum Ausgang zu bewegen, und alle sich in Bewegung setzten.

Man reckte jetzt die Hälse und blickte zur Tür des Sanktuariums, das geöffnet worden war.

Es war nicht so, wie sich Inez einen Anfang gedacht hatte. Das Gedränge: sie und Daniel eingesperrt zwischen Körpern, die sich vorwärts bewegten. Gleichzeitig waren ihre Sinne offen und erwartungsvoll, und sie erlebte alles, was geschah, sehr deutlich.
Aneinandergepreßt (und Hand in Hand aneinander festgeklammert) traf sie das schwindelnde Quietschen der Glasharmonika; und sie wurden durch die Tür und vorbei an Dem pyramidenförmigen Taufstein gedrängt, und sahen in dem schwarzen Wasser ihre nackten Gesichter zittern.
Es war schon früher Abend. Jeder Lichtschein, der von den Öllampen und Wachskerzen aufzufangen war, drängte sich in einem riesigen halbbogenförmigen Spiegelschirm, der den ganzen Raum bedeckte; entlang den Wänden blitzten andere Spiegel und blendeten.
Jeder Spiegel öffnete sich und zog das Licht in sich hinein, das danebenlag, so daß eine verwirrende Bewegung entstand: Tunnel aus Licht wurden gebaut, und von allen Öffnungen und Seiten stürzten ihnen Feuerwellen entgegen.
Zunächst standen sie blind, gelähmt und sprachlos; und die, die sich zuletzt hereingedrängt hatten und sich noch bewegten, wurden von der Bewegungslosigkeit der anderen aufgefangen, so daß das Gedränge wuchs und sich verdichtete, bis die Lähmung plötzlich nahe daran war, bei denen, die ganz innen standen, in Panik umzuschlagen.
Doch da tauchte Tuppen auf, unter dem Kraftgürtel in irgend etwas Weißes gekleidet, die dünnen Lippen hochgezogen, als wittere er. Er stieß ein schneidendes Pfeifen aus, das die Glasharmonika übertönte, und fing die Blicke ein und zog sie aus den Spiegeln. Und auf einem Tisch stehend, oder auf einem niedrigen Schrank, begann er, die sich Drängenden in Reihen zu ordnen.
Sie folgten seinen Anweisungen wie Vieh bei einer Brandzeichentrennung ... bis sie nach einer Ewigkeit, wie es schien, in dichten Ringen auf dem Boden saßen, mit den Spiegeln und Dem Berührungsbecken zwischen den Steinmauern zusammen-

gedrängt; und sie und Daniel waren in der zweiten Reihe gelandet.

Die ganze Zeit hielt sie Daniels feuchte Hand in ihrer, und sie streichelte sie, ohne daß sie gewagt hätte, ihn anzusehen, und wußte, daß er starr war vor Angst.
Einen Augenblick lang dachte sie daran, ihn mit sich zu ziehen und zu gehen (sich durch all diese unwilligen Körper zu drängen); doch es war zu spät, und außerdem wollte sie bleiben, und daß er bei ihr war, wenn das geschah, was geschehen sollte. So ließ sie ihr ganzes Gefühl in seine Hand gehen, und das half ein wenig. Sie schielte zu ihm hin, und fing seine versteinerten Augen ein, und spürte (wie einen Kloß im Hals), daß sein entstelltes Lächeln etwas war, daß er ihr schenkte.
Er wollte *auch*; und so lächelte sie steif zurück und sagte etwas, was sie selbst kaum hörte. Bald, sagte ihr Mund.
Die Wärme war dicht und tropfend, und die Kühle von den Steinmauern wurde in die kreisenden Spiegeltunnel eingesogen.
Die Hitze war anders als alles, was sie je empfunden hatte. Als die Glasharmonika den Tonsplitter über ihre Gesichter zurückwarf, nahm er Farbe aus ihren Körpern. Er ertränkte sie in einem lauwarmen Bad aus öligem Schweiß, der grünblank auf der Haut glänzte. Gleichzeitig verbreitete das Licht einen beißenden Gestank, und sie spürte Übelkeit und Schwindel (und später erinnerte sie sich an die Hände Des Berührers als etwas, das gut roch).

Damit alle Platz bekamen, saßen sie im Stroh auf dem Fußboden. Sie konnten trotz des Gedränges Arme und Hände bewegen, und die, die nicht mit Seilen zusammengebunden und mit Dem Becken verbunden waren, empfanden dennoch durch ihre Körper die anderen, die ganz vorn saßen und die Kraftwellen durch die Eisenstäbe direkt empfingen.
Das Becken war ein einfacher, beinahe runder Holzbottich. Es war mit einem Deckel versehen. Sie hatte gehört, daß auf seinem Boden leere Flaschen lagen und daß die Hälse von einigen zur Mitte gerichtet waren und von anderen nach außen. Das Becken war mit gewöhnlichem braunen Brunnenwasser

gefüllt, das die Flaschen ganz und gar bedeckte. Durch den Deckel, der mit runden Löchern durchbohrt war, ragten die gebogenen Eisenstäbe heraus. Von ihnen ging die Kraft in die Hände und Körper all derer über, die in der vordersten Reihe saßen. Von dort wurde die Kraft mit Seilen, die da vorn alle um die Taille trugen, nach hinten weitergegeben; und die Seile waren dünnere und schwächere Nachbildungen von Bias' und Tuppens Gürteln.

Auf diese Weise seien alle mit allen vereint, hatte Tuppen gesagt; und das Blut aller wurde von dem einen gemeinsamen Herz zum Becken gepumpt, wo es erneuert und mit Geist angereichert wurde. Einige würden die Kraftströme, die die einige Gestalt Des Geistes und Des Engels im inneren Menschen zusammenfügen, direkt auffangen können. Doch die Berührungsleinen würden nur bis in die ersten drei Reihen reichen. Die übrigen mußten sich auf ihre Hände und die Geistesbereitschaft in ihren Körpern verlassen.

Schon als Der Berührer an Das Becken herantrat, war es, als wachse Die Kraft. Ein langsames Atmen zog durch den Saal. Gleichzeitig zündete Tuppen, mit einem rosenweißen, knöchellangen Hemd bekleidet, irgendwo bei der Tür einen Weihrauch aus gerösteten Wacholderbeeren, Harz und Hühnerfedern an, so daß die Luft sich reinigte und öffnete. Und man konnte den Geruch von der Ankunft Des Berührers einatmen, als atme man die Erinnerung an die Gefangenschaft im Fleisch.

Er war größer und lichtstrahlender, als sie es für möglich gehalten hatten; und während Inez den Hals reckte und ihr Gesicht vor Schweiß brannte, konnte sie sehen, wie er nach unten schwebte, ohne den Korb, der den anderen, Himmer, getragen hatte.

Sein Kleid glänzte vor Seide. Von seiner Brust und seinen Armen sprühten schimmernde violette Wellenblitze. Der Kraftgürtel funkelte schwarz von öliger Hitze. Sie sah seinen lockigen Kopf wachsen, während er sich bewegte, und sein vor Kraft schwellendes Gesicht sich ergießen und um einen leuchtend blaßblauen Stern sammeln, den er in einem Silberband um die Stirn trug. Seine Augen strahlten groß und hellblau. Die

halboffenen weichen Lippen glänzten, die Zunge bewegte sich zwischen den Zähnen.
Seine ganze Erscheinung sprühte von der Freude und Liebe Des Geistes, und er stand vor ihnen mit erhobenen Händen – während ein feiner, wohlriechender Strom von himmlischer Milde von seinen Handflächen floß.

Und er baute die Brücken Der Berührung.
Er führte die Hände der Vornesitzenden zu den Eisenstäben, die erhitzten, ohne zu verbrennen; und er selbst band jedem Einzelnen die Leinen um die Taille.
Dann machte er das Zeichen für »Stille Die Stille Ißt«. Und während die Bewegungslosigkeit zwischen ihren Körpern pulsierte, und Tuppen den Atem der Glasharmonika aufsteigen, stürzen und wieder aufsteigen ließ, brachte er in seinen hohlen Händen das Licht von den Spiegeln zu ihren Gesichtern, ihren Schultern und ihrer Brust.
Die Befreiung, die Hitze und der Wohlgeruch wuchsen aus ihren eigenen Körpern hervor; und jemand neben Inez begann zu zittern und zu beben und brach in Tränen aus. Andere schluchzten und lachten und sprachen mit neuen Stimmen und lehnten sich schwankend aneinander; einige streckten die Zunge heraus und stammelten und bewegten die Lippen, als gäben oder empfingen sie Küsse.
Doch sie sah oder fühlte all dies nur undeutlich und von sich selbst weit entfernt, denn sie streichelte Daniels Hand, und saß ebenso starr und bewegungslos da wie er.
Und die ganze Zeit stand der bebende Bogen der brechenden Glasharmonikamusik über ihren Köpfen.
Und als Die gewaltige Kraft aus Dem Becken zu fließen begann, und die saugende langsame Dünung der heißen pulsierenden Welle durch sie hindurchströmte, begannen die sich wiegenden Körper um sie zu singen und zu beten; und die Stimmen der Glasharmonika schwebten in ihren Kopf hinein, und hinter die Augenlider, und hoben sie empor, obwohl sie sich widersetzte und sich an Daniels nasser Hand festklammerte.

Der Gesang und das Gebet und die Körper um sie stiegen und fielen, und zerteilten und vereinten sich wieder, und wuchsen in

Den gewaltigen Körper hinein, und hoben sich langsam schwebend wie in einem brennenden Dunkel ... bis auf der anderen Seite (wo sie die Augen schloß) Die Stille ihre Augen zur Kühle öffnete ... und sie sah einen blendenden Schein, der vielleicht Die Umarmung war ... und Der Geist ... und sie fing an zu schluchzen und versuchte mehrmals aufzustehen und Daniel mit sich zu ziehen.

36

Doch weder Himmer noch Propst Aulin nahmen an Der ersten Berührung teil. Und nachher sagte man im Rachen, daß dies ein schlechter Anfang und eine Schwächung der gesammelten Kraft sei. Das Nasenblut, das Himmer zum Schweigen brachte, sei nicht rot, sondern schwarz (oder grünschwarz) gewesen, und habe sich auf gewöhnliche Weise nicht stillen lassen. Zur selben Zeit, wie im Becken Des Sanktuariums Die Gotteskraft zu strömen begann, war sie auf diesem Wege ausgesickert, durch Himmers Nase.

Himmer selbst erfuhr von diesem Gerede durch Augusta Holmquist (die ihn überredet hatte, sie in seinem Haus aufräumen zu lassen, in dem die Spuren von verwirrten Studien sich häuften und im Gestank schimmelnder Matratzen und ungeleerter Nachttöpfe über Fußboden und Möbel verteilt lagen). Am folgenden Sonntag griff er den Klatsch in einer unsicheren und schlecht vorbereiteten Ansprache von der neuen Kanzel aus auf. Und er verurteilte in einer Art murmelndem Zorn jeden Aberglauben, und insbesondere solchen, der noch nicht ganz tote Menschen herausgreift und mit Namen nennt.

An jenem Sonntag nahm er auch die Gewohnheit auf, nur wörtlich Den Meister zu zitieren, wenn er gezwungen war, öffentlich zu sprechen, ohne eigene Zusätze oder Kommentare.

Mit kleinen Bewegungen um den Mund, und ohne sich umzusehen, las er mit hochgezogenen, verlassenen Schultern:

»Denn sie leben auf die Weise im Körper, daß die Vernunft unter dem Bild eines Körpers lebt. Kurz gesagt, sie leben in einem klaren Licht, das kein Schatten stört: in diesem Licht steigt nur die Wahrheit herab, die die Veranlassung zum Denkvermögen in ihrer Vernunft gibt, und in den Strahlen des Lichtes nur die Güte, die den Willen in derselben Vernunft lebendig macht.«

An diesem Tag aber sagte Augusta Holmquist ihm geradeheraus, daß er dabei sei, sich unmöglich zu machen; daß er wieder anfangen müsse, auf normale Weise zu predigen, mit ein wenig Geplauder und Nettigkeiten zwischen den Salven – besonders jetzt, wo sie aus Aulin nicht ein vernünftiges Wort herausbekommen konnten, oder ihn auch nur in die Kirche brachten.

Doch er antwortete nicht, sondern zuckte nur die Schultern, als klammere sich dort jemand fest.

Zu jener Zeit konnte er in Gegenwart anderer Menschen kaum ein Wort äußern. Es war, als sei er ausgeleert. Morgens stank und schwoll seine Zunge, und er konnte nur mit Mühe vom Blatt lesen.

An den Sonntagnachmittagen, bis zum Abendessen, hatte er einen deutlichen Geschmack von ranzigem Wachs und Rosenholz im Mund.

An einem solchen Abend ging er in die leere Kirche, kletterte auf die Kanzel hinauf, und begann im Schein einer einsamen Wachskerze, aus der Schrift Des Meisters über Das Himmelreich vorzulesen.

Er hielt sich krampfhaft an der Balustrade der Kanzel fest und wartete auf Gegenstimmen, die sich auch sofort in seinem Kopf erhoben: ihre heiser hervorgezischten Sarkasmen und ihr schamloses Grinsen.

Und besonders eine, die in starkem ostblekingischem Dialekt sprach, unterbrach die ganze Zeit mit eigenen, dummschlauen und grobkörnigen Zusätzen, so daß die anderen kicherten und ihm nach einer Weile halfen, auf saftige und unbekannte Schmähungen zu kommen.

Schließlich fing er selber an zu lachen; und er ging ins Bethaus hinunter und lachte schallend und laut, während er zwischen den Bänken auf und ab ging.

Als er das Lachen aus sich herausgeschüttet hatte, spürte er, wie mutlos und schwach die Beine waren, die ihn umhertrugen: ein Ei auf Beinen. Und wie die Zunge und die Lippen durch den

Gaumen eintrockneten und auf der anderen Seite wieder herauskamen.
Er blieb stehen und begann zu zittern, schaffte es aber, sich zusammenzunehmen.
Später saß er im Dunkeln unten bei der Tür auf einer Bank; und er hörte, wie es in den Mauern knackte, und in etwas, das sein Skelett war unter der Haut, die lauschte.
Und an jenem Abend überzeugte ihn die Gegenwart des vielförmigen Knochengerüstes unter seiner Haut, daß er nie mehr aus sich selbst würde heraustreten müssen. Vor allem Bias würde er ausweichen; und er würde nicht ins Gästehaus gehen, es sei denn, um ab und zu die Wärme in der Küche zu spüren, und dazusitzen und Inez Carlberg beim Rübenschälen oder Erbsenenthülsen zuzusehen. Und wenn Arvid Waern (der Überraschungen gegenüber ebenso mißtrauisch war wie er selbst) zu der knappen Arbeitsbesprechung kam, würden sie sich ein paar genehmigen und jeder in seiner Ecke des Raumes sitzen und blinzeln, bis beide schläfrig genug sein würden, um zu verschwinden. Und er selbst würde dann zum Ringen mit Urkunden Und Wortmassen zurückkehren und seine Gedanken in das rauhe, klopfende Knochengerüst verdampfen lassen, das dort die Haut füllte, wo er aufgehört hatte zu denken.

37

Bias verbrachte jetzt die ganze Zeit im Sanktuarium. In Erwartung der Hochzeit mit Magdalena Aulin war er ins Archiv gezogen und hatte Tuppen im Umkleideraum einquartiert.
Zwischen Den Berührungen, die zwei- oder dreimal die Woche stattfanden, war er ständig auf dem Sprung.
Wenn er nicht schlief oder Kräfte sammelte, ging er in den Häusern umher und berührte Betten, Tische, Stühle und andere Einrichtungsgegenstände, die täglich benutzt wurden und darum den Guten Kräften geöffnet werden mußten.
Er aß in der Gästehausküche und hatte begonnen, eine mäßige, aber kraftvolle Körperfülle anzunehmen, die der Expansion und der Atmung der Seele entsprach.

38

Zu dieser Zeit hatten sie nur fünfzehn Gäste (abgesehen vom Lazarusmann, und von Daniel Pettersson, den nur Inez Carlberg berühren durfte).

Und von diesen fünfzehn waren eigentlich nur zwei wirklich unruhig: die junge Frau (oder das Mädchen), das von einigen jetzt Lazarinna genannt wurde, und ein Mann, der Bernt Mattsson hieß.

Die Frau, oder das Mädchen, hieß Regina Schenker und war die Tochter eines Gürtelmachers in Carlscrona. Sie war sechzehn oder siebzehn Jahre alt, hatte einen dunkelgelben Teint, glänzendes schwarzes Haar und lange, durchsichtige Hände. Sie war es, die der Lazarusmann mit ins Dorf gebracht hatte.

Der andere, Bernt Mattsson, war zur See gefahren. Er war entweder mittleren Alters oder sehr alt. Sein Gesicht und sein Schädel waren kahlgebrannt, sein Körper zitterte, und wenn er ruhig war, sah man nur seinen halboffenen Mund, der klar gezeichnet und nackt war wie eine Wunde.

Auf eine vage Art und Weise ähnelte er Tuppen dem Hahn: die rote Haut, die weißen Augenbrauen, die Kahlköpfigkeit, die glänzenden blutunterlaufenen und schwarzen Augen. Manchmal nannten sie ihn darum den Halben Hahn; doch auch deshalb, weil er hin und wieder bei lebendigem Leibe brannte.

Diese beiden, Lazarinna und der Halbe Hahn, forderten viel Aufmerksamkeit und Arbeit. Die anderen waren leichter zu leiten.

Nach der Einweihung stellte man so etwas wie Dienstlisten auf, um Mrenta Nebb und Inez Carlberg im Gästehaus organisierter zu helfen.

Der Dienst beinhaltete einen Tag Küchenarbeit und einen Tag und eine Nacht in den Gästesälen, und zwar jede dritte Woche; und er betraf alle, die von der täglichen Schinderei freikommen konnten und nicht krank waren; nur die Kinder waren ausgenommen.

Die, die an der Reihe waren, fütterten, wuschen und legten die

Gäste trocken; und sangen, beteten und lasen aus Der Heiligen Schrift vor, wenn sie konnten. Und viele kamen direkt vom Berührungsbecken (oder gingen dorthin), erfüllt von der neuen Freude, die Der Berührer gab.

Doch nicht alle nahmen im Sanktuarium teil. Mrenta und Inez hatten selten Zeit und waren außerdem zu müde, wenn der Abend kam. Andere erfuhren nicht das Wunder am Becken. Sie sahen nur die Körper und hörten nur die Schreie. Sie wurden kleiner und fühlten sich insgeheim unsicher und beschämt, weil sie zu grob und plump waren, um zu den Höhen aufzusteigen, in die die anderen sich begaben.

Zu denen, die wegblieben, gehörte Abraham Nebb. Er blieb bei den Gästen, wenn er sich nicht einschloß. Als mißtraue er nicht nur dem Vorgang selbst; als habe er selber bessere Wahrheiten – oder überhaupt keine.

Doch man wußte ja von jeher, daß Abraham Nebb für sich blieb. Er schloß sich ein, saß da und starrte (war gebildet gewesen, und Hauslehrer, leider Gottes). Vor seinem Verschwinden war er mürrisch oder ängstlich gewesen wie ein magenkranker Kettenhund: je nach dem Vorrat an Branntwein oder der Laune Mrentas.

Jetzt bemerkte man, daß er nie zum Sanktuarium ging. Und das konnte vielleicht als eine Art Kritik an Teilen der Berührungskunst aufgefaßt werden; oder an etwas am Meister selbst. Man konnte bei Abraham Nebb nie wissen; nicht einmal, ob er überhaupt etwas meinte.

Und Mrenta fragte nicht.

Sie sah jedoch, daß er irgendwelche unbestimmten Notizen zu machen begann; in ein altmodisches Buchführungsheft, das seinem Vater gehört hatte, dem Krebspastetenbäcker. Und daß er Regina Schenker und den Lazarusmann beobachtete.

Eines Nachmittags – als es gerade begonnen hatte, gegen das Küchenfenster zu trommeln, und einer dieser kurzen versiegenden Regenschauer vom Bleimeer da draußen heranrauschte – sah sie ihn, wie er den Putzwagen vor die Tür zu dem Saal schleppte, in dem Regina Schenker lag.

Abwesend goß sie etwas Milch in einen Becher auf dem Küchentisch und ging zu ihm, um ihn ihm zu geben.

Er blickte von den Scheuereimern auf und sah sie an; und noch verblüffter den Milchbecher in ihrer ausgestreckten Hand.

Getrunken hat er phasenweise ihr ganzes gemeinsames Leben hindurch. Erst außer Sichtweite, dann in der Nähe und stinkend von Erbrochenem, Selbstverachtung und aggressiver Einfalt.
Wenn er aufwachte oder zurückkehrte, hatte er immer dieselben linkischen Versuche gemacht, sich ihr und den Kindern zu nähern. Als müsse er lernen zu atmen, zu sprechen, zu essen.
Sie hatte auch lernen müssen. Und ihre Augen hatten lernen müssen zu sehen.

Wie man beobachtet, was mit einer Wunde am eigenen Körper geschieht, sagte an diesem Tag die Frau mit der Milch in dem Holzbecher.
Und der Mann am Putzwagen lachte schief. Und machte deutlich, daß er verstand, daß sie verstand, und schob mit der Schulter die Krankentür auf, die schon rostige Scharniere bekommen hatte.

Elfter Tag

39

16. Dezember 1915:
An diesem Abend ging es Aulin so schlecht, daß der Vorsteher schließlich nach dem Bezirksarzt schickte. Er hustete nicht mehr im Speisesaal, oder in den Wänden, er atmete nur noch zischend in langen Wellen und mit rauhem Pfeifen, als könne der Schleim sich nicht entschließen, sich zu lösen oder ihn zu ersticken. Man hörte es draußen im Korridor, und Anna Hoeffer war krank gewesen vor Sorge und hatte in der Küche geweint.
Sie saß im Speisesaal und ließ mit ihren Augen die Girlanden nicht los, ganz vorn neben dem Podium, das eine Spur zur Seite geschoben worden war, damit die Orgel dichter an der Wand stand, an der in zwei Reihen alle Sprossenstühle standen, die

Tische einer am anderen davor, so daß mitten im Saal der Boden frei war. Vielleicht weil Mrenta Nebb annahm, daß hinterher irgendwelche Spiele stattfinden würden.
Da saß sie vollkommen steif und aufrecht, das lange ergraute Haar geflochten, und betrachtete die Girlanden in rot, weiß, gelb und blau, die Inez Carlberg und Tuppen der Hahn (auf dem Tisch stehend, auf dem Stuhl schwankend) von einer Ecke des Raumes zur anderen gezogen hatten, so daß sie einander diagonal kreuzten und in ansprechenden Bogen hingen. (»Ansprechend«, sagte Inez. »Ansprechende Farben.«)
Anna Hoeffers Gesicht war angespannt, als sei jemand im Begriff, die Beine des Stuhls abzusägen, auf dem sie saß; denn sie war die ganze Zeit dort oben bei ihm, oder in ihm (und sie wußte davon, ließ sich aber nicht anmerken, daß sie wußte, um Den Der Sägte, nicht traurig zu machen. Sie würde vielleicht hintenüberfallen, und Jemand würde sie mit ausgebreiteten segnenden Armen auffangen; vielleicht Er Auf Dem Bild. *Er Selbst* könnte es: sie vernichten – und sie dann auffangen.)
Es sollte eine Überraschung sein. Und der Vorsteher hatte das Fest als Aufmunterung angesetzt, besonders für die in der Korbwerkstatt und für das Küchenpersonal. Aber, sagte er, wir freuen uns alle. So sehr sind wir wohl alle noch Kind, jeder einzelne von uns.
Und als Der Offizier von der Heilsarmee, mit seinem viereckigen und frommen Kinn und dem dünnen ermunternden Lächeln, fünfundvierzig Jahre alt, sich die Mühe machte zu kommen (allerdings mit nur zwei Heilssoldatinnen), da freuten sich alle in entsprechendem Maße.
Die Unterhalter reisten zwischen verschiedenen Anstalten herum, mit der Gesellschaft Die Weihnachtsmänner, und mit Dem Weihnachtsfünfer, von denen Frau Dahlmark, die, die singen sollte, kam.
Später tat sie das auch mit einem entzündeten Auge: ein welkes rechtes Auge, häutig, geschwollen und nässend, so daß die Töne zwischen gespannten Sehnen aus dem runzligen Hals rannen; und mit schelmischen Blicken zur hinteren leeren Wand.
Nach ihr sollte der dritte, der von Den Weihnachtsmännern,

hinter der Orgel hervorspringen, sobald sie fertiggesungen hatte (und für sie kam es nur darauf an, zu vergessen und nicht zu denken, sondern an das Gute zu denken, das sie tat, und an alle, die sie mit ihrem Gesang erfreute, wenn er mit seinem garantiert zum Schreien komischen Gummigebiß und dem Kopftuch und der Altweiberzahnlosigkeit hinter der Orgel auftauchte. Denn es war unvermeidlich, daß er hervorsprang, wie eine peinliche Krankheit oder eine Familienkatastrophe in der Blekinge Läns Zeitung, wenn sie mit ihren drei Liedern fertig war. Doch was *singt* man an einem Ort wie diesem, weder Altersheim noch Gefängnis, noch Rekrutenheim? Was wählt man, wenn Die Töne verklungen sind, oder etwas Heitereres, oder Die Herzenssaga – aber doch wohl nicht hier, wo es so viel Elend gibt?)
Also hielt sie den letzten Ton von Laßt Uns Wie Die Schwalben; und er schwebte über ihren Gesichtern, obwohl sie es ja eigentlich nicht hätte tun sollen. (Sie wußte es und konnte es manchmal selber hören. Aber das Rauchen und hie und da ein Gläschen und nie die Schulung, die sie wert gewesen wäre, und in einer Kleinstadt; und sie hätte sich der Luft hier an der Küste nicht aussetzen sollen, denn hier herrschten die endlosen Winter, rauhdiesig, windig und nebelig, ein Katarrhgebiet mit typischen Küstenwetterschäden: die südöstliche Blekingeecke, mit Krebs zu verwechseln, aber tatsächlich eine chronische Bronchitis und Belegtheit der Stimmbänder.)
Doch da war sie unwiderruflich fertig, und sie nickte mädchenhaft und viel zu oft, und zog sich seitwärts-rückwärts zurück, während der Applaus aller versuchte, zu ihr hinaufzutragen, was sie selbst nicht hinauftragen konnten.
Und der Zweite sprang fast gleichzeitig hervor. Er kam von der Orgel, wo er sich tatsächlich versteckt gehalten hatte; und war mit seinen verschmitzten Daumen eine unverbesserliche Björkholmer Vettel und hatte das Humtatabein vorn. Und über den haarigen Beinen die Röcke geschürzt, und um die schwarze Handtasche auf dem Bauch in geblümt auf Schokoladenbraun und Schärpe aus vergilbter Tüllgardine die Hände geklammert. Ein Mann in den sechzigern mit narbigem Gesicht: eisengraues gestutztes jugendliches Haar, bekümmerte Nasenwurzel.
Und er führte routiniert den Bumsfallaraschnupftabaksrotz

seiner Vettelschnute vor, hängend wie das Blusenband beim Kaffeekränzchen, und schnalzgaumengrinste breiter als der Furz, der quer in Tor Nummer Siebzehn steckengeblieben war.
Die Sache war nämmlich die, daß Klahra zom Rahthaus gelahden worden wah, wei sie Tickla Pittson die Gelbe Fute genannt hadde.
Klahra hadde das jah nech böse gemeint, aba för Tickla Pittson wah das wohl ne Beleidigong, ond sie hadde Klahra vorm Gerecht verklahcht, wegn Ehrverletzong, oda sowas. Obwohl sie jah alte Bekannte ond Jugendfreundinn wahrn. Sie hadden sech gärne wie die Bladdern, könnte man sahgn.
Passiat wah das inner Goldschmiedgasse aufer annern Seite, em Mohnatt Novämba, ond Klahra worde wegn übla Nachrehde vaorteilt ond moßte außerdem ne Mänge Strahfe bezahln.
Ond als sie auf die Rahthausträbbe rauskahm, begehchnete sie Tickla Pittson.
»Dah has dus, du dräggiges kleines Ahrschloch«, sachte Tickla.
Aba Klahra (änscholdige den Ausdrock) blenzelte nur.
»Dah has du rächt, Tickla«, sachte sie rechtech freundlech, obwohl sie em Gesecht jah n beßchen vakneffn wah. »Dah hab ech ne Abreibong gekricht (änscholdige den Ausdrock). Dah kam man woh nur noch gratolian.«
Ond sie sträckde den Ahm aus. »Wir machn am bästn n Streck onter das was wah.«
Sie schöttelten sech die Hände, obwohl Tickla n beßchen meßtrauisch wah.
»Dschah, du«, sachte Klahra, »wahscheinlech kriegn wir Rehgn.«
Sie kockten zom Hemmel, dann standen sie dah ond sachten nex.
»Dschah, Tickla«, sachte Klahra schließlech, »is jah onglaublech, wie die Zeit vageht. Bald isses Winta ond dann isses Frühleng.«
Ond Tickla Pittson neckte dämlech.
»Vom einn zom annan«, sachte Klahra, »ond Froe Ohstan, Tickla, falls wir ons nech sehn sollten.«
Sie ha-ha-ha-lachten unsicher, Arvid Waern mehr, der Vorsteher und Der Von Der Armee am meisten.
Dann sang der Komiker, wenn auch mit Stockholmer R, ein

Seemannslied, und brachte ein paar Schärengeschichten ohne Schnaps oder Frauenzimmer, und ein paar von Der Werft und vom emsigen Leben Der Kribskrabser. Er schloß mit einer Björkholmer Geschichte über englischen Roggenzwieback, und da hatte er zu sich selbst zurückgefunden und das R tief im Hals.

Und während sie schlußapplaudierten, glättete sich sein Gesicht, und er war feierlich gerührt und dankte mit dem Kopftuch in der Hand, und sie applaudierten noch mehr. Dann wollte er sich dafür bedanken, daß er hatte kommen dürfen, und für den warmen Applaus, und er hatte den Auftrag erhalten, im Namen Der Gesellschaft Der Weihnachtsmänner und Des Weihnachtsfünfers, und in dem der übrigen, an jeden einzelnen, in aller Einfachheit, eine kleine Weihnachtsgabe zu verteilen. Und gemeinsam mit Der Sängerin mit dem rinnenden Auge allen von Herzen ein RECHT FROHES WEIHNACHTSFEST zu wünschen, und auch vom Armeekapitän und den zwei Heilssoldaten, alle mit Lächeln mild wie Hafergrütze aus sämtlichen Poren strahlend.

Dann bekamen sie ein Paar Socken oder Fausthandschuhe.

Und der Daumenlose streckte auch seine Hand der strebsamen Wolle entgegen, und verbeugte sich im Graugeruch von Mottenkugeln und Jesus und war dankbar; und alle miteinander waren froher als Worte, wie der Vorsteher sagte, und falteten die Hände und dachten an All Die Bedürftigen und Das Vaterland und Die Grausame Welt Des Krieges, die herrschte, und Die Segnungen Des Friedens.

Der Vorsteher leistete es sich, die Augen länger als gewöhnlich zu schließen und betete mit dem Schnurrbart und war es ihm an diesem Abend eine besondere Freude, daß so viele dabeisein konnten. Und Regina Schenker saß vollkommen still im Rollstuhl, die Riemen unter den Decken, und Ester in ihrem schwarzen Sonntagskleid, das sie vom Weihnachtsfünfer bekommen hatte, und Anna Hoeffers aufgerissene Augen.

Und sie tranken Kaffee aus richtigen Bohnen mit Zuckerstükken, die nicht in den Tassen waren, sondern in einer extra Zuckerdose aus Porzellan, die Mrenta Nebb mitgebracht hatte, und einem Schuß Sahne und zwei Heißwecken und drei Pfefferkuchen für jeden.

Und die ganze Zeit stand vorn auf dem Tisch die Wiege in Der Krippe, in der Er ruhte mit Den Hirten und Den Drei Weisen, umgeben von allen Tieren des Feldes, die Augen auf Anna Hoeffer gerichtet, die unter den Girlanden ins Holz hineingewachsen war, und auf Aulin lauschte, der da oben atmete und starb.

40

Fünf Tage nach der Einweihung konnten Bias und Tuppen die Gebetsarbeit einleiten.
Und sie begannen mit dem Sohn der Segelnäherin, der in Gesicht, an Hals und Schultern angegriffen war, wenn auch von eher bestürzten als lauten Geistern.
Die ganze Arbeit wurde in der Kirche verrichtet, und so mußten sie noch nicht Das Sanktuarium und all die zusammengepferchten Wahrheiten darin benutzen.
Hinter dem Altar im Bethaus befand sich im Fußboden ein großer schwarzer elliptischer Stein. Der Vorsteher selbst hatte in besonderen, wenn auch vieldeutigen Anweisungen sein Aussehen, seine Größe und den Platz für seine endgültige Unterbringung angegeben.
Es war nicht schwer gewesen, ihn zu finden. Bias war einfach zum Strand hinuntergegangen und hatte sein Gesicht dem Meer zugewandt. Dann war er in die entgegengesetzte Richtung ausgeschritten, in die seine Füße und der Laut seines Atems ihn führten; und Tuppen und Arvid Waern waren ebenso anstandslos gefolgt und ihm nachgegangen, als sähen auch sie mit geschlossenen Augen.
Als sie Den Stein gefunden hatten, stellte Arvid Waern sofort fest, daß es sich um einen Läufer handelte: einen kleinen Himmelskörper, einen Meteoriten.
Er lag unter einem Wildrosenstrauch hinter einem Büschel von verspäteten Glockenblumen und Klatschmohn mit pulvertrokkenen Blütenblättern; und sie trugen ihn vorsichtig nach Hause, wie wenn man alle Geheimnisse eines neugeborenen Kindes trägt.
Arvid Waern selbst mauerte ihn hinter dem Altar ein. Und dort zwang ihn Bias vor ihren Augen aufzusteigen, so daß sein

Wesen abhob und hochschwebte und einige Zoll über den Steinen des Bodens stehenblieb.

Er bestätigte hiermit die alte Wahrheit, daß wandernde Himmelssteine von einem Universum zum anderen, von einem Menschen zum anderen, unmerklich ihren Inhalt wechseln.

Ebenso exakt und bestimmt verrichteten sie dann die Gebetsarbeit.

Neun Stunden lang an neun Tagen schleppten sie sich um die ungefärbten Gewebeflächen des Altars; und Bias und Tuppen krochen auch um das Kreuz, das sie leer und blind gemacht hatten, um nicht in Versuchung zu kommen, auf den Ton der Selbstgenügsamkeit zu hören, der in den Gebeten hätte entstehen können.

Jedesmal wenn sie zu dem schwarzen Kesselstein kamen, ruhten sie ein paar Minuten, doch nur mit dem Körper.

Auf Dem Stein beteten sie dreimal das Gebet Des Herrn, dann krochen sie weiter und beteten mit ihren Knien.

Auch die gewichtlose und zitternde Segelnäherin rutschte Runde um Runde um den Altar und über Den Stein. Das taten auch die Mitbeter, wechselten einander jedoch jede zweite Runde ab, und nur in jeder vierten schleppten sie den Jungen mit sich.

Um die Knie zu schützen, hatten sie den Boden mit Stroh ausgelegt. Doch die Qual war dennoch groß, und nach einigen Tagen mehr als das.

Die Schmerzen der Segelnäherin hatten nun die Grenze überschritten, an der die Qual sich selbst aufhebt und zum Echo ihrer eigenen verwirrten Vergangenheit wird. Nach dem fünften Tag kroch sie ein paar Zoll über der Wirklichkeit. Ihre Kniescheiben hatten aufgehört zu bluten und berührten den Boden nicht mehr, ausgenommen nachts, wenn sie im Schlaf kroch, so daß sie weinte vor Schmerz.

Während der Austreibung der letzten achtzehn Stunden schwitzte sie nicht einmal den kalten Schweiß, der die Kirche mit dem Geruch von Gesundbeten erfüllt hatte. Statt dessen flossen in ihrem Gesicht Leiden und Liebe mit so bläulich schmelzendem Glanz über ihren Mund, daß es schien, als

sprächen die Gebete sich selbst, und ohne daß sie die Lippen oder die Beine bewegte.
Den Jungen aber mußten sie herumschleppen oder -ziehen.

Bias und Tuppen hatten gehofft, die Geister würden ihre Unterlegenheit sofort einsehen und aufgeben, zumindest aber keinen Widerstand mehr leisten.
Doch die Dämonen hielten lange stand, besonders im Gesicht.
Es zehrte an den Kräften, den Jungen herumzuschleppen.
Er wurde abwechselnd steif und schwer, sobald sie ihn berührten. Als säßen die Teufel sich gegenseitig auf den Schultern oder klammerten sich aneinander fest, nur damit er schwerer würde.
Die Gebete aber rissen einen nach dem anderen herunter, und trieben sie aus auf dem üblichen Weg durch den Mund, so daß sie schluchzten oder knurrten oder heulten vor Wut.
Mit ihren Gebeten zwangen sie die bösen Geister, ihre Festungen zu verlassen. Doch wenn sie an den ersten Morgen den Jungen zum Bethaus zurückführten, waren im Laufe der Nacht immer ein paar neue dazugekommen.
Er pflegte zu zetern, zu beißen und mit seinen mageren Klauenfingern zu zerren, wenn sie ihn durch den Kirchgang trugen. Und er leistete die ganze Zeit Widerstand.
Doch nach etwa einer Stunde auf dem kalten Steinboden beruhigten ihn die Gebete. Der dünne, knochige und graubleiche Körper war dann wieder offen für die Fürbitten. Er sah sie mit bewegungslosen grünen Augen an, und war nachgiebig und ohne Krämpfe. Er schluchzte nicht einmal.

Außer der Mutter waren es zwölf, die mit ihm arbeiteten.
Bias hatte sie von Tuppen auswählen lassen, und der hatte zehn Männer verschiedenen Alters und zwei jüngere, unverheiratete Frauen ausgewählt.
Tuppen selbst und Bias krochen jeden Tag einige Runden mit, doch nur morgens, wenn der Widerstand am größten war.

Am letzten und neunten Tag waren sie die ganze Zeit dabei. Sie schleppten den steifen, mageren, besiegten Körper herum.

Der Junge lag mit geraden Armen und Beinen ausgestreckt auf dem Rücken. Er sah sie an. Sein Augenweiß war klar und unbewegt, die Pupillen dicht und grünglänzend. Er war ganz befreit und unbewohnt und unerfüllt wie ein Neugeborener.

Sie wußten, daß er sie nicht sehen konnte, daß er aber ihre inneren Lichtkörper sah.

Und sie empfanden eine demütige und dankbare Freude; auch wenn sie sehr müde waren und die Segelnäherin auf einer Bahre zum Gästehaus zurücktragen mußten, ohne daß sie auch nur geweint hatte.

41

Danach befreiten sie die alte, oder halbalte, Frau, die Schwester derjenigen, die das Zimmer mit der Segelnäherin teilte, und mit dem Mann hinter Dem Lazarusschirm, bevor der Sturm ihn holte.

Eigentlich befreiten sie beide Schwestern, denn nur der Grad ihrer Angst unterschied sie voneinander.

Sie waren einander sehr ähnlich. Eine Wolke von weißem Seidenhaar stand um ihre Stirne. Ihre Gesichter wuchsen und schrumpften im Verhältnis zum Tageslicht, feingezeichnet und gefroren wie bei Porzellanschäferinnen. Ihre Haut war klar und ohne Runzeln. Alles an ihnen war spröde, korpulent und unbenutzt.

Sie waren beide in den Fünfzigern und weinten manchmal still, fast tränenlos.

Die, die etwas jünger war, sprach nicht. Sie bekam Anfälle von einer Art steinernen Widerstandslosigkeit. Wenn jemand ihren Arm hob, erstarrte dieser und blieb in der Luft hängen. Ihre Pupillen zogen sich unter den Augenlidern nach oben, die spröden Lippen brachen und verwandelten sich in graues Pulver, das wegwehte, ihre Zunge schoß heraus wie eine Messerklinge.

Dieser Zustand konnte einige Tage dauern. Doch der Dämon arbeitete immer in der Stille und wurde niemals ausfällig.

Am Abend, bevor die Austreibung beginnen sollte, während im

Sanktuarium noch eine Berührung im Gange war, hatte sie einen Anfall, der fast die ganze Nacht dauerte.
Am Morgen ließ er nach, und beim Frühstück im Gästehaussaal weinte sie still und tränenlos. So begannen sie nach dem Essen, als ein gelber kalter Nebel an den Fenstern klebte, den Gebetsvorgang ohne Gesang oder Einleitungsgebete. Und beide Schwestern krochen von Anfang an mit bestimmten, beinahe kraftvollen Bewegungen von sich aus mit.

Sie erwiesen sich als sehr stark. Noch am dritten Tag brauchten sie keine Hilfe. Es war, als erreichten die Schmerzen in ihren Knien sie nicht einmal dann, als sie nur noch auf bloßen Knochen krochen; und beide beteten mit hoher, klarer, fast schreiender Stimme.
Jeden Abend, wenn die neun Stunden vorüber waren, erschien im Steinboden, wo das Stroh durch die Gebete weggedrückt worden war, eine dunkle Borte oder Furche. Am Grund der Furche lag ein noch dunkleres Band, das Blut von ihren durchgescheuerten Knien.
Tag für Tag krochen sie auf diese Weise: Runde um Runde, Stunde um Stunde. Als wetteiferten sie, wer sich am meisten strafen und quälen konnte. Jetzt konnte keine von ihnen aus eigener Kraft aufstehen, sondern Tuppen und andere mußten ihnen auf die Beine helfen.
Sie stolperten in die triefende Rauhkälte auf der Bethaustreppe hinaus, langsam und unsicher, mit geraden Armen und steifen hochgezogenen Schultern. Ihre Hälse gaben nach unter dem Gewicht der Köpfe: unter dem Gewicht des Entzückens und der Qual, die von ihren Gesichtern quer durch den Geruch von Herbstabend und Meer im Dunkeln hindurch zu spüren war.
Wenn sie Abendbrot aßen, stöhnte die Ältere, die Wangenmuskeln steif vor Bewegungswiderstand, leise, doch vollkommen hörbar. Keine von beiden aber schrie später im Schlaf, obwohl sie den ganzen Tag wie auf einem See aus brennendem Öl gekrochen waren; und am nächsten Tag schienen ihre Kräfte wieder gleichermaßen unverbraucht.
Nicht einmal zum Trinken unterbrachen sie ihr Kriechen. Nur am Schwarzen Stein hielten ihre kreidetrockenen Körper so lange inne, daß die Lippen die Gebete sagen konnten; da aber

hingen die Worte fest aneinander und wurden in einem einzigen sehr langgezogenen Atemzug aus ihnen herausgezerrt.

Am Abend des achten Tages, als man ihnen im Gästehaus ins Bett geholfen hatte, fragte Mrenta Nebb die Ältere, ob es jetzt nicht genug sei. Es konnten ja alle sehen, daß die Schwester befreit war.

Doch die Ältere schüttelte nur den Kopf. Als krieche sie noch immer und befinde sich im Haus Aus Perlmutter, das Zittern und Knacken in Nicht Wirklich Kriechenden Körpern abstößt, oder als sei sie diese selbst, auf dem Rücken getragen.

Sie fragte flüsternd, ob die Schwester gebeten habe, aufhören zu dürfen, und Mrenta sagte, daß nur sie selbst, Emerentia Nebb, darum bitte.

Da schloß sie die Augen und drehte das Gesicht zur Wand, und sie tat, als schlafe sie, während sie weiterkroch.

In dieser Nacht, die die letzte war, hatten beide Fieber und phantasierten.

Die Wunden auf ihren Knien waren abgeschliffen, doch das, was hervorgedunkelt war, befand sich an den Schenkeln und in den Kniekehlen unter der Haut. Mrenta glaubte, sie hätten Blutvergiftung bekommen, obwohl sie sie mehrmals am Tag wusch und als allererstes ihre Bandagen wechselte, wenn sie aufstand.

Am Morgen begannen sie wieder zu beten, noch während sie in ihren Betten lagen. Und diesen ganzen letzten Tag über krochen sie sehr langsam. Die Gebete kamen mit derselben schrill stolpernden Geschwindigkeit wie zuvor, doch man konnte deutlich sehen, daß sie nicht mehr wußten, wie langsam sie krochen; und Mrenta überredete Bias, den letzten Durchgang um drei Stunden zu verkürzen, ohne daß sie etwas merkten.

Als es vorbei war, fielen sie in sich zusammen. Und mehr als neun Tage lang hatten sie hohes Fieber und mußten gefüttert werden. Ihre Knie waren so zerstört, daß Mrenta fürchtete, die Schwestern seien zu Krüppeln geworden und könnten sie nicht mehr beugen.

Doch die Wunden heilten, als befinde sich ein porzellanharter Wille sogar im Fleisch: eine lederzähe Glasartigkeit.

Und vier Wochen nach Beginn der Austreibung, vierzehn Tage nach der Segelnäherin, konnten beide das Dorf verlassen.
Und die jüngere Schwester war die erste, die durch die Geisteskraft und den Widerstandswillen von Gottes Volk ganz und gar geheilt wurde.
Dem Jungen aber, mit dem sie angefangen hatte, ging es wieder schlechter, und er starb später im Winter.

*

Und Der Meister sprach:
Ich habe mit mehreren Engeln und Geistern über folgendes gesprochen: wie können sie unsere Sprache verstehen?
Einige sagten, es liege daran, daß sie dieselben Gedanken benutzten wie wir. Engel und Menschen vermischen die Erinnerungen miteinander. Doch die Rede eines Engels oder Geistes fließt ins Ohr *von innen,* nicht von außen, wie wenn wir mit einem Menschen reden.

Zwölfter Tag

42

Am selben Tag, an dem die beiden Schwestern mit von Freiheit glasierten Gesichtern abreisten, kam der Postbote mit einem Brief vom Vorsteher. Er stand oben an der Landstraße und brüllte wütend in sein Messinghorn. Er stieg nicht einmal vom Kutschbock, sondern blieb in der Decke sitzen, und übergab Arvid Waern den Brief, als sei er pestinfiziert.
Und später am Nachmittag las Tuppen ihn von der Kanzel aus vor. Er blinzelte und rieb sich die Augen und räusperte sich an den falschen Stellen und las murmelnd, hin und wieder von einem abgehackten lauten Leiern unterbrochen, das den Inhalt bald unbestimmt machte, bald in einzelnen unbegreiflichen Worten aufleuchten ließ.
Am Ende schien es, als sei er von jemandem geschrieben worden, der vor der Tür stand und darauf wartete, hereingerufen zu werden. Und das war vielleicht Tuppens Absicht beim

Vorlesen. Jedenfalls begann der Brief Bitterkeit und erkämpfte Ruhe zu atmen. Der Ton wurde schärfer und klarer. Wie wenn die Tinte, das Papier und die Hand alles wissen, was die Feder verschweigen muß.
»Ihr seid jetzt mein Geliebtes Volk«, las Tuppen mit triefendem Gaumen.

Der Brief des Vorstehers an Gottes Volk war an den Wegbereiter Himmer gerichtet. Er enthielt eine scharf zurechtweisende Ermahnung, mindestens alle vier Wochen zu berichten, was sich im schwedischen Gheel zutrug.
»Durch Seine Königliche Hoheit Den Herzog bin ich von Eurer schweren Lage im vergangenen Sommer unterrichtet worden. Seine Königl. Hoheit erhielt davon Mitteilung durch den Sekretär, der Mitte August als Gesandter nach Stockholm zurückkehrte, und zwar in überaus kläglichem Zustand.
Seine Königl. Hoheit schrieb mich umgehend an.
Auch von Der Gesellschaft in Avignon, und dazu mündlich vom Bibliothekar Pernetty, habe ich von Euren Schwierigkeiten erfahren, wenn auch nicht in so alarmierenden Worten wie im Schreiben Seiner Königl. Hoheit.
Der Rapport, den Wegbereiter Himmer an Die Gesellschaft gerichtet hat, hätte zum einen an mich persönlich gerichtet, zum anderen in der Beschreibung deutlicher sein müssen.
Nachricht vom glücklichen Beginn der Gästearbeit hat mich von einem Herrn L. aus Norrbro erreicht, welcher hiervon seinerseits vom Mitglied unserer Exegetischen und Philanthropischen Gesellschaft, dem Admiralitätssuperintendenten F. in Carlscrona, unterrichtet worden war.
Es darf unter keinen Umständen vorkommen, daß Außenstehende vor dem verantwortlichen Berichterstatter mit Nachrichten an mich herantreten. Keinesfalls darf sich dies wiederholen, da ich es sonst auf andere Weise verhindern muß.
Aus gegebenem Anlaß können in Zukunft Briefe über den Intendenten in Carlscrona verschickt werden, um einen sicheren Postweg zu gewährleisten. Hinsichtlich seiner Unterstützung bei dieser Verbindung habe ich ihn bereits angeschrieben.

Im Frühjahr wird wiederum der Sekretär Edman als Gesandter zu Euch kommen, da eine weitere Durchsicht der Unternehmenskameralien jetzt vonnöten zu sein scheint.
Schließlich will ich dem Wegbereiter Bruder Bias und seiner Verlobten Fräulein Magdalena Aulin meinen Glückwunsch aussprechen, da ich voraussetze, daß ihre Ehe nun glücklich zustande gekommen ist.
Nicht besser als durch Den Meister selbst kann ich meinem Wunsch nach ihrer und Euer aller Wohlergehen Ausdruck verleihen:
›Die Liebe, die also gezeugt und geboren wurde, wuchs heran und begann langsam zu glühen, denn die reine Unschuld nährte und belebte sie mit den allersüßesten Wonnen, die dieser neugeborenen Kindheit angemessen waren, dem allerreinsten Zustand im Leben der Vernunft.‹

Mit demütigen Grüßen
In Eile
Euer S. d. N.«

43

Magdalena Aulin aber war nicht in der Kirche, als Tuppen sich durch den Brief hangelte; so ging Augusta Holmquist unaufgefordert mit dem hohen Gruß zu Propst Aulins Haus, wo Magdalena in Erwartung der Hochzeit noch wohnte.
Nach dem Umzug in Den Rachen hatte Anna Hoeffer zwei große Packkisten von der Auswanderung aufgehoben. Und sie hatte die übriggebliebenen Gegenstände nach einem Plan geordnet, dessen Bedeutung von verwirrenden Ereignissen der Vergangenheit verborgen wurde. Mit einem Ausdruck fragender Entschlossenheit war sie zwischen den Räumen umhergeirrt, beladen mit zerbrochenen Mörserstößeln, Herdringen und rostigen Kasserollen. Ausgebleichte Mädchenkleider, Bettlaken, Tischdecken und uralte Leibchen hatten wie müdgetanzte Debütanten über ihren Schultern und Armen gehangen.
Auf dem Fußboden hatte sie Stapel von Propst Aulins Briefen und Notizen ausgebreitet, und Stoffreste, Pailletten, Glasperlen, Duftsäckchen und Nadeln mit Porzellanköpfen in wachsende Hügel geordnet. Nichts durfte bewegt oder verändert

werden; und sie hatte jede von Magdalenas Bewegungen überwacht, als drücke das weitläufige und rätselhafte Muster eine irgendwie geartete, für alle noch brauchbare Wahrheit aus.
Doch Magdalena hatte am Leben des Dorfs eigentlich nicht mehr teilgenommen als durch die Gefühle blasser Erwartung, die manchmal ihre Hände durchzogen, wenn sie sich mit der Aussteuer beschäftigte. Immer längere Augenblicke war sie in dem wachsamen Geruch von Kampfer, Wolle und Altern, der sie umgab, untätig sitzengeblieben.
Während des Frühherbstes hatte sie weiterhin Bias empfangen, und sie hatten ihre schweigsamen Höflichkeitsspaziergänge in den Randgebieten des Dorfes absolviert. Doch das hatte nur bis zur Einweihung Des Sanktuariums gedauert. Dann hatten Die Berührungen Bias verschluckt. Und da hatte ihr neues Haus schon fast fertig im Rachen gestanden, und sie war abends manchmal dorthin gegangen. Es war sauber und leer und still darin gewesen, wie sie es hatte haben wollen, und nichts darin war vorher benutzt worden.
Doch noch immer war sie bei Propst Aulin und Anna Hoeffer eingesperrt. Das Herbstdunkel hatte sich in den langen nachgebenden Morgendämmerungen zu Frost verhärtet.
Magdalena war mit den Händen auf dem Schoß sitzengeblieben, als hätten diese sie bereits ohne Erinnerungen verlassen.

44

In der schweren Zeit, als sie hungerten und abmagerten oder vor Hunger aufquollen, hatte schon der Gedanke an die Hochzeit Bedeutung gehabt. Und nach dem Oktoberschlachten hatten sie entschieden, daß sie bald fertig sein wollten.
Tuppen hatte gesagt, was gesagt werden mußte: daß der Arme mit dem Kopf feiern müsse, und daß nur der Reiche es sich leisten könne, bei der Planung schlampig zu sein. Zu diesem Zeitpunkt war außerdem in einem unangestrichenen und ramponierten Federwagen der Superintendent aufgetaucht, voller Eifer, an die Postsendungen für den Herzog zu erinnern, und durch die Überlegenheit seiner wachsbleichen Fleischmassen stets hilfsbereit im Wege.

Beim nächsten Mal hatte er einen abgetakelten Gastwirt im Wagen gehabt, einen krummrückigen Kerl mit buschigen Augenbrauen in einem abgebrühten und trägen Verkäufergesicht. Er hieß Önert Andreasson und war zu Himmer getrottet und hatte ihn gefragt, ob er bleiben und sie mit Marketenderei versorgen dürfe; und Himmer hatte nur die Schultern gezuckt.

Auch niemand anders hatte etwas einzuwenden gehabt, weder aus sittlichen noch aus anderen Gründen. Und sehr richtig hatte sich herausgestellt, daß der Rotgesichtige eine Stimmung verbreitete, die ebenso wenig sündenverlockend und ebenso freudlos war wie die Art, mit der er Münzen in die Armenbüchse steckte: ein Verlierer, wenn auch mit dem Willen zur Revanche in jeder Bewegung.

Der Superintendent selber sprach für Önert Andreassons Dienstwilligkeit und garantiert sichere Warenlieferungen. Er konnte sich sogar eine Art Teilhaberschaft vorstellen. Und er war mehr als beredt geworden, als er von den Hochzeitsvorbereitungen hörte; und ehe ihn noch jemand daran hätte hindern können, war es ihm gelungen, sich selbst einzuladen und Gesang und Musik aus Carlscrona zu versprechen. »Um der alten, dauerhaften Freundschaft mit dem Herzog und Seinem Begabten Bruder willen.«

Dann waren fünf Wochen vergangen, und die Festeinlader hatten Zeit gehabt, drei Runden durch die Häuser zu gehen, versteckt hinter den Bierbechern und den rituellen und schamlosen Höflichkeiten, bevor der Intendent zurückkehrte.

Es war jetzt der 14. November und ein Freitag; und die Sänger und Geigenspieler von Der Trivialschule wimmelten aus den lehmbedeckten Planwagen in Den Rachen hinunter, um ein Vielfaches mehr, als sie waren.

Der Intendent hatte einen Haufen armer Schuljungen mit mageren Wangen und geschenkweiten Kleidern gemietet. Und sie erwiesen sich als genauso gefräßig, unzüchtig und fromm, wie Tuppen gewarnt hatte.

Die Hochzeitsgeschenke waren reichlicher, als man hätte erwarten können.

Das Geschenk der Gemeinde an das Brautpaar überreichte

Himmer persönlich: einen gewaltigen Eisenmörser, dessen Griffe zu zwei düster behelmten Köpfen geformt waren. Um den Rand wanderte außerdem in gelehrtem und nachdenklichem Relief eine unabweisliche Inschrift: Verbum Domini Manet In Aeternum – was, so die Mitteilung, bedeutete, daß Das Gotteswort für immer eingefangen und aufgehoben sei.

Außer diesem brachte man eine blaugeflammte Anrichte, ein frischgeöltes Spinnrad, Truhe und Wiege, Bett mit Himmel und Schabracke, Federbetten, Kissen, Leinenlaken, Decken, Bettvorhängen und Wäsche.

Doch nur ein oder zwei Exemplare von den Gebrauchsgegenständen, und die Möbel, waren gebraucht und größtenteils bescheiden wie Witwerversprechen an einem Montagmorgen.

Trotzdem gab es dann viel zum Angucken.

In der Küche paradierten gläubige Kessel, Töpfe, Bratpfannen, Holzschüsseln und billige Tonkrüge aus dem Brautsack. In der guten Stube konnte man den schattenerfüllten Spiegel, den Doppelkamm und das Lockeneisen in der Feuerschale bewundern, das Anna Hoeffers sortierende Hände zum Brauttisch getragen hatten. Und auf einem Seitentisch lagen mit schwanengleich schlaffen Ärmeln und Falten die Taftkleider ausgebreitet: eines rosa, eines sahnegelb, eines schwarz wie der Gehorsam.

Sowohl das Hochzeitshaus als auch die Festsäle waren mit Tüchern und Leinwand ausgeschlagen worden. Hinter der neugetischlerten Brautbank im Gästehaussaal hingen französische Gobelins, die der Prediger auf Anweisung des Intendenten aus der Stadtgemeindetruhe geliehen hatte: Isaaks Opferung, Lot mit den sündigen Töchtern, Sodoms glanzvolle Zerstörung.

Die Gäste waren vorübergehend im kleinsten der drei Schlafsäle und im Fremdenzimmer zusammengedrängt worden. Und nur ein kaum merklicher Urinduft dicht über dem Boden verriet etwas vom alltäglichen Leben der Hochzeitssäle.

45

Am ersten Abend aß man gebratenen Hecht, Barsch, Eier, Brot, Käse und Butter. Getrunken wurde auf Den Meister, Die Majestät, Den Herzog und den Vorsteher; und die Davide sangen bis spät in die Nacht, so daß sogar Augusta Holmquist vor geiler Frommheit und Scham errötete.
Am Tag darauf, am Sonnabendmorgen, hielten die Frauen das Brautbad.
Der Rachen, die Brücke, die ganze Meeresbucht war zu dieser Zeit in einem Brei erstarrenden Nebels versunken, und der Meeresgeruch war in der Erde zu spüren, und im Gras, das ergraut war vom Frost.
Sie heizten die Sauna, daß die Steine fast zersprangen; und daß das Wandholz Harz und eingesperrte Raserei schwitzte und der Dampf in der Kälte kochte.
Und die Braut, die Ausrichterin, die Brautjungfern und die verheirateten und ältesten Frauen badeten zuerst.

Anfangs waren sie ernst und ließen nur die Weisheit ihrer wärmeschweren Körper an die Hautoberfläche dringen. Der Schweiß füllte Nabel und Bauchfalte und rann zwischen den Brüsten in Rinnsalen in das trockene Gestrüpp der Schamhaare hinunter. Sie sprachen nicht, betrachteten aber hie und da den schmächtigen Körper der Braut: abschätzend, ruhig und traurig.
Sie saßen dicht zusammen. Die Wärme drängte sich in den Adern, die Haut wurde blank und rosig jung; und sie sanken in die müde, aufgegebene Ruhe ihrer geplünderten Körper hinein.
Nach den zweiten Birkenzweigen aber ließen die Brautjungfern das Bier und den gewärmten Branntwein hereinholen. Und sie streuten Zucker und Zimt hinein und aßen Feinzwieback dazu, den sie eintunkten und aussaugten. Sie schlabberten und lutschten wie Säuglinge an der Brust, und kicherten, tranken und spritzten, so daß der Branntwein über die hängenden Brüste floß. Und gleichsam unabsichtlich kam das Gespräch in Gang, alles vor den unschuldigen Ohren der Braut.
Die älteren Frauen ließen den Rausch langsam und mit reifem Genuß kommen. Sie streckten die Beine vom Körper, spreizten

die Knie, saßen ruhig und ohne Verstellung, und ließen die Gedanken, die Erinnerungen, die Bilder, die Scherze und die Ratschläge kommen und gehen, wie es ihnen paßte.
Manche waren noch immer mager von der Hungerszeit, und einige der jüngeren waren schwanger. Und sie sprachen ohne Scham von den Körpern der Männer und der Lust der Männer. Sie sprachen miteinander. Doch alles, was gesagt wurde, war für die Braut.
Keine wollte erschrecken, aber auch nicht beschönigen. Darum scherzten sie grob und wahrheitsgemäß; und sie lachten mit lückenhaftem Gebiß und müden Augen und gossen mehr Wasser auf die dampfenden Steine.
Jetzt, im Bad, ließen sie langsam ein beherrschtes Selbstgefühl zum Vorschein kommen. Sie waren geplündert und verbraucht, hatten aber ausgehalten und überlebt. Jetzt wußten sie es, und mit einer so deutlichen Selbstverständlichkeit, daß sie für eine Weile die müde Geduld nicht brauchten. Oder die Bitterkeit, oder den Zorn.
»Morgens ist es am gefährlichsten«, sagte Mrenta Nebb still. »Da werden die Kinder gemacht. Auch an den sicheren Tagen.«
Die anderen nickten und strichen sich verstohlen über die Bäuche, bewegten die Beine.
Und Augusta Holmquist hob die Schinken an, die an der Pritsche brannten.
»Manchmal hat er's vorm Kirchgang getrieben«, sagte sie ohne eigentliche Sehnsucht.
»Ach, dein Mann war'n Sonntagsficker?« fragte Mrenta Nebb.
»Ficken konnt er alle Tage, die arme Sau, wenn er nur rankam.«
Sie grinsten und nickten wieder, ohne die Braut anzusehen.
Dann saßen sie still und müde, während die Adern und Gänge des Körpers gleichsam auf Erinnerungen lauschten.
»An was isser gestorben?« fragte schließlich eine der Jüngeren und konnte sich ein Kichern nicht verkneifen.
»Zu wenich Futter«, sagte Augusta schroff. »s gibt zwei Sorten Menschen, Marjo«, sagte sie etwas freundlicher. »Die, die Glück ham, und die, die Unglück ham. Die, die Glück ham, können lieben.«

»Wenn sie zu essen haben«, sagte Mrenta Nebb.
Und sie nickten wieder.
Die Frau, die Marjo hieß, war die Tochter einer Kätnerwitwe und mit dem ehemaligen Freiwilligen Lyckou verheiratet. Sie stand auf, um mehr Wasser auf die Steine zu gießen, die aufzischten. Dann reichte sie den Korb mit dem Zwieback Augusta Holmquist; und goß ihr neuen Branntwein in den Becher.
Marjo Lyckou hatte schwere Brüste mit körnigen braunen Warzenhöfen. Ihr aufgelöstes Haar klebte ihr am ausgestreckten, sehnig mageren Oberarm. Sie würde vor dem Frühjahr gebären, das konnten alle sehen, auch die Braut.
Eigentlich war die Hochzeit für die Männer da. Selber hatten sie die Plackerei mit dem Essen und den Kindern. Und für die, die die Gästeaufsicht hatten, war die Arbeit dreimal so groß.
Was Magdalena dachte, fragten sie nicht, denn das schickte sich nicht. Doch Augusta Holmquist begann, ihr den ganzen blankglatten Körper zu waschen, und die anderen halfen mit.
Und ihre Hände empfanden mehr Zärtlichkeit, als sie geben konnten, als sie die dünnen Hüftknochen streiften, oder nur ihre Arme oder Füße berührten, die sie einseiften und vorsichtig rieben, während sie stiller wurden.
»So war das«, sagte Mrenta Nebb hinter geschlossenen nassen Augenlidern. »Solche Angst hatt' ich noch nie. Obwohl Nebb ja auch nicht so großartig war. Der Knopf wollte nicht stehen. Wir sind eingeschlafen, beide gleich zufrieden, glaub' ich.«
Sie saß auf der Pritsche und lehnte den Kopf gegen die Wand; und sie hoffte, daß das brennende Holz auch dem Mädchen etwas von der Wärme abgab, die vielleicht helfen konnte.
»Willst du's wärmer haben«, fragte sie und sah sie an. Doch das blanke Gesicht der Braut zerfloß schon zwischen den Händen, die begonnen hatten, ihr Haar zu waschen, und sie hörte nicht.

Die Männer badeten später am Tag.
In der Sonne tranken sie Bier und Branntwein und aßen Rahmkäse, Eier und Brot.
Bevor sie zuviel gegessen und getrunken hatten, rasierten sie den Bräutigam und zogen ihm das Hemd an, das die Braut

durch eine der Brautjungfern geschickt hatte; die Hosen aber mußte er suchen.
Nach einigen Stunden kamen sie zum Hochzeitssaal zurück, um richtig zu essen. Jetzt hatte der Bräutigam vergessen, daß er die Hosen nicht gefunden hatte, und sah um den Kopf wie ein ausgeschlafener Seehund aus: jemand hatte ihm die Haare abgeschnitten, sich aber nicht entschieden, was bei der Schere vorne und hinten war. Doch Tuppen und der Intendent waren sich einig, daß das Hemd der Braut ausreiche, das weniger Wesentliche zu verbergen; und der Prediger, der in Gesellschaft von einheimischen wie von ausländischen Autoren Kammerreisen unternommen hatte, stellte fest, daß Hemden bei mehreren Gebirgsvölkern Manneskleidung genug seien, und daß dieses auf dem Fehlen von Aufwinden während des Winterhalbjahres beruhe. Dann ließen sie sich an den Tischen nieder und aßen den Rest des Tages und den Abend über. Und die Schuljungen, die im Branntweinbad keinen Platz gefunden hatten, hatten sie durch die Wahl der Lieder bald eingeholt: sie prosteten beharrlich am Ende jeder dritten Strophe.
Der Intendent aber schickte den Prediger in die Küche, um das Bier zu probieren; und der fand es trinkbar, wenn auch dünner, als er gehofft hatte.

Am Abend aßen sie Ente und branntweinmarinierte Möwe, Biergrütze, Gerstensuppe, Speck, Eier und Brot – und die ganze Zeit tranken sie die Schnäpse auf schwedische Art.
Und alle waren dabei außer Propst Aulin: meist magere, gekrümmte, stille oder laute Kerle mit Schaufelhänden, Knieschmerzen, faulenden Zähnen und trüben, zufriedenen Augen. Die Frauen servierten schweigend und eilig, mit starrem Lachen oder Zischen; und sie hielten sich in der Küche und gingen nur hinein, wenn es notwendig war.
Bias' Gesicht strahlte von Anfang an geschwollen, mit leidlich geglättetem Haar. Seine Augen standen starr und branntweinrund, und seine Kehle schluckte.
Auch Tuppen, der der Beschaffer war, saß bewegungslos und säuferbleich, taute aber nach der zweiten Runde auf und erwachte zu neuem Leben, und verlangte, die Braut preisen zu dürfen.

Und jetzt schwankte Bias persönlich in die Küche und holte Augusta Holmquist; und sie sah ein, was die Sitte erforderte, und hatte versprochen, zur Erinnerung an ihre Jungfernschaft zu opfern.
Dann begann Tuppen, um sie herumzuflattern, und da er nicht weniger auslandsfein sein wollte als der Prediger, schlug er vor, sie als Spanierin zurechtzumachen.
So geschah es auch. Sie schmückten sie mit einem roten Kleid aus dem Dunkel von Tuppens Reisekiste, das so durchtränkt war vom Geruch rohen Fisches und geträumter Unzüchtigkeiten, daß sogar der Prediger mit offenem Mund sitzenblieb. Ins Haar bekam sie eine Krone aus mit Perlen bestückten Federn, um den Hals Papierrosen, und Bias streute Goldflitter aus Dem Sanktuarium über ihre welkenden Schultern.
Dann traute der Prediger sie dem hosenlosen Bräutigam an und meinte, nun ja, er habe ja schon früher abgefeuert; und sie waren zu Tränen gerührt durch die Schönheit im traurigen Gesang der Schuljungen, und dadurch, daß die Braut in Weinen ausbrach.

Vor den Fenstern stand schwarz der Novemberabend; und die betrunkenen Männer fühlten in der Kälte dort unten das Meeresdunkel schaukeln und den Tod.
Die Kerzen knisterten schläfrig, Schatten zogen flatternd durch Wände und Dach. Die traurige Stummheit krümmte ihre branntweinstarren Lippen, und sie fröstelten vor Einsamkeit, und lauschten mit heißen Augen den Gesängen von Der Liebe im Norden.
Doch später in der Nacht schlugen sie sich; und da hatten die Frauen sich eingeschlossen. Sie johlten und warfen Tongefäße an die Tür des Hauses, in dem die Braut die Jungfernnacht schlief; und fast alle übergaben sich mehr als einmal. Der Bräutigam aber übergab sich und weinte außerdem.

46

Am Tag darauf hatte sich der Nebel gelichtet, doch rauhkalter Regen hockte in der Luft, und der Wind von der Bucht war nichts als Unbarmherzigkeit.

Die Brautjungfern froren in Schals und Strickjacken auf der Brauthaustreppe und schenkten Seelentröster aus Branntwein und heißem Sporenbier aus, die dampften wie Pferdepisse im Dezember.

Alle schienen die Stärkung zu brauchen, bleich vom Festessen und Trinken, oder einfach nur aus Mangel an Schlaf. Zu beiden Seiten der ungestrichenen Treppe fröstelten die Tannen, schmächtig und nur an den Spitzen verschont; und als Bias hinaufgeführt wurde, riß ein Windstoß den einen Blumenkranz von seinem Hut, so daß die Papierrosen aufröchelten und sich schräg über den Hutkopf legten.

Er war starräugig und eckig, mit rot, weiß und blau verziertem Hemdkragen; ergraute aber langsam in die Kälte hinein und döste die ganze Zeit, während Tuppen die Braut heraussprach.

Und alle waren gespannt, ob Aulin sich zeigen würde. Doch er kam nicht, so daß die Ausrichterin, die Mrenta Nebb war, die Braut allein übergeben mußte. Zu diesem Zeitpunkt waren schon die Mischgetränke, die der Intendent finanziert hatte, ausgeschöpft worden; und die ganze frierende Volksmenge probierte vorsichtig und mit steifen Bewegungen in Kiefern und Hälsen den Wein, der süß war und bitter von fader Vornehmheit: Claret und Hypocrase.

Dann begannen unschlüssig die erfrorenen Geigenspieler zu spielen, und Mrenta Nebbs ältester Sohn schlug schlotternd und klamm Bias' Trommel, und von den Oshöhen wurden einige Schüsse abgeschossen, als das Pferd herangeführt wurde.

Die Braut trug ein Kleid unter dem Mantel, und der Brautgürtel hatte der Mutter des Propstes gehört, was an Plättchen und Silberbeschlägen zu sehen war. Vieles hing an ihr, als sie im Scharfwind auf das Pferd gesetzt wurde, mit schweren Juwelen aus Glas, oder Spiegelstücken in Zinn und Blei; und der Wind klirrte und riß an ihr, so daß man hörte, wie sie fror.

Und während das Pferd den Kopf warf, streckte Anna Hoeffer dem Mädchen die Hände entgegen, und segnete sie scheu von der Treppe aus, als schmuggelte sie eine Münze in eine schon prallvolle Börse. Und die Brautkrone, die aus Seidenbändern, Metallfolien und Glasperlen in Messingfassungen war, sah jetzt

schon verwüstet aus, und der Wind riß sie schief, sobald der Zug sich in Bewegung setzte.
Doch davon abgesehen ging alles, wie es sollte. Die Fackeln brannten, die Streicher wimmerten, und die Schüsse von den Osen schollen scheppernd und hohl.
Irgendwo im Nebel beim Weg den Hang hinauf sang der Chor, solange die Braut vorbeiritt; und kränklich klang es in dem hohen Gras. Doch in der Kirche gingen alle, die konnten, zum Abendmahl. Und es war das erste Mal seit dem vorigen Besuch des Intendenten, denn der Prediger hatte keine Zeit gehabt zu kommen. Und drinnen war es warm und halbhell, mit Kleidern, die im Geruch von Sonntag auf frischgewaschener Haut langsam trockneten. Und der Superintendent hielt die Brautmesse, und wurde vom Ernst und dem reinen Willen aller gefangengenommen.

An diesem Abend betrank sich Himmer; und später in der Nacht geriet er in eine Schlägerei und war nahe daran, zum Hochzeitsmörder zu werden.
Auch Propst Aulin tauchte aus dem Dunkel draußen auf, unerwartet wie eine Stille, die alle erwartet hatten. Und Mrenta ließ sich nicht anmerken, daß sie überrascht war.
Er aß vogelartig vom Essen, trank mit kleinen Bewegungen im knochigen Kehlkopf, und beobachtete den ganzen Abend alles in seiner Umgebung. Eine leichte Röte stieg langsam in seine Wangen auf, und seine Augen, die den Raum spiegelten, hätten in einer Waldmaus sitzen können, wäre die uralte Amtstracht nicht gewesen. Er nickte und lächelte abwesend der Braut zu; aber auch der Fleischschüssel, den Gläsern, dem Tischtuch und den Tellern.
Neben ihm saß Anna Hoeffer, das grauschwarze Haar zu überfließender Fülle aufgesteckt. Ab und zu sah sie scheu den dünnen Mann an ihrer Seite an. Sie schnitt das Fleisch vor und verlas die Suppe; und wenn ihre Blicke die Magdalenas trafen, sah sie hastig zur Seite.
Doch manchmal formten sich ihre Lippen zu etwas ganz und gar Fremdem: einer süßen Kirsche.

Zwischen den Gerichten im ersten Gang sprach der Intendent stille Gebete. Und man wartete in dem zähen Schweigen auf den Schlußseufzer; und wenn dieser kam, durchfuhr er die Tische so deutlich, daß alle nach Löffeln und Gabeln griffen, jetzt wieder gewiß, im eigenen Körper wirklich zu Hause zu sein.
Und das Brautpaar fing auch an zu essen, jedoch mit zusammengebundenen Löffeln: steif, ernst, mit linkischen Versuchen zur Zusammenarbeit.

Der erste Gang brachte gelben Senfdorsch und Saftsuppe. Im zweiten kamen Kohlpudding, Speck und süße Kuchen.
Der dritte war ruhiger. Er versicherte, daß die Erde reich und das Leben lang für alle sei: Kalbsbraten und Milchreis.
Die Tiefe des Reichtums verblüffte sie. Einige von den älteren Männern erschauerten, während sie kauten und schluckten.
Der Superintendent aber nickte dem Prediger zu, der aufstand und Schweigen gebot für Doktor Luthers Worte an gewissenhafte Festesser. Denn das gehörte zum Ritual, wenn der Intendent an einem Hochzeitstisch saß, und er hatte gemerkt, daß es viele beruhigte.
»Und wir sollen es nicht für eine so große Sünde halten«, verkündete der Prediger, so daß der Glaube daran seine düsteren Mundwinkel erfaßte, »wenn wir auch manchmal bis zum Zusammenbruch gehen und über die Stränge schlagen, und uns ein gelindes Maß der Freude beim Fest der gesegneten Eheschließung gönnen.« Dann trank er viel zu früh auf das Brautpaar, und alle, die konnten, standen auf.
Ebenso abrupt bat Tuppen nun, mit dem Superintendenten auf das Brautpaar anstoßen zu dürfen; und der Propst kniff gnädig die Augen zusammen, strich sich an der Schläfe über das Haar und nickte müde mit einigen seiner Kinne.
Und weil Tuppen auf dem besten Wege war, ernstlich betrunken zu werden, und da nun Luther das Seine getan hatte, hielt er die Zeit für die erste Ermahnungsrede des Beschaffers für gekommen.
So stand er zwischen all dem, was da herumlag und vor den Schüsseln schwieg, schwankend auf; und führte die Schelte auf einem Bein stehend und mit so deutlich wachsendem Zorn aus,

daß ihm einfiel, vergessen zu haben, von Leuten Geld zurückzufordern. Er lallte kräftig, doch als er zur eigentlichen Ermahnungslitanei kam, lag diese wie gestickt auf seiner Zunge:
»Keiner schlage den anderen mit geballter Faust, oder mit den Ellenbogen. Oder trete mit den Knien des anderen Hintern.«
»Keiner spucke, beiße und trete«, leierte er, »oder gebe den Bösen Blick.«
»Keiner knirsche mit den Zähnen. Oder lache wie ein Hund. Oder schneuze sich unzureichend oder pisse auf Sitzende.
Keiner krieche zu Tisch. Oder beiße in des anderen Beine. Oder hebe jemanden hoch. Oder setze ihn nieder, daß die Därme klappern.
Statt dessen spreche jeder sanft mit jedem.
Und wer muß, gehe hinaus und trete ein auf dem Wege der Ehre.
Und kneife nicht. Und greife nicht nach den Mösen der Mädchen.
Und pissende Männer halten Abstand von der Tür.
Kein Frauenzimmer sitze auf der Bank und lasse heimlich unter sich.
Alle gehen vor die Tür.
Und alles wird gut sein.«
Dazu klatschte man in die Hände, rief Hurra und stampfte auf den Boden. Dann half man ihm herunter. Und er trank erstaunt auf das Wohl des Brautpaares. Und Seiner Königl. Majestät. Und des Herzogs. Und des Vorstehers.
Danach sprangen einige der Mädchen mit Schlüsselbeinen und Schweißlocken im Nacken vom Tisch geradewegs zu den Junggesellen hinunter, ungeduldig, den Tanz beginnen zu können. Denn sie hatten seit neun eingeklemmt an der Wand gesessen und gewartet. Und die Geigenspieler grinsten und waren selbst nicht viel älter.
Und die Harzdosen sah man, und die Rückenkrümmungen; und der Tanz kam schaukelnd in Gang. Doch zuerst hatte Bias die Krone von der Braut gestolpert.

47

Gegen Mitternacht, nachdem Tuppen eine Stunde an der Wand geschlafen hatte, forderte er die Braut zu Bett.
Inzwischen waren die Tische chaotisch. Doch man überdeckte die schlimmste Verwüstung und das Erbrochene mit Tannenzweigen. So mußte die Braut nicht das Bild der Zerstörung sehen, als sie weggeführt wurde.
Als man aber zur Brautkammer kam, gab es noch immer manche, die auf Boden und Bänken den Anblick von saubergenagten Vogelknochen und Flügeln sahen, und den erstarrten Hals eines eckigen, mageren Mädchens in einer Panzerkette. Doch man drängte sich, um durch die Tür zu kommen und zu sehen, wie Arvid Waern und Åke Hansson den Namen des Brautpaares in die Decke einbrannten. Und Tuppen nagelte mit ebenso unwirklich langsamen Bewegungen die Brautschuhe an der Wand fest, während Magdalena versteinert in den Strümpfen stand und auf den Fußboden sah.
Dann sang man »O Jesu Christ den Männer schlugen«.
Im Laufe der Nacht kam es zu den üblichen Attacken gegen die Brauttür; und zur Porzellanzerschlagung, und den guten Ratschlägen, und den Angeboten zu helfen.
Und oben im Gästehaus, wo man mit Stroh ein Lager ausgebreitet hatte, brach eine Schlägerei aus.
Im Erinnerungsdunst des nächsten Tages glaubten viele gesehen zu haben, wie Abraham Nebb die Tür zum Schlafsaal der Gäste verteidigte, schwarzbleich und nüchtern.
Woran sich aber alle erinnerten, war der Kampf zwischen verheirateten und unverheirateten Männern um die Mädchen. Arvid Waern nämlich führte die Verheirateten und Himmer die Junggesellen – und teilte Ohrfeigen aus.
»Bist du etwa böse«, schrie Himmer nach jedem Hieb, den er versetzte.

Und er war nahe daran, Arvid Waern totzuschlagen. Auf jeden Fall zerschlug er ihm die Nase, bevor er ihn auf den Korridor hinauswarf. Und er gab nicht eher Ruhe, bis er ihn die Außentreppe hinuntergeworfen hatte.
Danach saß er in der Türkälte, schweißig und keuchend spürte

er seine Füße nicht mehr; und er rief ein letztes Mal in die Dunkelheit hinaus und fragte, ob er böse sei. Jetzt aber bekam er keine Antwort.
Dann schliefen die unverheirateten Männer und die Mädchen zusammen oder nicht.
Und da hatte es vor den Fenstern zu dämmern begonnen; und Krähen taumelten in dem eiskalten Nebel jenseits der Landstraße krächzend ein und aus.

Als aber am Vormittag Mrenta Nebb kam, um die Brautkammer aufzuschließen, war die Tür eingeschlagen und Bias verschwunden.
Sie fand ihn später unterhalb des Pfades zur Gästehaustreppe zwischen zwei Wassereimern: steifgefroren in einer alten Kuhhaut, nackt und auf dem Rücken schlafend.
In der Brautkammer lag Magdalena zusammengekauert auf dem Teppich vor dem Bett.
Sie weinte nicht, erbrach sich aber mehrere Male, und ihre Lippen waren zerbissen und unnatürlich groß, als seien sie aufgebrochen worden.
Es wurde niemals bekannt, was vorgefallen war. Niemand wußte, wer die Axt gehalten hatte, ob es Bias selbst gewesen war, oder irgendein anderer.
Doch das Unerhörte geschah, daß die Brautausrichterin Bias aus seinem eigenen Haus hinauswarf, und ihm verbot, sich in Zukunft dort sehen zu lassen.

Sie verarztete die Braut und kochte in ihrer schweigenden Küche Kaffee.
Und Magdalena erholte sich; doch langsam wie jemand, der aus einem Fiebertraum erwacht und weiß, daß ein neuer wartet.

Dreizehnter Tag

48

9. Januar 1916
Tuppen der Hahn sagte:
»Siehs du die Spurn. Das is die Wärme. Der Stein is kälter.«
Er folgte ihm auf den Steinplatten und versuchte, eine Spur von der Körperwärme der Stiefel zu finden.
Die Frosthaut lag über dem Garten. Der Dampf kam in den Mund zurück, ohne zu schmecken: wie Gesichter, die voneinander sprechen, ohne gehört zu werden.
Dahinter folgte Sillen der Hering; und Daniel Pettersson; und Inez; und Anna Hoeffer. Doch ihre Füße berührten nicht den Boden. (Sie hatten sich entschieden.)
Sie gingen in der Morgenkälte zum verrammelten Nebengebäude: Bretterstücke, Nägel, leere Flaschen, Sägeblätter, frostige Scharniere.
Oder Stahldraht, Sägespäne, Säcke, Glasscherben und feuchtfleckiges Papier.
Tuppen sagte:
»Schreib: ›Zum Beispiel eine schimmelige Eintrittskarte zum Sommerfest des Schützenvereins von Mörbylånga. Drei vergilbte und eingelaufene Damenhandschuhe aus Nappaleder. Eine gesprungene Suppenterrine. Der untere Teil einer Schuhcremedose. Ein Branntweinglas ohne Fuß. Elf umschlaglose, aber paginierte Schreibheftseiten (31–42). Das Titelblatt von «Königssagas von Snorre Sturlason», herausgegeben von H. Hildebrand. Ein ochsenblutbrauner Pappband, «Reisebriefe und Erinnerungen» von Zachris Topelius enthaltend, aufgeschlagen unter einem Stapel feuchtfleckiger Ortszeitungen, die rechte Seite (S. 41) schräg hinausgeschoben und freigelegt, und (im selben beklagenswerten Farbton) der Text:
«Hamburg.
Der kleine dunkelhäutige Mann lächelte erneut voller höflichen Mitleids über eine so große Intoleranz.
– Was soll man denn tun? sagte er mit einem Achselzucken. Man muß allen ihr Auskommen gönnen ...

Mit diesen Worten bezahlte der Mann seine Austern auf Heller und Pfennig, zündete eine Zigarre an, verbeugte sich recht verbindlich und ging. Ich muß dir mitteilen, meine liebe Betty, daß man in der ganzen zivilisierten Welt, außer in Finnland, auf der Straße raucht.»
Dazu ein Vorhängeschloß Imperial, rostig und ohne Schlüssel. Ein zerbrochener und kurbelloser Fleischwolf der Marke Husquarna Nr. 30. Eine Konfektdose aus mattem Glas mit Beschlägen und Griffen aus vernickeltem Metall, gänzlich unbeschädigt. Ein zusammenklappbarer und verrosteter Korkenzieher. Ein Bürostempel, unbrauchbar, mit dem Text «Leon. Persson» vollkommen leserlich in der Platte. Eine zertretene Pfeife aus Blech. Ein verbeulter Brotkorb aus vernickeltem Blech. Das Einwickelpapier einer Opoponaxseife, sowie die eine Hälfte eines Paars Hosenträger mit geflochtener Schlaufe, mit einer Schere quer durch die Rückenverbindung abgeschnitten.‹«
Als Mrenta Nebb aus dem Fenster im großen Haus nach ihnen rief, sagte darum Inez zu Sillen und Tuppen, sie sollten sie holen. Und sie kamen mit Regina Schenker im Streckstuhl zurück, tief in den Decken, eingetrocknet und nicht größer als ihr Gesicht.
Sie setzten sie vor die Tür, und sie gingen wieder hinein. (Inez schloß die Tür auf, und sie gingen in das abgesperrte Nebenhaus und begannen lustlos sauberzumachen).

Doch als er in den Schlafsaal kam, hatten sie sie wieder hereingeholt. (Und sein Auftrag war, dort drinnen zu *sein.*)
Er schloß die Tür, obwohl das verboten war. Und sah oder schob sie etwas zu und kontrollierte, daß ihre Augen funktionierten und die Flecken spiegelten, die durch das Fenster hereinkamen.
Sie atmete und kaute nicht, und er sah, daß sie ihm mit den Blicken folgte, und er entfernte sich von der Tür so weit er konnte, und setzte sich auf den Boden unter dem hintersten Bett an die Wand.
Er konnte ihren Kopf auf den Betten sehen; sie sah wie eine Statue geradeaus aus dem Fenster.

Er bewegte sich nicht, obwohl sich das Licht mit dünnen feinen Flecken langsam in ihren Augen herumdrehte.
Und sie lauschte und hörte die Laute im Haus, und die Laute in den Lauten, bevor sie zustande kamen.
Und im Garten. Und jenseits der Mauer. Und in dem erfrorenen Acker. Tief innen in den starren, nassen, eisgebleichten Wurzeln.
Tief in dem Steifen und Eingerollten saß sie, sagte er. Fünf Fuß unter der Erde.

49

Denn seit die Gebetsarbeit begonnen hatte, hatte Regina Schenker sich ruhig gehalten. Als die beiden einsamen Schwestern abreisten, hatte sie sogar aufsein können, und manchmal unterhielt sie sich mit Mrenta Nebb, Inez und den Wärtern.
Sie hatte zu sticken begonnen, und es kam vor, daß sie sang: meist lange, eigentümlich eintönige Kirchenlieder. Ihre Stimme war klar und spröder als sie selbst; doch sie war beharrlich, und man merkte, daß der Gesang sie froh machte.
Nur dem Lazarusmann gegenüber verhielt sie sich merkwürdig. Sie tat, als habe sie nie von ihm gehört; und als Mrenta sie einmal zu dem Bett führte, in dem er lag, trat sie auf, als gebe es ihn nicht: das Bett war leer.
Doch früh an einem Morgen zu Anfang des Winters klagte sie, daß sie Schmerzen im Daumen habe.
Mrenta sah ihn sich an, konnte aber nichts Ungewöhnliches feststellen. Möglicherweise hatte er einen kleinen blauen Punkt, nicht größer als ein Stecknadelkopf, am Nagelhäutchen.
Drei ganze Tage lang jammerte sie über den Schmerz; und Mrenta badete zuerst den Daumen, dann die ganze Hand in Theriac, das gegen schwerzugängliche Krämpfe anzuwenden ist, und das nicht weniger als siebenundsechzig aktive Bestandteile enthält.
Doch nicht einmal das half.
Und dann, an einem windigen Sonntagvormittag, als Mrenta gerade die kleinen Mädchen gewaschen hatte, um in die Kirche

zu gehen und eine von Himmers Murmelpredigten zu hören, kam Inez gelaufen.
Sie war bei Regina gewesen, um ihr die Mehlsuppe zu bringen – die zu spät kam, weil einer der Alten in Der Löwengrube sich ohne Kleider davongemacht hatte, und Inez hatte ihm nachlaufen und ihn unten im Rachen suchen müssen – und als sie mit der Mehlsuppe eintrat, hatte Regina im Bett gelegen und kaum geatmet. Und sie war auf eine neue Weise starr im Gesicht gewesen.

Regina Schenkers Bett stand im alten Wäschelager.
Es war Vorratskammer und Bettzeuglager gewesen, aber zu klein geworden, und sie hatten sie dorthin gelegt, damit sie Ruhe hatte, um besser zu schlafen und vielleicht nicht soviel zu stören.
Als Mrenta in die enge, stickige Kammer trat, lag sie auf dem Rücken, naß von Schweiß, und winselte wie ein Hundewelpe.
Sie war feingliedrig und breitschultrig. Ihr herzförmiges Gesicht hatte kleine weiße Zähne, die die Oberlippe nach vorn schoben. Ihr Haar war seidenschwarz und ungeduldig, auch wenn es sich zu glanzlosen Knäueln verfilzt hatte.
Mrenta setzte sich auf die Bettkante und hielt ihre Hände, und bat sie, ihr zu sagen, wo es weh tat.
Ihr heißer Atem begann nun merkwürdig ruhig und klar zu flüstern, und sie sagte, der Schmerz im Daumen wandere hin und her. Er habe sich in die linke Schulter hinaufbegeben, und hinunter in die Seite und in den linken Oberschenkel. Da sitze er nun: und er wüte, daß sie das Gefühl habe, er werde das Bein abreißen.
Sie lag auf dem Rücken, hatte die Decke weggetreten und schleuderte ihre Mädchenknie, daß das Nachthemd über dem Bauch zusammenrutschte. Es war deutlich zu sehen, daß etwas entschieden war. Sie hatte den linken Schenkel hochgezogen und klappmesserhart abgewinkelt. Der rechte lag gerade und steif. Die ganze Zeit wimmerte sie und schließlich riß sie die Hände an sich und begann, neben dem Kissen am Laken zu kratzen; und während sie hierhin und dorthin redete, schrie sie, etwas bewege sich in ihrem Bein.

Mrenta rief nach Inez, und bat sie, ein feuchtes Tuch zu holen und Regina mit kühlem Wasser zu erfrischen, wenn sie Zeit hatte.
Darüber hinaus konnten sie nicht viel mehr tun als warten und sehen, was passierte. Selbst ging sie mit ihren sonntagsgeputzten, unwilligen Kindern zur Kapelle, wovon sie sich auch nicht sehr viel versprach.

Als sie zurückkam, ging es dem Mädchen schlechter.
Inez und einer der Wärter hatten versucht, sie zu beruhigen, doch nach der Waschung war sie nur noch erregter geworden. Wenn jemand ihr linkes Bein berührte, schrie sie wie am Spieß; und sie fluchte auch und warf ihren Bauch dem Wärter, der noch ein Knabe war, entgegen, so daß er abwechselnd bleich und rot wie eine Tomate wurde.
Sie hatten sich länger als je zuvor mit ihr schlagen müssen, und sie war die Stärkste gewesen, und es war ihnen nicht gelungen, sie zu binden, sondern sie waren gezwungen gewesen, nach Hilfe aus der Küche zu rufen. Nachdem sie sie gebunden hatten, zu fünft, lag sie da und sah sie an, als seien sie ihre eigene Scheiße in der Gosse, sagte Inez.

Die Öllampe spritzte Trangestank und zerrissene Schatten an die Wände; und obwohl es mitten am Tag war, war die Kammer in ihren dunkelsten Winkeln von Ablehnung erfüllt.
Es hatte zu regnen begonnen. Vom Korridor hörte man die Schritte und Stimmen der Zwillinge, die mit ihren Puppen Krankenzimmer spielten.
Mrenta stand am Bett und versuchte, den Ausdruck im Gesicht des Mädchens zu deuten.
Doch sie lag bewegungslos und unzugänglich: und hinter der Unsichtbarkeit meist mit einer Art gehässigen Grobheit bedeckt.

Am Tag darauf schrumpfte sie zusammengerollt zu einem Ball; und sie konnte weder essen noch trinken.
Sie weinte und war um den Mund und auf der Zunge trocken wie Sand und jammerte nach Essen. Sie war auch sehr durstig.

Mrenta versuchte auf jede mögliche Weise, Flüssigkeit und Nahrung in sie hineinzubekommen, sowohl mit dem Holztrichter als auch mit der Röhre. Doch etwas saß in ihrem Hals und hinderte sie am Schlucken. Oder zwang sie zum Ausspucken. Schließlich wußten sie nicht, was sie noch mit ihr anfangen sollten.
Tuppen, der gern Ratschläge gab, obwohl niemand darum bat, tauchte in der Tür zur Kammer auf, und er meinte, daß die Zeit gekommen sei, das ganze Sanktuarium zu benutzen, auch das Innere. Diesmal würde die übliche Gebetsarbeit nichts nützen. Hier seien andere Kräfte am Werke.
Mrenta aber, die an diesem Tag ihre Monatsblutung hatte und unpäßlich war, ertrug es nicht, ihn zu sehen; und ihr Muttermal dunkelte aus dem Stirnbein hervor, das spröde wirkte wie Pappe, und sogar Tuppen wußte, was das bedeutete.
Mrentas Lippen waren schmale, dünne Seile.
»Keine Geisteskur, solange sie nicht ißt und trinkt«, sagte sie. Und Inez in der Tür war derselben Meinung, obwohl niemand sie fragte.
»Dann gibt's wohl Vorzuchskost«, sagte Tuppen und fluchte sich frei, als sei er ein ausgeplünderter Feldquartiermeister.
»Ich bin nicht verschwenderisch«, sagte Mrenta.
»Der Frühling kann hart werden«, sagte Tuppen und schnitt der Innenseite seiner Hand eine Grimasse.
»Hab' ich vielleicht zu tief in die Zukost gelangt?«
»Nein, nein, nein«, zog sich Tuppen zurück. »Keiner is vorsichtiger.«
»Wir müssen sie aus dem Bett kriegen«, sagte Mrenta trocken wie alter Knochen.
Tuppen überlegte gebührend sachkundig.
»Vielleicht könnten wir sie in den kleinen Schlafsaal legen. Zu den Sichern«, sagte er willig.
Mrenta schwieg. Dann sagte sie knapp:
»Ich will noch keine Gebetsschlepperei.«
»Klar, sie muß viel kräftiger werden«, sagte Tuppen; als betrachte er etwas dicht neben ihrem Mund.

50

Regina Schenker ging zunächst wie auf Kohlen: auf den äußersten Zehenspitzen, ohne die Fersen auf den Boden zu setzen. Ihr Körper aber billigte, daß sie aß und trank. Sie ging auf dieselbe Weise: steif in Rücken und Schenkeln. Sie wollte die Knie nicht biegen und trug den Oberkörper vorgebeugt, das Gesicht zum Boden hin versteckt.
Inez wusch ihr jeden zweiten Tag in einem Eimer mit dampfendem Essigwasser die Füße, ohne daß es half. Ihre Zehen spreizten sich blau und geschwollen in den Strümpfen, und im Fußgewölbe waren kleine Wunden zu sehen, die Brandblasen glichen. Und ebenso auf den Oberseiten: in wachsgelben Flecken platzte die Haut.
Obwohl Mrenta es ihr verboten hatte, lag sie tagsüber und wenn sie schlief mit den Armen in Kreuzesstellung; oder versuchte es. Und sie quengelte Inez an, ihr von Der Himmelfahrt und Der Nacht in Gethsemane vorzulesen, obgleich sie wußte, daß es zu nichts nütze war.
Nach wie vor weigerte sie sich, ihre Fersen auf den Boden zu setzen, wenn sie sie auf die Beine stellten. Statt dessen beugte sie sich auf den Zehen vor, steif wie ein Kuchenblech, damit niemand sich einbilden konnte, sie habe keine Schmerzen.
Sie stand da, als sei sie gerade notgelandet, und wisse nicht, ob sie bleiben oder sich sofort auf den Weg machen solle.
Doch erzählte sie Inez, daß die Schmerzen im Schenkel verschwunden seien.
Am selben Nachmittag flüsterte sie eine lange Geschichte über Den Erlöser hervor, flüsterte und haspelte hervor. Das war eine Art Erklärung und Entschuldigung für all die Mühe.
»Ich bin so schrecklich. Die Luft erfüllte einst Der Erlöser. Der Himmelsgeist, der erhebt. Darum wurde ich als ein Denkmal gesetzt. Die Seligkeitsauferstehung.«
Doch Inez sagte, ob gesetzt oder gestellt, müsse es anstrengend sein für die Füße.
Nachdem Regina Schenker an diesem Nachmittag erst einmal zu reden begonnen hatte, hörte sie nicht mehr auf. Sie redete, als wolle sie alles einholen, was sie fortgeschwiegen hatte. Ihre Stimme war streng und milde altklug, und sie unterwies.

Inez flickte Nachthemden. Als die Lektion beendet war, gab die Lehrerin Pause. In diesem Augenblick drang die Wintersonne durch das schmale Fenster herein und lag in einem wasserbleichen Lichtteppich auf dem Boden.
»Siehst du«, sagte Regina Schenker, »so muß man sehen.« Dann blies sie die Wangen auf und lächelte freundlich. »Du bist schlau, Inez«, sagte sie. »Aber ich kann bessere Worte als du.« Und sie rief mit röhrendpiepsiger Ausruferstimme:
»Inez reitet auf'm rammelnden Kaninchenbock. Das Mösenfell voller Pisse und Ratten.«
Von Tuppen sagte sie, er sei ein Zwieback: »Lang, häßlich und trocken. Sättigt jedoch einigermaßen. Amen.«
Sie erfand Namen für alle, mit denen sie zu tun hatte. Und Mrenta taufte sie auf den Namen Dürrnelke.

Abends kam manchmal Abraham Nebb vorbei und unterhielt sich mit ihr. Dadurch wurde sie so ausgelassen, daß sie im Bett Tanzschritte machte, und sogar die Fersen an die Wand setzte, obwohl sie an den Armen angebunden war.
Und sie veranstaltete Gelage für ihn. Er mußte mit gekreuzten Beinen auf dem Boden sitzen, und sie servierte Gerichte, wie sie in Steinhäusern zubereitet wurden.
Ihr Mund stand keinen Augenblick still, und sie stopfte ihn voll, bis er dem Ersticken nahe war. Es gab Wacholderpaletot mit Kalbsauge, geeisten Pistazienpelikan in Salzwassercidre, Gußeisenzunge mit Nüssen, Sirup und Baßgeigenzittern, wiedergekäute Korporalsqual mit Schnurrbartgarnitur und Antreiberlöwe.
Geschwollen im Gesicht und rot vor Ausgelassenheit, erzählte sie ihm auch, womit sich der Feind beim Sonntagsgottesdienst in der Kirche zu unterhalten pflege. Wie er wie ein Großhändlerfurz zwischen den Bänken hin und her lief, und die Gottgnädigkeiten zwischen seinen Beinen kniff, kitzelte und betastete. Und sich Hochzufriedenheit in den Hintern blies und dem Selbstkasteier ins Ohr pißte. Dann machte er Würgereize, schickte Schwindel und Heiserkeit, verbreitete mit dem Kirchenstaub Gott-sei-gelobt-Husten und spritzte beim Altardienst Schläfrigkeit durch die Fußsohlen.
Und Abraham Nebb, der Arbeitsbeschreibungen dieser Art zu

schätzen wußte, lehrte sie seinerseits, wie man mit der Zunge wackelt und die Ohren zum Wachsen bringt, indem man einfach, der Reihe nach, an ein durchgehendes Pferd und an einen Baum voller säuerlicher reifer Äpfel denkt.
Als er gehen wollte, bat sie, ihn zur Tür begleiten zu dürfen.
Er löste ihre Armriemen, und sie stand auf. Doch sie zog das linke Bein nach, damit die anderen Frauen es sahen. Und er fragte, ob sie wieder Schmerzen habe, doch sie schüttelte den Kopf und lächelte mit strahlenden, feuchten oder vollkommen ruhigen braunen Augen.
An der Tür sagte sie:
»Du sollst Großvater Wurm heißen.« Und während sie ihm den Bart streichelte: »Eines Tages komm' ich und freß dich. Du sollst in meinem Bauch wohnen. Ich will dir Strümpfe stricken, und wir werden Erde und Rüben essen. Die anderen wissen nichts. Die ganze Zeit rennen sie herum und schreien: Unfaßbar! Unfaßbar! Du sollst auch nichts wissen. Aber nicht lügen. Niemals werden wir lügen.«
Sie blieb stehen und sah ihm nach, als er die Tür schloß.
»Hol Inez«, sagte sie, bevor er ging. »Sie kann mich anbinden.«

Doch es fiel ihr schwer, wieder zu gehen. Zwar trat sie mit dem ganzen Fuß auf (und die anderen Frauen im Raum starrten sie an, als habe sie eine ernste Krankheit), doch dafür zog sie das linke Bein nach.
Damit sie aufsein konnte, machte Arvid Waern ihr ein Paar Krücken mit Lederbezug am oberen Ende, die sie langsam gebrauchen lernte.
Auf diese Weise stolperte sie vierzehn Tage lang umher. Als sie aber nicht kräftiger werden konnte, brachten Tuppen und Bias sie zum Sanktuarium.

Und Bias strengte sich an diesem Abend wirklich an, sie zu erreichen, er entzündete die Kerzen des siebenarmigen Leuchters. Die Lichter brannten klar und mit aufrechten, knisternd grünen Flammen. Auch der Rauch vom Rauchaltar wurde mobilisiert: und der Raum füllte sich mit dem Geruch von Sackbränden und verbranntem Heu; und ihr Kopf schien genau

so schwer und ihre Haut genau so warm zu werden, wie es sein sollte.
Mrenta hatte sie widerwillig begleitet, saß aber allein auf einem Stuhl an der Tür, während Tuppen Die Heilige Schrift zum frischgebügelten Leinentuch des Schaubrottisches trug und es nach gewissen Schwierigkeiten schaffte, Markus Fünf aufzuschlagen. Bias war sich jetzt bereits klargeworden, daß er sich an diesem Abend weder schwer noch stumm, noch gefühllos in den Händen fühlte; und er zog Den Vorhang vom Altar im Allerheiligsten, obwohl er noch blind und bildlos war, und blickte auf Regina Schenkers kleine weiße Zähne.
Sie konnte nun ohne Krücken stehen, und sie schlurfte, wohin sie sie schickten.
Mit den Lippen nahm auch sie teil, als Mrenta und Tuppen »O Gott verleih mir Deine Deine Gnade« murmelten und sangen, und zwar sämtliche Strophen. Doch da hatte ihr Gesicht schon begonnen, nach innen zu sinken, und einen bläulichen Ton angenommen, und der Anfall packte sie, während sie noch aufrechtstand.

Sie streckten sie vor Dem Altar auf dem Boden aus; doch ihr Körper schnellte sofort hoch wie eine festgespannte Feder, und ihr Gesicht wurde seitwärts auf die Schultern gepreßt und legte ihre Kehle frei, so daß ihr Brustkorb knackte; und sie bekamen Angst, sie würde sich den Hals brechen.
Sie versuchte, sich über der Brust das Kleid aufzureißen, und bekam einen Arm frei und entblößte die geschwollenen kleinen Knospen. Kopf und Oberkörper bogen sich weiter und weiter nach hinten zum Rücken, und sie begann, mit dem Bauch zu stoßen, bis sie nur noch mit Händen und Füßen auf dem Boden stand. So zuckte sie auf und ab und ballte die Fäuste, so daß ihr Gewicht nur noch auf Knöcheln und Fersen lag.
Mrenta hatte keine Möglichkeit, sie hinunterzudrücken, denn sie biß nach ihrem Gesicht und ihren Händen. Doch dann hielten sie und Tuppen Regina an Armen und Schultern fest, und Bias saß rittlings über ihren Beinen.
Da hörte sie auf zu schreien und zu fluchen und zu verwünschen und stöhnte nur noch leise; und zischte noch leiser: wie eine Katze unter Wasser.

Darüber hinaus waren nur die Kerzen zu hören, die knisterten, und ihr eigener keuchender Atem. Sie versuchten es wieder. Und wieder. Und Bias betete lautlos, daß die Steine unter ihnen bebten.

51

Es kam vor, daß sie schrie, bis sie ohnmächtig wurde. Wenn sie aufwachte, weinte sie und sprach davon, daß sie ihre Hilfe brauche. Sie bat schwach, sie sollten sie zur Kirche statt zum Sanktuarium bringen, und alle sollten mit ihr beten. Doch sie wolle nicht über die Steine kriechen, niemals, niemals.
An bestimmten Tagen war sie am ganzen Körper hart und steif, an anderen versuchte sie allen, die sich ihrem Bett näherten, die Kleider zu zerreißen. Auch als Abraham kam. Darum verlegten sie sie zurück in die Wäschekammer, und sie lag festgeschnallt im Dunkeln.
Eines Morgens fand Inez auf ihrer Zunge eine Nadel. Sie stürzte zu Abraham, und er konnte sie herausnehmen. Regina Schenker aber tat, als höre sie ihn nicht, als er fragte, woher sie sie habe. Sie starrte nur Abrahams Hände an und sagte, er lüge. »Du lügst ebenso, wie der Stein hier in meinem Mund schweigt«, sagte sie. »Viermal schweigt er. Dann verschwindest du.«

Als sie zur Kapelle kam, wurde sie ruhig und fügsam. Ihr Kleid hatte blaue Knöpfe und einen kleinen weißen Kragen, den Mrenta angenäht hatte; ihr Haar aber war geflochten wie das einer Frau.

Es war ein kalter und klarer Sonntag mit bleichem Sonnenschein an den Wänden. Alle saßen in den Bänken und froren, und das Mädchen, das da vorn in seinem Kleid lag, sah mager und geschunden aus.
Tuppens neue gelbe Stiefel wurden riesig vor den mageren Beinen.
Er begann, zu ihr zu sprechen, langsam wie zu einem Kind. Sie lag da und sah mit wachen, beweglichen, wartenden Augen zur Decke.

Danach zögerte sie nicht, sondern erzählte, als habe jedes Wort jemand diktiert:
»Einer haust in meiner Seite«, sagte sie vollkommen wach mit klarer, deutlicher Stimme. »Er ist der Vorgesetzte. Wenn er sich am Tag zeigt, ist er jung. Seine Kleider sind schwarz, manchmal rotbraun und aus Leder. Er kommt auch angelaufen wie ein Hund. Die Zotteln schleifen am Boden, er ist groß und schwer und schnaubt. Das ist der, der mich beißt. Der andere sitzt. Er ist lang und schmal. Er versucht mich zu ersticken.«
Die ganze Zeit lag sie still vor dem Altar. Nur manchmal zuckte es in ihren Beinen, in ihren Füßen, die fast den frostgebleichten Wassersamt der Altarschranke berührten.
Sie sangen stehend mit Stimmen, die als dünne Wolke aus den Mündern kamen. Tuppen betete mehrere lange, verwickelte Gebete. Als er fertig war, setzten sie sich, während er zu den Füßen des Mädchens zurückging.
Sie standen auf und sangen wieder; und wenn ein Lied endete, stimmte sofort irgend jemand ein neues an. Sie knüpften um sie ein Netz aus Stimmen und Worten, das für das innere, sehende Auge des Glaubens hörbar und sichtbar war. Mit ihren gläubigen Augen sahen sie sie an, den dünnen Körper, das Kleid, den weißen Kragen, der vielleicht den Hals verteidigen sollte. Wenn die Lieder geendet hatten, beteten sie gemeinsam, oder sangen und beteten gleichzeitig, während sie sangen.
Sie hielten einander an den Händen und erhoben sich in den Bänken und im Mittelgang, und wiegten sich und schaukelten, auch sie getragen. So wurden die Lästerungen und die Flüche und die Schreie, die jetzt dem Mund des Mädchens da vorn entströmten, ertränkt.
Bias' Gesicht war inzwischen geschwollen und vor Anstrengung zunächst rosig, dann rot, sein Mund fiel in das schwarze stumme Loch, das sich um sich selber drehte, während seine Lippen beteten. Als er die Arme senkte, fiel sein Kopf schwer vornüber. Er schloß die Augen und hörte auf, sich zu wiegen, und gab sich auf. Doch es hatte nicht den Anschein, daß das half.
Schließlich setzten sie sich, müder, aber etwas wärmer, und sie lag weiterhin da vorn und schrie.

Der Schrei war spitz und langgezogen: als sitze ein Seil mit Widerhaken, oder eine Stahlklinge, in ihrer Kehle fest und dränge sich heraus.
Im selben Augenblick, als Bias' Hände und Knie ihren Kopf zu Boden preßten, als er ihre Schläfen mit der Kraft ihrer aller Glauben festschraubte, wurde es aus ihr herausgezogen, und sie fiel in sich zusammen.
Sie lag da, mit offenem Mund wie ein Fisch an Land. Der Schrei und der Haken und die Kiemen wurden ihr aus dem Hals gezogen, während sie zusahen; und sie sangen weiter.
Später (Tage oder Jahre später), die Hosen mit vom Scheuerwasser nassen Knien, und unzugänglich für den Wind, der in der Dunkelheit die Steinmauern schüttelte und mit seinem feuchten Salz ätzte, ging Abraham eine Weile zu ihr, als er am Abend fertig war.
Er saß mit dem Kopf an der Wand auf dem Fußboden. Sie konnte in die Flamme der Öllampe hinuntersehen, die seine Hand beleuchtete.
»Großvater Wurm«, flüsterte sie, »jetzt werden wir Erde essen. Und Dunkelheit.«
»Hab keine Angst«, flüsterte sie. »Nichts fängt an, nichts hört auf. Alles ist in uns.«
»Was macht es in dir?« fragte er.
»Böses gibt es nicht«, lachte sie, »nicht hier! Nur die Schweigenden.«
Dann packte sie mit einer Hand sein Hemd:
»Auf deiner Haut kann ich zeichnen. Da sollst du wohnen.«

Nur ein einziges Mal fragte er sie nach dem Lazarusmann.
»Ich hab's versucht«, sagte sie. »Aber ich kann ihn nicht sehen, denn er ist blind.«
»Wirst du gesund werden?« fragte er das schwarze weiche Dunkel in ihrer Hand.
Da dachte sie nach:
»Ja«, sagte sie. »Aber erst muß das andere gesund werden.«
»Welches andere?«, sagte er.
»Alles, was sieht, ohne zu sehen.«

Manchmal nahm er Papier und Feder zu ihr mit. Er schrieb aber niemals etwas.

Vierzehnter Tag

52

Noch immer konnte man im Gästehaus die Spuren der Hochzeit sehen; in den Sälen und den Zimmern und auf dem Korridor, wo die weißverputzten Wände braunstreifig waren wie nach einer Überschwemmung.
Mrenta Nebb aber nahm die Verwüstung zum Vorwand für einen zweiten Herbstputz. Außerdem ließ sie, mitten in der Unordnung, Propst Aulin und Anna Hoeffer vorübergehend in das Fremdenzimmer ziehen, denn es war bequemer, sie dort zu haben, als ständig hinunter in Den Rachen laufen zu müssen. Das erregte zunächst ein gewissen Aufsehen, und einige wurden auf eine dunkle Weise unruhig; denn man hatte geglaubt, Anna Hoeffer könne die Pflege des Propstes allein bewältigen. Jetzt sah man, daß auch sie alt und kraftlos geworden war.
Nahezu alle kamen, um zu sehen, wie es ihnen ging, und man überhäufte sie mit einfältigen Geschenken und Liebenswürdigkeiten: Süßigkeiten, hübschen Steinen, Hundezähnen, Backwerk und ähnlichem. Schließlich mußte Mrenta die Besuche, die die normale Gästebetreuung behinderten, rationieren.
Aulin schlief meistens; Anna Hoeffer aber kehrte mit einer gewissen Selbstverständlichkeit zu sich selber zurück, und man merkte sofort, daß sie kräftiger wurde, wenn sie ihn nicht allein beaufsichtigen mußte. Nach knapp drei Wochen konnte Mrenta sie in das Haus im Rachen zurückziehen lassen.
Doch etwas geschah mit Aulin, während er im Gästehaus schlief.
Er war, was Tuppen »verengt« nannte. (»Was is der Gegensatz zu 'nem Fremdling? Einer, der'n gutes Verhältnis zu Pferden hat?«) Jetzt begann er wieder zu sprechen. Er umschrieb in der dritten Person. (Und Tuppen sagte: »Dieses Pferd is am Ende, ich nehm das nächste.«)

Er fing an, sich »es« zu nennen.
»Es ist noch da«, konnte er sagen, wenn er sein Gesicht in einem Spiegel erblickte. »Es atmet«, wenn er es draußen wehen hörte und seinen Brustkorb sich bewegen fühlte.
Doch er machte nach wie vor allen klar, daß er in Frieden gelassen werden wollte. Er empfing keinen Besuch und ließ Anna Hoeffer die Haustür bewachen; wo sie manchmal ausrichtete, das Zimmer sei leer, lasse aber grüßen.
Auch Anna Hoeffer blieb meistens zu Hause. Sie besuchte niemals Magdalena Bias in ihrem neuen Heim und als sie sie sehr viel später aufsuchte, geschah das nur, weil sie sich nach Magdalenas Kinderlosigkeit erkundigen wollte, die sie auf eine verwirrte Art als ihre eigene begriff.

53

Mrenta Nebb aber ließ die Küche, den Korridor und alle vier Säle mit Lauge, Birkenasche und Schmierseife scheuern; auch ihre und Abrahams Räume: Böden, Decken und Wände.
Sie und Inez Carlberg scheuerten selbst, und die Männer, die Gästeaufsicht hatten, mußten mithelfen. Außerdem ließ Mrenta Arvid Waern aus langen, astfreien Tannenästen Bürsten machen, so daß sie bis in die Deckenecken reichen konnten.
Das ganze Haus begann, nach ätzender Lauge zu riechen; und der Scheuerwassergeschmack drang durch die Haut, so daß Inez am Ende der Woche meinte, sogar die Milch aus dem Erdkeller schmecke nach Grüner Seife.
Doch als sie fertig waren, am Montagmorgen nach dem Kaffee, kam Mrenta zu Inez, die im kleinen Frauensaal das Stroh in den Matratzen wechselte; und Mrentas Gesicht war blank und knochig, als sei es zu dem Schädel geschrumpft, der es trug. Und sie sagte, daß sie noch einmal scheuern müßten, denn der Boden sei von lehmigen Stiefeln beschmiert worden, und heutzutage könne man sich auf niemanden verlassen.
Inez sah ihr blasses, angespanntes Gesicht, glaubte aber trotzdem, sie scherze.
Doch das tat sie nicht. Sie meinte es ernst. Sie wollten von vorn

anfangen. Das Haus war noch immer unrein; auf jeden Fall voller Lehm und Schmutz von Menschen ohne Liebe.

Die, die an diesem Tag die Aufsicht hatten, vier Frauen und zwei junge zerstreute Burschen, protestierten nicht. Sie guckten den beinahe frischgescheuerten Boden an und die hellen Wände, zuckten die Achseln, und meinten, das sei eine ihrer leichtesten Übungen. Und fingen an.

Am Abend hatten sie auch den letzten Winkel im Haus hinter sich gebracht, und selbst die Gäste waren geschneuzt, gewaschen und trockengelegt, wo dies erforderlich war.

Inez selbst war übernächtigt und ausgepumpt; doch am Morgen des nächsten Tages bat sie Mrenta, in ihr Zimmer zu gehen und sich auszuruhen.

Sie hatte nie gewagt, so mit einem Erwachsenen zu sprechen, zuallerletzt mit Mrenta. Doch Mrentas Gesicht war über den Wangenknochen so gespannt, und von Müdigkeit so ausgehöhlt, daß Inez es wagte und vergaß, mit wem sie sprach.

Und Mrenta war nicht im mindesten böse. Nicht einmal irritiert. Sie schüttelte nur abwesend den Kopf und ging, als die Essensverteilung beendet war, nach neuen Scheuerlappen; und sie kam mit demselben steifen Rücken und denselben hochgezogenen Schultern zurück und legte sich im Korridor auf die Knie und begann, Unreinheit von den Schwellen zu schrubben.

Das war an dem Tag, als die zahmen Dohlen der Zwillinge herunterkamen, die sie auf dem Dachboden des Gästehauses hielten.

Um die Mittagszeit stahlen sich durch das halboffene Fenster auf dem Korridor unsicher zwei alte Vogelmännchen herein und saßen auf dem Fußboden und auf der Fensterbank und sahen zu, wie Mrenta scheuerte. Nach ihnen kam der ganze Schwarm.

Ihre grobgehauenen Rücken schaukelten, sie reckten die Hälse und betrachteten gelbäugig die Wände und den Wasserschimmer unter der Scheuerbürste; und das arbeitende, kantige Gesicht, das an den Wangen einsank und unter dem Stirnbein Schatten bildete. Sie folgten ihr mit den Blicken; und wenn sie sich aufrichtete und sich mit der Innenseite der Hand die Stirn abwischte, hoben auch sie die Köpfe und schielten düster auf den Nebel in den Fenstern.

Obwohl es meist noch junge oder mitteljunge Dohlen waren, blieben sie sitzen und widerstanden dem Herdentrieb, wenn eine hungrig wurde; und sie verließen nur einzeln oder zu zweit den Raum.

Die, die fressen wollten, verschwanden durch die Wand; und draußen jagten sie, blind für alles, kältestarre Würmer und Mäuschen und fraßen von den schläfrigen Insekten unter der Trockenrinde und in den Löchern der Bäume jenseits der Landstraße. Wenn sie hinaus an die Luft kamen, schrien sie scheltend, denn sie hatten lange gesessen und geschwiegen, und einige waren vom Meeresgeruch mürrisch geworden.

Im Haus folgten sie Mrenta still und aufmerksam und glichen in ihren Schürzen Assessoren, die ein Todesurteil abwarten. Sie hinterließen gespreizte Spuren auf dem nassen Boden, während sie entlang den Wänden auf und ab gingen.

Die Zwillinge, Mrentas Töchter, kamen herein und fingen an, sie zu ärgern, obwohl sie daran gewöhnt waren, sie drinnen zu sehen, und ihrer wichtigen Mienen schon lange überdrüssig geworden waren. Sie imitierten ihr plumpes Landrattenverhalten und versuchten, sie mit den Händen zu fangen; doch die Dohlen entschlüpften ihnen oder tappten schwankend beiseite und schüttelten sich, als seien sie von einer halb peinlichen Krankheit angesteckt worden.

In der Küche saß den ganzen Nachmittag ein schläfriger langhaariger Mann mit stinkenden Socken und Stiefeln und wartete auf Mrenta. Und er wollte wissen, ob er für die Gäste, die er abgeliefert hatte, bezahlen solle, oder ob die Behandlung gratis sei.

Mrenta aber ging an ihm vorbei und machte sich nicht einmal die Mühe zu antworten, obwohl sie normalerweise *alle* sah.

Im Laufe der Nacht, während alle schliefen, strich sie den ganzen Korridor mit der übriggebliebenen dünnen blauen Pflanzenfarbe, die sie damals benutzt hatten, um die Laken Des Vorhangs zu färben.

Sie schloß die Tür ab, damit niemand sie störte, und arbeitete die ganze Nacht; und am Morgen glänzten die Wände blaßbläulich im Licht irgendeines übriggebliebenen Himmels.
Inez, die Schlüssel hatte, fand sie, als sie von der Küchenseite aus die Tür öffnete. Und die Dohlen flatterten langatmig mit den Flügeln und starrten die beiden Frauen an, beide fleckig von Gerüchen und trüb vom Gestank der Farbe, die eine über die andere gebeugt; denn Mrenta lag in ihrer alten Strickjacke zusammengerollt auf dem Fußboden und schlief. Eigentlich schlief sie nicht, denn sie wollte weder sprechen noch aufstehen; darum lief Inez nach Abraham, und von seinem morgendlichen sauren Schnapsgestank umgeben kam er; und gemeinsam trugen sie sie in die Kammer und brachten sie zu Bett.

54

Dies war die Zeit, in der Mrenta Nebb vier Tage lang krank war, und es ging das Gerücht, sie habe die Absicht, das Gästehaus zu verlassen, als Bias zum ersten Mal mitteilen konnte, daß ein Engel das Dorf besuche.
Die Nachricht rief Erregung und Freude hervor, besonders bei all denen, die so etwas zuvor noch nicht erlebt hatten. Und in der folgenden Woche kamen mehrere und sagten, sie hätten ihn auch gesehen.
Sie waren gerade damit beschäftigt, das Turmdach fertigzubauen, was eine windige, kalte und lebensgefährliche Arbeit war.
Ende November ist in Blekinge sogar die Luft schlüpfrig, so wie das Licht voller Rutschbewegungen. Der Küstenwind greift die unsichersten Teile des Körpers an: die Augen, das Innere der Gehörgänge, die Magengegend.
Die Männer arbeiteten, auf dem Dach angeseilt, in einem körperlosen Nebel, der Tag für Tag von der Rückseite des Meeres hereinkam. Wenn sie hinauf- oder hinunterklettern wollten, mußten sie die Seile lösen, und hingen dann über einem Abgrund von Vernichtung androhender Blindheit.
Als der Engel sich zufällig Bias gezeigt hatte, machte er daher keinen Versuch zu verbergen, daß er an der Arbeit teilnahm.

Er arbeitete nachts oder sehr früh am Morgen; und alles, was er ablieferte, war auf halb pedantische, halb mechanische Weise geglückt. Die Seile lagen geprüft und gebündelt, mit Knoten, die allein schon kleine Kunstwerke waren. Die Dachsparren und die Birkenrindeschindeln waren in einem Zug geschnitten, ohne Fehlschnitt oder unklare Winkelung. Die Nägelköpfe des Dachgesimses marschierten in schnurgeraden Kolonnen, entschlossen und äußerst zweckmäßig.
Dennoch waren alle, die ihn gesehen hatten, auch Bias, überzeugt davon, daß er keine Daumen hatte.
Vom Aussehen her glich er am ehesten einem Mann mittleren Alters: langes trockenes, etwas dünngewordenes Haar, unrasierte magere Wangen, runzlige Augen und schlechte Zähne. Die Nase wich vom Durchschnitt ab: sie war unten zusammengedrückt, als habe sie jemand zwischen Daumen und Zeigefinger eingeklemmt. Die Flügel hingen schlaff herunter, erstaunlich groß im Verhältnis zu dem dünnen und kurzen Körper. Von der Farbe her waren sie braungesprenkelt wie die einer weiblichen Ente, und wirkten frischgemausert.
Er sprach mit niemandem, gab keine Zeichen, machte keine Mitteilungen. Eher wirkte er müde und verbraucht. Doch das konnte ja daran liegen, daß sie ihn nur morgens sahen, wenn er seine Arbeit für diese Nacht beendet hatte.
Viele hofften, ihn bei der Arbeit zu sehen. Einige von den Unternehmungslustigsten versuchten sogar, ihn vom nördlichen Os aus, wo sie sich versteckt hatten, zu beobachten.
Himmer aber, der den Besuch des Engels nach einer seiner Murmelpredigten nur in aller Kürze erwähnt hatte, verbot derlei Eskapaden, nachdem er die Angelegenheit mit Bias besprochen hatte. Sie waren sich einig, daß eine Überwachung nicht nur der üblichen Höflichkeit widersprach, sondern auch mit dem Geist der Empfehlung Des Meisters hinsichtlich des Umgangs mit fremden Engeln unvereinbar war.
Und daraufhin meinten nicht wenige, dies sei der eigentliche Auftrag des Engels gewesen: Himmer und Bias dazu zu bringen, miteinander zu reden – was sie seit der Hochzeit nicht mehr getan hatten, als Bias (oder möglicherweise Arvid Waern) an der Nase verletzt worden war.
Er blieb ungefähr drei Wochen lang; oder die Zeit, die es

dauerte, das Turmdach fertigzustellen. Danach sah ihn niemand mehr.
Das mochte daran liegen, daß er seine Aufgaben gelöst und das Dorf verlassen hatte, oder daß er vom Turm zu einem sichereren Versteck umgezogen war. Es gab auch eine dritte Erklärung: Er hatte eine neue Gestalt angenommen und hielt sich verkleidet unter ihnen auf. Doch es gab nicht viele, die daran glaubten.
Auf jeden Fall beschäftigte er noch lange ihre Gedanken; und die erste gute Tat Önert Andreassons bei der Eröffnung seiner Marketenderei war, daß er ein neutrales Lokal zur Verfügung stellte, in dem man sich treffen und über Herkunft und Charakter des Engels Meinungen austauschen konnte.
Auf diese Weise wurde die Marketenderei von Anfang an in einem wirklichen Bedürfnis verankert.
Himmer hatte Önert Andreasson die Genehmigung erteilt, die zu klein gewordene Scheune umzubauen, die ihr erstes Saatgutlager gewesen war. Sie lag im südlichen der beiden Stallgebäude, die damals errichtet worden waren, um die Dorfeinfahrt zu umschließen, wo sie enger wurde, bevor sie hinunter in den toten Kies Des Rachens verschwand.
Als der Superintendent als erster die Ausschankrechte erwirkte, hatte er dem Lokal eine deutlich vorläufige Prägung gegeben. Es war um ein Provisorium gegangen, eine Art Feldgasthaus möglicherweise. Önert Andreasson aber richtete sich ein wie für Die Ewigkeit.
Mit seinen riesigen Flossen schlurfte er zwischen Wagen und Hoftor hin und her, gebückt unter Säcken voller Waren von zweifelhaftem Wert. Mehrere Tage lang arbeitete er ohne Schlaf: mauerte Herd und Ofen, nagelte Bänke, schreinerte Tisch und Theke, und er selbst dichtete Wände und Dach ab. Das Resultat war eine funktionierende Kargheit: Fässer, Schemel, Sitzbänke, eine Servierrampe aus rohen Brettern, ein ramponiertes blaugraues Büffet für Bierbecher und haltbare Lebensmittel, eine frischgekalkte Feuerstelle, und an der Wand: Griffel mit Hasenpfote, mit denen notiert werden sollte, wie viele Schnäpse aus dem grünspanbedeckten Kupferkessel auf der Theke flossen.
Weil er einsilbig war, umgab ihn von Anfang an eine Stimmung

von Melancholie oder aufgestauter Wut. Wie immer sagte die Stille oder das Schweigen mehr. Zum Beispiel, daß man trinken soll, wenn der Verstand zu spendieren versteht; oder daß Der Tod sich nähert; oder daß der Hund und der Mensch die Einsamkeit des anderen riechen.
Nicht einmal bei der Einweihung, bei der er den ganzen Abend über jeden dritten Schnaps gratis ausschenkte, taute er auf. Als man ihn hochleben lassen wollte, verzog er keine Miene, sondern murmelte nur, daß der Branntwein dem Intendenten gehöre und daß sie selbst bezahlt hätten.
Doch seine Wortkargheit ließ der Gesprächigkeit anderer Raum; und so verbreitete Önert Andreasson eine Art umgekehrten Wohlbefindens: er machte den Willen des anderen frei für ein sichereres, offeneres Leben.
Und in der ersten Zeit, in der der Engel sie mit seiner sichtbaren und unsichtbaren Gegenwart erfreute (und erschreckte), kabbelten sie sich, auch die Frauen, in der Scheune des Önert Andreasson, wie sie es seit Beginn der Auswanderung nicht getan hatten, nimmt man die Hochzeitstage aus.

Sillen der Hering machte als allererster einen Versuch, ihn mit Kreide auf die Bretterwand zu zeichnen.
Ganz allgemein war die Sicherheit der Augenzeugen in den Details größer geworden, und neue, zuvor abwartende Beobachter traten auf den Plan. Schließlich wimmelten die Wände von sägenden, hämmernden und hobelnden Engeln, alle mit düster mageren Gesichtern, was laut Tuppen »Das Opfer der Tugend an Die Notwendigkeit« auszeichnete.
Und an einem der ersten Abende, an denen die Marketenderei geöffnet war, bat man Tuppen, sich etwas einfallen zu lassen, das man zur Erinnerung an den Engelsbesuch an die Wand schreiben konnte.
Er schrieb dann, ohne zu zögern: »Ein unveränderlicher Engel wohnt im Schwert Des Gottesmannes.« Und das drückte nach Ansicht der meisten auf angemessen unklare Weise die Mischung von Respekt und Zuversicht aus, die sie empfanden.
Am Abend darauf tauften sie die Marketenderei auf den Namen »Das Schwert und Der Engel«; und einer von Arvid

Waerns Männer trieb das Türschild aus dem Boden einer geborstenen früheren Kupfertonne.
Dann überredete man Ester Mit Dem Haar (die, wie es hieß, im Mädchenpensionat gewesen war), das Bild des Engels zu malen, das endgültige. Und obwohl es eigentlich niemand erwartet hatte, war sie einverstanden, es zu versuchen.

Als sie fertig war, waren sich alle einig, daß sie der Wahrheit nähergekommen war als jeder andere. Denn genau so war es: Heiligkeit ist große Innerlichkeit ohne Ausschmückung.
Esters Engel hatte einen blassen runden Kopf, schwarzes strähniges Haar, ein einfaches Sackhemd mit Schnur um die Taille und große hängende Flügel. Die Augen verkrochen sich ausdauernd schreckensstarr unter einer weißgefrorenen Stirn, und er betrachtete den Beschauer mit unsicheren Blicken. Auch die Nase war schief und düster. Doch in den Winkeln der dünnen Lippen war ein Lächeln zu ahnen, das jederzeit hervorbrechen konnte.
Es sah aus, als sei die Verwirrung im Gesicht nur da, um auf die Klarheit hinzuweisen, die jenseits der unsichtbaren Wand möglich war. Er hielt die Hände mit den acht Fingern ausgestreckt und versuchte zögernd, sich gegen Das Schwert zu schützen, das aus eigener Kraft in der Luft herumflog.
Sie betrachteten das Gemälde schweigend und mit wachsendem Respekt. Das Bild drückte mit einfacher Kraft eine neue und dunkle Wahrheit über ihrer aller Leben aus; und war mit so inniger Unsicherheit gemalt, daß es erfüllt war von Schönheit.
Nachdem das Kupferblech an seinen Ketten über der Stalltür aufgehängt worden war und schwingend den Bewegungen des Windes zum Rachen folgte, sah es aus, als befinde sich der Engel auf der Flucht. Und sie brauchten nicht länger über sein Aussehen zu streiten, oder darüber, woher er kam, oder warum er sich nur mit dem Bau des Turmdaches beschäftigt und ihnen nicht bei etwas anderem geholfen hatte.
Er schwebte für immer gefangen über der Tür zu Önert Andreassons Marketenderei. Und seine Aufgabe war zu existieren.

55

Abgesehen vom Engel war nur Önert Andreasson aus freien Stücken ins Dorf gekommen. Die beiden Geistlichen vom Konsistorium und die Musik waren alle auf ihre Weise angestellt gewesen. Die Geistlichen waren dienstlich gekommen, die Geigenspieler und die hungrigen Schuljungen hatten eine sich zufällig bietende Gelegenheit am Schopf gepackt.
Im Grunde war die Einsamkeit der Auswanderer total gewesen.
Die Leute in den Dörfern gingen ihnen aus dem Weg, wie man Aushebungsbeamten oder Schlimmerem aus dem Wege geht: gerüchtweise war von Mondsüchtigkeit die Rede.
Keinem ehrbaren Menschen, der nüchtern oder bei Sinnen war, wäre es je eingefallen, näher als einen Kilometer zu kommen; und wenn man die Kreuzung passieren mußte, wo die Zufahrtsstraße von der Landstraße abging, hielt man die Luft an, gab dem Pferd die Peitsche, zog die Schultern hoch und starrte geradeaus, als habe man die Zehen Des Teufels unter jedem einzelnen Wagenrad.
Der Name allein genügte. Er klang wie die Bezeichnung einer ausländischen Krankheit oder eines Schweinegiftes. Welcher ehrliche Blekinger konnte eine so krankhafte Anhäufung von Buchstaben aussprechen: »Gheel«? Die im übrigen, in all ihrer Schamlosigkeit, auf einem Wegweiser oben an der Straßenkreuzung zu besichtigen war, wo die Geisterseher einen Steinhaufen und einen Granitblock errichtet hatten, in den sie, ohne sich zu schämen, sowohl den Namen als auch Richtungshinweise eingeklopft hatten.
Einmal während des zweiten Jahres waren einige von den rastlosesten Junggesellen zum Sommermarkt in Lyckeby gefahren.
Doch das taten sie nie wieder. Einem wurden von vier stocknüchternen Knechten aus Ramdala die Zähne eingeschlagen und die Rippen gebrochen, einem zweiten der Arm zuschanden getreten, als er zu einem Hof in Hallarum kam, um zwei Hühner gegen einen nicht einmal halbfetten Kümmelkäse zu tauschen.

Tuppen nannte sie Isolierung den »Berg Des Schweigens«, und meinte, sie sei ein Teil des Dienens. Und weil er viel gereist war, sowohl innerhalb des Landes als auch jenseits der Ostsee, konnte er die Freiheit besser beschreiben als irgendein anderer.
Er beschrieb den Unterschied zwischen den Reisen und dem Leben, das er jetzt führte, als den zwischen zwei Träumen. In dem einen ißt man unmäßig und gut, in dem anderen trinkt man maßlos, ohne krank zu werden oder den Geschmack zu verlieren. Beide Träume sind angenehm – solange man weiß, wo man sich befindet, und daß auch der Körper geträumt ist.
Er verdeutlichte dies, indem er einen alten Flicken (den er in den Kleidern trug, direkt auf dem Körper) in eine Karte mit Wasserschäden verwandelte, die in einer Flasche an Land geschwommen war. Die Karte konnte nun teils als unverständliche Schmiererei auf einem Lappen, teils als Beschreibung des Platzes gedeutet werden, wohin Die Vorsehung die Kirchenglocke gelegt hatte, die sie brauchen würden, wenn die Kapelle fertig war.
Welche Deutung man wählte, hing ab von der eigenen Beziehung zu dem, was Das Innere und Äußere der Wirklichkeit genannt wurde.
Oder bildlich ausgedrückt: ob man sich unter Dem Berg Des Schweigens begraben ließ oder ihn bestieg.
Dasselbe galt für die Einsamkeit.

56

Doch in der Dämmerung eines Nachmittags Anfang Dezember legte ein zweimastiger Holzkutter an der Brücke an.
Er war plump und breit und schwarzlackiert, aber vollkommen hell, und als sie ihn kommen sahen, glaubten sie zunächst, er habe sich verirrt. Dann bekamen sie Angst, denn ihnen fiel ein, er könne eine Krankheit an Bord haben.
Doch er war weder krank, noch hatte er sich verirrt. Tatsächlich war er seit dem frühen Herbst zu ihnen unterwegs gewesen.
Die Sache war nämlich die, daß Arvid Waern, trotz ausgebliebener Gelder von Der Gesellschaft, durch den Admiralitätssu-

perintendenten eine Schiffsladung Holz aus Calmar bestellt hatte.
Der Superintendent aber meinte, durch einen Baron in Stockholm, der über Strohmänner in der Holzbranche Geschäfte machte, einen besseren Preis erzielen zu können. Er hatte dem Baron geschrieben und angedeutet, der Herzog persönlich habe mit der Bestellung zu tun – und hatte wirklich, trotz des verlängerten Frachtweges, den Preis auf ein unverschämt annehmbares Niveau heruntergehandelt.
Der Holzhändler hieß Klinth. Er kam aus Gefle und war der Norrlandslieferant des Holzbarons. Auf einer Holzfahrt nach Malmö in diesem Herbst war er in den heftigen Sturm am Nachmittag des Michaelistages geraten; er hatte sich auf der Höhe der Kirche von Ås auf Südöland befunden, als der Sturm über ihn herfiel.
Klinth war ein langer dürrer Kerl, berühmt für seine großen und windempfindlichen Füße. Trotzdem war er auf Grund gelaufen und entging mit knapper Not dem Schicksal, an den Kalksteinklippen bei Sandby Borg zu zerschellen. Er war gezwungen, den Reparaturhafen in Gräsgård anzulaufen, und mußte sein gesamtes Pensum für die Herbstlieferung um achtzehn Tage verschieben.
Die Fracht für den Superintendenten in Blekinge war die letzte vor der Winterruhe, und wurde in einem waghalsigen Wettlauf mit der Zeit durchgeführt.
Als er am Abend des vierten Dezembers zum Dorf kam, war das Wetter mild und rauhdiesig.

Arvid Waern, der schon vor langer Zeit aufgehört hatte, auf das Holz zu hoffen, lief vor lauter feierlicher Erregung rot an, als er das Schiff einlaufen sah. Er stellte unter den Männern in den Häusern schnell eine Löschmannschaft zusammen, und alle standen im selben Augenblick auf der Brücke bereit, als Klinth an Land ging.

Den ganzen Nachmittag arbeiteten sie schwer; doch die Dunkelheit kam früh, und schließlich konnten sie kaum noch die Hände vor Augen sehen.
Als sie fertig waren, erhielt die ganze Mannschaft in der

Gästehausküche ein extrakräftiges Abendessen, und für jedes Bein zwei Schnäpse gegen die Kälte. Später brachte Arvid Waern den Holzhändler und seine Zweimannbesatzung durch das Stockdunkel zu Himmers klammem Haus, wo sie übernachten sollten.

Und erst in dem dünnen Sonnenschein am Morgen entdeckte man, daß die beiden Seemänner, die Klinth Jungens nannte, Frauen in Männerkleidern waren.

Sie waren seine eigenen Töchter: zwei lange, dunkeläugige und sehnige Mädchen mit rotbrauner Gesichtshaut, geröteten Arbeitshänden und männlichem Appetit.

Sie sprachen (wenn sie sich dazu aufrafften) ein leises, singendes Norrländisch wie schüchterne, junge Burschen. Manchmal grinsten oder lachten sie still mit weißen Zähnen, vor allem die eine, die der Holzhändler Nix nannte. Die andere nannte er A-A, und sie war mehr beobachtende Augen als Zähne, obwohl es auch um sie sprühte, wenn sie gelegentlich lächelte.

Später erzählte der Schiffer, er selbst habe ihnen ihre Namen gegeben. Die Älteste hieß Nicolina. Die zweite und schüchternere hatte er auf den Namen Anna-Aurora getauft.

Die Mädchen waren seine einzigen Kinder. Als sie vierzehn und zwölf Jahre alt waren, starb ihre Mutter. Damals hatte er sie gefragt, ob sie an Land bleiben und bei Verwandten wohnen oder mit ihm an Bord gehen wollten, und sie hatten sich dafür entschieden, mit ihm zu gehen. Sie waren gelehrig gewesen und begriffen das Meer mit dem Körper wie er selbst. Bald leisteten sie ganze Arbeit, und fühlten sich außerdem wohl.

Man starrte in ihre Frauenzimmergesichter und auf ihre Körper, die zuvor nicht existiert hatten; und dann fragten die Männer Himmer, ob er nicht gemerkt habe, daß Frauenzimmer im Haus seien. Er aber antwortete nicht, sondern sagte nur zu der, die der Schiffer Nix nannte, sie habe einen Namen, der zu einer Frau auf See gut passe.

Das Mädchen lachte und sah ihn an.

»Nicolina heißt man nicht«, sagte sie. »Nicht einmal als Seemann.«

Doch Himmer blinzelte und lächelte zum ersten Mal seit langem mit seinen breiten Wangenknochen.

»Weißt du nicht, daß du nach Der Meerjungfrau heißt?« sagte er bauerngalant.
Da lachte das Mädchen, den Mund tief in dem dicken Schafspelz.
»Sie heißt Nixe. Mit -e«, sagte Himmer hölzern, und verlor unerwartet seine Festigkeit. »Aber bei der Arbeit auf See nennt man sie einfach Nix.«
Die Augen des Mädchens spielten und das ganze rote Gesicht.
»Hast du das gehört?« kicherte sie ihrer Schwester zu. »Wenn wir an Land sind, mußt du mich Nixe nennen. Mit -e!«

Danach löschten sie weiter das Holz und arbeiteten den ganzen Vormittag. Gegen zehn aber begann es zu schneien.
Es war der erste richtige Schnee des Jahres: große, weiche Flocken, die sich in den Windböen zu treibenden Wolken verdichteten.
Mitten am Tag herrschte Schneesturm; und es war klar, daß die Norrländer nicht würden aufbrechen können, bevor das Wetter umgeschlagen hatte.
Über das schwarzgrau gewordene Wasser neigte sich jetzt eine Wand naßgelben und körnigen Schneegestöbers.

Der Schnee fiel die ganze Nacht und noch einen Tag.
Am Morgen des dritten Tages hatte sich die Kälte verstärkt, und im Wind wirbelten Stöße von mit Eis vermischtem Graupelschnee.
Klinth beschloß aufzubrechen; änderte aber seine Meinung, als er in das Windfauchen am Pier hinauskam, wo ein beginnender Sturm Eiskristalle und Hagel über den Nacken des Wellenbrechers wälzte.
Im Laufe der Nacht flaute der Wind ab, doch die Kälte nahm zu. Und am Morgen des achten Dezembers lag Eis so weit man sehen konnte.

In den folgenden Tagen hielt sich die Kälte, und keine Zeichen deuteten auf einen Wetterumschwung hin.
Der Holzkutter lag von wachsendem Neueis umgeben. An der Außenseite des Wellenbrechers drängten schon die ersten gelbspröden Packeisblöcke an den Wellenspiegeln der Steine hinauf, die vom Rauhreif graufilzig geworden waren.

Der Holzhändler hatte die Zeit eingeholt, die ihn dann überholte. Und ihm blieb nichts anderes übrig, als das Schiff auf Winterreede zu legen.
Doch der Kutter war das einzige, was er besaß, und er trennte sich ungern von ihm. Darum bat er Himmer, jemanden von der Besatzung den Winter über im Dorf einquartieren zu dürfen, um ein Auge auf das Schiff zu haben.
Dagegen war ja nun nichts einzuwenden, und Klinth bestimmte, daß das Los entscheiden sollte, wer bleiben würde.

Er selbst brach drei Tage vor Weihnachten auf, um auf der Landstraße von Calmar nach Stockholm zu reisen.
Die Töchter aber hatten die Auslosung bis zum letzten Moment aufgeschoben, und als der Morgen des Abreisetages kam, war noch immer nichts entschieden, und so fragte er, ob beide bleiben wollten; doch auch darüber konnte keine eine klare Auskunft geben.
»Ihr könnt mich zur Landstraße begleiten«, sagte er da. »So ein Satans Hin und Her, das ist keine Reisegesellschaft. Bleibt nur beide da. Paßt auf auf euch. Haltet euch fern von Teufeleien. Und laßt um des Herrgotts Willen dem Schiff nichts zustoßen.«

Es wurde entschieden, daß sie im Saal in Himmers Haus wohnen sollten; denn im Fremdenzimmer des Gästehauses lag ein Gast, der so unruhig geworden war, daß man ihn hatte isolieren und festbinden müssen.
Sie sollten das Kochen, Waschen und Saubermachen untereinander aufteilen, damit sie sich nützlich machten.
Doch Augusta Holmquist, die an und für sich gern darauf verzichtete, im tiefsten Winter aus dem Haus zu gehen, übergab das Haus nur zögernd.
»Obwohl sie zwei sin«, sagte sie zu Mrenta Nebb. »Außerdem is der Langweiler ja wohl kein Mann, wie's scheint. Oder hat wenich Bedürfnisse in der Richtung. Vielleicht is keine Gefahr.«
Himmer schien kaum bemerkt zu haben, daß der Holzhändler seine beiden Töchter zurückgelassen hatte.
Er hielt sich meist in seiner Kammer auf, wo er noch zu jener Zeit vor allem mit Überflüssigkeiten und Zetteln arbeitete.

57

Es waren Die Berührungen und das Sanktuarium, die in erster Linie die Seemannmädchen zum Bleiben gereizt hatten. Schon an ihrem dritten Abend im Dorf hatten sie teilgenommen, und beide waren erschüttert gewesen. Etwas Vergleichbares hatten sie nie gehört oder gesehen. Es war wie ein Fiebergesicht gewesen oder wie eine angenehme Lüge. Sie waren unsicher und unruhig geworden – und neugierig darauf, was beim nächsten Mal mit ihnen geschehen würde; und beim nächsten, und nächsten.

Und die Gäste hatten sie nicht im geringsten erschreckt; nicht einmal, als sie sie im Gästehauskorridor antrafen, denn mit Menschen auf See hatten sie merkwürdigere Dinge geschehen sehen.

Dem Holzhändler aber waren Bedenken gekommen.

Er verabscheute, was er »Signerien und Gebärden« nannte, und hatte versucht, sie von den teuflischen Spektakeln fernzuhalten. Unten in der Marketenderei hörte er außerdem von einem daumenlosen Engel, der im Begriff war, im Dorf ein lebensgefährliches Bethausdach fertigzustellen; was nicht nur wahnwitzig klang, sondern aus rein sachlichen Erwägungen blödsinniges Geschwätz sein mußte. Selbst Engel können ohne Daumen nicht mal ein Scheißhausdach bauen.

Doch mit Rücksicht auf die Gastgeber konnte er nicht so loslegen, daß es aufgefallen wäre, und als die Mädchen hartnäckig blieben, gab er nach. Er verließ sich auf ihren Verstand, wie er sich auf seinen eigenen verließ: wenn der Neugier Genüge getan ist. Und es ging ja nur um einige Monate.

So reiste er ab, und die Töchter begannen, regelmäßig zu den Feierlichkeiten im Sanktuarium zu gehen.

Jetzt trug keine mehr von beiden Männerkleider, nicht einmal an den Tagen, an denen sie oben an der Brücke das Schiff von innen reparierten und anstrichen.

Überhaupt gingen sie sanft miteinander um und konnten auf einmal empfindsam werden und bewegten sich auch steif wackelnd in den Hüften.

Bevor sie abends zum Sanktuarium sich auf den Weg machten,

wuschen sie sich fein säuberlich hinter einem Tuch im Saal in Himmers Haus, obwohl sie die nach der Arbeit übliche Waschung am Kücheneimer schon vorgenommen hatten; und sie rieben sich alten Wundpuder auf die Wangen, um die braunrauhe Gesundheit der Haut zu verbergen.

An den Feiertagen nahmen sie mit auffallender Sittsamkeit an den Weihnachtsfestlichkeiten teil und tranken nicht einmal die Weihnachtsschnäpse, obgleich fast alle anderen Frauen im Dorf dies taten.

Bei Den Berührungen aber wurden sie immer kühner und vergeistigter, und sie weinten und riefen und äußerten ihre Verzückung so schamlos deutlich, daß es den anderen Frauen unangenehm war.

Sie hatten sich jetzt auch bis in die erste Reihe vorgearbeitet, Dem Becken und Dem Berührer am nächsten. Und das galt besonders für die Ältere von ihnen, die, die man Nix nannte.

Dann aber geschah es, daß Bias am Tag vor Silvester nach Hause ziehen durfte: er durfte sein Exil im Umkleideraum des Sanktuariums verlassen, wo er mit Tuppen gewohnt hatte.

Unmittelbar nach der Hochzeit hatte er ein paar schüchterne Versuche gemacht, seine Rechte zu behaupten. Doch die Tür zu Haus und Braut war verschlossen geblieben. Außerdem hieß es, daß ihm Mrenta Nebb, als sie erfuhr, daß er beim Haus gewesen war und an der Klinke gerüttelt hatte, noch einmal die Leviten gelesen habe, so daß er dementsprechend benommen war. Auf jeden Fall hatte er sich mit dem Umkleideraum zufriedengegeben, mit Ausnahme des Abends, als er auf dem Weg von der Marketenderei vorbeigeschlurft war: da fand ihn Sillen auf der Treppe zum Haus, wo er in der Kälte saß und schnüffelte und schlief.

Doch zum Neuen Jahr öffnete Mrenta die Tür, und er durfte ins Haus kommen.

Und weil er nun einmal mehr als zuverlässig war, war er von nun an so oft er konnte zu Hause. Manchmal mußte Tuppen Die Berührungen allein leiten, und es war nicht mehr selbstverständlich, daß Das Sanktuarium jeden zweiten oder dritten Abend geöffnet war.

So blieben die Schwestern Klinth immer öfter allein in der

freudlosen Herdwärme in Himmers Küche sitzen. Sie wurden auch nicht zu den anderen Frauen eingeladen.
Sie saßen, wo sie saßen: neben der mahlenden Wanduhr, während die Abende zäh wurden, lang wie Karfreitagspredigten.

Sechzehnter Tag

58

Im Januar machte der Winter ernst.
Der Wind packte mit seinem Kältegriff die Hausdächer und preßte sich in die Mauerritzen.
Man hockte sich zusammen, dicht an die Herdwärme heran. Das Tageslicht erreichte sie selten. Es kam nicht näher als bis zur grauweißen Eishaut, die selbstverzehrend in den Fenstern hing.
Die gestrandeten Seeleute klopften immer öfter an Himmers Kammertür.
Bald ging es um dies, bald um jenes:
Die Deutung einiger Zeilen Des Meisters (den beide zu lesen begonnen hatten); vorsichtige Anfragen, ob Himmer in dieser grauen Trübheit eine Tasse heiße Bouillon wünsche; oder etwas Besonderes zum Essen bevorzuge; war es zu warm oder zu kalt bei ihm; konnte er sich vorstellen, eine Kaffeestunde mit ihnen zu teilen; war der Tag geeignet oder ungeeignet für die Wäsche; war Jacke wie Hose.
Himmer antwortete zerstreut auf alle Vorschläge und ließ sich nicht stören.
Doch er bemerkte, daß die Mahlzeiten immer mehr Raum beanspruchten. Sie wurden trotz des Mangels an Rohstoffen sowohl vom Inhalt als auch von der Form her umfangreicher: wie im Kampf zwischen Köchen unterschiedlicher Kochschulen um einen begrenzten Kundenkreis.

In Wirklichkeit war ein Wettstreit im Gange, der um mehr ging als um seine zerstreuten Lobworte über das Essen.
Er wurde aus ganz unterschiedlichen Gründen gekämpft.

Nix, die Sicherere, fühlte sich dadurch herausgefordert, daß ihr zum ersten Mal die Schwester nicht den Vortritt ließ, wenn es um etwas ging, das sie selbst haben wollte.
Früher war es vorgekommen, daß A-A's Interesse an etwas Nix' eigenes Interesse geweckt hatte, so daß sie deren Wünsche zu den ihren gemacht, sie übernommen hatte.
Nix war ruhelos und neugierig. Sie rannte oft an etwas vorbei. Sie brauchte jemanden, der sie zum Stehen brachte und unter all dem Interessanten das *besonders* Interessante unterschied.
Anna-Aurora hatte sich von Anfang an daran gewöhnt. Und war sie gezwungen gewesen, auf etwas zu verzichten, hatte sie es als die Jüngere, Klügere – und weniger Hübsche getan.
Manchmal war das nicht ohne Widerstand geschehen, doch ganz allmählich hatte es einen Zug von Schicksalserfüllung angenommen, der zu ihrem Selbstbild beitrug: sie *war* die Verantwortungsvollere von beiden. Das war schließlich so weit gegangen, daß ihr die Selbstaufgabe eine Art Bedürfnis geworden war, das ihr das Zuhausesein in sich selbst bestätigte.
Darum war sie zunächst erstaunt (und erregt), als sie merkte, daß sie hier und jetzt, in diesem knackenden, öden und tristen Haus, im Winter und in der Einsamkeit dieses Bauernnestes weit im Süden, sich ihrer Schwester widersetzte, statt sich ihr zu fügen und anzuschließen.
Daß sie sie *bekämpfte*.

Der Ausgang war von Anfang an klar: nur eine besaß genug Ausdauer, Mut und Verwirrung.
Nix' Strategie, wenn sie etwas (oder jemanden) gewinnen wollte, baute auf Überraschungen, auf eine Folge glänzender Einfälle, die ihre Ausstrahlung aus einer natürlichen Schüchternheit bezogen. Ihre Stärke lag in überwundener Trägheit, im Befreiten und Überraschenden.
Wenn sie dies ausgespielt hatte, war sie meist ohne Reserven. Sie hatte es eilig und war ungeduldig: hatte sie keinen Erfolg, wurde sie rasch müde oder verlor das Interesse.
Hier begegnete sie einem Mann, der verschlossen, schüchtern und zerstreut war, einem unerweckten Säulenheiligen. Ihn erreichte man nicht mit Geschwindigkeit und Glanz. Zähe Beharrlichkeit war vonnöten – vielleicht auch eine Verliebtheit,

die sich in Zutrauen verwandeln konnte, ebenso knochentrokken wie die Art, mit der sich ihr Gegenstand mit sich selbst befaßte und abwesend war.
Sie hatte weder das eine noch das andere.
Nach weniger als drei tristen Wochen gab sie auf. Sie spürte plötzlich, wie dumpf, dumm, karg und langweilig alles war.
Zu diesem Zeitpunkt hatten A-A und sie fast schon aufgehört, miteinander zu sprechen. Und Anna-Aurora trat nicht einmal auf die Treppe hinaus, als Nicolina mit der Postkutsche nach Carlscrona fuhr.

Der Klatsch hatte aus der Affäre erstaunlich wenig Kapital geschlagen. Als die ältere Norrländerin abreiste, hieß es in aller Schlichtheit, daß der Holzhändler krank geworden sei und nach ihr geschickt habe. Und dürftiger hätte die Dorfphantasie ja kaum dichten können. Das Desinteresse, die Gleichgültigkeit, das Fehlen inspirierender Bösartigkeit konnten nur darauf beruhen, daß man Himmer, was Frauenzimmer betraf, als gefühllos betrachtete. Stets saß er eingeschlossen in seiner Kammer, und darüber gab es ja nicht viel zu klatschen, nicht einmal für den Müßigtratsch.

An den Tagen um den Monatswechsel herrschte sonnengleißende bittere Kälte.
Wenn der Schnee wegwehte, wurde bis weit draußen zum offenen Meer blauschwarzes Blankeis bloßgelegt.
Die Kälte hatte seit vor der Wintersonnenwende nicht nachgelassen. Es war beinahe ein Binnenlandswinter.
An der Küste ist der Winter sonst die Zeit, in der sich die Gräben mit Wasser füllen; jetzt froren Brunnen wie Tümpel in der Nähe des Flachlandes bis zum Grund zu. Die Bewegungen der Menschen wurden weniger, wie die des Viehs. Man sparte an Schritten und Verrichtungen im Freien, wachte über die Körperwärme und empfand eine fremde Zärtlichkeit für den schutzlosen nackten Körper: er weckte eher das Bedürfnis, fürsorglich zu sein, als daß er beschämte.
Man kroch zueinander, scharte sich zusammen, döste mit Blicken in die Glut oder in den wirbelnden Schnee – und das

Leben des Körpers brauchte weder geleugnet noch verteidigt zu werden.
Und vielleicht waren es schließlich die Kälte und der harte Winter, die es der Norrländerin erlaubten, ohne weiteres bei Himmer zu wohnen. Oder vielleicht ahnten einige Scharfäugige, daß sie sich dort festgebissen hatte und bleiben würde, wie auch immer die anderen darüber dachten.
Die meisten vergaßen sie beinahe. Man hatte sich gewöhnt. Sie wurde halb und halb Dorfbewohner: Himmers Haushälterin.

59

Als die Kälte zunahm, begann Himmer, morgens immer später aufzustehen.
An manchen Tagen kam es vor, daß er bis zum Mittagessen im Bett lag.
Er hielt seine Kammertür geschlossen und öffnete sie nur, wenn er zu Tisch gehen oder sein Schreibzeug erneuern mußte – oder wenn er gezwungen war, Besuch zu empfangen.
Daß Nicolina Klinth abgereist war, bemerkte er erst am Abend, und äußerte dann sein Bedauern über die Krankheit des Holzhändlers. Das war alles.
Und nachdem Der Krieg jetzt aus war, trat Die Stille ein.
Anna-Aurora klopfte vorsichtig an die Kammertür, wenn das Essen auf dem Saaltisch stand, darüber hinaus hatte sie alles und nichts zu sagen.
Manchmal konnte sie sich plötzlich fragen, was sie eigentlich tat an diesem Ort, eingefroren im Eis, verschneit, beinahe unsichtbar. Dann sah sie den schwerfälligen, grauschweigenden Rücken dort drinnen, und seinen Kopf (den sie manchmal, als halte sie ihn, trocken und warm an ihren Fingern spüren konnte). Und sie war noch erstaunter darüber (wenn auch nicht länger verwirrt), daß sie wirklich hier war, allein, ohne Schwester und Vater.
Sie dachte selten darüber nach, was sie von dem stillen, sich entziehenden, traurigen Mann da drinnen erwartete, fühlte nur, daß es so sein sollte, daß sie blieb; vor allem jetzt, nachdem sie sich allein um ihn kümmerte.
Statt dessen füllte sie ihre Stille mit dem, was ihrem Gefühl

nach *wirklich* da war; und was später dasein sollte: mit all dem, worauf zu warten ihr ihre eigene Scheuheit (und Unfähigkeit, es in Worte zu fassen) früher befohlen hatte. Jetzt war es da. Und sie auch, und sie lauschte.

Er schien im übrigen weder die Munterkeit, das Geplauder noch die hinterlistigen Appelle am Mittagstisch zu vermissen, die Nix' Spezialität gewesen waren.

Anna-Aurora und er aßen schweigend; sie sahen den Schnee an, der das Licht vor den Fenstern zu einem Schleier von feinster Grauheit machte, nickten, wenn sie über den Tisch einander etwas zureichten, oder lächelten scheu, wenn einer von beiden etwas über das Wetter sagte.

Danach ging jeder in sein Zimmer.

Manchmal blieb Anna-Aurora allein am Tisch sitzen, voller Erstaunen, daß sie für diesen mürrischen und schüchternen Mann, der noch nicht einmal gut aussah, etwas empfinden konnte; und daß er in ihr weiterlebte, lange nachdem er gegangen war.

Himmer schloß die Kammertür, und lag meist da und starrte an die Decke, bis die Dämmerung die Abwesenheit von Licht in einen neuen Tag verwirklichte.

Und das Geräusch der Bewegungen, seiner und der der fremden Frau, verstärkte sich in dem kleinen Haus; und er bemerkte, wie seine Stiefelsohlen Unleidlichkeiten mit dem Bretterboden austauschten, wenn er am Schreibtisch saß und zu arbeiten versuchte.

Doch für lange Stunden vergaß er, daß er nicht allein war.

60

Nach dem Schneefall kamen hohe, kalte, bis in die Weiten klare Sonnentage.

Arvid Wearn und die Männer holten die Netze und die Eissägen hervor und begannen ein Eisfischen, das alle wieder aufleben ließ.

Auch Himmer wurde aus dem Haus gelockt, und er mußte lernen, wie man Netze mit dem Pferd zieht.

Sie legten im ächzenden Schwarzeis zwei große, parallele

Eisgräben an. Die Gräben waren genau zweihundert Schritt voneinander entfernt. Dazwischen sägten sie kleinere Rinnen auf, die nicht breiter waren als anderthalb Fuß. Dann führten sie mit langen Tannenstangen die Netzleinen durch die Rinnen unter das Eis, von dem ersten Hauptgraben zum anderen; und dort übernahmen Reiter in zottigen Pelzen die Seilenden.
Die Reiter trieben die Pferde an, die stolperten, anzogen und liefen, daß die Eissplitter um ihre mit Stollen versehenen Hufe wirbelten. Je näher sie dem größeren Graben kamen, um so mehr trieben sie die Pferde an; und als sie ankamen, und das Netz über die Grabenkante glitt, gab das Eis an der Öffnung ein ganzes Stück nach – und das Netz brodelte von Fischen.
Drei Tage lang fischten sie auf diese Weise; und salzten und füllten Fässer. Und die Fische, die die rötesten Kiemen hatten und sich am schwersten anfühlten, froren sie unter freiem Himmel ein und schichteten sie an den Hauswänden auf, wie man im Spätsommer Birkenholz aufschichtet.
Himmer kam nach Hause, rot und fischig, die Haut starr vor Sonnenkälte. Und Anna-Aurora empfing ihn mit trockenen Kleidern und heißem Essen; und sie redeten mehr miteinander, als sie es all die Tage zuvor getan hatten.

Der Tag nach dem letzten Fischen war ein Sonntag. Man hatte ein Pferderennen auf dem Eis angesetzt.
Der Himmel war noch am Nachmittag kaltgrün, und die Frauen nagelten dreieckige Stollen unter die Holzschuhe, um nicht auszurutschen und sich mit hochfliegenden Röcken, die Unbefugten einen Blick auf das wollene Unterzeug erlaubt hätten, lächerlich zu machen.
Es war beschlossen worden, daß der beste Reiter das Drittel eines Satzes Arbeitskleider bekommen sollte. Doch der Start verzögerte sich, weil Önert Andreasson, der selbst nicht teilnehmen wollte, zur Verblüffung aller vorschlug, der Gewinner solle statt dessen einen Anteil am schlechtesten Pferd erhalten.
Ein Wortwechsel brach unter den zottigen, steifbeinigen Männern aus, die alle meinten, in gewisser Weise seien Pferde klüger als Menschen; und niemand war erfinderisch genug, die anderen davon zu überzeugen, daß sie unrecht hatten.

Arvid Waern schwankte zwischen beiden Preismöglichkeiten, und die Feststimmung war auf bestem Weg, vom sonnigen und schneidenden Wind weggeweht zu werden.
Auch Tuppen war da; und seine fischvioletten Lippen bliesen zwischen Schals und der Pelzmütze, die schwer auf dem dünnen Hals lastete; sein Atem stand wie eine waagerechte Wolke vor dem zahnlosen Mund, der sabberte, und er zuckte ungeduldig die Schultern.
»Was setz du bei 'nem guten Pferd an die erste Stelle?« sagte er zu Arvid Waern.
Und Arvid Waern, der es für die Schuldigkeit des Wettkampfleiters hielt, auch den total Unkundigen zu antworten, sagte, am wichtigsten sei der Einsatzwille, und die Kraft.
»Nich die Schnellichkeit?« fragte Tuppen.
Arvid Waern schüttelte den Kopf.
»Also kann der schlechteste Läufer das beste Pferd sein?« sagte Tuppen einfältig.
Die Umstehenden nickten.
Da runzelte Arvid Waern die Augenbrauen und sagte lauter als gewöhnlich, der erste Preis sei ein Drittelsatz Kleider.
Und dann konnte das Wettrennen beginnen.

Anna-Aurora stand den ganzen Nachmittag unter den anderen Frauen und den Kindern auf dem Eis, eingemummt in Jacken und Decken.
Am Abend über der heißen, fetttriefenden Fischsuppe erzählte sie Himmer, wie sie zu Hause in Gästrikland mit der Harpune Schwäne gejagt hatten, als sie noch ein Kind gewesen war.
Sie machte daraus keine lange Geschichte, die Zeit und Raum beansprucht hätte. Doch sie sprach so, daß er sie sah, und sie zeigte ein Stück von sich selbst.

61

In der ersten Februarwoche kamen Tauwetter und Schneesturm.
Er begann am Blasiustag und wehte vier Tage und vier Nächte.
Der Schnee war weich und klebrig und schmolz jeden Tag ein

wenig weg. Doch er fiel die ganze Zeit in seinen eigenen zerlumpten Sack, über den Häusern im Rachen.
In der zweiten Schneesturmnacht kamen zwei besorgte wortkarge Frauen in doppelten Mänteln und weckten Himmer.
Sie hatten kranke Kinder zu Hause: ein zweijähriges Mädchen, und ein Junge, der kaum älter war, hatten angefangen, Haare und Zähne zu verlieren.
Himmer schwankte fröstelnd aus dem Bett in die Dunkelheit und ging mit, obwohl er wußte, daß er nicht viel tun konnte.
Die Kinder saßen still, blaß und schlapp an den Herd gedrückt, und ein paar, die er sich auch ansah, hatten wieder Wasserbäuche wie während des Hungers.
Nach der Hochzeit war das Essen knapp gewesen. Weihnachten war eigentlich schon aufgegessen, als das Hochzeitfeiern beendet wurde. Zwar hatten sie am Annatag frisches Bier gebraut, doch das war ihre einzige Weihnachtsvorbereitung gewesen, außer der Lutfischlauge natürlich.
Sie konnten hören, wie der Sturm blies, und es gab nicht sehr viel zu sagen.
»Laßt sie mehr von dem Frierfisch essen«, sagte Himmer, und tat sicherer, als er sich neben dem gelben Talg der Kerze fühlte.
»Jeden Tag. Das ist das einzige, was wir machen können. Und versucht, sie zum Schwitzen zu bringen.«

Am nächsten Tag machte er einen Rundgang durch mehrere Häuser des Dorfes; und es stellte sich heraus, daß fast alle Kleinkinder teilnahmslos waren und kränklich, und daß es den Kleinsten am schlechtesten ging.
Und ohne zu wissen, ob er recht oder unrecht hatte, gab er allen Frauen denselben Rat: sie sollten die Kinder Fisch essen lassen, soviel sie konnten.
Doch als er nach Hause kam, verfroren und naß vom Schnee und mit Kopfschmerzen, legte er sich selbst zu Bett.
Er lag den ganzen Nachmittag und den Abend und hatte keine Lust zu essen. Und er vergaß, seine Kammertür abzuschließen.

In der Nacht kam Anna-Aurora zu ihm.
Ohne etwas zu sagen, kroch sie neben ihn aufs Sofa; und er zeigte nicht, ob er schlief oder wach war.

Im starren Dunkel lagen sie und lauschten auf den Sturm, der taub war und sang; und sie schliefen ein in dem engen Bett, umgeben von dieser heulenden, rauhen und abwartenden Hitze.
In der nächsten Nacht kam sie auch.
Und sie lagen da, meinten sie, ohne einander mehr zu berühren als mit der Außenseite eines Armes, nicht einmal, als im Morgengrauen die Kälte sie weckte. Dafür verschwand sie über einen grauschwebenden Holzfußboden, der vielleicht wirklicher war als die Schwellen aus Haut und Fleisch, auf jeden Fall kälter.
Der Tag verlief wie gewöhnlich. Möglicherweise wurde es langsamer dunkel: wie der Geruch von frischgescheuertem, trocknendem Holz.
Doch als sie in der Nacht nicht kam, rief er murmelnd ihren Namen wie im Schlaf, bis sie es zu hören schien.
Er zog ihr das Nachthemd aus, als sie noch dastand; und am Hals zerriß der Stoff fast ohne Widerstand.
Und von irgend jemandes fremden Händen wurde sie hinuntergezogen über das Glied; und von einer einzigen unvollendeten Bewegung geteilt, die sich zwischen ihnen mit solcher Heftigkeit fortsetzte, daß selbst die Erdoberfläche kippte.

62

Doch es schneite weiter.
Noch Mitte Februar waren sie im Winter begraben. Sie sahen selten Sonne, und das ganze Dorf lag in ein dichtes, perlgraues Licht gehüllt, phosphoreszierend wie lebendiger Samt.
Der Schnee stieg die Fenster hoch, und alle, die konnten, blieben so lange wie möglich unter den Pelzdecken.

Anna-Aurora las weiter Den Meister, obgleich sie fand, daß er, je weiter sie las, um so unverständlicher wurde.
Sowohl Himmer als auch sie hatten inzwischen einen unersättlichen Appetit auf fettes Essen. Sie hatten nur Fisch, erinnerten einander aber, wenn sie kauten, mit den Lippen an das dicke Weißfett ganz unten im Speckfaß; und manchmal überfiel sie eine wilde Gier, ihre Zähne in das weiche, feste und ölige

Fleisch dort unten zu schlagen, an das sie sich von ihrer Kindheit erinnerten.
Himmer war fast immer hungrig.
Es kam vor, daß er sich zwischen zwei Mahlzeiten den Bauch mit Salzfisch vollstopfte. Dann ging er in seine Kammer und legte sich mit brennendem Durst aufs Bett, und die dumpfe Schwere klopfte in Bauch und Schenkeln, so daß er nach Luft schnappte.
Er zog Anna-Aurora mehrmals am Tag zu sich ins Bett und nahm sie mit einer Ungeduld, die sie beide aufschreien ließ wie Möwen. Sie ihrerseits überfiel ihn oft im Schlaf. Sie ritt ihn mit so vorsichtiger Ausdauer, daß er wimmernd vor Erstaunen erwachte oder mitten in dem genußvollen Traum weiterschlief.
Sie sprachen nicht viel. Eines Abends aber nahm sie scheu und bestimmt einen kleinen Samtbeutel aus der Tiefe der seegrasgrünen Seemannskiste.
Der Samtbeutel enthielt kleine Pelzstücke, die nicht größer waren als ihre eine Hand; und sie erzählte, daß sie sie seit ihrer Kindheit bei sich habe und daß sie sie von Jägern und von ihrem Großvater bekommen habe, der Gebirgsbauer gewesen sei.
Es war Pelz vom Bär, Wolf, Gebirgsfuchs, Vielfraß und trächtigen Luchs; und vom Hermelin, Hase, Otter, Eichhörnchen und kreideweißen Schneemarder.
In dem flackernden einsamen Licht des Kaminfeuers (das Tag und Nacht zu brennen schien) lehrte sie ihn, das Fell mit den Fingerspitzen zu sehen: wie sich die Schönheit von Farbe und Dichte mit den Jagdplätzen veränderte. Je weiter nach Norden, desto schöner der Pelz: sie lehrte ihn, die Wanderungen der Kälte und des Wildes abzulesen.
Sie breiteten die Pelzstücke auf dem Fell vor dem Feuer aus und waren selbst nackt wie wandernde Tiere.
Manchmal lag sie da, den Rücken und den Bogen der Hüfte ihm entgegengereckt, wenn er aus seiner Kammer kam; und der Duft des Feuers und ihrer Haut schlug ihm entgegen und umfaßte sein Geschlecht, wenn er noch auf der Schwelle stand.
Nachher lauschte er im Halbschlaf der kühlen flüsternden

Stimme, die streichelte und in ihn eindrang: den weichen nordschwedischen Hebungen am Ende der Sätze: den Öffnungen, dem gezügelten Sprung.
Sie erzählte von der Suche nach Vogeleiern und vom Vogelfang in ihrer Kindheit. Wie ihr Großvater und sie im Herbst an der Küste Eisenten, Meerraben, Aalkrähen, Kormorane und Säger fingen, wenn sie auf dem Markt gewesen waren und in der Jagdhütte zwischen den Strandbäumen übernachteten und die Sonne aufgehen sahen aus dem Meer, das nicht da war.
Sie sprach nicht viel. Doch ihre Stimme, wie sie dann klang, verfolgte ihn auch, wenn er schlief.

Der Winter hielt sehr lange an.
Später gab es welche, die behaupteten, er habe in Wirklichkeit mehr als drei Jahre gedauert.

Tuppen der Hahn sagte, daß die Zeit zu Beginn der Auswanderung anderen Linien folge als später. Sie sei sowohl schneller als auch langsamer.
Die Art, auf die sie sich vorwärts bewege und sich gleichzeitig verbrauche, sei unmöglich zu beschreiben.
Eine Dunkelheit entzünde jede Dämmerung und erlösche nie.
Es sei wie die Nacht nach einer Sonnenfinsternis, bevor das neue Licht erscheine.
Oder wie der Rauch von langsam brennendem Schnee.
Doch diese Beschreibung drückte nur zur Hälfte aus, was er meinte. Sie sagte nichts von der rastlosen Bewegungslosigkeit und dem Hunger der Zeit.
Deshalb schwieg er lieber.

Und später sprach Himmer von dem Gefühl *verzweifelter* Zeitlosigkeit, das die Wegbereiter ergriffen habe, als sie sich in den Wäldern im Norden verirrten.
Es ist jedoch unsicher, ob er die Beschreibung jemals mit dem Erlebnis des ersten, oder der ersten, Winter in Gheel verknüpfte.

Siebzehnter Tag

63

10. Februar 1916:
»Erzähl«, sagt er und legt seine Hand auf Tuppens Arm.
»Guck nach der Tür, Sill«, sagt Tuppen da.
Sillen der Hering steht ächzend auf.
Es ist im Fenster auf dem Korridor. Das ganze Haus (wo *ich* bin) riecht nach Abend: kaltgewordene Grütze, Milchhaut, Abwasch und Sägespäne vom Speisekammerfußboden unten in der Küche.
Doch alle sind satt. Sillen hat aus Spucke und schwarzem, dunkelsaurem Brot eine Kugel gerollt; er hält sie in seiner Hand.
»Zu«, sagt er.
(Die Tür zu den Schlafsälen soll *immer* geschlossen sein, sagt der Vorsteher. War sonst noch was?)
Von der anderen Tür her schlurfen Önert Andreasson und Edman vorbei; in einigen Metern Entfernung: Edmans hinterherschleifende Bürste.
Tuppens Gesicht ist grau, ausgehöhlt.
Sillen drängt sich ins Fenster hinauf, sein Bauch drängelt sich zwischen ihren vielen Körpern.
»Erzähl«, sagt der Daumenlose wieder und legt seine Hand auf Tuppens Arm.
Tuppen ist still, grau, runzlig und tausend Jahre alt.
»Höchstens noch 'ne Woche«, sagt Sillen, »sacht der Vorsteher zu Mrenta Nebb. Un Anna Hoeffer hat nix gegessen.«
Die Lampen dringen aus der Wachshaut des frischgebohnerten Steinbodens hervor.
Im Fenster gegenüber: drei spiegelnde Gestalten mit Sackhemden und blanken Gesichtsscheiben: mit Händen, einem Arm oder ähnlichem.

»Das war so«, sagt Tuppen und schließt die müden Ritzen seiner Augen: »Einmal hab ich zufällich 'n bißchen einer die Haare geschnitten, die hieß Sif.« Er befeuchtet die Lippen mit der Zunge.

»Sie saß in der Küche und schlief. Das Ganze war'n Spaß, sie war nämlich 'ne aufgeblasene Kuh. Aber Der Große is sauer geworden, obwohl ich ihr hinterher 'ne Perücke besorcht hab.
Das war zu Hause. Der Große wurde giftsauer, un hat gebrüllt, daß die Erde gebebt hat.
Scheiße, hab ich gedacht un bin gerannt, was ich konnte. Gott erbarm sich, wie ich gerannt bin und gemacht hab, daß ich wechkam. Scheiße, jetz muß du denken, dacht ich. Scheiße, jetz muß man sich was einfalln lassen. Un ich ras zur Schmiede.
Da gab's einen von außerhalb, der hieß Brock. Der war der Bruder vom Schmied un sollte die Bälge ziehn. Der Schmied war auch neu. Dann war da noch der, der da immer war, Ivaldsson, und von dem der Bruder. Ich hab die verdammten Dummköpfe dazu gekriecht, daß sie mit'nander gewettet ham. Ich hab sie aufgestachelt, 'n Wettkampf anzufangn. Ich hab die Augen zugemacht – un dann hatt ich den ganzen verdammten Plan im Kopf: 'ne Perücke!
Ich sach: ›Brock, du un dein Bruder, ihr sollt doch die besten Schmiede in drei Kirchspieln sein. Is das wahr?‹ Un die Brüder Ivaldsson fingn sofort an zu schmolln wie Kinder. Ich braucht es nich mal vorzuschlagen. Ich sach nur: ›Nie im Leben kanns du 'ne Perücke für'n Weibsbild machen, Ivaldsson. Nich in der Schmiede, Ivaldsson. Das kanns du mir nich einreden.‹
›Was sachs du da‹, piept er wütend, nich größer als 'ne Pißameise. ›Ich kann alles machen, was ich will.‹ ›Jajaja‹, sach ich un grins.
Dann ham die Schafsköpfe angefangn. Sie ham gehämmert un geklopft un geschnitten un sind rumgerast wie Spatzen an 'ner Leimrute. Die Bälge ham gekeucht, das Feuer hat gepfiffen, die Funken ham gestanden wie Aprilschnee bis in'n Dachfirst. In weniger als zwei Stunden hatten sie die ganze Perücke zusammen; un 'n Schlachtmesser un außerdem 'n Eimer, den konnte man wie'n Taschentuch zusammenfalten un in die Tasche stecken.
Brock und sein Bruder ham zuerst nur dagestanden un gegrinst un geglotzt. Dann sin sie ruhich geworden; un dann ham sie auch angefangn, am andern Ende von der Schmiede. Den ganzen Nachmittag ham sie geschuftet. Der Schweiß is geflos-

sen un die Haut runtergelaufen, weißer als Milch von 'ner Blattlaus, un genau so reichlich.
Als die Brocks fertig warn, hatten sie 'n Teufelsding von Verlobungsring zustande gebracht, der sich jeden neunten Tach vermehrt hat. Un das war nich alles. Sie hatten 'n Schweinebastard aus Eisen gemacht, der konnte durch Luft und Wasser galoppiern, un war erpichtet aufs Springn als 'n arabischer Fliegender Fisch. Die Borsten warn so blank, daß sie das ganze Firmament erleuchtet ham, un die Nacht zum Tach geworden is, wo er auch aufgetaucht is. Aber das Allerverteufelste hatten sie bis zum Schluß aufgespart, 'n Mordstrumm von Holzaxt, die sie für Den Großen persönlich gemacht ham. Die war so scheißraffiniert konstruiert, daß sie alles zu Brei gemacht hat, wo sie nur drankam. Un wenn man das Scheißding wechwerfen wollte, is sie in die Hand zurückgekommen, bevor dem Schatten auch nur hätte einfalln können, umzukehrn. Das war die verteufelste Axt, die ich je gesehn hab.
›Ihr seid ja die reinsten Teufelsschmiede‹, sach ich. ›Wenn ich's nich gesehn hätt, hätt ich's nich geglaubt. Jetz is die Frage: wer is der beste? Am liebsten würd ich gar nich entscheiden. Aber weil ich muß, sach ich folgendes: Ivaldssons Perücke! Ich wett meinen Kopf, daß es in dieser Schöpfung nie was Ähnliches gegeben hat. Jedenfalls nich auf dieser Seite vom Universum!‹
Die Brüder Brock ham gekocht vor Wut.
›Scheißamateur‹, hat der ältere geschrien, knallrot wie'n Stierschwanz. ›Nu has du's gesacht. Leck dich! Du hast's gesacht! Der Große soll entscheiden. Ich halt dagegen. Ich wett meine Eier, daß er die Axt nimmt!‹
Also sin sie in 'ner einzigen langen Scheißreihe zum Großen nach Haus gegangn; un ich mußte mit. Un verdammt nochmal, hatt ich 'n Schiß. Ich hab gedacht, ich mach mir jeden Moment in die Hosen.
Zu Hause beim Großen, beim Groß-Großen, saßen vier von den Spießen oder Sergeanten in der Küche un ham krakeelt un Bier gekippt un gefressen.
Der Große hat mich ers mal angefunkelt, daß mir das Blut in den Adern molkich geworden is. Aber er hat sich offensichtlich entschlossen, an dem Tach erst zu denken und dann was zu tun.

Er hat so getan, als wenn er mich nich sieht und sich die Mühe gemacht, erstmal zuzuhörn, bevor er seine Wut rausgelassen hat. Un wie er von der Wette gehört hat, is er neugierich geworden, un als er die Sachen gesehn hat, hat er direkt gestrahlt vor Spannung wie 'n Kind vor 'nem Tisch mit Geschenken. Un er hat so getan, als wenn er mich nich sieht.

Un die Frau von ihm, die fette Kuh, war ›unpäßlich‹, wie man so sacht. Un der Teufel soll mich holn, wenn ich bereut hab, daß ich sie 'n bißchen angeknabbert hab, die war nämlich hochmütiger als ihre Mutter bescheuert. Aber die Sergeanten mußten natürlich sofort mitmachen un alles entscheiden. Als 'ne Art Scheißexperten. Die ham angegeben un rumgeredet un räsoniert, untersucht, abgewogen un beurteilt – als wenn sie in ihrm ganzen verdammten Leben nie was andres gemacht hätten als über Eisenbearbeitungsfragen zu reden – die Schnäpse gluckernd bis zu den Ohrn, breitbeinich un aufgeblasen, un raus un rein vom Pinkeln, blausehnich un rotäugich, un laut un strohdumm un schnaubend wie Preiseber: die richtige Aufschneidertour eben. Ja, sie ham diskutiert un so verdammt blöd rumgemacht, daß sie fast aneinandergeraten wärn.

Am Ende hat Der Große die Sache entschieden. Un er hat natürlich die Axt gewählt. Das hätt sich jeder an den Arschhaarn abzähln können.

Ich war mir bombensicher gewesen mit der Perücke. Ich mein: 'ne Perücke, von 'nem gewöhnlichen Dorfschmied gemacht. Un die festwächst, un weitersprießt wie alle andern Scheißhaare! Sowas wie'n Wunder, nich? Aber die doch nich. Nich die Sergeanten; nich Der Große und Seine Helden. Nich diese GÖTTLICHEN KRIEGER! Für die gibt's ja nix besseres als Kriech, Blut und Hölle: Waffen. Ich hätt's kapiern müssen. Diese Blech- und Flachköpfe. Für die gibt's ja nix Größeres als die Zweckmäßichkeit von 'nem gutgeölten, verabredeten Mord.

Er hat natürlich die Axt gewählt. (Zu der Zeit ham sie sich mit welchen geschlagen, die hießen Hünen, oder Hunen, oder Hunnen). Darum hab ich, als das Urteil gefällt war, gelacht un Klein Brock gefracht, ob er sich nich irgend 'ne andere Bezahlung vorstelln kann. Ich mein, es war so 'ne verdammt

blöde Art, seinen Kopf loszuwerden. Es gibt ja wirklich Gelegenheiten, wo man in Bildern spricht, wo man nich alles *buchstäblich* meint, oder nich? Das wär ja sonst fast verantwortungslos gewesen, gegenüber den andern, weniger bedeutsamen Teiln vom Körper, sozusagen. Fast kopflos.
Aber da kamen die vielleicht in Fahrt, die Rekrutenschinder! Die haben losgelecht un sich auf die Hinterbeine gestellt. Daß er nich nachgeben würde un so weiter. Un daß es um die ›Ehre‹ ginge, un das ›Wort zwischen Männern‹ un so'n Quatsch. Diese verdammten Schlächter wollten sich einfach die Gelegenheit nich entgehn lassen, 'n bißchen Blut zu sehn.
Also hab ich gemacht, daß ich wechkam, in 'nem Höllentempo. Aber ich war noch nich weiter als bis zur Küchentreppe, als Der Große sein neues Spielzeuch hinter mir herschmeißt: durchs Fenster, daß das Glas nur so spritzt! Un er hat mich getroffen. Natürlich. Obwohl er danebengezielt hat. Ich schlach lang hin, halbtot allein von dem Schlach, und weiß kaum, ob ich leb oder tot bin, als die Spieße schon rauskommen un johln un feixen. Un dann ham sie die Reste zusammengefecht.
Wie ich mich soweit erholt hab, daß ich zwischen Sonne un Mond unterscheiden kann, macht sich also dieser Brock bereit, mir'n Kopf abzuschlagen; un das vor Dem Großen und seiner Kuh von Frau, un diesen unverschämt grinsenden Sergeanten.
Er hat sich so 'nen verdammten schweren Schmiedehammer geschnappt, mit dem er schon vorher zugange gewesen war, un dreimal so groß wie er selber. (Un das einzige, was ich in meinen Schädel kriegen konnte, war: tu was zum Teufel tu was zumteufeltuwas!)
Und er wollt grad zuschlagen, da hat's in meinem Kopf geklickt. Verdammt! *DER HALS* GEHÖRT IHM NICH! DIESER SCHEISSSCHMIED HAT JA NUR'N RECHT AUF'N KOPF!
›Stoppstopp‹, hab ich geschrien. ›Verdammt nochmal, stopp, Kameraden!‹
Dann hab ich ihnen erklärt, wie die Dinge liegen. Un sie ham geglotzt.
Der Große is blaurot geworden und hat gedacht, daß es im Granit nur so geknackt hat. Un die andern ham nur die Augen gerollt und mit 'm Gaumen geschnalzt; un ihm konnt ja nix

einfallen. Es gab ja keinen Auswech. Der Schmied hatte 'n Recht auf meinen Kopf, soweit war alles klar. Aber er mußt ihn mir abschlagen, ohne mir am Hals auch nur'n Härchen zu krümmen!
Ich konnt mir nich verkneifen, 'n klein bißchen zu grinsen. Ja, ich hab wirklich 'n bißchen gegrinst. Ich hätt weiterreden müssen. Ich hätt weitermachen müssen un mit irgendwas andrem kommen, 'n bißchen Politik un 'n paar Neuichkeiten von der Front un dann noch 'n bißchen Klatsch vom Hauptquartier un ihnen 'n bißchen schmeicheln müssen un erzähln, was man unten im Dorf redet, un so weiter un so weiter. Oder irgend 'n andrer Scheißwettkampf; oder irgend 'ne Art Unterhaltung, oder was weiß ich. Aber ich hab gedacht, ich könnt mir 'n kleines Lächeln erlauben. 'n kleines, anspruchsloses Grinsen – in aller Demut. Also hab ich dagestanden un ihnen direkt in die Visagen gegrinst un nachsichtich ausgesehn. Un das war zuviel für sie.
Der Große is abwechselnd rot un weiß geworden un hat gebrüllt un sich auf mich gestürzt. Un dann ham sie mich zu fassen gekriecht und festgehalten. Un Klein Brock hat das Messer aufgerissen und 'nen Sehnenfaden aus der Tasche. Un ich hab nich kapiert, was er vorhat, aber geschrien wie 'n abgestochenes Schwein. Un die andern ham mich eisern festgehalten, un er hat die Messerspitze an meine Lippe gesetzt un angefangn zu bohrn. Un ich schrei wie'n ganzer Schweinestall, un er bohrt, ohne durchzukommen. Un mir wird's schwarz vor Augen, un ich zerr und reiß, um loszukommen, kann aber keinen Finger rührn; und da sacht Brock zu seinem Bruder, er soll nach Haus laufen un die Ahle holn.
Es hat Sekunden gedauert oder Jahre, wie ihr wollt. Ich winde mich wie 'ne Aalhaut in 'nem Salzsack, un er kommt zurück, un ich heul und brüll und bettle und fleh und bitte.
Aber Klein Brock sticht mir die Ahle langsam durch die Lippe. Nochmal un nochmal un nochmal.
Dann heftet er mir den Mund mit Sehnenfaden zusammen: mit der dicksten Stopfnadel von Der Kuh!

Ich bin natürlich ohnmächtich geworden. Was habt ihr denn gedacht?

Un ich bin wieder ohnmächtich geworden, als ich aufgewacht bin un versucht hab, den Mund aufzumachen. Un nochmal, als ich's wirklich *versuchen* wollte.
Eigentlich red ich über die Sache nich. Laßt mich nur soviel sagen: es hat mich mehr als 'n paar lumpige Lippen gekostet, den Mund wieder hinzukriegen.
Darum red ich nie drüber. Es ist verschwunden, durchgestrichen, wech.
Darum schweig ich. Darum red ich nich drüber. Darum schweig ich jetz.«

Sie saßen am Fenster, im Korridor.
Sein Gesicht war grau, ausgehöhlt und tausend Jahre alt. »War das vor ...«, sagte Sillen. »Ich mein, es muß gewesen sein, bevor ...«
Doch Tuppen schwieg so heftig, daß sich das Fenster gegenüber in einigen Augenblicken mit wirbelndem Dunkel und Schnee füllte.
Und dann war da nur noch der Winter.

64

Der Winter überraschte auch den Daumenlosen.
Seit dem Tag, an dem alles offenbar wurde, beobachtete er die Welt, als verberge sie ein Muster. Als enthalte jedes Ereignis eine besondere Botschaft an ihn.
Er wußte nichts von der Zukunft und hatte die Absicht, sich nicht überraschen zu lassen. Der Sturm hatte ihn im richtigen Dorf abgesetzt. Er war gelandet und litt eine Zeitlang unter den üblichen Nachwirkungen: Schwindel, Gedächtnislücken, Zeitauflösung.
Einige Wochen ruhte er sich in einem großen Saal zusammen mit anderen aus, die, wie er annahm, auch geflogen waren. Es ist jedoch möglich, daß er sich das einbildete oder es träumte. Er wurde jedenfalls umsorgt und ernährt.
Als er wiederhergestellt war, begann er mit der Dachdeckarbeit. Es war in der Dämmerung, an einem nebeligen Sonntag. Niemand sah ihn aufbrechen. Er konnte so hoch und so weit fliegen, wie er wollte.

Erst erwog er, *sehr* weit zu fliegen, und höher als irgendein anderer. Doch schließlich widerstand er der Versuchung und begann seine Arbeit am Turmdach.
Als er fertig war, empfand er Müdigkeit: er war müde, und glücklich, und schlief lange.

Doch er hatte eine solche Kälte nicht erwartet.
Der eindringende Meereswind roch nach totem Tang oder Dunkelheit, die man eingesperrt hatte. Er schnitt durch den Körper und versuchte, sich in den Knochen festzusetzen: als er aufwachte, war sein Gerippe wie gefrorener Sehnenfaden.
Er saß zusammengekauert auf der Leeseite des Turms, die Arme um die Knie, und blies sich in die Hände.
Noch immer hallten die Echos von Sicherheit, Freude und Ruhe in ihm wider. Er saß da und sah auf seine Hände. Sie waren fest und sicher gewesen. Jeden Morgen, wenn er die Arbeit beendete, brannten sie vor Müdigkeit und Freude. Wenn er geschlafen hatte und am Abend nach den Werkzeugen griff, waren sie sofort hellwach und bereit. Sie *waren* die Werkzeuge. Und sie waren willig und genau. Er mußte nur ihren Bewegungen folgen, wenn sie arbeiteten. Wenn er fertig war, hatte er gesessen und geruht und gefühlt, wie sie brannten und den Körper mit Sicherheit erfüllten. Er war leicht und klar gewesen, und in einiger Entfernung hatte die Abreise gewartet.
Als er aufwachte, war der Herbst in Winter übergegangen. Er war hungrig aufgewacht und davon, daß er fror: steif vor Kälte.

In den ersten Nächten ging er nur im Dorf umher. Er war ausgeruht und ruhig, aber durchgefroren und sehr hungrig, und aß alles, was er bekommen konnte. Er aß soviel er konnte, auch wenn das einzige, was es gab, Salzhering war.
Er hatte für Gottes Volk gearbeitet. Er wußte, daß sie ihn schätzten und mit ihm zufrieden waren. Abgesehen von der Kälte ging es ihm gut.
Und er begann, sich in aller Sicherheit und Ruhe auf die Rückreise vorzubereiten, auf die Heimreise.

Während er am Turmdach baute, hatte er ans Fliegen nicht gedacht.

Jetzt stellte er sich in die offene Turmluke und sah über das Dorf: der Hang, den Trichter, in dem die Häuser dicht wie Heringe auf einem Tonteller lagen, den Hafen, den Wellenbrecher.

Es war im Morgengrauen und kaltdiesig. Ich sollte erstmal üben, sagte er und lachte schon bei dem Gedanken.

Er sah in den Dunst und zum Meer: kein Schnee. Dann sah er seine Arme an, und seine Knie und die Füße. »Es ist bald Morgen«, sagte er laut. »Sie wachen auf in den Häusern.«

Er setzte sich mit dem Rücken gegen die Wand und schloß die Augen.

Er hörte die Hähne und die Hunde erwachen. Die Schweine, die Katzen und die Pferde; und die faulen Kühe. Die Möwen schrien und lärmten: über Fallhöhen, Winkel und verlorene Beuten.

Dann hörte er gefrorene, gewissermaßen halbe Stimmen. Brunnenketten, Türen, Holzschuhe und rasselnde Eimer, Wiehern und Schnüffeln. Und jemanden, der pfiff, Pferde, Wagenräder und Kingergeschrei: Schlittenkufen. Dann Fensterläden, Lachen und Husten.

Er saß mit geschlossenen Augen.

Es wehte rauh und kalt durch die Turmluke.

Es war nicht so, daß er meinte, es werde ihm mißlingen. Er wartete nur auf die richtige Gelegenheit. Die richtige Zeit, den richtigen Wind, das richtige Licht: die richtige Temperatur.

Während er wartete, hatte er Zeit zum Denken. Auch an die Kälte und die Einsamkeit: daran, wer er war.

»Angenommen, es gibt einen, einen einzigen, der nicht zurückfindet«, sagte er und merkte, wie er lachte. »Wie erfahren sie das? Welches Zeichen schicken sie, um zu zeigen, daß sie es wissen? Wie sieht ihr Rettungsplan aus?«

Er lachte über das Wort »Rettungsplan«.

Dann sagte er lauter und schneller:

»Und dieser einzige, der, der nicht nach Hause findet: wie wird, seiner Erwartung nach, der Eingang aussehen? Oder der Ausgang (wenn er nicht mal das weiß: Ausgang oder Eingang)? Und wenn er sich entschlossen hat, aufs Fliegen zu verzichten:

welche anderen Aus- oder Eingänge gibt es? Denn es muß sie ja geben. In Bodenhöhe oder Kniehöhe? oder Dachhöhe?«
»Es ist im Grunde sehr einfach«, sagte er ruhiger. »In zwei Welten gleichzeitig leben. Die Wand beiseite schieben. Zurückkehren, nach Hause kommen.«

Er konnte sich weiterhin unsichtbar machen. Er schmiegte sich in die Dunkelheit: trat mit dem ganzen Fuß auf die Erde auf, weich, lautlos und, wie er sich vorstellte, ohne Schatten.
Die Hunde – und alles andere, was hysterisch bewachte, oder schrie, warnte, gackerte, zischte, heulte oder pfiff – gehorchten ihm wieder. Nachts konnte er sich im Dorf frei bewegen. Niemand sah ihn, dessen war er sich sicher.
Wenn er gegessen hatte, kauerte er sich in die Wärme der Tiere in verschiedenen stroh- und haferduftenden Viehställen.
Es schneite. Die Spuren seiner Schritte schneiten zu. Jemand oder Etwas blies seine Abdrücke und Spuren fort.

Es schneite. Er stand am Rand des nördlichsten und höchsten Oses.
Mit weitoffenen Augen warf er sich hinaus. Stieg, schraubte sich mit steifen, schweren Armen und Beinen aufwärts. Drängte sich hindurch.
Dann kam ihm aus dem Dunkel der Boden entgegengerast. Er parierte mit den Händen; doch der Boden raste weiter in die Handgelenke, riß sich los und schoß durch seine Arme nach oben.
Er brüllte vor Schmerz.

Später lag er im Turm auf dem Fußboden. Er fiel und flog und stieg und drängte sich durch: wachte auf, wenn das Licht Feuer fing und explodierte: er schrie laut und weinte.
Der Schmerz war größer als alles, was er je zuvor empfunden hatte, größer als alles, dessen Existenz er für möglich gehalten hatte. Manchmal wurde er menschlicher, ließ eine Weile nach, ließ etwas anderem Raum. Dann sah er die Hände: sie standen ab von den gebrochenen Handgelenken, hochgebogen, blaugeschwollen und unnatürlich grob und steif.

Das Feuer faßte Feuer: es wuchs zischend. Schließlich brannte es im Innern des Knochens, im Inneren des Fleisches, sogar in der gelbgrünen Haut.
Er erwachte, wurde ohnmächtig und erwachte, ohne zu schreien: als habe ihm jemand den Mund zugenäht.
Manchmal war es dunkel, wenn er aufwachte. Er hatte keinen Überblick über die Tage. Er weinte und zitterte vor Kälte und bat um Hilfe. Er schrie nach Hilfe, ohne daß ein Laut aus seinem Mund kam.

Eines Nachts, nach tausend Jahren oder mehr, schleppte er sich zum Dorf hinunter.
Es war Mondschein, eisig still, es schneite trocken. Er schwankte dahin, ohne den Boden zu berühren.
Vor einem Haus sah er in starren, vereisten Ketten einen Engel hängen.
Neben dem brennenden Gesicht schwebte ein Schwert Stirn und Augen entgegen.
Doch er brannte und flog noch. Er lebte und atmete im Eis.
Ihre Blicke trafen sich. Einige Augenblicke sahen sie einander an, ohne zu sprechen, zu blinzeln oder Zeichen zu geben. Ihre verzweifelten Blicke trafen sich und mischten sich.
Dann schleppte er sich weiter: und er hinterließ keine Spuren im Schnee, obwohl er die Ketten spürte.

65

Am Ende jenes Winters – des ersten, zweiten oder dritten –, als sie in großer Einsamkeit lebten, überraschte Arvid Waern alle damit, daß er Leichtsinn und Unvernunft bewies.
Aus einigen glatten Kuhhacksen fertigte er ein Paar Schlittschuhe an, und begab sich auf lange, ziellose Expeditionen in die Schären. Er baute auch ein Paar Eisenkufen von ungefähr einem Fuß Länge und versuchte, sie direkt unter der Fußsohle zu befestigen, auf einem Boden von Leder und Stroh.
Und in der Stille nach einer von Himmers Sonntagslesungen, in deren Verlauf dieser murmelnd die bekannten Worte Des Meisters über die animale Welt vorgetragen hatte – »Daß unsere animale Welt, die auch Mikrokosmos genannt wird,

durch ihre eigenen Naturen gesteuert wird, kann durch vieles festgestellt werden. Denn das Blut fließt durch die Blutgefäße ebenso schnell aufwärts wie abwärts, ebenso die übrigen Flüssigkeiten und die Nährstoffe in Magen und Eingeweiden. Keine Schwerkraft oder Zugkraft wird anders zugeführt als durch die eigenen Kräfte« –, in der zu diesem Zeitpunkt weder aufwärts noch abwärts fließenden, gleitenden oder vorstürzenden Stille stand Arvid Waern auf und erklärte, Kuhknochen hätten das bessere Gleitvermögen, da sie selbstschmierendes Fett enthielten.

Die Bemerkung rief Unruhe hervor. Nicht nur durch ihre Plötzlichkeit, sondern auch, weil sie in den wirklichen Bedürfnissen des Dorfes ebenso wenig verankert war wie zum Beispiel das Umherschwebende Schwert in der Hand Des Engels.

Viele meinten, wer mit Kuhknochen auf dem Eis herumfahre, ohne dazu gezwungen zu sein, brauche die Hilfe und Fürsorge seiner Mitmenschen; auch wenn ihm selbst dies nicht klar sei.

Und einige Wochen später, Mitte März, zeigte es sich auch, daß die Sorge um Arvid Waerns Gesundheit berechtigt gewesen war.

Er gab bekannt, daß er als der erste im Lande den Wasserweg nach Carlscrona mit Kuhknochen befahren werde. Er beabsichtigte, zu beweisen, daß Knochenschlittschuhe, eingeschmiert mit Schweinefett, durch die gefrorenen Wassertropfen, die bei starker Kälte aus dem Eis aufsteigen, nicht an Geschwindigkeit verlieren – was der Fall ist bei Kufen aus poliertem oder eingeschmiertem Eisen.

Während der folgenden Tage versuchte man, während gleichzeitig die Nachttemperaturen stiegen und das Licht an der Unterseite des Himmels gelb wurde, ihn zu überreden, auf sein Vorhaben zu verzichten. Doch nichts nützte.

Als er sich, angetan mit Schafspelz, Rückenkötze und einem wehenden Wimpelmast am Morgen des sechzehnten März (der der Geburtstag seines Vaters war) auf den Weg machen wollte, machte Himmer selbst einen letzten Versuch, ihn unten an der Brücke aufzuhalten.

»Stirb, wie du willst«, sagte er heiser und dünn, »aber warte, bis

jemand anders die Wagen und die Bauleitung übernehmen kann.«
Doch Arvid Waern wandte ihm nur für ein Tausendstel einer Sekunde seine Augen zu und ließ sie ihn spiegeln; und Himmer begriff, daß er mit jemanden sprach, der schon in einer Luftblase im Eis atmete; und er schüttelte den Kopf und entfernte sich.

Am frühen Mittwochmorgen konnten sie vom Hang und vom Kirchplatz aus Arvid Waern im Dunst hinter der Mole verschwinden sehen.
Die fressenden Bewegungen der Wellen unter dem Eis waren zu diesem Zeitpunkt wie ein feines Netz von dünnem Zittern bis oben an Land zu spüren. Das Licht klebte knorpelig und märzkrank an den bläulichen Harschen im Strandwall, wo zwischen den Steinen schneelose Flecken lagen.
Sie starrten dem roten Windwimpel nach; doch der Horizont glitt unter eine Wand von gelbgrauem Eisdampf. Und sie sahen ihn nicht einmal auf eine natürliche Weise verschwinden. Er löste sich vor ihren Augen auf.

Man hatte aber an dringendere Angelegenheiten zu denken, wenn auch einige Tage lang kaum über etwas anderes gesprochen wurde als die Eisfahrt. Viele waren der Ansicht, Arvid Waern sei verrückt geworden, andere empfanden eine vage Sympathie für diese großartige Sinnlosigkeit. Obwohl die ersteren die waren, die man hörte; die anderen hatten größere Mühe zu erklären, was sie meinten: sie schwiegen lieber und lachten nach innen.
Das war am Anfang. Später, als die Tage vergingen, konnten nicht einmal die Sympathisanten sich gegen die Alltäglichkeit um sie her wehren: gegen die überwältigende Schwere von Eisklumpen, die sich zwischen den Klauen der Kühe festsetzten, das Stroh, in dem die Ratten festfroren, der erstarrende Lehm, eingekeilt in das Holz unter den Holzschuhen, die Eiswassermilch, die Stalltüren, an deren Innenseite Pferdehufe rasch ergrauende Spuren hinterließen.
Statt dessen begann man, sich auf eine unklare Weise seines eigenen Mangels an Großartigkeit und an jener *präzisen* Kindlichkeit, die den Schlittschuhläufer auszeichnete, zu schämen.

Man ging davon aus, daß er angekommen war und jetzt in irgendeiner rauchigen Kneipe in einer Ecke saß: mit einem einsamen Schnapsglas vor sich auf der bierfleckigen Marmorplatte, ohne daß jemand wußte, oder je erfahren würde, was er geleistet hatte.
Als aber zwei Wochen ohne ein Lebenszeichen vergangen waren, begann man, mit derselben erstaunlichen Ungerührtheit, ihn für tot zu halten.

Noch in der ersten Woche im April war das Meer mit Eis bedeckt. Es war von Waken, Oberflächenströmen, Rissen und blitzschnell wachsenden Spalten durchzogen. Das Wasser rollte langsam unter dem Eis, von oben ätzte die Sonne und grub nach eingefrorenen Splittern, Kernen und lebenskräftigen Samen.
Niemand konnte auf diesem Weg lebend zurückkehren, nicht einmal auf Schlittschuhen aus Kuhknochen.
Man dachte an ihn, wenn man im Vorübergehen seine Frau hinter der Gardine erstarren sah. (Eine große, erstaunte und verzagte, in ihrem Schweigen kraftvolle Frau, kinderlos, aber mit großen Händen). Oder wenn die Sonne durch die Wolken schnitt und die Reflexe (die der Beweis waren, daß Leben möglich war) von der Meeresschmelze draußen aufspritzten und wie Feuerfunken gegen die Lippen sprühten. Dann war man von seinem Tod fest überzeugt.
Vielleicht war es möglich, daß ein hohläugiger, bärtiger, gelbbleicher und abgemagerter Mann vom Meer und vom Eis angespült wurde und in der Nähe Des Leidens in dem Gestank von verwestem Fleisch, Tangschlamm und totem, aufgelöstem Menschenfleisch an Land taumelte.

Doch die Augen dessen, der wirklich auferstand, waren klebrig von Talg und schneeblind, und er hatte offene, nässende Geschwüre an Gesicht und Händen.
Er kam ohne Pelz, Mütze oder Handschuhe, nur mit den Hosen und einer zerrissenen Strickjacke bekleidet. Seine Lippen gärten von eitrigen Sonnenblasen, und man mußte ihm die Kuhknochen von den schwarzen, aufgeschwollenen Füßen schneiden.

Drei Tage lang phantasierte er und stank nach ranziger Butter; am Morgen des vierten Tages aber setzte er sich auf und bat seine Frau und die schweigenden Zeugen um Branntwein und rohe Zwiebeln.
Als er getrunken und gegessen hatte, sagte er (und das war seine erste Äußerung), daß der König totgeschlagen worden sei.
Doch seine Frau, die wieder zum Leben erwacht war und ein wenig darüber scherzte, kümmerte sich nicht um das, was er sagte. Sie glaubte noch immer nicht an das, was ihre Augen sahen. Denn der Mann, der im Bett phantasierte, war schließlich wirklich der, mit dem sie sich einmal verheiratet hatte und von dem sie alleingelassen worden war, und den sie jetzt mit ihren Händen erreichen konnte.
Schlaf, flüsterte sie, als sie endlich mit ihm allein war; ihre rauhen Finger fest auf seinem Haar. Und lauschte weiter seinen Atemzügen.
Zwei Tage später stand er auf, matt und ein wenig schwindelig, doch im Besitz von Gesicht und Gehör, und da erfuhren alle von dem Mord.
Seine Frau machte das Essen wie gewöhnlich und stand im Fenster und sah ihn den Hang hinaufgehen, bis das Schild am Schwert blitzte und glitzerte, daß sie fast geblendet war.
So war es: der Körper dessen, den sie liebte, ging, und in Stockholm war der König totgeschlagen worden.

In der Marketenderei trug man die Neuigkeit mit Fassung.
Das eine oder andere Glas blieb vor den Lippen hängen. Als sei das Vieh eines entfernten Verwandten verbrannt. Oder auf einer Straße in Göteborg ein unbekannter Wagen umgekippt.
Ah ja, der König war totgeschlagen worden. Das war schwerer zu begreifen, als daß *er* das Eis überlebt hatte. *Darüber* gab es viel zu fragen.
Arvid Waern aber war nur gekommen, um einen Schnpas zu trinken und den treuen Augen seiner Frau zu entgehen.
»Es ging«, sagte er unwillig. »Ich bin gelaufen. Am schlimmsten war's zurück. Das Eis trieb. Jetz is es erledicht.«
Und dem war, alles in allem, nicht viel hinzuzufügen, höchstens etwas, das Worte erfordert hätte.

Doch Arvid Waerns Rückkehr bedeutete mehr, als daß die Kuhknochen gehalten hatten und er am Leben geblieben war.
Auf gewisse Weise hatte er den Winter besiegt und die Zeit in ihr rechtes Gleis zurückgeführt. Die Lähmung in der Kälte und in der Glut der Herdwärme war zu brechen. Man konnte sich bewegen und die Ereignisse des Alltags beeinflussen: den Frühling beschleunigen.
Um die Stelle zu ehren, an der er an Land gegangen war, ließen sie Stift-Arvid ein Erinnerungskreuz aus Holz errichten.
Es war anspruchslos, unbemalt und nur hüfthoch.
Doch es endete oben mit einem Hammer in einer Faust. Und dies zeigte, daß Widerstandswille vorhanden war; und daß sie weitermachen wollten, wo der Engel aufgehört hatte.

Achtzehnter Tag

66

Später gelang es dem Superintendenten, auf tauwetterschlammigen Wegen zu ihnen vorzudringen, erschöpft und lehmbedeckt.
Er wußte nichts von Arvid Waerns Eisfahrt und schmollte, als ihm klar wurde, daß sie vom König gehört hatten.
Doch er hielt eine nicht üble Predigt über Nubiens brennende Wüsten und Löwen, die Lämmer fraßen, und als er fertig war, legte er von der Kanzel aus den Text im Zusammenhang mit dem unerwarteten Hinscheiden aus.
Im Grunde genommen meinte er (im Vertrauen gesagt), daß kein größerer Schaden entstanden sei. Im Gegenteil könne Gottes Volk vertrauensvoll in die Zukunft blicken. Der Herzog selbst könne vermutlich jetzt regieren, und nach allem, was erzählt werde, werde es nicht lange dauern, bis man nach dem Vorsteher um Hilfe schicken werde.
Darauf sei (den Gerüchten zufolge) bei den Offizieren in Carlscrona angestoßen worden, und der Superintendent vermutete (mit Verlaub gesagt), daß Gottes Volk unter den Veränderungen nicht leiden werde, wie traurig sie auch waren:

schneller als geahnt könne man jetzt vielleicht Beweise eines offeneren Wohlwollens erblicken.
Zum Beispiel könne vielleicht der dritte Admiralitätsprediger Johanson-Radier vom Dienst an der Flottenstation gnädig befreit werden. Dann würden sie wieder einen eigenen Anstaltsgeistlichen bekommen, nachdem Propst Aulin sich als abwesend gemeldet hatte; und vielleicht auf Kosten des Herzogs persönlich; zum Beispiel und so weiter.
Denn wenn auch Johanson-Radier früher einmal in der Prüfung durchgefallen sei, die das Domkapitel für die Pastorenstelle in Tving veranstaltet hatte, sei das kein Zeichen von geringerer Eignung. Im Gegenteil. Auf jeden Fall werde seine Befugnis von Dem Höchsten selbst bestimmt anerkannt; und das betreffe vermutlich auch die Lohnansprüche, die angemessen seien.
Sie würden schon sehen – während der Superintendent selbst in Gedanken seinen Körper die enge, sich windende unfreundliche Treppe von der Kanzel hinuntermanövrierte und sich bereits fragte, ob es unnötig gewesen sei, sich hier herauszuquälen. (Obwohl man nie wissen konnte.)
Tagelang hatte er eine ganze Wagenfuhre aus dem Armenhaus organisiert, die im April eintreffen sollte. Später würden private Pferdefuhrwerke von Wexiö, Calmar und Christianstad hereintröpfeln; denn die Nachricht von ihnen breitete sich aus, darauf hatte er das Wort von Bekannten in Stockholm. Und die Hohe Obrigkeit sah dies mit Wohlgefallen.
Er hatte schon Formulierungen, unter denen er in einem eventuellen Rapportschreiben wählen konnte:
» . . . denn noch liegt ein Zug von sachlicher Brutalität und Armut über dem schwedischen Gheel. Wie die Grauheit des vorjähriges Grases, das man am Wege sehen kann, wo der Schnee sich zurückzieht.«
Oder:
» . . . und einige dieser großartigen, frommen Frauen erzählten mir, daß die Kränklichkeit unter den Kindern noch nicht ganz überwunden sei. Die Kleinen verlören weiterhin Haare und Zähne. Und unter den Kleinsten seien mehrere, die krumm wachsen, oder mit Armen und Beinen, die im Wachstum zurückbeiben.«

Und:
»... als der Wegbereiter Himmer und Fräulein Anna Aurora Klinth aus Gefle kürzlich die Ehe eingingen, (knapp vier Monate, nachdem Der Berührer *seine* ehelichen Bande geknüpft hatte), hielten sie eine Sparhochzeit. Sie feierten mit einer solchen Leisheit, daß manche an der Gültigkeit der Ehe zweifelten. Einige wollten sogar, daß der neue Prediger (den sie heiß ersehnt hatten) eine Wiederholung verlangt, so anspruchslos war das Fest.«

An seine gut unterrichtete, unverheiratete Schwester auf Norrbro aber schrieb er noch am selben Abend, in dem verlausten Loch über der Markentenderei neben der Kommode auf einem hinkenden Holzschemel; während der Geruch von Schweiß, Dung und Branntwein durch die Bodenritzen nach oben drang.
Und *sie* verlangte eine ganz andere Instrumentierung:
»... dennoch wußten alle, daß die Braut im dritten Monat war. Eine andere von den Frauen, die im Januar hätte gebären sollen, war so weit über die Zeit, daß man meinte, es werde sie das Leben kosten. Und als das Kind kam, war es tot. Die Norrländerin aber kam in Männerkleidern, und gebärt ihr Kind sicher zur rechten Zeit.«

67

Mrenta Nebb mochte von Anfang an die stille, ernste junge Frau in Himmers Haus. Doch es war schwer, mit ihr zu reden, und zusammen mit ihr zu schweigen war auch nicht leicht.
Im Frühjahr, als der Wagenzug mit den neuen Gästen kam, hatte sie gebeten, in der Küche helfen zu dürfen. Zu diesem Zeitpunkt war der Holzhändler schon dagewesen und hatte das Boot mit zwei neuen Besatzungsmännern geholt, und ohne mehr als Grüße von der Schwester mitzubringen; und er hatte eigentlich nur genickt, als sie davon sprach, daß sie heiraten und im Dorf bleiben wolle. Und seiner Art, durch die Tür aus Dem Schwert hinauszugehen, hatten alle angesehen, daß er nicht die Absicht hatte zurückzukehren.

Mrenta hatte begriffen, daß die Neuvermählte schwere Arbeit brauchte, um das Bild vom Rücken ihres Vaters, als er ging, zu verdrängen. Sie hatte sie die Mittagsmahlzeit im kleinsten Frauensaal besorgen lassen. Doch trotzdem waren sie einander nicht besonders nahegekommen.
Anna-Aurora Himmer konnte still lachen, daß ihre Zähne glänzten, sie war flink mit Kopf und Händen und brauchte nicht mehr als einmal belehrt zu werden. Doch wenn es darum ging, über sich selbst zu sprechen, war sie langsam und linkisch. Oder als schäme sie sich. Das bewirkte, daß die Stille um sie bedrückend wurde, besonders wenn man etwas von sich selbst gegeben hatte und nichts zurückbekam.
Die anderen Frauen im Dorf glaubten, sie sei hochmütig; und nicht wenige meinten (auch wenn sie es nicht laut sagten), es sei ein Frevel am Meister und der Lehre gewesen, als Himmer sich eine Frau von außerhalb von Gottes Volk nahm.
Doch plötzlich *sah* man sie im Dorf.
Die Norrländerin ging mit langen, elastischen Schritten, ihr Rücken war gerade, ihr Haar schwarz, kurz und blank. Und Arme und Gesicht wurden beinahe leuchtend bleich, als nächtliches Wachen und Schwangerschaft die Spuren ihrer Arbeit im Freien und auf See verdrängt hatten.
Doch, Mrenta sah, daß sie stark war *und* empfindlich. Vor allem aber sah sie die Stummheit, die über ihr lag.
Wie die Unwissenheit der Männer. Kein Wissen, kein Vertrauen.

68

Die Gäste, die in diesem Frühjahr kamen, waren in schlechterer Verfassung als alle anderen, die sie aufgenommen hatten.
Sie waren ausgemergelt und so still, daß sie nicht einmal Geräusche hervorriefen, wenn sie aßen; die Kleiderlumpen hingen an ihren Körpern.
Sie kamen alle von irgendeinem letzten Abladeplatz, auch die Kinder, die von Anfang an ausrangiert gewesen waren. Die Männer waren krumm und schief, die Frauen spröde wie vom Rost zerfressener Eisendraht.

Mrenta und Inez zählten sie nach.
Sie hatten vierundzwanzig Betten und insgesamt dreißig Gäste.
Die Kinder mußten zu zweit im Bett liegen.
Die Säle waren schnell zu eng. Die Luft war schon vor acht Uhr abends dick von Schweiß, Urin und Stuhlgang. Wenn in den Schlafsälen alles still war (und Mrenta ihre eigenen Kinder zu Bett gebracht hatte) und die drei Männer eingetroffen waren, die die Nachtwache hatten, saßen sie und Inez manchmal am Tisch in der Gästehausküche und verschnauften eine Weile. Sie machten mit frisch aufgekochtem Kaffee die Lippen in ihren ausgelaugten Gesichtern feucht.
»Jetzt haben wir einen Gast auf drei Pfleger«, sagte Mrenta und saugte matt an einem Stück Zucker. »Dreißig von hundert. Hundertdreißig sind wir. Alle sollen Essen und Kleider haben. Und Platz.«
»Sie liegen da wie die Heringe«, sagte Inez verständig.
Mrenta wiegte die Stirn mit dem Muttermal; sie starrte auf die Tischplatte, ebenso grau und stockend wie die Holzmaserung unter der Fettschicht. »Sagt Er: ›Jetzt ist kein Platz für mehr‹?«
Sie folgte den Jahreslinien mit dem Zeigefinger, und eine fettige Haarsträhne glitt ihr in die Stirn und verbarg den Leberfleck.
Das Kinn in die Hand gestützt, trank sie die letzten Tropfen aus dem Kaffeebecher.
»Sag ihnen, sie sollen keinen Brennstoff vergeuden«, sagte sie und nickte in die Richtung, in die die Wächter gegangen waren, um Holz zu holen.
Sie spülte den Becher neben der Wassertonne, trank und spülte sich den Mund.
»Er sagt nichts in der Richtung«, sagte sie abwesend und spuckte in den verbeulten Spucknapf.

Eines Morgens standen ein Mann und eine Frau aus dem Fremdenzimmer da und warteten auf sie, als sie aus dem Keller kam.
Ein langhalsiger, rundbäuchiger Kerl mit mageren Schenkeln und einem Zug von unsicherer Streitlust im Gesicht. Die Frau hatte eine breite, runde Stirn und hielt die Hände über dem Bauch gefaltet wie auf alten Gemälden. Sie rieb die ganze Zeit

mit dem Daumen über die Handwurzel, während sie sprach, und schob einschmeichelnd die Schultern hoch.

»Wir haben geredet, er und ich«, sagte die Frau. »Wir bezahlen für den Jungen gern was extra. Wenn's keine Mühe macht.«

Mrenta Nebb trocknete ihre Hände an der Schürze ab und versuchte zu erklären.

»Wir nehmen keine Extrabezahlung an«, sagte sie geduldig. »Wir dienen. Vor Gott sind alle gleich. Später haben wir mehr Platz.«

Sie strich sich das Haar aus der Stirn, versuchte zu lächeln und ging.

Doch um zwölf Uhr, als sie und Inez die Suppentöpfe auf den Korridor hinausschleppten, standen die Frau und der verschlafene Mann wieder da; und sie drängten sich mit in den Saal hinein.

Die Säle waren gleich zu Anfang gelb und braun angestrichen worden. Die braune Farbe stieg aus dem Fußboden auf. Die Gitterfenster waren klein. Das Licht drängte sich mit dem Geruch der vielen Körper. Eine einzelne Person konnte sich mit Mühe einen Weg zwischen den Betten bahnen. Die Essenstöpfe mußten an der Tür stehenbleiben. Die alten Frauen, die in den Betten lagen, glichen Kleiderbündeln mit Haaren und Gesichtern.

»Wie das hier riecht!« sagte die breite Frau und ging das Thema neu an. »Obwohl ihr tut, was ihr könnt. Aber es ist doch wohl nur recht und billig, wenn man was extra bezahlen kann. Das wär' ja ganz was Neues!«

Der Mann nickte träge beipflichtend und fuhr sich mit der Zunge über die trockenen Lippen, so daß seine Augen erloschen.

»Redet mit dem Wegbereiter«, sagte Mrenta mit dem Rücken zu der Frau.

»Wo findet man den?«

»Zu Haus im Bett«, sagte Mrenta Nebb.

Sie, die Frau, kam allein zurück, ehe sie noch mit dem Füttern fertig waren. Sie atmete schäumend, als sei sie mit einer Enttäuschung um die Wette gelaufen.

»Er hat gesagt, ihr sollt entscheiden«, sagte sie und drückte sich widerwillig an den Türpfosten.

Mrenta ging an ihr vorbei aus dem Raum und schloß hinter ihnen die Tür zum Saal. Mit den Blicken konnten sie Inez und den zwei Männern folgen, die mit dem Essenswagen auf krachenden Holzrädern weiterzogen.
»Hör zu«, sagte Mrenta Nebb langsam. »Wir haben einen Vorratsraum. Da steht ein Bett. Es wird sehr eng. Das Geld dürft ihr als Geschenk an die Anstaltskasse geben.«
Die breite Stirn der Frau glättete sich sofort, und Mrenta fiel, obwohl sie müde war, ein schmalzweißes Jungengesicht ein: ein Paar gelbe schorfige Ohren und Sommersprossen.
»Tausend Dank«, sagte die Frau säuerlich und reichte Mrenta ihre Hand wie ein Geschenk. »Von meinem Mann und mir.«

Sie waren gezwungen, die Schlafsäle abzuschließen und die ganze Zeit Wärter darin zu haben. Die Gäste lagen im Stroh der Betten. Jeder sollte seine Decke haben. Nur einmal am Tag konnten sie herauskommen und auf den Korridor gehen. Einige mußten festgebunden bleiben.
Alles in allem mußten im Dorf einhundertdreißig Menschen versorgt werden. Es konnten mehr werden.
»Vielleicht ist es falsch«, sagte Mrenta Nebb. »Vielleicht ist es richtig, wenn die, die es sich leisten können, mehr bezahlen. Vielleicht ist es unerhört falsch.«

Und später, eines Sonntags, in der gedankenvollen Stille mit Raum für Einzelgebete nach dem neuen Festgottesdienst des Predigers, stand sie in der Kirchenbank auf und fragte, damit alle es hörten, ob die Extrazahlungen richtig seien.

Man saß da, die Hand in die Stirn gestützt und mit geschlossenen Augen.
Fast alle hatten noch das Bild vom länglichen Gesicht des Predigers auf der Netzhaut, seinen Nasenrücken, wenn er mit schiefgelegtem Kopf die Worte von einem Ohr zum anderen fließen ließ.
Außerdem war es Mrenta Nebb, die sprach. Darum antwortete niemand.
Der Staub im kühlen Sonnenstreifen vorn über dem Chorfuß-

boden wogte wie irgendein unbekanntes Metall: flammte auf, erlosch, flammte auf.
Mit steiferem Rücken setzte sie sich nach einer Weile wieder.
»Wir können nicht neu bauen«, sagte sie leise. »Der Kirchendachboden ist voller Korn. Beim nächsten Mal müssen wir die Häuser öffnen. Einen in jede Familie. Dann können wir nicht mehr aufnehmen.«
Der Staub gefror im Silberlicht.
»All diese Briefe, die kommen, überall die Versteckten und Ausgestoßenen. Aber wir sind schon überfüllt. Vielleicht müssen wir ausbauen. Obwohl wir nicht können.«
Sie verstummte, und schien auch auf den Husten und das Räuspern der Füße zu lauschen, die unter den Bänken scharrten.

Es war kühl im Raum, obwohl hinter den Wolken draußen die Frühlingssonne stand. Kurz vor dem Festgottesdienst hatte Arvid Waern im Kamin an der Tür ein Feuer angezündet.
Sie saßen da und wurden schläfrig vom Geräusch des Feuers und vom Echo der Schuhe auf dem Bretterboden.
Sie bewegten sich schwerfällig in den Bänken, schwiegen und lauschten vor Frömmigkeit leuchtend und warteten.
»Ich habe an Die Gesellschaft geschrieben«, sagte Mrenta Nebb. »Ich habe geschrieben und um Hilfe gebeten.«

69

Die Norrländerin gebar ihr erstes Kind am fünften November dieses Jahres. Es war ein wohlgestaltetes Mädchen, doch war es kränklich klein.
Es lag an der Brust, ohne sich zu bewegen, mit schwachen Saugbewegungen in den Lippen.
Anna-Aurora versuchte, es zum Schlucken zu bewegen. Sie hielt den dünnen feuchten Mund mit Daumen und Zeigefinger aufgesperrt und streichelte mit der anderen Hand die Milch aus der Brust in den Mund. Doch das Kind bewegte nur kraftlos die Zunge im blaßgrauen Mund.
Erst zwang sie es, den Mund aufzumachen, als drücke sie einem aus dem Nest gefallenen Vogeljungen den Schnabel auf: blies,

bis die zusammengekniffenen Mundwinkel dem Kitzel nicht mehr widerstehen konnten. Dann drückte sie ihm die Brustwarze in den Mund, so daß das Kind ins Würgen kam.
Doch es wollte nicht schlucken. Die Milch sickerte in Rinnsalen aus den Mundwinkeln und über das Kinn. Dann versuchte Anna-Aurora, ihm geschmolzene Butter einzugeben, und sie rieb die ausgemergelte Brust und den Bauch mit gewärmtem Essigwasser.

Oft stand sie im Morgengrauen auf und blies dem Mädchen ihren eigenen Atem ein. Und sie tauchte das kleine graurunzlige Greisengesicht in Brustmilch, damit wenigstens ein paar Tropfen hineinflossen.
Doch das Gesicht zwischen ihren Händen änderte den Ausdruck nicht. Es zeigte immer nur die tierische Unzugänglichkeit, daß sie aufschluchzte vor lauter Erschöpfung.
Manchmal haßte sie es, so daß sie glaubte, der Haß sei die Art des Kindes, sie zu strafen.
Mehrere Monate lang kämpfte sie so gegen den langsam weichenden Widerstand. Das Kind lebte, wollte aber weder den Kopf heben noch Arme und Beine bewegen. Es hatte den Anschein, als erkenne es Anna-Aurora, könne es aber nicht anders zeigen als mit einem winzigen Zittern der Stirn.
Als es fünf Monate alt war, hörte das Leben in ihm auf, ebenso zufällig und zerstreut, wie es sich in ihm gehalten hatte.

Es starb Anfang April, eines Nachts, während alle schliefen.
Anna-Aurora saß neben der Wiege auf dem Boden, ein zusammengefaltetes Handtuch an der Stirn. Sie war hinaufgegangen, um es atmen zu hören, und schlief ein, während sie dasaß und lauschte.
Sie schliefen beide.
Das Mädchen aber schlief weiter und wachte nicht auf.
Zu diesem Zeitpunkt war Anna-Aurora schon wieder schwanger. Und im Dezember dieses Jahres gebar sie einen nicht kranken Jungen, der Carl Emanuel genannt wurde.

70

23. März 1916:
Sie konnten es im Versammlungssaal hören. Nach dem Sonntagsgebet des Vorstehers hörten sie, wie er durch den Boden hustete, und wie die Wände mit Knacken antworteten, wie in Knien und Rücken alter Männer, oder an den Handgelenken in den Händen.
Anna Hoeffer war oben, und Mrenta Nebb und Inez; und Abraham Nebb kam während des Liedes herein (des zweiten, Die Geöffnete Perlenpforte) und flüsterte dem Vorsteher ins Ohr. Und der Vorsteher stand braungelb auf, und beide gingen mit Hemdsärmeln und blanken seidenschwarzen Westenrücken den Mittelgang hinunter, vor allem die Ärmelhalter des Vorstehers mit gelben Metallklammern. Sie glichen zwei Mistkäfern mit Rückenschilden, und die gewachsten gelben Stiefel des Vorstehers waren auch zu hören.
Sie sangen weiter; und als sie geendet hatten, hörten sie deutlich, daß er nicht mehr hustete. Und sie saßen in der Wärme des Ofens und lauschten auf das Feuer und den Wind in den Wänden und das Sonntagsknacken in den Fenstern und die Schritte auf dem Fußboden oben dort, wo er starb.

Tuppen hatte inzwischen klargemacht, daß er sich den Tod wie eine braungestrichene und abgeschabte Küchentür vorstellte, hinter der man den Nickelkran der Spüle tropfen hörte. Frischgebügelte Handtücher lagen in Stapeln auf der Marmorplatte des Backtisches. Das Fensterlicht war in dem blankfettigen Husqvarnaherd erstarrt.
Er öffnet die Tür und geht die Kellertreppe hinunter, bis er ganz unten im Kesselraum mit dem Gesicht an der Mauerwand steht.
Die Kälte beginnt im Nacken. Er preßt sich gegen den rußergrauten Mörtel, bis er mit dem halben Gesicht und den Schultern und der Vorderseite des Körpers drinnen ist.
Er ist vollkommen still und atmet nicht, und die Mauer schließt sich hinter ihm, und die Steine legen sich an ihren Platz. Dort

steht er in der Dunkelheit der Mauer, und die Treppe ist still und die Küchentür offen und die Küche geputzt und ebenso friedvoll wie jede andere Küche, in jedem anderen Irrenhaus, an einem frühen Sonntagmorgen.

Nach dem Abendessen durften sie in einer Reihe hineingehen und an dem Sarg vorn auf dem Podium vorbeigehen; Anna Hoeffer aber war nicht dabei.
Der Tisch des Vorstehers war beiseite gerückt, und zwei Kerzen brannten, und er lag da und hustete mit offenem Mund lautlos weiter, als tue es immer noch weh.
Seine Hände waren schon gegen die langen gelbvioletten Klauen ausgetauscht, und er glich einem federlosen Vogelmenschen in schwarzen Kleidern, und lauschte mit geschlossenen Augen ihren Füßen, wenn sie an den Sarg heranschlurften.
Die Kerzen knisterten, und die Orgel begann mit schleimvoller Brust zu ächzen, und pfiff, wenn unten am Boden die Erstikkungsluft herausstürzte.
Dann gingen sie in die Schlafsäle zurück, und Anna Hoeffer war nicht dabei.
Der Vorsteher löschte die Lichter, und Arvid Waern und Åke Hansson trugen ihn in den Keller neben dem Kesselraum, und sie sahen ihn nie mehr.

Am Morgen war Tuppen als allererster unten in der Korbwerkstatt. Sillen roch nach saurem Pißstroh, und der Leim kochte wie gewöhnlich.
Und als er um zehn das Dachfenster öffnete, kam der Geruch des Laubes vom Vorjahr in der Gartenerde und an den Bäumen herein, und das Geräusch der ersten Möwen über den Äckern.
Und sie hörten, wie es aufgehört hatte zu regnen, als er starb, und Tuppen schloß das Fenster.

71

In diesem Frühjahr starb Propst Aulin.
Es war ein strahlender Morgen, in der Woche, in der von Jenseits Des Meeres die Hilfe kommen sollte. Ein hoffnungsvol-

ler Morgen war es, wenn die Frühlingssonne auf die Holzwände brennt und den Wegkies verführt, nach Himmel zu riechen, auch wenn man einen schmerzenden Vierzigjahrerücken hat und der Leberfleck auf der Stirn der Daumenabdruck eines Schwindlers ist.
Mrenta Nebb ging im Gras und in der Sonne den Kirchhang hinunter und dachte an Die Leute aus Avignon, die kommen sollten, und warum aus dem Schornstein von Anna Hoeffers Herd kein Rauch kam.
Dann berührte sie die Tür und wußte, bevor sie eintrat, was sie dort drinnen sehen würde.
Er saß aufrecht und zerbrechlich im Bett, mit Kissen gestützt, frisch gewaschen und in seinem leuchtend weißen Nachthemd. Anna Hoeffer schlief im Stuhl neben dem Fenster, als habe sie ihm eben Gute Nacht gesagt. Auf dem Schoß hatte sie ein Bündel alter Kleider, einen kirschroten Verskalender mit körnigen Deckeln und seine blankgetragenen Amtshosen.
Beide Gesichter schliefen grau und schon aufgelöst: zurückgenommenes, erleichtertes Lächeln, zurückgelassenes.
Oben auf dem Friedhof stand Mrenta dann im ersten Aprilsturm und sah auf ihre Hände hinunter, während der Prediger widerwillig in das Sprachlabyrinth eintrat, in dem Epochen ins Grab gingen und die zwei Herzen der Dienenden Liebe sich begegneten.
Doch vor allem war sie an diesem ganzen Tag nur alt, als handele es sich um eine Magenkrankheit. Und nachher machte sie sich, so gut sie konnte, an der gelähmten, zurückgebliebenen alten Frau zu schaffen, die plötzlich ganz und gar Haushälterin geworden und in das Besucherzimmer eingezogen war.
In der Nacht träumte Mrenta von ihrer eigenen Hochzeit: ein Planwagen mit stoffverkleideten Spiegeln und Zimbeln rollte die Straße hinunter, in der sie als Unverheiratete in Göteborg gewohnt hatte. Und nach der Morgenmahlzeit in den Sälen ging sie zu Magdalena Bias und bat um Hilfe gegen ihre Schmerzen im Kreuz, eigentlich vor allem, damit das arme Mädchen etwas zu tun hatte und ihre Hände wiederfand. Während sie so beschäftigt waren, und sie im Ehebett wie ein Stück Vieh auf dem Bauch lag, und mit Essig eingerieben wurde und den Geruch des Mottenmittels im Kissen in der Nase hatte,

ohne zu fragen, hörten sie von draußen die Rufe. Und sie gingen auf die Treppe hinaus, sie noch mit der Essigkühle im Kleiderrücken, und sie sahen durch das Blattwerk der Ellerbüsche die Mäuler einiger Pferde.

Dann tauchten die schweren, braunen Körper der fremden Wesen auf, staubig und mit einer Flunsch, als seien es die anderen, die aus dem Ausland kamen; und sie starrten zunächst die Pferde an, denn in den Wagen waren keine Menschen zu sehen.

Schon da hatte sich vieles verändert; auch wenn es noch am Nachmittag nicht mehr als eine Menge Koffer aus Rohr und Segeltuchsäcke in einem großen Haufen auf dem Boden in der Kirche war. Gehäkelte Taschen mit Schnüren und Ledergriffen, die unfaßbar weit gereist waren.

In den Bänken saßen Menschen mit fremden, hohlen Wangen oder hastig abgekürzten Lächeln in schwarzen Bartgründen.

Inez, Mrenta und Marjo Lyckou kochten eine schnelle Fischsuppe; und die Fremdlinge erhielten Schwarzbrot, das sie vorsichtig brachen und in den gelben Safrandampf der Becher tunkten, während sie unverständlich und leise redeten, auch mit ihren plärrenden Kindern. Mrenta zählte siebenundzwanzig Erwachsene jeden Alters, und achtzehn Kinder, so fremd, daß ihre eigenen nur dastanden und gafften. Doch es lag nichts von Reichtum über ihren Kleidern. Nur müde Schnüre um die Bündel auf dem Fußboden. In den Koffern ahnte man gebrauchte Kleider und bestenfalls Rasierspiegel und vielleicht etwas aus Leipziger Messing.

Darum setzten sich die Dorfbewohner ganz hinten in die Kirche und warteten, ohne zu wissen worauf, während die Fremdlinge fertig aßen.

Ihr Sprecher war, wie sich herausstellte, ein untersetzter Mann mit langbewimperten, gewölbten Augenlidern und einer gebogenen Nase, wie sie die tropischen Huftiere haben, die man Tapir nennt.

Er bewegte sich mit kleinen runden Bewegungen mitten unter ihnen; und vor der Kirchentreppe stellte er sich vor, indem er in den Kies seinen Namen mit einem spanischen Rohr schrieb, in dessen Innerem die Klinge einer federbetriebenen Stechwaffe zu sehen war.

Er schrieb mit zierlichen Bewegungen des ganzen Armes und mit entsprechendem Ernst im runden Gesicht. Doch nicht einmal der Prediger, der sich in die erste Reihe der Neugierigen drängelte, konnte lesen, was der Tapir mit seinem drohenden kleinen Schnabel geschrieben hatte. Was steht da? flüsterte man mißtrauisch. Doch der Prediger konnte die Schrift nicht deuten und gab vor, nichts gehört zu haben.

Später deutete man den Namen als »Adurenn« oder »Aduren«. (Und viele Jahre danach erklärte der Prediger dem schönäugigen Mann, es sei aus praktischen Gründen und nicht aus Mangel an Respekt geschehen, daß sie ihn Klein Rigor getauft hatten. Wem dieser Name aber eingefallen war, daran konnte er sich zu diesem Zeitpunkt nicht erinnern.)

Als der Messerstock fertiggeschrieben hatte, brach der Kleingewachsene durch das Gedränge und ging lächelnd zu den Seinen in der Kirche zurück. Doch weder sein Rücken noch der Stock lächelte.

Man hätte erwarten können, daß sich der Intendent mit seinen sämtlichen Kinnen draußen betätigt hätte. Doch er war nirgends zu finden, und der Prediger räusperte sich nur, als Mrenta Nebb fragte, ob er etwas von der französischen Sprache verstehe.

Vorn am Chor aber zeichnete der Anführer, daß all die staubigen und schwärzlichblassen Gesichter aus der Kirche wollten; und draußen in der Windkühle über dem Kies zeichnete er eine Reihe spitzer Zelthäuser in die Erde.

Man sah sie den Ortswechsel vornehmen. Frauen in steifen, graubraunen Wollkleidern vom Hals bis zu den staubigen Schuhen gingen vorbei; und Halssehnen und unsicheres Lächeln. Die Männer folgten in einem Haufen, und Tuppen zeigte mit großen Gebärden auf die Landzunge bei Dem Leiden und auf die trockene salzduftende Erde zwischen den Bäumen, wo sie die Nacht verbringen konnten, wenn sie es so wollten.

Mrenta hätte an ihnen Gefallen finden müssen, doch sie enttäuschten sie nur und machten ihr die Beine schwer.

Als sie am Abend im Gästehaus fertig war, ging sie zum Lager

hinunter, und sie sah die Gestelle aus Decken und Stangen und die Fremden, die sich verstört ein- und ausbewegten. Sie fühlte sich selber fremd, hatte aber dieselben Schatten über sich wie sie, und den fremden Schein des Feuers.
Auf Decken lagen Kinder und schliefen in Decken gewickelt; überall war Unordnung, niedergetretenes erdiges Gras und Ausrüstungsgegenstände, die zu unsicheren Wehren aufgestapelt waren. Die erschöpften Frauen und Männer waren meist mit dem Gepäck beschäftigt, doch schließlich verschwanden sie einer nach dem anderen hinter den Decken. Auch die Zuschauer, die in der Dunkelheit zwischen den Bäumen standen, machten sich jetzt nach und nach schweigend davon; und Mrenta ertappte sich dabei, wie sie Staub schluckte, als sie im Mondschein über den Weg zurückging, denn sie hatte mit niemandem gesprochen, nicht einmal in Handbewegungen, nur zwischen den Zelten gestanden und versucht, wie ein Mensch auszusehen.

Am nächsten Tag aber kam in einem frischlackierten Einspänner der Superintendent angehetzt. Und nach dem Gottesdienst schien alles klarer, als man begriffen hatte, daß die Deckenmenschen in Worten denken konnten, die der Intendent mit feuchten Mundwinkeln aussprach und die verständlich waren.
Der kinderäugige Schnabelmann erklärte (nach der Mehlsuppe und dem Knäckebrot in den Kirchenbänken), etwas sei »Freude« und etwas sei »Gottes Hand« und etwas sei »Häuser bauen«. All das nahm Geruch und Geschmack an und wurde zu Lauten, als man aufstand; und da hatten fünf Männer mit Schnurrbart und Koteletten etwas gesungen, das ein Kirchenlied sein sollte, vorn am Chor zusammengedrängt.
So war es auch mit dem Himmel draußen: das Licht trieb unter einem harten, blauen Dach den Morgen frei. Und in die Männer im Dorf kam Leben, als sie den Anführer Äxte und Sägen an all die austeilen sah, die die Hände ausstreckten, und sie begannen, hilfsbereit zu werden. Schließlich halfen alle irgendwie mit, Teile des undichten Holzes heranzuschleppen, das seit dem Bau des Turmdaches hinter der Kapelle lag; und Tuppen zeigte auf die Bäume unten am Strand, als wolle er erklären, daß man aus denen da Häuser baue.

So kam es, daß der Häuserbau sie rettete: das Holz, die Steine, die Spaten, die Hobeleisen. Langsam nahm etwas Form an.

Vor den umgewehten und wiederaufgerichteten Gestellen aber saßen auf einem Bastteppich auf dem Boden die ganze Zeit über drei alte Männer. Sie spuckten, rauchten und kauten leer mit geschrumpften Köpfen. Man sah ihre Schlüsselbeine, und die gekrümmten Arbeitswerkzeuge, die einmal ihre Hände gewesen waren. Sie saßen noch da, als alle gegangen und die Wasserkessel über dem Feuer kalt waren.

Wo sie saßen, konnte man das Meer an Blattwerk und Wurzeln reißen hören. Und mit jedem Tag wurde deutlicher, daß sie auf dem Bastteppich sitzenblieben, um zu zeigen, daß sie den ganzen Weg bis zur äußersten, unmöglichen Außenkante der Welt gereist waren, um sitzenzubleiben, wo sie saßen.

Die anderen begannen, weiter draußen auf der Landzunge Häuser zu bauen; am Strand hinter dem Hafen entlang, zum Dickicht hinauf, wo Das Leiden ins Meer floß.

Das Gebiet war ein schmaler, baumgesäumter Osstreifen zwischen Strand und Landstraße. Die Bäume standen ausgedünnt und windschief: die Häuser der Fremdlinge würden einen Windschutz für die Häuser im Rachen bilden.

Sie hatten den Platz nicht selbst gewählt. Doch der Großäugige mit der Nase und dem spanischen Stock hatte nichts einzuwenden.

Die schweißigen und frierenden Männer gruben für jedes Haus einen viereckigen Graben, genau so groß, wie der Fußboden werden sollte. Zum Graben zogen sie lange Baumstämme, die sie mit Arvid Waerns Hilfe vom Fågelmarawald dorthin transportiert hatten. Um die Baumstämme traten sie die Erde fest, so daß das Holz von sich aus aufrecht stand. Dann nagelten sie an den Innenseiten der Wände gegabelte und zugerichtete Stützen fest, um die Stämme daran zu hindern, einwärts zu kippen. Über die Stammwände schlugen sie ein Borkendach aus Birkenrinde, und vor das einzige Fenster hängten sie einen Fensterladen aus Borke. Die Türen befestigten sie an Scharnieren aus Leder.

Einige, die besonders genau waren, legten einen Boden aus grob zugeschnittenen Brettern, doch die übrigen begnügten sich mit der Erde.
Am Anfang übernachteten alle, Männer, Frauen und Kinder, auf Tannenzweigen auf dem Boden. Später bauten sie Plattformen an den Wänden entlang und stützten sie ab, und darauf legten sie die Betten.
Sie arbeiteten ruhig, die Männer mit bloßem Oberkörper, vor allem die jüngeren. Sogar ihre Körper waren in dem bleichen Frühlingslicht anders: nackter.
Mrenta ging manchmal dorthin, wenn sie in der Nähe zu tun hatte. Sie begann, die neuen Verhaltensweisen zu lernen und von Gesichtern erkannt zu werden, denen sie nur zulächeln konnte. Wenn Abraham dabei war, sah sie in seinen Augen dasselbe, was sie mit ihren eigenen sah: die heimatlose Freundlichkeit, das Lachen, das metallisch klang, Speisen aus gekochten Teigen, triefend von Öl und Weinessig. Und eine zunehmende Nachsicht.
Die Hühner auf den untersten Baumästen saßen auch da und guckten zu. Darum lag Hühnermist auf der Erde: dünne, fadenweiße Grashalme erstarrten in der ersten Sonnenwärme zu Kalk.

An einigen Sonntagen am Anfang kamen die Fremdlinge mit ihren umherstreifenden Augen in die Kapelle.
Dann hörten sie damit auf. Dafür bauten sie oben im Haseldikkicht jenseits des Flüßchens eine Art einfachen Freiluftaltar. Dort sangen und lärmten sie mit Instrumenten, die wie Pfeifen und Zimbeln klangen. Und der Anführer oder eine der alten Frauen las aus einem handgeschriebenen Buch mit Deckeln aus Hundeleder.
Später zeigten sie das Buch dem Intendenten, und erklärten, es enthalte die wichtigsten der Schriften Des Meisters, in die eigene Sprache übersetzt. Der Superintendent sagte, daß auch er gewisse Gedankengänge und Begriffe Des Meisters zu erkennen glaube. Doch alles hatte einen sehr fremden Tonfall – als sei der Text auf der anderen Seite einer beschlagenen Glasscheibe entstanden.
Da berichtete der Anführer, Klein Rigor (das Gesicht dunkel-

geädert wie nach einem Ölbad), er selbst habe dem Bibliothekar Pernetty bei der Übertragungsarbeit aus dem Englischen geholfen: er sei in seiner Jugend zur See gefahren, und von englischen Kriegsschiffen aufgebracht worden, und sei mehrere Jahre auf Neufundland und in Nova Scotia in Gefangenschaft gewesen, in dem Gebiet, das man Akadien nannte.
Und der Intendent, dessen Französisch magerer zu sein schien, als er zugeben wollte, sagte auf schwedisch zu den Umstehenden, daß dieser Umstand vermutlich keine Auswirkungen auf die Übersetzung habe. Daß aber Der Meister selbstverständlich schwedisch gedacht habe, welches ganz und gar zu verstehen für Ausländer unmöglich sei.
An diesem Tag fragte der Prediger den Superintendenten, wie man sich dazu verhalten solle, daß die Franzosen den Gottesdiensten fernblieben, und ihren gelinde gesagt bemerkenswerten Riten gegenüber. Doch die vielen Kinne des Intendenten signalisierten nichts als Irritation.
»Die Gesellschaft garantiert ihre Christlichkeit«, sagte er abkürzend. »Und eine Gesellschaft, die sowohl den Herzog als auch den Vorsteher einschließt, braucht wohl keine weitere Akkreditierung beim Höchsten, oder?«
Da hob der Prediger seinen schiefgelegten Kopf, und Mrenta starrte die grobporige Haut an, die sein langes, dünnes Nasenbein umschloß.
»Das ist auch meine Meinung«, sagte der Pastor gleichgültig.
Dies geschah an einem regnerischen Sonntagvormittag auf der Gästehaustreppe, und die beiden Geistlichen waren gekommen, um ein Gebet über Bernt Mattson zu sprechen, der sich seit vier Tagen erbrach.

Zweites Buch

Zwanzigster Tag

I

Im Spätwinter des Jahres, in dem Himmer sechzig Jahre alt wurde, begann er eine historische Übersicht über das Dorf zu schreiben, die seine Taten rechtfertigen und sein Leben würdiger machen sollte.

Er war zu diesem Zeitpunkt krank und zeitweise verwirrt, und das Ende Der Chronik sollte mit seinem eigenen Tod zusammenfallen.

Es war vier Jahre, nachdem sein Sohn Andreas, schon erwachsen und besiegt, das Dorf für immer verlassen hatte: und Die Chronik war auch an ihn gerichtet.

Sie war aber auch in dem Versuch geschrieben, die Zeit aufzuhalten. Sie wollte einen Endpunkt markieren. Sie wollte die Entwicklung zwingen, den Gedanken, daß die Zukunft eingeholt sei, zu akzeptieren und daß von jetzt an das Ziel in einem Gleichgewicht bestehe, in dem die Vergangenheit mit dem Jetzt zusammenfällt.

Er war erstaunt über die Kraft seiner Erinnerung. Sie gab ihm Bilder, die deutlicher waren als damals, als er sie erlebt hatte. Darin ahnte er eine Falle. Die fortrasende Zeit wollte ihn zu der Annahme verleiten, sie bewege sich im Kreis. Doch er ließ sich nicht darauf ein.

Während er schrieb, überfielen ihn manchmal Gefühle ähnlich denen, die er in seiner Jugend gehabt hatte, als er mit verbundenen Augen auf der rasselnden Wagenpritsche durch Die Wälder Im Norden gefahren war.

Wie damals empfand er Schrecken, Lust und Sicherheit. Und daß etwas anderes wartete.

Er beschreibt (klar und verschoben wie im Inneren eines Bernsteins) den unvergeßlichen Sommer einunddreißig Jahre früher, als das Gerücht umging, der Vorsteher sei vom Herzog in der Audienz abgewiesen worden. Als auch mit ihm, Himmer, etwas geschah; als er »gelandet« war und »klargesehen« hatte.

Lange danach deuteten seine Anhänger die Veränderung von

den verschiedenen Standpunkten aus, die ihre eigenen Leben bestimmten.

Jemand meinte, er habe eine religiöse Krise durchgemacht, oder möglicherweise die Lockerung der politischen Lage gesehen, auf die er gewartet hatte. Ein zweiter nahm an, daß ihm die Bedeutung seiner Ehe – ihr Beginn in einem Zustand von Verirrtheit und halber Apathie – deutlich geworden sei. Der Tod des ersten Kindes im Frühjahr zuvor habe ihm die Augen geöffnet: er und seine Frau seien für immer verurteilt, sich gegenseitig fremd zu bleiben. Die Einsamkeit des Menschen spiegelte nur die Der Schöpfung, sagte dieser Interpret. Wenn es möglich sein soll, das Leben zu leben, muß das Wissen von ihm bekämpft werden: Aufruhr und Gemeinschaft seien notwendig.

Andere (eine Minorität) behaupteten, Mrenta Nebb habe ihn ganz einfach im Gästehauskeller eingesperrt, um ihn zu zwingen aufzuwachen.

Auf jeden Fall schrieb er in Die Chronik:

»Die Zeit verdichtete sich zu einem unvergeßlichen und goldenen Sommer. Niemals ist mir das Licht über dem Dorf klarer erschienen. Etwas erwartete uns. Es war, als verlasse man einen dunklen Raum. Als gewinne man das Augenlicht zurück und sehe den Flug der Flügel: strahlend, befreiend.«

Zu dieser Zeit drängte man sich nach wie vor im Sanktuarium. Das Gästehaus war vollbelegt, und jede Familie hatte außerdem mindestens einen Pensionsgast in Kost.

Seit die Einwanderer gekommen waren, hatte sich das Neuland verdreifacht. Gottes Volk hatte immer weiter nach Norden jenseits der Oser Ackerland gewonnen. Im Grasmeer westlich der großen Landstraße hielt man anwachsende Schafherden, und dort weideten auch Kühe und zottige, kurzbeinige Pferde. Die Schafe gaben gute Wolle. Und obwohl die Dorfbewohner schon lange kein Fleisch mehr gegessen hatten, verkauften sie Trockenfleisch und Häute bis nach Calmar. Da aber hatte der Aufkäufer von Christianopel schon ordentliche Brocken aus dem Verdienst herausgeschnitten.

Neue Wege, eine holländische Windmühle, Arrest und Feuerwehr – die Entwicklung hatte mit verblüffender Kraft das Dorf

gepackt. Doch noch spürte Gottes Volk in sich, daß Gott Tat ist. Sie versammelten sich abends um Das Berührungsbecken, um Das Neue Leben einzuatmen, und um Kraft zu bekommen, Ihn jeden Morgen auf dem Rücken zu tragen.
Manchmal aber blieben einige zu Hause und sammelten in ihren Bettladen Kraft auf eigene Faust. Manche lagen so lange da und guckten an die Decke, daß ihre Gedanken Worte erfanden, von denen sie nicht wußten, ob es sie gab. Und als das Pensionssystem zwei Gratiskostgänger erforderlich machte, richteten sich einige von ihnen auf Dauer in der Müdigkeit ein. Sie hörten auf, ins Sanktuarium zu gehen und blieben liegen, ohne recht zu wissen, was sie damit beweisen wollten.
Tuppen, der Intendent, der Gesandte und Bias hatten einer nach dem anderen Grund, auf das, was geschah, aufmerksam zu werden. Und sie alle deuteten das Phänomen als eine ganz und gar theologische Erscheinung. Johanson-Radier erhielt daher die Anweisung, die Ausflüge ins Paradies, die er gemeinsam mit Dem Meister die Gemeinde fünfzehn Sonntage hintereinander vornehmen ließ, abzubrechen. Er fragte den Intendenten nicht, ob man statt dessen in Den Abgrund hinabsteigen solle, sondern ging davon aus, daß eine Umorientierung in dieser Richtung wünschenswert sei. Und in acht aufeinanderfolgenden Festgottesdiensten ermüdete er alle mit einer anscheinend endlosen Irrfahrt durch sämtliche Offenbarungsformen der Geistigen Verstockung, alles in einer Stimmung von Heimsuchung und Mißernte.
Die Erbauungslesung hatte wie erwartet einen geringen Effekt, und das ging so weit, daß selbst Bias in seiner nachlässigen Insichgekehrtheit auf die langsam anwachsende Schar aufmerksam wurde, die nicht mehr im Sanktuarium Erneuerung suchte.
An einem denkwürdigen Abend schuf er daher, mit seinen bloßen Händen, über die Köpfe der Anwesenden hinweg, einen vom Wind getragenen Adler. Anschließend umriß er, etwas ungenauer, das Bild von einem verwirrten Haufen, der auf unsicheren Beinen in einer hundekorbengen Welt umherschwankt.
Von diesem Vorfall rührte die Bezeichnung »Die Welpen« für diejenigen her, die Den Berührungen fernblieben; und allmäh-

lich wurde der Terminus im täglichen Gespräch benutzt und erfuhr später eine halb offizielle Prägung während der Streitigkeiten, die in der Zeit vor dem Sturz des Vorstehers entstanden.

Das geschah in dem Jahr, als der neue König noch als Knabe für mündig erklärt wurde.

Eigentlich wußte man nicht viel vom Leben des Vorstehers in Stockholm, oder von seinen Tätigkeiten, oder seiner Größe, oder seinem Ruhm.

Daß der Tod des früheren Königs ihm Bedeutung verliehen hatte, hatte man gehört, und daß er und der Herzog so etwas wie Vorsitzende der Provinzialregierung des Knabenkönigs geworden waren. Und daß gewissermaßen auf diese Weise Die Gesellschaft sicherer geworden war als zuvor.

Doch auch, daß der Vorsteher kam und ging, auftauchte, sein Amt antrat, ausgetauscht wurde und verschwand. Daher kam die Desavouierung des Vormundberaters nicht überraschend; vielleicht war der Sturz etwas tiefer als erwartet. Die Ursachen dafür waren andererseits so zahlreich und so mit ihrem eigenen Ursprung und Ende verwebt, daß sie unüberschaubar bleiben mußten. Man begriff allerdings, daß der Machtwechsel eigentlich nur zwei neue Ruhepositionen für den Herzog bedeutete. Er verlor im Vorsteher seine rechte Hand (und, wie viele meinten, seinen einzigen Kopf) – behielt aber seine Bewegungsfreiheit. Um den Vorsteher dagegen entstand jenes spiegelnde Schweigen, das davon lebt, sich selbst zuzuhören.

Himmer schrieb in Die Chronik:

»Das flüchtige Geräusch herausstürzender Luft wurde durch seine Umkehrung ersetzt.«

Eine Vielzahl von Gerüchten war zu dieser Zeit im Umlauf. Und was den Niedergang und den Sturz auch verursacht haben mochte, die Nachricht von der Verbannung des Vorstehers erreichte das Dorf durch einen Pferdehändler aus Flymen.

Die Gewißheit erreichte sie an einem Mittwoch Ende Mai. Und durch einen Zufall fiel die Nachricht zeitlich mit Tuppens und Bias' lange angekündigtem Erweckungsspiel der Erschaffung Der Welt zusammen; die aus Sicherheitsgründen in

einer zugigen Fischerscheune unten an der Brücke geschehen sollte.
Zwischen mit Teerleinwand und Segeltuch abgedichteten Wänden, in dem schiefen unsicheren Licht von Tranöllampen, schufen sie gemeinsam mit sechs schüchternen und vor sich hin starrenden Männern und Frauen nicht nur die acht Phasen der kosmischen Geburt neu, sondern auch, aus den Winden und den Wettern, die Transformation der Wasserwüsten in Eichenwald und fette Erde.
Man brachte Eichelschweine und Schlangen hervor, schuf Adam und Eva, machte Kains rollende Augen lebendig, durchkreuzte Noahs riesige Ländereien in der Nacht vor dem Regen und praktizierte außerdem – nach einem Tumult szenischer Verwandlungen und verstreuter Geräusche – einen erstaunt hustenden Jona in den Bauch Des Walfisches hinein, letzteren so deutlich von innen gesehen wie die Kajüte eines Holzprahms.
Es war beabsichtigt, daß die Gemeinde, verstummt von dem gewaltigen Geburtsakt, sich anschließend zum Berührungsbekken begeben sollte, wo man den letzten Schritt des Unerhörten Schöpfungswunders erleben wollte: das Aufgehen der individuellen Wiedergeburt im All.
Alles verlief ohne Zwischenfall bis zum letzten Tableau, in dem Bias selbst auftrat, erschöpft, aber zufrieden und mimisch mit einigen untätigen Hirten im Gespräch.
Leider war seine Diktion durch eine Art Zahnlosigkeit der Gesten beeinträchtigt, die auf Erinnerungslücken beruhte, und es kam unter dem Publikum zu Mißverständnissen. Die Handlung entgleiste langsam, und die Vorstellung ging in Chaos über, als eine der Kulissen einstürzte, gerade in dem Augenblick, als eine Herde von Lämmern und singenden Engeln die herrliche Vollendung Der Schöpfung lobpreisen sollte.
Die Vorstellung fand so ein abruptes Ende, und manche meinten, daß man darüber hinaus in der Deutlichkeit zu weit gegangen sei, als man während der Handlung Gottes trikotbekleidete Gliedmaßen beschrieb. Davon abgesehen waren die meisten erschüttert und zufrieden, und im Dunkel oberhalb der Brücke diskutierte man heftig Einzelheiten und die Vielzahl unwahrscheinlicher Phänomene.

In dieser Stimmung von Sachlichkeit und Bestürzung aber wurde es als passend empfunden, in der Marketenderei weiterzumachen, statt ins Sanktuarium zu gehen, zumal weder Bias noch Tuppen erschienen, um den Gang dorthin anzuführen. So endete der Weg nicht am Becken.
Zu diesem Zeitpunkt gingen schon die phantastischen Gerüchte durchs Dorf. Und die Gerüchteverbreitung ging im nüchterneren Licht des folgenden Tages weiter. Die meisten handelten davon, daß die Schauspieler leiblich Schaden genommen hätten durch in der Fischerscheune geäußerte Lästerungen. Andere beschäftigten sich mit dem Glaubenseifer des neuen Knabenkönigs. Er sei unbeugsam, sagte man, in Glaubensfragen eher ein Ladestock als ein spanisches Rohr.
In dieser Situation war auch der Superintendent eingetroffen, und von seinem Tisch in der Marketenderei aus warnte er Gottes Volk und unterstrich wieder und wieder, daß sie sich jetzt beharrlicher als je zuvor an den Herzog und Die Gesellschaft zu halten hätten.
Und Bias, Tuppen und die Berührungstreuen, die sich an diesem Abend im Sanktuarium versammelten, sprachen für das gleiche: Treue und Genügsamkeit.
Genau besehen war die Verwirrung bei allen groß. Nicht einmal der Intendent wußte mit Sicherheit, wovor er warnte, abgesehen davon, daß alle Veränderungen Gefahren mit sich brachten. Und nicht viele wußten, was man wollte, daß passieren sollte, oder um welche Veränderungen zu bitten man hätte wagen sollen, falls jemand mit Der Gesellschaft hätte sprechen können. Das aber hatte etwas mit dem Vorsteher zu tun.
Am selben Abend (als einige zufällig in der Gästehausküche sitzengeblieben waren) las Abraham Nebb zur Verblüffung aller aus Nordenskjölds Traumbuch vor. Und absichtslos begann man, seine eigenen Träume mit den Zeichen zu vergleichen, die in das graugelbe, feuchtfleckige Papier eingedruckt waren; und vieles schien übereinzustimmen. Es gab mehrere, die sowohl auf dem Kopf stehende Brände als auch Mühlräder, die frei die Straßen entlangrollten, als auch Kälber mit Zwillings- oder Drillingsköpfen gesehen hatten. Mrenta Nebb selber hatte von Eulen mit Waagschalen unter den Füßen

geträumt, was, wie sich herausstellte, bedeutete, daß Die Gerechtigkeit von Unreinen Begierden niedergetreten worden war. Und dies schien ja mehr als einsichtig, denn es war wirklich so: die ganze Zeit, in der alles im Schweiße seines Angesichtes wacht, arbeitet und Licht aufnimmt, ist die Eule blind.
Sie arbeiteten, doch andere nahmen sich die Bezahlung. So einfach war das.
Sie dienten Ihm – und so sollte es sein –, doch andere verdienten an ihnen.
Jeden Monat, Jahr für Jahr, waren die Gästeabgaben an den unsichtbaren Kassenschrank Der Gesellschaft geschickt worden, irgendwo, wo die Wege endeten.

2

Zu dieser Zeit waren die Einwanderer noch immer nichts als Fremdlinge. Sie lebten, ganz und gar in ihre Eigenart eingeschlossen, außerhalb des Gästehauses.
Am Anfang war es vorgekommen, daß an den Alltagabenden zwei oder drei von den Männern in Den Rachen hinuntergeschlendert kamen, wenn sie Abendbrot gegessen und sich gewaschen hatten. Bevor sie sich im Schwert in der Ecke hinter der Theke an ihren einsamen Tisch setzten, stiegen sie manchmal die Treppe zu einem der Häuser hinauf und klopften an.
Da standen sie mit weißem Lächeln und nach oben gedrehten Handflächen. Sie verbeugten sich und lächelten und legten die Hand aufs Herz und sagten manchmal etwas, das fließend und unmännlich klang.
Die Männer aus den Häusern erschienen in der Tür und nickten steif und lächelten noch steifer. Beim ersten Mal baten sie sie herein. Dann verbeugten sie sich nur und schlossen die Tür etappenweise, mit Gesichtern, die von Bedauern bedeckt waren oder leichte Erkrankungen andeuteten.
Und die Besucher blieben mit dem Lächeln zurück, das eintrocknete. Sie sprachen nicht einmal miteinander, als sie später in der Marketenderei am Tisch saßen: als verstünden sie selbst ihre eigene unbegreiflich schnelle und dahingleitende Sprache auch nicht mehr.

Später waren es nur noch die Kinder, die sich vorwagten; wenn auch behutsam, um nicht von den Älteren wegen Treulosigkeit am eigenen Ursprung kritisiert zu werden. Viele im Dorf sahen, wie sie in Horden oder kleinen Gruppen herumlungerten, füreinander blind wie Welse. Doch niemand unternahm etwas dagegen, außer Magdalena Bias, die eine Schule für sie eröffnete.

Sie stellte das stille, stumme Haus zur Verfügung, in dem sie wohnte. Mit Hilfe des Predigers begann sie unsicher, sie im Rechnen, Lesen und Schreiben zu unterrichten, während sie gleichzeitig, Wort für Wort, ihre zeichenreiche und scheue Sprache zu lernen versuchte.

Sie saß mit den Kindern im Saal auf dem Fußboden, die Beine unter sich hochgezogen und die Stirn mit Schweißperlen bedeckt, umgeben von Gegenständen, die sie aus Schnüren, Flicken, Kleister, Hölzchen und Zapfen anfertigten. Gemeinsam *machten* sie Worte – und verzögerten so die Auflösung der Wirklichkeit, die sie gemeinsam hatten.

Alle im Dorf wußten, daß Magdalena Bias' Ehe unheilbar unglücklich war. Sie ging nie mit ihrem Mann ins Sanktuarium und nahm nur selten an der Arbeit mit den Gästen teil.

Wenn einige der Dorffrauen einen Besuch bei ihr machen wollten, wußten sie, daß sie deprimiert und mit einem Gefühl zurückkehren würden, als scheuere ihnen die Hoffnungslosigkeit an die Haut. Man saß da und betrachtete ihre Finger, die unablässig Tischdecken, Tücher oder Schals stickten; und der Geruch von Kalk und Reinheit, der von Wänden und Decke des unglücklichen Hauses ausging, betäubte in seiner Absichtslosigkeit.

Die magerblasse junge Frau sprach niemals mit jemandem über ihre Ehe, nicht einmal mit Mrenta Nebb. Doch ihre Lippen und Wangen waren unnatürlich dünn geworden, als sei in einem langwierigen Schlachten alles Blut aus ihnen verschwunden.

Sonntags ging sie mit Dem Berührer in die Kirche, sonst saß sie in der guten Stube in Propst Aulins fleckigem Ledersessel und nähte. Sie antwortete auf Fragen, fragte aber nie zurück. Ihre Stimme war klein und geduckt, und manchmal öffnete sie nicht einmal, wenn man an die Tür klopfte. Das Haus war tatsäch-

lich so still, daß man deutlich das Geräusch der Nähnadel hören konnte, wenn sie drinnen durch den Stoff fuhr.
Irgendwann einmal, als sie länger als zwei Jahre verheiratet war, überraschte sie Mrenta mit der Äußerung, sie habe »die Liebe verraten«.
Das geschah in den Tagen, als Inez Carlbergs Antrag, Daniel Pettersson heiraten zu dürfen, vom Admiralitätskonsistorium abgelehnt wurde. Doch als Mrenta fragte, was sie meine, konnte und wollte sie nicht erklären; und da brach Mrenta zu ihrem eigenen Erschrecken plötzlich in Tränen aus.
Magdalena aber saß die ganze Zeit stumm und bewegungslos und halb verschwunden in dem riesigen Ledersessel, während ihre Finger unermüdlich in das Stickmuster aus schnäbelnden Vögeln und Schlangen flüchteten.
Viele Jahre später vertraute sie Himmer an, daß Bias zu der Zeit, als Anna-Aurora ihr erstes Kind gebar, das kleine Mädchen, das starb, begonnen habe, sie selbst gegen ihre Kinderlosigkeit zu magnetisieren.
Bias war damals ständig im Sanktuarium tätig, und es ging das Gerücht, daß er bestimmte Frauen manchmal kraftvoller berührte, als notwendig war. Er war zu Magdalena immer freundlich und bestellte aus der Stadt oft Geschenke für sie: Kissen, Kästchen und kleine schwankende Porzellanfiguren. Ihre Kinderlosigkeit aber quälte ihn, und er zwang Magdalena, langwierige und bis zur Unwirklichkeit wiederholte Deflorierungen über sich ergehen zu lassen. Er hinterließ seinen Samen in allen Öffnungen ihres Körpers und drang unablässig in sie ein, als wolle er sie allein durch die Kraft seiner Ausdauer zur Fruchtbarkeit zwingen.
Die Behandlungen konnten sich über mehrere Tage erstrecken. Mit Fingern und Zunge brach er jeden Teil ihres Körpers auf, streichelte sie in langen und mechanisch komplizierten Berührungsmustern, die erst nach Stunden zu seiner eigenen Ejakulation führten.
Manchmal, schon vor Erschöpfung schluchzend, zwang er sie, sich selbst mit den Fingern oder fremden Gegenständen zu berühren. Er preßte naturwidrige Dinge in sie hinein und brachte sie, auf diese Weise gedemütigt, dazu, sich so durchs Haus zu bewegen. Manchmal vergaß er sie und schlief ein,

und sie konnte ihn im Schlaf schluchzen und wimmern hören. Und er setzte die Magnetisierungen in all den fünf unsichtbaren Jahren fort, die ihre Kinderlosigkeit dauerte.

Es war ein heißer und regenarmer Frühsommer. Die Espen oben an der Straße schrumpften im Seewind. Doch es fiel gerade soviel Regen, daß die Ernte überlebte.
Am Abend war es feuchter als am Morgen, und die Häuser füllten sich mit stickiger Luft. Draußen war der Wind bei lebendigem Leibe in eine unsichtbare Wand eingemauert. Abend für Abend glaubte man, ein Gewitter werde Wind und Regen aus dem dampfenden Waschkessel ziehen, den der Himmel über dem Dorf trockenkochen ließ.
Doch nichts geschah; abgesehen von dem Schmutzrand, der ganz weit draußen über dem Wasser wuchs, bleigrau.

3

Als im Juni überraschend der Gesandte auftauchte, war er krank und schlecht beisammen. Alle konnten es sehen: er hatte durch den Sturz Schürfwunden davongetragen, oder Schlimmeres.
Einigen tat er leid. Doch Mrenta Nebb meinte, daß er sich Sturzspeck hätte zulegen können, solange er auf dem höchsten Speisekammerbrett saß; und daß niemand dort sitzen dürfe, der nicht selbst Essen über die Schwelle geschleppt habe. »Das kann er auch dem Vorsteher ausrichten«, sagte sie. »Und daß beide hier herzlich willkommen sind, mit uns Dem Herrn zu dienen.«
In der schwülen Hitze ging der Gesandte zu Bett, sobald er im Dorf eintraf. Er machte sich nicht einmal die Mühe, unter seiner Silberweste den neuen Eßbauch abzuschnallen; und obwohl der Roßhaarkranz von Ohr zu Ohr auf der Rückseite des Schädels zu graubuschiger Protzigkeit hochgebürstet war, sah er verwelkt, gelb und kahlköpfig aus. Er gab deutlich zu verstehen, daß er nicht die Absicht hatte, sich an vieles von seinem vorigen Besuch zu erinnern, und antwortete nicht, als Tuppen ihn freundlich fragte, was eigentlich damals aus ihm geworden sei.

Erst am Nachmittag des vierten Tages ließ er Himmer in die Kammer in Bias' Haus rufen. Er war noch immer krank, unbekannt, woher das kam: Herzklopfen, Wallungen oder einfach Gram.

In dem unbeschreiblichen Gestank des ungelüfteten Raums legte Himmer ohne viel Umstände ein Schreiben vor, das Mrenta Nebb aufgesetzt hatte und das in siebzehn einfachen Punkten den Verdienst für die verlangte, die arbeiteten; das heißt die Freiheit, in allem zu entscheiden, was das Dienen in Gott betraf, und wie die Arbeit verrichtet werden sollte.

Der Winter dieses Jahres war fast schneelos gewesen: nebelig und sturmschwach. Das Meer hatte eisfrei gelegen bis zum Polnischen und Deutschen Land.

Aus irgendeinem Grunde verknüpfte man den Besuch des Gesandten eher mit solchen allgemeinen Wetterbeobachtungen als mit dem Faktum, daß der Vorsteher in Stockholm ins Unwetter geraten war. So war es ja immer. Auf gewisse Weise endete die Fähigkeit, sich den Zusammenhang mit der Welt vorzustellen, oben an der Wegkreuzung. Außer wenn es ums Wetter ging. Das war zugänglich, beschreibbar und für die meisten nicht-feindlich.

Man spekulierte darüber, warum er gekommen war. Was er *wirklich* dort zu tun hatte, konnte man ja nicht wissen. Die Abrechnungen kontrollieren? Gewiß, vor allem jetzt, wo der Vorsteher übel dran war. Aber darüber hinaus? Daß etwas ihn jagte, merkte man gleich. Er schien plötzlich überall gleichzeitig zu sein und rannte herum, als meinte er, das Dorf werde ihm weglaufen. Er war in der Klemme, soviel war sicher: zwischen Hammer und Amboß.

Vermutlich war es etwas Derartiges, das ihn eines Montags als ein neuer Mensch aus dem Krankenbett zwang. Auf jeden Fall hatte niemand je zuvor eine so gesunde Kränklichkeit gesehen. Seine Zähne glänzten von falschem Porzellan, sein Hals ragte aus dem Rumpf wie ein Stierschwanz. Er ging kraftvoll auf matten Beinen und schenkte den Frauen müdgeile Theaterblicke.

Um zu demonstrieren, daß er als unparteiischer Berater gekommen war, zog er bei Bias aus und bei Önert Andreasson ein;

und bereits am Mittwochvormittag hatte er alle wichtigeren Plätze des Dorfes besucht. Er zeigte weder Müdigkeit noch Spuren vom Schüttelfrost im Sommer, sondern schien das Wetter, den Dunst und die stickige Luft zu genießen.

Am Abend traf wie erwartet der Superintendent ein, und beide nahmen an einer innigen Berührungsversammlung im Sanktuarium teil.

Und bevor sie sich am Becken festbanden, sprach der Intendent zu den Versammelten. Die Betrachtung handelte von Der Treue: von der Einheit Der Seele in Materie und Geist; oder von etwas, das der Seligen Einfalt nahe war.

Am Tag darauf machte der Gesandte einen Rundgang bei den Einwanderern. Er nahm die Säuglinge auf den Arm, kniff den Frauen in die Wange und strich den jungen Mädchen übers Haar. Er umarmte einige von den Männern, als habe er jeden einzelnen vermißt, und beugte vor den Alten den Kopf. Und als er sich unterrichtet hatte, welche zu Tode gekommen waren, traten Tränen in seine Augen, als sei er persönlich betroffen.

Später bat er um eine Beratung mit Klein Rigor. Und sie schlossen sich in der Marketenderei, die der Superintendent hatte schließen lassen, ein und sprachen mit Hilfe des übersetzenden Intendenten französisch, den ganzen Nachmittag.

Am nächsten Morgen kam ein heftiger Hagelschauer, und Arvid Waern fand drei trächtige tote Robbenweibchen am Strand.

Nun ließ der Gesandte Himmer in die Marketenderei rufen. Himmer aber schickte Elis Nebb mit einem Zettel zurück, auf dem er mitteilte, daß er, Himmer, mit eiliger Schreibarbeit beschäftigt sei, aber jedem zur Verfügung stehe, der ihn zu Hause aufsuche.

Der Gesandte rülpste am Frühstückstisch über dem Zettel und lachte säuerlich alle an, die dasaßen und zusahen. Dann promenierte er in demonstrativ guter Laune zu Himmers Treppe, ein Stück grobes Schwarzbrot in der einen Hand und ein Glas Branntwein in der anderen.

Er streichelte Anna-Auroras Brust und Hüften mit den Blicken, als sie öffnete, küßte ihr die Hand und beugte sich brotkauend über das Kind, das in der Küche umherkroch. Dann stellte er das leere Branntweinglas umgekehrt auf den Boden, klopfte mit

dem Nagel ans Glas, lauschte, rümpfte die Nase und rülpste zerstreut ein zweites Mal. Und erst als er das alles getan hatte, trat er ohne zu klopfen in die Kammer, in der Himmer am Pult mit dem Spiegelfach saß und zu arbeiten vorgab.
Sie waren beide untersetzte Männer mit groben Körpern.
Himmer stand halb auf, ohne sich zu verbeugen, und nickte irgendwo zwischen Kinn und Kehlkopf. Der Gesandte aber umrundete die Tischecke erstaunlich rasch und schloß ihn in die Arme, die nach Pfeffer und toten Achselhöhlen stanken. Er schnaufte speichelreich gegen Himmers Gesicht und Hals und zog dann den viereckigen Holzstuhl selbst heran, wischte mit der Hand den Sitz ab und prüfte anerkennend die Festigkeit der Rückenlehne.
Himmer ging zur Tür und rief zu Anna-Aurora hinaus, daß sie nicht gestört werden wollten, und schob innen den Riegel vor.

Es wurde früher dunkel, als es für die Jahreszeit normal war. Die Feuchtigkeit und die warme Windstille brachte den Himmel zum Erlöschen wie Rauch in einem Spiegel. Um zehn Uhr herrschte nächtliches Dunkel; und ebenso blind kam im Dunst das Morgengrauen.
Am Morgen wurde der Superintendent unruhig und schickte Tuppen mehrere Male, um anzuklopfen und zu fragen, ob sie noch nicht fertig seien. Doch Anna-Aurora konnte ihm nur die Auskunft geben, daß sie nicht gestört werden durften.
Es waren kaum Geräusche aus der Kammer zu hören, doch im Dunst auf der Treppe und im Eisengeruch des Jasminbusches waren Stimmen in leisem Gespräch, Schritte auf dem Boden, manchmal scharrende Stuhlbeine zu vernehmen.
Nach dem Morgenputz saß Anna-Aurora da und sah zu, wie ihr Sohn auf dem Fußboden herumkroch. Sie hörte, wie drinnen ein Fenster geöffnet wurde, und begriff, daß sie den Nachttopf ausleerten. Dann fuhren die murmelnden Stimmen fort; und sie hörte sie noch immer, als sie mitten am Tag in der feuchten Hitze einschlief, und auch nach einer Stunde noch, als das Kind sie weckte.

Als die beiden Männer herauskamen, waren ihre Gesichter aufgelöst, übelriechend und unrasiert: sie erinnerten an Kellerasseln, die in einer Waschküche überrascht worden waren.

Um den Gesandten kümmerte sich Tuppen, der im Dunst über der Treppe den ganzen Vormittag gewartet hatte. Bevor er ging, verbeugte er sich steif, küßte Anna-Aurora die Hand, streichelte das Kind, so daß es zu schreien begann, und verschwand, den Rücken gebeugt und die großen Ohren noch lauschend.
In der Marketenderei trank er vor aller Augen abwechselnd Bier, Wasser und heiße Milch – und spuckte zwischendurch. Dann ließ er sich zu Bett bringen; und er schlief den ganzen Nachmittag, den Abend und die Nacht und zeigte sich nicht eher als beim Festgottesdienst am nächten Tag, bei dem die Kirche überfüllt war.
Da war er wieder er selbst. Er leckte sich den Nachtgestank von den Zähnen, strich sich an den Schläfen über den Haarkranz und rieb mit dem Zeigefinger einen blühenden Nasenrücken, während seine Augen ausgewählte Frauenzimmer entkleideten.
Noch gab es niemanden, der wußte, was all das bedeutete. Doch bald erfuhr man es. Denn nach der Predigt des Predigers, die dünn war wie die Flüssigkeit in einem Eierbecher, traten der Gesandte und der Superintendent an die Altarschranke. Und dort bezichtigten sie, in den lahmen Umschreibungen des Intendenten, Himmer der Untreue gegen den Auftraggeber und der Unterschlagung.

Der Auftritt war maßvoll. Edmans feuchter Mund schmeckte die Worte, ohne zu beißen, die Augenbrauen lächelten. Der Superintendent schaukelte gemütlich auf seinen Fersen, während er unter den vorsichtigen Invektiven wählte.
Die ganze Geschichte war bedauerlich und peinlich. Jahrelang hatte Himmer Mittel aus den Gästeabgaben Der Gesellschaft vorenthalten. Er hatte geschummelt wie ein Nähmädchen mit Spielschulden. Er war zu bedauern, ganz offen gesagt, und der Gesandte hatte die Absicht gehabt, die Sache in aller Stille zu regeln. Aber was macht der Kerl? Er holt ein Papier raus, ein schamloses Schreiben mit unangemessenen Forderungen an Die Gesellschaft, und wedelt und droht. Schließlich war die Geduld Der Gesellschaft zu Ende. Darum standen sie nun hier: der Mann war ein Betrüger. Er mußte leider weg.

Als der Wechselgesang beendet war, wurde es in der Kirche vollkommen still. Sogar die Stiefelsohlen schwiegen.
Und vielleicht nahm Tuppen die Stille als eine Art Zustimmung. Jedenfalls stand er langsam auf, schielte zu Himmers schweigendem und schwerem Oberkörper und Nacken, und begann umständlich, die Anklagen in einem zweiten Aufguß vorzubringen. Seine Glatze glänzte wie die Backen eines Schuljungen, der seine Lektion kann. Er fuchtelte bedauernd mit den Händen und sah manchmal schnell in Mrenta Nebbs Richtung. »Er hat gestohlen«, sagte er und fuchtelte mit den Armen.
Doch da entstand schon Gemurmel um ihn, und mehrere von den Männern erhoben sich in den Bänken.
»Sach, daß sie lügen!« rief jemand Himmer zu, dessen Hals und Wangen eine Art schuldiges, bläuliches Fleisch geworden waren. Doch Himmer starrte nur schwer und geschwollen zu Boden und schwieg weiter.
Dann ging alles sehr schnell. Bias kletterte aus der Bank, weit unten am Hals flammendrot, und stellte sich mitten in den Gang; und als er sich zu Himmers Nacken drehte und das Zeichen für »Schwanz Des Drachens« machte, wurde ganz hinten eine Bank umgekippt, und mehrere stürzten hoch, und jemand begann »Schande!« zu rufen, und plötzlich schnitt Mrenta Nebbs Stimme durch den Tumult aus Flüchen und Stiefeln, die gegen Holz traten.

Danach aber war es nicht das, woran man sich erinnerte, sondern Inez Carlbergs magere Schlüsselbeine.
Sie war auf die vorderste Bank gesprungen, so daß alle sie sehen konnten, und hielt ein dickes Bündel länglicher Zettel in der rechten Hand über ihren Kopf. Mit der linken nahm sie Zettel für Zettel aus der rechten, wie wenn man vom Nagel am Rücken einer Holzwaage Gewichtsvermerke abreißt. Und während sie auf diese Weise die Zettel von der einen Hand in die andere beförderte, las Mrenta Nebb aus einem unansehnlichen Notizbuch ohne Deckel vor. Ihre Stimme war trocken und klar; und sie war ebenso unerbittlich farblos wie Inez Carlbergs Augen und dürre Schlüsselbeine.
Sie las das Datum, die Höhe der Summe und Unterschriften; und die Namen von Absender und Empfänger: Seite für Seite,

Monat für Monat, Jahr für Jahr: Emerentia Nebb – Inez Carlberg – Joseph Pernetty – in einer sich ständig wiederholenden Monotonie: eine Art umgekehrter Unabhängigkeitsformel.
Als die Lesung zu Ende war und, nach der Ablegung des Eids, Inez Carlbergs rechte Hand sank, kratzte die Stille an den Bänken.
Alle saßen bewegungslos, wie wenn man beginnt zu vermeiden, etwas anzusehen. Das Gesicht des Gesandten neben dem Altartuch war ausgehöhlt wie kaltgewordener Rauch, und auf der wächsernen Blässe war das Dienstlächeln des Intendenten erloschen.

Obwohl es nicht mehr weit bis zur Dämmerung war, begleitete man sie bis hinauf an die Wegkreuzung.
In der grauspäten Nachmittagswärme ging man still neben dem Wagen her. Schon vor dem letzten Einwandererhaus vor dem Flüßchen dampfte die Feuchtigkeit von den Rücken der Pferde; der Kies murmelte unter den Holzschuhen, die Wagenräder knirschten.
Das Gesicht des Gesandten war jetzt geschrumpft, seine Schultern waren eingesunken und gealtert; und der Intendent hinter dem schmutzstreifigen Wagenglas schluckte leer.
Niemand sagte etwas, weder im Wagen noch außerhalb; das Schweigen umgab sie von allen Seiten. Auch die Kleinkinder tappten mit: denn jetzt war das Schweigen eine Sprache, die jeder verstand. Die Pferdehufe, die Wagenräder, der Kies, sogar die Holzschuhe schlurften mit und schwiegen.
Ein Stück weit vor der Wegkreuzung blieb Mrenta Nebb stehen; und alle blieben stehen.
Die, die vor den Pferden gingen, öffneten die Reihe und traten beiseite.

Dann stand man da und sah dem Wagen nach, bis das Wiegen und Rasseln der befestigten Koffer oben bei den Haselruten verschwand, wo der Weg sich vor der Kreuzung zu biegen beginnt.
Da hatte der Himmel im Blattwerk und in den Baumstämmen beinahe allen Dunst aufgesaugt, so daß nur die schwarzen Unterseiten noch da waren; und das Weiße oben.

Die, die im Wagen saßen, würden eine speiselose und öde Nacht in der Feuchtheit der Landstraße verbringen.
»Es ist schade um die Pferde«, sagte Mrenta Nebb mit geschwärzten Pupillen.
Man stand und starrte den leeren Weg entlang.
»Er wollte sich selbst an seine Stelle setzen«, sagte Mrenta Nebb. »Das ist eine ganz erbärmliche und unglückliche Geschichte.«

Einundzwanzigster Tag

4

8. April 1922:
Eine lange Dunkelheit hatte geherrscht. Oder sehr tief und kurz, wie der dichte Splitterwirbel eines schwarzen unsichtbaren Steins.
Sie durften nach dem Gottesdienst eine Weile draußen sein und gingen zusammengedrängt und froren im Nebel. Jeden Augenblick konnte der Regen fallen, tat es aber nicht.
Drei standen still, drei schlurften auf den Platten herum. Anna Hoeffer am totesten im Schal mit ungerader Kante, Tuppens Halshaut im Graumann, Önert Andreasson in breiten Arbeitsschuhen mit Papierschnürsenkeln und einem Stück Stahldraht: er selbst.
Sie machten den Sonntagsspaziergang im Oval an der Mauer entlang, an der Pumpe und dem Giebel des Nebenhauses vorbei, an den Brettern des Abtritts entlang, über den Grasteppich und die Erde, zur Mauer zurück.
Abraham Nebb las die Zeitung, an die Holzschuppenwand gelehnt. Doch eigentlich hatte auch er keine Zeit. Er rief einmal mit seiner schuldigen Stimme; und sie gingen einer nach dem anderen hinein, während die Zeitung unter seinem Arm raschelte. Er hielt die Tür auf und zählte sie mechanisch ab.
Es kam vor, daß alle gleichzeitig denselben Gedanken dachten. Einen einzigen langen stillstehenden gleichzeitigen Gedanken den ganzen Tag.
Sillen und Klein Rigor waren beim Brettspiel. Daniel Pettersson

lag mit dem Gesicht zur Wand im Bett. Edman stand in einer Ecke. Bernt Mattsons Bett war leer, und Tuppen hatte sich unsichtbar gemacht.
Dagegen bewegte sich nach einer Weile etwas über den Fußboden; sie sahen eine Ameise passieren.

Es war eine große, rotbraune und schwarzglänzende Pferdeameise. Sie sahen, wie sie sich an Tuppens schuhlosem, rechtem Altmännerfuß vorbeiquälte.
Man konnte sofort sehen, daß sie außer sich war. Ihre Antennen zitterten, suchten und witterten, außer sich über die Gerüche, die sie fanden.
Sie trug etwas im Mund, das sie außer sich geraten ließ: eine Last, zweitausendmal so groß wie ihr Körpergewicht: etwas Unsichtbares.

Während sie sich mühsam über den Steinboden vorarbeitete, steigerte sich ihre Raserei.
Wie wenn der Boden den Tisch frißt, der die Luft frißt, die die Decke frißt, die in die Wände gleitet, die über den Betten zusammensinken, die in den Boden gesaugt werden, der den Tisch frißt.
Sie begegnete dem ersten Bettbein aus Stahl, der Seite eines von Sillens Pantoffeln, dem Emaille des Spucknapfes.
Sie sahen sie jedesmal den Kampf aufnehmen und siegen.
Schließlich stand Tuppen auf. Schuhlos trat er auf die glatte, wachsduftende, riesige Steinwüste hinaus.
Er erreichte sie und zerquetschte sie unter der Ferse.

5

Eigentlich wunderte sich niemand darüber, daß der Gesandte ein Scharlatan war. Klein Rigor hatte ihm von Anfang an mißtraut. Man nickte bekräftigend, als man erfuhr, daß er sowohl Himmer als auch den Einwandererführer zu bestechen versucht hatte. Das war das, was man erwartet hatte: ein Roßtäuscher in Leisetreterverkleidung.
Und der Intendent. Über ihn gab es nicht viel zu sagen. Eine Hand voller Münzen ist stärker als zwei voller Wahrheit.

Doch viele wurden von der Auskunft überrascht, daß Mrenta Nebb und Inez Carlberg für die ökonomische Leitung allein verantwortlich waren. Das warf auf Himmer ein merkwürdiges Licht. Nicht nur die Berührungsanhänger fragten, womit er sich in den letzten Jahren beschäftigt hatte.
Es war wirklich eine Zeit großer Verwirrung.
Bias und Tuppen verschwanden Tage danach, ohne daß sie jemand aufbrechen sah. Ob für immer oder nur vorläufig, wußte niemand. Bias hatte ja noch seine Mädchenfrau mit den Einwandererkindern im Haus.
Die Verwirrung wurde nicht geringer durch den Brief, der hereinschneite, ein knittriges Papier mit schluderiger Handschrift, voller Tintenkleckse, der vom Vorsteher selbst geschrieben sein *konnte*. Auf jeden Fall handelte er von jemandem, der »das Dorf inspizieren« sollte.
Sogar Mrenta Nebb schwankte. *Wenn* der Brief vom Vorsteher kam – hatte er dann die Absicht, für immer zu bleiben und selbst die Arbeit zu leiten?
Sie sprach mit niemandem darüber, sondern zerriß den Zettel in Fetzen und warf sie in den Küchenherd. »Wenn er kommen will, soll er«, sagte sie zu Inez. »Das ist nicht unsere Sache.«
Am selben Tag, nach dem Abendessen, holte sie Himmer in der Kirche ab, wo er mit einem Paar frischbesohlter Stiefel auf den Knien müßig hinter der Tür saß. Und gemeinsam schrieben sie einen neuen Brief an Die Gesellschaft, der erklärte, warum sie in Zukunft keine Gästeabgaben mehr zu schicken beabsichtigten.
Sie hatte keine Schwierigkeiten, beim Schreiben die Worte zu finden, doch nachher wurde sie unsicher.
Sie wußte nicht einmal, ob sie ihn abschicken sollte, und schwankte den ganzen Abend, ehe sie sich entscheiden konnte.

6

Es war auch Mrenta Nebb, die Festlichkeiten irgendwelcher Art anregte: sie sollten wieder einmal im Freien gemeinsam essen.
Es war nötig, den Gesandten und das, was mit Bias und Tuppen in der Kirche geschehen war, zu vergessen. Die ins Sanktuarium

zu gehen pflegten und die Verweigerer mußten Frieden schließen. Vor allem mußten die Verleumdungen und die Gerüchte ein Ende haben.

Ein langer Tisch – der aus mehreren zusammengesetzt war – konnte im Rachen an dem alten Platz in der Nähe des Brunnens gedeckt werden. Önert Andreasson hatte damit überrascht, daß er frischangesetzten Kräuterbranntwein zu einem Sonderpreis anbot, etwas, das noch nicht viele getrunken hatten. Und sein Gesicht, als er das sagte, hatte darauf hingedeutet, daß er an neuen Anfang dachte, oder an die Gefahr eines neuen Regimes: er hatte überlegt.

Irgendwie brachten Mrenta Nebb und Inez die meisten jedenfalls auf Trab, so daß einige sogar ihre Treppensteine mit Laub schmückten.

Man deckte unten im Rachen den Tisch, und während das Essen vorbereitet wurde, verbreitete sich das Gerücht, daß der Vorsteher kommen werde.

Rechtzeitig vor dem Festgottesdienst war alles fertig, und es war jetzt eine Woche vergangen, seit sie den Gesandten und den Intendenten fortgeschickt hatten.

Der Morgen war vielversprechend, mit leichten Wolken und Sonne über dem Meer, weit in seiner wehenden Grünheit. Doch während sie noch in der Kirche saßen, verschwand die Sonne in dichten Wolken, und sie konnten die ersten Regentropfen aufs Dach fallen hören. Der Regen begann, draußen über die gedeckten Tische und die Bänke zu rieseln, und verstärkte sich bisweilen, so daß sich Rinnsale in den Hang gruben. Und als sie auf den Kirchhang hinaustraten, nieselte es noch immer.

Doch Mrenta Nebb stellte sich auf die Treppe, starrte zum Himmel, riß sich den schlappen Pastorenkragen aus dem Ausschnitt ihres Brautkleides, und ging mit entschlossenen Schritten den Hang zum Tisch hinunter.

Dort ließ sie sich am äußeren Ende einer Bank nieder, hob Teller und Deckel und begann, sich aus den kalt gewordenen Schüsseln zu bedienen.

Eine Weile saß sie im Sprühregen allein an den langen Tischen: schnurgerade klebende Haare, krummer Rücken und magere Arme.

Daraufhin begab man sich zögernd den Hang hinunter, einer

nach dem anderen oder in Grüppchen, trödelnd wie bei einem Auswärtsfest, ließ sich nieder, zupfte die Kleider zurecht, seine eigenen und die der Kinder, und hob vorsichtig die Schüsseldeckel.

Der Regen war jetzt eher eine Ahnung von Dunst, dem man den Rücken zudrehen konnte.

Als Himmer und die Norrländerin mit dem Kind zu den klitschnassen Tischen kamen, waren die Bänke so gut wie besetzt, und sie bekamen einige Extraplätze zwischen den anderen, die lächelten.

Man konnte sofort die Unsicherheit spüren, die am Tisch herrschte. Man kaute, lauschte und schluckte vorsichtig – die ganze Zeit, als sei die Aufmerksamkeit auf etwas anderes gerichtet.

Vielleicht trugen das heiße, bittere Getränk, das in die Hände schoß, und die leisen starren Stimmen dazu bei; alles bekam einen Zug von weitentfernter Deutlichkeit. Auf jeden Fall wurde nichts unmöglicher als irgend etwas anderes: die Feuchtigkeit im Hosenboden, auf den Schenkeln und über der Brust erwärmte den Körper und machte ihn frei. Man grub die Zähne in die wäßrigen Koteletts und die Säuerlichkeit des Kohls, und dann glitt die Wärme von den Händen und Armen mit dem Brot und dem Branntwein in den Magen hinunter, überstrichen mit Speichel.

Auf diese Weise konnte man sich dem Essen widmen, und zwischen den Bissen saßen sie da und schielten sich gegenseitig auf die nassen Hände und das blaßgeschwollene Lächeln, das fester wurde und um sich griff, je mehr sich die Stille im Branntwein festmachte.

Manchmal verstummten die Gabeln und Kiefer fast gleichzeitig – und dann hörte man, wie die Seeschwalben schrien und die Möwen kreischten; oder Wagenräder, die lautlos knirschten; oder das trockene Scheuern der Brandtrommel in der Zarge.

Önert Andreasson hatte den wackligen Handkarren voller Krüge aus Ton herangeschleppt, der allein schon bauchig und heiß wirkte. Jedenfalls wurde die Glasur blanker. Die Luft war ein wenig rauh, und alle tranken viel, auch die Frauen.

Wie sich die Sache entwickelte, brauchten Unannehmlichkeiten der Vergangenheit nicht berührt zu werden; und wie gesagt: so etwas hatte man noch nie probiert. Es wärmte, ohne daß man unbedingt das Bedürfnis gehabt hätte, sich hier und jetzt zu äußern. Süß, heiß und bitter eröffnete es neue Wege. Man konnte sich näher an das herantrinken, was auf dem Tisch und rundherum war. Und manchmal quer über den Tisch jemandem ins Gesicht sehen.

Sie tranken still und viel, bis alle satt waren. Da war man auch mit dem Essen fertig, und alle streckten unter dem Tisch die Beine aus und rülpsten.

Jetzt wäre eine Verlautbarung am Platz gewesen, doch nachdem Tuppen fort war, gab es niemanden mehr, der krähen konnte. Und Himmer starrte wie alle anderen auf den Tisch hinunter.

Schließlich erhob sich auf unsicheren Beinen Klein Rigor und rülpste lächelnd und durch und durch schwedisch. Über die Schulter rief er etwas Ausländisches dem blauäugigen und schmalschultrigen Mann zu, der Mulerthal hieß. Und dieser verschwand mit seinem hungrigen Gesicht, um etwas zu holen; ein langes zusammengerolltes Hanfseil, wie sich herausstellte.

Lächelnd und mit den Armen machte Klein Rigor klar, daß er sich speisatt gegessen hatte. Er dankte Mrenta Nebb und Inez mit ein paar entgleisenden Kußhänden, zog die Norrländerin, seine erstarrende Tischdame, von der Bank hoch und küßte sie heftig mitten auf den Mund, wobei er sich auf die Zehenspitzen stellte, um sie zu erreichen. Dann hob er das Kind von ihrem Schoß, steckte seinen freien Arm unter ihren, und begann, trotz des hohen, gelbnassen und sich neigenden Grases, sie den Kirchhang hinaufzuführen.

Der andere, Mulerthal, eilte mit dem Hanfseil über der Schulter hinterher.

Jetzt standen alle auf, schwankend und würdevoll, und begaben sich langsam in dieselbe Richtung. In der Art recht vieler vom Essen schrittschwer gewordener Männer und ein wenig runder gewordener Frauen.

Oben auf dem Kirchplatz wartete Klein Rigor, den Arm um die Norrländerin. Als alle versammelt waren, nickte er glücklich und berauscht. Er zog seine Silbergoldweste aus, krempelte das

Hemd über die schwellenden Oberarmmuskeln hoch und lächelte mit der ganzen Liebenswürdigkeit des anspruchslosen Nachtwanderers, der in den Tropen Tapir genannt wird. Beinahe gleichzeitig rief vom Kirchturm her der andere, und das Seilende kam baumelnd die Kirchenwand herunter. Klein Rigor winkte und pfiff zurück, beugte sich nach hinten, um den Turm zu überblicken, und machte sich deutlich bereit, das eine oder andere Kunststück vorzuführen. Er küßte noch einmal die entrüsteten Lippen der Norrländerin, strich dem Kind übers Haar und gab es zurück, ergriff das Seil und begann, den Hang hinunterzugehen.

Himmer, der, ebensowenig nüchtern wie jeder andere, am Rand der Volksmenge stand, sah im Gedränge zwischen den Körpern das Seil sich straffen und Klein Rigors berauschtes Gesicht vorbeischweben.

Auf halbem Wege den Abhang hinunter wuchs eine Gruppe trockenlaubiger Jungbirken. Der feine Sprühregen hatte aufgehört, Gräser und Blätter glänzten, die Luft hatte sich geklärt. Vielleicht würde die Sonne durchbrechen.

Der grobarmige, kleine und freundliche Mann im Hemd blieb bei den Bäumchen stehen. Er betrachtete mit seinen Kinderaugen das Seil und winkte stolpernd der Versammlung auf dem Kirchplatz zu. Dann knotete er das Seilende am Boden um den dicksten Birkenstamm. Er stampfte das Gras fest und prüfte die Spannung des Seils, lallte dem Helfer im Turmfenster laut etwas Französisches zu und schlug ein zweites Mal mit der Hand auf das gespannte Seil.

»Voilà, mes enfants«, rief er glücklich. Er lachte mit weißen Zähnen und vorstehenden, klugen Augen. »Därr Wäsch su Gott!«

Klein Rigor kletterte zunächst mit geraden Armen und federnden Beinen. Doch als er ein wenig höher gekommen war, ließ er die Beine hängen und hangelte.

Hangelte langsam, sicher und glücklich. Während er kletterte, sang er: mit einem warmen und spröden Tenor.

Die Sonne brach durch, auf Hals und Arme funkelnd. Das Seil schaukelte feuerrot; dann ergraute es wieder, und die Strebsamkeit kehrte in den arbeitenden Körper zurück.

Als er bis auf fünfzehn Meter an die Turmluke herangekommen war, und sich auf halbem Wege zum Himmel befand, hörte er auf zu singen. Statt dessen keuchte er, daß man es hörte.
Mit gestreckten Armen pendelte er, so hoch, bis seine Beine mit den Fersen Halt fanden, und, die Brust gegen das Seil gedrückt, zog er sich hoch. Dann schaukelte er mit dem ganzen Körper und schaffte es schließlich, nach einer Umdrehung mit dem Rücken auf dem Seil zu liegen.
Er lag oder hockte mit der Selbstverständlichkeit einer Kletterpflanze auf dem Seil: mit den Armen über dem Kopf und mit den Füßen balancierte er das starke Gefälle aus.
Auch die Zuschauer auf der Erde empfanden plötzlich ein heftiges Bedürfnis, vorsichtig zu atmen. Auf dieselbe Weise, wie man sich an dem festklammerte, was man an der Leine für stabil und tragfähig hielt, mit dem Abgrund darunter.
Dann ließ er mit den Armen los und ließ sie sich in der Luft bewegen, so daß das ganze Seil langsam zu schaukeln begann – und der untersetzte, kurze, grauleuchtende Körper schickte sich an abzuheben.
Mit verwirrter Exaktheit konnte man die Sekunden zählen, in denen er frei in der Gefangenschaft zwischen Freiheit und Vernichtung schwebte.
Dann fiel er.

Der Schrei, der aus der Menge unten aufstieg, wogte wie eine Sturzwelle.
Doch als sie über die Köpfe derer schlug, die die Augen schlossen oder sie sich zuhielten, war schon alles vorbei.
Der fallende Mann lag wieder mit dem Rücken auf dem Seil: in seinem stürzenden, von Zeit zertrümmerten Körper.
Nachher war er verwandelt – nüchterner, trockener. Er winkte zur Erde, lachte und spuckte, und kletterte die letzten Meter geschmeidig wie eine Katze, Arme und Beine in kraftvoller Zusammenarbeit.
In der Turmluke stehend, nahm er den Jubel entgegen; und sandte zerschundene Kußhändchen zur Erde.
Am Fuß der Kirchtreppe drängte man sich, ihn zu umarmen. Und als er unten in der Tür erschien, schwankte er ein wenig und hielt sich am Türpfosten fest, und einige starrten auf sein

französischblankes, schwarzes Haar, von dem jede Strähne an ihrem Platz lag.
Doch all die, die auch geflogen waren, arbeiteten sich mit blassen oder flammendrot geschwollenen Ellenbogen den Hang hinauf, griffen nach seinen Händen und standen nun fest auf dem Boden.

7

Auf der Kirchtreppe, das Dorf und das Meer unter all den erhitzten Körpern und dem Gras, das nach Regen roch, undeutlich gegenwärtig, beschloß Himmer, sich ebenfalls am Seil zu versuchen.
In einem unklaren Gefühl von Solidarität mit den Einwanderern und als eine Geste der Zusammengehörigkeit zwischen allen Gruppen des Dorfes. Er sagte es geradeheraus, damit ihm kein anderer zuvorkommen konnte.
Anna-Aurora packte seine Arme, und Mrenta Nebb sagte ihm, er solle es lassen. Doch sie war selbst etwas unsicher auf den Beinen und vermißte in ihren Worten jeden Nachdruck. Und die Versuche des Einwandererführers, das Unternehmen zu verhindern, waren freundlich, sanft und generös.

Um halb sieben Uhr abends begann Himmer zu klettern. Da hatte er seinen Körper von Unbrauchbarem erleichtert, sich den Mund gespült und seine Muskeln mit ein wenig extra Kornbranntwein aufgetaut, den er in einer Taschenflasche hatte. Bevor er das Seil ergriff, machte er in rascher Folge acht Rückenbeugen mit gestreckten Beinen.
Noch zogen dünne Wolken von Regen über den Himmel. Doch der Regen, den gelegentlich die Sonne entzündete, war so fein, daß er mit Pflanzen, Menschen und Tieren in einen graugrünen, antediluvianischen Dunst zusammenfloß.
Himmer kletterte langsamer als Klein Rigor. Er ruhte zwischen jedem zweiten Arm-Bein-Kreuzen aus. Er sang nicht und ließ die Muskeln in Hals und Schultern schlaffer werden, indem er den Greifwillen in die Kniekehlen verlegte.
Er war schwerer als der andere, obwohl sein Körper schlanker wirkte: die Leine schaukelte in großen, stampfenden Bewegun-

gen, die sich in die Arme und Beine fortpflanzten. Am Anfang versuchte er, sich dem Seil zu fügen, doch es war bald klar, daß es ihm nicht besonders gut gelang.
Der Kinderäugige hatte das wiegende Seil auf andere Weise genommen. Er hatte sich ihm angepaßt, indem er es unmerklich kontrollierte. Er hatte Sprache und Bewegungen des Seils übernommen: es besiegt, indem er sich besiegen ließ.
Himmer vertrat das Prinzip des Widerstands. Er versuchte, es zum Schweigen zu bringen oder zu ersticken, und traf daher jedesmal, wenn er es entwaffnet zu haben meinte, auf Gegenschwünge und Querschläge, die an Händen und Kniekehlen rissen, sobald er wieder zu klettern begann.
Es war deutlich, daß das Seil nicht vorhatte, zu stützen und zu tragen. Es hatte vor, abzuwerfen.
Nach dem ersten Viertel wurden seine Bewegungen langsamer und schwerer. Er versuchte, nach langen Perioden der Bewegungslosigkeit das Seil zu überrumpeln. Er bemühte sich um unerwartete und präzise Bewegungen, die dem Seil die Kraft nehmen sollten, während es untätig war; er versuchte, die Initiative an sich zu reißen.
Doch allein der Ansatz zu Bewegungen löste in der Leine blitzschnelle und harte Stampfbewegungen aus. Und er traf auf schroffe Gegenwellen, wenn seine eigenen Bewegungen am verletzlichsten waren. Jedes Vorrücken begann schon als Krise. In den Pausen gingen die Niederlagenmeldungen durch die Muskeln, bis langsam ein konzentriertes körperliches Bewußtsein einer drohenden Katastrophe entstand.
Die Uhr war zehn Minuten vor sieben, als er zu dem Punkt vier Meter von der Turmluke und achtzehn Meter über dem Boden vorgedrungen war, an dem er hängenblieb.

Er hing an gestreckten Armen.
Die erschreckten Zuschauer auf der Erde sahen ihn einige Male schwach strampeln: als versuche er, eine von Anfang an halb aufgegebene Pendelbewegung in den Hüften zu starten, um mit den Füßen aufs Seil zu kommen. Dann hing er schlaff und mit bewegungslosen Beinen.
Viele standen jetzt da und schrien laut und durcheinander aus der Turmluke. Man versuchte, um seine Füße eine Seilschlinge

zu werfen, doch ohne Erfolg. Die Seilschlinge legte sich um seinen Hals, und der Rettungsversuch war auf dem besten Wege, in die Unwiderruflichkeit eines effektiven Hängens überzugehen.
Die Anstrengungen, ihm die Schlinge um die Füße zu werfen, hatten nur zur Folge, daß Klein Rigor selbst beinahe abgestürzt wäre. Als er den besten Wurfwinkel zu erreichen versuchte, vergaß er, in welcher Hand er das Seil hielt. Bevor er warf, wollte er den Griff um die Leine wechseln, ließ aber statt dessen den Fensterrahmen los. Wenn nicht in letzter Sekunde Arvid Waern seine Hand ergriffen hätte, wäre er hinuntergefallen und hätte sich ganz unnötigerweise zu Tode gestürzt.

Vom Turmfenster aus konnte man sehen, wie Himmer mit geschlossenen Augen hing. Auf Anruf antwortete er nicht. Seine Lippen waren halboffen und erstaunt, als wolle er etwas sagen. Sein Gesicht wirkte benutzt wie gealtertes Elfenbein. Es war mit Feuchtigkeit überzogen, und die Nässe hatte an den Wangen eine Friedlichkeit herauspoliert, die dort normalerweise nicht zu finden war.
Die Hände klammerten sich mit weißgewordenen Knöcheln am Seil fest, sahen aber noch immer stark aus. Und wie die Zeit verging, floß die Weißheit aus: die Handrücken wurden hellgelb und leichengrau und begannen, den plump zugeschnittenen Händen eines Trapezkünstlers aus Holz zu gleichen.
Auf dem Boden wechselte die Stimmung zwischen träger Panik und der Empfänglichkeit für praktische Lösungen.
Man rief ihm weiter zu. Einige schlugen vor, man solle Stroh heranfahren und unter dem Seil ein Heubett ausbreiten, andere sprachen davon, in die Erde Löcher zu graben und diese mit Wasser zu füllen. Einige von den Frauen wollten laufen und Kissen und Strohmatratzen zusammensammeln, und der Prediger wollte zwischen vier Pfähle ein Laken spannen.
Önert Andreasson aber holte auf dem Zugkarren Bier und Branntwein, und dazu verkaufte er Brot und Käse auf Kredit. Er bewegte sich schweigend durch die Menge; und als er zu der schreckensstarren Anna-Aurora an der Kirchwand kam, blinzelte er, als ahme er den Idioten dort oben nach. Er reichte ihr mit einer Art ausgelassener Ungeduld im Arm den Branntweinbecher.

Und eine solche Stimmung konstruktiver Aufgegebenheit verbreitete sich wirklich. Um sieben ging das Gerücht, Himmer hänge tot am Seil. Seit zehn Minuten hatte niemand ihn eine Bewegung machen sehen. Er hatte auf Anruf nicht geantwortet, seit er dort oben hängengeblieben war.
Arvid Waern und Klein Rigor hatten zu diesem Zeitpunkt schon Stroh herbeigeschafft, das man dort ausgebreitet hatte, wo der Sturz erwartet werden durfte. Und nur mit Mühe hatte man den Einwandererführer überreden können, sich nicht auf die Leine zu begeben, um ihn zu holen.

Man stand auf dem Kirchplatzkies im unsicheren Sonnenlicht, das hie und da Wandflächen, Kleider und Haut entzündete. Die Strohballen blinkten seitlich wie Kupfer, wenn die Sonnenstrahlen daraufttrafen, und man starrte hilflos auf die Füße des Hängenden, wie um festzustellen, daß er noch da war. Und niemand rief mehr.
Der letzte Regen hatte sich verflüchtigt, langsam wurde der Himmel saubergeweht, und in den Wolkenritzen über dem Kirchdach funkelten schon nüchtern die ersten Sterne hervor, als jemandem das Feuerwerk einfiel.
Es war vom Intendenten für die Marketenderei beschafft worden und dazu bestimmt gewesen, der Höhepunkt der Inspektion des Gesandten zu sein. Die Initialen Der Gesellschaft und die Devise »Redlichkeit und Ehre« hätten von einer Feuerrampe auf dem südlichen Os aus in bengalischem Feuer erscheinen sollen. Die Feuerrampe war nie zur Ausführung gekommen, die Feuerwerkskörper aber waren noch unabgeschossen da.
Mrenta Nebb erinnert sich plötzlich an Himmers Art, wie er die Festlichkeiten bei Bias' Hochzeit genutzt hatte.
Es gab, wie sie Anna-Aurora gegenüber betonte, in ihm einen Zug von Unmäßigkeit, ob er nun auf etwas verzichtete oder es sich aneignete. Ihm müsse vielleicht nur zugesetzt werden. In diesem Falle glaube sie nicht, daß er in Gefahr schwebe, jetzt, wo das Stroh an seinem Platz lag.
Vielleicht könne ihm das Feuerwerk weiterhelfen.

In dem hellen Abend begannen die Oser zu blitzen, zu heulen und zu brennen. Zischende Feuerwische bohrten sich

aus dem Dunkel an der Hafenmole in die Höhe. Der Eichenwald hinter der Landzunge fing Feuer. Bälle aus heulenden Bränden und Funkenkatarakte stürzten nichtvorhandene Steilhänge hinab. Sonnen explodierten und wurden als brüllende Nebulosen in einem Regen aus Silber und Blut sichtbar.
Der Himmel wurde von schneidendem Glas auf- und in Streifen geschnitten: aus den Zwischenräumen sprühten Sterne und brennender Schnee durch die Baumkronen. Und verloschen zischend im Meer.
Zusammengeschart standen sie mit wachen Sinnen und sahen alle Phasen der kosmischen Schöpfung. Das sekundenschnelle Leben des Todes. Wie in der Dunkelheit das Weltraummeer bebte und erlosch und schweigend zu Boden sank. Wie Irrlichter entstanden, lebten, sprühten und leugneten, daß der Abgrund, der sie verschlang, existierte.
Niemand merkte, als das Seil leer war.
Augusta Holmquist aber schrie auf – und vom Feuer und vom Verglühen der brennenden Sonnen geblendet, sahen sie Himmer aus der Kirchentür kommen.
Er war bleich und wirkte vollkommen nüchtern, und er blinzelte, als habe er geschlafen.

»Ich hatte nur die Hände«, schrieb er.
»Den Schrecken spürte ich im Gesicht, ich roch ein wenig nach Urin.
Meine Hände waren geschwollen und wassergelb, an der Innenseite von der eigenen Haut verschmiert. Ich bat um Wasser.«

Nachher blieben einige sitzen und wurden im Stroh langsam nüchterner.
Sie sahen, wie sich der Morgen entzündete und der Himmel am Rand unwahrscheinlich brannte.
Der Vogelgesang war stark und ohne Geheimnisse, wenn man zuhörte. Die Sonne, die aus dem Meer stieg, war neu vom Regen.
Es war Hochsommerwärme: die Sonne stand in der Nähe der Erde und brannte heißer denn je.
Himmer, Anna-Aurora und das Kind saßen da und sahen die geheimnisvolle Geburt des Tages:

den Schaum, der in der Uferwelle langsam vor und zurück trieb; ehe er austrocknete und verschwand.

Zweiundzwanzigster Tag

8

In derselben Woche schloß Himmer Das Sanktuarium. Er schloß alle Türen ab und hängte die Schlüssel zu Hause in seiner Kammer an einen Nagel.

Zu diesem Zeitpunkt hatte Bias das Dorf offiziell verlassen, und später im Herbst hörte man, daß er für die Seeoffiziere in der Messe von Carlscrona private Seancen abhielt. Der Superintendent gab überhaupt keine Lebenszeichen von sich, und es hieß, er sei aus dem Dienst entlassen worden, als die Geheimpolizei den Vorsteher endgültig ins Ausland abschob.

Viele Jahre später hörte Himmer von einem zahlenden Patienten, der Intendent habe bei Ulrikedal Scheidewasser aus eigener Fabrikation verkauft und sich für kurze Zeit als Finanzberater im Schloß aufgehalten. Was dann aus ihm wurde, wußte niemand.

Tuppen der Hahn dagegen verließ die Politik und schloß sich der legendären Theatergesellschaft Des Mörders Levander an. Seine Erfolge als Schauspieler waren zunächst begrenzt, doch später, so hieß es, hatte er Anklang gefunden durch seine Gewohnheit, alle Repliken wie persönliche Beleidigungen auszusprechen.

Die einzige Person im Dorf, die ihn wirklich vermißte, war vermutlich Augusta Holmquist. Sie glaubte immer noch, er sei im Begriff zurückzukehren. »Um was zum Menschenkörper zu sagen, der sich all die einfältigen Gedanken ausdenkt, die Gottes Ebenbild in uns sind.«

Auch ihr Leben hatte sich verändert. Als erste von allen hatte sie in der Versöhnungsnacht gesehen, daß das Seil leer und Himmer verschwunden war; und als er auftauchte, hatte sie solche Angst bekommen, daß sich ihr Herz überschlug und sich mit der Sehne verdrehte, an der es hing. Es blieb als Auswuchs im Rücken stecken, was mit der Hand geprüft werden konnte, wenn man es nachprüfen wollte. Doch viele meinten, es könne nur von Vorteil sein, das Herz auf dem Rücken zu haben: da nutzte man es nicht so ab, es sei denn, man ginge rückwärts.

Nach der Kletterei hatte Himmer seine Unfähigkeit zu handeln für immer überwunden. Außerdem wurde er fortan zurückhaltend mit Branntwein und trank nur noch so viel, daß er noch ein Gefühl in den Händen hatte.

Mit Hilfe des damals jungen Einwanderers Mulerthal organisierte er im Laufe des Spätsommers jene Ackerbauumlegung, die zusammen mit der Einführung des Pensionssystems und der Pflegeabgaben die Ökonomie des ganzen Dorfes verändern sollte.

Die Äcker, die Gottes Volk gemeinsam besaß und verwaltete, lagen im ausgeprägtesten Sandbodendistrikt Blekinges. Die Gemeinden der Umgebung hatten weder Herrenhöfe noch Bodenbestellung. Die Erde war mager und bestand vor allem aus weißem Sand und Humus. Sie lud nicht zum Luxus ein, genügte aber, das Leben zu erhalten und den Bauch zu füllen: zu Hering, Milch und Kartoffeln.

Das Dorf hatte vom Herzog persönlich von Anfang an freies Nutzungsrecht für die Fluren im Norden erhalten, zwischen Landstraße und Strand. Auf den frischabgebrannten Äckern hatte man entdeckt, daß die Roggensaat eine Möglichkeit wäre, den Kartoffelanbau vorzubereiten. Nun erprobten Himmer, Mulerthal und Arvid Waern eine neue Sengmethode. Man brannte mit ausgebreiteten Reisern und verrührte die Asche und Erde mit Hacken und Harken. Auf den Heiden sengten sie die Heidekrautwurzeln und die Moose an der Oberfläche und erhielten auf diese Weise eine Kartoffelerde, die nicht einmal Dung forderte.

Himmer schrieb in jenem Herbst zum ersten Mal ohne Vermittler an den Herzog. Ohne zu schmeicheln, legte er die Betrachtungen im Hinblick auf die Möglichkeit der Kartoffelzucht im schwedischen Gheel dar. Und der Herzog beantwortete den Brief umgehend. Man konnte deutlich sein Entzücken darüber hören, daß jemand in einer Wirtschaftsfrage seinen persönlichen Rat suchte. Er bat daher Himmer, den Staatssekretär an der Behörde für Inneres zu kontaktieren, der energische Versuche unternommen habe, die Kartoffelzucht im Lande zu verbreiten, und sandte außerdem ein paar rauchblaue Segenswünsche an Die Barmherzigkeitsanstalt und deren sämtliche Diener in Gott.

Und während des Winters und Frühjahrs arbeitete Himmer in diesem Jahr die kleinere Schrift »Über Kartoffelbrennung und Stärke« aus, die später eine nicht unbedeutende Rolle für die Wirtschaft der südlichen Provinzen spielen sollte.
Er ließ sie mit eigenen Mitteln bei der Königl. Admiralitätsdruckerei in Carlscrona drucken und schickte sie zur Weiterleitung an die Ministerien in der Hauptstadt.
Zwischen den eigesprenkelten Deckel hatte er Kenntnisse gesammelt, von denen er nicht wußte, daß er sie besaß, ehe er sie niederschrieb. Wenn ihn die Sicherheit einmal verließ, ließ er seinen Instinkt walten. Er stellte den endgültigen Text an vier regennassen Tagen zusammen, wobei er ununterbrochen Kaffee mit heißer Sahne und Nelkenwasser schlürfte.
Die Hauptthese der Schrift war die, daß die Vorteile der Kartoffel ihre Nachteile aufwogen. Und er ging auf die Vorteile ein, als versuche er, die weniger eßbaren Teile eines Kadavers zu verkaufen.
»Für das östliche Blekinge könnte die Kartoffel werden, was das Zuckerrohr für Spanisch-Amerika und der Tee für China ist«, schrieb er.
Er hob ferner die Vorteile der Kartoffel nach allgemeinen Anbaugesichtspunkten hervor; daß das Setzen, Jäten und Ernten von Kartoffeln zu anderen Zeiten vorgenommen werde als die übrige Ackerbauarbeit: das Setzen Ende Mai nach der Frühjahrssaat, das Jäten im Juni vor der Heumahd, und das Ernten um Michaelis, wenn normalerweise das Korn eingebracht war. Doch wichtiger sei die Möglichkeit, einen so gut wie reinen Branntwein herzustellen, der als einigermaßen trinkbar ins Ausland verkauft werden könne und außerdem die Herstellung des Eigenbedarfs der Landarbeiter überflüssig mache: und auf diese Weise Zeit für weitere Tätigkeiten freisetze, besonders wenn die Tagelöhner schwer aufzutreiben und die Tagewerke zahlreicher seien als die Arbeiter.
Aufgrund des im Verhältnis zum Getreide hohen Ertrags der

Kartoffel (welches sich wie drei zu eins verhalte) dürfe die Kartoffelbrennung sich lohnen. Ein Scheffel Kartoffeln ergebe zwar nur eine Kanne Branntwein, was mit dem Saatgetreide verglichen werden müsse, das unter Zusatz von Roggen und Malz zwölf Kannen pro Faß schenke. Doch werde dies teils durch den hohen Ertragsprozent der Kartoffel ausgeglichen, teils komme das hochwertige Viehfutter hinzu, das das Getränk darstelle. Wenn der Graswuchs fehlschlage oder späte Frostnächte die Roggenhalme dünn machten, entstehe Futtermangel oft schon im März, und Stroh sei für Geld kaum zu haben. Man könne dann das Stroh vom Kuhstalldach nehmen oder altes Reisstroh und es für die Tiere zu Häcksel zerschneiden, vorausgesetzt, daß es mit dem Getränk vermischt werde, welches das Futter ungefährlich und schluckbar mache.
Auf dieselbe Weise lenkte er die Aufmerksamkeit auf den Nutzen der Kartoffelstärke als Lebensmittel und die Möglichkeit einer fabrikmäßigen Herstellung von Kleister.
Er schloß mit dem Hinweis, daß es die Not selbst gewesen sei, die Gottes Volk Kenntnisse wie diese eingebracht habe, während es in Blekinge diente. Und daß diese Einsichten von allen genutzt und von denen weitergegeben werden sollten, die den entsprechenden Einfluß hatten. Darum habe er zur Feder gegriffen und erwarte jetzt, daß eine aufgeklärte Öffentlichkeit ihn in diesen Fragen unterstütze.

Himmers kleine Schrift wurde positiv aufgenommen. Gesichtspunkte wie diese waren zu jener Zeit auf den Korridoren der Ämter in Stockholm äußerst beliebt. Einer der Staatssekretäre schrieb ihm persönlich und erteilte in unbestimmten Worten die Genehmigung zur Errichtung einer Kartoffelbrennerei, einer Stärkefabrik oder dergleichen. Er wolle außerdem dafür sorgen, daß die Resultate des Schriftstellers an eine interessierte Gemeinde weitergegeben würden und persönlich die Aufnahme von Exzerpten aus Himmers Schrift in das »Neue Journal aus dem Haushalt« veranlassen.

9

In der Chronik beschreibt Himmer die Tätigkeiten in der Zeit nach dem Sturz des Vorstehers als »angetrieben von einem Sturmwind von Arbeitslust nach jahrhundertelangem Schlaf«. Er hatte den Eindruck, »in die Wirklichkeit hinauszutreten, gereinigt und befreit von allem Zweifel und Wankelmut«. Gott selbst kam ihm entgegen. Er sprach wie früher durch den Meister, ließ aber größeren Spielraum für selbständige Schlüsse und Entscheidungen.

»Ich sah ihm zum ersten Mal in die Augen«, schrieb er. »Und wir konnten miteinander sprechen.«

»Seit ich das Sanktuarium geschlossen hatte, nahmen auch die Gegensätze innerhalb des Dorfes ab. Die Reminiszenzen von Groll, die im Schutze der Gewohnheit der Berührungstreuen, für sich zu bleiben, fortbestanden, wurden langsam durch das Bedürfnis nach Einigkeit gegenüber denkbarem äußeren Druck verdrängt.«

Von stärkster einigender Wirkung aber war vermutlich die spontane Erweckung, die Himmer selbst initiierte und die das ganze Dorf durchfegte. Sie erwuchs teils aus einem politischen Instinkt in ihm selber, teils aus der Einsicht, daß, nachdem die Berührungen nicht mehr stattfanden, der leere Raum gefüllt werden müsse. Darüber hinaus wollte er irgendwie Zeugnis ablegen von seinen neuen Verbindungen mit Gott.

Obwohl es nicht ganz ungefährlich war, setzte er alles, was er an Energie und überzeugendem Glauben besaß, auf die Versammlungen, die die Kirche bis zum letzten Platz füllten.

Er sprach zu jener Zeit auch über die Bedrohung von außen. Über den neuen Admiralitätssuperintendenten, der vielleicht das Bedürfnis verspürte, sich davon zu überzeugen, daß in der Pfarrei keine Irrlehrer am Werke seien. Der Anstaltsprediger Johanson-Radier war ja Pfründepastor und würde vermutlich am Ort überprüft werden. Hinzu kam anderes, was geeignet sein mochte, das Mißtrauen eines neuen Hirten zu erregen, auch wenn die Institution vom Domkapitel abgesegnet worden war und unter dem Schutz des Herzogs betrieben wurde. Das Dorf brauchte Einigkeit im Glauben und im Gebet. Sie mußten sich wahrhaftig oft treffen und Gott gemeinsam begegnen.

»Ich habe sowohl ihn als auch den neuen Kontrolleur des Domkapitels eingeladen«, sagte er eines Abends. »Laßt uns voller Zuversicht mit beiden sprechen.«

Der neue Intendent kam im Oktober; und er brachte einen ganzen Stab mit: Vikare, Hilfsprediger und ein paar unterernährte Schreiber mit etwas an den Handgelenken, das Frostbeulen glich.

Er war ein unansehnlicher Kerl, der oft schwieg, dafür aber mit den Augen sprach, die sich an der Nasenwurzel zusammendrängten. Ein räsonierendes Mißtrauen schien ihn frühzeitig davon überzeugt zu haben, daß die Welt erheblich böser sei, als die Evangelien vermuten ließen, und daß die Aufgabe der Menschheit darin bestehe, sich unter Widerstand vernichten zu lassen. Er hatte außerdem Gerüchte von Engelslandungen und ähnlichem in dieser Gegend gehört – und *diesen* Popanz gedachte er eigenhändig zu dekapitieren, auch wenn er zur Zeit und zur Institution gehörte.

Drei Tage lang ließ er zwei Admiralitätspastoren verfängliche Fragen stellen. Doch Johanson-Radier und Himmer antworteten jeder für sich so unerwartet eindeutig und mit so frommer Einfalt, daß am Abend des dritten Tages beide gutgeheißen und dräniert aus dem Purgatorium zurückkehren konnten.

Alle, die Himmer früher stillschweigend kritisiert hatten, verstanden nun, daß es notwendig gewesen war, das Sanktuarium zu schließen; und voller Erleichterung nach der Abreise des Engäugigen versammelte sich das ganze Volk Gottes und war vielleicht seit Beginn der Auswanderung noch nie so einig gewesen.

Wie zur Zeit der ersten Berührungen setzte man jetzt fast jeden Abend Versammlungen an; jedoch in der Kapelle, wo das Neue am leichtesten Fuß fassen konnte.

Im Laufe von fünf Wochen las Himmer ohne die geringste Unsicherheit die erschütternden und unbegreiflich schönen Anmerkungen zum zweiten und dritten Teil von »De Cultu Et Amore Dei« vor. Und er predigte – bei geschlossenen Kirchentüren und sämtlichen Artikeln und Zusätzen des Konventikelanschlags zum Trotz – über die Fragen vom Materiewachsen Des Geistes und den Übergängen Des Ewigen Lebens, Der

Sünde und Des Dienens in die Höhere Bestimmung mit so schneidender Klarheit, daß die alte Überzeugung, eine begrenzte physische Unsterblichkeit unter Gottes Volk sei nicht ganz ausgeschlossen, darin wieder Halt finden konnte.
In einem Predigtentwurf wies er auf das Faktum hin, daß das Resultat aller Handlungen schließlich zusammenfließt: »Was man vereint sehen will, geht zusammen, auch wenn es zunächst als zufällig oder vorübergehend erscheinen mag.«
Überzeugend an die Balustrade der Kanzel gelehnt, sagte er auch:
»Es ist wie bei einem Bienenschwarm. Je mehr Arbeitsbienen, desto mehr Honig. Je mehr Arbeiter, desto mehr Sicherheit für das Fortwachsen. So war es mit Propst Aulin. Sein Körper und sein Geist waren an vielen Stellen gleichzeitig. Er war viele. Und er bewegte sich über die Grenzen zwischen körperlichem Leben und Tod.«

In diesem Geist von Engagement, Opfer und Einigkeit, der noch ein halbes Jahr früher undenkbar gewesen wäre, ließ Himmer die Beschlüsse über die Kartoffelzucht und die ökonomischen und kameralistischen Reformen durchführen; und den ganzen Herbst über besuchte er unermüdlich alle Wohnungen und Arbeitsplätze im Dorf.
Man betrachtete seine Verwandlung eigentlich als ein Wunder oder als das Resultat einer geheimnisvollen Krankheit. Sein Gesicht und sein Körper schienen von einer dumpf reinigenden Kraft erfüllt, die zu spüren war, sobald er einen Raum betrat: die Luft schien leichter zu atmen, Lichtluken und Fenster schienen das Tageslicht in Winkel hineinzuziehen, in denen jahrelang Dunkelheit und Zweifel geherrscht hatten.
Überraschend genug gehörte Augusta Holmquist zu den Neugläubigen, obwohl sie sich auf ihre Art äußerte. »Die Viecher merken die neuen Ströme«, sagte sie. »Die Hunde sind ruhiger geworden, das Vieh hört auf mit'm Wiederkäun, die Katzen strecken sich un zeigen die Kralln, un schlafen den ganzen Tach. Obwohl – Berührer oder Nich-Berührer – meine Hühner scheißen auf jeden Fall von der Höhe, die sie für richtich halten.«
Zum ersten Mal kamen die Einwanderer auch zu den Abend-

versammlungen in die Kirche. Klein Rigor hörte auf, eigene Andachten zu halten; und am selben Tag, an dem er, allein mit Anna-Aurora in der uhrentickenden Stille im Saal in Himmers Haus, stundenlang und in hilflos zierlichem Einwanderer-schwedisch um Verzeihung stotternd, erklärte, warum es notwendig gewesen sei, mit solcher »värrdammten Grob'eit« und solchen »'äßlischen Platt'eiten« aufzutreten, als er, angetan mit seiner Goldweste, soff, kletterte und den Sturz des Vorstehers vorführte, versenkte er auch im Beisein Himmers, Mulerthals und der Ältesten das Buch mit den Hundelederdeckeln von der Mole aus im Meer; in einer Manifestation ritueller Unzucht, die für die Einwanderer dieselbe symbolische Bedeutung bekam wie für das schwedische Volk Gottes die Tatsache, daß sie einen Teil der Wagenburg auf dem ursprünglichen Lagerplatz hatten stehenlassen.

Am selben Abend küßte er Himmer vor dem Altar in der Kirche die Augen. Die beiden Männer umarmten einander und sprachen im Beisein aller laut den Namen Des Meisters aus und machten hierdurch deutlich, daß sie Identität teilten und den Gesetzen derselben Wirklichkeit gehorchten.

Und damit niemand annehmen konnte, es gehe nur um eine neue südländische Auslandsfrivolität, der er sich um der guten Sache willen unterwarf, predigte Himmer an drei aufeinanderfolgenden Sonntagen über das Thema »Einheit in der Verbrüderung«. Und in den folgenden Wochen ließ er an Hauswänden, Baumstämmen und Plätzen, wo sich die Leute trafen, handgeschriebene Plakate anschlagen, die ein für allemal den Gebrauch des Wortes »Türke«, sogar in scherzhafter Bedeutung, für einen Angehörigen von Gottes Volk verboten.

Aus einer Menge wohlabgewogener Versammlungen, Überlegungen und Diskussionen entstand später im Herbst die neue Verwaltungsordnung, die den Namen »Der Rat« erhielt.

Man gab ihr die Form eines Sechsmännerrates mit der Befugnis, höchstes beschließendes Organ des Dorfes zu sein. Der Rat sollte unter Himmers Leitung arbeiten, und abgesehen von ihm aus Emerentia Nebb, Arvid Waern, dem Prediger, Klein Rigor und Mulerthal bestehen.

Auf der konstituierenden Sitzung, die der in Frage stellenden

Unruhe huldigen sollte und darum in Mrenta Nebbs zwiebelduftenden Küche abgehalten wurde, hielt Himmer eine drei Stunden lange Rede, in der er die ganze Geschichte des Dorfes untersuchte.

Er beschrieb die Zeit, in der die Reisen des Vorstehers diesen nach Gheel führten, der Stadt der Besessenen, im flämischen Het Kampenland; schilderte die Stimmung von Aufbruch und Verlassenheit unter den Wegbereitern, während sie bei der Société des Illuminés in Avignon Die Wiedergeburt studierten, pries die Frommheit und den Intellekt der Männer, die die Exegetische und Philanthropische Gesellschaft gründeten und leiteten: die Brüder Nordenskjöld in Stockholm, den Schriftsteller Halldin, den Bergrat Wadström (der auch die Liebeskolonie Sierra Leone gegründet und die Möglichkeit eines Neuen Jerusalem im Inneren Afrikas dargelegt hatte), den Hausprediger Tybeck und die Leiter der Göteboger Zweigstelle, den Händler Lagergren und den Direktor Beyer.

Er beschrieb Propst Aulins Kampf für Die Neue Kirche und die Auswanderung, nannte die Siege und Niederlagen der letzten Jahre, stellte die historisch objektive Unerbittlichkeit der Mechanismen fest, die den Sturz des Vorstehers auslösten, und proklamierte schließlich ihre Selbständigkeit unter dem Schutz Gottes, Des Meisters und des Herzogs.

Anschließend legte er in zwölf Kopien den Entwurf zur endgültigen Fassung von »Vorschlag zum Neuen Abgabensystem betreffs Gäste und Verpflegungswirte in Der Barmherzigkeitsanstalt Gheel« vor – eine Reform, die mehr als alles andere die Entwicklung des Dorfes in Richtung auf das zutreiben sollte, was vierzig Jahre später als der »soziale Liberalismus« bezeichnet wurde.

Der Vorschlag enthielt vier Hauptpunkte:

Daß angemessene Gästeabgaben erhoben werden sollten.

Daß die Abgaben ganz und gar den Verpflegungswirten zufallen sollten, ebenso wie das Resultat der Arbeit der Gäste.

Daß die Notwendigkeit der Arbeit das Prinzip sei, das das Verhältnis des Individuums zum gemeinsamen und zum existenziellen Sein regele.

Daß die Verpflegungswirte Wachabgaben an Den Rat bezahlten, der die Wachgenehmigungen ausfertigte und einzog.

In einem mündlichen, doch offensichtlich vorbereiteten Kommentar ergänzte er, wobei er die Hemdärmel hochkrempelte und sich an den Tisch setzte und die Schultern vorschob, als habe er gerade eine schwere physische Arbeit in ungeeigneten Kleidern beendet, daß die Wirklichkeit selbst die vorliegenden Veränderungen entwickelt habe.

»Schon zu Beginn des Pensionssystems nahmen körperlich gesunde Gäste an der Ackerbauarbeit teil oder halfen in den Familien mit«, sagte er und lächelte dünn unter seinem glatten hängenden Haar. »Die Unruhe war in vielen Fällen schon zurückgedrängt worden, bevor die Gebetsarbeit ihren Anfang nahm. Als der Gebetsstreit ausgetragen wurde, kannten sich Gast und Wärter gegenseitig: die Besessenheit war gezwungen worden, an der täglichen Anstrengung für die Nahrung teilzunehmen. Sie war zu Unterwerfung und Ordnung genötigt worden. Als der Verpflegungswirt im Gebet für die Seele des Gastes kämpfte, waren ihre Geister schon zusammen*geschweißt.* Sie waren Bestandteile der körperlichen Mühe des anderen geworden, in gegenseitigem Respekt. Und so soll es sein.«

Als er ausgeredet hatte, lächelte er weder entschuldigend, noch murmelte er Ergänzungen. Statt dessen bat er Mrenta Nebb, den neugebildeten Rat in einem Gebet um Stärke und Liebe zu leiten.

So erhob sich Mrenta müde von ihrem Platz an dem abgenutzten Tisch.

Ihr Körper war schon mehr als abgearbeitet, und die Sehnen waren verhärtet. Die grauen Strähnen ihres Haares hingen trocken wie tote Zwiebelblätter, und ihre Lippen wirkten älter als der Rest des Gesichtes.

»Abraham Nebb lehrte mich beten, ehe er verstummte«, sagte sie leise und nickte der Kammer zu. »Ich will sein Gebet beten.«

»›Lehre mich begreifen, was ich nicht verstehe. Und erhalte mir, was ich begriffen habe. Lehre mich dienen ohne Hochmut. Lehre mich, meine eigene Seele zu retten. Amen.‹«

10

Zur Zeit der Reformen und Bias' Niederlage gebar Magdalena einen Sohn. Zu diesem Zeitpunkt war sie fünf Jahre lang kinderlos gewesen.

Der Knabe war von Anfang an kräftig und schwitzte reichlich in der Hitze des Ofens. Er biß sie in die Brustwarzen, wenn sie ihn stillte, schlief aber mit offenen Händen. Der Köper und der Mund waren Bias', doch sie glaubte, in Stirn, Nase und Augen sich selbst zu sehen.

Die Entbindung war so leicht gewesen, daß es einem Wunder glich. Augusta Holmquist, die sie entband, meinte, daß Bias selbst mitgewirkt habe. Der Säuglingsknabe drängte sich in weniger als drei Stunden hinaus, nachdem das Wasser abgegangen war, und griff nach der Nabelschnur, als wolle er sie eigenhändig abreißen. Magdalena hatte kaum Zeit, Angst zu empfinden.

Sie war erstaunt über die Größe des Jungen und später über seine Gefräßigkeit. Doch irgendwie geschah alles neben ihr. Sie erlebte nur noch eine Entfernung zu sich selbst. Ihr Körper riß auf und brachte ein Wesen hervor, das ihr im Grunde fremd und gleichgültig war. Sie pflegte das fremde Kind, spürte aber keine Zärtlichkeit, nicht einmal Neugier. Sie fühlte sich überflüssig, und das machte sie verwirrt, denn sie wußte ja, daß das Kind sie brauchte. Doch das Gefühl, es beschäftige sich von Anfang an mit sich selbst und erfülle nur seine eigenen Bedürfnisse, war in ihr so stark, daß dies für alle Zukunft ihre Beziehung zu ihm bestimmte. Sie war nur jemand, der benutzt wurde: der nach wie vor benutzt wurde.

In all den Jahren, in denen ihre Kinderlosigkeit sie ständig Bias' enttäuschter und drängender Männlichkeit ausgesetzt hatte, hatte sie aufgehört, in ihrem Körper irgendeine Veränderung zu erwarten. Sie hatte es im Gegenteil als natürlich betrachtet, daß er seine Unfruchtbarkeit verteidigte. Alles andere wäre Verrat gewesen.

Als ihr klar wurde, daß sie schwanger war, teilte sie dies mit, wie man einem Feldherrn meldet, die Attacke sei geglückt. Die Unmäßigkeit seiner Freude aber beleidigte sie mehr, als sie für möglich gehalten hatte. Er brach in Tränen aus und ging den

ganzen Vormittag mit geschwollenem Lächeln und einer rührseligen weinerlichen Grobheit über dem Nasenrücken umher, die an eine Erkältung erinnerte. Mehrere Tage lang bewegte er sich mit einer Art steifen Vorsicht, als fürchte er, eine sinnreiche Verbindung zwischen seinem eigenen Körper und der Frucht, die in ihrem Bauch wuchs, zu beeinträchtigen.
Als der Frühling kam mit den Gerüchten, daß der Vorsteher vom Herzog in Audienz abgewiesen worden sei, und das politische Klima im Dorf sich verhärtete, war es, als interessiere ihn das im Grunde nicht. Er blieb viel zu Hause und war immer, so schien es ihr, in der Nähe. Als bewache er sie, erfüllt von dem Wunder, das er durch die Kraft seiner Kunst zuwege gebracht hatte. Während des kurzen Burgfriedens – als eine gemeinsame Planung der denkbaren Ankunft des Vorstehers möglich schien – war er sich anscheinend der drohenden Gefahren nicht bewußt. Als dann das Fiasko zum Faktum wurde und der Gesandte und der Intendent bis auf die Haut ausgezogen dastanden und er und Tuppen so schmählich falsch gesetzt hatten, verließ er zögernd, von Tuppen überredet, das Dorf, doch nur, um wertvolle Verbindungen zu sichern, die der Superintendent möglicherweise in Carlscrona noch hatte. Er schien das Ausmaß der Veränderungen, die warteten, nicht zu begreifen, und bevor er den Ledersack vom Nagel an der Küchenwand nahm und sich in der Dunkelheit auf den Weg machte, formte er eine Reihe selbstgerechter und schwülstiger Zeichen, die mit dem Bild »Bettblüte« über ihrem Bauch endeten.
Doch diesmal wußte Magdalena ja, daß er zurückkommen würde; und zum ersten Mal ahnte sie, daß sie durch das Kind, das sie trug, soviel stärker geworden war als er, daß sie ihn zerstören konnte.

Als er zurückkehrte, war das Kind erst vier Tage alt. Und obwohl der Herbst schneidend kalt und naß war, kam er, als habe er sich nach einem Sommerausflug in die Stadt herumgetrieben. Er war mit sinnlosen Geschenken beladen, und seine Kleider stanken nach Tabakrauch, Parfum, Pferden und Erbrochenem. An der Art seines Körpers, sich gegen den Türrahmen zu lehnen, konnte sie auch sehen, daß er für sich selbst und das

Kind eine neue Wirklichkeit gefunden hatte: eine selbstgeschaffene Erlaubnis, ohne Scham im Dorf weiterzuleben.
Obgleich viele zusahen, ging er, als habe sich nichts verändert, geradewegs zu Himmers Haus. Er trat ein, ohne zu klopfen, trat in der Küche die Stiefel von sich, überhäufte Anna-Aurora mit holländischen Honigkaramellen in kleinen zuckergefärbten Samtkästchen und schlang in aufrichtiger Freude die Arme um Himmer, sobald sich dieser in der Kammertür zeigte.
Bevor Himmer dazu kam, etwas anderes zu tun, führte er ihn, freudestrahlend die Hand auf seiner Schulter, auf die Treppe hinaus und nach Hause in die Kammer, wo das Kind lag. Dort übergab er es ihm mit einer Geste äußerster Anspruchslosigkeit, wie wenn man das Wertvollste verschenkt, das man besitzt.
Und Himmer legte seine kurzen, gerade Finger auf den Kopf des Jungen und fühlte, wie sich der Puls hinter der dünnen Knochenwand bewegte.
»Er ist stark«, sagte er, als probiere er einen Löffel heißer Apfelsuppe.
Draußen stand eine Menge Menschen und wartete, daß etwas passierte. Doch Bias' feuchter Mund und aufrichtige Augen lachten und waren vollkommen glücklich.
»Ein Verkünder, ein Gottesmann«, sagte Himmer und erlaubte sich, eine ganze Weile dazustehen und das zerbrechliche Schnapsglas, das er geleert hatte, festzuhalten, während sie gemeinsam die wehrlosen Finger und Zehen des Jungen nach etwas in der Luft greifen sahen.

Am Abend sprachen sie zu Hause bei Himmer unter vier Augen. Und ohne daß man erfuhr, was gesagt worden war, bestand kein Zweifel, daß Das Sanktuarium auch weiterhin geschlossen bleiben würde. Später stellte sich heraus, daß Bias Zugang zu dem großen und erdduftenden Keller bekommen hatte; so konnte er auf diese Weise Einfluß auf einen Teil der alten Heiligkeit behalten. Dort stellte er auch, einige Tage später, die Sammlung mechanischer Puppen aus Metall, Stoff und einem eigentümlich leblos polierten Holz auf, die er Gerüchten zufolge in einem Wagenlager unterhalb des Gullbärnawaldes gegen ein selbstgemachtes Sternenfernrohr und ein paar Dosen vulkanischer Asche bei einem hustenden und vom

Tod gezeichneten Zirkusdirektor eingetauscht hatte. Und es war dort, im Keller Des Sanktuariums, wo er später, ohne Publikum, seine Kunst als Wachsbildner entwickelte.
Er schien beinahe erleichtert, sich zurückziehen zu dürfen Und wenn die Treuesten der Berührungstreuen, meist Frauen, mit Worten oder auf andere Weise zeigten, daß sie ihn nicht vergessen hatten, schüttelte er abwesend den Kopf, als hätten sie sich geirrt und ihn für einen anderen gehalten.

Himmer gab nie offiziell bekannt, daß Die Berührungsarbeit eingestellt worden war. Doch man war sich darüber klar, daß eine Übereinkunft darüber zu der Absprache gehört hatte, die während des Gesprächs in Himmers Kammer getroffen worden war. Und am Tag darauf gab Bias selbst bekannt, daß sein Auftrag als Berührer ausgeführt sei.
Als er unten im Rachen am Brunnen vorbeiging, hielt er plötzlich vor einigen Frauen inne, die dastanden und in Eimern mit leckenden Seiten Wasser heraufkurbelten. Dort, vor den nassen Schürzen der verblüfften und erschreckten Frauen, brach er zum ersten Mal das Schweigen, dem er sich zehn Jahre früher beim Grafen Grabiancka in Avignon unterworfen hatte.
Und der Laut seiner eingeschlossenen und unbrauchbaren Stimme war das, was schließlich seine letzten Anhänger überzeugte, daß Die Berührungskraft ihn für immer verlassen hatte.
Die Stimme war hell, klanglos und schockierend hilflos für den so kräftigen Körper, aus dem sie kam. Die sie hörten, empfanden so etwas wie die Scham, die man spürt, wenn man beharrlich vermeidet, den Klumpfuß eines schönen Mädchens anzustarren.
Sie war nackt und schamlos unmännlich.
Er brach das Schweigen, indem er laut den Namen seines Sohnes aussprach. Dann fragte er, ob das Brunnenwasser für Säuglinge trinkbar sei.
Er sprach vorsichtig und widerwillig, als hätten die vielen Jahre des Schweigens sein Gehör für andere Laute als die unausgesprochener Gedanken in Stirn oder Händen überempfindlich gemacht.

Und danach redete er selten, und nur, wenn keine andere Sprache möglich war.

Dreiundzwanzigster Tag

11

1. September 1928:

Für den Vorsteher aber war es ein Festtag. Der Staatsbürgertag, Carolus Rex, Advid Lindman, Die Christlichen Werte. Er war glänzender Laune.

Nach dem Gottesdienst (vor dem Mittagessen, doch nach den Roggenwecken und dem Kaffee) nahm sein ganzer unsterblich oscarianischer Körper die leichten Bewegungen der Kleider auf. Das lavendelduftende Leinenhemd, die grünen Farnkräuter des Rasierwassers, der harte, leichte Druck der Weste gegen die Hosenträger. Ein Festtag.

Er hatte das gesamte Personal bestellt. Und nach dem Schlußlied war es an der Zeit, eine kleine persönliche Betrachtung zu halten. Und auch die anderen unten in den Bänken konnten sehr wohl zuhören.

Doch die lauschten mehr den Schuhen und Strümpfen. Die sich seidenschwarz zwischen dem Tweed und dem groben gelben Leder zeigten. Die Knie unter dem Tisch schenkelten auseinander und gingen zusammen, manchmal knetend, als hielten sie ein paar runde Steine oder weiter innen eine angestoßene Birne fest.

Der Schnurrbart seihte die menschliche Mitmenschenrede hervor. Die Stimme war weiterhin energisch, überzeugend: »... staatsbürgerliche Rechte ... Uralte Freiheit ... seine Stimme erheben ... Seinem Gewissen folgend ... Verantwortung ... Keine Wahlrede ... Sich gegen jeden fremden Eindringling wehren ... die doppelte Abrüstung der Sozialisten ... jeder weiß, wer ... auch das Wahlbündnis mit anderen Gottesleugnern und Gesindel ... ›die Armut wird mit Gleichmut ertragen, da alle sie teilen‹ ... pah! ... Diebstahl, Unzucht, Lästerungen ... sich fragen: grenzt dies nicht an ... und nicht nur Vaterlandsverrat ... Auflösung, Chaos ... Das ural-

te Recht des Individuums ... eine sichere Grundlage .. ein geeintes Volk ... geistige Gesundheit in unserer schwedischen Jugend.«
Sie saßen alle miteinander vorne auf dem Podium. Åke Hanssons grobporige Nasenflügel über dem Tisch, Abraham Nebb hinter der Orgel versteckt, die Mädchen von der Küche wie abwaschwassergetönte Austern, mit farblosem oder strohgelbem Haar und Leinengürtel mit Druckknopf auf der Innenseite, alle im blauweißen Emaille der Staatsbürgeranständigkeit; obwohl zwischen all dem Graugestärkten und Verhüllten Anna Norrlands Zähne empfindlich wie brennende Kerzen waren.
Alle auf dem Podium waren an diesem Tag in einem Willen vereint. Der Staatsbürger: deutlich wie fette Crème auf der Haut.

Durch die Fenster in den Schlafsälen konnten die Unzuverlässigen und Kindlichen und Eingesperrten dann das Auto um die Schuppenecke rollen sehen: eine blanke, schnurrend schwarzlackierte Karosse. Weiße Gummireifen, glänzender Nickel.
Der Vorsteher trat in Trenchcoat und gelben Handschuhen auf die Treppe hinaus. Er hielt die Tür auf, und sie kicherten sich ins Auto hinein: die Mädchen von der Küche; Arvid Waerns steifer Rücken, Åke Hansson, Mrenta Nebb, Inez Carlbergs Knöchel in Schuhen mit Absätzen wie Teerklumpen.
Als auch das zweite Taxi abgefahren war, schaukelte der Hofzement im Wind, und das welke Vorjahreslaub huschte aufgescheucht zum Ablaufgitter unter der Pumpe und zwischen die Mülltonnen und an die Mauer.
Niemand rührte sich. Nicht einmal Sillen. Niemand wollte oder konnte oder schaffte etwas anderes, als in seinem Körper zu sein und die Scheiben klappern und das Schlurfen von Edmans Pantoffeln zu hören.

Schließlich aber fielen die Strumpfsocken der Infanterie auf den Fußboden hinunter, steif von Fußschweiß. Und der Tag kehrte zurück, und er begann, mit etwas zu rascheln. Ein schmutziges Heft, das aussah, als sei es in einem Schuh oder unter dem Brett eines Abtritts aufbewahrt worden. Er murmelte, das Stottern

aus seinem Mund hervorsabbernd, und niemand hörte, was er sagte.
»Was is das?« sagte Tuppens rauhe Luftröhre.
»Neunzehnhundert-zwa-zwa-zwa-zwanzig«, sagte Der Infanterist.
Tuppen schwang seine Beine über die Bettkante und schlurfte zu ihm. Er nahm die Papierstücke mit den Fingerspitzen und begann, in ihnen herumzustochern. Las zerstreut: »Aus dem Sozialdemokratischen Parteiprogramm 1920.«
»Weiß du, daß du Ärger kriechst, wenn der Vorsteher oder sonst jemand von denen das erwischt«, sagte er, ohne aufzusehen. »Der schick dich wieder in die Klapsmühle, ohne mit 'ner Wimper zu zucken, der Scheißkerl.«
Doch die schweren, runden Schultern Des Infanteristen waren gutmütig, und er wackelte zufrieden mit den großen Zehen.
»Was steht da?« sagte Sillen und kam mit witternden Eingeweiden herangewatschelt.
Tuppens Gaumen klapperte.
»Über uns«, sagte er kurz, als sei er von einer Wahrheit überrascht worden. »Jedes einzelne verdammte Wort.«
Er ließ die Strumpfsocken auf dem blanken Boden bis zum Spucknapf gleiten und spuckte hinein, daß dieser schluckte und schwieg. Dann ging er zum Bett zurück.
Das Papierbündel lag halb zusammengerollt zwischen den Füßen Des Infanteristen. Dort lag es, bis Sillen bei ihm ankam.
»... zwischen dem Arbeiter und dem Kapitalisten, den die industrielle Entwicklung hervorgerufen hat, erweitert sich so zu einem die ganze Gesellschaft durchdringenden Gegensatz zwischen den Ausgebeuteten und ihren kapitalistischen Ausbeutern.«
Sillen schnüffelte und blätterte übermütig um. Fand jedoch nichts Besseres. »Dieses wiederum kann nur geschehen durch die Aufhebung des privatkapitalistischen Eigentumsrechtes an den Produktionsmitteln und durch deren Überführung in den Besitz und unter die Kontrolle der Gesellschaft sowie durch die Ersetzung der gegenwärtigen planlosen Warenproduktion durch eine sozialistische, nach den wirklichen Bedürfnissen der Gesellschaft geplante und zur Erhöhung des Wohlstandes gesteigerte Produktion.

Dieses Ziel ist nicht zu erreichen ohne . . .«
»Zum Teufel!« zischte Tuppen hinten vom Bett. Doch da war Sillens Bauch schon müde geworden; und während er zum Bett zurückschaukelte, suchten seine Wangen auf eigene Faust nach dem Ausdruck, der eben in Tuppens Gesicht gewesen war. Wenn auch runder, glänzender, einschmeichelnder.

12

Im Gästehaus aber waren die Laute, die Schritte und die Stimmen beinahe verklungen. Nach den Reformen des Pensionsystems wohnten nur noch einzelne Angehörige vorübergehend im Fremdenzimmer.
In den Sälen herrschte noch Mrenta Nebb, doch sie waren leer bis auf die meist unruhigen Gäste, die Mrenta und Inez nicht in die Häuser im Dorf hinausschicken wollten.
Dafür bezogen Inez und Daniel Pettersson das Zimmer neben der Vorratskammer, obwohl ihr Antrag auf Ehedispens vom Domkapital abgelehnt worden war. Mrenta und Abraham Nebb gaben ihnen Teile ihres eigenen ärmlichen Mobiliars, und Mrenta nahm dem Klatsch die Spitze, indem sie in der Kirche ganz einfach verkündete, Der Herr habe durch besondere Genehmigung »der tugendreichen Inez Margareta Carlberg und dem getreuen Daniel Pettersson einen heiligen ehelichen Stand des Herzens und der Körpers gewährt, zu Seiner, Des Himmels und aller Menschen Freude«. Das war mehr als genug, und niemand belästigte sie daraufhin.

Weder Mrenta noch Inez hatten die Absicht, zahlende Pensionsgäste aufzunehmen. Sie kümmerten sich statt dessen um die Hilflosen, die keiner haben wollte, und erhielten wie zuvor ihren Lebensunterhalt vom Dorf.
Die Angehörigen, die im Gästehaus logierten und aßen, wurden auch weniger, denn die meisten, die Verwandte oder Familienmitglieder einlieferten, wollten für diese bezahlen und konnten es sich leisten, bei Önert Andreasson zu wohnen und zu essen. Als die öffentliche Gebetsarbeit begrenzt wurde, und der Fürbittekampf von der Kirche in die Häuser der Verpflegungswirte verlegt worden war, wurden diejenigen immer zahlrei-

cher, die nur über Nacht blieben. Dafür stellten viele höhere Anforderungen an die Bequemlichkeit, und dies machte einen Ausbau der Marketenderei notwendig, den Önert Andreasson in Etappen durchführte. Und damit hatte er sich von allen ökonomischen Fesseln an den früheren Admiralitätssuperintendenten in Carlscrona für immer befreit.

Himmers Reformen, vor allem die, daß in Zukunft *alle* Gäste einquartiert und zahlend bei Wärter- oder Pflegefamilien leben sollten, veränderten mehr, als man erwartet hatte. Der Ruf des Dorfes hatte sich im südlichen Teil des Landes ausgebreitet. Beamte wie Privatpersonen wünschten Hilfe für schwerbehandelbare Mitmenschen und meldeten sich. Jedes Jahr kam außerdem eine Armenhaussendung vom Verwalter in Carlscrona. Zwar waren viele von ihnen schwach und lebten nicht lange, denn er schickte die Ärmsten, die Stadt aber bezahlte pünktlich. Die Privatzahlenden waren stabiler. Es gab welche, die nahezu vermögende Verwandte hatten, oder die selbst vor ihrer Krankheit in gutbezahlten Berufen gearbeitet hatten. Sie durften ihren Bedürfnissen und Gewohnheiten entsprechend bezahlen und waren unter den Verpflegungswirten sehr begehrt: viele wollten ihre Geister befreien. Sie mußten nicht entlaust werden oder in den ersten Nächten im Gästehaus wohnen, sondern wurden von den Familienwärtern in Empfang genommen, ehe sie auch nur hätten merken können, daß der Wagen nicht mehr schaukelte, oder daß die Pferde wieherten, oder daß sich die Sonne verfinstert hatte. Nur diejenigen, die mit den Sendungen des Verwalters kamen, legte man in den ersten Wochen ins Gästehaus.

Die zunehmende Öde im Gästehaus wurde auch durch die Nähe zum Sanktuarium verstärkt, das schwieg. Und dadurch, daß die Kirche nur noch sonntags benutzt wurde, seit die Erweckung abgeklungen und zu einer eher gewöhnlichen Sonntagsanrufung geworden war. Dafür hallte das Dorf von Hammerschlägen und vom Kreischen der Sägeblätter wieder, die ins Holz gedrückt wurden, weil beinahe alle Häuser, sowohl im Rachen als auch später in den Randgebieten, um ein oder mehrere Zimmer erweitert wurden; denn alle wollten sich des Rechts auf höhere Gästeabgaben versichern.

Die Geräusche vom Wachsen des Dorfes waren überall zu

hören, den Keller Des Sanktuariums möglicherweise ausgenommen. Dort aber hielt sich außer Bias und seinem Sohn niemand auf; und diese beiden hörten ohnehin nichts, was nicht aus ihnen selber kam.

13

Jeden Tag gegen zwölf lieferte Magdalena den Jungen an der schweren schiefen Tür zur Kellertreppe ab.
Bias trug ihn selbst die achtundzwanzig Treppenstufen hinunter, und nicht einmal Magdalena durfte sie dorthin begleiten. Doch sie konnte den süßen schwachen Geruch geschmolzenen Wachses in Haaren, Kleidern und Haut des Jungen spüren, wenn sie ihn am späten Nachmittag abholte. Seine kleinen Hände waren ölig auf der Innenseite und blank, und manchmal hatte er Farbe im Gesicht oder Spuren von Terpentin an den Kleidern, wo Bias versucht hatte, Flecken zu entfernen.
Der Junge fühlte sich unten im Keller sichtlich wohl. Er lallte und rülpste vor Erwartung, schon wenn Magdalena ihn in dem plumpen Holzwagen den Kirchhang hinaufzog; und griff ungeschickt nach Grashalmen und fliegenden Möwen und der brennenden Butter der Sonne. Wenn sie ihn gegen fünf abholte, gähnte er, erschöpft davon, einen ganzen Tag mit Wesen gespielt zu haben, deren Wünsche mit seinen eigenen zusammenfielen, und er überließ sich ihr nur widerwillig. Er hatte Käse, Milchrahm und gesalzene, frische Roggenwecken aus dem Holzkasten mit den Messingbeschlägen gegessen, der auch getrocknete Früchte und Mandeln enthielt. Und er sah mit einem Ausdruck schläfriger Sehnsucht Bias' Händen nach, wenn dieser schon längst wieder im Dunkel der Treppe verschwunden war.
Der Keller hatte keine Fenster, doch Bias hatte die Spiegelschirme vom Sanktuarium heruntergebracht und konnte mit der Flamme einer einzigen Kerze den ganzen Raum beleuchten. So nahm weder die Haut des Jungen noch seine eigene den Mißton der Kellerblässe an. Im Gegenteil wuchs der Junge in dem milden, honigduftenden Hochsommerlicht dort unten in einer Geschwindigkeit, die alle verblüffte. Er aß gierig, aber ruhig mit Zähnen, die scharf und gesund wie frischgewetzte Meißel glänzten.

Bias hatte ihn auf den Namen Jan Olof Henrik getauft, und nannte ihn Jan. In der Stille der Kellerwerkstatt aber, zwischen all den Stimmen in den Gesichtern der Wachspuppen, die sie anfertigten, vergaß er, selbst die Stimme zu benutzen, wenn er mit ihm sprach. Der Name verwandelte sich in eine runde Bewegung der Lippen, so daß der Junge, wenn er von sich selber redete, verstummte und statt dessen mit offenem Mund eine Lippenbewegung machte, die man als eine Frage auffassen konnte. Dies verwirrte Magdalena lange Zeit. Doch als ihr der Zusammenhang klar wurde und sie Bias vor den Folgen warnte, schüttelte dieser nur den Kopf und zeigte auf die Innenseite seiner Hand und lächelte. Und sie sah, daß er auf jede Handfläche einen Mund mit Lippen gemalt hatte, die sich bewegten, wenn er die Finger bewegte.

Als der Junge vier Jahre alt war, wurde Magdalena wieder schwanger.
Auch diesmal war die Entbindung erstaunlich leicht. Sie gebar ein Mädchen, das Bias Sophie Magdalena taufte.
Das Mädchen war wie der Junge von kräftigem Wuchs, aber von anderer Gemütsart. Sie lag still und fügsam in der Wiege und interessierte sich nur für das, was man ihr zeigte.
Nach der Geburt des Mädchens aber weigerte sich Magdalena, mit Bias das Bett zu teilen. Sie zog in die Küche hinaus, wo sie neben dem Wassereimer hinter der Tür für sich und die Kinder aus Matratzen und Decken einen Schlafplatz baute; sie lag mit dem Kopf am Herd und den Füßen an den geplatzten, braunen Farbblasen des Holzkastens.
Bias versuchte, sie zur Rückkehr zu überreden, doch sie lehnte ab. Und da schleppte er sie mit Gewalt ins Bett.
Am Tag darauf verbarrikadierte sie sich mit den Kindern in der Küche und ging nicht mit dem Jungen zur Kellertreppe.
Bias kam nach Hause gerannt, hämmerte mit geballten Fäusten gegen die Tür und befahl ihr mit seiner hohen dünnen Näselstimme zu öffnen. Doch sie saß still neben dem Holzkasten auf dem Fußboden, die Arme um die Knie und die Wange an der rauhen Wolle der Schürze, und antwortete nicht.
Er trat einige Male gegen die Tür, lauschte und trat wieder. Dann ging er geräuschvoll seiner Wege, als habe er eine Menge

feindlicher Gegenstände an einer langen Kette hinter sich herzuschleppen.
Am frühen Abend kam er zur Tür zurück und bat hilflos, beinahe schüchtern, sie solle öffnen, damit sie reden könnten. Und sie schloß auf und ließ den Jungen auf seine Arme springen. Und während der Junge und er voneinander erfüllt waren, forderte sie ihm das Versprechen eines eigenen Bettes in der Kammer ab und daß er sie nicht mehr benutzen werde, wenn sie selbst nicht wollte.
Sie sprach unzusammenhängend und wartete nicht, bis ihr Atem sie einholte, erst verwirrt, dann in wachsender Erregung. Und zum ersten Mal versuchte sie zu beschreiben, was geschehen war.
»Ich lasse niemanden im Stich«, sagte sie, selbst erstaunt über ihre sachlich deutliche Stimme. »Gott hat sich verändert. Er hätte es nicht annehmen dürfen. Es war ein Kindesopfer.«
Bias spielte mit dem Jungen. Sie sah seiner glatten Stirn an, daß er nicht verstand. Doch etwas war im selben Augenblick geschehen, als sie die Worte kommen ließ. Die Strafe hörte auf.
»Verstehst du?« sagte sie geduldig. »Du sollst mich in Frieden lassen.«
In dieser Nacht lag sie neben ihm in der Kammer, und in den folgenden Nächten, und er berührte sie nicht.
Doch später wälzte in der Dunkelheit eine Welle seinen wachsduftenden schweren Körper wieder auf sie, und es war wie vorher. Sie wehrte sich, verengte sich – und wurde zu dem schlotternden Widerstand, der ihr den Mund und alle Öffnungen verstopfte.
Zu diesem Zeitpunkt hatte sie des Mädchens wegen den Unterricht der Einwandererkinder aufgegeben. Und jeden Tag zog sie in dem grüngestrichenen, plumpen Holzwagen den Jungen zur Kellertreppe hinauf.
Manchmal nahm sie das Mädchen zu Mrenta Nebb mit und saß eine Weile bei ihr in der Gästehausküche.
Das Mädchen lag auf einer Decke auf dem Fußboden auf dem Rücken und spielte still mit den Fingern oder schnarchte, so daß der untersetzte kleine Körper vor milchfeuchtem Schnüffeln zitterte.
Mrenta und Magdalena tranken am Küchentisch eine Tasse

Kaffee. Sie saßen eine Weile und ließen sich von der Ruhe durchspülen, forderungslos und still.
Mrenta hatte oft das Gefühl, daß die bleiche magere junge Frau ihr gegenüber jemand war, der von ihrem eigenen Leib hätte gekommen sein können.
Wie das, was in dem lebt, über das man nie spricht. Das Verschwiegene, das alles andere enthüllt hätte, wenn es hervorgedrungen wäre: es weggeschrumpft hätte.
Darum nahm Magdalena, so meinte sie, unter derselben Voraussetzung am Schweigen teil: eine Mitschuld; und es gelang ihr, Magdalena dies spüren zu lassen.
Als der Kaffee ausgetrunken war, stand Magdalena auf und bückte sich nach dem Kind. Mrenta begleitete sie auf die Gästehaustreppe hinaus, wenn sie etwas holen wollte: einen Scheuereimer, oder Kartoffeln aus dem Keller. Und Magdalena strich ihr hastig über die Wange und ging mit schlenkernden, langen, trotzigen Schritten den Hang hinab.

Nachts wehrte sie sich halb im Schlaf, wenn Bias' Hüften und schwere Knie sich auf sie wälzten. Sie verteidigte sich stumm, verbarg ihren Körper schlaff bewegungslos irgendwo im Dunkeln, wo sie ihn selbst nicht finden konnte, rasch, rasch.
Jeden Monat erwartete und fürchtete sie die neue Schwangerschaft. Doch sie kam nicht. Es war, als habe der Tag am Holzkasten ihrem Körper seine alte Unzugänglichkeit zurückgegeben. Sie wurde auch dadurch geschützt, daß ihre Gedanken oder Gefühle in der Dunkelheit sie nie aus der Tiefe hervorholten, in der ihr Widerstand sich festklammerte. Das ging so weit, daß der Geschlechtsakt nie etwas anderes betraf als die Asche und die Erde, die sie als Geschmack im Mund hatte. Sie ließ sich nehmen wie eine Hure und bereitete sich auf die Bezahlung vor.

Als der älteste Junge sechs und sie selber achtundzwanzig Jahre alt war, gebar sie noch einen Sohn.
Er war von Anfang an anders als die anderen Kinder. Er weinte nicht wie sie, schrie nicht vor Hunger, oder wenn er müde war oder wenn ihm irgendwo etwas wehtat: er wimmerte nur still.
Zum ersten Mal fühlte sie, daß dieses Kind vielleicht auch ihres sei, und sie wollte es auf eine unklare Weise schützen.

Doch es hatte keine eigene Kraft, von der es hätte leben können. Es starb, ohne auch nur gelernt zu haben, aus Instinkt zu schreien: unzugänglich und zufällig wie das Knacken im Skelett eines alten Körpers. Das schwache Wimmern aus dem runzeligen Gesicht, das kaum vorhanden war, trocknete einfach ein.
In weiter Entfernung von sich selbst teilte sie Bias' Trauer, die ebenso umständlich und unmittelbar war wie in seiner Haut die Sehnsucht nach der Wärme des knorpeligen heißen kleinen Körpers.
Eines Nachts, als sie ihn im Schlaf schluchzen hörte, beugte sie sich über ihn, um sein Gesicht zu sehen, und vielleicht zu trösten.
Er aber erwachte von ihren Gedanken und dem Geruch ihrer Haut und mißverstand sofort und drang in sie ein, obwohl sie verzweifelten Widerstand leistete.

Als ihr klar wurde, daß sie wieder schwanger war, empfand sie keine Angst, nur einen kalten, trockenen, gleichgültigen Zorn; wie ein über der Brust zusammengezogener Riemen. Und sie wußte, daß sie stark genug geworden war, um zu verhindern, daß dies wieder geschah.
Sie sagte ihm, daß sie ihn töten werde, falls er sie noch einmal anrühre.
Und als sie es gesagt hatte, wußte sie, daß es die Wahrheit war. Sie würde es tun, ohne zu zögern oder Furcht oder Angst zu empfinden, und sie war vollkommen ruhig.

14

In diesem Jahr begannen sie, das Kontor zu bauen. Es lag ganz oben im hohen Hanggras oberhalb der Kirche, wo sie früher einmal das erste Ackerland angelegt hatten.
Der Bau ging langsam, denn viele waren mit eigenen Anbauten beschäftigt. Nur Himmers Hartnäckigkeit und wachsehendes Ansehen bewirkten, daß es überhaupt fertig wurde; und dies mit fast zwei Jahren Verspätung.
Zum ersten Mal bauten sie ganz aus Stein und in zwei Stockwerken.

Anfangs machte Arvid Waern Einwendungen. Holz kann atmen, in Steinhäusern stirbt das Licht, oder unterwirft sich. Doch er leistete keinen langwierigen Widerstand. Und Himmer sagte: »Wir bauen weder für das Licht noch die Winde, oder?«

Sie bauten das große Haus 36 Ellen lang und 18 Ellen breit; die Höhe betrug an der Westseite 13 Ellen und 16 Zoll, und an der Ostseite 14 Ellen und 12 Zoll. Die Ziegelwände bekamen oben ein blechgedecktes Kordongesims, und unter den Dachpfannen hatten sie das Dach mit ölgeglätteten Blechen beschlagen.

Am Eingang mauerten sie eine Außentreppe aus behauenem Topfstein und setzten eine doppelte Flurtür ein. Ein steingepflasterter Gang im Flur führte zu einem hallenden weißgekalkten Saal im Norden. Auf der anderen Seite des Ganges lagen fünf verschieden große Räume mit graugestrichenen Türen und fast astlochfreien Bretterböden.

Himmer selbst hatte die Zeichnungen gemacht und alles genau durchdacht. Das Haus sollte ein Kellergeschoß haben, das zur Pflege und Unterbringung besonders schwerbehandelbarer Gäste dienen sollte. Darum statteten sie den Keller auch mit einer Küche mit Eisenherd, Backofen und einem in die Wand eingelassenen Eisenkessel aus. Von der Küche aus kam man auf einen Korridor mit Lehmboden, zu dessen beiden Seiten sich Zellen mit kleinen einäugigen Gitterfenstern und am Boden befestigten, stabilen Betten befanden. Ganz hinten richteten sie eine Quarantäne für diejenigen her, die ansteckend oder aufgelegen waren. Dorthin wuchteten sie auch einen riesigen, grünspanbedeckten und altmodischen Kupferkessel, um den Raum wie einen Waschraum aussehen zu lassen.

Im zweiten Stockwerk hatte Himmer fünf große fensterhelle Räume eingezeichnet, alle mit Kittscheiben und bestem Grünglas, frei von Blasen. Sie kamen an ihren Platz; und in jedem Raum konnte man außerdem Feuer in hochgewachsenen, weißen Kachelöfen machen, mit Außenflächen voller glänzender Vegetabilien in Blau und Grauweiß, in einer Landschaft von Blättern, dunklen Pflanzenstengeln und einem fossilen, halb unsichtbaren Wurzelsystem – alles angeordnet im Netz der Kachelplatten.

Die Kachelofendekoration war Mulerthals Idee gewesen. Einen

langen Winter über hatten Himmer und er gemeinsam Teile der Konstruktionszeichnungen für Spinnereimaschinen, Wasserförderanlagen, Wagenverbesserungen und Ofenbau aus Der Großen Enzyklopädie gelesen und übersetzt. Sie hatten die verschiedenen Künste des Handwerks untersucht und versucht, sie zu erfassen; doch nur des praktischen Vergnügens wegen. Darin hatten sie Kachelöfen entdeckt, die lebendig wie Laubwälder und Roggenfelder im warmen Wind leuchteten, und Mulerthal selbst hatte die Muster kopiert und diese an einen Kachelofenmacher in Torskors geschickt, einen aus Deutschland eingewanderten Juden, der Gerüchten zufolge viel für Verfrorene gemauert hatte.

»Kerzen in silbermatten Zinnkronleuchtern sind dazu geeignet, in die Schatten an der Decke Bewegung zu bringen«, sagte Himmer. »Aber da ist die Grenze. Wir bauen nicht, um Schatten zu bilden. Oder um Geld zu verbrennen.«

Die Bodenräumlichkeiten ließen sie einstweilen uneingerichtet, abgesehen von zwei engen Giebelzimmern auf jeder Seite, über deren künftigen Gebrauch zu entscheiden sie auf später verschoben.

Als alles fertig war, bohrten sie an der Rückseite des Hauses einen Brunnen, und bauten daneben eine kleine Waschküche aus Feldstein mit Ziegeldach.

Sie hatten Grund, fanden sie, ganz zufrieden zu sein. Mit seinem Mansardendach und den ordentlichen Reihen der Dachpfannen glich Das Kontor fast einem Herrenhof; und zu Beginn des Frühjahrs glänzte die Fassade von Fensterglas und frischverputztem Sonnenlicht, so daß man meinte, man habe eine Glimmerwand vor sich, wenn man vom Rachen aus den Hang hinaufblickte.

Innerhalb des Hauses war auch Platz für vieles, wofür zuvor kein Raum gewesen war: Schulsaal, Schreib- und Rechnungsexpedition, Vorratsraum und Versammlungssaal. Im Arrestraum im Keller konnte man Gäste unterbringen und verpflegen, die zu unruhig waren, um draußen im Dorf gehalten zu werden; oder die einfach eine Zurechtweisung nötig hatten.

Bei der ersten Sitzung Des Rates in den neuen Lokalen schlug Himmer vor, das alte Gästehaus nach und nach zu liquidieren. Es konnte statt dessen für Fremdenzimmer, Vorratsräume und

Versammlungssäle verwendet werden, mit Ausnahme der Räume, die jetzt Wohnungen waren natürlich.
Mrenta Nebb hatte nicht einmal die Kraft zu protestieren. Sie hörte zu, während er redete; doch beinahe alles kam ihr fremd vor, ohne daß sie recht gewußt hätte, warum.
Er sagte: »Ein Ziel ist ja, daß alle Gäste in Pension kommen.«
Und alle nickten, als sei es dies, wonach man immer gestrebt hatte.
Und vielleicht war es auch so. Mrenta wußte es nicht genau. Sie blieb fast den ganzen Abend stumm.
Bevor Himmer die Versammlung auflöste, verlangte sie jedenfalls das Wort, und sie sagte, daß sie die fünf ältesten Gäste und den Lazarusmann, der im Gästehaus lag, behalten wolle. Und das akzeptierte man (und lächelte), und man überließ ihr den Saal, den sie für den passendsten hielt. Im übrigen folgte man Himmers Vorschlag.

Als Mrenta nach Hause kam, saßen Inez und Daniel in der Aprildämmerung auf der Außentreppe und wollten reden. Und es kam heraus, daß sie fürchteten, umziehen zu müssen.
Mrenta sah sie verstohlen an, wie sie auf ihrer Stufe saßen, nahe, doch ohne einander zu berühren, das Treppengeländer im Rücken: ein älteres Brautpaar, treu auch in der Angst vor den überraschenden Widrigkeiten des Daseins.
»Was sagt Das Domkapitel?« sagte sie zu Daniel. »Sollen wir sie hier wohnen lassen, oder soll sie raus?«
Das Domkapitel lächelte und nickte mit welken Lippen.
»Gut«, sagte Mrenta. »Dann machen wir's so. Daß Gott sich erbarm'.«
Später, als sie nach der Abendrunde durch das Dunkel im Korridor ging, um die Haustür abzuschließen, stieß sie auf Abraham in einem der Fenster; und sie blieb stehen.
»Es scheint, daß die Stille uns erreicht hat«, sagte sie mit einer Grimasse und lauschte auf ihre eigenen Schritte.
Das Gewicht, das aus Abrahams Gesicht voller Bart bestand, bekam im Halbdunkel das Übergewicht.
»Das hängt davon ab, wie man hinhört«, sagte er.
So hörten sie hin.
Dann ergriff sie seinen Arm.

»Hast du nie an *irgendwas* anderes als an deine eigenen Niederlagen geglaubt«, sagte sie und ließ ihn im selben Augenblick los.
Er sah sie im Dunkel an.
»Doch«, sagte er kurz. »Einmal. Aber ich war nicht zu Hause.«

15

Zu jener Zeit hatte Mrenta für sich und die Kinder allmählich soviel Zeit, daß es auffiel. Dennoch kam es vor, daß sie sich müder fühlte, als wenn sie wie früher zu tun gehabt hatte; und manchmal blieb sie am Küchentisch sitzen, die Augen geschlossen ins Nichts.
Magdalena kam auch öfter vorbei als früher, und in diesem Herbst überredete Mrenta sie, dem Prediger in der Schule zu helfen. Weder er noch die Kinder hatten ja irgend etwas davon. Er ging meist zum Flüßchen und angelte, damit sie zu Hause mithalfen und sich nützlich machten, wie es hieß.
»Jemand sollte da was machen«, sagte Mrenta. »Ich paß' für dich auf das Mädchen und den neuen Kleinen, Daniel, auf. Das sind ja nicht nur die Einwandererkinder, die Hilfe brauchen.«
Und als Magdalena mit dem Unterricht begonnen hatte und allmählich sichtbar wurde, daß sie sich wohlfühlte, war Mrenta zufriedener als lange. Beinahe so, als habe sie einen der Zwillinge untergebracht; und sie war es ja auch gewesen, die das arme Mädchen als Braut eingekleidet hatte; was im übrigen jeder sehr gut hätte übernehmen können.
Magdalena war für den Prediger zunächst eine Art Hilfskraft. Dann übernahm sie mehr und mehr, und schließlich erschien er im Schulsaal nur noch zu etwas, das Inspektionen darstellen sollte, einmal im Monat etwa. Bis sowohl er als auch alle anderen fanden, daß es ja genügte, wenn er die Schulhalbjahre einleitete und beendete, und dafür sorgte, daß die Dauer der häuslichen Katechisationen eingehalten wurde.
Manchmal nahm Mrenta den Säugling und Sophie zum neuen Schulsaal mit und hörte zu. Und sie sah, was sie schon wußte: daß Magdalena schüchtern genug war, die Unsicheren zu verstehen, und Phantasie und Wissen genug hatte, um auf die Widerspenstigen einzugehen.

Zu diesem Zeitpunkt hatten Inez und Daniel Pettersson ein wenig zögernd begonnen, bei den Gästen im Keller Des Kontors zu arbeiten. Und Mrenta hatte Inez fast hinauswerfen müssen.
»Du schaffs das hier nich allein«, sagte Inez.
»Schäm dich«, sagte Mrenta. »Ich und Abraham schaffen es.«
Und das war die Wahrheit. Abraham half ihr, die Tage ausgenommen, an denen er sich selbst nicht helfen konnte. Elis war daran gewöhnt, auf die Zwillinge aufzupassen, und manchmal kam Klein Rigor.

Er kam vorbei, wenn er draußen auf den Äckern für den Tag fertig war, nach Seife riechend und mit seinen schweren, klugen Augenlidern. Wenn sie Zeit hatte, saßen sie eine Weile am Küchentisch und unterhielten sich, lächelten und drehten und wendeten die Worte, die sie vom anderen verstanden.
Einmal stand er auf und holte vom Herd ein Stück Holzkohle. Auf der graugescheuerten trockenen Tischplatte begann er zu zeichnen, als schreibe er. Die Hand mit den kurzen breiten Fingern bewegte sich weich und mit abgerundeten Bewegungen.
Sie sah einen Eichhörnchenkopf, der ein Eichhörnchenjunges wurde, aus dem Holz hervordringen. Es fiel aus einem Hohlraum und blieb auf dem Rücken liegen, und beobachtete sie mit klaren, wachen Augen.
In seiner einen Seite, direkt unter dem Brustkorb, riß ein Loch auf, und in dem Loch begann ein Gewimmel von Ameisen.
Das Eichhörnchenjunge sah sie an, den Mund in einem gierigen und träumerischen Grinsen geöffnet. Die Hand mit dem Kohlestück bewegte sich über seinen hilflosen Kopf; und sie sah die Augen in einer pfefferkornschnellen Bewegung sich aufwärtswenden, wie der Erinnerung eines federnden Astes entgegen. Und erstarren.
»Es ist gefallt«, sagte Klein Rigor. »Ich hätte tausend Malen zeichnen können.«
Er ließ das Kohlestück los und nahm Mrentas Hand. Dann legte er sie über das Loch, an dem die Ameisen ein und aus krochen. »In meine treuen Augen«, sagte er und lächelte.

Vierundzwanzigster Tag

16

Im späten Frühjahr des dritten Jahres nach der Stillegung des Gästehauses hatte Mrenta nur noch drei Gäste.
Einer war eine alte Frau, die keine Lungen hatte und darum mit den Augen atmete. Sie konnte nicht verlegt werden, weil die Wände des Saales, in dem sie lag, die einzigen waren, die den Austrocknungswind nicht durchließen: die Luft auf der anderen Seite verzehrte alle Feuchtigkeit, die im Licht enthalten war. Nur Mrenta konnte die Tür öffnen, ohne daß ihre Augen wie trockenes Laub aufflammten und sie erstickten.
Der zweite war ein alter Mann, der von sich behauptete, in Bernt Mattssons, des Halben Hahns, Körper eingezogen zu sein; oder das, was davon übrig war. Und der dritte war der Lazarusmann. Er lag noch immer mit geballten Fäusten da und hatte sich langsam in ein Wesen außerhalb der Reichweite der Zeit verwandelt.
Zu diesem Zeitpunkt war Regina Schenker seit mehr als zwei Jahren tot. Es war ihr zunächst besser gegangen, so daß sie hatte aufstehen, sich sogar draußen frei bewegen können. An einem Novembertag kam sie auf den Gedanken, unten an der Mole ohne Kleider zu baden. Einige von den Männern zogen sie heraus, doch sie war bereits abgekühlt. Sie wurde krank und starb nach drei Tagen, in hohem Fieber phantasierend. Doch sie war in diesen Phantasien nicht verzweifelt oder außer sich. Statt dessen wirkte sie hoffnungsvoll und ausgelassen. Als habe sie sich gerade entschieden, gesund zu werden und zu den Lebendigen zu gehören. Sie war glücklicher, als sie sie je gesehen hatten.

Abraham half Mrenta bei den Gästen, so gut er konnte; und wenn nach dem Abendessen alles fertig war, pflegte Mrenta öfter zum Kontor zu gehen, um zu sehen, wie es Inez ging und Daniel, der dort putzte. Sie blieb niemals lange, nicht einmal dann, wenn sie die Zwillinge oder Magdalenas Kinder nicht mitgenommen hatte. Ihr kamen selbst die Gerüche im Haus fremd vor: ein Gestank von Obrigkeit war in Wänden und Fußböden entstanden und hallte im Treppenhaus wider.

Manchmal setzte sie sich in dem unbewohnten Vorraum hinter der Haustür auf eine der Bänke und ruhte aus. Durch die Fenster konnte sie hinaus auf die Kiesebene sehen, auf der Falsche Kamillen und Zwergwegerich gelernt hatten, die Sommer auszuhalten. Sie sah undeutlich den Westgiebel der Kirche, das geteerte Schindeldach wie eine Montgolfiere im Gegenlicht schwebend.

Das ganze große Haus um sie schwieg. Es waren Gäste im Keller, und einige von ihnen hatte Åke Hansson festgebunden. Doch nichts war von dort zu hören; nicht einmal von denen, die schrien, um nicht gehört oder gesehen zu werden.

Vom Obergeschoß kamen gedämpfte Schritte, und gelegentlich der Klang von Stimmen aus der Expedition. Die Schule war an diesem Tag schon vorbei. An ihrem Platz konnte sie durch die halb offene Schultür die Schmalseite des Tisches sehen, auf dem Magdalena die Schiefertafeln zu einem sich neigenden Turm schüchterner Gelehrsamkeit gestapelt hatte.

Zwei Stunden am Tag kamen die Kinder in den Schulsaal, alle Wärterkinder, auch die der Einwanderer. Und so sollte alles sein, dachte Mrenta, eifrige Stimmen, Wirklichkeit.

Sie schloß die Augen.

Als Inez zu ihr hinaufkam, war es, als habe sie geschlafen. Doch sie erhob sich heftig von der Bank, und eine ärgerliche Runzel schoß über ihre Nasenwurzel.

»Man hört nichts hier«, sagte sie irritiert. »Ich hab' hingehört.«

»Finds du nich, daß es hier schön is«, sagte Inez.

»Vermutlich«, sagte Mrenta. »Aber alles schweigt.«

In dem großen, weißgekalkten und fast möbellosen Saal rechts vom Vorraum empfingen sie die Armenhausgäste, die mit den Wagenzügen des Verwalters kamen.

Dort zogen sie sie bis auf die nackte Haut aus, untersuchten Rachen, Leisten, Ohren, Geschlechtsteile und Haarboden. Dann entlausten sie sie und wuschen sie in mit Meereswasser, Essig und Seife gefüllten Holzbottichen.

Die Armenhausgäste kamen immer im Frühjahr. Sie waren

ausgemergelt und schmutzig, viele waren alt und krank. Sie waren einen Tag, manchmal zwei Tage gereist, und hatten unter freiem Himmel geschlafen. Einige von ihnen waren unruhig gewesen und beruhigt worden: sie lagen gefesselt im ersten Wagen, den die Kutscher aus Carlscrona fuhren.
Die hinteren Wagen wurden von Kutschern aus Ronneby, Carlshamn und Sölvesborg geführt, wenn es auch der Verwalter war, der den Transport in Carlscrona sammelte; die Kutscher waren müde und gereizt, wenn sie ankamen. Darum ließ Himmer sie zur Marketenderei gehen, sobald sie abgerechnet und die Papiere ausgehändigt hatten, und dort wartete Önert Andersson mit warmem Essen und Willkommensschnäpsen. Auf diese Weise waren sie bei der Sortierung am wenigsten im Wege.
In zwei Frühjahren waren die weißgekalkten Räume so benutzt worden. Gewohnheiten, Handgriffe und Routinen waren entstanden. Der Rat hatte gelernt, wie sowohl die Sortierung als auch die Verteilung der Armenhausgäste unter die Verpflegungswirte zu handhaben waren.
So war es nicht von Anfang an gewesen. In den ersten Jahren schaffte die Aussonderung Probleme. Unzufriedenheit und lange, vielverzweigte Neide waren entstanden. Die Hospitalinstitutionen in den Blekingestädten und in Calmar bezahlten für alle dieselbe Abgabe, ohne Rücksicht auf Geschlecht, Alter, Gesundheitszustand und Arbeitsfähigkeit. Und Gottes Volk hatte keine Einwände gehabt: Vor Dem Höchsten waren alle gleich. Bei der Aussonderung aber entstanden Gegensätze. Der Wirt erhielt dieselbe Entschädigung für einen Arbeitsunfähigen wie für einen Arbeiter. Wer den Arbeiter bekam, konnte sich dessen Arbeit zunutze machen, und die belief sich manchmal auf fast eine ganze Tagesarbeit.
Himmer hatte vorgeschlagen, daß sie losen sollten. Die Auslosung aber ließ Raum für Gerüchte von Bestechungen und Schwindel jeder möglichen Art. Nicht einmal dann, als man sie von Arvid Waern durchführen ließ, so daß alle sie auf der Kontortreppe beobachten konnten, hörte das Getuschel über markierte Zettel auf. Und all dies schaffte Differenzen, die in der Winterkälte, in der man Zeit zum Nachdenken hatte, lange zu spüren waren.

Doch schließlich kam Mulerthal auf eine Methode, die die meisten zu befriedigen schien. Man unterteilte die Armenhausgäste ganz einfach in Leistungsgruppen: Arbeitstüchtige, Arbeitstaugliche, Arbeitsschwache.

Die Abgaben der Verpflegungswirte an Den Rat sollten in Proportion zur Arbeitsfähigkeit der Gäste stehen. Die Verteilung auf die Wirte konnte nach dem Aktionsprinzip erfolgen: wer einen Gast mit besserer Arbeitsfähigkeit haben wollte, sollte dies in seinem Gebot ausdrücken. So konnten alle selbst wählen, und niemand würde benachteiligt werden.

Die Sortierung wurde von Arvid Waern, Mulerthal und dem Prediger vorgenommen, und die Auktion selbst fand nach dem Gottesdienst am ersten Sonntag statt, nachdem der Wagenzug gekommen war. Anschließend veranstaltete man unten an der Brücke ein Picknick mit Eierkuchen, Feinbrot und Kaffee. Und der Molenkaffeetag wurde für viele zum Zeichen dafür, daß der Frühling wirklich gekommen war: der Duft von Kaffee, Törtchen, frischgestärktem Leinen, Tang und Teer.

Wenn man in der ersten milden Brise auf der Mole saß, konnte man die Augen auf den silberblanken Holzwänden des Dorfes ruhen lassen. Weiter oben lagen die Kirche und Das Kontor und das Ackergebiet, das um die Kartoffeläcker gewachsen war. Näher an der Brücke scharten sich die Baracken und Wirtschaftsgebäude der Brennerei wie eine Bauernburg zusammen, den Rücken zum Hafen und die Brustseite zum Hang gerichtet. Dort rollten zur Zeit des Ausnehmens die Kartoffelkarren geradewegs ins Maul des Kochers, der kaute und schluckte. Und zu guter Letzt – nach der Maische und den rülpsenden Gärbottichen – floß dort wie ein Wunder Des Herrn der klarste Branntwein aus den Destillationsröhren des Kolonnenapparates: direkt in Flaschen mit Helmen aus blutrotem Lack hinein.

Denn so war es: seit die Brennerei in Gang gekommen war, und die Verkaufsfuhren in Småland allmählich zugenommen hatten, hatte Gottes Volk sich noch mehr öffnen und mehr Gäste aufnehmen können als je zuvor.

Die Kartoffeln sollten um den achten Mai in die Erde. Mindestens eine Woche früher, am besten vor Walpurgis, mußten die Gäste eintreffen, so daß man sie mit auf die Felder nehmen konnte. So kam man zu neuer Arbeitskraft in der

Stoßzeit, in der sie am meisten gebraucht wurde, und den neuen Gästen blieb die Qual der Untätigkeit erspart.
Doch man brauchte für die Äcker und die Tiere ja nicht nur Arbeitskräfte. Da das Dorf sich selbst versorgen mußte, waren Leute mit verschiedenen Kenntnissen nötig; beinahe alles war brauchbar. Und langsam entstand die Ordnung, die später als das »Expertenprinzip« bezeichnet werden sollte.
Der Wärter, der am geschicktesten in der Herstellung von Holzschuhen war oder leidlich beim Anfertigen von Schuhen, erkundigte sich, ob man nicht den Verwalter nach einem früheren Schuhmacher fragen könne, der Hilfe bei den bösen Geistern brauchte. Auf diese Weise könne der Schuhmacher mit dem weiterarbeiten, woran er gewöhnt war, und etwas zu tun haben, während sie um seine Seele kämpften.
Viele hielten den Gedanken für vernünftig. Als im Dorf der Platz knapp zu werden begann und die Gästesendungen des Verwalters sich mit denen anderer Institutionen drängten, konnte man verlangen, die Gästelisten rechtzeitig vor Abgang des Transportes einzusehen, und daß die Papiere Angaben hinsichtlich Gesundheit, Beruf und allgemeiner Brauchbarkeit enthielten. Was mit einem Schuhmacher angefangen hatte, konnte mit einem Tischler, einem Fußbodenleger, einem Uhrmacher und anderem, was gebraucht wurde, weitergehen. Auf diese Weise blieb den Wirten außerdem mehr Zeit für die Gebetsarbeit. Den Gerbern konnte bei den Häuten geholfen, der Schneider von einem wirklich Nähkundigen abgelöst werden, und so weiter. Tatsächlich konnten alle Freude aneinander haben: sich begegnen in der gemeinsamen Arbeit.
Auch wenn man nicht damit rechnen konnte, auf diesem Wege zu vielen Fachleuten zu kommen. Jedenfalls nicht zu Anfang, und nicht durch den Verwalter. Dagegen konnte es vorkommen, daß Privatzahlende mit dem einen oder anderen kamen, der seine beruflichen Fähigkeiten noch beherrschte. Die meisten aber würden weiterhin gebrechlich und unwissend sein und nur dadurch zu Selbstachtung kommen, daß man sie auf den Feldern einsetzte.

Jeden Morgen in der großen Setzwoche Anfang Mai stellten sich Wärter und Gäste vor den Häusern auf. Himmer

und Arvid Waern gingen zu jeder Familie und vergewisserten sich, daß alles seine Ordnung hatte. Dann versammelte man sich auf dem Kiesplatz vor Dem Kontor, wo die Feldvorarbeiter die Leitung ihrer Setzergruppen übernahmen; und nach dem Morgengebet marschierte man zu den Äckern.
Während der Morgeninspektionen sollten die Wärter die Möglichkeit haben, ihren Herzen Luft zu machen, was Gäste, Arbeit und Gesundheit betraf. Dabei sammelten Arvid Waern und vier andere Männer auch solche Gäste, die eine Ruhezeit im Keller brauchten; und sie nahmen Rapporte über Krankheiten oder andere Probleme entgegen: wenn jemand Ausreißlust gezeigt hatte, oder faul, unverschämt oder obstinat gewesen war.
Nach der ersten Setzwoche übernahm Arvid Waern allein die Inspektionsverantwortung, und Himmer hielt nur von der Kontortreppe aus das Korum, solange das Wetter es erlaubte.
Im Winter machten Mulerthal und der Prediger alle sechs Tage eine Morgenrunde durch die Häuser; und Himmer hielt einmal in der Woche in der Kirche eine Abendandacht. So waren die neuen Arbeitsformen entstanden: mit einem Gewicht und einem Rhythmus, die ruhig und natürlich waren – wie wenn Regen in Schnee übergeht, und Dunkelheit in Licht.

17

Im Jahr, bevor der König abgesetzt wurde und der Herzog auf dem Thron landete – und Augusta Holmquists Hühner sich angewöhnten, die Beine überkreuz zu legen, damit man sie ihnen für die letzte Reise zusammenband –, kam der Wagenzug ungewöhnlich früh.
Bereits Mitte April, obwohl Schnee im Regen war, kamen drei räderschiefe Wagen mit einunddreißig Gästen ins Dorf.
Der Verwalter hatte sich im Wetter verschätzt. Als die Wagen im Regen auf dem Kiesplatz stehenblieben, ließen die Ochsen die Köpfe hängen, als seien sie von einem unschlüssigen Schlachter geschlagen worden; ihre Augen waren fieberglänzend, das Augenweiß gelb geworden und blutstreifig. Die Kutscher saßen durchnäßt und frierend in ihren lehmsteifen

Mänteln da. Zwei von ihnen stanken nach Erbrochenem und waren so betrunken, daß sie nicht allein von den Kutschböcken steigen konnten.

In den Wagen lagen versteinerte und unterkühlte Gäste, nachlässig gestapelt wie Bruchholz.

Als Daniel Pettersson am ersten Planwagen das Tuch beiseite zog und ins Dunkel hineinblickte, kam ihm der Gestank eines Leichenwagens entgegen: aufgelöste Gesichter, Höhlen, Haare, schwarze Zungen, Urin, Abführungen. Selbst er begann zu zittern, so daß Inez ihm zurück an die Waschbottiche helfen mußte.

Doch dort kam ihm Arvid Waerns Gesicht entgegen: mit seiner schläfrigen, in den Essigdämpfen vergilbten Verdrießlichkeit. Und Daniel Pettersson schwankte zu den Wagen und dem Regen auf dem Kiesplatz zurück.

Die meisten mußten sie hineintragen oder -schleppen.

Auf den Fußboden an der einen Längswand hatte Inez trockenes Stroh beordert. Sie und Mrenta sollten die läusezerbissenen Körper mit Essig abwaschen, und Marjo Lyckou und einige von den anderen Frauen warteten an der Wand gegenüber mit den Trockentüchern.

Das Feuer donnerte im Ofen.

Daniel Pettersson stieg gebeugt über die nassen Körperbündel im Stroh; kaum einen Laut gaben sie von sich. Nichts als Augen; geschlossen oder weit geöffnet.

Ein alter Mann mit papierdünnen Wangenknochen zerhackte die Kälte zwischen seinen Zähnen und streckte die Zunge dem Dampf von den Waschbottichen entgegen, als wolle er sie vorsichtig in die Wärme eintunken.

Der Schweiß tropfte von Daniels Gesicht. Niemand hatte ihn gebeten zu tun, was er sich auferlegt hatte. Inez hätte ihn zu etwas anderem verwenden können – zum Wasserholen oder Feuern. Er aber stolperte über die bebenden Körper im Stroh, seinen eigenen verstörten Körper mit sich tragend. Und er zwang sich, sich ihnen zu nähern, bis er zwischen ihnen *war*, und sein Gesicht ihren Gesichtern glich und ihre Angst in ihn hineinfloß, als sammele er sie auf.

Er war es, der sie anfaßte, der sie aufrichtete, der ihre Knochen dazu brachte, sich zu bewegen. Er führte sie in den essigdamp-

fenden Waschbottich, als trüge er seinen eigenen bestürzten Körper vor sich her.
In diesem Jahr waren es Gäste jeden Alters. Doch acht waren Kinder, oder das, was Kinder gewesen und so etwas wie durchleuchtete Kindergreise geworden waren. Sie bewegten sich wie Puppen mit schlecht geführten Armen und Beinen. Alle hatten Gesichter, die sie entweder verlassen oder die Züge von verzagter Berechnung angenommen hatten, wie sie bei lange Unterdrückten entsteht. Ein schiefmündiges und hohläugiges Mädchen streckte einschmeichelnd seine dürren Arme aus; ein zahnloser Junge zeigte seine Hände, als Daniel ihn aufrichtete, als erwarte er, daß ihm jemand auf die rissigen Finger schlagen werde.
Fast alle waren lautlos und stumm: Reste von verstörten, verkümmerten Männern, Frauen und Kindern. Doch einige von den alten Frauen schluchzten still, als sie in den Waschbottich gesenkt wurden. Ihre knorpelspröden Körper sanken zu Boden, als wagten sie nicht einmal, mit dem Rest ihres unbeachteten Lebens, Hautabfall und Sehnen, das Wasser zu verdrängen.
Einige waren fiebrig und phantasierten; doch zusammengekauert und weit entfernt, und sogar in der Verwirrung ohne Anspruch auf Raum.

Als alle ausgezogen, gewaschen und im Stroh an der weißgekalkten Wand aufgereiht dastanden, nahmen Arvid Waern und der Prediger die erste Besichtigung vor.
Mulerthal ging mit den Zahlenblöcken neben ihnen her. Er hängte die spacken Holzplatten den Körpern mit Bindfaden um den Hals; und dann die Ledermarken, so daß in den straffen römischen Ziffern der Grad der Brauchbarkeit aufschien, rot oder schwarz: rot für die erste Gruppe, schwarz für die beiden anderen.
Während des Vorgangs sprachen die Besichtiger nicht miteinander. Arvid Waern führte die Untersuchung rasch, unsanft und ohne zu zögern: neun rote (alle Männer), dreizehn für Gruppe zwei (acht Frauen, fünf Kinder). Der Prediger zögerte oft. Schließlich hatte er acht rote und dreizehn Zweier.
Nach der zweiten Besichtigung aber einigten sie sich: zehn rote, zwölf Zweier, der Rest Dreier.

Weder Inez noch Daniel konnten die Aussonderung mitansehen. Sie gingen auf die Treppe hinaus und starrten stumm und frierend in den Regen.
Als es vorbei war, kam Mrenta und holte sie ab. Und diese Neuen waren in einem schlimmeren Zustand, als sie je gesehen hatte; und als sie ihnen Anstaltskleider anziehen wollten, entdeckte Inez, daß eines der kleinen Mädchen, eine Sieben-Achtjährige, Verletzungen am Unterleib hatte: sie war zerrissen und blutete zwischen den Beinen.

Inez brach in Tränen aus, als sie es sah. Mrenta wurde kreideweiß im Gesicht und lief zu Arvid Waern und schrie ihm zu, Himmer zu holen. Doch Arvid Waern schnitt nur eine Grimasse. Er war müde und hungrig. Die Kutscher schliefen vermutlich schon, und außerdem waren sie sternhagelvoll vom Branntwein und vom Essen, und es würde unmöglich sein, einen Schuldigen zu ermitteln. Außerdem war es vielleicht ein Unfall gewesen, das Mädchen konnte ja gestürzt sein.
Mrenta Nebbs Lippen verschmälerten sich zu Messerschneiden, und sie verstummte wie immer, wenn sie wütend wurde. Dann warf sie mit nichts als ihren Ellenbogen und ihren rasenden Augen Arvid Waern wie Mulerthal, wie den Prediger hinaus.
Und als die stummen, nackten, numerierten Körper an der Wand schließlich verschwunden und zu hockenden, gähnenden und sogar flüsternden Wesen in langen grauen Hemden geworden waren, und als sie in der Kellerküche warme Fleischsuppe und daneben läusefreie Betten bekommen hatten, und als der Prediger zurückkam, um die Abendandacht zu halten, schnitt sie ihm mit einer einzigen Bewegung des Halses und des Kinns das Wort ab.
Denn sie und alle anderen waren erschöpft und brauchten keine Worte, nur das stille, innere Gotteswort. Seine Auslegungen konnte er sich für die Kutscher in der Kneipe aufheben, oder für die Auktion.
So schlich der Prediger davon; mit einer Spur von Gerechtigkeitsmartyrium in seinen Zügen.

18

Erst als das Kartoffelsetzen schon in vollem Gange war, auch auf den West- und Nordäckern, tranken sie in diesem Jahr den Festkaffee auf der Mole. Und da befand man sich schon in der zweiten Maiwoche.
Einige von den Neuen aus der Armenhaussendung waren übriggeblieben und lagen weiterhin im Keller. Es handelte sich um solche, die Ledermarken mit schwarzen Dreien bekommen hatten und nicht untergebracht worden waren, da niemand auf sie geboten oder Bereitschaft gezeigt hatte, sie zu übernehmen. Und Mulerthal in der Expedition hatte noch keine Zeit gehabt, die Sache in Angriff zu nehmen. Doch er trug Daniel Pettersson auf, mit ihnen jeden Morgen nach dem Korum hinauf zu den Kartoffeläckern zu marschieren, damit sie jedenfalls nicht in ihren Betten liegenblieben.
Es waren acht. Das, was von vier Frauen, drei Männern und einem zehnjährigen Mädchen mit Buckel übrig war. Alle waren verwirrt und gefügig, mit Körpern, die kaum die Krümel zusammenhielten, die sie aßen.
Überhaupt mußte man sagen, daß die Geister der Armenhausgäste harmlos waren. Sie waren auch schweigsam, sobald die erste Angst einmal vergangen war, und forderten keinen Raum, wie es die der Privatzahler gelegentlich taten. Es war, als schämten sie sich der Wohnung, die sie bezogen hatten: sie kannten von Anfang an ihren Platz.

Die Morgen waren noch kalt. Der Tau hinterließ auf dem Kiesplatz und den Wegen schwarze Nässe. Manchmal stand der Rauhnebel am Grund Des Rachens, wo die Schweine gliedersteif in den Dunst starrten.
Man ging fröstelnd die Wege hinauf, die zu dem Gewimmel von hartgetretenen, gefrorenen Ackerpfaden führten.
Manchmal, wenn er so ging, versuchte Daniel, mit einem der Übriggebliebenen zu plaudern. Doch meist wurden daraus nur vereinzelte Worte, oder unbeantwortete Fragen, die erstarben. Ihm selbst fiel es schwer zu reden, und ihr Schweigen wuchs, wenn sie in der Gruppe waren.
Doch im Grunde hatte Daniel genug damit zu tun, sie zu

führen. Noch immer zitterten ihm die Hände, wenn er sie zwang, andere als Inez zu berühren. Sie war das, was *wirklich* war. Anderes war, soviel er wußte, unsicher. Darum prüfte er über eine lange Zeit alles mit den Augen, bevor er es mit dem Gefühl berührte.

Doch es ist schwer, ohne Körper zu sprechen. Er wußte, daß die Angst selbst den Schrecken gebar. Man brauchte eine Sprache, um sichtbar zu werden. Ein Gesicht, einen Namen.

Im Laufe dieser frühen, kalten, regnerischen oder sonnenbleichen Frühjahrsmorgen, während er neben den fast Unsichtbaren den Weg entlangtrabte, wuchs in ihm die Überzeugung, daß es eilte. Sie würden alle vernichtet werden und verschwinden, auch er selber, wenn sie sich nicht Gesichter, Namen, Sprache gaben.

Eines Abends mitten in der Woche bat er Inez, seine Sonntagskleider hervorzuholen.

Er faltete die Hosen über dem Stuhl zusammen und sagte, daß er jemanden besuchen wolle, und daß es eine Überraschung werden solle.

Sie sah, daß er unruhig und rastlos war, wollte ihn aber nicht ausfragen und tat, als glaube sie an die Sache mit der Überraschung.

Und er sagte nicht mehr, sondern streichelte ihr nur mit der Außenseite seines Zeigefingers über den Hals.

Am Morgen rasierte er sich und kleidete sich sonntäglich. Er bat sie, einige der Wärter darum zu bitten, seine Gruppe vom Kiesplatz zu den Äckern hinaufzuführen. Selbst wollte er im Kontor mit Himmer sprechen.

Sein Gesicht war vor Nervosität lang und grauweiß, die Lippen aufgesprungen, und sein Mund roch schlecht.

Und Inez nickte, ohne zu fragen; doch als sie seinen schiefen Rücken in dem schwarzen Sonntagsanzug durch die Tür verschwinden sah, wurde sie plötzlich vollkommen starr vor Angst. Sie hörte den Laut seiner tastenden Schritte auf dem Korridor und sank auf ihr Bett, die Hände um die Knie gekrampft; und ihr Herz pochte in der Brust in einer vollkommen unerklärlichen Panik.

An diesem Morgen kam Mulerthal nach dem Korum früh zum Büro, und da saß Daniel Pettersson auf einem Stuhl vor der Tür zu Himmers Kontor.
Mulerthal blickte erstaunt auf den schwarzen Anzug und auf den Hut, der auf den Knien lag. Doch er sagte nichts, sondern setzte sich an das dreistöckige Pult und begann zu arbeiten.
Nach einer Viertelstunde kam Himmer. Er grüßte grunzend, als er vorbeifegte, und schloß die Tür.
Eine halbe Stunde verging.
Mulerthal lief zwischen Kontor und Schreibpult hin und her. Um neun Uhr lieferte Arvid Waern den täglichen Inspektionsbericht ab. Ein paar mürrische Männer mit Stallgeruch kamen, um die Wachabgaben für den Monat zu bezahlen. Eine dickbäuchige und dünnhaarige Göteborgerin wollte im Rachen hinter dem Garten des Nachbarn Zwiebeln pflanzen und widerlegte wütend so viele von Mulerthals unausgesprochenen Einwänden, wie sie nur konnte.
Die ganze Zeit saß Daniel Pettersson in seinem schwarzen Anzug auf dem Stuhl vor der Tür zum inneren Kontor.
Himmer wurde seiner ansichtig, als er die Tür öffnete, um Mulerthal zuzurufen, daß er die Zahlen über den Malzverbrauch des Vormonats holen solle.

Himmer drückte Daniel Pettersson auf einen Sprossenstuhl mitten auf dem gutgescheuerten Bretterboden.
Dann begann er, um den Arbeitstisch zu schlendern, der mit Papieren, Büchern, Retorten, Probiergläsern und Flaschen mit Gewürzen und Branntweinproben beladen war.
Hin und wieder blieb er stehen, beugte sich über die Flaschen oder die Gläser, probierte, murmelte, blies durch die Lippen, schlug Bücher auf, las schweigend mit der Zungenspitze, machte eine Notiz.

Daniel Pettersson saß auf dem Stuhl mitten im Zimmer.
Er saß da und sah auf seine Sonntagsmanschetten hinunter: auf die Handgelenke, die Daumen, den Hutkopf: die mageren Knie, die die Welt balancierten.

Fünfundzwanzigster Tag

19

Der Tag, an dem Daniel Pettersson zu Himmer ging, war ein Mittwoch.

Inez hatte von sich nie das Gefühl gehabt, innerhalb der Zeit zu leben, so daß die Tage und deren Namen *ihrer* Aufmerksamkeit bedurft hätten. Doch von nun an wurde dies anders. Die Zeit bedrängte sie.

Als Daniel zurückkam, war es Nachmittag: sie stand im Keller und scheuerte mit Sand und Wacholderreisern die Kupferkessel. Er zitterte vor Erschöpfung, sein Hemd war von Schweiß durchnäßt.

Während sie durch das hohe Gras am Hang nach Hause gingen, versuchte sie, aus ihm herauszubekommen, was geschehen war. Er aber konnte nicht sprechen; und er wollte allein sein.

Am Abend im Bett kroch sie zu ihm hin; und sie hatte den starken Wunsch, daß er zu ihr komme. Doch er entzog sich, als könne er ihre Nähe nicht ertragen. Er zitterte, wie er es getan hatte, wenn sie sich früher begegnet waren.

Am nächsten Tag wollte er nicht aufstehen. Er lag da, das Gesicht zur Wand und die Knie am Kinn. Doch in der frühen Dämmerung hatte sie ihn soweit, daß er redete, und wußte, was all dies bedeutete.

Zwei Dinge waren es, die zu sagen er ins Kontor zu Himmer gegangen war. Das eine war, daß die Gäste ihre Namen zurückbekommen sollten: Familiennamen. Sie sollten angesprochen werden wie alle anderen: mit Vornamen und Nachnamen, wenn sie selbst es nicht anders wollten. Das zweite war, daß sie für ihre Arbeit bezahlt werden sollten. Sonst würden sie unsichtbar werden und verschwinden. Sie würden außerhalb stehen: Nicht-Menschen.

Ein anderer hätte dies besser sagen können als er, Daniel Pettersson. Doch nur er konnte es so sagen, daß auch die Gäste es verstanden. Das wußte sie. Und daß er auf dem Stuhl in Himmers Zimmer kein Wort herausgebracht hatte. Daß ihm statt dessen eine Vorlesung über die Aromatisierung von

Branntwein gehalten worden war, und daß sie kaum bemerkt hatten, wie er ging.
Sie bat ihn aufzustehen und fragte, ob sie mit Mrenta reden dürfe, so daß Mrenta mit Himmer sprechen könne. Er aber verbot ihr, irgend jemandem etwas zu sagen; und er hatte sich nicht entschieden, ob er wieder mit der Arbeit beginnen sollte.

Vier Tage lang lag er da und blickte in die Wand hinein. Am fünften stand er auf und zog sich an, und das war ein Montag.
Zum ersten Mal in diesem Frühjahr füllte die Morgensonne den ganzen Himmel. Der Wind kam vom Meer, war aber sanft, dicht und lau, ohne zu stürmen.
In seiner Morgenandacht von Der Kontortreppe aus sprach Himmer über Das Himmlische Paradies, das im Schatten des Irdischen liege: das eine im anderen aufgehoben. Über das Hyazinthenlicht des Frühlings und Des Paradieses.
Alle, die an diesem Morgen in der blauen und leichten Luft auf die Felder hinaus sollten, standen auf dem Kiesplatz vor Dem Kontor. Sie sangen das Lied »Die helle Sonn' leucht' jetzt herfür«; und ihre Stimmen schwärmten aus wie Zugvögel von einer Wintertundra. Der Gesang segelte über das Dorf hinaus: über das Kirchendach, Den Rachen und die Brücke. Er wurde gegen die trocknenden, losen Wände der Oser zurückgeworfen und sandig über das Wasser am Strand hinabgeführt. Auch die Gäste schienen zu singen: Inez sah mehrere, die die Lippen bewegten.
Außer dem Sonnenglanz und dem Gesang war alles wie immer, wenn man zu den Kartoffeln, der Kornsaat oder zur Brandrodung im Norden ging. Obwohl vielleicht etwas von diesem Leichten, Steigenden und Schwebenden im Körper zurückblieb.

Mitten am Tag führte Daniel Pettersson seine übriggebliebene und unbrauchbare Schar in die Ossenke zur Mittagsrast. Sie hatten sich bei den Nordäckern aufgehalten. Dort gab es andere, die effektiv arbeiteten.
»Das Kellergerümpel kann 'n bißchen am Rand rumscharrn«,

hatte Åke Hansson gesagt. »'n paar Reihn kriegen sie immer getan.«
An der Westseite des Oses war es glühend heiß und windgeschützt. Sie aßen die Fischsuppe, das Brot und die kalten Kartoffeln und tranken Dünnbier aus der Kelle des Fäßchens. Dann saßen sie in der Sonne und hielten Mittagsruhe.
Das Himmelsgewölbe fiel an diesem Tag steil gegen die Ränder der Erde. Es war ein klarblankes Fensterglas mit Blasen aus Lerchengesang. Schwalben schwirrten vorüber und verschwanden über ihnen in die Kieswand unter einem gräserwehenden Schattendach.
Sie saßen da und sahen und hörten all dem zu, und den Fliegen, die surrten, und ließen die Erde in den Handfalten trocknen und wegwehen.
Eine halbe Stunde stand still.
Die mit geschlossenen Augen dösten, blinzelten gelegentlich auf, um zu Daniel Pettersson hinzusehen. Doch auch er bewegte sich nicht.
Die Zeit schien wirklich unbeweglich. Nur die Sonne glitt unmerklich über die Felder im Westen dahin, und das Fliegensurren, das Möwengeschrei, der Lerchengesang.
Schließlich begannen einige, sich zu bewegen, ohne aufzustehen. Sie brachten deutliche kleine Laute hervor, gähnten, reckten die Arme, bohrten die Hacken in den Kies, und schielten zu Daniel Pettersson hin.
Er aber saß bewegungslos, die Augen geschlossen, den Rücken gegen die trockene Kieswand gelehnt.
Erst als eine der Frauen heiser zu husten begann, blickte er auf. Doch er lehnte den Kopf wieder zurück, schloß die Augen, drehte das Gesicht der Sonne zu, und sagte leise und langsam etwas, als rede er mit sich selbst:
»Wir bleiben hier sitzen«, sagte er.
In dem scharfen Sonnenlicht war sein Gesicht grau wie die Schale einer Setzkartoffel.
Sie sahen ihn verständnislos an. Einige grinsten unsicher.
»Bleibt hier sitzen«, sagte Daniel Pettersson lauter. Und er blickte sie an, und die Augen wichen nicht aus.
»Sie solln bezahln«, sagte er leise. »Wir bleiben hier sitzen, bis sie für die Arbeit bezahln.«

Nur Daniel Pettersson konnte sie dazu bringen zu tun, was sie taten.
Sie blieben am Os auf der Erde sitzen und bewegten sich nicht, obwohl nicht allen klar war, was das bedeutete.
Sie sahen, daß er Angst hatte, daß aber die Angst ein Teil dessen war, was sie gemeinsam taten, und daß auch sie gut war.
Sie saßen weit weg von den Feldern, unterhalb des Weges, tief unten in einer Mulde, die sie beinahe verbarg.
Nur wenn man auf dem Os stand, konnte man sie deutlich sehen.
Vom Weg aus mußte man erst einmal wissen, wo sie sich befanden. Es konnte Stunden dauern, bis jemand sie fand.

20

Mrenta Nebbs Junge war der erste, der kam.
Sie hatten auf dem zweitnördlichsten der Nordäcker Kartoffeln gesetzt. Oder es jedenfalls versucht. Dort gab es keinen eigenen Feldvorarbeiter, der war auf den Feldern weiter draußen bei den Weiden beschäftigt.
Mrenta Nebbs Junge war auf ihrem Acker zum stellvertretenden Vorarbeiter gemacht worden. Er sollte darauf achten, daß sie beim Setzen den richtigen Abstand hielten. Darüber hinaus wußte er selbst nicht recht, was der Posten bedeutete.
Als sie von der Mittagsrast nicht zurückkehrten, glaubte er, daß sie nach Hause gegangen seien; daß der Vorarbeiter seine Order geändert habe. Darum ging er selbst ins Dorf. Im Keller aber erfuhr er, sie seien nach wie vor auf dem Acker. Da rannte er zurück und sah, daß sie verschwunden waren.

Er begann in der falschen Richtung zu suchen, zur Heideseite.
Er wußte, daß Daniel Pettersson dabei war, daher war er nicht unruhig. Doch es kam ihm merkwürdig vor.
Als sie zur Mittagsruhe gingen, war er selbst draußen auf der Heide gewesen und hatte nach Vögeln Ausschau gehalten. Er hatte verborgen zwischen zwei Wacholderbüschen an der Stelle gelegen, die Das Wacholdertor genannt wurde. Er hatte Rotkehlchen, Steinschmätzer, Drosseln und Stare gesehen. Kurz bevor er ging, meinte er, im Westen den Kuckuck zu hören;

doch das mochte daran gelegen haben, daß er ihn hören wollte.
Er war mißmutig gewesen, als er sah, daß sie schon zum Essen gegangen waren. Wenn auch nicht sehr. Niemand außer Daniel Pettersson wußte, daß er fortgewesen war. So hatte er seinen Proviant allein am Ackerrain gegessen.

Als Elis Nebb sie fand und ihm klar wurde, daß sie nicht die Absicht hatten, zurückzukehren, wurde er unsicher. Er konnte keine Befehle erteilen. Und sie nicht bitten. Er wußte nicht, was er sagen oder tun sollte.
Er sah Daniel Pettersson an und hoffte, daß dieser aufstehen und den anderen das Zeichen geben werde, sich in Bewegung zu setzen. Und er hatte plötzlich Angst, daß sie ihn durch ihr unbegreifliches Verhalten dafür straften, daß er sie nicht besser bewacht hatte.
Er hörte selbst, daß die Stimme nicht ganz seine eigene war. Und daß er mehrere Male dasselbe sagte: »Wir können hier wohl nicht rumsitzen?«
»Ihr könnt hier wohl nicht rumsitzen?« sagte Mrenta Nebbs Sohn.
Sie aber blieben sitzen. Und Daniel Pettersson sah dem Jungen gerade ins Gesicht – und *das* sahen sie auch.
Und sooft der Junge wiederholte, daß sie nicht sitzenbleiben könnten, bekräftigte er, das genau sei es, was sie täten – sitzenbleiben.
Sie fühlten sich etwas sicherer. Und wurden langsam von einer Art zögernden Aufgekratztheit erfüllt.

Als der Junge mit dem Feldvorarbeiter zurückkam, war es drei Uhr nachmittags. Das rätselhafte graugelbe Vorjahresgras im Graben oben am Weg warf lange Schatten auf den Hang hinunter. Doch sie hatten noch immer Sonnenwärme im Gesicht.
Der Vorarbeiter ging geradewegs auf Daniel Pettersson zu. Er bückte sich und packte mit beiden Händen die tonblaue Arbeitsbluse, zog ihn aber nicht hoch.
»Was zum Teufel machs du eigentlich?« sagte er leise.
Er war ein kleiner, muskelpraller Kerl mit runden, schon

sonnenverbrannten Wangen und borstigem graumeliertem Haar. Seine flachen Biberaugen blinzelten leicht gereizt im Sonnenschein, und er roch nach Schweiß und Tabak.

»Was is das für 'ne idiotische Idee?« zischte er halb flüsternd und zog Daniel Pettersson hoch.

Daniel Petterssons Beine aber halfen nicht mit. Das ganze Gewicht des schlaksigen Körpers hing plötzlich an den Unterarmen des Vorarbeiters. Er versuchte, ihn zur Ruhe zu bringen, die Beine aber schlenkerten. Und die anderen sahen, daß die Angst in Daniels Gesicht erstarrte und sich widersetzte, obwohl es zerstört war.

Der Vorarbeiter, der von kleinerem Wuchs war, schaffte es nicht, ihn zu halten. Und als er losließ, fiel Daniel gegen die Kieswand zurück, während seine Lippen sich zu einem Lächeln verzogen.

Der Vorarbeiter keuchte auf – und schlug Daniel Pettersson zweimal ins Gesicht. Es waren zwei kurze, energische Ohrfeigen, die den Kopf zur Seite warfen.

Mrenta Nebbs Sohn stieß einen Strei aus und stürzte auf den Vorarbeiter zu und zerrte an seinem Arm. Dann standen beide da und starrten Daniel Petterssons zitternden Körper an.

»Steh auf«, flüsterte der Feldvorarbeiter und versuchte, ruhig zu atmen. Er gab dem Jungen mit der Hand ein Zeichen. »Jetz gehn wir zurück.«

»Jetz gehn wir nach Haus«, sagte er und sah die anderen an. »Für heut lassen wir's genuch sein.«

Er beugte sich über Daniel Petterssons witterndes und geschwollenes Gesicht. »Komm jetz«, sagte er nicht unfreundlich und packte die Bluse, beinahe zärtlich.

Er hob Daniel Pettersson vorsichtig hoch.

»Komm jetz«, sagte er weich und keuchte ein wenig vor Anstrengung.

Doch die langen schlotterigen Beine unter dem leichengelben Gesicht weigerten sich zu stehen.

Vielleicht lag das daran, daß die Angst der anderen der seinen glich. Daß seine Angst die ihre *war*: vielleicht verstanden sie deshalb, was er zum Ausdruck bringen wollte.

Daß sie dasselbe tun sollten.

Daß sie nachahmen sollten, was die Angst *auch* zum Ausdruck brachte: daß sie so lange sitzenbleiben konnten, wie sie selbst es bestimmten, obwohl die Angst alle ihre Glieder mit der Lust erfüllte, gehorchen zu wollen: aufzustehen und zu gehorchen.

Der Vorarbeiter hieß Åke Hansson.
In Göteborg war er ein eben bekehrter Sünder gewesen. Man sagte, er sei zur See gefahren und habe so stark getrunken, daß er acht Tage brauchte, um sich nüchtern zu saufen, und ebenso viel, um auszunüchtern. An Land war er Schmiedegehilfe gewesen. Er wußte nichts von Landwirtschaft. Arvid Waern aber hatte ihn zum Feldvorarbeiter gemacht.
Åke Hansson war für seinen Arbeitswillen bekannt: er schuftete und rackerte sich ab, als mache es ihm Spaß; oder als bestrafe er jemanden. Er ging grob mit dem Vieh um und wurde leicht böse. Doch schlagen tat er sich selten.
Nicht nur die Gäste hatten Angst vor ihm.
Jetzt machte er langsam zwischen den Stehverweigerern die Runde und hielt vor jedem einzelnen einige Augenblicke an. Er war ihnen so nah, daß er mit den Stiefelspitzen ihre Beine berührte.
»Hier sitzt ihr rum und macht euch 'n Lenz«, sagte er milde. »Mitten am hellichten Nachmittach.«
Er beugte sich über die welken Handgelenke einer alten Frau, die sich zwischen Kinn und Schlüsselbein festgeklammert hatten, und klopfte ihr auf die Schulter.
»Was meins du eigentlich, was Der Herr davon hält, Märta?« sagte er rauh. »Sacht er: ›Laß die nur faulenzen. Fürs Futter können andre schuften, dann können die hier rumsitzen und sich in der Sonne 'n Lenz machen.‹«
Die Lippen der alten Frau flossen davon. Sie hatte eine Geschwulst über einen Nasenflügel bis zur Oberlippe hinunter. Speichel rann über ihre Halshaut, und sie wiegte ihren Oberkörper.
»Steh jetz auf, Märta«, sagte Åke Hansson geduldig. »Der Herr vergibt. Ich muß das ja wohl wissen.«
Die alte Frau aber blieb sitzen.
Sie guckte sich verwirrt um, auch zu Åke Hansson. Sie mußte den Kopf nach hinten biegen, um in sein Gesicht aufsehen zu

können. Ihre Lippen bebten, und es rann Speichel das Kinn hinunter.
»Ingeborg«, flüsterten die Lippen und das Rinnende. Sie drehte den Kopf zu Daniel Pettersson. »Ingeborg«, sagte sie wieder und schüttelte den Kopf, während der Oberkörper sich wiegte.
»Ich helf dir«, sagte Åke Hansson.
Er ergriff ihre Arme und hob den ausgemergelten Körper, obwohl sie verwirrt versuchte, ihm zu entgleiten. »Jetz gehn wir«, sagte er.
Doch als er wieder aufrechtstand und die Füße der alten Frau in den Holzschuhen auf der Erde standen und er sie losließ, fiel sie hin.
Sie fiel schräg zur Seite, weich wie ein Kind oder ein schläfriger Betrunkener. Die Röcke glitten über die blaufleckigen und welken Schenkel und Kniescheiben hinauf. Sie trat mit den Beinen und hievte sich dann auf den Armen hoch, bis sie saß. Das ging rasch, beinahe mädchenhaft.
Die runzeligen Hände bürsteten linkisch etwas von Bauch, Brust und Beinen ab. Sie zog den Rock hinunter, drehte den Kopf zu Daniel Pettersson und nickte.
»Sitzen«, sagte sie leise vor sich hin, und damit war Åke Hansson ausgestrichen. Und sie hatte aufgehört, ihren Oberkörper zu wiegen.

Daniel Petterssons Schar war das, was übriggeblieben war, nachdem die Übriggebliebenen verteilt worden waren.
Sie waren acht, ohne ihn. Vier alte Frauen, von denen drei nicht mehr enthielten als die Verwirrung und den Willen, gehorsam zu sein, drei Männer und ein Kind mit Buckel.
Von den Männern waren zwei Greise. Der dritte war mitteljung oder mittelalt, hatte aber keine Daumen.
Der Rücken des Kindes war zusammengeknüllt, als sei es von einem Riesenfuß niedergetreten worden. Kopf und Kinn ruhten ohne Übergang auf dem aufgedunsenen Bauch. Vom Äußeren her konnte man nicht entscheiden, ob es ein Junge war oder ein Mädchen. Doch es war ein Mädchen, und sie war zehn oder elf Jahre alt.
Alle hatten auf dem Kartoffelacker gearbeitet; und alle außer dem Daumenlosen waren erst zweieinhalb Wochen im Dorf.

Drei von den Frauen kamen aus Westblekinge. Eine von ihnen war von Geburt an stumm. Sie hatte helle, irisblaue Augen und ein Netzwerk von feinbeweglichen Runzeln über dem ganzen Gesicht. Ihr Blick war klar und wich nicht aus; man sagte, sie habe das zweite Gesicht. Als sie noch jung war, war sie mit fünf Kindern Witwe geworden und Dorfhure in Listerby gewesen. Mehrere Male hatte sie, eingesperrt mit all ihren Kindern, im Spinnhaus in Christianstad gesessen. Schließlich waren sie ihr weggenommen worden, eines nach dem anderen, und sie war allein geblieben.
Unter den Männern war nur einer, der gelegentlich zu sprechen wagte. Er hatte in seiner Jugend in Lyckeby einen Wasserkarren gezogen.
Der jüngste und daumenlose hatte bei Inez im Keller gelebt, seit Das Kontor fertig war. Man hielt ihn für zurückgeblieben, und wegen seiner Hände wollte ihn niemand haben. Wenn man ihm genügend Branntwein gab, predigte er und versuchte zu fliegen.
Einige sagten, daß er dem Engel mit Dem Schwert gleiche. Doch er hatte keine Flügel und war außerdem schwachsinnig. Er konnte kaum einen Heurechen festhalten. Nicht einmal auf die Kleinkinder konnte er aufpassen, weil er oft vergaß, wo er war. Es war, als fließe er irgendwohin in sein Inneres und verschwinde. Er war unbrauchbar. Man konnte ihn mit dem Geringsten erschrecken. Und niemand wußte genau, woher er kam.

Als Åke Hansson gegangen war, rückten sie näher zu Daniel Pettersson. Mrenta Nebbs Junge stand ein kleines Stück entfernt und sah aus, als werde er in Tränen ausbrechen.
Sie saßen in der milden Sonne, mit dem Rücken zum Os und Daniel Pettersson in der Mitte.

Die verwirrteste von den alten Frauen stand auf. Hinten war ihr Hals mit dem Nacken zusammengetrocknet, der wie rasiert wirkte. Ihre Finger zupften unsicher am Rockstoff. Nicht einmal der Ungeruch ihres Körpers nahm viel Raum um sie ein. Wenn sie sprach, flüsterte sie: ein zusammenhangloser, kaum hörbarer Wortstrom setzte sich in Bewegung, sobald die Finger aufhörten, am Rock zu zupfen.

Sie machte ein paar Schritte – und setzte sich mit allen Röcken um sich herum in die Hocke und pinkelte. Ein Bärenkummet oder Distelbusch sollte den Schutz darstellen. Sie kehrte mit neuer Würde in den Wangenknochen zurück, setzte sich wieder zwischen die anderen und rückte ihre Röcke zurecht.
Nach einer Weile tat einer von den alten Männern dasselbe. Er humpelte zum Distelstand, schwankte breitbeinig, ließ langsam laufen, blickte zum Himmel, wippte in den Knien, knöpfte zu, kam zurück – einfach, ohne Scham: eine Last von seinen Schultern.

Der Junge stand ein Stück entfernt. Als eine halbe Stunde vergangen war, ohne daß Åke Hansson oder irgendein anderer zurückgekommen war, setzte er sich auf einen Stein. Der Stein war noch sonnenbeschienen und lau.
Er war beauftragt worden zu warten.
Er sah die ganze Zeit Daniel Pettersson an, als fürchte er, die anderen könnten sich durch eine Bewegung von ihm auflösen und verschwinden.

Einer nach dem anderen verrichtete seine Notdurft.
Der Junge blieb die ganze Zeit sitzen; und sein Blick ließ Daniel Pettersson nicht los.

21

Es dauerte über drei Stunden, bis Åke Hansson zurückkam. Nun hatte er Arvid Waern und sechs andere Männer bei sich. In einigem Abstand kam Inez Carlberg angelaufen: ein verstörtes, weißes Gesicht.
Es war halb sieben. Arvid Waern hatte entschieden, daß man warten sollte, bis man sie holt. Zu Inez hatte er gesagt, Himmer sei mit dem Abendessen draußen auf den Äckern. Kurz bevor sie aufbrechen wollten, hatte sie begriffen, daß etwas geschehen war, und sie war ihnen halb rennend gefolgt; und dann hatte sie es erfahren.
»So um sieben essen die meisten Abendbrot«, sagte Arvid Waern zu Åke Hansson. »Dann holn wir sie nach Haus.«
Als sie soweit gekommen waren, daß sie sie vom Weg aus in der

Kiessenke sitzen sehen konnten, blieb er stehen und wandte sich ihr mürrisch zu.
»Un du wills ihm immer noch nich zureden?«
Inez schüttelte schrumpfend den Kopf.
Sie starrte auf die graue Schar um Daniels mageren Brustkorb hinunter. Als sie den festgetretenen Kiesboden hinabgingen und seine Augen so nahe kamen, daß sie an den ihren vorbeigleiten konnten, fuhr ihre Hand hilflos an den Mund.
Arvid Waern ging geradewegs zu Daniel. Er sprach durch die Zähne, zundertrocken, als sage er etwas auf: »Wenn man jemand 'ne Sonderstellung gibt.« Er machte eine kurze Pause. »Du hättest das besser kapiert«, sagte er tot, und hielt ihm die Worte hin.
Als dem amtlichen Teil auf diese Weise Genüge getan war, sagte er: »Un du gibs nich nach? Du sitz immer noch da?« Er starrte Daniel Pettersson kurz an; dann machte er mit einem Nicken ein Zeichen zu Åke Hansson, der ohne ein Wort begann, den Männern zu zeigen, wen jeder von ihnen übernehmen sollte.

Åke Hansson packte Daniel Petterssons rechten Arm und zerrte ihn seitlich nach unten.
Er riß ihn aus der Schar, dem Knochenhaufen, den Mündern, den Augen, die gafften.
Er arbeitete flink wie mit einem Fischausnehmemesser. Rollte über, streckte, glättete. Als er ihn auf dem Rücken zurechtgelegt hatte, ergriff er an den Handgelenken seine Arme und begann, ihn zum Weg hochzuziehen.
Daniel Petterssons Fersen hinterließen im Hartkies schwache, abgehackte Spuren; und sein Kopf schlenkerte schlaff vor und zurück, als sei er am Hals abgegangen.

Sechsundzwanzigster Tag

22

Zuerst begann Inez vom Dorf wegzurennen.
Sie sah Daniels Gesicht, die Augenlider, die über dem Augenweiß zitterten, doch auch ihre eigenen Füße. Und Gras,

vielleicht Erdbeeren: die Erinnerung an den Geschmack von Erdbeeren, der sich verwandelte.
Doch als sie an der ersten Ackerkehre beim Wassertrog vorbeigekommen war, hielten ihre Beine inne. Sie blieb im Inneren ihres Körpers stehen, bis dieser sich von selbst bewegte. Er begann, auf Den Keller zuzustolpern, drang an einigen Wacholdersträuchern vorbei und durch Farne hindurch, über den Weg, in trockenes, hohes Gras hinunter.
In der Küche im Keller spülte sie ihr Gesicht im klammen Eimerwasser. Alles war sehr deutlich. Das Licht auf dem Fußboden neben dem Eimer, die Geräusche, daß sie allein war, der Eisenherd.
Sie band sich die Schürze um und begann mechanisch, das Abendessen vorzubereiten. Die zitternden Hände bestimmten alles selbst. Sie wiederholten, was sie immer taten: »Essen«. Selbst war sie nur eine eigenartige Stumpfheit.
»Die brauchen Essen«, sagte sie laut und stumpf zu sich selbst. Nicht ein einziges Mal dachte sie daran, Mrenta Nebb zu holen.
Sie wärmte die ihr fremde Abendgrütze auf, die schon lange erstarrt war, stellte einen fremden Tontopf mit Salzhering hin. Das Brot hatte sie schon hingelegt. Um den Milchkrug surrten die Abendfliegen.
Sie weinte still, ohne es zu wissen, hatte Schluckauf: die Hände bewegten sich weiter, als wüßten sie nichts, als sei alles wie immer, obwohl sie bebten.

Sie wollte es nicht sehen. Sie wollte nicht auf die Treppe hinausgehen und sehen, wie sie kamen. Nicht Daniel.
Doch die Beine bestimmten. Sie stolperte durch den Sortiersaal zum Vorraum.
Arvid Waern kam als erster. Er trug eine der alten Frauen wie einen Tierkörper über der Schulter. Er war in den tiefen Stirnfalten hochrot, keuchte, im Mundwinkel standen Speichelflocken. Sie beobachtete alles.
Als sie mit dem Ellenbogen auf die Küchentreppe zeigte, fegte er sie beiseite und keuchte: »Die kriegen nix zu essen. Anbinden.«
Sie versuchte, ihn aufzuhalten und streckte eine Hand nach

dem Körper aus, den er über seine Schulter geworfen hatte. Er aber gab ihr mit dem Handgelenk einen Stoß, daß sie zur Seite taumelte.
»Bringt sie zu ihrn Betten«, schrie er nach hinten den Männern zu, die sich in die Tür drängten.
Sie wurde beiseite gekehrt, als sei sie gewichtslos.
Sie versuchte, sich zwischen sie zu drängen, war aber so erschöpft, daß sie kaum gehen konnte.
Dann wurde sie auf der Treppe von Arvid Waern angehalten, als er auf dem Weg nach oben war. Er ergriff hart ihren Arm, zog sie in den weißgekalkten Vorraum hinaus und von dort aus weiter auf die Außentreppe. Sie stolperte mit wie ein Schulmädchen.
»Du gehs jetz nach Haus«, sagte er tonlos in der Tür. »Verstehs du.«
Sie schüttelte verwirrt den Kopf und starrte auf den Sprechenden Ledermund.
Er rief ins Haus hinein nach einem von den Männern. Über die Treppe draußen wehte es lau, und sie konnte sehen, wie das Gras sich bewegte.
»Wo is Daniel?«, sagte sie, oder ihre Kiefer.
»In der Expedition«, sagte Arvid Waern. Er ging hinein, schloß die Haustür, ließ sie draußen auf der Treppe stehen.

Der Mann, der sie nach Hause begleiten sollte, schob sie mit den Händen vor sich her, durch das Gras den Hang hinunter.
Sie hatte gehört, wie Arvid Waern von innen abschloß. Sie ging mit: stolperte mit wie ein Schulmädchen.

Etwas geschah, wovon sie nicht erwartet oder geglaubt hatte, daß es geschehen konnte. Sie saß auf dem Bett, ohne sich rühren zu können. Sie weinte nicht, zitterte nicht, saß nur steif und starr da, ohne sich rühren zu können.
Sie hörte all die wohlbekannten Laute von außen: Stimmen, schwache Hammerschläge, die Brunnenketten, die rasselten, das Hundegebell von weit weg: alles fremd und bedrohlich.
Sie hörte laufende Schritte auf dem Korridor und das Lachen der Zwillinge, und Mrenta, die ungeduldig rief: »Der große ist kaputt!«

Auch Mrentas Stimme war krank, fremd oder giftig.
Am unerklärlichsten aber war, daß sie nicht aus dem Zimmer und zu ihr lief. Daß sie sich nicht in Mrentas Arme warf.
Sie saß starr und aufrecht auf der Bettkante und beobachtete wie eine Fremde den Raum, der ihr und Daniels Zuhause war.
Sie starrte auf den Klapptisch und die Bank, den gemalten Mohn, den seifengrünen Eckschrank, den Stift-Arvid hinter der Waschküche gebaut hatte. Und Elin, als sie den Krug mit Preiselbeerkraut und das Bankkissen brachte: der Baum, der Die Blekingeeiche war, der Mann und die Frau, die Adam und Eva und Daniel und sie waren. Und ich hab' die Schlange weggenommen, flüsterte Elin.
Sie saß da und sah all das Bedrohliche an, das um sie entstand; und sie konnte nicht einmal mehr mit den Gefühlen denken, sie war leer, außer daß sich etwas wie ein langsamer Brechreiz durch sie hindurch bewegte. Und sie wußte, daß eben *dieses* hervordringen würde, wenn sie sitzenblieb und sich nicht bewegte.
Es war von Anfang an, als Daniel und sie zusammengezogen, dabeigewesen. Mrenta und sie hatten darüber gesprochen. Mrentas Gesicht war alt und ihre Lippen waren geschunden und schmal geworden; sie hatte sich ungeduldig über den Flecken auf der Stirn gestrichen, mit dieser Bewegung, die immer kam, wenn sie traurig war.
Am Abend, an dem sie zusammenzogen, hatte Mrenta sie über die Schwelle des Raumes geschoben, der ihr Zuhause werden sollte.
»Eure Ehe ist aus Gottes eigener Liebe«, hatte sie gesagt. Sie hatte Inez all das gelehrt, was das Frauenleben ihren eigenen Körper gelehrt hatte. »Die Schande ist bei denen, die versuchen, Daniel und dich zu beschmutzen.«
Doch Inez hatte gewußt, daß das nicht reichen würde, und daß auch Mrenta es wußte. Sie waren nicht getraut, Daniel und sie. Sie reichten nicht aus. *Das* würde immer in ihren Körpern sein. Sie würden gezwungen sein, es für sich zu behalten, als existiere es nicht; und die Wände waren dünn.
Wie sie dasaß, gelang es ihr nicht einmal mehr, sich um Daniel wirkliche Sorgen zu machen. Ihre Gedanken berührten stumpf

verschiedene Gefahren. Daß man ihn durch Einsperren bestrafen könnte. Oder ihn ihr nehmen könnte. Obwohl das nicht so viel bedeutete. Es war das andere, was sie jetzt mit Daniel und ihr machten. Was Arvid Waern, Åke Hansson und sogar Mrenta machten. Und ihre eigene Angst: das Widerwärtige, daß der Schrecken sie lähmte, so daß sie sich nicht rühren konnte.
Daß sie nicht einmal um Hilfe rufen konnte.

Sie wußte nicht, wie lange sie auf der Bettkante gesessen hatte.
Wenn Mrenta an diesem Abend hereingekommen wäre, wenn einer der Zwillinge, oder Abraham. Wenn *irgend jemand* hereingekommen wäre.
Doch niemand kam. Mrenta lief gehetzt an der Tür vorbei und rief Gutnacht.

In der Dämmerung fiel sie in einen unruhigen Schlummer. Als sie aufwachte, lag sie auf der Seite, die Beine an die Brust gezogen wie Daniel, und weinte. Sie zuckte zusammen und erwachte von ihrem eigenen Zittern und tastete mit der Hand nach ihm und merkte, daß er nicht da war.
Dann erinnerte sie sich an nichts; doch Mrenta stand im Nachthemd da und hatte die Arme um sie gelegt; und sie weinte, daß es sie schüttelte, das Gesicht an Mrentas Hals, in der Wärme und im Geruch ihres harten, pfefferduftenden Körpers.

23

In dem blechdünnen Licht gingen sie rasch, und beide schnappten nach Luft, als sie zum Kies auf Dem Kontorsplatz kamen.
Mrenta fühlte, wie sich die Haut in den Mundwinkeln spannte.
Weder sie noch Abraham hatten etwas gewußt. Und als sie Elis weckte und von ihm selber hörte, daß er dabeigewesen war, wurde sie stumm. Sie sah ihn an, wie er dasaß, hochgerutscht in die Bettecke, und ihr Gesicht war so von der Enttäuschung in

Anspruch genommen, daß sie nicht einmal merkte, wie sie weinte.
Dann war ihr klargeworden, daß Inez am allermeisten davor Angst hatte: daß niemand es wußte.
Als sie ankamen, war die Haustür offen und die Kellertür verschlossen.
Sie lagen in den Zellen, alle außer Daniel. Sie waren in Lederjacken gefesselt, auch Kristina, das Mädchen mit dem Buckel. Einige hatten sich erbrochen, die meisten hatten ihre Abführung in den Kleidern. Ihre Gesichter waren beinahe ausgelöscht, die Augen gaben kaum etwas zurück: sie lagen starr und bewegungslos.
Elsa Söderberg, der alten Hure von Listerby, war der Mund mit einem Stoffetzen gestopft worden. Sie war um den Kiefer geschwollen, das rechte Auge war zugemauert. Doch die anderen schienen nicht geschlagen worden zu sein.
Mrenta sagte zu Inez, sie solle mit dem Waschen beginnen, dann werde sie zur Expedition laufen und Daniel holen.
Und Inez wußte nicht, was sie erwartet hatte: daß Daniel hier hätte liegen sollen, oder daß er im Arrest hätte sein sollen, oder im Quarantäneraum. Ihre Hände übernahmen wieder selbständig den Befehl: sie begann, die Riemen aufzubinden, die meisten falsch geknotet, verwickelt und zugezogen.
Dann trocknete sie die Gesichter, löste die Kleider und wusch sie. Sie fühlte die Körper unter ihren Fingern zittern, war aber selber merkwürdig ruhig. Wie die anderen: auch sie lag starr und stumm dort drinnen.
Kristina fing an zu weinen; und Inez hob den feuchten verdrehten kleinen Körper auf ihr Knie und saß eine Weile da und strich ihr übers Haar, unfähig, etwas zu fühlen.
Eine Stunde später kam Marjo Lyckou, und da aßen alle ohne Hilfe, außer Hjelm, dem Daumenlosen. Er konnte nicht schlucken.
Marjo fragte nicht, obwohl man sah, daß sie neugierig war, nicht einmal nach Daniel.
Es war jetzt sieben Uhr morgens. Aus der Küche kam der Grützegeruch und Marjos Geklapper mit dem Herd, dem Spülwasser und den Schüsseln.
Inez saß mit Kristina auf dem Schoß. Sie selbst war ohne

Bewegungen und Laute: Nur die Hand, die das glatte, farblose Haar streichelte.

Als Mrenta zurückkam, brauchte sie sie nur anzusehen, um zu wissen. »Arvid Waern hat ihn nach Carlscrona gefahrn«, sagte sie beinahe ruhig. »Ich hab's gewußt.«
Mrenta nickte, weiß im Gesicht.
»Heut' nacht«, sagte sie. »Ich hab' mit Mulerthal gesprochen. Dann bin ich zu Himmer nach Haus gerannt. Ich hab' ihn aus dem Bett gezerrt. Er hat rumgeredet. Behauptet, es wär' notwendig gewesen.«
Inez brach in Tränen aus, auf ihrer Stuhlkante, die Arme um das verschreckte kleine Mädchen.
»Er kommt zurück«, sagte Mrenta leise. »Da hab' ich Himmers Wort drauf.« Ihre Stimme war tonlos, wie wenn man lange gesprochen hat, ohne daß jemand zuhört.
»Männergeschwätz. Er hat gesagt, daß der Ungehorsam sich nicht ausbreiten darf«, sagte sie ergeben. »Und daß Daniel sich geweigert hat zu sagen, daß er's nicht wieder tut.«
Mitten in ihrer Angst und ihrem Unwohlsein spürte Inez eine Art Befreiung. Sie streichelte den schrumpeligen kleinen Rükkenklumpen des Mädchens, trocknete ihr die Augen und ihre eigenen, und trug das Mädchen in die Zelle zum Bett, wo sie sie umständlich hinlegte.
Sie küßte sie wie immer auf die Stirn und die Nasenspitze und versuchte zu lächeln. Die Tür ließ sie weitoffen stehen. Dann ging sie zu Mrenta hinaus, die mitten in der Küche stand.
»Wann kommt er?«, fragte sie so ruhig sie konnte.
»In einer Woche.«
»Dann is gut«, sagte Inez.
Sie wußten plötzlich nicht, was sie sagen sollten.
»Bist du müde?« sagte Mrenta.
»Ja.«
»Geh nach Haus und ruh dich aus. Man muß schlafen.«
Inez schüttelte den Kopf. »Ich bleib lieber hier«, sagte sie matt.

Mrenta stand mitten im Raum, die Arme über der Brust, als friere sie. Sie öffnete den Mund, um etwas zu sagen.

»Ich bin zu spät gekommen«, sagte sie langsam. »Du hättest mich sofort holen sollen.«
»Ja«, sagte Inez.
Mrenta nickte bleich. »Alles geht so schnell. Ich hätt's kapieren müssen. Auch das mit Elis.«
Kristina hatte aufgehört zu schniefen, von einigen der Betten in den Zellen hörte man Schnarchen.
»Ich laß sie schlafen«, sagte Inez. »Dann können sie hier draußen in der Küche essen wie immer.«
Mrentas Kopf nickte.
»Du brauchst Hilfe hier«, sagte sie.
Inez strich sich mit dem Handrücken über den Mund. Die Hand zitterte nicht mehr.
»Jetz schaff ich's«, sagte sie und spürte die Panik kommen.

24

Im Dorf ging das Gerücht, Daniel Pettersson sei nach Carlscrona geschickt worden, um vom Konsistorium verhört zu werden.
Es sollte draußen auf dem Acker vor den Gästen gepredigt haben, was Dem Erlaß und Dem Verbot Von Irrlehren Seiner Königl. Maj-t zuwiderlief. Jemand hatte gehört, daß dies Himmers eigenes Wort war: die Irrlehrenpredigt.
»Da muß er ziemlich still gepredicht haben«, sagte Augusta Holmquist. »Der hatte doch meistens Angst vor seiner eichnen Stimme.«
Viele meinten, Gottes Volk habe sich weit entfernt vom Sinn der Auswanderung, als man begann, andere wegen Ketzerei anzuklagen. Außerdem würde Daniel Pettersson größere Schwierigkeiten haben, vor Dem Konsistorium sein Sprüchlein aufzusagen, als Himmer und der Prediger gehabt hatten. Einige von den Wärtern pflegten ihn auf den Wachlisten Danne Gelée zu nennen, und viele hatten gelacht, als er Gruppensprecher der Gäste im Keller wurde: er machte sich ja selbst in die Hosen, wenn er einen Befehl geben mußte.
Bei der Morgenandacht erwähnte Himmer von dem, was sich ereignet hatte, nichts. Das Kartoffelsetzen ging weiter wie immer. Doch von den nichtverteilten Gästen im Keller wurden

schon am Tag nach Daniel Petterssons Verschwinden fünf auf Familien verteilt; und Mulerthal sorgte dafür, daß sie auch abgeholt wurden.
Die alte Frau mit der Nasenspalte, die Ingeborg hieß, die Åke Hansson aber Märta nannte, übernahm dieser selber; und sie mußte lernen, auf den neuen Namen zu hören, den er ihr gegeben hatte.
Zu Inez sagte Himmer, als er in die Kellerküche kam, daß Daniel nur schnell mal zum Superintendenten solle, der mit ihm reden wolle; und daß Daniel eine Weile fortsein müsse, der anderen Gäste wegen. Er müsse sich ein wenig beruhigen. So einfach sei das.
Doch Mrenta sagte, sie könne kaum glauben, daß Daniel Pettersson jemanden bedroht habe; und daß seine Irrlehre wohl nicht so sehr Den Herrn betraf wie die Herren auf Dem Kontor.
Und Inez, die nie Worte finden konnte, wenn sie sie brauchte, wurde heiß und rot, als sie Himmer hörte.
Und nachher fühlte sie die Angst im Magen brennen.

25

Sie arbeitete hart, stand in dem leeren Raum vor der Dämmerung auf und machte bis spät am Abend weiter, und versuchte, nicht zu denken.
Das Frühjahr wurde ein milder, feuchter Wind tagaus tagein, und sie versuchte, ihn nicht zu sehen.
Sie widmete sich viel Kristina, die Mulerthal in keine Familie hatte zwingen können und die durch die Schnürjacke mehr erschreckt worden war, als es in jener Nacht zunächst den Anschein gehabt hatte.
Elsa Söderberg war ebenfalls noch da. Sie war am Kieferknochen verletzt worden, erholte sich aber, und fluchte stets mit den Augen und war ungebrochen. Sie aufzunehmen lehnten alle ab, denn sie konnte die Hurenseuche haben. Außerdem war sie so scharf in den Augen, wenn sie wollte.
Inez entdeckte, daß Elsa immer zu etwas von sich zurückfand, wenn sie böse wurde. Es schien ihr sogar zu helfen, das Jucken und den Ausfluß zu vergessen. Mit den Zeichen ihrer noch immer starken Finger kastrierte sie Himmer, Åke Hansson,

Arvid Waern und die ganze Männerwelt. Inez spürte manchmal selbst eine Art Mut, einen Frauenmut, allein dadurch, daß sie dabei war, wenn Elsa den Herren Männern Schwanz, Eier und Ohren abriß und auf den Rest schiß.

Nachts, wenn sie allein im Bett lag, versuchte sie zu denken, Daniel könne aufgehalten worden sein: daß es ungewöhnlicher wäre, wenn es *nicht* so wäre. Daß sie Geduld haben mußte. Geduld sei der Name für des Armen Himmelsbillett, pflegte Augusta Holmquist zu sagen.

Dennoch empfand sie eine Ungeduld, die soviel ungemischten Schrecken enthielt, daß sie sie mitten in der Nacht weckte. Im Traum stiegen hinter ihren zugekniffenen Augenlidern Bilder auf, so daß sie weder zu schlafen noch zu wachen wagte. Am Morgen war sie zerschlagen vor Müdigkeit und sehnte sich ins Bett zurück. Wenn aber der Abend kam, konnte sie nicht einschlafen, sondern lag in der Dunkelheit, schweißnaß, und wartete darauf, daß es hell wurde.

So vergingen neun Tage. Schließlich bat sie Mrenta, Himmer zu fragen, was Daniel aufhalte. Mrenta fragte, doch Himmer sagte, er wisse nicht mehr als jeder andere. Daniel müsse jeden Tag nach Hause kommen, wenn er nicht krank geworden sei, oder was dergleichen mehr dazwischenkommen konnte.

Inez wußte, daß Daniel im Hospital in Carlscrona eingesperrt war. Von dort, vom Armenhaus, war er damals gekommen. Es war für ihn schwer genug, sich dort auch nur zeitweise aufzuhalten, nachdem es ihm dort so übel ergangen war. Doch sie hoffte, daß er aushielt: er wußte ja, daß er richtig gehandelt hatte – und daß sie auf ihn wartete, jeden Tag, jeden Augenblick.

Am sechzehnten Tag beschloß sie, nach Carlscrona zu fahren und ihn zu holen.

Sie bat Mrenta, mit Himmer zu reden und ihm zu sagen, daß sie dankbar wäre, wenn sie einen Wagen leihen könne, daß sie aber anderenfalls zu Fuß gehen werde, denn sie habe die Absicht, Daniel jetzt zu holen.

Am Nachmittag kam Mulerthal und sagte ihr, sie solle mit ihm ins Büro kommen; sie stand im Quarantäneraum und wusch

Elsa Söderberg, die irgendwelches Ungeziefer, vielleicht waren es nur Sommerzecken, am Haarboden hatte.
Mulerthal sagte, Himmer erwarte sie sofort. Doch sie machte Elsa im Waschzuber fertig, bevor sie ging.
Mulerthal führte sie ungeduldig ins innere Kontor und schloß die Tür. Und Mrenta saß nicht darin, wie sie angenommen hatte, sondern sie war mit Himmer allein.
Sie war nervös und hörte zunächst nicht, was er sagte. Dann aber fiel ihr plötzlich ein, daß Daniel auf genau demselben Stuhl gesessen hatte, auf dem sie jetzt saß.
Himmer blinzelte, und seine Stimme war leise, überzeugend und unwirklich.
Er habe erfahren, sagte er, daß Daniel die Fragen Des Konsistoriums nicht habe beantworten können. Und daß er außerdem krank geworden sei. Seine Unpäßlichkeit habe sich so gesteigert, daß man gezwungen gewesen sei, ihn im Hospital zu Bett zu legen.
Arvid Waern sei vom Verwalter benachrichtigt worden, daß Daniel zu krank sei, um verlegt zu werden, und daß er noch ein Weilchen in Carlscrona bleiben solle. Es sei nichts Körperliches, darum brauche sie sich keine Sorgen zu machen. Er sei nur verwirrt. Er ertrage keine Menschen und beiße nach jedem, der sich ihm nähere. Das sei der Grund dafür, daß man ihn unter Beobachtung halten müsse. Inez könne ihn später besuchen, dies zu bestellen sei Arvid Waern eigens aufgetragen worden. Aber es könne ein bißchen dauern, denn noch sei Daniel Pettersson zu unruhig.
Das Beste, was sie tun könne, sei, sich nicht zu viele Sorgen zu machen. Der Herr tröste, wenn menschliche Macht nicht helfe. Beginnend mit diesem Abend, würden sie für Daniel Fürbitten halten. Und Himmer selbst werde eine Sammlung in der Kapelle am Sonntag nach dem Gottesdienst empfehlen, so daß sie auf diese Weise dafür sorgen könnten, daß er das denkbar beste Essen erhalte, während er krank sei.
Langsam, aus einer großen Entfernung, drang das, was Himmer sagte, zu ihr vor.
Nachher kniete sie im Quarantäneraum neben dem Waschzuber, wo das Wasser von Elsa noch grauerkaltet und flockig auf dem Boden stand.

Sie hörte Kristina, die auf den Stuhl gehüpft war, eifrig plappern, die kurzen Beine über dem Fußboden baumelnd: wie sie mitgeholfen und Elsa abgetrocknet und sie gekämmt hatte, nachdem Inez gegangen war, und wie hübsch sie jetzt sei.
Und Inez starrte, ohne daß der Blick sie erreichte, auf Kristinas Zehen, die Warzen oder unreifen Stachelbeeren glichen, direkt am Fußblatt angewachsen.
Sie nahm sie in die Arme, konnte aber nichts sagen, sondern begann, sie zu wiegen, bis sie fühlte, wie sie selbst zu zittern und ihre Beine zu schwanken begannen. Da setzte sie sie auf den Stuhl und lief zur Treppentür; schaffte es aber nicht bis nach draußen, sondern erbrach sich auf der Treppe.

Siebenundzwanzigster Tag

26

4. April 1929:
So vergeht der Nachmittag. So vergeht der Nachmittag spiegelnd, und nichts geschieht, was nicht schon vorher geschehen ist, oder geschehen wird.
Sillen begann zu zittern. Sillen begann zu zittern, und Tuppen und Åke Hansson trugen ihn in den Versammlungssaal, und der Anfall war vorüber, ehe er begonnen hatte. Danach weinte er ein wenig hinter der Orgel, aus Sicherheitsgründen, oder nur aus Angst, sonst das Schicksal herauszufordern. Und er sagte, sein Kopf werde wohl zerplatzen: beim nächsten Mal.
Åke Hansson hatte Wache. Seine runden Wangen zeigten Irritation, von Anfang an; wie immer, wenn er hinter dem Wärterschirm geschlafen hatte; und Tuppen hielt den Mund, aus Sicherheitsgründen. Edman schnüffelte aus irgendeiner Angst heraus. Andreasson schlief mit offenen Augen, während seine Finger über die Weidenruten neben ihm tasteten, und er fischte auf, und der Fisch hatte angebissen, ohne daß er davon wußte, und er schob die Rute in die andere Hand und bog sie in den Korbboden hinein und ins Nichts hinaus, wo er von vorn anfing.
Sie näherten sich langsam dem Abendessen.

Åke Hansson nieste, und Klein Rigors Hände hielten inne. Edman neigte den Schädel mit dem Haarkranz und den riesigen Ohren, die blind lauschten. Alle arbeiteten weiter, und unter den Händen wuchs das Holz in die blinden Rücken, Rippen und Rümpfe der Körbe hinein.

Als das Abenessen endlich kam, war es ein stumpfer, beleidigender Rausch: eine schwere, zugeschaufelte Leere.

Nachher saßen sie allein oder zusammen auf dem Korridor und verdauten das Essen; die Frauen für sich, sich in den Fenstern spiegelnd. Und jemand redete oder wiederholte, was er für die Antwort auf eine Frage hielt, oder so etwas wie private Beobachtungen, um an etwas, das man gern sein wollte, zu erinnern.

Noch war es draußen hell. Als der Daumenlose in den Garten hinaustrat, konnte er sehen, wie sich beim alten Nebenhausgiebel die Leberblümchen zusammenscharten. Laub vom letzten Jahr war zwischen die Steine der Grundmauern geweht.

Er ging vornübergebeugt in die Dämmerung. Er ging vornübergebeugt, um an ihn zu erinnern, der die Sünden trägt; oder weil jemand vergessen hatte, ihm zu sagen, daß es vorbei war und er mit geradem Rücken in die Wärme gehen konnte. Doch zunächst sollten seine Gedärme sich vielleicht zu dem Augenblick unverfälschten Friedens Am Loch entschließen. Der die Belohnung für das Streben des ganzen Nachmittags war.

Einige Sekunden lang sah er die Köpfe von Tuppen und Dem Infanteristen an den Fensterrahmen des Versammlungssaales entlangrollen. Die Stille tickte in seiner Brust wie eine Feder, die im Begriff war zu erschlaffen. Er ging über den Hofplatz: noch einer ohne Name.

Dann bückte er sich, vollkommen klar in diesem Gedanken, und pflückte die Leberblümchen, eines nach dem anderen; und er nahm auch die kleinen behaarten Knospen, die noch nicht aufgeblüht waren.

Er hörte den Vorsteher die Glocke läuten, der Ton kam aus der Erde an der Mauer zurück – und jetzt sollte dort drinnen wie ein langes, weißes Band das Abendgebet anfangen.

Das Abendgebet sollte anfangen wie ein langes, weißes Band über aller Lippen. Und er würde seine Lippen bewegen und mitschmatzen: eine trockene klappernde Stimme mit Blumen in der Hand.

27

Jetzt hatte Mrenta genug, und sie überredete Inez, in Elis' Bett zu ziehen, und Elis mußte in dem Saal schlafen, der Inez und Daniel gehört hatte.
Nach ein paar Tagen aber hörte Inez auf zu essen. Sie ging auch nicht in Den Keller, obwohl Himmer persönlich kam, um sich zu erkundigen, wie es ihr ginge. Sie ging nur gelegentlich dorthin, wenn sie es nicht aushielt, in Elis' einsamem Zimmer zu liegen.
Himmer kam in die Küche hinunter und stand dort mit der Rübenöllampe in den Augen. Plötzlich war die ganze Küche voller Menschen.
»Schon damals an dem Abend, als ich sah, wie du während der Visite des Intendenten Propst Aulin hereinführtest, bist du mir aufgefallen«, sagte er. »Deine Art, mit Alten und Kranken umzugehen.«
Sein Gesicht glänzte vor Wohlwollen, und er hob die Hand, um die Augen gegen das Licht zu schützen.
»Diese Gabe hast du von Gott erhalten«, sagte er und lächelte. »Du bist, könnte man sagen, eine Auserwählte.«
Er lächelte und füllte den ganzen Raum, und alle lächelten und nickten.
Inez antwortete nicht. Doch mit ihrem Blick wich sie weiterhin aus; als suche sie nach etwas, von dem sie wußte, daß es neben allem anderen existierte. Und als er gegangen war, bat sie Mrenta, Marjo Lyckou zu helfen, so daß sie selbst nach Hause gehen konnte.
Bei den Mahlzeiten aß sie immer weniger, obwohl Mrenta sie anflehte und bat, und sogar versuchte, sie mit sanfter Gewalt zu füttern, bis Abraham ihr sagte, sie solle das seinlassen.

Mrenta erzählte jeden Tag, wie es den Gästen im Keller ohne sie erging. Wie Marjo Lyckou Kristina in den Quarantäneraum gesetzt hatte, weil sie einen frischgespülten Milchkrug hatte fallenlassen; und daß es Elsa Söderberg schlechter ging, weil niemand wagte, den Verband ihrer Schamwunde so oft zu wechseln, wie es nötig war. Hjelm, den Daumenlosen und Blöden, hatte Arvid Waern in der Einzelzelle sitzenlassen, weil er in der Küche Schwarzbrot genommen hatte; und weil niemand Anspruch auf ihn erhob. Ihm sei die einzige ehrenhafte Arbeit seines Lebens übertragen worden, sagte Åke Hansson: dasitzen und Diebe warnen.

Inez hörte genau zu, sagte aber nichts.

Abends saß Abraham bei ihr im Zimmer. Er saß auf dem Fußboden beim kleinen blauen Eckschrank, in dem Mrenta Schlüssel und Geld verwahrte, mit seinem zotteligen Bartstrom, der über seine Brust floß, die Beine ausgestreckt und die Augen geschlossen oder halbgeschlossen. Manchmal bewegte er die Lippen, als spreche er stumm mit jemandem, manchmal sang er flüsternd. Doch die Lieder hatten immer Melodien, die keiner wiedererkannte, und man konnte nur gelegentlich die Worte unterscheiden.

Wenn er ging, beugte er sich über Inez und nickte. Und ihr wurde klar, daß er wußte, wie wichtig die Besuche für sie waren, und daß sie im Bett lag und darauf wartete, daß er kam.

»Die müssen sie fahren lassen«, sagte Mrenta verzweifelt in der Küche. »Obwohl sie unters Aufsichtsgesetz fällt.«

Abraham spuckte fest in den Spucknapf neben dem Holz.

»Sie fährt bald«, sagte er.

Am Donnerstag dieser Woche ging Mrenta zu Himmer ins Kontor und verlangte, für Inez Pferd und Wagen auszuleihen.

Es war am Nachmittag, und nicht viele waren im Haus. Niemand verstand, was sie einander sagten, doch man hörte Stimmen; und als sie ging, schlug Mrenta so wütend die Tür zu, daß Mulerthal, der mit einem Tablett Branntweinproben auf der Treppe kam, Luft trat und geradewegs ins Treppengeländer kippte.

28

Mrenta Nebb selbst fuhr Inez zum Hospital in Carlscrona.

Sie hatte Elis mitgenommen. Sie fuhren die ganze Nacht und den Morgen, zusammengedrängt in einem stummen und dumpfen Graulicht, das sich langsam von allen Seiten über sie senkte. Die Straße, die Zügel, das Grün, das sich näherte, der dünne, lauwarme Kaffee des Gasthofs, das Dröhnen der Räder auf

dem Steingewölbe der Brücken brachte ihr eigenes Schweigen zum Tönen; vor allem als es dunkel geworden war.
Als sie am Vormittag erschöpft ankamen und durch das Hospitaltor auf den Kopfsteinpflasterhof rollten, waren sie stumm von all dem, was zu sagen zu spät war.

Elis brach in Tränen aus, als er Daniel Pettersson sah.
Daniel hatte die Riemenjacke an und schlug mit dem Kopf um sich, während zwei fluchende Wächter ihn hinausschleppten. Sein Gesicht war wie ein Brunnenstein in der Tiefe, mit Augen trocken und weiß von Finsternis. Er hatte Zähne verloren und zitterte so, daß er nicht aufrecht stehen konnte. Als Inez zu ihm ging und ihre Hand ausstreckte, erkannte er sie zunächst nicht wieder.
Inez war die ganze Zeit ruhig. Sie strich sich übers Haar, das unter dem Schal in Unordnung geraten war, und bat, ihn waschen zu dürfen.

Es war ein Hochsommertag in der zweiten Juniwoche. Die Wärme flimmerte zwischen den langen, öden Anstaltsmauern. Im Geruch faulender Gemüse, alter Säcke und beißend stinkender Hosenschritte bewegten sich träge Fliegen über den Pferdemist auf dem Kopfsteinpflaster.
Die Ältesten und die, die sich einnäßten, all jene, die keiner Tagesarbeit nachgehen konnten, saßen ohne eigentliche Gesichter entlang der einen Hofmauer, in einem schmalen Band von Schatten. Sie kümmerten sich weder um die Besucher noch um den Verwalter, noch um Daniel Pettersson. Sie bewegten sich kaum, außer vielleicht, um das Pferd anzusehen, und waren stiller als der Schatten, in dem sie saßen.
Während Inez in dem scharfen Sonnenlicht mitten auf den Unebenheiten des Hofes Daniel in einem leckenden und verzogenen Holzzuber wusch, sprach Mrenta mit dem Verwalter auf dessen Kontor.
Sie zwang ihn zu dem Versprechen, daß Inez so lange wie möglich wie eine Angestellte behandelt werden sollte, und daß sie, Inez, Daniel selbst pflegen durfte.
Der Verwalter hörte zu; und sprach dann durch die Nase eines spitzigen Kopfes. Ein großer Mund redete über lückenhaften,

vorstehenden Zähnen. Er war flaumhaarig hellblond wie ein vergilbter Albino und hatte keine Augenhaare. Es sah daher aus, als sei er beleidigt oder verletzt: er hatte die erstaunten Augen eines Engels.
»Das müßten *Sie* eigentlich verstehen«, sagte er. »Wir können ja keine besonderen Rücksichten nehmen. Obwohl ich sehen will, was ich tun kann.«
»Übernachten muß sie wohl in der Frauenabteilung, oder?« sagte er und lächelte. »Sie kann abends bei, wie heißt er doch noch, Pettersson, sein; aber nur, wenn jemand vom Personal Zeit hat, dabei zu sein. Tagsüber arbeitet sie in der Woll- oder Leinenverarbeitung mit den anderen. Oder in der Küche. Das sind Regeln, die für alle gelten, oder? Den anderen zuliebe können wir wohl keine Ausnahme machen. Im Namen der Gerechtigkeit.«
»Oder?« sagte er kollegial direkt in Mrentas starre Pupillen hinein.

Es dauerte lange, bis Inez mit dem Waschen fertig war. Daniel erkannte sie zunächst nicht, und zwei von den Männern des Verwalters mußten ihn in der Wanne festhalten. Sie rangen mit ihm, um ihm die Kleider auszuziehen.
Dann sagte ihnen Inez, sie sollten verschwinden; und sie gingen widerstrebend, und sie stand lange Zeit neben der Wanne, in der Daniel zusammengekauert saß, ohne ihn zu berühren. Sie stand aufrecht und angespannt und war ausgetrocknet um den Mund und sagte nichts, sah ihn aber die ganze Zeit an und zitterte manchmal, so daß man sah, wie sie sich bemühte, es zu verbergen.
Er saß da und wiegte seinen mageren Brustkorb, sein Gesicht sank zwischen die Knie, und sie ging zu ihm und legte die Hand auf seinen Kopf.
Während sie ihm sanft den Rücken einseifte, begann sie still zu schluchzen, sagte aber nichts. Sie wusch ihn langsam und sehr sorgfältig über die Schultern den Rücken hinunter.
Die Wärter, die ein Stück weiter weg herumstanden, feixten leise, und gingen durch eine der Türen in das größte viereckige Steinhaus.

Mrenta wollte Elis zu irgendeinem Bäcker nach Kaffeegebäck schicken, damit sie außerhalb der Mauern Nachmittagskaffee trinken konnten, mit Daniel, wenn das möglich war.
Doch sie wußte ja, daß es unmöglich war, wußte es schon, als sie es aussprach. Inez wußte es auch.
Und gerade jetzt hatten sie einander viel mehr zu sagen. Sie trugen Inez' Koffer in einen schmalen, heruntergekommenen Schlafsaal, und Mrenta half ihr, mit ihrem eigenen Laken das Bett zu machen; und beide spürten die Belastung, allein in dem Saal zu sein, der auch leer beengte. Zu dieser Zeit lag Daniel in der Zelle im Männerhaus sauber im Bett, und das schimmelsaure Stroh in seiner Matratze war ausgewechselt. Er lag auf einem Kissen, auf das Inez sein und ihr Monogramm gestickt hatte.

Mrenta und Inez nahmen am späten Nachmittag voneinander Abschied, hastig, und als nähmen sie einander nicht genau wahr.
Das Pferd hob den Kopf und zog an, und der Wagen rollte durch den Torgang hinaus; und Mrenta saß wie eine Salzsäule auf dem Kutschbock und starrte geradeaus, die Lippen trocken und ohne Gefühl; sonst hätten sie sie an Inez erinnern können.
Elis hielt die Zügel. Keiner von ihnen drehte sich um, und Inez war von den Hauskörpern schon verschluckt worden, als sie auf den Wagen kletterten.
Sie kamen auf die langen, schwankenden Holzbrücken hinaus, und Mrenta hörte durch das Räderdröhnen Elis neben sich schnüffeln.
Das Pferd erschrak und warf den Hals hin und her, und Mrenta saß mit geneigtem Kopf und starrte etwas an: den blanken Hautfetzen an der Nagelhaut ihres Daumens, wo die rechte Hand sich an der Armlehne festklammerte, die klapperte.

Den ganzen Abend und ein wenig in die Nacht hinein fuhren sie; und sie sagten kaum ein Wort zueinander.
Als sie nach Lyckeby kamen, bat Mrenta Elis, hinter der Brücke stehenzubleiben.
Es war bei Sonnenuntergang. Ein dünner perlgrauer Wasserdunst stand ganz unten am Wasserfall.

Das Geräusch des Stromes war schwach und rauschend. Die Mücken tanzten in der trockenen Luft weiter oben.
Sie standen schweigend am Brückengeländer und sahen in das allmählich dunklerwerdende Wasser hinunter.
Von den Ufern des Flüßchens kamen dichte Wiesendämpfe. Das Pferd bewegte sich hinter ihren fremden Körpern, schnaubte in den Tornister; und das blanke, schwarzgleitende Wasser unter ihnen veränderte sich unaufhörlich.

29

In diesem Herbst fiel es allen im Dorf auf, das Mrenta Nebb nie nach Carlscrona fuhr. Sie hatte das früher auch nicht getan. Doch jetzt fiel es auf.
Im Oktober wurde sie krank und mußte mehrere Tage das Bett hüten. Sie hatte keine starken Schmerzen; nur ein leichtes Stechen im Magen und im linken Arm. Und sie hatte Mühe, das Essen bei sich zu behalten. Anfang November mußte sie wieder liegen; und diesmal stand sie erst nach neun Tagen wieder auf. Danach war sie so abgemagert, daß sie die Rippen beinahe auf dem Rücken trug.
»Ich werd' allmählich mein eigener Fötus«, sagte sie zu Abraham. »Ich gebäre mich selbst rückwärts. Das ist bis jetzt die leichteste Schwangerschaft.«
Ein paar Wochen vor Weihnachten kam ein Fuhrmann mit Tranöl aus Fågelmara zu Önert Andreasson.
Der Fuhrmann war nicht sonderlich beredt. Er dachte mehr stumm als laut. Unten in der Marketenderei aber begann er am Abend von Engeln zu erzählen, die auf dem Galgenberg oberhalb von Elleskär gelandet waren, auf dem alten Hinrichtungsplatz in Carlscrona.
»Einer von ihnen war 'n junger Männerengel«, sagte der Fuhrmann. »Seine Beine warn abgeschlagen, und der eine Flügel war unterm Schulterblatt gebrochen. Die andern haben ihn in 'ner Klippenspalte hinter 'nem Gestrüpp gepflecht. Aber er hat nich überlebt.«
»Was für'n Teufel hat sich über ihn hergemacht?« sagte Sillen.
»Er is auf'm Schiff von der Krone gegen den Großmast

geschleudert worden«, sagte der Fuhrmann. »Beim letzten Sturm bei Utlängan.«
Der erzählende Fuhrmann hatte ein erfrorenes Ohr und schlechte Zähne. Er kam aus Sunda beim Gullbärnawald. Im Sommer war er Schafhüter in der Weideallmende auf Wämö. Im Herbst brachte er Fuhren zu den Schankwirten in Ostblekinge, bis nach Bergkvara und Calmar. Er war ein verläßlicher Kerl, der wußte, daß er das Leben nicht komischer zu lügen brauchte, als es war.
»Er is gestorben«, sagte er. »Beide Beine warn an den Knöcheln gebrochen.«
Bevor er am Morgen abfuhr, ließ Mrenta ihn zur alten Gästehausküche holen; dort lud sie zu Kaffee und belegtem Schwarzbrot ein. Sie wollte von ihm selber hören, was Marjo Lyckou von der Engellandung erzählt hatte. Nicht der Engel wegen, sondern weil sie kürzlich etwas Ähnliches geträumt hatte.
Als der Fuhrmann in der Küche saß und nach Fußschweiß und alten Pferdedecken roch, wußte sie ja selbst, daß sie nichts Neues erfahren würde. Doch sie hörte genau zu und füllte die Kaffeetasse dreimal; und als er mit den Engeln fertig war, brachte sie ihn auf das Thema des Lagerfiebers, ohne zu wissen, worauf sie damit hinauswollte.
»Der Vater von mir hat davon erzählt«, sagte der Fuhrmann unwilliger. »Das war im letzten Kriech. Die ganze Flotte lag fest und kotzte. Die Rekruten sind krepiert wie die Fliegen.«
»Was ist noch passiert?« sagte Mrenta. »Hat's irgendwelche Zeichen gegeben?«
Der Fuhrmann biß mit schlechten Zähnen ins Schwarzbrot, kaute weichgaumig und überlegte.
»Einiges hab ich gehört«, sagte er vorsichtig. »Das Salzwasser is mitten in der Stadt aus den Brunnen rausgekommen. In 'n paar Gartenbrunnen bei Offiziern lagen Säulingsleichen ohne Mund und Augen. Obwohl ich weiß nich. Die haben auch gesacht, daß von den Walnußbäumen im Pukischen Garten Blut getropft is.«
»Wie war das mit den Engeln?« sagte Mrenta. »Sind sie gekommen?«
»Das allerdings«, sagte der Fuhrmann, der Hunger hatte. »Was

den Punkt betrifft. Die haben viele gesehn. Die sin in Bäumen und auf Hausdächern in Der Werft gelandet. Die sin nachts durch die Speicherböden und die Werkstattsäle gegangen, wo die Arbeiter lagen und sich das Leben aus'm Leib gekotzt haben. Von ganz Südschweden.«
»Wie haben sie ausgesehen?«, sagte Mrenta.
»'n paar hatten Äxte und Heugabeln untern Flügeln versteckt«, sagte der Fuhrmann.
»Warum?«
»Das hat geheißen, die sollten zwei Offiziern und einem Bürger den Kopf abschlagen für jeden Bauernjungen, der da rumgelegen hat und in seiner eichnen Scheiße krepiert is. Und das im Namen von Volk und Vaterland.«
Der Fuhrmann biß wieder ins Brot, und beide überdachten dies. Er tunkte ein, trank und schluckte in großen, heißen Schlucken.
»Für die, die gestorben sind, war das kein großer Trost«, sagte Mrenta müde. »Wenn auch besser als gar nichts.«
»Eben, gnädige Frau«, sagte der Fuhrmann.
Bevor er ging, knetete er sein erfrorenes Ohr und sagte: »Die Landung auf dem Galgenberch is auch keine Erfindung. Es gibt sichre Zeugen.«
»Vielleicht«, sagte Mrenta.
»Eben, gnädige Frau«, sagte der Fuhrmann. »Danke für'n Kaffee.«

30

Nach Neujahr kam der Fuhrmann zurück. Mit Salz, Zucker und einem Restposten von Wachskerzen mit Wasserschäden für die Marketenderei. Er ging zu Mrenta in die leere Gästehausküche hinauf, ohne eingeladen zu sein.
»Ich hab 'n Kaninchenfell mitgebracht, sagte er. »Nich, daß es hilft.«
Sie saßen eine Weile in der Küche und unterhielten sich, doch er wollte weder Kaffee noch Schnaps. Vor den Fenstern roch es nach Schnee, und er hatte es eilig fortzukommen.
»Vielleicht den Schnaps. Nächste Woche, gnädige Frau«, sagte er. »Dann komm ich mit Seife für Andreasson. 'n Riesenmasse grüne Seife. Herstellung von der Krone.«

»Fährst du direkt nach Carlscrona?« sagte Mrenta.
»Ja, gnädige Frau«, sagte der Fuhrmann.
»Wart mal«, sagte Mrenta. Und sie holte einen Brief an Inez, der mehrere Wochen lang fertiggeschrieben in dem blauen Schrank gelegen hatte; von ihr, Abraham, Elis und den Mädchen.
Sie bat ihn, zum Verwalter zu gehen und den Brief einer Person namens Inez Carlberg auszuhändigen. Denn wenn auch diese Person nicht so gut lesen konnte, sollte sie ihn in der Hand haben, so daß sie ihn sich von jemandem vorlesen lassen konnte, dem sie vertraute.
Der Fuhrmann leuchtete auf, froh, etwas für sie tun zu können.
»Die gnädige Frau muß sich wieder erholn«, sagte er und ergriff ihre Hand.
In der Nacht darauf ging es Mrenta wieder schlechter. Sie bekam Magenschmerzen und Fieber, und als sie am Morgen im Bett lag, weinte sie zum ersten Mal so, daß Abraham es sah.
Sie konnte nicht essen und war nicht imstande, mit jemandem zu sprechen; und als der Fuhrmann am Freitag zurückkam, wollte sie auch ihn nicht sehen.

Der Fuhrmann mit dem Ohr hatte einen Brief vom Verwalter. Er gab ihn Abraham; und sah traurig aus, als er hörte, daß es Mrenta schlechter ging. Abraham brach den Brief auf der Außentreppe auf und las ihn.
Er war auf gelbes, sackriechendes Papier geschrieben, in langen, umständlichen Buchstabenschwüngen und mit vielen Worten. Abraham las ihn mehrere Male. Dann ging er zum Küchenherd und verbrannte ihn.

Er zog die Pelzmütze und die Doppelweste und die hartgetragenen Fausthandschuhe an und begann, am Rande des Dorfes umherzustreifen, während die Dunkelheit fiel. Hunde kamen und leckten ihm die Hände. Ein paar Männern in seinem Alter fiel er auf; sie blickten ihm nachdenklich nach.
Es schneite nicht, würde aber kalt werden. Während er durch die scharfe Winddunkelheit ging, versuchte er, Mrenta zu

erzählen, was in dem Brief stand. Er versuchte es mehrmals: fing von vorn an und wieder von vorn.
Als er zur Treppe zurückkam und hineingehen wollte, stand der Fuhrmann in der Dunkelheit und wartete.
»Die Sache mit dem Brief«, sagte er. »Ich weiß, wie's gekommen is. Der Blinde, Sommar, hat den Verwalter zum Klettern gekriecht.«
Abraham aber wollte nicht reden. Alles, auch der Fuhrmann, kam Inez und Daniel zu nah. Und Mrenta.
»Wieso?« sagte er schroff.
»Weil der sehn kann«, sagte der Fuhrmann.

Fünf Tage vor Weihnachten hatte der Verwalter Inez mit frischgewaschener Großwäsche zu einem Pumpenmacher in Kalvhagen geschickt. Sie hatte gebeten, Daniel Pettersson mitnehmen zu dürfen. Er konnte selber gehen, wenn sie ihn führte und sie nicht zu schnell gingen. Er war noch immer verwirrt und sagte nichts, außer mit dem Körper; doch wenn Inez ihn hielt, beruhigte er sich. Sie wollte, daß er sich ein wenig in der frischen Luft bewegte. Es war Weihnachtsschnee gekommen, der bald liegenblieb. Der Verwalter meinte, Inez solle den Pferdeschlitten nehmen, damit sie vom Speicher im Holzhafen eine Ladung Holz abholen konnte, auf dem Rückweg.
Es herrschte Sturm und scharfe Kälte. Am Morgen schneite es.
Niemand wußte, wo sie geblieben waren. Der Schlitten stand unabgeladen mit überschneitem Wäschekorb und steifgefrorener Wäsche auf dem Eis unterhalb der Potthusbrücke.
Er stand mit dem Bug zum See: als hätten sie ihn nur kurz verlassen, ein paar Schritte getan.
Die Wärter suchten den ganzen Nachmittag die Stadt ab. Einer ging zum Stadtzoll hinaus und fragte. Doch niemand hatte sie gesehen. Herumtreiber gab es überall reichlich, Huren wie Arbeitslose.
Am Abend schneite es; und der Schnee fiel die ganze Nacht.

Wenn jemand aus dem Armenhaus ausriß, wurden alle bestraft.

Der Verwalter zog die halbe Weihnachtsverpflegung ein, den frischen Hering wie das Extrabrot, wie die Butter.

Am Heiligabend schloß er die Insassen eine Stunde früher ein, und gestattete am Nachmittag kein besonderes Weihnachtssingen, abgesehen von der üblichen Abendandacht.

Am Morgen des Ersten Weihnachtstages erschien einer aus der Blindenabteilung, ein früherer Bootsmann aus Sturkö, der Sommar hieß, und sagte, daß er Inez und Daniel gesehen habe. Sie hätten sich im nördlichen Turm der Fredrikskirche verbarrikadiert, und seien während des Morgensingens am Ersten Weihnachtstags auf einer Leiter aus brennendem Schnee zum Himmelreich aufgestiegen.

Wenn jemand die Turmluke aufbreche, werde er sehen, daß sie von innen geschlossen sei, der Turmraum sei leer. Und er werde ihre Kleider mit dem Anstaltszeichen finden, denn sie seien zum Himmel ebenso nackt aufgestiegen, wie sie einst gekommen waren.

Sommars Augenhöhlen waren bei einem Pulverunfall ausgerissen worden. Der Bart um seinen Mund war von Tabaksaft weggefressen. Doch er war reinlich und klardenkend, und keiner der Wärter wagte sich an ihn heran, wenn es nicht notwendig war. Er sprach für die anderen, wenn sie ihn brauchten.

Er hatte seinen Platz am Tisch im Speisesaal ganz außen, gleich bei der Tür. Am Morgen des Ersten Weihnachtstages packte er den Arm des Verwalters, als dieser vorbeiging.

Er packte ihn, obwohl es verboten war, die Wächter so zu berühren, daß es an Handauflegen erinnerte. Er hielt den Arm des Verwalters wie in einem Schraubstock: so daß er sich nicht losmachen konnte, und so daß alle sehen konnten, daß es weh tat. Er hielt ihn fest, während er ausredete; und er redete über das, was er gesehen hatte.

»Ich hab das Mädchen un den armen Jungen gesehn«, sagte er. »Die kleinen Ameisen haben sie getragen. Die sin massenhaft auf den Turm von der Fredrikskirche raufgewimmelt, un du has im Bett gelegen un geschlafen un mit Weihnachtsschinken aufgestoßen. Die sin geklettert wir auf den Stamm von 'nem Süßapfelbaum. Un die großen schwarzen Ameisen, die ganz oben wohnen, haben sie bekriecht und bekämpft. Un die

kleinen haben gesiecht: obwohl viele sin umgekommen un umgebracht worden.«
»Das hab ich gesehn, vom Gott der Armen auf die Innenseiten von meinen Augen geschrieben«, sagte Sommar. »So sicher wie du mich jetz einsperrst, Verwalter. Im Fall, daß ich deinen verdammten Arm loslaß.«
Für das Festhalten und den Traum bekam Sommar acht Tage Einzelzelle.
Doch einige Tage später begann man in der Stadt davon zu munkeln, daß ein Paar Armenhäusler ausgerissen sei und sich im Turm der Fredrikskirche verbarrikadiert habe. Abends war im Nordturm Licht gesehen worden. Der Verwalter persönlich hörte es von seiner Frau zum Abendbrot.
Und weil derlei Gerede sich ausbreiten und der Anfang von etwas anderem werden konnte, entschloß er sich, in den Kirchturm hinaufzuklettern. Er gedachte dem Klatsch ein Ende zu machen.

Er begab sich zusammen mit Mogren, dem Kirchendiener, die lebensgefährlichen Leitern hinauf.
Es war kurz nach Neujahr, an einem frühen Freitagnachmittag. Eine kleine Gruppe Zuschauer stand unten in der Vorhalle.
Der Verwalter fand weder irgendwelche versperrten Turmluken noch die mit dem Anstaltszeichen versehenen Kleider. Tatsächlich fand er überhaupt nichts, was auf eine ungesetzliche Himmelsflucht hindeutete.
»So ist das also«, sagte er zu denen, die unten auf der Erde standen.

Auf dem Rückweg zum Kontor ging er durch die Korbwerkstatt, wo Sommar an diesem Tag beim Weidenkochen half.
»Ich hör, du bis geklettert, Verwalter«, sagte Sommar. »Has du was gefunden?«

Für diese Äußerung bekam Sommar vier weitere Tage Einzelzelle; an denen er jedoch meist schlief, ohne zu träumen.

»Ich wollt nur erzähln, was ich gehört hab«, sagte in der Dunkelheit der Fuhrmann. »Der gnädigen Frau zuliebe.«

Abraham nickte.
Es stürmte, und am Fuß der Treppe stiebte der Schnee in unsichtbaren Wirbeln.
»Es wird kalt«, sagte der Fuhrmann.
»Ja«, sagte Abraham.
»Gutnacht dann«, sagte der Fuhrmann.
»Gutnacht«, sagte Abraham.
Er hängte Mütze, Weste und Handschuhe auf und wärmte seine nach Kälte riechenden Hände, die steif gefroren waren.

Vor der Kammertür verließ ihn der Mut, und er wollte umkehren.
Doch brauchte er nur ihr Gesicht anzusehen.
Sie befreite ihn. Sie saß im Bett, das Kaninchenfell des Fuhrmanns unter dem Nachthemd.
»Ich weiß«, sagte sie. »Sag nichts, um Gottes willen! Ich weiß!«

Achtundzwanzigster Tag

31

Der Daumenlose und Blöde aber war jung und mußte bestraft werden.
Er war ängstlich und feige und stumm und den Tränen nahe und hatte während des ganzen Streiks kein Wort gesagt. Doch er war jung genug, um dort Widerstandswillen verborgen zu haben, wo dieser sich nicht einmal ihm selber zeigte.
Er mußte bestraft werden, er und noch einer. Außerdem hatte er Essen gestohlen.
Man machte, was man immer gemacht hatte mit solchen, die unruhig waren, oder gefährlich, oder die beruhigt werden mußten. Man rettete sie.
Im Keller, weit weg von der Küche, gab es Zellen mit Lehmfußboden, Mauerwänden und Krampen für Ledergeschirre.
Sie zogen ihm die Kleider aus und schirrten ihn an der Wand fest.
Zehn Tage lang beruhigte ihn das Dunkel. Es brachte jeden

jugendlichen, unsichtbaren oder bestehenden, oder entstehenden oder geheimen, oder denkbaren oder undenkbaren Widerstand zum Vorschein.
Zunächst weinte und schrie es: Die Blindheit schrie.
Dann wurde es stumm, rang nach Atem und wimmerte, und goß Stille und Fügsamkeit in ihn ein, achtlos, wie das Meer Salzwasser in einen Ertrinkenden gießt.
Das Dunkel ertränkte ihn.
Als sie die Tür öffneten und ihn herausließen, klammerte er sich an ihren Beinen und Knien und Händen fest. Wie ein Ertrinkender, geblendet von Salzwasser und Dunkel, klammerte er sich fest an seinen Rettern.

32

Mrenta Nebb entschloß sich, das Dorf für immer zu verlassen. Die Kinder waren groß genug, um selbst zu entscheiden, ob sie bleiben oder mitkommen wollten; und Abraham ging, wohin sie wollte.
Doch wieder blieb sie kraftlos und krank liegen. Der Spätwinter hielt inne – und glitt beiseite; und als der Frühling kam, und sie das Leben erwachen oder zurückkehren sah, hatte sie ihren Entschluß geändert.
Sie sah das Menschliche und das Unmenschliche, das Lebendige und das Tote, das Suchende und das verhärtet Dummdreiste ineinandergewebt. Sie mußte bleiben, um zu versuchen, dem Bösen zu widerstehen; und zur Strafe.
Alles sah sie deutlich, als habe sie neue Augen bekommen: die Wichtigtuerei der Morgenversammlungen, die abgestandene Gottgnädigkeit in der Kapelle, die Selbstzufriedenheit, die Enge, die Gier.
In den Häusern saßen die Wärter und beteten für die ausgeplünderten Körper der stummen Gäste. Der Geist Des Meisters füllte die Gebäude. Die Gebetsarbeit wurde geschwind und in der Freizeit abgewickelt, mit kühlen Gebeten gegen abgearbeitete Dämonen. Der Geist der Liebe sprießte in jedem Winkel des Dorfes. Bald würde keiner von ihnen etwas anderes mehr tun als Wärter sein: die Gäste arbeiteten, und sie bewachten die Gäste.
Im Namen Des Vaters und Des Sohnes und Des Heiligen Geistes.

Sie empfand Müdigkeit und Zorn, Trauer und Widerstandswillen; und beschloß zu bleiben, obwohl sie selbst eine Unwürdige und ein Verräter und erbärmlicher war als jeder andere. Vielleicht war das die Strafe, daß sie sah und außerstande war, etwas von dem zu ändern, das sie sah; wußte, ohne andere dazu bringen zu können, daß auch sie verstanden.
Jedenfalls mußte sie bleiben. Sie hatte nicht die Erlaubnis zu fliehen.

Im Monat April, in dieser neuen entgleitenden Wirklichkeit, die sie selbst war, als verwandelte und doch die alte, in allem Selbstüberdruß und aller Enttäuschung, geschah es, daß Elis zu ihr kam und in die Stadt ziehen wollte. Zu Levander, zu den Schauspielern.
Zunächst war sie beinahe verletzt: tieftraurig. Doch als sie sich von der Müdigkeit hatte *ganz* erfassen lassen, und sie keinen Widerstand mehr leistete, sah sie ein, daß sie nicht überrascht hätte sein müssen, nicht einmal empört. Alles an Elis hatte darauf hingedeutet. *Genau* darauf. Er hatte es ihr hundertmal gesagt, sie hatte nur nicht hören, sehen oder verstehen wollen.
So nahm sie seine Hände und gab ihren Segen; und als sie sie losließ, empfand sie Trauer: als sei es ihr eigenes Leben, das sie losließ; und gleichzeitig die lebensspendende Zärtlichkeit: wie sich seine Hände zugleich verhärtet und vermännlicht hatten und ebenso kalt waren wie vor einem Abhören des Katechismus, als er noch ein Kind war.
Nachher, als er abgereist war, konnte sie den Mangel nur als eine unbestimmte Sehnsucht nach irgend etwas empfinden. Ihr Leben, das sich von ihr entfernte: der Wagen am Hang, während der Kutscher zusieht. Oder wie nach Wasser in manchen Nächten, wenn sie aufwachte und nicht atmen konnte; nach Quellwasser, oder dem Schnee ihrer Kindheit.
Es gab viel, was unwirklich für sie geworden war. Was schnell, überrumpelnd und verwandelnd gekommen war, obwohl sie hätte voraussehen, vorbereitet, geschützt sein können. Inez und Daniel; sogar dieser Mann von Öland, aus Mörbylånga, der Schwager-Witwer, der plötzlich erschien, mit seinem eingetrockneten, graugewelkten Bauernkopf mit aufrecht stehenden

Haaren, und Seifenresten in den Ohren und Pferd und Wagen mit Pelzdecken, und die verwirrte alte Frau abholte, die sich Pröpstin Aulin nannte. Der mit dem wegfuhr, was von Anna Hoeffer übrig war, oder von der, die so zurückgezogen und geschützt in ihrem Haus unten im Rachen gewohnt hatte, daß man sie im Dorf beinahe vergessen hatte. Oder daß die zahmen Dohlen auf dem Dachboden jetzt für immer ausgestorben waren. Und vielleicht nicht einmal existiert hatten, außer im verschwommenen, wirren, fahrigen Traum von irgend jemandem.

Später im Frühherbst, als Elis schon zurückgekehrt war, sprach sie mit Abraham darüber, wie ihrer Meinung nach alles zusammenhing. Sie sagte, sie verstehe jetzt, was gemeint war, wenn es hieß, die Gedanken Des Meisters wohnten in einem einzigen Körper, obgleich sie sich jetzt manchmal mehr betrogen fühlte als damals, als sie jung war.

»Alles hängt zusammen«, sagte sie. »Was wir wählen, das wir tun oder nicht tun, beeinflußt alles andere. Und alle anderen.«

Sie gab auch zu, daß sie, als sie Elis erlaubt hatte, am Theater in Carlscrona anzufangen, darauf gehofft hatte, daß er kuriert zurückkehren werde; und daß sie an Tuppen Holgersson geschrieben hatte, der noch in der Truppe war, und an Direktor Selander (oder Levander), obwohl sie keinem von beiden vertraute, und sie gebeten hatte, ein Auge auf Elis zu haben, doch ohne ihn zu ermuntern oder zu unterdrücken. Und das hatte sie getan, um der Wirklichkeit auf die Sprünge zu helfen. Und als Elis plötzlich schon Ende August zurückkam, und Selander (oder Levander) und Tuppen verschwunden waren und die Schauspieler sich zerstreut hatten, hatte sie gesehen, daß Elis genau so gewachsen war, wie sie gehofft hatte, wenn er auch wortkarger geworden war und nicht mehr mit den Händen auf die übertriebene Weise redete wie in den Wochen, bevor er abfuhr. Und als er persönlich zu Mulerthal ging und sich nach Arbeit erkundigte, wenn sie auch fand, daß er den Rücken ein wenig gebeugt hatte, als sei er zusammengesunken oder durch das Stadtleben gealtert, und eine Stelle auf den Äckern annahm, statt Schreibgehilfe zu werden und eingesperrt im Kontor zu sitzen – da machte sie sich um ihn nicht mehr sc viele Sorgen. Und es war gewissermaßen so, als sei die Angst (oder der Zweifel oder die Enttäuschung), die sie an jenem Morgen empfunden hatte, an dem sie erfuhr, daß er dabeigewesen war, als Daniel geholt wurde, und nichts gesagt hatte – als sei diese Unruhe verschwunden; oder jedenfalls kleiner geworden.

»Aber warum ist er so still?« fragte sie Abraham. »Was haben sie mit ihm gemacht? Er will ja nicht mal drüber reden, was er später tun will, wenn er wieder mit der Schauspielerei anfängt. Was ist in dem Theater eigentlich passiert?«

»Obwohl wir noch rechtzeitig erfahren werden, wie alles zusammenhängt«, sagte sie diesmal. »Außerdem – vielleicht weiß ich's auch schon.«

33

Das Neue Opernhaus am Branta Berg in Carlscrona entstand, als Das Große Zeughaus zum Theater erhoben wurde. Es war in der Zeit Des Glänzenden Verschwenders. Der Galionsfigurenbildhauer Törnström persönlich dekorierte nach Skizzen von Admiral Ehrensvärd das Äußere. Zwei Arabesken an der Südmauer schilderten Die Taten Des Herkules; und an der Nordseite ereignete sich wieder und wieder Die Schöpfung und Der Sündenfall.

In dem Sommer, in dem in Ermangelung anderer Kandidaten der Herzog zum König gemacht wurde, gestaltete Direktor Levander, ohne dies selbst zu beabsichtigen, sämtliche Sinnbilder der Fassadendekoration.

Wie ein Herkules schuftete er, um die Truppe auf den Beinen zu halten. Er durchlebte alle Qualen eines Theaterdirektors, legte sich Magenkrämpfe und Speichelfluß zu, bis er in der ersten Juliwoche die Premiere des Vaudevilles »Die Diebe«, sowie des beliebten »Witwers«, eines Einakters von Didrik Björn, ankündigen konnte.

Das war die Großtat und Die Schöpfung.

Diesmal war Levander vom Erfolg des Unternehmens so überzeugt, daß er einige Brauereigäule mietete und die ganze Truppe durch die Stadt defilieren ließ. Er führte den Zug selbst an, in Harlekinsjacke, geflickten Trikots und mit Narrenschel-

len, und absolvierte im Sattel so unerwartete Kunststücke, daß seine brüchige Stimme, die unaufhörlich die Vorstellung lobte, aus dem Bauch des Pferdes zu kommen schien.
All dies war im Hinblick auf Levanders Alter und angegriffene Konstitution an sich schon bemerkenswert: er war ein länglicher schmalschultriger Sarg auf welken Beinen.

Der Sündenfall aber wartete.
Während der Premiere und der ganzen ersten Woche ging alles glänzend. Man hatte volles Haus und ein überwiegend zufriedenes Publikum.
Aus Anlaß des Thronwechsels war Levander am Eröffnungstag mit einer kleinen Festrede im halbkomischen Genre aufgetreten, in der Pause zwischen Dem Dieb und Dem Witwer.
Das Ganze war als Zerstreuung gedacht gewesen – geistreich, aber nicht gelehrt, und vor allem nicht *begabt*. Es war eher als ein kleines anspruchsloses unflätiges Aperçu zu Ehren des Monarchen gemeint, am Rand der aktuellen Lage sozusagen, und mit allem Respekt: der neue König war ja Oberadmiral und Carlscronafreund gewesen.
Levander extemporierte die Rede um einen Kern mit den Motiven »Der Sieger bei Hogland – Die Seemannshand ums Reichsruder – Der Wind der Veränderung«. Das war weder besonders originell noch aufsehenerregend, doch er hatte das Richtige getroffen. Man lachte *in der Tat,* auch in den Offizierslogen. Die Einlage wurde zum Gesprächsthema, weil sie sich jedesmal veränderte. Und Levander bekam den Ruf des Witzboldes: von der wohlfrisierten Sorte, unterhaltend, satirisch, aber harmlos.
Er arbeitete hart. Er war verbraucht und hatte Magenschmerzen. Er trank vor und nach der Vorstellung ein paar Schnäpse, um die Nerven zu beruhigen; und das hatte er immer getan.
Samstag der 20. Juli war ein vollbesetzter, heißer, stickiger, festlicher Abend mit Galavorstellung.
Der Dieb feierte Triumphe. Der Applaus prasselte, die Blechmusik schmetterte, furzte und klapperte, die Kerzen flackerten träge in ungerührtem Enthusiasmus.
In die aufgeräumte und unentschlossene Erwartung der Pause

trat der Premierenakteur vor den Vorhang, in der Verkleidung eines überalterten Schiffsjungen.

In der heiteren Stimmung war er schon vorher gelegentlich versucht gewesen, die Rede eine Spur witziger zu gestalten, als der Gegenstand es gestattete. Hinzu kam, daß er an diesem Abend vergaß, ob er vor dem Schminkspiegel den dritten oder den fünften Schnaps zu sich genommen hatte.

Ohne es eigentlich zu wollen, begann er, das Publikum mit einer Bildersprache zu reizen, die ebenso schwindelerregend war wie der Rückwärtssalto in einem Eierkorb.

Plötzlich, ohne daß er es hätte aufhalten können oder wollen, vollführte er Kunststücke über einem Abgrund, der nichts anderes war als unverblümte Majestätsbeleidigung. Er machte einen Salto, zwei, stolperte, stand auf, noch ein Salto und fiel – und war außerdem während dieses Vorgangs nicht gerade unterhaltend.

In der Einleitung nannte er den König »Unseren seekranken Helden aus Hogland ... der noch im Herbst des Lebens aus der widerstrebendsten Jungfrau Seufzer preßt« – und das verdeutlichte er mit überdeutlichen Hüftstößen in den mageren Lenden – »bis er sie mit seiner vielgereisten Ramme in den Grund bohrt«.

Einige jüngere Offiziere standen auf und feixten, riefen ihm aber zu, er solle die Klappe halten – und er hätte die Warnung annehmen sollen.

Doch er war schon berauscht von den Worten, die ihm in vielfarbigen Girlanden aus dem Mund quollen. Er machte weiter, und nun rief er den König zum »hervorragendsten Wohltäter der unmenschlichen Menschheit« aus, zum »größten aller Boudoirphilosophen, besorgt um das Wohl auch des geringsten Bürgers, Hauptsache, sie ist jung, mollig und hat feste Brüste«. Er verhedderte sich zwischen »Vaterland« und »Vaterhand« und tauchte schwindelig wieder auf, den Mund voll törichter Maximen wie: »Nicht jeder im Gefolge des Königs ist bekleidet«, oder »Manchmal holt sich der König Hilfe bei einer runzeligen Alten«, oder »Nicht alle Worte sind Königsworte, die der Mund der Königin ausspricht«.

Er schloß mit einem Hoch auf das Königspaar ... »das, ohne seine Pflichten zu vernachlässigen, die Liebe des ganzen Volkes

gewonnen hat, indem es einen so einfältig strahlenden, halbsteifen Herzog in den kraftvollsten Steher verwandelte«.
Daraufhin stürzten einige schmalhälsige Fähnriche über die Bretterschranke zwischen Bühne und Zuschauerraum, und ehe das Publikum hätte reagieren können, hatten sie den unverdrossen weiterpalavernden Levander hinter den winterverblichenen Samtvorhang geschleppt.
Die Zuschauer jubelten; und ein paar Buchhalter ohne Damenbegleitung warfen Schnupftabak und Konfekt auf die Bühne. Man nahm an, der Abbruch gehörte zur Nummer, oder sei eine Ergänzung der jungen Fähnriche.
Doch das Ensemble, das verstört in der Kulisse bereitstand, begann sofort mit dem zweiten Akt und ließ hastig Den Witwer über die Bretter stolpern, vital wie ein mit Nitroglycerin Kurierter.
Und die empörten Fähnriche waren *wirklich* empört, als sie begriffen, was sie getan hatten: einem Majestätsbeleidiger Einhalt gebieten; und in totaler Verachtung für Kunst, Intelligenz und schwache Nerven, und trotz seiner Versicherungen, das Ganze sei ein ganz und gar metaphorisches Mißverständnis, führten sie Levander zum Stadtarrest im Rathaus. Und dort lieferten sie ihn, obwohl es Sonnabendabend halb zehn war, wegen bezeugter und grober Majestätsbeleidigung ab.

34

Diese Festvorstellung war es, die der Anfang vom Ende in Elis Nebbs kurzer Theaterlaufbahn wurde.
Jeden Abend nach der Kerzenbeschneidung im Dieb – bei der er sich mit Kerzenschere und Untertasse an den Wänden des Zuschauerraumes entlangschlich – hatte er einen eiligen Auftritt mit kurzer Replik, an der Stelle, die Levander »die Taillenhöhe des Witwers« nannte. Anschließend hatte er sich rasch den Logenschließerrock über das Bühnenkostüm zu ziehen und zur Beschneidung auf die andere Seite der Schranke zurückzukehren.
Eine gute halbe Stunde später hatte er im Finale seinen Schlußauftritt: als togadrapierter Fackelträger in der glücklich

durchstolperten, humoristisch aufgepepten Hochzeitsnacht des Witwers.

In allen Vorstellungen hatte er in Gestalt eines ältlichen Onkels des Witwers in das angsteinflößende Gewoge von Gesichtern hinein eine trübe pointenlose Replik abzuliefern: »Sie war dennoch ein herzinniger Mensch.«

Dann hatte er, nachdem er die symbolische Fackel gelöscht und sich eilig in sich selbst, den Schauspieler Elis Nebb, verkleidet hatte, dem verschwitzten und gliedersteifen Witwer-Tuppen auf den Dachboden hinaufgeholfen, wo dieser eine Kammer und ein Schlafbrett hatte.

Elis' Stellung am Theater beruhte auf etwas, was als fruchtbar bezeichnet werden muß: geben, nehmen. Er war Eleve; doch auch unbezahlter Assistent, Sekretär, Träger, Bühnenarbeiter, Kalfaktor und Gehilfe von allen. Aus diesem Grund wohnte er auf Kosten des Direktors bei einer Witwe, die Wand an Wand mit dem Theater Verschläge an Künstler vermietete. Und konnte auf diese Weise Anweisungen ohne viel Verzögerung entgegennehmen.

In Wirklichkeit aber war er vor allem einer gewesen, der schleppte, putzte, Besorgungen machte und Kerzen beschnitt. Einer, der nicht einmal schön war. Das konnte er in den feuchten Augen der unfaßbar schönen jungen Schauspielerinnen sehen. Bäuerlich, unberührt. Und manchmal brachte eine der älteren Frauen dies in mütterlichen Gebärden zum Ausdruck, oder zumindest in einem kleinen Lächeln. Meist aber hatten sie außerhalb der Bühne jede Kindlichkeit satt, satt, oder waren von ihr erschlagen, von all den schwächlichen Liebesgebärden des Lebens.

So war er recht viel allein. Wenn er spät in der Nacht die Tür des fensterlosen Verschlages mit den Pappwänden schloß; oder wenn er erschöpft auf das Muster von lebensgelbem Urin starrte, das jemand auf die Rosentapete neben dem Eimer gepinkelt hatte. Wobei er immerhin wußte, daß er, solange er *hier* war, beinahe ein Künstler war.

Am besten gefiel es ihm, Tuppen und Levander nach der Vorstellung zu bedienen: *den Erfahrungen* nahe. Jeden Abend deckte er auf einem alten ausgebeulten Reisekoffer am Fenster

Kümmelkäse, Leberwurst, Hartbrot, Butter, gekochte Eier, Kornbranntwein und Zuckerstücke auf; so daß alles bereit war, wenn die Schritte des Direktors auf der Treppe zu hören waren. Und jeden Abend öffnete er die Bodentür immer in dem Augenblick, in dem Levander die Hand gehoben hatte, um anzuklopfen.

»Exaktheit«, sagte Levander anerkennend. »Das Zusammenspiel exakter Bewegungen. So fängt man sogar Die Zeit.«

»Vor allem aber harte Arbeit, Branntwein, Stille und Fälschungen«, sagte steif Levander in der Tür und redete zu sich selbst. Er schlotterte gequält und schlug Elis leicht auf die Schulter.

»Oder, Holgersson!« rief er Tuppen zu, der sich im Schlafrock hingelegt hatte. Und ging mehr als zerschlagen und ausgemergelt mit gierigen Blicken auf den gedeckten Koffer zu.

»Die exakte Flüchtigkeit«, sagte er freundlich nach hinten zu Elis; während der heisere bläulichkahle Mann in all dem Stoff, der ihn im Bett umgab, sich zum Sitzen aufrichtete, nun mit Nachtmütze und erhobener Flasche.

»Wie ich zu sagen pflege«, ahmte Tuppen nach.

Denn was man von Levander auch sagen mochte, er ließ sich nicht ohne eine gewisse Dramatik auf dem Schemel am geflochtenen Koffer nieder. Knetete stöhnend vor falscher Berufsmüdigkeit eine Anzahl vom Knien und hob die Hand in die leere Luft.

»Die Flucht zur Flucht, Holgersson«, sagte Levander. »Nichts anderes.«

Man könnte sagen, daß für Elis der Abend erst jetzt *begann*: wenn er Levander eingelassen hatte und mit einem brennenden Talglicht in der Hand die sich windende Treppe hinunterstieg. In der Dunkelheit stolperte er ins Theater zurück, um von Bühne und Zuschauerraum Schnupftabak, Erbrochenes und Konfektpapier wegzukehren; und einmal sogar Dessous.

Seine Augen waren geübt. Er hatte angefangen, *den Überblick* zu lernen.

»Wenn du runterkommst, haben sich die anderen schon verflüchtigt. Die Liebhaber sind auf Jagd. Die Soubretten von Nachtfreiern am Ausgang eingefangen, mit Samstagslügen, und manchmal mit echter Liebe. Die Älteren und Zahmen und Erschöpften sind jetzt bei ihren anspruchslosen Hoffnungen

angelangt. Dort kommt's zu stilleren Seancen: Portwein, nächtliche kalte Platten, Wärmflasche, Brettspiel und Fachsimpeln. Und oben auf dem Boden holen Levander und ich uns die nächtliche Gesellschaft mit dem Schlafsack unterm Bett hervor. So ist das«, sagte Tuppen. »Der weiße Schlaf.«
Auf diese Weise hatte Elis allmählich auch gelernt, *zusammenzufassen:* Strukturen und Bewegungen: das Ende eines einzigen Tages: das einzige Leben eines Menschen.
Am meisten aber lernte er von der Verwirrung. Er hatte Tuppen im Dorf gesehen und erfaßt. Er konnte sehen, wie er sich verändert hatte. Wie ihn der Branntwein füllte und durchsäuerte, obwohl Tuppen vermutlich nur eine alte Gewohnheit wieder aufgenommen hatte.
»Levander und ich«, sagte Tuppens greisennasser Mund. »Ein Sinken. Aber keine Verachtung. Nur eine unglücklich überlegene Begabung zur Trauer.«
Und dieser Geist war meist das, was zurückblieb, wenn Elis als allerletzter das Theater verließ, bedrückt, mit geröteten Augen und leise pfeifend. Sein schlaksiger Körper als schüchterne Hülle um Auserwähltheit und Das Großartige Ende von Wahrheiten.

Er war in diesem Sommer ein langer, steifer und schwarzäugiger junger Mann mit leichten Nagezähnen. Seine Schüchternheit saß wie die Seidenweste eines besseren Kellners über dem, was der Mensch war, der dachte. Doch er war schöpferisch. Er knetete die Zukunft.
Was er von den anderen Schauspielern der Gesellschaft sah, und er sah *alles,* machte ihn nur deutlicher. Von dort, wo sie jetzt waren, würde er seinen Aufbruch zu dem anderen, dem Stuckweißen, Goldockerfarbenen beginnen. Für den in seiner Stärke verzweifelt Schwachen gilt nur das Entweder-Oder. Darum prägte er sich die Bilder ihrer Gesichter und ihrer auf verschiedene Weise benutzten Körper ein. Er antwortete einfältig, bäuerlich, träg, wenn sie ihm etwas sagten; und dann hungrig aufleuchtend wie der Blitz.
Vor dem Rasierspiegel sagte er, so daß er Sigismund im Turm glich, und mit den Augen des Pedro Calderón De La Barca und mit gebleckten vorstehenden Zähnen:

»Ich Unglückseliger! Ich Unglückseliger!«
Und Rosaura antwortete plangemäß, so daß ihm die Tränen in die Augen traten:
»O wie traurig ist die Stimme . . .! Die neue Qual und Plagen weckt . . .«
Die Zukunft arbeitete in ihm. Deshalb machte er sich um nichts wirkliche Sorgen.
Er schuftete und befolgte fleißig die Putzrituale, auch an dem Samstagabend, als sie Levander wegschleppten.
»Mag fernen Neides böser Blick mich nicht erreichen,
wenn ich auf diesem Götterpurpur geh':
ich scheue mich, die teuren Webereien zu beschmutzen,
gekauft mit schwerer Silberbarren kostbarem Gewicht.«
Warum sollte er sich Sorgen machen? Auch die übrigen trugen das Ganze mit Fassung, wie es schien. Obgleich Tuppen direkt zum Koffer unterm Bett ging, bevor er sich umzog.
»Levander«, sagte er und seufzte seiner Hand zu, die ein wenig zitterte, »verdammt geschickt, mit wechselnden Aufträgen umzugehen. Charmeur oder Retireur. Morgen ist er wieder da, stinkend und halbtot, der Teufelsposeur.«
Elis half ihm aus dem naßgeschwitzten Nachthemd, auf dem, um seine Knöchel gewickelt, Der Witwer bis zum kichernden Fleisch im Hochzeitsbett gestolpert war.
»Ausstehende Forderungen«, sagte Tuppen. »Eines Tages wird Levander bezahlen. Jetzt bringt er den Blutkloßfressern die letzten Couplets bei.«

Doch Levander kam nicht am Morgen. Statt dessen trafen drei bierstinkende Stadtdiener ein, um ein paar seiner Habseligkeiten zu holen. Und keiner dieser neolithischen Beamten war gesprächig oder schien auch nur über eine Mindestanzahl von Lauten zu verfügen. Doch die Schauspieler begriffen, daß Direktor Levander mit sofortiger Wirkung die Stadt auf Lebenszeit zu verlassen hatte.
In einem schmuddeligen verwirrten Brief, den die Gefängnisdiener anglotzten, während ihn der älteste widerwillig Tuppen aushändigte, schrieb Levander, man habe ihn vor die Wahl gestellt, entweder sofort zu verschwinden oder vor dem Stadtgericht zu erscheinen; und so habe er ersteres gewählt.

Er habe gekämpft, um ein paar Tage Gnadenfrist zu bekommen, um die Geschäfte in Ordnung bringen und die Leitung Abelin übertragen zu können, dem ersten Liebhaber, »der ja sorgsam, praktisch und weniger begabt ist, und außerdem geistliche Verwandte in Ronneby hat«.
Doch über den Brief hinaus hatte man ihm alles verweigert. Er mußte sofort weg, wenn er der Anklage entgehen wollte. Um eins ging ein Transport Hafenhuren nach Christianstad. Mit dem sollte er fahren. Die Fähnriche persönlich sollten dafür sorgen, daß er die Zeit nicht verschlief. »Was also diesmal kaum vorkommen wird, Kameraden«, schrieb er.

Es war im Theater, in der morgendlichen Kälte auf der Bühne. Elis war herumgelaufen und hatte alle geweckt, die in der Nähe wohnten; und man hatte sich langsam eingefunden, übernächtigt und die meisten griesgrämig und grau durch den Mangel an Messing und Kerzen und ohne vorgegebenen Text. Außerdem begriff man nur langsam die Tragweite.
Obwohl man den Totengräberknochen des Schädels ja fachgerecht in der Hand halten konnte. Das Ganze kam einem ebenso augenscheinlichen Witz gleich.
Elis stand ganz hinten, hinter dem Hochzeitsbett. Er sah auf abgetragene, reichlich geflickte, zumindest aber ausgebesserte Kleider und schiefgetretene Absätze. Acht waren gekommen. Abelin, Sylwing und Lorentzon, zwei von den Mädchen und die immer nervöse alte Frau Söll, Ehefrau des großen Agamemnon, dem, der manchmal seine Zähne herausnahm und für Elis *Kunst* deklamierte.
»Das ist kein Witz«, sagte Tuppen. Mit dem Brief flatternd wie Levander selbst an den Nachmittagen, wenn es um Geld ging.
Abelin sprach am meisten; war außerdem recht fett für einen Liebhaber mit Haarausfall.
»Früher«, sagte er – ein Mann mittleren Alters mit einer Neigung zur Buchhalterlaufbahn –, »früher, als sein Magen noch funktionierte, hat er sich auf die Weise amüsiert. Ein Brief.«
Doch Tuppen schüttelte den Kopf, war mit Schwererem beschäftigt.

Sylwing, der dazu verurteilt war, immer zuzustimmen, schob seinen Bauch vor und half mit.
»Er hat mir einen Brief vom literarischen Bischof in Wexiö gezeigt«, sagte er und lispelte, wie er es gelernt hatte. »Der für seine Sammlungen eines von seinen selbst verfaßten Hurenliedern haben wollte.« Er sah sich um, unfähig zu anderem als positiven, mit Vorliebe heiteren Kommentaren; Abelin, in den letzten fünfzehn Jahren angesichts von Pausen jedesmal schrekkensstarr.
Tuppen aber hielt den Brief.
»Geh hin, Abelin«, sagte er. »Beeil dich. Verdammt noch mal.«

Abelin wurde nicht einmal vorgelassen.
Und oben auf der Bühne waren sie ebenso gekränkt wie er, oder mehr noch, nachdem sie in der unerträglich stillen, grauen Kälte gewartet hatten, die nach etwas ganz anderem stank als nach Theater und leerem Zuschauerraum: am ehesten nach toten Gestühl.
Nichts könne jetzt getan werden, was das Übel nicht noch schlimmer mache, sagten Abelin und Sylwing. Er ist verloren. Einstweilen, sagte Sylwing. Abelin: Ihn zu begleiten würde Erniedrigung und Skandal nur größer machen.
Auf den Plakaten könnten Krankheit oder familiäre Gründe angegeben werden, meinte Agamemnon, der ganz und gar illusionslos eingetroffen war.
Und nicht einmal Elis kam nachher auf etwas Intelligentes, Glänzendes, Erhellendes.
Er untersuchte mit der Zunge die Innenseite der Zähne. Doch nichts kam. Dafür leerte er den Eimer, wozu er am Morgen nicht gekommen war, richtete in Levanders Zimmer sein eigenes Bett her, und saß dann und wartete. Wie man ihm gesagt hatte: hübsch zu Hause.

Daher war keiner von ihnen am Stadttor, als pünktlich um ein Uhr der Gefängniskarren abging.
Nur Tuppen sah, im Graben am Zaun des Stadtzolls versteckt, Levanders Gesicht vorbeischaukeln: leer wie die Rückseite eines Spiegels, und erloschen im starken Sonnenlicht.

Neunundzwanzigster Tag

35

Folgendermaßen erging es Tuppen dem Hahn:
Er saß in Sonne und Staub am Stadtzoll; umgeben von blühenden Wildkarotten, Fliegen und der Arbeit nüchterner Hummeln.
Die Zollwächter dösten im hitzeflimmernden Sonntagsfrieden.
Von den Pottholmshügeln kamen nur die schwachen Töne vom Glockenspiel der Fredrikskirche, und entferntes, abgehacktes Hundegebell.
In der Luft standen starke, bewegungslose Dämpfe von Gras, Dung, Kies und verfaultem Grabenwasser.
Tuppen war betrunken, halbbetrunken oder nüchtern dem Untergang nahe.
Wo er saß, mit dem Rücken zum Meilenstein, konnte er den Weg zwischen den Windmühlen verschwinden sehen; und in der anderen Richtung: wie er kreidig in den Laubwald beim Weißen Krug floß.
Er hatte einen Segeltuchbeutel mit Hemden und drei Jungfern Branntwein neben sich im Gras. Ganz unten lagen Hallenbergs Historische Anmerkungen über Die Offenbarung. Die er Levander als Reiselektüre mitgeben wollte.

Er öffnete eine Flasche und zog mit der anderen Hand Hallenberg aus dem Beutel.
Mit zitternden Fingern blätterte er auf Gutglück und las:
»Die, welche gesiegt haben oder standhaft waren, werden vom Baum Des Lebens essen, der mitten im Paradiese Gottes steht.«
Er hatte die Sonne im Gesicht.
Der Weg lag leer, rauchte aber unsichtbar in der fetten Windhitze.
Er las und trank. Seine Hände sahen und lauschten, und er fühlte die Sonne in seinen kahlen Schädel hämmern.
Er trank, bis die Worte langsam anfingen, Fuß zu fassen, und er konnte sich in der Sonne sitzen und lesen sehen und die Branntweinwärme gemächlich in seine Hände dampfen fühlen,

so daß er nicht mehr lesen mußte. Da schlug er das Buch zu, stopfte es zu den Jungfern im Beutel, verschnürte ihn und stand auf, ohne zu zaudern, klopfte den Staub von seinen Kleidern, warf den Beutel auf den Rücken und ging los.
Er entfernte sich steifbeinig von der Stadt.
Die ganze Zeit hatte er die Sonne im Gesicht. Er ging wie einer, der aufgehört hat, unsterblich zu sein und der sich darum neben seinem eigenen Schatten bewegt.

Er wußte nicht mit Bestimmtheit, wann er sich entschlossen hatte, nach Gheel zurückzukehren. Vielleicht, als er die Jungfern und Hallenberg in den Beutel legte. Jedenfalls sagte er niemandem etwas.
Auf dem Weg war es warm, trocken und sonntagsstill.
Er war nicht hungrig, und zu trinken hatte er bei sich, so daß er der unmittelbaren Versuchung widerstehen konnte, sich in den Weißen Krug zu setzen und auszuruhen. Das war zu früh. Sein Körper war steif, und es schmerzte im Nacken. Aber es war zu früh. Er hatte weit zu gehen.

An der ersten Wegbiegung nach dem Krug stand auf einem Sonnenfeld in dem laubschattigen Grus eine Elster. Sie bewegte sich nicht; und er trat dicht an sie heran.
Die Sonne sprühte in der Schwärze über dem zerzausten grünen Filz ihrer Rückenfedern, der lange Schwanz schlug ruckartig-zögernd. Sie reckte den Hals und badete in der strömenden Sonne: ihre Augen blinkten schwarz durch halbgeschlossene Ritzen: flinke, schläfrige Wachsamkeit.
»Sonne«, sagte er darum leise zu ihr.
Und die Elster sah ihn an und nickte gutmütig; dann flog sie.
Er stellte sich an die Stelle, wo sie gestanden hatte, streckte die Arme aus, schloß die Augen, wandte das Gesicht nach oben und ließ es vom Sonnenschein überfließen.
»Flieg!« sagte er und bewegte die Hände.
Er flatterte mit seinen langen knochigen Armen.
»Hahn in der Sonne«, sagte er.
Vorsichtig machte er die Augen auf und blinzelte zu den Baumkronen.

»Vor allem Hahn«, sagte er nachdenklich. »Daß Gott sich erbarm«; und ging weiter.

Er begegnete nur zwei Wasserwagen: von der Quelle in Lyckeby. Die gingen mit halbschlafenden Kutschern nur sonntags. Doch nur, wenn die Wasserprahme nicht ausreichten.
So war es in Carlscrona mit dem Trinkwasser: vergiftet von Salz, Hochmut und Hundepisse. Miserable Brunnen, die größte Seestadt des Landes: die Pisse des Admirals.
Er spuckte in den Kies und nahm noch einen guten Schluck aus der Jungfer. Recht so: genau so schmeckt's, Levander!
Als er zum Bryggareberg kam, fiel ihm ein, daß er das Meer sehen wollte.
Der Wind kam von der Seeseite: weich, lau wie Öl und mit deutlichem Tanggeruch. Im Dunst jenseits der Schilfbucht flimmerten Windmühlenflügel, Hausdächer und die drallen Zeigefinger der Kirchtürme.
Mühsam begann er, sich den steilen, steinigen Pfad hinaufzuarbeiten, durch Haselgebüsch am Hang hindurch.
Die Jungfern klirrten im Beutel, Hallberg aber schwieg.
»Jetzt kriegst du mal 'ne Aussicht zu sehen«, keuchte Tuppen. »Die ganze verdammte königliche Einfahrt.«
Er stellte sich breitbeinig auf zwei Bruchsteine und trank kontrolliert.
»Es geht aufwärts«, sagte er unter Grimassen. »Wir machen Fortschritte, Hallenberg. Bald sind wir da, wo die Welt aufhört. Und wir fangen an.«

Dann lagen Buchten, Förden, Holme, die ganze Einfahrt vor seinen Füßen.
Die Stadt schwebte wie eine entmastete Armada jenseits des Wassers.
Er knetete sich das Schweißbrennen aus den Augen.
»Dies«, sagte er feierlich und breitete die Arme aus, »ist *Die Welt.*«
Er nickte gerührt.
»So sieht sie aus, Levander! Und dies sind wir: hier hätten wir anfangen sollen. Mit Ausblick, freier Sicht und Platz für alle.«

Unsicher arbeitete er sich das letzte Stück zur rauhen Bergspitze hinauf, stützte sich mit den Händen ab, kam hinauf.
»Ruh dich jetzt 'n Weilchen aus, Levander«, sagte er plötzlich müde. »Du wirst sehen, dies ist nur der Anfang.«
Er machte es sich in einer grasüberzogenen Spalte bequem, direkt an der Kante des Steilhangs. Sie war wohl eingesessen oder eingelegen, das Gras war schon gelb geworden und roch nach Lagerheu; hier fanden sich Spuren von kleinen Feuern, Flaschenkorken und Tonpfeifen. Ein ungleichmäßiger Ring ascheweißer Steine drückte gegen die Bergwand.
Er setzte sich mit den Beinen unter sich, öffnete ungeschickt den Beutel und reihte die Jungfern vor sich auf – vier Stück. Es war eine mehr geworden.
»Schscht!« kicherte er. »Hallenberg schläft.«
Er öffnete eine der Flaschen: »Noch eine absolviert«, sagte er.
Er trank lange, ohne die Flasche vom Mund zu nehmen.
Dann wischte er sich mit dem Handrücken den Mund und blinzelte mit tränenden Augen zu den Förden und dem Meer hinaus.
»Ruh dich jetzt aus, Levander«, sagte er weinerlicher, als er gewollt hatte. »Wir haben eine verdammt lange Reise vor uns.«

Er schlief weniger als eine halbe Stunde.
Eine hartnäckige Fliege weckte ihn, und verwirrt schlug er sich mit den Armen an die Oberfläche.
Als er sich erinnerte, wo er war, streckte er zweifelnd seine schmerzenden Glieder.
Er öffnete eine weitere Flasche, die dritte, und tat ein paar prüfende Schlucke. Dann setzte er sich zurecht und betrachtete das Gras an seinen Füßen.
»Man sollte fliegen«, sagte er abwesend.
Er blickte erstaunt über die Kante des Steilhangs: die weißfunkelnden Meeresscherben, die Holme, Hästöland. Der Sonnendunst und die Stadt schienen sehr nah.
»Tuppsatan«, sagte er bestimmt. »Du solltest fliegen!«

Er leerte die letzte Flasche in einer Stimmung zerstreuter Neugier.

Es gelang ihm, sich am Boden die Stiefel abzustreifen, registrierte den Strumpfgestank, nahm sich viel Zeit, streckte sich aus, fühlte sich wohl in der Wärme.
Die Zeit hörte auf zu reiben und zu drücken; nirgendwo. Er schloß die Augen und döste in der Sonne.
Vielleicht vergingen zwei Stunden, er schlief manchmal.
Dann nahm er all seine Glieder zusammen und rappelte sich auf.
Das Licht war jetzt milder und stach nicht mehr in die Augen. Auch die Luft war freundlich: sie erfüllte belebend seinen trockenen Rachen.
Er erinnerte sich, daß er an etwas gedacht hatte, als seine Knie begannen, ihn auf den Weg zu federn. Ein Gedanke fuhr ihm irgendwo durchs Skelett. Doch er konnte ihn nicht festhalten.
»Welche Richtung?« sagte es eilig, aber vollkommen deutlich in den Waden; und den Lippen.
Dann schob er sich über die Kante.

36

Er schwebte auf dünnen, aber starken Armen in die laue, klare Luft hinaus.
Er spürte keinen Zweifel: eine große Sicherheit erfüllte ihn. Er wußte sofort, daß er zu etwas zurückgekehrt war, das er früher gekonnt hatte.
Sein Körper war ein Teil der Luft. Es knackte manchmal im Rücken, wenn er schwimmend die Arme im Takt mit den Beinen bewegte. Doch das Geräusch war bestärkend und wurde vom Windzug an den Ohren unterstützt. Es sagte, daß der Körper alt und verbraucht war, doch daß er in der Luft wieder auferstanden und wieder mit der Kunst begabt worden war zu fliegen.
Während er unbeschwert höher und höher stieg, kam die Erinnerung an ein Bild: er sah einen Mann in einer Luftblase in der Mitte eines durchsichtigen Eies schweben: langsam, fast bewegungslos.
Alle seine Sinne waren schon wach und beweglich. Sie *aßen* und *tranken* wie damals als Kind, legten die Zunge an Erde, Luft

und Steine; tauchten die Spitze in das salzige Meerwasser, den Erdboden und die säuerlichen Schatten des Laubwaldes dort unten.
Ein paar Möwen strichen dicht an ihm vorbei, während er sich ruhig nach oben bewegte. Sie zündeten ihre gelben Augen an und drehten die Köpfe nach ihm, waren aber nicht feindselig.
Er neigte den Kopf und grüßte, und sie nickten mit aufgesperrten Schnäbeln zurück.
Weit unter sich konnte er das Landbrotor, die blasigen Holzbrücken, Pantraholmen, Tullen, den Stadtzoll, und das erdbeerrote Dach des Weißen Kruges sehen. Die Windflut rauschte sanft in seinen Augen, drang ein und streichelte ihn unter seinem flatternden Hemd und den Hosenbeinen. Er war barfuß und spreizte die Zehen; er flog mit gespreizten Zehen und einer nachhaltig kitzelnden kleinen Luftzunge an jeder Ferse.
Seine Augen waren vollkommen klar, und keine Windträne trübte die Sicht, als sei er jenseits des Sonnenscheins herausgekommen, auf dem Rücken des Windes. Er hing mit ausgebreiteten Armen und Beinen und genoß die Schwerelosigkeit.
Im goldschimmernden Dunst glitzerte die Kuppel der Deutschen Kirche auf, fing seine Pupillen; und er befreite sich widerwillig vom Rausch der schwebenden Bewegungslosigkeit.
Das Kirchenkreuz als Richtpunkt, ruderte er leicht mit dem linken Bein und schwenkte seinen wogenden Körper in einem Bogen von neunzig Grad nach Nordost.
Tief unten qualmte jetzt flüchtig das Grün des Wämöwaldes auf, trocken und überfließend, und er glitt mit erstaunlicher Geschwindigkeit über den Sunda Kanal und die Schilfbuchten.
Er durchflog die Luft ohne Anstrengung, ein durchsichtiger Glaskörper. Er war hoch oben, unterschied in der Landschaft aber Einzelheiten, die er nie gesehen hatte. Das registrierte er ohne Überraschung. Ich *sehe*, dachte es in dem weißen Windsegel, das hinter ihm knatterte. Er sah ein Paar nackte braune Knabenfüße auf einer Rasenfläche, einen neugelegten Bretterboden, den gelben Fleck auf einem Ringelnatterkopf an einer Hauswand, ein paar Schwanendaunen, die zu Füßen des

faltigen braunen Bambusschattens in der Schilfbucht schaukelten.
Jetzt schwebte er schon über die Weggabelung, an der die Wege von West- und Ostblekinge sich treffen. Er hing über dem Schornstein eines eigenartigen und freundlichen Holzhauses mit Turm und Wetterfahne; und in dem durchbrochenen Blechwimpel las er von der Seite: Villa Björkhaga.
Daneben ringelte sich wie eine weiße Ringelnatter auf dem Weg zum Wasser die Calmarstraße. Er sah den Staub, wie er vom Bodenwind aufgewirbelt wurde; und Klippen, Tannenose, hügeligen Buchenwald und Eichengehölze, uralt fleischgrün wie der Boden einer Seemannskiste.

Er hatte jetzt aufgehört zu steigen und trieb ruhig mit der stetigen Windflut von Südost.
Er hatte Zeit, sich umzusehen. So war es. Die Welt umschloß ein gespaltenes Ei. Die Schale des Oberteils war das Ballondach, unter dem die Welt hing.
Unmerklich wollte er immer höher kommen, obwohl seine neuen Vogelaugen ihn noch festhielten.
Die Scheibe da unten machte ihn hungrig: die Farben von Pferdefleisch, Dill, Radieschen, Mayonnaise.
Er war einsam und ein wenig schläfrig; die Luft schwappte ihn sachte vor und zurück.
In dem sanften Sonnenschein schloß er die Augen, konnte es aber nicht bleibenlassen zu *sehen*. Lachend ließ er den Vedeby Hof herangleiten – und verschwinden wie die Erinnerung im Auge einer Sperlingseule. Lachend die Lyckeby Quelle, das Flüßchen, die Brücke, das gelbe Strohdach des Gasthofs, wo der Weg auf die andere Seite des Wasserfalles schwenkte.
Er ließ sich sinken, blickte auf, schloß die Augen, ruhte lachend.

Später an diesem Tag sah er, wie ihm etwas Schwarzes, das kein Vogel war, durch das Luftmeer entgegenkam.
Er schaukelte jetzt in der sanften Abenddünung, die vom Meer hereinkam.
Er senkte sich langsam kreisend ohne Angst oder Neugier; doch, vielleicht ein bißchen neugierig.

Seine Augen sahen die Silhouette des unbestimmten Gebildes, das zunächst dicht und schwarz war, aufbrechen; er sah im Gegenlicht die ineinanderverschlungenen Körper eines Mannes und einer Frau erscheinen.
Sie flogen langsam wie er selber. Der Mann hielt von hinten die Arme um Brust und Schulter der Frau. Ihr Kopf ruhte an seinem Brustkorb; er schwamm mit zögernd schweren Stößen der Beine. Er trieb auf der Seite, den linken Arm ausgestreckt vor sich, als wolle er mit kleinen Flossenbewegungen im Handgelenk nachhelfen.
Als sie näher kamen, konnte er ihre Gesichter sehen. Die schwarzhaarige Frau lächelte unbestimmt, die Augen in die Ferne gerichtet. Der Mann hatte den Kopf von ihr abgewandt; er blickte sachlich in die Richtung, aus der sie kamen.
Sie waren beide jung. Nach den Kleidern zu urteilen, Städter: vielleicht ein verseschreibender Buchhalter mit seiner Mädchenfrau.
Um ihre Körper lag eine große Stille: als halte die Luft den Atem an.
Sie hatten ihn noch nicht gesehen – und er machte einige ruhige Armstöße, um höher hinaufzukommen und nicht zu stören. (Und die Luft, die ihn von allen Seiten einschloß, bot sofort einen Schutz gegen die Nähe, wie im Traum: die Entfernung wuchs im selben Augenblick, wo er daran dachte.)
Er sah unter sich das junge Paar rasch davongleiten: das lange dünne Kleid der Frau spielte spitzenreich um ihre weißen Strümpfe; die schmalen beschuhten Füße schleiften hilflos baumelnd durch die Luft.

Er hatte nichts dagegen, allein zu sein; lange lag er da und sah ihnen nach, hatte aber nichts dagegen, allein zu sein.
Niemals war er so sehr *Körper* gewesen wie jetzt. Nicht einmal wenn er Gliederschmerzen oder Magenkrämpfe hatte.
Einmal vielleicht doch: ein Nierensteinanfall. Er hatte auf einem Lehmfußboden gelegen und in einen Löffelstiel gebissen.
Dasselbe Gefühl, ganz und gar Körper zu *sein*, erfüllte ihn jetzt. Doch die Umkehrung: eine schwerelose Befreiung, Gegenwart: Balance.

»Lebendigkeit«, sagte er laut und lachte.
Hie und da knarrte es in seinen Gliedern wie in einem Segel. Er schwamm auf dem Rücken und sah ins Universum hinaus, während er neugierig und mit Wohlbehagen seine im Wind murmelnden Zehen betrachtete.
Hemd und Hosenbeine flatterten von flüsterndem Wind, Luftzungen leckten ihn überall. Putzten ihn, plauderten.
»Etwas«, sagte er und sah ins Universum hinaus.

Von Lyckeby aus machte er einen Bogen über Lösen, Ramdala und Säby.
Er glitt über die Hammarbybucht und spürte an Brust und Bauch die Steigwinde des Hallarumberges. Dann sah er undeutlich das braungrüne Auge des Kalvasees und passierte südöstlich Rom und Steneryd auf dem Törromsland. Er flog weiter geradeaus zur Küste und erreichte das Meer bei Svanhalla.
Die Möwen, die mehr wurden, je näher er der Küstenlinie kam, bemerkten ihn mit zerstreuter Höflichkeit.
Manchmal schlossen einige auf und flogen ein Stück mit. Sie nickten und blinzelten gelangweilt, vergaßen ihn und verschwanden, sich gegenseitig ausscheltend, mit leisen Schreien.
Auch Seeschwalben kamen.
In dem warmen Landwind über dem Hafen von Svanhalla traf er einen Bauern, der ein Ren trieb.
Beide schienen sehr in Eile zu sein und hielten Kurs nach Norden. Der Bauer, der Hut und Stiefel trug, tanzte hinter dem Schwanz des Rens, brüllte, fluchte und klatschte in die Hände. Doch das Ren schien ebenso ungeduldig. Es steigerte sich mit aufgesperrten Nüstern in Riesensprünge hinein; und aus seinem Pelz roch es nach Schnee und Schnupftabak, selbst mitten im Juli.
Tuppen rief und winkte; doch der krumme, o-beinige Kerl sah ihn nicht, sondern fuhr fort, in die Luft zu springen. Tuppen schrie, juchzte und pfiff, doch weder sahen noch hörten sie ihn. Beide verschwanden eilig in Richtung Sibbaboda nach Norden, der Bauer am Schwanzstumpf des Rens hängend.
Nach Bredäng ließ er sich wieder sinken. Als er sich dem Dorf näherte, flog er über Höfe, Schuppen und Häuser, die Form

und Farbe seiner Erwartungen annahmen. Er erkannte Haarfarbe, Kleidung und die kleinste Bewegung der Menschen, als habe er sie durch die Linse seines Erinnerungsfernrohrs gesehen.
Auf der Leiter zu einer undichten Scheune, auf der fünften Leitersprosse von unten, stand ein kräftiger junger Mann mit rotem Haar und starrte zu ihm herauf; die Heugabel in der Hand, als habe er die Absicht, ihn zu durchbohren. Der Rothaarige beobachtete den Himmel in mürrischer Ungeduld, sah nach dem Regen, der viel Wesens um sich machte und nicht fiel.
Du, sagte Tuppen. Du da unten. Siehst du mich nicht? Hier bin ich.
Doch er war unsichtbar: er fuhr über die Augäpfel des Rothaarigen wie einer, der rücklings wiedergeboren wird.

Dann tauchte Das Leiden braunschnell und dünn zwischen den Bäumen auf. Ein glänzender, glitzriger Tabakstrang.
Tuppen schwebte – mit ausgestreckten Armen und Beinen, und kitzelnden Luftschnüren um Arme und Hals – über die wie Arme-Leute-Silber glänzenden Zäune auf der Landzunge, über die grünenden Torfdächer der Häuser.
Die Sonne hatte den Kies angezündet und auch den weißen Sand der Hafenmole. Der Wellenbrecher schlang den Arm um eine Schüssel rotzgrüner Meeresgrütze; im Rachen lagen die Häuser Seite an Seite, wie Heringe um den Rand einer Tonkruke.
Doch der Brunnen auf dem Dorfplatz und Önert Andreassons Dachfenster warfen scharfe Lichtblitze in die Luft; und als er eine langsame Gleitkurve über den Schornstein Des Kontors flog, mußte er gegen die niedrige Westsonne mit der Hand die Augen beschatten.

Er lauschte und sah. Spähte, während er sich fallen ließ, glotzte, blinzelte. Aber nirgends waren Menschen zu sehen!
Er flog über die Kirche auf, den Gasthausklumpen, Das Sanktuarium, über die Viehställe am Hang, die Windmühle und wieder über die strenge Dachwölbung Des Kontors; folgte dem neuen Weg vom Kiesplatz nach Norden, über Weideland

und Äcker, zu den neuen Häuserreihen zu beiden Seiten des Wegs, in die die jüngsten Familien eingezogen waren.
Doch Wege, Pfade, Felder und Gärten waren leer! Menschen wie Tiere waren verschwunden. Als habe sie jemand herausgehoben und ihre ameisenwimmelnde Abwesenheit mit einer riesigen Dachszunge in sich hineingeleckt!
Er schwenkte über die Oser und sah den weggeworfenen Fingerring der Wagenburg auf dem Boden des alten Lagerplatzes.
Die weißen Geröllsteine an der Bucht, das Meer, der Tang, schwarzfaulend in dünnen Wällen – alles lag bewegungslos, lautlos, nachmittagsstill.
Er blinzelte enttäuscht in den Wind.

Für einen Augenblick verlor er die Orientierung.
Vielleicht war er eingeschlafen, bevor er ankam.
Vielleicht trieb er noch schlafend in der lauen Dünung über Lyckeby.
Ein Gefühl der Unsicherheit brachte ihn plötzlich dazu, sich aufwärts und rückwärts zu werfen, während er heftig mit Armen und Beinen arbeitete, als sei er im Begriff zu stürzen.
Die Häuser im Rachen schossen hochkant vorbei: der obere Teil seines Kopfes wurde gleich über dem Mund abgeschnitten und ließ ihn zurück.

Er schrie. Aber nur einen Augenblick.
Dann ergriff er mit den Augen die Sonne und hielt sie fest, obwohl sie brennend hinter seiner Stirn aufdröhnte . . .
. . . und er ging wieder in ein langes, weichkühles Steigen über, das ihn in eine schattige, glasgrüne Dämmerung hinaufführte.
Dort öffnete er langsam und widerwillig die Augen – und sah, daß er umgeben von einer schweigenden Schar durchsichtig schwarzer Elstern flog. Irgendwo außerhalb der Welt.

Dreißigster Tag

37

Nicht nur Tuppen und Elis Nebb kehrten in diesem Sommer ins Dorf zurück. Ungefähr gleichzeitig ließ Anna-Aurora Himmer ein Ölgemälde der Familie anfertigen, um die Rückkehr des Sohnes Carl-Emanuel von der Apologistenschule in Carlscrona zu feiern.

Seit er vor drei Jahren abgereist war, war sie krank gewesen vor Sorge. Ihre Besorgnis, die sich in Form von Appetitlosigkeit und leichter Übelkeit bemerkbar machte, war eine Fortsetzung der Angst gewesen, die sie kurz vor seiner Geburt empfunden hatte. Sie war überzeugt gewesen, daß er nicht leben wolle und die Absicht habe, sich zu Tode zu hungern. Auch später, als er wuchs und aß, machte sie sich Sorgen. Seine Gesundheit sollte sie nur in falscher Sicherheit wiegen. Sobald sie zu der Annahme käme, die Gefahr sei vorüber, würde er sie mit Essensverweigerung, Kraftlosigkeit, Infektionen und unerbittlichem Tod bestrafen.

Ihr Verhältnis zu den anderen Kindern war normaler. Andreas, der vier Jahre jünger war als Carl-Emanuel, und Martha, die sechs war, betrachtete sie als nahezu unempfänglich für Krankheiten und anderes Unglück. Die Tatsache, daß sie sich um sie keine Sorgen machte, war an sich ein Beweis dafür, daß dies überflüssig war.

Nicht einmal, als Martha mit zwölf Fingern geboren wurde, war sie betroffen oder ängstlich. Sie suchte nur nach dem blauzarten Schimmer in ihren Augäpfeln, den Andreas als Neugeborener gehabt hatte; und fand ihn. Die Farbe war milchweiß, und beide Kinder packten hartlippig ihre Brustwarzen, wenn sie gestillt wurden, sie wollten leben, obwohl niemand sie zwang.

Als sie den jüngsten Jungen gebar, Aron, hatte Carl-Emanuel schon ein langes, unglückliches Jahr in der Apologistenschule verbracht. Ihre Sorge, er werde bei der Goldschmiedsfamilie, bei der er in Pension war, nicht genug zu essen bekommen, war so hartnäckig gewesen, daß ihr die Milch versiegte. Und das Neugeborene, Aron, bekam Magenkrämpfe, als es entdeckte, daß sie ihn um seine Rechte betrog.

Nur Himmers Entschlossenheit hatte sie dazu gebracht, Carl-Emanuel überhaupt gehen und zum Hungertod nach Carlscrona reisen zu lassen. Als er in den Ferien zurückkam, und sie sah, daß er abgemagert und aufgeschossen war, nahm sie das als Zeichen dafür, daß er sich auf die endgültige Attacke gegen sein eigenes Leben vorbereitete: er wollte aufhören, in die Breite zu gehen, bis er wie ein schnellwachsender Sonnenblumenstiel von seinem eigenen Gewicht geknickt wurde.

Doch als Carl-Emanuel Himmer den Schulbesuch nach drei Jahren abbrach, geschah dies nicht aufgrund schwankender Gesundheit, sondern weil er unsanft und endgültig davon überzeugt worden war, daß ihm die Voraussetzungen für Studien fehlten.
Er spürte, daß er weder der Nachfolger seines Vaters im Dorf noch Geistlicher werden wollte. Er kam ganz einfach zurück, weil er jetzt wußte, was er *nicht* werden wollte. Und außerdem hatte es sich für ihn als weniger quälend herausgestellt, seine Langeweile zu Hause zu ertragen als unter der Aufsicht der Wächter im Schulsaal, oder unter den zum Teil unbegreiflichen Schulkameraden.
Für Anna-Aurora war seine Rückkehr der Anfang zu etwas Neuem. Jedenfalls war es ein Zeichen dafür, daß die Unerbittlichkeit in der schrittweisen Auslöschung der Lebenskraft in seinem Inneren zu Pausen und Ruheperioden veranlaßt werden konnte. Er hatte unter Fremden überlebt. Es war logisch zu vermuten, daß seine Möglichkeiten nicht geringer waren, jetzt, da sie selbst nach ihm sehen konnte.
Das in Ölfarbe ausgeführte Familiengemälde sollte bekräftigen, daß sie alle existierten; und zwar nicht zufällig, sondern um weiterzuleben.
Das Bild wurde vom Kunstmaler Limnell angefertigt, einem kleinen und rastlosen Mann, der Klotzmacher auf Der Werft in Carlscrona war. In seinen freien Stunden hatte er im Laufe mehrerer Jahre überall in der Gegend Wände mit »Römischen Hirten«, »Wasserplatz In Venedig«, »Schwedischen Ruinen Im Mondschein« und ähnlichem dekoriert. Er hatte ein düster lächelndes Gesicht, war Vater von zweiundzwanzig lebenden Kindern und transpirierte so stark, daß er innerhalb von fünf

Minuten jedes größere Gebäude im Regierungsbezirk mit seinem Geruch signieren konnte – die Deutsche Kirche, Die Seilerbahn und Bastion Aurora nicht ausgenommen. Diese Eigenschaft hatte in Ostblekinge zu seinen Erfolgen als Freiluftmaler beigetragen.

Schnelligkeit beim Entwurf war ein anderes seiner Talente. Vielleicht beruhte sie auf der Größe der Kinderschar; jedenfalls wurde er rascher fertig als jeder andere Porträtmaler in diesem Teil des Landes. Er kam, stellte seine Staffelei auf und brachte ein mehrfarbiges Ölgemälde hervor, nach nur einer, höchstens zwei Sitzungen des Gegenstandes.

Der brennende magere Mann verschwand daraufhin ebenso eilig, wie er gekommen war. Und hinterließ (außer dem Bild) nur etwas, das Skizzen oder zufälligen Entwürfen glich: die Erinnerung an Hände mit geschwollenen Adern, an ein feuchtes Flanellhemd, den Geruch von Schweiß oder zwei die Welt verschlingende Augen.

Limnell traf an einem regnerischen Donnerstag mit Önert Andreassons Warentransport ein. Samstag nachmittag war das Gemälde fertig.

Anna-Aurora betrachtete das Werk und war zufrieden. Früh am Morgen, bevor die anderen aufgewacht waren, stand sie auf, schlich sich zum Bild, das terpentinduftend und mit dem Rücken zur Wand auf dem Büfett stand. Es *lieferte sich ihr aus* wie nichts anderes, was sie je zuvor besessen hatte. Es bettelte darum, *gesehen* zu werden.

Anna-Aurora betrachtete sich noch als einen überwiegend vernünftigen Menschen. Ihre Angst galt nur dieser oder jener Seite des Todes. Sie konnte sich sogar, meinte sie, die endgültige Vernichtung der ganzen Familie vorstellen – wenn dies auch eine besondere Müdigkeit, beinahe Erschöpfung verlangte; und sie dann, das mußte sie zugeben, einigen Auserwählten gern irgendwo eine Hintertür ließ. Auf diese Weise glaubte sie an den Geist im Körper. Was sie fürchtete, war eine ganz andere, eine einzige Vernichtung. Wie Den Ewigen Tod Der Liebe. Daß etwas, das ihr Leben lebte, sich weigern könnte, leben zu *wollen.* Und vor allem jetzt, als ihr klar wurde, daß irgendeine andere Liebe eigentlich nicht zu erwarten war.

So nahm sie das schwere Bild herunter und hielt es auf geraden Armen, an einem Sonntagmorgen im Nachthemd, und betrachtete es mit einer Art Ehrfurcht, als habe sie selbst es im Körper getragen und einem geheimen Dekret zufolge zur Welt gebracht.
Was sie ja auch getan hatte. Sie erhob alle, die sich auf dem Boden des Gemäldes befanden, und machte sie wirklich und wahrer. Der Mann, die Frau und die vier blassen Kinder auf dem Bild schienen so von einem Schützenden Licht umgeben, und von dem heilig goldenen Wasser, das an einem Morgen der Taufe aus Dem Jordan floß, als die Taube sich über das längliche, in seiner Reinheit verwirrte Gesicht und die Hände des langhaarigen Mannes senkte. Sie waren in Wirklichkeit mitten in der Schar der Bader dieses Morgens: in weißen Hemden aus demselben Stoff wie Liebe und Das Licht der Ewigkeit. Der Morgen war nur ein stillerer Ernst geworden, der die ganze Zeit gebar. In die sicherere Perspektive der Zukunft hinein.
Sie zitterte und stellte das Bild zurück und schlich auf nackten Füßen zum Mann im Bett in der Kammer zurück. Und als sie eine Weile dagestanden und ihn angesehen hatte, wie er schlief, begriff sie, daß sie ihn nie erreichen würde.

Himmer aber, der auf das Spektakel nur widerwillig eingegangen war, fühlte sich unangenehm berührt.
Und später am Vormittag, bevor sie alle zur Kapelle gingen, war da ein Mann mit zusammengebissenen Zähnen im Bild und kniete auf einem hölzernen Gebetsschemel. Über ihm brütete ein Himmel von so gelbweißer Leere, daß sich die Einsamkeit in seinen Augen in Brutalität verwandelt hatte. Der Beter war mit einem Samtmantel drapiert und beabsichtigte, mit Zärtlichkeit sein Gemahl zu betrachten, die sich mit gesenktem Blick und dem jüngsten Kind auf dem Schoß von einem in der Luft schwebenden Seraphim umschmeicheln ließ.
Hinter der Mutter hatten sich die Kinder versammelt, schon versteinert vor Angst und unterdrückter Verlassenheit. Carl-Emanuel lächelte mit einem Altmännergesicht voll hungriger Schlauheit. Andreas, Martha und Aron gafften wie Somnambule zum Engel auf. Über allen lag ein Ausdruck von Kleinlich-

keit: sie waren von dem brutalen Vorbeter beleidigt, erschreckt und unterdrückt. Sie warteten auf den Augenblick, in dem sie sich befreien, sich rächen und strafen würden.
Freilich war Himmer bereits zu diesem Zeitpunkt klar, daß das Gemälde, wie alle Bilder, zuallererst den Betrachter spiegelte.
Er versuchte, den Anblick zu vermeiden. Doch ehe sie gingen, fühlte er sich gezwungen, Anna-Aurora zu helfen, es über den Betten in der Kammer aufzuhängen, und dort würde er ihm jeden Morgen begegnen, wenn er aufstand.
Er versuchte, es so zu sehen, wie es seiner Meinung nach gesehen werden mußte: die Familie zum gemeinsamen Gebet versammelt, vereint in der Liebe zum Schöpfer und der gemeinsamen Fürsorge für andere. Im Hintergrund: Häuser und Tiere des Dorfs, und Möglichkeiten und Gefahren der Welt.
Doch er sah nur Anna-Auroras enttäuscht hungriges Gesicht hinter plump gutgemeinten Ölschichten; so beschloß er, sich zu zwingen, sowohl sie als auch das Gemälde zu schätzen, und hielt das Bild fest und hängte es auf.

38

Im Spätherbst desselben Jahres ließ Himmer für die Familie ein neues Haus bauen. Es sollte für sich allein am neuen Weg liegen, bei den Weidegründen im Nordwesten.
Ein Aufgebot an Gästen und Wärtern verrichtete einen ganzen Winter über die Tagewerke am Bau; und Himmer beschleunigte und forcierte die Arbeit in einer Stimmung von Empfindlichkeit und schlechter Laune.
Eine schwelende Unzufriedenheit breitete sich unter den Wärtern aus und war auf dem besten Wege, in reine Arbeitsverweigerung aufzuflammen. Doch man hielt sich zurück, da ja eine solche Demonstration irreführende und gefährliche Auswirkungen auf die Gäste haben konnte. Statt dessen entschuldigte man seinen Mangel an Dankbarkeit mit der Behauptung, »man brauchte jemanden, der einen antreibt«. Und man schwieg und schuftete weiter in der Nachmittagskälte, bis man nach Hause gehen durfte. Manche bekommen ihren Lohn später.
Im späten Frühjahr war das meiste nahezu fertig. Es war das

größte private Wohnhaus des Dorfes: mit Steinfundament und paneelierten Holzwänden, hoher Außentreppe, Ziegelbruchdecken über mehreren Räumen, Kammern und recht eindrucksvollen Sälen. Die Innentreppe war so breit, daß man zu zweit nebeneinander gehen konnte; zu dritt, wenn man sich drängte.

Viele Jahre später, als alles fertig war, lagen innerhalb der Einfriedung auch noch eine freiliegende Waschküche, Hühnerhof, Luxusabtritt und zwei Holzschuppen. Und die Norrländerin persönlich hatte einen Promenadengarten anlegen lassen, der bis zu den Märkten in Lyckeby als ein Gotteswunder an Nutzlosigkeit gerühmt wurde.

Anna-Aurora zog mit den Kindern auf den Tag ein Jahr nach Carl-Emanuels wohlbehaltener Heimkehr von der Apologistenschule in das neue Haus ein; und von nun an nahm sie das Alter des Hauses als Zählmaß für die neue Möglichkeit zum Überleben, die die Familie zu verwalten hatte, so lange Carl-Emanuel gesund war.

Das Haus war nicht nur ihr neuer Schutz gegen Kälte, Regen und Krankheitsansturm, sondern auch die Wohnung des Zufalls, der ihn hatte überleben lassen. Ihre Zweckmäßigkeit und Schönheit würde alle Unberechenbarkeiten des Zufalls zunichte machen.

Als sie eines frühen Morgens, in dem bleichen, recht ruhigen Spätsommerlicht, das Familiengemälde in dem neuen Haus über ihren und Himmers Bett aufhingen, geschah dies also nicht zufällig. In Wirklichkeit markierte sie den Platz für die Mitte des Daseins: den Punkt, an dem sich Tod und Leben treffen, und wo beide durchlebt werden müssen.

In den Jahren, in denen der Garten heranwuchs, verbrachte sie dort fast all ihre freie Zeit. Erde, die vermodert oder Pflanzen und Früchte hervorbringt, hat einen stark wirkenden Geruch einfacher Würde. Beinahe Liebe. Man kann etwas anfangen und sich weiterentwickeln sehen. Manchmal auch Vollendung: die überwältigende Fülle; vor allem in der Dämmerung, oder nach einem Regen, wenn der Duft der schweren bewegungslosen Stempel und des verborgenen Blütenfleisches strömt; als sei die Welt zerstoßenes Gras und Blütenblätter.

Auch der Herbst nahm an Kraft zu, wenn plötzlich Nachmit-

tagswinde voller Goldlicht die Unterseiten des trocknenden, nassen Laubes zwischen wehenden Bäumen bewegten. Dann versammelte sie manchmal die Kinder um sich, die, die zur Hand waren, um etwas zu sagen. Obwohl das ja eigentlich nicht nötig war, denn sie konnten das Unkraut, das in kleinen Haufen dalag, abharken oder wegtragen, zu dem größeren Komposthaufen an der Mauer; oder nur in die Luft schauen, ob Vögel vorbeiflogen.
Im Winter konnte sie sich mit derselben Energie der Gewißheit überlassen, daß das Haus um sie auch existierte, sein einsames, starkes Fleisch aus Holz.
Oder sie holte die Naturaliensammlung hervor. Die hatte sie aus dem Nachlaß des berühmten Domänenbäckers Aspegren in Carlscrona gekauft; und dadurch kam sie in Besitz von ausgestopften Vögeln, Insekten und Nadeln, Konkylienkästen, Herbarien und Bilddossiers, deren ganze Existenz bekräftigte, daß das Spiel des Zufalls aufgehalten, Ereignisse klassifiziert, Umstände festgehalten werden konnten.
Im Dorf betrachtete man sowohl den Garten als auch dies als einen Ausbund an Hochmut, das wußte sie. Ihr Mann war Leiter Des Rats und wurde vom Dorf entlohnt. Sie kennzeichnete die Stellung der Familie, indem sie sich der schamlosesten Nutzlosigkeit hingab, meinte man. Und sie wußte noch mehr. Es werde ihr gestattet, dies zu tun, sagte man, weil er mit seinen Interessen anderweitig beschäftigt sei. Er verwöhne sie seines schlechten Gewissens wegen.

Sie pflanzte Walnußbäume, Akazien und schattige Lauben aus Weißbuche; zog mit murmelnden und rauschenden Meeresschnecken gesäumte Gartenwege, legte einen Seerosenteich an, baute Taubenschläge und Schaukeln; und sie ließ Stift-Arvid ein Karussell mit Poseidon tischlern, umgeben von Najaden, Walfischen, Haien, Tritonen, Tintenfischen und verschiedenen Meeresungeheuern.

39

Martha war damals neun Jahre alt und Aron drei.
Doch es hieß, daß die Norrländerin selbst Karussell fuhr, wenn

niemand es sah, und daß sie damit den Albernheiten eine weitere hinzufügte, so daß sich sogar der Mann schämte.
Im Garten spielte Martha, die Zwölffingrige, mit Bias' stillem Mädchen Sophia. Dort hielt sich auch der vornehme und scheue Gast auf, der bislang der höchstbezahlte des Dorfes war: eine zitternde Klavierlehrerin, die Schwägerin des Polizeipräsidenten von Carlscrona. Sie war die Tochter des reichsten Manufakturhändlers der Stadt, hatte aber vierzehn Jahre lang eingesperrt bei ihrem Schwager gelebt: seit dem Tag, an dem sie auf dem Marktplatz Holzscheite verkauft und erklärt hatte, das seien die Kinder ihrer Schwester, und sie habe ihren eigenen Gottes Sohn ermordet.
Himmer hatte wahrscheinlich angenommen, sie werde seine Kinder in den Anfangsgründen des Klavierspiels unterweisen, denn er hatte mit dem Schiff von Hamburg und Trelleborg ein französisches Klavier liefern lassen. Doch die Lehrerin ängstigte sich vor ihren Stimmen und Augen: vom ersten Tag an starrten die Kinder auf ihre Finger, die über die Tasten flatterten, als flögen sie davon.
Meist saß sie untätig in einem abgelegenen Winkel des Gartens, eingehüllt in einen Schal, auch wenn der Sommer die Rasenflächen braunbrannte. Wenn die Kinder sich näherten, schloß sie die Augen, begann, sich zu wiegen – und spielte ohne Hände eine flüchtige Walzermelodie, die so voll war von schreckensstarrer Schönheit, daß sie sie unsichtbar machte.
Wenn sie die Augen aufmachte und sah, daß sie noch dastanden und sie anstarrten, verbarg sie ihre Hände im Schal und lief weg. Und wenn man in der Nähe war und lauschte, konnte man später hören, daß sie für den Rest des Tages geheime Anweisungen von einem anderen, einem verlorenen Wesen entgegennahm, das ganz und gar von seiner eigenen Bosheit zu leben schien.

Während die Kinder wuchsen und Carl-Emanuel täglich überlebte, setzte Anna-Aurora ihre Arbeit im Garten fort. Dennoch konnte sie in den Spiegeln, die sie im Haus aufgehängt hatte, immer öfter eine Frau sehen, die wie die Klavierlehrerin von Unsichtbarkeit bedroht war.

Und das war vielleicht der Grund dafür, daß sie die Mittwoch-einladungen einführte.

40

Die Frauen, die kamen, waren nicht ihre Freunde. Einige waren vermutlich ihre Feinde.
Doch genaugenommen, war die Zurückgezogenheit das Natürliche für sie, nicht die »Freundschaft«. Und wenn sie Freundschaft wollte, fand sich ja doch keine.
Sie quälte sich durch die Mittwochseinladungen, um sichtbarer zu werden; und um, das merkte sie, dem Haus näherzukommen. Einen ganzen Winter und Frühling bestellte sie für jeden zweiten Mittwoch eine ausgewählte Schar von Wärterfrauen mit Einladungskarten zum Kaffeetrinken in ihre gute Stube.
Sie führte sie zunächst durch das große Haus, wo jedes Mal mit frommer Innigkeit Einrichtung und Möbel bewundert und schicklich geseufzt wurde.
Diese Einleitung war in Wirklichkeit das Ritual, das für den Zutritt zum Kaffeetisch erforderlich war, hatte sie entschieden. Und die meisten schienen ihren Platz behalten zu wollen, weil ihnen dies immerhin ermöglichte, sich höherer Dinge teilhaftig zu fühlen als Kleinkinderpisse und dem Stiefelgestank zu Hause in der Diele.
Die Kulisse war nach Kupferstichvorlagen in einem Möbelmagazin in Carlscrona bestellt worden; die Ziermöbel hatte man über Land und Wasser transportiert, unmäßig verpackt wie dünnschalige Eier. Es gab Spieltischchen, Nähtischchen, Teetischchen und Klapptischchen; und auf französische Art gearbeitete Stühle: vergoldet oder perlgrau lackiert, und mit gepolsterten, ovalen Rücken, mit einer einsamen Blume oder Blattrosetten auf der Zarge. Andere waren englisch-holländisch und rotbraun, hatten hohe Lehnen und standen mit den Beinen überkreuz; und auf allen Oberflächen, auf Tischplatten, Stuhlbeinen und Lehnen, hinten, vorn und an den Seiten, stieß man auf Medaillons, Urnen, Blumenranken und Mäander in einem Gewimmel strenger Ordnung.
Sie selbst stand ja außerhalb von alledem. Auf dieselbe Weise wie dann, wenn sie nur mit dem Mund redete und nur Worte

verteilte: wie man etwas allzu Geringes und Schäbiges verschenkt. All diese Gegenstände hier redeten laut, und sie hatte nichts anderes erwartet, es geradezu erhofft. Doch sie merkte bald, daß sie ihre unschuldigere Seele totschwiegen; obwohl sie hilflos und gefangen waren.

Wie der zusammenklappbare Toilettenschrank, an dem während der Fußwaschung »Billetts« verfaßt werden konnten; und Reisekommoden mit Rolltüren und Fußstützen; oder Ausziehbetten auf Spinnenbeinen, die zu mirakulöser Kleinheit zusammengeschoben und in Koffer gedrängt werden konnten, die an Kindersärge erinnerten, und ähnliches Schrumpfendes.

Hinter ihrem Platz am Speisesaaltisch stand ein riesiger Sekretär: ein Hochsitz der Erniedrigung, fast ein Thron, furniert und intarsiert mit Mahagoni, Birke und etwas, das als english pine bezeichnet wurde. In den Beschreibungen hatte er Bronzebeschläge und eine Platte aus persischem Marmor, und wenn das Licht auf das Holz fiel, glühte es in Gold und Orange, als sei es innen von brennendem Bernstein entzündet. So hatte sie schließlich auch ihn angeschafft. Oder vielmehr ihr Mann, der aus dem Katalog vorgelesen hatte. Die Frauen der Kaffeegesellschaft sollten auf diese Weise Flächen mit versetztem Ahornfurnier und prunkenden Intarsien bewundern dürfen.

Und es kam vor, daß die geistesabwesende Gastgeberin, wenn am tiefsten geseufzt wurde, gewissermaßen im Vorbeigehen eine geheime Federvorrichtung berührte, so daß zwei Seitentüren aufsprangen, verborgene Fächer lautlos aus dem Innern des Möbels glitten und vor den erstaunten Blicken Stapel ausländischer Bilddrucke, Medaillenetuis und Bücher mit Schlössern aus blauweißem Metall freigaben.

Doch all dies konnte über das Gepränge aufdringlicher Verfeinerung hinaus ja nichts zur Stimmung beitragen. So lastete die Steifheit schwer.

Die Eingeladenen kamen sonntäglich gekleidet und ohne Kinder; und sie hatte mit bewußter Zerstreutheit zu verstehen gegeben, daß sie bei Tisch keinen Klatsch über Männer, Krankheiten und die Nachbarn wünsche. Blieben nach dem Räuspern eigentlich nur noch vereinzelt und träge vorgebrachte

Harmlosigkeiten über das Gemeindeleben, den Zustand der Gäste und die allgemeine Lage im Lande.

Manchmal kam Martha herein, obwohl sie wußte, daß ihre Mutter das nicht schätzte, und führte Bias' scheu nickender und dankender Tochter Sophia die Frauen vor.

Die sichere und schnippische Tochter der Gastgeberin bewirkte, daß die Gäste noch kühler wurden. Und manchmal kommentierte sie die Frauen in einer Mischung aus frappierender Unschuld und Überlegenheit in ihrem Beisein. Und diese lächelten säuerlich und klopften ihr auf die Wange, und nannten sie ein altkluges Kind, dessen Mama es nicht zu sehr verwöhnen dürfe, denn schließlich könne ihr vorlautes Wesen die Männer vertreiben; später.

Doch Anna-Aurora wußte, daß sie nur eine einzige Waffe hatten, mit der sie die Norrländerin zurechtweisen, ja vernichten konnten. Und daß sie sich wanden wie Schlangen in einem Ameisenhaufen, weil sie sie nicht benutzen konnten. Andeutungen konnten sie sich ja nicht einmal gegenüber denen erlauben, die durch ihr Wissen überlegen waren. Wenn sie auch wußten, daß sie wußte, daß sie wußten. Wie wenn man spürt, daß jemand einen sechsten Sinn hat und mit dem Rücken sieht.

Darum saßen sie meist da und schwiegen fein und räusperten sich und seufzten in genüßlicher Langeweile; ehe sie endlich gehen konnten, gestraft für ihre schweren Körper und zurückgehaltenen Wahrheiten.

Es war wohl nicht Bosheit. Wahrheiten sollen benutzt werden; besonders wenn sie verpflichtend sind und läutern. Wie kleinere Tode.

Einmal, als sie Fieber hatte, war sie auf dem besten Wege, sich jemandem anzuvertrauen. Und das lange bevor jemand auch nur einen Verdacht hatte, den er auf der Zunge hätte anfeuchten können.

»Wenn die Kinder im Bett sind, geh' ich immer ein Weilchen in den Garten«, phantasierte die Norrländerin und nahm eine der Mägde bei der Hand. »Vor mehreren Jahren. Jedenfalls Monate, Tage: einen Abend zu Pfingsten. Die Weide dampfte«, sagte sie laut und erwachte.

In diesem Augenblick fand sie etwas.

Sie fand und erwachte. Eine kleine Wachsfigur vor den Johannisbeersträuchern unten an der Mauer.
Sie ging, von einem unwilligen Instinkt geleitet, über die Spielwiese, am Taubenschlag und am Seerosenteich vorbei zur Gartenmauer; und dort, unter der gelbgrünen Lichttinte der Johannisbeersträucher, fanden ihre Finger eine kleine Wachsskulptur.

Sie stellte ein kopulierendes Paar dar; und sie wußte sofort, was das bedeutete.
Nur einer im Dorf konnte sie gemacht haben, und sie erkannte die Gesichter sofort.
Die Figuren waren kaum dezimetergroß; doch die Verzückung in den Gesichtern der Liebenden war deutlich und übertrieben, als seien sie von einem Blitz entzündet, der jede Altersfalte und Muskelgebärde entblößt hatte.
Nachts im Bett versuchte sie, ihr Bild von sich fernzuhalten. Doch es drang in jeder unvorsichtigen Bewegung, die sie machte, hervor: eine Bewegung der Hand zur Hüfte genügte.
Schließlich gab sie auf, schweißgebadet. Und sie nahm, mehr mit dem Brennen in den Brustwarzen und dem trockenen Hals, die Bewegungen der Liebenden wahr: *seine* geschlossenen Augen, die Schwellung *ihrer* Lippen, ihre verschlungenen Beine, die kindlichen und beinahe rührenden Bewegungen, wenn ihre Becken sich gegeneinanderwiegten.

Sie erinnerte sich, daß sie bis in den späten Nachmittag im Bett blieb. Und daß sie aufstand und frische Wäsche und ein frischgebügeltes Kleid anzog.
Dann steckte sie ihr langes schwarzes Haar zu einem glänzenden neuen Haarkorb auf, den zu flechten fast eine Stunde beanspruchte. Und die Mägde fragten sich, was mit ihr sei.
In Wirklichkeit war sie vollkommen ruhig; und ging in den Garten hinaus, und stutzte mit der Haushaltsschere die schwankenden Blüten der Jasminbüsche in einem ganz und gar metallischen Duft von Unsichtbarkeit.
Als die Dämmerung sich verdichtet hatte, begann sie, zu den Johannisbeersträuchern zu gehen; und sie fand mühelos die Wachsfiguren, dort wo sie sie weggeworfen hatte.

Unsichtbar trat sie den Wachsklumpen ins Gras hinein, bis er mit Erde bedeckt war.
Und der nackte Erdfleck hätte von einem Tier verursacht sein können, das im Rasen nach Würmern gesucht hatte.

So war es. Sie fand etwas, lange vor allen anderen.
Nur sie und noch drei wußten es. Die übrigen hatten noch nicht einmal die Witterung aufgenommen.

Einunddreißigster Tag

41

Himmer war zu dieser Zeit neununddreißig Jahre alt Magdalena Bias war fünfunddreißig.
Von ihr sagte man, sie lasse sich selbst so lange wie möglich im Schulsaal nachsitzen, um nicht nach Hause gehen zu müssen.
Was von ihr gesagt wurde, war auch noch wahr: die Nachmittage und die Abende in der Schule waren ihre besten Stunden am Tag. Dann konnte sie lesen oder nur eine Zeitlang in der Stille des leeren Saales sitzen.
Alles darin war ihr lieb. Der Geruch, die Bänke, die Bildtafeln an den Wänden: »Eierraubender Iltis«; »Grünspecht am Bau«; sogar der ewigwährende Bau des »Turmes zu Babel«.
In dem klapprigen Schrank neben dem Fenster hatte Klein Rigor seine Karten. Dort saß er, in eine Schulbank eingeklemmt, sooft er Zeit hatte, und zeichnete oder kopierte Kartenblätter.
Er war es, der die Schulkinder und sie das Reisen gelehrt hatte: zuvor nie gesehene Tiere, Pflanzen und Mineralien zu beobachten. Gemeinsam hatten sie ganze Kontinente bebaut, fremde Gedanken geprüft und angenommen, und die unbekanntesten und lebensgefährlichsten Krankheiten überstanden – alles in einem Zustand stiller Freude und Freiheit.
Manchmal machten sie Reisen durch Den Norden: auf Anders' Bures Karte von 1626. Die Klein Rigor einmal für vier Hemden, eine baskische Trommel und acht Runden Bier in Maubeuge von einem Seiltänzer gekauft hatte. Oder sie holten

ihren Schatz hervor, ein honigfarbenes und uraltes Pergament, und fuhren nach Amerika: ins Land Patagao, wo die Schwarzfüße wohnen. Doch es war so abgenutzt, daß sie die Reise nur einmal im Jahr machten: an Magdalenas Geburtstag, dem zehnten März.

Damit auch Klein Rigor etwas lernte, lasen sie ihm in korrektem Schwedisch vor: aus »Das Journal für den Haushalt«, oder »Die Selmasänger«, oder »Das Neue Eden«. Und wenn er nichts mehr aufnehmen konnte, weihte er sie in die Kunst des Kartenzeichnens ein; sie machten geheimnisvolle Skizzen, die die Gartenbeete, die Häuser, in denen sie wohnten, das Dorf, die Äcker und die in die Umgebung hinausschlängelnden Wege darstellten.

Wenn Mrenta sich abends kräftig genug fühlte (und Klein Rigor sie vom Gästehaus durch das hohe, nasse Gras den Hang hinaufgetragen hatte), pflegte Abraham ihnen aus der »Anweisung zur Gesamten Staatskunde« vorzulesen, die »den Staat im allgemeinen, sowie den Zustand, sowohl in früheren Zeiten als auch jetzt, der bemerkenswertesten florierenden Staaten« beschrieb. Dann waren die Kinder nicht dabei, denn es war eine Art Gesellschaft.

Sie saßen in den Bänken und waren selber Schulkinder. Und die Kerzenflamme auf dem Katheder huschte über den graumelierten Bart in Abrahams Gesicht, so daß er dem Patriarchen von Jerusalem oder dem Hierophanten von Eleusis glich. Und sie kuschelten sich in der sicheren und wohlausgestatteten Höhle aneinander, die ihre Freundschaft und ihr gemeinsames Bedürfnis nach Vernunft und Wissen war.

Dann kochten sie in dem neuen Kachelofen Kaffee und aßen warmen Zwieback mit Butter und Honig. Und sie trennten sich erst, wenn die Müdigkeit ihre Gedanken schleppend schwer machte, und das Holz im Korb weniger geworden war, so daß man auf dem Boden das Borkenmehl sah.

Und Magdalena ging immer als letzte; und während sie aufräumte, kam es vor, daß sie in der Stille an der Decke Schritte im Kontor hörte.

42

Himmer wußte, daß sie oft allein mit ihm im Haus war; mit ihm und denen im Keller. Doch er sah sie erst, als der Klatsch ihn erreichte.

Wann und wie dies geschah, wußte er nicht; niemand sagte etwas. Doch ein dunkles Echo des Dorftratsches drang durch. Der Klatsch sickerte ein. Als er begriff, was er besagte, war er eher erstaunt als böse, denn der Gedanke war ihm nie gekommen.

Doch danach kam es gelegentlich vor, wenn er an der Tür zum Schulsaal vorbeiging, daß er eine kindliche Neugier empfand. Er wollte *sehen*, wie sie aussah, die man in sein Bett gelegt hatte.

Meist war die Tür geschlossen. Doch eines frühen Morgens, ehe die Schule begonnen hatte, sah er sie durch die halboffene Tür. Er konnte nicht stehenbleiben und offen hinsehen. (Und warum hätte er das tun sollen?) Doch er zügelte seine Schritte.

Sie stand mit der Seite zu ihm, und er sah sie nur einige Sekunden lang. Er hatte sie mehrere Jahre lang beinahe täglich gesehen: in der Kirche, an all den Plätzen, wo man Leute trifft. In all den Jahren seit der Auswanderung hatten sie sich unter demselben begrenzten Teil des Himmels bewegt. Fünfzehn Jahre lang hatte er Zeit gehabt, sie anzusehen. Doch er wußte nicht, wie sie aussah.

Jetzt sah er.

Sie war nicht mehr jung. Doch ihr Körper war groß und schlank, der Rücken gerade, der Hals trug weich den wohlgeformten, runden Kopf.

Während der kurzen Augenblicke, in denen er sie ansah, fiel ihm auf, daß die Linie von Kieferknochen und Kinn erfahren und mädchenhaft war. Das Kinn und die üppige Unterlippe schafften Einheitlichkeit um den Mund; der kräftige Nasenrükken und die Stirn fingen das Mädchenhafte um Lippen und Hals auf. Und um ihre Augen ahnte er hastig dieses Lockende: die Verbindung von Verletzlichkeit und Kraft.

Er sah oder ahnte sie in einem Augenblick, als sie in Gedanken dastand oder gerade eine Bewegung beginnen wollte. Graubleiches, dünnes Morgenlicht lag in ihrem kupferblonden Haar. Sie trug es in zwei vollen Flechten; und die Flechten schwangen, als sie den Kopf in den Nacken warf und sich von ihm abwandte und aus seinem Blickfeld verschwand.

So ging er mit dem Bild dieser schwingenden Bewegung auf der Netzhaut weiter, die Bürotreppe hinauf. Vor der Kontortür hielt er inne. Und blieb einige Augenblicke stehen, ohne zu öffnen.

Dann vergaß er sie. Ein paar Tage später aber folgte er einer Eingebung und trat in den Schulsaal, als er eben vorbeigehen wollte.

Es war am Nachmittag. Die Schule war gerade aus. Eigentlich wollte er zur Brücke hinunter, um eine Partie Faßholz zu prüfen, die durch Fäulnis beschädigt war.

Magdalena Bias war allein im Saal. Er wußte nicht, was er sagen wollte, oder warum er hereingekommen war; und er bereute es sofort.

Sie war schon abweisend und kühl, als sie ihm vom Katheder das Gesicht zuwandte. Ihr Mund schloß sich, so daß ihre Lippen Tapetenkleister hätten probieren können. Er ließ seine Augen die Wände entlangschweifen, um auf etwas zu kommen; und merkte zu seiner Verblüffung, daß er hätte zu stottern anfangen können wie ein Schuljunge.

Er sah, daß gutgezeichnete und präzis kolorierte Karten an den Wänden hingen. Und die Überraschung half ihm. Er begann, mit großem Enthusiasmus zu loben, was er sah.

»Ich schäme mich«, sagte er. »Ich habe kaum meinen Fuß in diesen Raum gesetzt. Bis jetzt.« Und er fragte, ob sie glaube, daß die Kinder ihm ihre Karten persönlich zeigen wollten.

»Sie können ja fragen«, antwortete sie kurz, beinahe feindselig; und er bereute wieder, daß er gekommen war.

»Sehr schön«, sagte er. »Ich komme wieder. Jetzt muß ich mich auf den Weg machen.«

Doch auf dem halben Weg zur Tür wurde er ein bißchen wütend und blieb stehen und wandte sich dem Pult zu, an dem sie über ihr Buch gebeugt saß, und fragte, ob er sie gestört habe.

Ihr Gesicht blieb gläsern, während sie sprach. Sie sagte, sie und

die Kinder seien bis jetzt gut zurechtgekommen; und daß sie die Hilfe, die sie brauche, von anderen erhalte; von Mrenta Nebb zum Beispiel. Und daß sie bedaure, wenn er ihren Tonfall als verletzend empfunden habe. Doch sie habe sich angewöhnt, sich nicht zu verstellen. Das habe sie von bestimmten Menschen gelernt, die sie hochachte. Wenn er die Kühle in ihrer Stimme bemerkt habe, dann wohl deswegen, weil sie vorhanden gewesen sei. Er wisse vielleicht nicht, daß sie ihren jüngsten Sohn auf den Namen Daniel getauft habe. Den, der mit Menschen umspringen könne wie er mit Daniel Pettersson und Inez Carlberg, erlaube sie sich, in der Tonlage anzusprechen, die sie für angemessen halte.
Sie sprach heftig und mit strömenden Worten; und er war überrascht von der Feindseligkeit in ihrer Stimme, denn es waren fast drei Jahre vergangen, seit die Sache mit Daniel Pettersson geschehen war.
Er nickte mehrmals, während sie sprach. Und verbeugte sich steif und ging.

Er sah sie im Dorf. Und einmal, als sie durch den weißgekalkten Sortiersaal ging. Sie grüßten, wie sie es immer getan hatten, ohne Wärme oder Kälte.
Einmal begegnete er ihr am Fuß der Treppe auf dem Korridor. Doch sie war in Begleitung von Klein Rigor.
An einem heißen, feuchten Nachmittag Anfang Mai, als sich plötzlich vom Meer her eine Hitzewelle über sie hergemacht hatte und als glitschig fette Dumpfheit in den Häusern stehengeblieben war, traf er vor der Schultür auf sie.
Auch dort drinnen zwischen den Steinmauern war es heiß. Er war schmutzig, schweißig, müde und gereizt. Er hatte gerade mit den Feldvorarbeitern eine Durchsicht des neuen Arbeitsverteilungsplans vorgenommen. Die Männer waren träge und stumpf, außer wenn sie sich querstellten. Die neuen Moden, um die sie nicht gebeten hatten, drohten den ganzen Frühjahrsanbau zu verzögern. Außerdem hatten sie unrecht. Die Veränderungen waren nötig.
Sie kam unerwartet heraus, als er vorbeiging, sie waren im Begriff aufeinanderzuprallen.
Er grunzte irritiert und nickte; blieb dann aber plötzlich stehen,

drehte sich um und packte ihren Arm, als sie vorbeieilen wollte – und ertappte sich zu seinem Erstaunen dabei, wie er seine Handlungsweise im Fall Daniel Pettersson verteidigte.
Er stolperte über die Worte und wurde immer rechthaberischer, während er sprach. Er mußte einen verwirrenden oder lächerlichen Eindruck machen, denn sie sah ihn voller Erstaunen und Widerwillen an.
Dann gewann das Lächerliche der Situation die Oberhand, und sie brach in Gelächter aus. Er glich einer erzürnten oder übernächtigten Robbe, die sie einmal auf einem Bild von Feuerland gesehen hatte, nur das Haar war anders. Sie sah die Hilflosigkeit in seinen kleinen, wütenden Augen, und wie er nach Luft schnappte; und sie fing an zu lachen.
Er verstummte plötzlich. Und für den Bruchteil einer Sekunde schwankte er zwischen Wut und verletzter Eitelkeit. Dann war da plötzlich ihr Gesicht. Und er lächelte unsicher, und beinahe geziert, als sei alles geplant und nur auf eines gerichtet gewesen: sie zum Lachen zu bringen; was, wie er wußte, daß sie es wußte, eine Lüge war.
Die Komik trat zwischen sie, und war noch da, als sie sich losriß und entfernte.
Obgleich sie sich am Abend erinnerte, daß er versucht hatte, den Übergriff auf Daniel und Inez zu verteidigen (sie hatte von dem, was er sagte, kaum ein Wort verstanden), so gab es doch immer noch seine komisch hilflose Wut und Eifrigkeit und Einsamkeit; und sie erinnerte sich an ihr eigenes Lachen. Und sie konnte nicht mehr dieselbe Abneigung gegen ihn empfinden wie zuvor, obwohl sie sich dazu entschlossen hatte.

Eines Abends kam er mit der Dorfkarte, die an der Wand seines Arbeitszimmers hing, in den Schulsaal hinunter.
Er trat ein, obwohl Mrenta und Abraham Nebb bei ihr waren.
Mrentas Gesicht zeigte deutlich, was sie von dem Besuch hielt.
Er aber übergab die Karte und fragte Magdalena, ob sie glaube, daß die Kinder ihm helfen würden, sie zu kopieren. Und als er durch die Tür verschwunden war, und Mrenta und Abraham und sie die Lesung vom Gewaltigen Thule fortsetzten, ertappte

sie sich bei Schuldgefühlen: als hätten sie einen Frierenden in die Kälte geschickt. Und sie schämte sich einerseits über ihre Weichheit (*er* hatte Daniel und Inez zerstört) und andererseits über die Tatsache, daß sie nicht das geringste Interesse für seine Karte gezeigt hatte. Sie hatte nicht einmal gefragt, wer sie gezeichnet hatte.
Dies war noch in ihr, als sie nach Hause kam. Und als sie vor der Speisekammertür stand, mit dem Sauermilchkrug, kam etwas anderes, ein Bild.
Dasselbe Gesicht, wenn auch jünger, vor langer Zeit. Wie sie sich losriß. Eine schluckende Kehle, die zu erklären versuchte. Wie sie sich bei der Gästehaustreppe losriß und lief.

Sie konnten nicht vermeiden aufeinanderzutreffen. Eines Abends wechselten sie an der Außentreppe ein paar Worte über das Wetter. (Es war Frühsommer. Das Meer lag grünblau und wasserduftend in einem neuen, weiten Bogen in der Bucht.)
Während sie dastanden und weiter sollten, kam ein Regenschauer aus dem leeren Nichts. Er schlug geradewegs herunter. Prasselte auf den Grus und löste sich auf, und wurde murmelnd und weich und dampfend. So daß alles, Mauern, Grün, Grus und Gras, mit nassen Häuten übergezogen wurde. Und sie sahen Menschen verschwinden und dann, als es vorüber war, unter Bäumen und Dachsimsen und an Holzstapeln hervortreten, wo sie Schutz gesucht hatten, und die neue Luft prüfen und die Erde betreten.
Und auch sie machten, daß sie fortkamen, rissen sich los.
Am Tag darauf begegneten sie sich in aller Eile vor dem Schulsaal. Er hielt sie auf, als er vorbeiging, und fragte nach der Uhrzeit. Und sie wußte sie. Und sie lächelten nur soviel, wie das Thema es erforderte.
Am nächsten Tag, ungefähr zur gleichen Zeit, begann sie, über den Unterricht zu sprechen. Sie wollte, daß die Arbeitsverpflichtung der Kinder geringer wurde, über die Stunden hinaus, die sie für die Schule benutzen durften. Er jedoch war nicht sicher, ob dies nützlich sei; sie konnten verweichlicht und verwöhnt werden.
Während sie diese Worte wechselten, kamen Augusta Holmquist und Arvid Waern die Bürotreppe hinunter. Beide blickten

gleichzeitig zu ihnen auf. Und als sie gegrüßt hatten, und Arvid Waerns schwerer Rücken im Vorraum durch die Haustür verschwunden war, trennten sie sich und gingen hastig weiter, ganz und gar bereit zur Arbeit.

43

Es kam immer öfter vor, daß sie sich zufällig begegneten.

Sie trafen sich vor dem Schulsaal, wenn die Schule aus war. Manchmal hatte sie Sophia und Daniel bei sich. Er war meist auf dem Weg zu irgendeiner Besprechung, oder zu etwas anderem, das wichtig schien.

Sie unterhielten sich ein paar Minuten, immer direkt und ohne Umschweife: als setzten sie das Gespräch fort, das sie am Tag zuvor unterbrochen hatten. Meist waren sie unterschiedlicher Meinung. Sie redeten von der Schule, der Kindererziehung, den Gästen, der Arbeit im Dorf. Sie waren sachlich, korrekt, respektvoll und hatten die ganze Zeit eine Mauer von Unzugänglichkeit zwischen sich. Einmal bat sie ihn, seine Verteidigung, Daniel Pettersson betreffend, zu wiederholen. Als er fertig war, verwarf sie sie. »Es war Bosheit, Gefühllosigkeit«, sagte sie. Er schwieg. »Vielleicht«, sagte er. »Grausamkeit, Feigheit«, sagte sie, als habe sie teilweise verziehen. Er verzog das Gesicht. »Es gibt eine Müdigkeit«, sagte er. »Überdruß. Wenn ich mich in die Hände schnitte, ich würde es nicht merken. Das hat früh angefangen.«

Die Plauderstunden wurden, ohne daß sie es merkten, ein wichtigerer Bestandteil des Alltags, als sie zugelassen hätten, hätten sie es bemerkt. Dennoch gaben sie vor zu glauben, daß sie nach wie vor aufgrund eines dehnbaren Zufalls aufeinandertrafen.

Magdalena aber erkältete sich. Fünf Tage lang lag sie mit dem Fieber und Schnupfen einer leichten Sommererkältung im Bett. Für ihn veränderten sich nun die Nachmittage. Ihm wurde klar, ohne daß er es zugegeben hätte, daß er sich darauf gefreut hatte, ihr Gesicht zu sehen, ihre Stimme zu hören, in der Nähe der Bewegungen ihres energischen und schlanken Körpers zu sein. Und das war eine Erwartung, die sich, ohne daß er es

gewußt hätte, früh am Morgen bemerkbar machte, und die den ganzen Vormittag anhielt und ihn selbst leichter, beweglicher und klarer machte, wo er doch eigentlich träge war.
Er konnte ja nicht herumlaufen und fragen, wie es ihr gehe.
»Wie ich gehört habe, ist die Schule geschlossen«, sagte er zu Mulerthal.
»Nur eine Erkältung«, sagte Mulerthal.
Er versuchte, in sein Gesicht zu sehen, versuchte, etwas darin zu lesen. Doch es lag darin nicht einmal die Ahnung eines versteckten Grinsens. »Ach so«, sagte er. »Es ist ja erfreulich, daß den Kindern nichts fehlt.«
Zweimal, als er am Schulsaal vorbeiging und mit einer Art Bestürzung die Tür verschlossen fand (er drückte die Klinke herunter), traf er auf Schulkinder, die aus demselben Grund gekommen waren wie er selbst. Dann konnte er fragen (und er war plötzlich an jedem einzelnen von ihnen persönlich interessiert). Sie hatten geglaubt, sie werde kommen, denn sie hatten gehört, sie habe nur einen Sommerschnupfen. Sie werde sicher am nächsten Tag kommen, sagte er. (Und als sie davonliefen und ihre Holzschuhe gegen den Steinboden knallten, hatte er selber große Lust, irgendwohin zu stürzen.)

Am Nachmittag, als sie zurückgekehrt war, stand er schon vor dem Schulsaal und wartete, ehe die letzten Kinder nach Hause gegangen waren.
Sie sah ihn durch die Tür, kramte aber weiter im Schrank mit den Büchern herum. Er trat ein; und machte die Tür vielleicht jemandem vor der Nase zu.
Ihr Gesicht war, wie er es sich vorgestellt hatte: der Mund, die Augen, die Nase, die runde hohe Stirn unter dem Haarwirbel.
Sie hob den Kopf und öffnete die Lippen in einem schüchternen Lächeln, das ihre gleichmäßigen Zähne und den kleinen spitzen Eckzahn entblößte.
Er betrachtete ihre Unterlippe, und die Nase, und die klugen, ein wenig kurzsichtigen Augen; und er empfand eine solche Freude, daß er nicht glauben konnte, daß es seine war.
»Wie geht es«, fragte er steif.
Sie neigte den Kopf, zeigte ihre Zähne, zuckte die Achseln und lächelte.

»Schön«, sagte er einfältig.
Dann stand er ganz in ihrer Nähe. Und wußte, daß nichts von dem, was er sagte, etwas bedeutete. Und daß er seine Freude nur mit dem Körper ausdrücken konnte, und daß sie das vielleicht zulassen würde.

44

Vor allem ein großes Erstaunen: Verwunderung. Alles, was sie miteinander taten, schenkte ihnen Lust. Es bereitete ihnen Lust, die Unersättlichkeit des anderen wahrzunehmen. Daß sie sie *teilten*: der Appetit des einen entflammte die ganze Zeit über den des anderen. Wo der eine aufhörte, begann der andere.
Schon die äußeren Bedingungen weckten eine Art Hunger: der harte Boden, die Bänke im Schulsaal, der Arbeitstisch, die schmale Pritsche in Himmers Kontorzimmer.
Magdalena beobachtete, wie ihr Körper und Gesicht sich verjüngten. Die Haut spannte sich über Wangenknochen und Stirn, die Sonne sprühte einzelne Sommersprossen über ihre Nase und um die Augen wie bei einem Mädchen. Sie verjüngte sich und reifte. Rasch.
Und ihre Körper konnten sich erinnern, leiden, lachen. Wenn sie sich vereinigten, *verstanden* sie. Die Wagenräder, die im Kies knirschten, die Gerüche von Regen, dem Gras, der sandigen Heide: alles konnte sie mit Freude und Melancholie überfallen.
Sie pflegten sich jenseits der Landstraße zu treffen, in dem hellen Nachtdunkel, das sie nicht mehr verbarg als die entfernten und nahen Geräusche des Dorfs.
Wenn sie weit genug gekommen waren (wie sie sprangen, diese erwachsenen Menschen, in der Dunkelheit über die Wacholderbüsche, über Steine stolperten, sich durch Gras und kniehohe Heide vorarbeiteten, ungeduldig und linkisch) – wenn sie dorthin gekommen waren, wo sie sich auf die Erde legen konnten, lagen sie da und schauten zum Himmel (an dem das Licht manchmal noch leicht schimmerte wie die Innenseite einer Muschelschale). Sie lauschten auf den Atem des anderen und die in der Erde zurückgebliebene Sonnenwärme: die süßen

Düfte von Labkraut, Klee, Walderdbeeren, Wiesenthymian. Der Stein war noch lauwarm vom säuerlichen Heugeruch des Grases.
Durch die Hände, in den Armen, in dem leichten Druck der Berührung der Hüften wuchs dann die Erde in sie hinein. Und drehte sie, schraubte sie, mit einer gleichzeitigen Bewegung ineinander.
Überall an ihrem Körper gab es Spuren der Zeit. Sie hatte vier Kinder geboren. Er blies vorsichtig durch die Haare auf ihrem Schambein, ließ seine Zunge über die faltige Haut ihres Bauches bis zur Nabelgrube wandern. Und wenn er in sie eindrang, war es eine Heimkehr.
Es war für beide wie das erste Mal.
Sie gab ihm ein Gefühl, als werde sie selbst ganz und wirklich, wenn sie ihn empfing; und zum ersten Mal konnte er sich selbst restlos zurückgeben: außerhalb von ihr war er nichts.

Den ganzen Sommer über trafen sie sich beinahe jeden Tag oder Abend. Sie trotzten dem Klatsch.
Himmer hielt auf dem immer trockeneren Kiesplatz vor Dem Kontor wie immer die Morgenversammlungen, und an den langen, sonnenstrahlenden Sonntagen las er nach dem Gottesdienst von der schwebenden Kanzel aus den Schriften Des Meisters vor. Niemand sagte etwas, der Prediger am allerwenigsten.
Und Anna-Aurora schwieg, obwohl Himmer wußte, daß sie wußte.
Sie schwiegen zusammen wie zuvor. Vielleicht war er freundlicher und aufmerksamer. Und vielleicht hatte sich in ihre Stille ein neuer Ton eingeschlichen (wenn sie von den Kindern sprachen, oder irgend etwas im Dorf, oder wenn er sie bei Tisch nur um die Butter bat). Manchmal schien es ihm, daß ihr Gesicht von einer Art federnder Verschlossenheit erfüllt war: hinter der unberührten Haut warteten ihre verletzten Instinkte, um später mit um so größerer Unerbittlichkeit zurückschlagen zu können.
Manchmal schien es ihm, daß ihre Gesichter ineinanderflossen. Ihr Gesicht glich Magdalenas. Daß er beide betrog.
Eines Abends blieb Magdalena stehen, als sie durch das dichte

Dunkel oben an der Landstraße gingen. Sie blieb stehen, weißleuchtend gegen den dunklen Wegrand.
»Mrenta und Abraham kümmern sich für uns um Daniel«, sagte sie leise. »Sie hat eine sehr schlechte Meinung von dir. Sie kann mich nicht verstehen, obwohl sie's will. Sie will nicht mal, daß ich versuche, es zu erklären. Aber sie paßt auf Daniel auf, damit ich dich heut' abend treffen kann. Verstehst du?«

In diesem Sommer kam Önert Andreassons Fuhrmann, der mit dem erfrorenen Ohr, mit einer Botschaft vom Staatsanwalt in Carlscrona. Man hatte die Reste von Tuppen Holgerssons totem Körper in dem Felsenmeer unterhalb des Bryggarberges gefunden.
Himmer, Bias, Arvid Waern, der Prediger und Augusta Holmquist fuhren nach Carlscrona, um dafür zu sorgen, daß er begraben wurde.
Doch als sie ankamen, war er schon unter der Erde. Die Staatsanwälte hatten ihn zum Judenfriedhof nach Wämö geschafft, wo man Selbstzerstörer, Unbekannte, Pesttote zu verstecken pflegte. Er war verwest und von Tieren und Vögeln angefressen gewesen, sie hatten es eilig gehabt, ihn loszuwerden.
Und es gab auch nicht viele Papiere oder Untersuchungen, die Scherereien hätten machen können. Er war vom Felsen abgestürzt. Barfuß. Neben den Resten seiner Kleider auf dem Berg lagen leere Branntweinflaschen und die Verschlüsse. Er war in einem einsamen Rausch von der Bergkante abgestürzt.
Der Prediger hielt eine farblose Ansprache und verrichtete die Beerdigung. Anschließend aßen sie im Bürgermeisterkrug appetitlos etwas gekochtes Fleisch mit Mohrrüben in dünner Brühe und fuhren am selben Abend zurück, denn sowohl Himmer als auch Arvid Waern wollten während der Heuernte zu Hause sein.
Sie fuhren mit drei Wagen.
Als sie auf die Ebene hinauskamen, war die Nacht kräuterlau, lautklar und licht.
Himmer, Augusta Holmquist und Bias fuhren im ersten Wagen.
Augusta Holmquist redete und weinte.
Bias sah Himmer nicht. Er saß unsichtbar und von sich selbst

umgeben da, unzugänglich wie damals, als sie auf dem Wagen in Den Wäldern Im Norden lagen und schwiegen. Sein Körper war nur schwerer, weißer und schlaffer geworden.

45

Himmer ließ zwischen seinem Kontor und der Expedition die Wände einreißen und verlegen, so daß sein Zimmer größer wurde. Dann bestellte er bei Stift-Arvid ein neues Bett mit Schnitzereien und Vogelfüßen von einem Adler oder Greif.
Er kaufte es nicht in Carlscrona oder Calmar: er ließ es mitten im Dorf entstehen, so daß alle es sehen konnten. So daß sie Zeit hatten, sich zu erregen, zu gewöhnen.
Der Stift arbeitete langsam und sorgfältig. Man konnte kein besseres Bett bekommen; jedenfalls keines, das offensichtlicher an alles Existierende gebunden war.
Als das Bett fertig war, holte Himmer es mit Pferd und Wagen ab.
Der Hersteller saß hinter einem seiner geschnitzten Gesichter ganz oben auf der Fuhre. Quietschend fuhren sie die Anhöhe zum Kontor hinauf. Das Bett war schwer, glotzend und breitbeinig. Es war nackt und stank schon in der Farbe nach Liederlichkeit: rotlackiert mit blauen und meeresgrünen Kürbissen: tief wie das Grab oder die Hurenmöse.
Die Räder rollten kreischend und lautstark auf ihren Eisenreifen. Der Hurenbock persönlich saß auf dem Kutschbock und grüßte alle; achtete darauf, daß alle zurückgrüßten. Es war direkt vor dem Korum, viele Leute waren unterwegs.
Als sie angekommen waren, ließ er den Wagen unabgeladen neben der Kontortreppe stehen.
Dann hielt er in Gegenwart des Bettes die Morgenandacht.
Als das Gebet sich von selbst gebetet hatte und er mit der Ansprache fertig war (die von Der Freude Der Arbeit handelte) und mit den Tagesbefehlen und den Bekanntmachungen, und sie das Morgengebet gesprochen und ein zweites Mal gesungen hatten, nickte er nach hinten dem Bett zu, ohne sich umzusehen, und bat einige Freiwillige, ihm behilflich zu sein, das Bett ins Haus hinaufzutragen.
Er überblickte alle, die sich vor ihm auf dem Kiesplatz

aufgestellt hatten. Seine Stimme war in dem recht nachgiebigen, schwachen Sonnenschein deutlich und fest. Wie gewöhnlich stand er auf dem dritten Treppenabsatz, während er sprach: die Arme in der Leistengegend gekreuzt und die linke Hand über dem rechten Handgelenk.
Mit den Augen winkte er ein paar heraus.
Und Rücken, Arme und stolpernde Füße begannen, das Bett auszuladen. Es war in die zweite Etage hinaufgewuchtet, noch ehe sich der Kiesplatz von Menschen geleert hatte.

Zu Anna-Aurora sagte er beim Abendessen, im Vorbeigehen gewissermaßen, daß alles bleiben solle, wie es sei.
Als erzähle er ihr, daß er krank geworden sei, daß es sich aber um ein weniger schweres Leiden handele, das ihn nicht hindern werde, sie zu versorgen. Gemäß der Absprache.
Und auch Anna-Aurora ließ sich nichts anmerken. Sie streckte die Hand aus und bat Carl-Emanuel, ihr das Brot zu reichen. Und die Kleinen aßen, wie ihnen gesagt worden war, schweigend, und verleugneten einfach ihre kindliche Ungeduld.

Zweiunddreißigster Tag

46

Es war am Morgen. Ehe er zum Acker ging, pflegte Elis in die Kammer hineinzuschauen, in der Mrenta und Abraham schliefen. Doch an diesem Morgen war ihr Bett leer. Nur Abraham schlief noch, mit dem Gesicht zur Wand.
Elis war spät dran; er ging auf die Treppe hinaus und rief.

Es kam vor, daß sie ins Freie ging, wenn ihr die Schmerzen in Brust und Armen den Morgenschlaf raubten. Dann saß sie im Graugras auf der Anhöhe, mit Abrahams formlosem Winterpelz um die Schultern. Das hatte sie früher im Frühjahr getan: dagesessen und abgewartet, vielleicht den Tag, die Schlüsselblumen, oder einen anderen Anfang.
Es war, als erlaube einem dieser diesig weiße Morgen, frisch,

aber nicht kühl, zu warten. Elis beschattete mit der Hand seine Augen und glaubte, sie drüben im Hang zu sehen.
So ging er. Er war verschlafen und hatte noch nicht ordentlich gegessen. Er kaute und hatte Brot in beiden Händen, als er fröstelnd den harten Kies auf dem Weg hinunterschlurfte.
Vor fünf, sechs Jahren hätte Abraham die Zwillinge auf den Weg in die Schule schicken können. Die Wanduhr zeigte über acht, und Mrentas Bett war ungemacht.
Abraham selbst war Morgenschläfer: je länger er schlief, desto tiefer war sein Schlaf. Sie pflegte ihn zu wecken, wenn sie ihr eigenes faltiges Bett glattgestrichen hatte. Sie zog ihn vorsichtig am Bart oder blies ihm ins Ohr: holte ihn sorgsam an Land.
Darum ging er auf die Treppe hinaus und blinzelte nach ihr, obwohl er die Sonne hinter einer Wolke im Rücken hatte.
Er bekam keine Angst, nicht ernstlich; doch etwas schlug und drohte ihm die Füße wegzuziehen.
Dann setzte er sich eine Weile in der Kammer auf die Bettkante.
Dann ging er zum zweiten Mal auf die Treppe hinaus.

Der Nebel hatte den Boden feuchtgemacht. Die Wiesenkerbel ließen die Köpfe hängen. Wenn er nach oben in den Morgenhimmel fiel und der Tau noch dalag, würde die Sonne kommen.
Er wußte die ganze Zeit, was er zu tun hatte. Ungefähr so, wie er gelernt hatte, den Geruch bestimmter Metalle zu erkennen. Daß sie zunächst in Frieden gelassen werden wollte.
Und schielte in einem fort hastig zur Anhöhe hinüber. Die Schlüsselblumen würde er ihr nicht mehr schenken können. Doch er brauchte sich keine Sorgen zu machen. Sie ließ ihm Zeit, wartete auf ihn.
Die ganze Landschaft um ihn dachte dasselbe, wenn sie auch blind war.
Er zog seine Hosen an, beinahe ein gealterter Bauer.
Schwankend bekräftigte er. »Wir schaffen es. Mach dir keine Sorgen«, sagte er.
Er ging in die Küche und wärmte Wasser. Dann trug er die schwappende Waschschüssel zum Lazarusmann hinein und erkannte das angestoßene heiße Emaille.

Er wusch ihm Gesicht, Hals und Brust; und trocknete ihn ab, so sorgfältig er konnte.
Doch das konnte mehr als Zeit in Anspruch nehmen. Wenn etwas im Inneren der Hände geschieht. Man kann Kutscherhände bekommen: die Finger ziehen sich zusammen und wollen sich nicht strecken.
Er hatte jedoch die Absicht, es zu schaffen, hindurchzukommen.
Er kämmte das weiße Haar, wie es durch den Kamm floß, so daß es dünn und geleckt auf jeder Seite des Scheitels mitten auf dem beinahe kahlen Schädel lag.
Und sah auch in das wachsbleiche magere Gesicht auf dem Kissen hinunter, versuchte, den Blick in den durchscheinenden Häuten zu fangen, die die Augen bedeckten. Auf diese Weise hatte er vollauf zu tun.
»Wir schaffen es«, sagte er mehr außer Atem, als er bedacht hatte. »Sie will, daß du hübsch wirst und ißt. Wir schaffen es. Sie will erst eine Weile in Frieden gelassen werden.«
Als er ihn mit dem Brei gefüttert und von Kinn und Hals Krümel und Schleim, die sich vermischt hatten, abgewischt hatte, öffnete er das Fenster und ließ die Luft ein, die feucht und fast kältelos war.
Er zog die Decke von den Beinen und untersuchte genauer als zuvor die Wunden an den Waden und in den Kniekehlen.
»Es trocknet«, sagte er.
Er richtete sich auf und wartete, und die Angst schlug sofort ein zweites Mal nach ihm.
»So«, sagte er. »Jetzt kannst du dich ausruhen. Ich geh' jetzt.«

Er ging zurück in die Kammer und rasierte sich mit fast kaltem Wasser, in dem der Schaum dickfest von den Bartsträhnen tropfte.
Er versuchte, sehr genau zu sein. Hart. Wie das Messer, das seinen Hals kratzte.
Später aß er am Küchentisch stehend etwas Katzengrütze. Das heißt, er tat, als esse er. Es ist bei solchen Gelegenheiten wichtig, daß alles wie immer ist.

Doch er wankte in seinen Sonntagsanzug und die Stiefel hinein.
Und ging ohne eigentlichen Körper oder eine Spur von Speichel im Mund hinaus und pflückte etwas Birkenlaub. Die Blätter waren unausgewachsen und weichklebrig wie Säuglingsohren. Sie rochen süß und säuerlich. Er mußte wirklich an Säuglinge denken.
Mit den Birkenzweigen in der Hand ging er in das nasse und kreidige Licht an der Gästehausmauer hinaus.
Der schmale, niedergetretene und erdige Pfad in dem hohen Gras führte ihn, ohne daß er selbst mehr hätte tun müssen, als die Beine bewegen. Sie half ihm auch hier, denn ihre Füße waren es, die ihn getreten hatten.
Die Kellertür war angelehnt; er zog den Kopf zwischen die steifen Schultern, um nicht anzustoßen. Jetzt aber konnte er nicht mehr länger klar denken. Er wiederholte nur, was er die ganze Zeit dachte.
»Wir schaffen es, Mrenta«, sagte er. »Wir schaffen es sehr gut. Wir schaffen es, Mrenta.«

Sie saß in dem hintersten Keller, wo sie früher die Heringstonnen gehabt hatten.
Ein waches Licht sickerte durch die Luke; und als seine Augen sich gewöhnt hatten, konnte er sie sehen.
Sie saß zusammengekauert in der äußersten Ecke auf dem Steinboden.
Sie hatte die Knie an die Brust gezogen, ihre aderigen Hände waren über den Schienbeinen gefaltet, das Kinn ruhte an den Kniescheiben.
Ihr Gesicht war ernst und sah ihn mit beruhigenden Augen an.
Auf dem Rücken und um die Schultern hatte sie seinen schweren zottigen Winterpelz. Es sah aus, als sei er im Begriff, von ihr abzugleiten; oder als habe sie versucht, ihn abzuwerfen, er sie aber nicht loslassen wollen.
Er stand linkisch vor ihr, die Birkenzweige in der Hand.
Er setzte sich neben ihre Knie auf den Boden.
Dann legte er ihr das Birkenlaub zu Füßen und drehte das Gesicht in dieselbe Richtung wie sie. Er versuchte, auf die Stelle

in der Steinmauer zu sehen, wohin er glaubte, daß ihre Augen sahen.
Er sank mit dem Rücken gegen die Mauer zurück und spürte, wie aushöhlend die Müdigkeit in ihm war.
Nach einer Weile sagte er ihr das, wie er es immer getan hatte.
Sie antwortete und sagte, sie sollten eine Weile hier sitzen und ausruhen, ehe sie nach Hause gingen. Da schloß er die Augen und rückte näher zu ihr; und er spürte ihre Knie an der Außenseite seines Arms.
So saßen sie da und ruhten aus, und sie hatten sehr viel Zeit.

Dort blieb er den ganzen Tag, bis Elis sie fand.
Elis ging durch das Laub, das jetzt nach der Stille und durch die Erdgerüche in der Dämmerung raschelte, mit zurück; und Abraham trug sie selbst. Sie war leicht wie ein Mädchen und schlief mit offenen Augen; und er empfand kaum noch Angst oder Müdigkeit.

Bevor es dunkel geworden war, wußte es das ganze Dorf.
Man hatte sich daran gewöhnt, daß sie kränklich und meist zu Hause war. Daß man sie nicht oft sah, daß sie nur selten zum Gottesdienst kam. Doch sie war unsichtbar gegenwärtig. Ihr Willen und ihre Selbständigkeit waren gegenwärtig gewesen. Auch ihr Mut; falls das einen Namen hatte.
Als man begriff, daß sie fort war, entstand eine eigenartige, schwere Verwirrung: wie wenn plötzlich das Licht an einem Tisch ausgeht, an dem viele sitzen und essen.
Sie versammelten sich auf der Gästehaustreppe, und draußen an der Mauer und am Hang. Und sie wachten die ganze Nacht, obwohl es in der Setzwoche war und viele am nächsten Tag auf den Kartoffelacker sollten.
Um Mitternacht, als die Kälte geradewegs aus der Dunkelheit fiel, zündeten sie Feuer an. Die Frauen holten die Kleinkinder ins Haus. Sie ließen sie auf dem Korridor und in den alten Sälen schlafen, wo die Getreidevorräte lagen, und wo die Luft trocken war.
Doch die ganze Nacht über sang oder betete niemand, man saß

schweigend da, als lasse man statt dessen ihr Schweigen sprechen; und das Morgengrauen, das wirklich kam.

Drei Tage später brachten sie sie zum Friedhof hinter Dem Sanktuarium.
Sie trugen sie den Hang zum Rachen hinunter, am Brunnen vorbei und auf den südlichen Dorfweg hinaus. Dann folgten sie der Landzunge und gingen unter den Bäumen den alten Weg zu den ersten Einwandererhäusern und zu den neuen hinauf Dort schwenkten sie am Kiesplatz schließlich zur Kirche ein.
Niemand hatte im voraus den Weg festgesetzt. Sie begannen zu gehen, und trugen sie dorthin, wo sie die ganze Zeit gegenwärtig gewesen war.

*

Und Der Meister sprach:
»Dann gelangte ich dorthin, wo wunderlich große und hohe Windmühlen sich in entsetzlichem Laufe drehten. Ich kam aus einem solchen Dunkel, daß ich auf der Erde kroch und fürchtete, ein Flügel werde mich ergreifen und vernichten; ich kam auch unter einen Flügel, der aber innehielt, und ich füllte meinen Platz aus, wo ich lag, so daß der Flügel mir half.«

Dreiunddreißigster Tag

47

Anna-Aurora und Bias aber sahen sich gelegentlich im Dorf. Sie ging eilig über den Dorfplatz, wo die Hühner gackernd um ihre Füße aufflogen; er kam mit gesenktem Blick vom Kapellenhang, umgeben vom Geruch geschmolzenes Wachses und der neugierigen Witterung junger Hunde.
Wenn ihre Blicke sich zufällig am Eingang zur Kirche begegneten, oder sie auf einem der Wege aufeinandertrafen, blickten sie durch das Gesicht des anderen hindurch und grüßten, als bewohnten sie dasselbe Haus und hätten sich kurz zuvor gesehen.
Anna-Aurora aber wurde in ihren Träumen oft von Bias'

zerstörtem Kindergesicht heimgesucht; in den Träumen sah er sie an, als sei sie es und nicht die eigene Frau, die ihn betrog. Und dann empfand sie für seine lüsterne Hilflosigkeit bisweilen eine so erbitterte Verachtung, daß diese im Traum Wälder in Brand setzte und Pferde aufflammend durchgehen ließ.

Gegen Ende dieses Sommers aber – als Himmers und Magdalena Bias' Unzucht allen bekannt war und ihre Gegenwart beim Gottesdienst die Kirche mit dunklen Vorstellungen von Rosen, rohem Fisch und Heidegras füllte – kam Bias' ältester Sohn, Jan Bias, unerwartet aus der Stadt zurück nach Hause. Er kam mit einer Gruppe Kameraden aus der obersten Klasse der Trivialschule auf Ferien.

Denn so war es: sie kehrten zurück, die vorübergehend ausgewandert waren, die zur Strafe, zur Belohnung oder einfach, weil sie privilegiert waren, fortgeschickt worden waren.

Als erster der Älteste der Norrländerin, Carl-Emanuel, dann der von Bias und der Lehrerin, der wohl nicht schlechter war, dann Himmers Tochter; dann die übrigen in einer langen Reihe, bis zu den Zwillingen, Mrenta Nebbs kleinen Mädchen, die jetzt ernstzunehmende junge Damen geworden waren, mit steifen Kalbsbeinen und Stengeln von Hälsen, wenn sie nicht mit den Augen nacheinander schnappten.

Dergleichen konnte man beobachten, wie sie aussahen, wenn sie abreisten, und wie sie sich verändert hatten, wenn sie zurückkehrten.

Man konnte sogar für ein paar Augenblicke das Dorf und sich selber mit ihren neuen Augen sehen.

In den ersten Tagen liefen sie fortwährend in den Häusern herum, tauchten auf ohne Grund, nur um nachzusehen, ob alles noch da war, oder weil es notwendig war, es wiederzuerkennen.

Besonders starr und steifhalsig wurden sie vor den unveränderlicheren Gesichtern der Gäste. Als hätten sie sie früher nie gesehen und *erlebten die Schande* erst jetzt. Oder jedenfalls das Eigentümliche, beinahe Unnatürliche, im Zusammenhang mit diesen Menschen, das sich aus Wänden, Betten, Tischen und Stühlen, in kleinen, oft fensterlosen, Verschlägen zu materiali-

sieren schien; in denen sie eingeschlossen, fast eingemauert lebten, jedenfalls mit etwas, das Blindheit glich, wenn man die Blicke und die entleerten oder versteinerten Gesichter betrachtete, die meist nur Haut über dem Knochengerüst waren. Darüber hinaus übelriechend und alltags zerlumpt, wie der Inhalt alter Säcke.
Das konnte man in den Augen der jungen Leute sehen, die zu einem ihrer kurzen Anstandsbesuche zurückkehrten. Und wie sie versuchten, nicht zu *sehen*, was sie in den Häusern sahen; als glichen die Gäste allzu sehr Haustieren, Hühnern, einer alten kranken Katze, oder sogar Schweinen, in einem Schweinestall, mit einer Rückenverletzung vielleicht oder Geschlechtsteilen, die näßten. Es glich allzu sehr einem *Hintergrund*, was empörend erscheinen mochte angesichts der Tatsache, daß es sich trotz allem um *Menschen* handelte.
Einige Tage. Bis sie sich gewöhnten und wieder *nach Hause* kamen, mit demselben Geruch in den Kleidern sozusagen.
Gleichzeitig schätzte man es ja, daß die frischgebackenen Städter zu Besuch kamen. Es war dennoch ein Vergnügen, eine Unterbrechung des Alltags, fast ein kleines Abenteuer. Wie diesmal, als Bias' ältester Sohn mit den Schlingeln von seiner Schule kam. Man hätte sagen können, daß diese Stadtlümmel ein paar Frühherbsttage lang im Dorf eine Stimmung von Extravaganz verbreiteten. Aus *dreister Gleichgültigkeit*.
Sie gingen in den Häusern ein und aus, aßen, tranken, beleidigten und johlten – von den Menschen im Dorf überall mit einer Nachsicht akzeptiert, die selbst schon überirdischem Leichtsinn glich. Selbst Önert Andreasson schien von der Selbstverständlichkeit erschüttert, mit der sie sich in der Marketenderei einquartierten und gleichzeitig offen erklärten, Geld zur ordentlichen Bezahlung nicht zu haben. Er ging brummend aus dem Weg, wenn er sie kommen sah. Als genieße er insgeheim ihren Mangel an Respekt.
Nicht einmal der Ruf des Dorfes als Irrenanstalt machte Eindruck auf sie. Sie betrachteten die Gäste mit freiem und weltgewandtem Blick. Manche haben, manche haben nicht. Manche arbeiten, manche arbeiten nicht. Manche bewachen, manche lassen sich bewachen.

Und Jan Bias, der die Bengel angeschleppt hatte, wohnte während dieser Ereignisse zu Hause bei seinen Eltern in dem engen und unbequemen Haus im Rachen. Doch es war deutlich, daß er sich im Grunde zu den anderen zählte. Er verbrachte ganze Tage und Abende im Rauch der Marketenderei und ging nur widerwillig nach Hause, um ein paar Stunden zu schlafen.

Bias selbst war seinem Sohn und den Schuljungen auf den Fersen, daß es nachgerade peinlich war.
Jeden Abend saß er in einer Ecke der Marketenderei und guckte sie an; und spendierte schüchtern und scheu; und lud ein, obwohl sie ihn eigentlich übersahen.

48

Über lange Zeit nach Mrenta Nebbs Beerdigung, Wochen, Monate, trafen sich Himmer und Magdalena nur selten, und fast immer in Gesellschaft anderer. Es machte den Eindruck, als ob auch andere innehielten oder Anlauf zu etwas Neuem nahmen. Als die Stoßzeit und die schlimmste Arbeit vorüber war, teilte Klein Rigor mit, daß er das Dorf verlassen werde. Und später stellte sich heraus, daß auch zwei andere die Absicht hatten, abzureisen: Elis Nebb und Carl-Emanuel Himmer.

Im Grunde war man nicht erstaunt. Klein Rigor hatte sich unter ihnen bewegt und so ausgesehen: als halte er etwas zurück.
Er wohnte noch allein in dem Haus, das er und Mulerthal vor langer Zeit gebaut hatten, als sie im Dorf eintrafen. In der undicht gewordenen, mehr und mehr sackähnlichen Schachtel aus Baumstämmen, Birkenrinde, Flechten und Moosen, die lange nur einen Lehmfußboden hatten und in der jeder der beiden Männer seine grobgehauene Holzbinge mit Tannenzweigen in einen Raum mit einer einzigen engen, schiefen Lichtluke gelegt hatte.
In all den Jahren war nie davon die Rede gewesen, daß einer von ihnen sich Gästepensionen verschaffen oder anbauen wollte. Schließlich waren es nur noch diese beiden, die zwi-

schen den windgekrümmten Erlen auf der Landzunge wohnten, alle anderen waren umgezogen und hatten oben an der neuen Landstraße gebaut.
Es schien, als sei jedenfalls Mulerthal stolz darauf, daß er so einfach wohnte und lebte, obwohl er der Chef der Expedition und im Grunde der Sprecher der Einwanderer geworden war. Er war auf diese Weise ein Wunder an Uneigennutz und Unbestechlichkeit, langhalsig und schmalköpfig, wie er war, wenn auch er und Klein Rigor die Behausung verbesserten, die sie bewohnten. Sie setzten Fenster und einen großen neuen Herd ein, legten einen Fußboden, beschafften Betten für Menschen und strichen die Wände an.
Klein Rigor interessierte sich außerdem nicht besonders dafür, was er anhatte, auf diese Weise war er noch frommer.
Essen und Trinken aber schätzte er; und Spazierengehen und Nichtstun (obwohl er arbeitete wie ein Ochse und ebenso stark war wie kurz und breit).
Das gehörte zu dem, woran man sich erinnerte, zu dem, was vom Zwielicht der Legenden umgeben war: wie er einmal am Anfang der Zeiten in der Marketenderei Den Fleischpropst, den ehemaligen Intendenten, hochgehoben und mit ausgestreckten Armen festgehalten hatte, bis im Gesicht Des Dicken die Schande die Verblüffung einholte. So weit man sich erinnerte, war der Grund dafür gewesen, daß der Intendent sich leutselig zeigen wollte und eine unschuldige Bemerkung über Abraham Nebbs Trinkgewohnheiten machte; daß er alles ertrage außer der Flasche, aus der er trank, oder etwas Ähnliches. Klein Rigor aber erwischte seinen Lutherrock, als er am Tisch vorbeiging, und dann fand sich Der Dicke höher über dem Fleisch schwebend wieder als je zuvor. Also war der Kinderäugige kein Bücherwurm oder einer, der nur über Tabellen und ähnlichem saß.
Als Mulerthal schließlich das lange, schlitzäugige und flachbrüstige Mädchen aus Hallarum heiratete, das weder lesen noch schreiben konnte und leicht hinkte, und sie sowohl lesen lernte als auch Kinder gebar – da war Klein Rigor im Haus auf der Landzunge allein, und dort blieb er.
Er war auch nicht so, daß es ihn kümmerte, als Mulerthal seine Stellung bei den Einwanderern übernahm. Er schien im Gegen-

teil dafür dankbar zu sein. Er war lieber still, als öffentlich zu reden; er war so still, daß man sich manchmal fragte, ob er wirklich noch da war oder ob er auf den Wegen auf einer der Karten oben im Schulsaal umherstreifte. (Darin glich er Mrenta Nebb. Sie war still geworden, als habe die Teilnahme an der Gästearbeit ihr verboten zu sprechen.) Obgleich er, wenn er in Stimmung war, reden, tanzen, Gedichte aufsagen und auf dem Tisch singen konnte. Er schrieb auch eigene Verse, sagten die, die sich darauf verstanden, wenn auch recht unverständliche.

Doch was man vielleicht am deutlichsten sah, war, daß er dicker geworden war: fetter, formloser, filziger. Daß er anfing, schlecht zu riechen: er hatte den Barackengeruch in seinen Kleidern, die auch zusammensackten und nach Feuchtschimmel und Essensresten beim Aufwärmen stanken.

Die Sache mit Canada kannte man auch schon: daß die größte aller Karten davon handelte, die, die er auf dem Korridor vor dem Schulsaal an der Wand angebracht hatte. Mehrere Meter lang und mit *allem* eingezeichnet, Wäldern, Tieren, Schnee, Indianerstämmen, sogar dem Rauch von den Lagerfeuern.

Er wurde nämlich dick, weil er *rastlos* war, sagte man.

Er war ja nicht so einer, der predigte oder rettete oder Lehren verbreitete, um sich zu beruhigen. Das war es vielleicht, was einem am allermeisten aufgefallen war. Er hatte beim Kartenzeichnen kein *Ziel* (außer dem, neue Kontinente zu zeichnen, und möglicherweise irgendwo zu überleben, wo er sich frei bewegen konnte). Einmal sagte er (zu Anfang, als man sich noch erinnerte, was er sagte, weil es übersetzt worden war und von der Anderen Seite kam) in einer Art Predigt in der Kapelle (jedenfalls im Zusammenhang mit einer Abendandacht zu der Zeit, als die Fremden, die mit ihnen dort saßen, etwas Neues waren), es gebe Eine Verdammnis, Eine Verurteilung, die über allem *Stillstehenden* ruhe.

Er rief damals in der Kapelle ein unangenehmes Gefühl davon hervor, daß man, jedenfalls er selbst, Eines Fluchs teilhaftig war. Der darauf hinauslief, daß man gezwungen war, sein Leben in alle Ewigkeit wiederzuleben, mit nur geringfügigen Veränderungen und denselben Irrtümern und denselben jeweiligen Leiden, wieder und wieder wiederholt. Bis man die Abdrücke von alldem wie eine Ablagerung im Skelett hatte, versteinert durch die *Unmöglichkeit auszubrechen.* Nicht einmal der Tod war eigentlich möglich. Darum konnte man nicht *atmen*: das Fleisch war schwer wie Atemnot. Nur wenn man die Fugen fand, wo sich zwei Hautlappen trafen, konnte man versuchen hinauszudringen.

So ungefähr hatte das traurige Bild ausgesehen, daß er ihnen vorgehalten hatte. Er hatte Pupillen gehabt, als sei er eben aufgewacht, vollkommen ausgeschlafen, und das Bild war gleichzeitig beklemmend und verlockend gewesen.

In Wirklichkeit hatte das, was er an diesem Abend sagte, zu Anfang das Bild aller Franzosen geprägt, und es leichter gemacht, sie als normale Menschen zu sehen. Die gegen Armut, Elend und Unterdrückung kämpften: viele im gemeinsamen Streit. Dergleichen war es jedenfalls, woran man sich erinnerte.

Er hatte auch noch andere Eigenheiten. Zum Beispiel, daß er mit Kohlestückchen Bilder von Tieren, Dachsen, Hunden und fliehenden Elchen an Stallwände und Türen zeichnete. Oder daß seine hohen Stiefel, die er sonntags anzog, rote Stoffbänder hatten, die hinter den Schäften herflatterten, wenn er ausschritt: rot und nach und nach blaßviolett, und Teile eines dunklen liturgischen Zusammenhangs.

Außerdem hatte er von allen die größte Vorliebe für gebratenen Fisch und gekochte Kartoffeln. Man hatte den Eindruck, daß er jeden Tag jahrein jahraus gebratenen Hering aß; Fisch, den er kaufte oder von dem fischenden Prediger bekam. Auch dieses Bild konnte man sich jederzeit vergegenwärtigen: Klein Rigor im Sturm oder Regen unten bei der Brücke, mit einem alten Netz aus ungenau verknüpften Schnüren, in blankgescheuerten Hosen, die über die Knie hingen; die Fischkörper, die gegen die aufgeschwollenen Seiten des Netzes drückten, der Prediger, der mit schiefgelegtem Kopf unter der Pelzmütze krummbeinig oben im Gras verschwand; und der andere an Ort und Stelle und ins Nichts stierend, als warte er darauf, daß ihn jemand in Bewegung setzte: nach Hause und Strömlinge braten.

Hinzu kam noch, daß der Prediger und er, vom Hering abgesehen, einander anscheinend nie ein Wort zu sagen hatten.

Sie redeten nicht einmal vom Fischwetter. Darüber wußte der Kinderäugige ja sonst gut Bescheid: über Strömungen, Wasserbewegungen, tintengestrichelte Kartenwolken, grau von unausgelöstem Regen oder Hagelschauer.
Er war ja überhaupt ein recht einsamer Mann, wie sich bald zeigte; außer vielleicht im Schulsaal, wo die Lehrerin war. Dort ging er mit ihr und Elis Nebb und dem Ältesten der Norrländerin um; und früher hatte er gern bei Mrenta Nebb in der Küche gesessen. Als sie fort war, blieben nur Der Schauspieler und Der Kranke, und dann waren sie es, die zu ihm nach Hause kamen.
Elis Nebb und Carl-Emanuel Himmer brachten wohl gelegentlich seine Redemühle in Gang. Auch wenn sie selbst gewissermaßen geschmäcklerisch geworden waren und sich lieber in ihrem Äußeren auszudrücken schienen.
Elis Nebb war ein recht langer, magerer, ebenholzgelber Kerl geworden: dunkel, aber weißleuchtend vor Eingesperrtheit; er sehnte sich zurück in die Stadt, konnte man annehmen. Der zweite, Carl-Emanuel, war rosiger. Um ihn herum stand wie Dunst die Ängstlichkeit seiner Mutter, und diese Angst war sogar in dem gröber werdenden Fleisch um Hals und Schultern zu sehen. Obgleich er auch seinem Vater immer ähnlicher wurde: grob und weich.
Jedenfalls gingen sie an den Sonntagabenden mit Stöcken spazieren und räsonierten über *Kunst* und *Politik*. Und liefen umher und zeigten alles vor, was *anders* war. Wie Brillantine im Haar.
Selbstverständlich würden sie nicht bleiben. Der Schauspieler, der auf die Äcker ging und nicht im Kontor saß, obwohl er gekonnt hätte, wenn er gewollt hätte, und der Kontorist, der nicht Vorsteheraspirant oder wenigstens Prediger oder Vorleser werden wollte – sie würden gehen. Die Frage war nur, wann, und was die Norrländerin sagen würde.
Vielleicht war Mrenta Nebbs Beerdigung das Signal. (Wenn auch ihr Tod vermutlich nichts mit ihren Plänen zu tun hatte. Sie hätte sie ermuntert, und tat es vielleicht auch. Sicher tat sie es.) Vielleicht war es irgendeine Unwichtigkeit, die sie in Bewegung brachte. (So war es wohl. Sie hatten wohl keine gemeinsamen Pläne.) Vielleicht wollte Klein Rigor nicht einmal

die beiden anderen mitnehmen. Ihm ging es ja darum, aus seinem eigenen, einbalsamierten Körper zu entwischen.
Canada – soweit hatte er schon geplant. Die Karte war fertig: mehr aber nicht. Allein in vollkommen *neuen*, lebensgefährlichen Schneestürmen: Dunkelheit, Wolfsrachen, Hunger, Eisenräder.

Vielleicht war es irgend etwas bei Mrenta Nebbs Beerdigung. Elis Nebb ging jedenfalls zu seinem Vater und bekam dessen Segen, und Abraham Nebb ließ ihn sein mütterliches Erbe auslösen. (Als ob so etwas existierte.) Dann ging Abraham zu Himmer. Und was er ihm sagte, erfuhr man nie; doch er, Himmer, versprach, aus eigener Tasche zu bezahlen, was die Auswanderung kosten konnte.
Zu diesem Zeitpunkt war es bereits klar, daß Carl-Emanuel mitkommen würde und daß die Norrländerin ihm ihre Einwilligung gegeben hatte zu reisen.
Und das war wohl das Allererstaunlichste, denn man hatte geglaubt, sie werde lieber sterben als ihn gehen lassen.
Doch irgend etwas mußte sich verändert haben.

49

Es war diese Zeit, die später (in Kommentaren zur Chronik) abwechselnd als »Absolutismus« und als »Goldenes Zeitalter« bezeichnet wurde.
Einige wurden geboren, andere alterten und starben. Einige alterten nur, oder entdeckten, daß die Vergangenheit sie eingeholt hatte, so daß das, was sie für die Gegenwart hielten (und was zur Zukunft gehörte) bereits Wiederholungen waren.
Für einige war die Begegnung mit der Vergangenheit eine Bestätigung, daß sie lebten. Für andere eine Sackgasse. Fast immer waren es Zufälle, die entschieden, welches von beiden.
Manchmal schien der Zufall es sogar zu unterlassen, sich zu verkleiden. Als habe er nicht die Kraft, sich diese Mühe zu machen, oder als wolle er, daß das Ganze aussehe wie ein ausgedachtes Arrangement.

Er ließ sich finden. In Form eines alten Ringes, eines Kinderschuhs, eines vergilbten Briefes. Doch dann verlangte er als Gegenleistung eine gewisse Aufmerksamkeit.
Himmer schrieb:
»Das Dorf gedieh in der Hand Des Rates sichtlich. Die Äcker bildeten für das Auge üppig blühende Teppiche, die Bebauung wuchs.
Im Norden, beiderseits der neuen Straße, war eine kleine Siedlung aus dem Boden geschossen: Wohnhäuser, Scheunen, Ställe und Einfriedung. Dort gab es kleine Höfe mit Kopfsteinpflaster, Hecken mit Faulbaum und Weißdorn, Kaninchenkäfige, Klettengestrüpp, Kohlgärtchen, Gurkenbeete, Beete mit Geißfuß, Hopfen und Stachelbeerbüschen. Vor den Wagenschuppen standen gutgeölte Karren. Die Wetterhähne aus Eisenblech quietschten im Wind, Wäscheklopfer und Fensterläden schlugen. An den grünen Wassertonnen blühten nachts Stechapfel und Liebesblume.
Der Wohlstand konnte gemessen und gewogen werden. Er hatte Namen: Taschenuhr, Bouillonkocher, Seidenpompadour, Koloquinttropfflasche, Dickmilch mit Ingwer und Zucker.
Vierzehn Jahre waren jetzt seit dem historischen Tag vergangen, an dem Klein Rigor in Gegenwart der Ältesten Das Buch Mit Den Hundelederdeckeln im Meer versenkt hatte. Alle waren ein Volk in Gott. Wenn man Den Schöpfer aufsuchte, kam man immer aus derselben Richtung, und sprach Schwedisch mit ihm.
Die Gebetswanderung um Den Schwarzen Stein und die vielen Hausaltäre gehörten ebenfalls der Vergangenheit an. Die Arbeit selbst, die die Gäste ausführten, war geistesfördernd. Die Gebete in den Häusern bedurften keiner äußeren Requisiten: Gott hörte und sah, was er sehen und hören wollte.
Von Der Alten Gesellschaft in Avignon kamen keine Lebenszeichen, außer einige Bettelbriefe, die vom Bibliothekar Pernetty unterzeichnet waren. Doch diese Stimme war nicht nur erkennbar, sie war auch schwach und glich auf diese Weise der Stimme des Vorstehers aus der Verbannung: sie schreckte nicht einmal dann, wenn sie flüsterte.
So waren wir in der Mitte Des Welteies.
Wir waren aus allen Richtungen zusammengeströmt. Wie die

ausgestoßenen Leibesfrüchte der trächtigen Sonne Des Universums wurden wir zurück in Den Schoß gewiegt: nach Hause und in den ruhigen Hafen.
Wie Nadeln die Haut durchdringen, hatten wir die Wirklichkeit durchdrungen – aber von innen nach außen. Wir hatten Geduld gelernt. Glück oder Unglück, gute oder böse Jahre: was Der Schöpfer auch gab, nahmen wir an.
Wir begegneten den Gefahren, ohne uns zu ereifern.«

Und später:
»So konnten alle zu uns kommen.
Hier setzte man das Leben fort, das man draußen nicht hatte leben können. Der Zimmermann blieb Zimmermann, der Verzinner Verzinner, der Dielenleger Dielenleger.
Sogar ein Korbflechter (oder Dichter) hätte hier weiterflechten können, wenn er gewollt hätte.
Hier gab es sogar Raum für den, der Körbe oder Dichtungen erfand.«

Drittes Buch

Vierunddreißigster Tag

I

Einem Engel namens Schemel aber gelang es, zum Wegbereiter Himmer vorzudringen. Er flog über tote Ströme und Berge, durch Stürme von dunklen Flügeln, dicht, panisch und peitschend wie Hagelschauer aus schwarzem Feuerstein.

Auf dem Weg nahm er Farbe und Aussehen von jemandem an, der ein Auftraggeber hätte sein können. Jedenfalls glich er einem in der Umgebung, einem, der beschimpft worden war.

In den ersten vier Nächten zeigte er sich unsichtbar. Er war im Dunkel des Hintergrundes, im Inneren der Wände hinter den Träumen. Dort bewegte er sich wie ein Schatten unter Schatten, flüsterte und sprach aus dem Dunkel mit geborgten Stimmen, zeigte das halbe Gesicht oder Teile des Nackens. Manchmal stieg er in den Schatten eines Ungefährlichen und Deutlichen: eines Jugendfreundes, der gescheitert war, eines bei einer alltäglichen und bedeutungslosen Tat ertappten Fremdlings.

Gleichzeitig gab er seine Gegenwart durch Gerüche und Wellen von Licht zu erkennen. Er sprach davon, daß er auf dem Wege sei, so daß der Mann, der ihn träumte, schweißgebadet und mit dem starken Gefühl erwachte, jemand sei im Zimmer.

In der fünften Nacht sprach er lautlos so laut, daß der Schlafende ihn sah. Er weckte ihn in seinem Traum und sprach die Worte, die zu sagen er geschickt worden war: »Es ist gleich weit vom Himmel entfernt, wo man stirbt.«

Wie man ihm aufgetragen hatte, sprach er ohne Betonungen, in einem einzigen, dichten Gemurmel.

Der schlafende Mann glaubte auch, daß er ihn selbst erfunden habe. Er starrte ihn an, als sehe er sich selbst in einem dunklen Raum im Spiegel.

Da ließ er ihn ganz sanft erwachen, um ihn nicht zu erschrecken. Das Bild aber, die Erinnerung, ließ er den ganzen Tag in dem wachen, verwirrten Mann gegenwärtig sein; so daß er sich an das Gesicht erinnerte, an die Poren der Haut über der Nase, die Schnalle der Schärpe, die Hände, die drei hängenden Flügel, die Worte. Und der tätige, hart arbeitende Mann fühlte sich krank, erkältet, verschnupft, fiebrig. Er ließ ihn zu frieren anfangen und blies ihm Kopfschmerzen ein, und brachte ihn soweit, daß er sich nach dem Essen unter die Decken in dem roten Holzbett im Zimmer hinter der Expedition legte.

Dort ließ er ihn weiter sein Gesicht sehen, sobald er die Augen schloß oder sich zur Wand drehte.

Jedesmal, wenn er aufwachte, war es dasselbe.

Jede Bewegung, die er machte, um sich zu entwinden, wurde von dem Mann mit den Flügeln wiederholt; sogar der Schweiß auf der Stirn und der schmerzliche Zug um die Augen: die Kopfschmerzen.

Darüber hinaus unterschied sich das Gesicht in den meisten Punkten von seinem eigenen. Möglicherweise glich es Bias. Wenn auch mit anderen Augen: klein, durchscheinend und uralt wie die eines traurigen Wals. Jedenfalls wie die Augen von jemanden, der verständnislos aus einem großen, unförmigen Körper herausguckt, und nur unbegreifliche Gegenstände sieht. Und der weiß, daß es so sein soll: daß er alles schon gesehen hat; und daß er es noch einmal sehen wird, und noch einmal, und noch einmal.

Der Mann, der sich zeigte, hatte drei schmuddelige, graugelbfleckige Flügel. Wie der Engel auf dem Marketendereischild hatte er keine Daumen. Es konnte aber auch so sein, daß er mehr als zehn Finger, aber keine Daumen hatte. Er schnüffelte. Ganz offensichtlich hatte er Kummer. Sein Nachthemd war graugeworden wie die Unterseite eines frischgefangenen Dorsches und machte denselben Eindruck von Nässe. Auf der Schnalle der Lederschärpe (oder des Gürtels: Bias' schwarzer Gürtel!) schwirrte mit giftigem Glanz ein einsames grünes Glasstückchen herum. Manchmal erlosch es und erkaltete ganz, und dann öffnete sich ein Mund mit Lippen (naß, dünn, violett) und sprach. Er selber, der schlaksige Mann mit den Flügeln, wirkte zungenlos und schien nicht zu sprechen, weder mit dem Mund noch mit den Händen.

»Es ist gleich weit vom Himmel entfernt, wo man stirbt«, sagte er durch den Mund in der Schnalle. Und während Himmer aus seinem Bett wankte, verschwitzt und erschöpft und mit klebrigem Nachthemd, versuchte er, sich zu erinnern, wo er dies vorher gelesen oder gehört haben mochte. Die Bedeutung war

ja klar. Wenn auch nicht besonders tiefsinnig oder gar wahr. Dennoch fühlte er sich unangenehm berührt.
Wie die Worte ausgesprochen worden waren, hatten sie wie eine Drohung geklungen.

Am Ende der Woche spürte er nicht mehr viel von der Erkältung. Vor allem wenn er gut in seine Kleider gekommen war. Auch die Kopfschmerzen ließen nach, wenn er gefrühstückt hatte.
Er trat in den kühlen Nachmittagsdunst hinaus, ging die Treppe hinunter, die zwischen den Steinmauern widerhallte, durch den Korridor, der nach Scheuerwasser roch. An der Schultür blätterte die Ölfarbe ab.
Fast eine Stunde an jedem Nachmittag arbeitete er sich zusammen mit Mulerthal durch die Bestellungslisten. Er saß über den Büchern auf Mulerthals Schreibpult. Der Tintengeruch und der Duft von staubigem, mit Schrot vermischtem Sand stach ihm in die Nase.
»Dann ist das also klar«, sagte er. »Unterwäsche und Spucknäpfe für Den Keller. Und Seife.«
Manchmal ging er durch die hummelreichen, kleeduftenden hohen Grasschatten den Hang hinunter. Und fragte sich plötzlich, ob es vielleicht möglich wäre, am Abend Magdalena zu treffen. Wenn er es dann noch wollte.
Denn es hatte sich ein wenig zwischen ihnen gelegt. War ausgedünnt, wie das wohl zu gehen pflegt. Vor allem wenn alles verheimlicht und dem Gewissen gegenüber verteidigt werden muß. Und geleugnet.
Eigentlich war es so geworden, bevor Mrenta Nebb starb. Sie ruhten sich manchmal voneinander aus, wandten sich mit Gesten der Versöhnung solchem zu, was sie versäumt und vernachlässigt hatten. Obgleich sie wußten, daß Vergebung unmöglich war (und sie zurückgewiesen hätten, wäre sie angeboten worden).
In Magdalenas Gesicht machte sich auch eine gewisse Knochigkeit bemerkbar. Ebenso deutlich, wie die Herausforderung mit dem großen Bett im Kontor kindisch gewesen war.
Nicht ein einziges Mal hatten sie darin gelegen. Er hatte sich allein darin wiedergefunden und schlecht geschlafen in den

Nächten, in denen er kein Recht zu haben meinte, nach Hause zu gehen und dort zu schlafen.

Doch der namens Schemel kam wieder. Er flatterte herein, drängte sich aus der Wand hervor.
Er weckte den verwirrten Mann, so daß dieser träumte, er schlafe nicht, sondern sei wach.
Als er, der Engel, sich davon überzeugt hatte, daß die geschlossenen, aufgesperrten Augen des Schlafenden ihn sahen, sagte er sehr langsam und mit deutlicher Stimme:
»Ich bin hier. Wenn ich will, kann ich dich zum Schatten deines eigenen Schattens zusammenknüllen.«
»Ich bin gekommen, um mit dir von Der Sünde zu sprechen«, sagte er und hauchte ihn an mit seinem Atem von faulen Zähnen und Nelken.
So hörte Himmer, als er aufwachte und hochstürzte, den Klang einer läutenden Eisenglocke.
Und da wußte er, daß nicht einmal die gelben, zerfressenen Zahnstummel Einbildung waren, denn im ganzen Dorf gab es keine einzige Glocke, die läuten konnte.

Die Glockenlosigkeit war mehr oder weniger ein Gebot Des Meisters persönlich gewesen. Seit seiner Jugend war es ihm schwergefallen, Glockenklang zu ertragen. Vielleicht vertrugen seine Ohren gerade diese Art von Vibrationen nicht. Jedenfalls hatte er bei mehreren Gelegenheiten gesagt, das Lärmen mit Glocken sei barbarisch. Als schlage man mit Saucenkellen auf Töpfe, um Hungernde zu versammeln. Geister begegnen sich in der Stille: sehen, sprechen, leben. Warum Seele und Ohren mit einem Wahnsinnsradau quälen, der brodelnden, breiigen Gewitterböen gleicht? Das ist Heidentum und Einfalt: die Winde schweigen und hohnlächeln um jeden einzigen Kirchturm.
Dennoch war die Sache im Dorf gelegentlich zur Sprache gekommen; im Hintergrund, oder wie ein Bedürfnis der Annäherung an Konventionen. Es hätte jedenfalls auf die Bauern der Gegend eine wohltuende Wirkung gehabt, wenn sie hätten hören können, daß man im Dorf ebenso oft (öfter) und lautstark anständig zum Gottesdienst rief wie sonstwo. Auf der

anderen Seite aber konnte es auch die Vorstellung erzeugen, daß man mit seiner Frommheit prahlte. Und das nannte Der Meister die »Schwere Sünde der Auserwähltheit«.
Einmal hatte Tuppen der Hahn einen alten Leinenlappen mit Gekritzel darauf bei sich gehabt und die Meinung geäußert, daß man mit dessen Hilfe eine Glocke ausfindig machen könne. Zumindest für Das Sanktuarium, denn dort bedürfe es hörbarer Signale, zumal die Glasharmonika bei denen, die sich ihr lange aussetzten, Taubheit hervorrufe. Sie klinge im Register oberhalb des menschlichen Ohres, in dem nur Hunde, Eulen und blinde Horchtiere den ganzen Wohlklang genießen könnten, ohne Schaden zu nehmen, sagte Tuppen.
Doch mehr war daraus nicht geworden.
Bias hatte weder Interesse dafür gezeigt, Das Sanktuarium mit mehr Lärm zu umgeben, noch sich Sorgen darüber gemacht, daß die Glasharmonika zu Himmelsohren verhalf. Keines von beiden hatte mit Den Berührungen zu tun, sobald sie einmal in Gang gekommen waren. Und es war auch nur Tuppen, der damals darauf bestanden hatte, daß er Kopfschmerzen bekam.
So kam es, daß an diesem Morgen, als Himmer in dem rotlackierten Hurenbett im Kontor von Kirchenglocken geweckt wurde, die läuteten und nicht vorhanden waren, seine eigene Einstellung zum Glockenläuten zum ersten Mal ins Wanken geriet.
Wenn er eine Kirchenglocke hörte, die traurig oder herausfordernd läutete, hätte dies darauf beruhen sollen, daß wirklich eine Kirchenglocke läutete, traurig oder herausfordernd.

2

Bis tief im Inneren des grauenden Erzes eine unsichtbare Spalte aufriß. Im Fleisch, das schrie. Und er träumte wieder, und der andere kam mit demselben Gesicht.
Er hörte, wie die Glocke geborsten brüllte, damit alle zufrieden waren, beinahe aufgeräumt. Als bewirke die Glocke, daß sie endlich sicher sein konnten, daß ihr Gott und ihr Glaube und ihre Möglichkeit im Himmel nicht so anders waren, wie sie manchmal fürchteten.

Das hatte ja nichts mit Mrenta Nebb zu tun, oder auch mit Anna-Aurora. Es war etwas mit seinem Alter, mit seinem Körper.
Und er merkte, daß er darüber mit Magdalena sprechen mußte. Wenn es nicht half, daß er betete, daß ihn in der Dunkelheit auf dem Kapellenfußboden die Knie schmerzten.

Als er in seiner Jugend auf dem Wagen lag, auf der schaukelnden Pritsche in Den Wäldern Im Norden, hatte er auch verwirrende, kranke, und umstürzende Träume gehabt.
Eines Nachts hatte ihn Der Teufel persönlich besucht: er hatte Den Teufel gesehen, angetan mit seinem eigenen Körper, mit seinem eigenen Gesicht, seinem eigenen Mund, der sich bewegte, sprach.
Doch nachher war er immer aufgewacht, hatte sich an die Oberfläche gearbeitet, ein Licht gesehen, das glaubwürdiger war: das harte Morgengrauenblech, den Geruch von Tannenwaldnacht, Feuer, Pelztieren, Waldangst. Er war jung gewesen und lebenshungrig. Morgens hatte er nach dem Licht zwischen den Ästen geschnappt, hineingebissen. Auch wenn er umnebelt war vor Angst, wenn der Existenzwechsel im Begriff war, ihn zu ersticken.
Jetzt lag er in einem Bett in einem großen Schlafzimmer unter einem Dach aus Stein; neben ihm schlief seine Frau unter einem Ölgemälde von ihm selbst und der Familie. Der Teufel war ebenso weit entfernt, wie es damals der Mond gewesen war; oder die Waldmäuse unter dem Moos hinter dem Wagen, oder das schwere Stöhnen des schlafenden, erschöpften Pferdes.
Jetzt war Licht, wo damals Dunkel, Tag, wo damals Nacht war. Jetzt war Der Engel da.

Und er kam beinahe jede Nacht. Mit derselben schmuddeligen Abgerissenheit und demselben freudlosen Wangenfleisch, als schäme er sich seiner Magerkeit und seiner groben Poren.
Er setzte sich auf die Bettkante, drängte sich an ihn, ließ den Rücken hängen. Die Flügel hatte er abgelegt, mit ihnen belastete er sich nicht mehr. Da saß er und schwieg und stank nach krankem Zahnfleisch und Fleischsuppe, so daß Himmer

im Traum laut und bitter auflachte. Es war *zu* deutlich. So vieler Requisiten hätte es wirklich nicht bedurft: ein reiner Theaterengel. Das Bild Des Gewissens.
Obwohl er das ja hätte aushalten können. Schlimmer war es, daß er die ganze Zeit in einer Art tauben Verwirrung lebte. Daß er weiterschlief, wenn er aufgestanden und in Gang gekommen war und arbeitete. Er schlief weiter, als wolle er nicht aufwachen. Nicht einmal zu Magdalena. Vor allem nicht zu ihr.

Ein Tag im Kontor, kurz vor zehn Uhr vormittags. Es regnete. Ein kalt schrumpfender Regen hämmerte ohne allen Sinn gegen die Scheibe. Mitten in diesem toten Herbstregen kam ihm in den Sinn, daß er sich Gott anschließen oder aufhören mußte zu leben.
Genau in diesen Worten: Sich Gott anschließen oder aufhören zu leben!
Die Uhr schlug zehn, der Kamin donnerte und flackerte mit trockenen Feuersprüngen um das Holz, das sich widerwillig verbrennen ließ.
Er stand auf, die Hände auf dem Schreibtisch zur Faust geballt, lauschte, auf die Knöchel gebeugt.
Seine Beine fingen an zu zittern.

Fünfunddreißigster Tag

3

Mulerthal konnte verfolgen, wie der Mann dort drinnen sich schrittweise verwandelte.
Sein Körper wurde weicher, gröber, so daß die Kleider strammer wirkten: wie bei alten Männern, die sich nach dem Geschmack anderer kleiden, verkleidet und resigniert. Das war das erste, was ihm auffiel. Dann die Farbe seiner Wangen, die gelb wurden. Und später der strohfarbene, ungepflegte Bart, der das ganze Gesicht erfaßte, so daß die Augen dichter an den starren Nasenrücken heranrückten. Auch um den Hals wurde er gröber, grauer in den Poren, seine Augen wirkten flach und waren an den Rändern geschwollen.

Mulerthal mußte an den Ausdruck »Augen schwach vor Tränen« denken; und an die eingefallenen Lippen einer alten Frau.
Er fragte ihn nicht, ob er krank oder unpäßlich sei. Doch einmal erwähnte Himmer selbst seine Schlaflosigkeit. »Ich schlafe überhaupt nicht mehr«, sagte er und lächelte steif mit schielenden Augen. »Das ist auch eine Art, sich zum Himmel zu arbeiten.«
Mulerthal blickte auf, vermutlich erstaunt, und da murmelte er: »Man ist auf dem laufenden. Trotzdem. Schlaf ist etwas für alte Leute.«
Manchmal erschien er mit seinem lächelnden, aufgesprungenen, entstellt gelbgrauen Gesicht, und dann machte er sich nicht einmal die Mühe zu verbergen, wie seine Hände zitterten, wenn sie zwischen den Federn im Tonkrug auf Mulerthals Pult herumwühlten. Er grunzte verwirrt, schluckte und hauchte ihn an, roch nach saurem Hering und ungewaschenem Hund. Das war manchmal der Auftakt zu einer Geschwätzigkeitsattacke, das Klappern mit den Federhaltern, die Kehle, die unter den Bartstoppeln verschlammt war, das lichtempfindliche Umherirren der kleinen weißen Augen zwischen den Gegenständen auf dem Schreibtisch.
Alter, dachte Mulerthal biblisch. Nicht schon wieder.
Meist waren es Monologe über das Leben der Gäste. Doch manchmal landete er bei seinem Sohn, Carl-Emanuel, oder, seltener, als rationiere er dies, Daniel Pettersson.
Er ließ es sich auch nicht nehmen, alles aufzuzählen, was die Gäste taten. Als sei es schon an sich etwas Einzigartiges, Göttliches oder Frommes, daß sie arbeiteten: auf den Äckern (bei jedem Wetter), Schweine und Hühner fütterten, Holz schlugen, Wasser trugen, saubermachten, Feuer machten, Kinder hüteten, Unkraut jäteten, Schornsteine reparierten, Schafbingen anstrichen, Tang schaufelten, Dung fuhren, molken, Wagen ölten, Milcheimer auswuschen. Und das Frommste und Bemerkenswerteste (ein wahres Wunder!) – die, die wirkliche Künste, Handwerke, Handarbeiten ausführten: der Verzinner (ein eidechsenstarrer, steifhalsiger Kerl ohne Alter, der verkrochen in einen Schuppen unten an der Brücke saß), die Tischler (und Der Stift! ein Heiliger!); oder der Schuhmacher, der hinkende, der Stiefel machen konnte, haltbar wie Herbstharz,

ordentliche Arbeitsutensilien ohne Klimbim: ein namenloser Kathedralenbaumeister. Mindestens.
»Wo liegt der Fehler?« konnte er fieberhaft und verschmitzt fragen, wie er so neben Mulerthal an der Pultkante saß, stinkend nach schlaflosem Enthusiasmus.
»Warum keine Freude?«
Und Mulerthal, der nicht einmal begriff, was er meinte, oder sich die Mühe machen wollte, es zu begreifen, beugte sich demonstrativ über die Bücher. (*Er* hatte, hol's der Deibel, keine Zeit, herumzusitzen und zu schwatzen. Nicht einmal in gebrochenem Schwedisch.) Und zwirbelte seine linke Augenbraue zwischen Daumen und Zeigefinger, um beim Rechnen die Ziffern besser zu sehen.
»Als Gegenleistung bekommen sie ja Essen und Unterkunft«, plapperte der andere weiter. »Kleider, Fürsorge. Und die Freude, sich selber und ihren Wirten das Leben zu erleichtern. Jetzt haben ja fast alle zwei, einen vollarbeitenden und einen, der sich zu Hause nützlich macht und von den Kindern bewacht wird. Was die Arbeitskapazität betrifft, die kann man bis in die Zweiunddreißigstelfähigkeit berechnen, oder? Das hab' ich dieser Tage in einem von den Journalen gesehen. Obwohl die im Keller ja mehr geworden sind. Und die, die eingeschlossen in den Häusern sitzen: bewacht von der Liebe Gottes.«
Manchmal konnte er in Gelächter ausbrechen und feixen, als sei er betrunken von den Worten, die er herausgehaspelt hatte. »Wo liegt der Fehler?« sagte er und feixte mit den Bartstoppeln und seinem Stierhals, der, gespiegelt im Fensterglas, glühte. »Man muß manchmal aufbleiben und nachdenken, Mulerthal. Oder? Sonst kann man Besuch kriegen. Der alles verändert.« (Und dann lächelte er eines seiner Abgrundlächeln.)
»Kehrt zum Dienen zurück!« konnte er sagen und erbleichen. Er stand unsicher auf, die Hand in der Leistengegend gegen den Bauch gedrückt. Murmelte etwas – und verschwand wieder in sein Zimmer, als müsse er dringend auf die Toilette. Den aufgesperrten Mund voll von räsonierenden Haarspaltereien.

Eines Nachmittags kam er und hatte verwelkte, frostbraune Farne gepflückt, um sie in eine Vase zu stellen.

Er stand am Fenster, als Mulerthal mit einem Blechtopf aus dem Schulsaal zurückkam. Das Fenster war offen, es zog kalt und rauh vom Kiesplatz, es nieselte, obwohl der Himmel frei war.
Mit dem Rücken zu ihm rief er Mulerthal zu kommen.
»Hörst du?« murmelte er. Und Mulerthal kam und stellte sich neben ihn.
»Spielende Kinder!« flüsterte er rauh. Mulerthal lauschte.
Irgendwo im Dunst schrien und ulkten einige Kinder.
»Auch Milch und Schornsteinrauch«, sagte er. »Jetzt trocknen sie Obst.«
Er sah Mulerthal triumphierend an. »Die Häuser haben sich in den Pfützen gespiegelt, als ich hierherkam!«

Manchmal konnte er hören, wie er dort drinnen betete; und er sprach darüber mit seiner Frau, wenn sie im Bett lagen und schlafen wollten. Sie meinte, er solle sich nichts anmerken lassen. Es könne ja alles mögliche sein. Etwas Vorübergehendes, eine Unpäßlichkeit. So etwas pflege vorbeizugehen. Das Problem sei vermutlich, daß er zu wenig zu tun habe.
Mulerthals Frau war überhaupt der Meinung, seit sie lesen gelernt hatte, daß Mulerthal in der Expedition viel zu viel tue. Und er, der andere, zu wenig. Das ging so weit, daß Mulerthal befangen wurde, denn wenn sie sich auf diese Weise für ihn verwendete, konnte es so aussehen, als könne er nicht für sich selber sprechen, wenn er gewollt hätte.
»Zu viel Zeit, zu wenig zu tun«, sagte seine Frau. Die in ihren eigenen Augen noch jung und jungverheiratet genug war, um im Bett ihren Mann mit Liebkosungen, heißen Küssen und kleinen Bissen zu überfallen, manchmal auch, wenn er schlief.
Mulerthal wußte auch nicht recht, wie er sich in der Expedition verhalten sollte. Er hörte das Gebetsgemurmel von nebenan, manchmal mehrere Male an einem einzigen Vormittag. Das machte ihn beklommen.
Nicht weil er selbst nicht an Sinn und Aufgabe, ja Notwendigkeit des Gebets geglaubt hätte. Selber betete er seine Gebete mit einer Art pedantischen Sorgfalt jeden Morgen und Abend, identisch jeden Tag des Jahres. Vergaß er es einmal, fühlte er

sich ebenso unwohl, beinahe unrein, wie damals in der Kirche (eine Erektion! Was vorkam).
Gleichwohl hatte er ein sachliches, wechselseitig vertrauensvolles Verhältnis zu Gott. Das hatte er im übrigen immer als eine seiner stärkeren Seiten betrachtet. Er konnte sich auf anderes konzentrieren. (Deswegen hatte er nicht einmal ein schlechtes Gewissen. Sie waren so etwas wie Kameraden, er und Gott: Arbeitskollegen.)
Doch er wurde nervös, wenn er riskierte, in etwas hineingezogen zu werden. Wenn Leute Versprechungen, Glauben oder Zeugnisse forderten. Dann hatte er ein Gefühl, als verlangten sie, ihm in die Hosen gucken zu dürfen. Tatsächlich. So hatte er es einmal seiner kichernden Frau beschrieben, als sie im Bett lagen und einander etwas erzählten. Und das hatte nichts damit zu tun, daß er Franzose war.
Als er noch ein Kind war, hatte seine Mutter Aufschluß darüber verlangt, »wie er es mit Gott halte«. Sie hatte zu den hysterisch Sehnsüchtigen gehört. Zu denen, die enttäuscht und eifersüchtig bewachten und bezeugten. (Die gibt's bei uns auch, sagte seine schwedische Frau sittsam.)
Er begann, den Verdacht zu hegen, daß der Alte nebenan sich zu etwas Ähnlichem rüstete. Daß er kommen und um Hilfe bitten, Zerknirschtheit, Demut und Glaubenskampf über ihn ausschütten werde.
Mit steigendem Unmut lauschte er dem Gemurmel. Einmal hörte er auch Kniefälle.
Obwohl das der Sturm gewesen sein konnte, der gegen die Wand schlug, oder gegen die Dachschindeln.

Dennoch war er nicht vorbereitet, als der andere wirklich aus seinem Zimmer gestolpert kam. Mit angespannten, schmalen Lippen, starrenden Augen, entstellt hellen Falten und Runzeln bis zum Haaransatz hinauf, wo das Haar struppig abstand und die Bartborsten beschattete. Ein Irrflieger.
Sie beteten zusammen. Mulerthal machte sich nicht einmal die Mühe, überrascht zu tun (was seiner Ansicht nach die Diskretion sonst erforderte).
Sie beteten laut: zuerst Himmer, dann er.
Mulerthal sprach sein gewohntes Morgengebet. Der andere

schnörkelte eine unendlich demütige, reuevolle (beinahe haßerfüllte) Litanei hervor, die darauf hinauslief, daß er »taub« geworden sei.
Als sie fertig waren, konnte man deutlich sehen, daß es ihm gutgetan hatte.
Er stand als erster auf, zog Mulerthal auf die Füße, streichelte ihm auf eine Art, die wie Sachlichkeit aussehen sollte, die Arme und schob ihn zum Drehstuhl an dem dreistöckigen Pult. Dort sprach er dann lange und wirr über eine »Entdeckung«.
Es dauerte fast bis zum Ende der Tirade, bis Mulerthal begriff, daß er über einen anderen als sich selbst sprach.

Von nun an beteten sie jeden Morgen zusammen, bevor sie mit der Arbeit anfingen.
Dann war Himmer von der Treppe hereingekommen, wo er das Korum gehalten hatte. Ab und zu war er ein wenig heiser. Doch sie beteten, als wollten sie zeigen, daß man von Der Reinigung nie genug bekommen kann.
Mulerthal fühlte sich durch diese plumpe Einladung zur Teilnahme halb und halb beleidigt. Er zog sich vom Ellenbogen des betenden Mannes so weit zurück wie möglich.
Zu diesem Zeitpunkt hatte sich das Gerücht ausgebreitet, daß eine neue Erweckung zu erwarten sei.
Man hatte ja selbst bemerkt, daß etwas im Gange war. Der Vorbeter war vor ihren Augen auf der Korumtreppe hervorgewachsen.
Und das um so viel deutlicher, als die Kälte und der Sturm morgens zunahmen.

4

Es wurde ganz anders, als man erwartet hatte. Mulerthal selbst, der den Verlauf mit ungetrübtem Sinn studieren konnte, war überrascht.
Es wurde eine Gebetserweckung. So weit war alles normal. Himmer, und auf eine amtlichere Weise der Prediger, beteten und sprachen vom Weg des Betens zu Gott. Von Armut und Dienen.
Man sollte selber beten, mit eigenen Worten. Unter seinen

Nächsten, unter den Gästen bei der Arbeit, zu Hause. Beten, wenn immer man das Gefühl hatte, Ihn suchen zu wollen, der zuhörte und gerade jetzt während der Erweckung mehr als je zu ihnen hinunterfand, zu ihrer Sünde und Qual – auf andere Weise jedenfalls.
Mulerthal empfand meist Unmut. Fast wie ein Leiden. Besonders die Frauen nahmen die Stimmungen von Ewiger Erlösung und der Sehnsucht Nach Dem Anderen auf, die während der Abendversammlungen in der Kapelle ja beinahe Körperlich zu spüren waren.
Nicht so viele schienen zu begreifen, daß die Gebete, die der Mann da vorn in seinem Mund brennen ließ, und die er wie Vögel aus Feuer zur Decke schickte, zu *den Gästen* sprachen, wenn er das Dienen beschrieb. Oder daß es um eine neue, kollektive Sünde ging: ein System, eine Sündenmaschinerie.
Die, denen dies klar war, duckten sich nur in ihren Bänken. Nicht aus Schuld, sondern weil sie wußten, daß an der Sache ja nichts zu ändern war, falls man nicht das ganze Dorf abreißen wollte.
Dagegen schien nicht die Rede davon zu sein, wieder mit Den Gebetswanderungen anzufangen. Das wies er von sich, wenn auch Klarheit und Deutlichkeit nach allen Richtungen hin recht ausgreifend waren.
Die Gäste sollten nicht über Den Stein geschleppt werden. Diesmal ging es nicht um deren Seelen, sondern um ihre eigenen. Die Geister drohten in ihnen selbst abzusterben. Die keine Antwort bekamen, oder *allzu* deutlich.
Satisfactio operis, sagte der Prediger. Buße tun.

5

Der Herbst war gekommen. Es regnete, wenn man morgens auf dem Kiesplatz stand.
Ein Engel mit hängenden Flügeln hätte nicht schlechter hineinpassen können: naß, verfroren und elend. Mit vielleicht zu großen Holzschuhen, die später nach Fußschweiß stanken. Obwohl sie das Gebot des Geistes hochhielten und auch Loblieder sangen.
Anscheinend hatte der Vorbeter selbst geahnt, daß es etwas in

der Richtung war, das die bewegte, die dastanden und froren. Denn er beendete die Versammlungen im Freien und ließ sie nach drinnen verlegen.
Mulerthal hörte, daß Himmer selbst heimlich hinter verschlossener Kirchentür nachts über Den Stein kroch. Als habe er einen Engel auf dem Rücken. Das war natürlich nur ein Gerücht. Doch Mulerthal schielte, wenn er morgens kam, nach seinen Knien. Und es kam auch nicht mehr vor, daß sie kniend beteten. Er ging wirklich steifbeinig, wenn man darauf achtete. Sein Gesicht war zitronenfarben und glasig, und die Haut um Hals und Kiefer war geschrumpft. Auch die Wangenknochen waren zu sehen, und wenn er lächelte, dann geschah das mit einer gequälten, in sich gekehrten Sprödheit.
Wie bei jemandem, der würdig befunden worden war, einen Schimmer Der Vergebung zu erhaschen, hätte Mulerthal zu seiner Frau gesagt, wenn sie Französisch verstanden hätte.
Er zweifelte nicht daran. »Er kriecht«, sagte er im Bett zu seiner Frau, während sie sich um seinen Rücken kauerte. »Er kriecht sich das Fleisch von den Knien.« (Und sie ließ zufällig ihre Hand über seinen Bauch hinunterwandern.)
Mulerthal fühlte mit dem Mann auf der anderen Seite der Expeditionstür jetzt aufrichtiges Mitleid. (Was ihm eine gewisse Befriedigung verschaffte.) Obwohl ihm eigentlich das Ganze auf die Nerven zu gehen begann. Er konnte sich nicht mehr auf die Arbeit konzentrieren. Und die mußte ja getan werden. »Wer soll sie sonst machen«, sagte er mit vollem Recht zu den Händen seiner Frau, die jetzt sein steifes Glied hielten.

Nicht ganz selten stand er nachher auf und setzte sich an den Küchentisch und dachte an Klein Rigor. Oder an die Heimat; oder daß er nie das Gefühl hatte, die Sprache zu verstehen, die diese im Grunde unbegreiflichen Menschen hier sprachen.
Manchmal sah er sich im Rasierspiegel auf dem Küchentisch. Sein längliches, blasses, begabtes Gesicht mit Resten von Jugendpusteln und abwartenden, blauen, aufrichtigen Augen.
Dann holte er die schwedische Bibel hervor. Und manchmal schlug er Amos auf und las die Worte: »Darum muß der Verständige in dieser Zeit stillschweigen; denn es ist eine böse Zeit.« Man konnte ja nicht um Armut *beten*.

Der Alte würde das bald selbst einsehen. Vielleicht sah er es jetzt schon ein.
(Daß er es mit der Haut auf seinen abgeschabten, nässenden Kniescheiben einsah, konnte Mulerthal sehen. Die schwarzen Hosenbeine bewegten sich starr und mit steifen Kniekehlen über den Expeditionsfußboden.)

Sechsunddreißigster Tag

6

Und der Heilige Antonius ging in die Wüste hinaus; mit Stab und Fackel, ein kleines Schwein mit Silberglöckchen tragend. (Und das Glöckchen bimmelte – wahrhaftig, es klingelte und klang.) Er stand auf und ging durch den flimmernden Silberduft über einer herbstlichen Wüste, schwebend wie Das Heilige selbst, ein paar Zoll über dem gefrorenen Boden.
Ein grauweißer zottiger Mantel, Hosen und schiefgetretene Stiefel schützten seinen Körper, darüber hinaus war er wehrlos, unvorbereitet.
Er ging durch ein Silberdunkel und sah die Hand vor Augen nicht. Doch der Weg schmiegte sich an ihn, wachte über seine Füße. Wie es bei Leuten geschieht, die ihren eigenen Schatten fliehen.
Er wußte nicht, wohin er unterwegs war. Vielleicht ging er die ganze Nacht.
Er wußte ja, daß etwas geschehen mußte. Er konnte nicht erwarten, noch länger geschont zu werden. Auch seine eigene Erschöpfung wuchs, er wurde leer. Schließlich würde es keine Auswege mehr geben.
Nur die Weglosigkeit.
Er saß in der Kälte hinter den Heringstonnen, am äußeren Ende der Brücke.
Die Nacht war unterwegs. Das Wasser glitt wiegend in das Seegras, stieg schaukelnd, verwandelte sich. Die Brücke wuchs holzfeucht und eisig durch seine Kleider in ihn hinein.
Sein Körper gab keine Wärme mehr ab, keine Gedanken.
Vor einer Weile hatte er Magdalena beim Gästehaus gesehen.

Der Saum ihres Kleides fegte über das Gras. Ein Gesicht hatte er nicht gesehen.
Der Mann mit den Flügeln stand hinter seinem Rücken, wartete geduldig.
Du Aas, sagte Himmer müde.
Er versuchte, ins Wasser zu spucken.
Er würde nicht die Kraft haben, auf die Versammlung zu gehen.
Ich hab' nicht die Kraft, sagte er überraschend sachlich und spuckte ins Wasser.

7

Die ganze Nacht.
Am Morgen torkelte er in eine Wiesenscheune neben einem hartgefrorenen Stoppelfeld, weit weg vom Dorf. Jedenfalls verdichteten sich die Feuchtigkeit und das Licht.
Die Erdklumpen klingelten gegen die Stiefelnägel in den Sohlen, als er über die Erdstoppeln daherschwankte.
Er wußte, daß er krank war; daß er seinen Platz vielleicht einem anderen überlassen sollte.
Später setzte er sich in die Reste von faulendem Heu und alten Säcken, die er zunächst zurückgewiesen hatte. Laute von Winden und Mäusen liefen zwischen seinen fremden Beinen ein und aus, das Morgengrauen klingelte durch die Kleider in seinem Skelett.
Er saß auf dem eisigen Erdboden, der Wind pfiff durch die Mauerritzen herein. Er starrte auf seine lehmigen Stiefelspitzen. Schloß die Augen und wartete.

Der andere trat irgendwann am Nachmittag durch die Tür ein. In Stiefeln, an denen der Lehm getrocknet, aufgetaut, abgetropft und wieder getrocknet war.
Diesmal war er ein Mann von einer gewissen Würde. Er hatte einen alten wattierten Mantel über die Schultern geworfen, seine Flügel schleiften mit einem pfeifenden Zischlaut in Schmutz und Stroh auf dem Boden. Zwei fleckige Lappen mauserweicher Federn.
Um den Hals hatte er ein langes, grauzotteliges Halstuch

geschlungen. Sowohl der Mantel als auch das Halstuch zeigten ein beachtliches Alter an: in den Fäden der brüchigen Nähte machte sich Grünliches bemerkbar. Das Zeug konnte von Rattenzähnen zerkaut sein, auf jeden Fall hatten da Motten überwintert.
Um die Taille trug er ein gewaltiges Seil. (Himmer erinnerte sich plötzlich, wie sich das Seil in den Händen *anfühlte*, als er einmal vor langer Zeit zum Himmel geklettert war.)
Ich muß ihn *sehen*, dachte er. Er darf mir nicht entkommen.
Auf dem Kopf eine Pelzmütze mit hängenden Ohrenklappen und Lasche. Kaninchenfell oder irgendeine unbekannte Mischung?
»Du schießt Kaninchen?« hörte er sich sagen.
Der Engel sah ihn verständnislos an. Wie nur Bias oder ein Zurückgebliebener es konnten.
»Schießt du mit Schrot?« fuhr er also fort, da ihm nichts anderes einfiel, das er hätte sagen können.
Der andere bewegte die Lippen, als wolle er sie unter den Schichten von Ölhäuten, Lehm und Zeit in Schwung bringen. Seine Augen beobachteten ihn forschend. Diesmal hatte er eine gewisse Schwere und roch nach Erde.
»Steh nicht da«, sagte Himmer müde. »Komm rein! Von der Tür zieht's.«
Draußen würde bald blauschillernder Schnee fallen. Im Dorf mühten sich in diesem Augenblick die Menschen durch Sturm und Wellen von hohem, totem Gras den Hang hinauf.
»Setz dich«, sagte er und starrte das Gewimmel von Fingern an, das sich in den gefalteten Händen des Engels drängte.
Das war das erste, was ihn erschreckte. Und er hatte sich entschlossen, sich nicht erschrecken zu lassen.

Er begann zu beten. Das Gebet wand sich in einer langen, gedrehten Schleife aus ihm heraus, die direkt aus seiner Kehle floß.
Er hustete, würgte. Doch das Gebet wuchs weiter aus seinem offenen schluckenden Mund. Er hörte, wie die Worte Form annahmen, wohlabgewogen, wohllautend, altertümlich schön und exakt.
Er betete um Wohlergehen und gute Ernte (während sein

Körper würgte, sich wand und verzweifelt nach Luft schnappte; er erstickte, bald würde er ersticken!). Darauf betete er das Gebet für Schiffbrüchige und Verlassene. Er zählte die Mitglieder seiner Familie auf. (Die er vergessen zu haben meinte. Die er nur dem Namen nach kannte. Die er nie gesehen, von denen er als Kind nur gehört hatte.) Er wünschte ihnen Gesundheit und Schutz und ein reines Herz.
Dann nahm er Die Sünde in Angriff. Zuerst seine eigene. (Da beruhigte sich sein Körper! Unter den Kleidern begann die Haut zu duften, er wurde rosig und warm und erkannte deutliche Gerüche von Vanille, Lavendel, Reseda.) Er suchte jeden kleinen Winkel auf, in dem das Böse verborgen liegen konnte.
Die großen Sünden brauchte er nicht zu nennen. Sie umgaben ihn sachlich unverzeihlich wie die Textkringel auf einem Wandbehang.
Und er selber war der betende Kürbis in der Mitte.
Die ganze Zeit stand der andere in dem alten Mantel vor ihm, mit nassen, schleifenden, übelriechenden, verlausten Flügellappen auf dem Rücken. Seine großen, runden Augen waren schmal geworden wie die einer Katze, erfüllt von grünschillerndem Haß und Jagdeifer.

Der Schrecken desjenigen, der betete, korrespondierte mit dem Reichtum des Gebets. Je mehr Blumen, Ranken, wohlklingende Exaktheiten, desto größer der Schrecken (und der Haß im Gesicht des anderen)!
So wuchs der Schrecken, je mehr er betete.

8

Als er aufwachte, lag er mit dem Bauch auf dem Erdboden, den Gestank von faulendem Heu und Dung im Mund. Ganz und gar bewegungslos.
Wenn ich mich totstelle, dachte er mit einer Trägheit, die ihn verblüffte. Ich darf mich nicht bewegen.
Er fühlte den heißen, beißenden Atem des anderen seinen Nacken kitzeln.
Er, das Wesen, biß ihm leicht in die linke Schulter. Dann atmete

er keuchend, grunzte, schnaufte durch die Nase, brummte unzufrieden.
Er begann, ihm in die Wade zu beißen, vorsichtig, als öffne er etwas Zerbrechliches oder wolle nur einschüchtern. Er kaute sich sorgsam durch Sehnen und Muskeln zur Kniekehle hinauf.
Der Schmerz war schlimmer als erwartet. Er fühlte die Zähne eindringen, zerschneiden, aufreißen.
Nicht bewegen, dachte er. Totstellen.
Er fühlte vollkommen deutlich, daß das einzige, was ihn retten konnte, die Bewegungslosigkeit war.
Die Zähne gruben und rissen spielerisch im Fleisch an der Kniekehle, kauten sich in die Rückseite des Schenkels. Sie schnappten, bissen, schnibbelten, knurrten, spielten. Er ißt mich nicht, dachte er wirr, knabbert nur mit den Zähnen.
Er fühlte das Blut fließen, feucht und warm das Bein hinunter.
Es hört auf, dachte er weit weg, wie er dalag und sich gegen den Schmerz stemmte.
Das urinscharfe, beißende Keuchen kehrte oben an den Schultern zurück; schnitt wie Nadeln langsam in die Achseln, bohrte brummend in die Widerhaken. (Er ist böse, er straft mich. Ich habe ihn beleidigt.)
Er ohrfeigt mich, dachte er mit einer Art Dankbarkeit. Kaut mich.
Ich blute, dachte er.

Als er spürte, wie sich die Zähne um das Fleisch an Nacken und Hals schlossen, und er das Geräusch von Fleisch hörte, das aus ihm herausgerissen wurde, kam die Panik, und er begann zu zittern. Er kratzte den Boden und schlotterte mit den Beinen.

Und er bemerkte selbst den Blutgeruch der im Kopf aufblühte die Wärme die süßliche Kraftlosigkeit den Laut der Kiefer die näher an seinem Ohr kauten in der Dunkelheit lag vollkommen bewegungslos ganz still bewegungslos lautlos schreiend ganz still und schrie.

Siebenunddreißigster Tag

9

Diesmal fand die Erweckung durch Krankheit ein plötzliches Ende. Die Welle wogte auf und war verschwunden.

Er, der Wegbereiter, hatte sich wahrscheinlich überanstrengt; oder war es ein schleichendes Gebrechen, Sonnenmangel, Eßunlust, Halsabzesse von all dem Reden.

Er war eine Zeitlang krank, lag in seinem unbescheidenen, gottlosen Haus im Bett, und hatte vielleicht außerdem Mühe mit dem starrenden Gesichtsmond der Norrländerin.

Wer weiß?

An einem nebeligen Gebetsabend hängte er seinen alten gelbhaarigen Pelz in der Kapelle neben die Tür und schritt in seinen schiefen, abgetragenen Stiefeln nach vorn und sprach das Abendgebet wie zuvor. Oder mit einer ein wenig tieferen Stimme.

Der eine Arm hing kraftlos herunter, wie man erkennen konnte. Darüber hinaus war er sich gleichgeblieben, etwas dünner und schärfer im Gesicht. Seine Lippen zuckten ab und zu, als wollten sie mit ihm davonfliegen; doch er stapelte die Worte zierlich und leise und geduldig aufeinander, so daß das, was er sagte, wieder *Alltag* wurde: normal lang, anspruchsloser.

Als er fertig war, kam der Prediger und absolvierte seinen Teil. Man konnte die Augen schließen und die Stirn in die Hand legen und in den wohlbekannten Geruch von Fußboden, feuchten Wollstrümpfen, Schuhen mit Schweinefettschutz hineinsinken. Auch der Gestank von Herbstziegeln konnte stärkend wirken, und die Rauhkälte und die Fäulnis, die durch den Bretterboden und die Steinmauern drang und ganz und gar *gewöhnlich* war.

Obwohl sie selber sicherlich zu der einen oder anderen Erneuerung gekommen waren und ein erhebendes Gefühl gehabt hatten. Sie hatten sogar zu Hause mit den Gästen gebetet, wie in der guten alten Zeit. Und Arbeit und Schlaf hatten darunter auch nicht gelitten.

Viele von den Frauen sprachen aus, daß sie dankbar dafür

seien, wieder beten gelernt zu haben. Als hätten sie nicht ihr Leben lang jeden Morgen und Abend gebetet. Gleichzeitig konnte man mit dem Ausmaß ganz zufrieden sein.
Als der Herbst im Freien ernstlich an den Kleidern riß, und sich der Boden und der Glaubenseifer an der Oberfläche gewissermaßen verhärteten, schien es angemessen, abends zu Hause zu bleiben, und auch nicht zu oft in der Morgenkälte zu stehen und anzubeten. Denn (wie der Vorbeter einmal selbst gesagt hatte) man mußte warm und einigermaßen in Stimmung sein, wenn man mit Gott sprach, so hatte Er sie ja geschaffen.
Der da vorn, mit dem Arm (und dem Schmerz in der Schulter?), schien auch zufrieden. Er sprach nunmehr weder von Armut noch vom Gift der Überheblichkeit. Er wurde sich selbst ähnlicher: eine Spur massiv und graudurchsichtig in dem plumpen Pelz, wenn er ging.
Kleiner und gewöhnlicher, und auf diese Weise größer, hätte man auch sagen können.

10

Er wohnte zu Hause, übernachtete aber manchmal im Kontor. Er betete selten laut in seinem Zimmer, und Mulerthal wußte (sobald er ihn sah, wenn er zurückkam), daß es für diesmal vorüber war. Er war sich gleich, möglicherweise etwas stiller und mürrischer: beschnitten.
Fixe Ideen, dachte Mulerthal. Er hat ein paar davon abgestoßen. Sich erleichtert.
So daß im Körper mehr Knochen sind und weniger Luft.

Der Spätherbst wurde kalt, ruhig, ungewöhnlich sturmfrei. Gelegentlich trafen sich Himmer und Magdalena Bias.
Sie kam vom Schulsaal ins Kontor hinauf (huschte eine halbe Stunde hinauf), bevor sie nach Hause ging. Manchmal hatte er Mulerthal zu irgendeiner Besorgung ins Dorf geschickt.
Einmal legten sie sich in das rote Bett, und er nahm sie hastig, drang in sie ein. Danach ging sie die Treppe hinunter, und er setzte sich an den Schreibtisch.
Es wiederholte sich nicht.

Zu Hause begann er, sich für die Kinder zu interessieren. Er nahm Aron, den Kleinsten, gelegentlich auf den Schoß.
Als Andreas von der Schule in der Stadt nach Hause kam, hörte er ihn ab: prüfte, was er gelernt hatte. Kommentierte ab und zu, was man dort lehrte. Manchmal las er allen dreien vor, und ließ Martha wählen, was er lesen sollte.
Anna-Aurora und er lebten wie früher. Wie zu der Zeit, bevor sie Carl-Emanuel gehen ließ. Sie glitten dorthin zurück. Schwiegen viel, warteten noch unausgesprochene Urteile ab: sein Verrat sollte bezahlt werden. Doch wer war *eigentlich* der meistbeleidigte?
Sie sprachen nie darüber, warum sie Carl-Emanuel erlaubt hatten, das Dorf zu verlassen. Ob sie wirklich geglaubt hatte, daß dies etwas zwischen ihnen verändern werde. Daß dies der Preis hatte sein sollen, den sie bezahlte, damit er auf Die Andere verzichtete. Oder daß er es jedenfalls so aufgefaßt hatte: verstanden.
Statt dessen schwiegen sie sich zurück zu all dem, was schon verloren war.

Eines Abends, als sie nebeneinander im Bett lagen und er an ihrem Atem hörte, daß sie noch wach war, sagte er, daß Andreas Arzt werden solle, Doktor.
Zunächst sagte sie nichts.
Da begann er tastend, einfach ins Dunkel hineinzureden. Von Krankheiten. Von »Regeln der Erkenntnis«.
Es war ihm wichtig, daß sie zuhörte, merkte sie; und sie zupfte mit den Fingern an der Lakenkante, um zu zeigen, daß sie nicht eingeschlafen war.
»Es ist eine Art Selbstzerstörung des Körpers«, sagte er. »Ein Aufruhr gegen die Ordnung der Gesundheit. Gegen den Ausgangspunkt Der Lebensprinzipien selbst. Die es vielleicht gibt.«
Seine Stimme war heiser und klang weinerlich.
»Krankheiten können nicht geheilt werden, aber man kann den Körper dazu bringen, seine Abläufe wieder aufzunehmen. Und sich selbst zu heilen.«
Sie hörte zu, sagte aber nichts. Und er fing an zu murmeln, sank in seine Stimme hinein, als gleite er in sich selber zurück.

Sie konnte nicht einsehen, was das alles mit Andreas zu tun haben sollte.
»Andreas soll tun, was er selber will«, sagte sie.
Er grunzte etwas, und ihr wurde klar, daß er nicht gehört hatte, was sie sagte.

11

Zur gleichen Zeit, wie die ersten Schneegestöber die Wege zu schließen begannen, kam ein Prediger ins Dorf. Er lag in Decken gerollt, mit gebundenen Armen, in einem Schlitten.
Es stellte sich heraus, daß er Quist hieß und ein junger Mann von höchstens zweiundzwanzig, dreiundzwanzig Jahren war.
Er hatte sich in Småland als Irrlehrer einen Namen gemacht. Er hatte sowohl gepredigt als auch Gesichte gehabt.
Åke Hansson setzte ihn in Den Keller, und Himmer schrieb Dem Konsistorium einen Brief, in dem er bestätigte, daß sie ihn aufgenommen hatten.

Manchmal ging er hinunter und betrachtete ihn in seiner Zelle.
Er war ein kräftiger Kerl, muskelbreit, grob, untersetzt, ohne jede Spur von Fett oder Bücherblässe. Er hatte kleine runde vorstehende Augen, die zu glühen begannen und hochrot wurden, wenn er Kirchenlieder im Wechsel mit Gassenhauern sang, geradewegs in die Zellenwand hinein.
Auf seinen Wangen schoß nach nur einem Tag starker, blauglänzender Bartwuchs hervor; ansonsten war er dünnhaarig und flaumig auf seinem spitzigen Schädel, der faltig oder eingeschrumpft wirkte.
Seine groben Kiefer schwiegen beharrlich, und er starrte Himmer gehässig entgegen. Er machte sich nicht einmal die Mühe zu verbergen, daß er hassen konnte und noch ungebrochen war.
Himmer versuchte, mit ihm zu reden. Eines Nachmittags erzählte er von dem Engel.
Er tat das, um zu zeigen, daß er Gesichte nicht allgemein verurteilte, oder über dergleichen erhaben war.

Nach einigen Wochen begann der Prediger zu antworten, wenn man ihn ansprach.
Er zeigte deutlich, daß er aus der Zelle herauswollte.
Er brauchte körperliche Arbeit. Er riß sich das Hemd herunter und zeigte seine spulförmigen, blaublassen Muskeln an den Armen.
»Du siehst ein, daß du hier nicht predigen kannst?« sagte Himmer einmal.
Der kahle Schädel, der aussah, als sei er gefängnisrasiert, nickte.
»Es gibt viele Irrgesichte«, sagte Himmer. »Ich hab' selbst welche gesehen. Einmal hab' ich geträumt, ich würde von einem Engel gebissen. Er kaute an mir.«
Quist beobachtete ihn durch die Eisenstangen in der Luke.
»Du hast überlebt«, sagte er und zeigte eine Reihe schwarzer, zerfressener Zähne. »Er hat dich nicht aufgegessen.«
»Nein«, sagte Himmer. »Ich war nicht sein Geschmack.«
»Läßt du mich hier raus?« sagte Quist und grinste listig.
»Ich kann arbeiten«, fügte er einschmeichelnd hinzu.
»Stell mich auf die Probe, und du wirst schon sehen. Ich kann heben und tragen!«

Viertes Buch

Achtunddreißigster Tag

I

23. April 1932:
Und eine langsame, deutliche Stimme stieg fast sofort aus dem Gehäuse des kleinen Kastens: fidel, etwas trocken – und sie hörten, wie es knackte.
Der Vorsteher oben auf dem Podium sank zurück, die Arme auf dem Tisch ausgestreckt und die Finger ein paar Zentimeter vom Manöverknopf ruhend; er hob den Kopf und blickte konzentriert über die Versammlung.
Sie bewegten in den Bänken die Beine und legten auf dem Schoß die Hände zurecht; manche saßen ein wenig zweifelnd mit gefalteten Händen da (Klein Rigor begann zu husten), als erwarteten sie den Anfang des Gebets.
Klein Rigor begann zu husten, und Sillen der Hering puffte ihn in den Rücken, demonstrativ und stillos, so daß Åke Hansson, der ebenfalls in der ersten Reihe saß, sich vorbeugte und sie scharf ansah. Gleichzeitig wie die Stimme im Kasten dasselbe tat, wenn auch in größerem Maßstab: sich anschickte, über das Land eine *Botschaft* zu verbreiten.
Sie horchten auf und sahen, wie der Vorsteher sich zurechtsetzte. Seinen gesammelten Augenlidern und der Stellung seiner Beine auf der Bühne konnten sie entnehmen, daß dies hörenswert, ja wertvoll war.
Er saß da wie ein Schauspieler, das eine Bein um das Stuhlbein gewinkelt, das andere harmonisch ausgestreckt ruhend; während »Wie unsere Vorväter von Wikingern bis Karolinern zivilisiert wurden« in langen, kraftvollen Perioden abzulaufen begann, die zu etwas führten, was »Obgleich diese nicht von ihrer Art waren« und »Wofür man lange Zeit Beweise gesucht hat« glich – alles trocken tickend wie auf der Innenseite eines Herbariumblattes oder in einem Insektenkopf, wo irgendeine Form von Leben kurz vor dem Ausbrennen ist.
Die Mädchen aus der Küche und Anna Norrland standen ein paar Minuten in der Tür und hörten zu. Dann verschwanden sie kichernd, und Abraham Nebbs finsterer Bart passierte die Türpfosten.

Es war nicht so sehr die Sensation, daß man die leicht knisternde Stimme aus dem gelben Birkenfurnierkasten hörte (wenn dies auch schon erstaunlich und großartig genug war). Sie bestand vielmehr darin, daß man hier saß, in Sonntagskleidern, gekämmt und gewaschen, ohne daß der Vorsteher (oder jemand von der Heilsarmee oder Randolfsson, der Pastor) dort oben auf dem Podium redete.
So konnte man sich vielleicht ungezwungen fühlen, denn der Kasten (die Stimme im Kasten) sprach zu *allen*, zum ganzen Land, vielleicht zur ganzen Welt.
Sie versuchten, dem, was sie sagte, zu folgen. Viele aber spürten sofort, daß das nicht notwendig war. Schließlich (recht bald) kam die Müdigkeit. Man begann, in die Bänke zu sinken (und das Holz zu spüren); auf diese Weise war es wie eine Sonntagsansprache und gleichzeitig anders. Man nahm teil an der Entwicklung der Zeit und kam auf den Geschmack der fröhlichen Anonymität.
Der Geruch des Abendessens, das unten vorbereitet wurde, war auch geeignet, Glanz zu schenken (Kohlsuppe, Reispudding mit Saftsauce).
Man schloß die Augen, hörte zu, fühlte, wie die Unsichtbarkeit sich mit einem sanft summenden Rausch füllte; und ließ die Stimme, die etwas einprägen wollte, vollständig überzeugend und sicher werden, so daß nichts bezweifelt werden mußte.

Vermutlich schlummerten nicht wenige ein; schliefen ein paar Minuten oder Sekunden. Das hatten sie gelernt: mit stieren Augen und den Mund halboffen schlafen, als sitze man da und grüble über eine Frage an den Vorsteher hinterher.
Bis auch der Arm des Vorstehers in Selbstgestricktem über gestärkten Manschetten der Stimme und dem Knistern im Kasten den Befehl zum Aufhören gab. Einige zuckten zusammen und wachten gleichzeitig auf, als das Radio abgestellt wird; und der Vorsteher stand auf, lang und hager wie immer, wenn er etwas sagen wollte.
Dadurch wurde alles alltäglicher. Obwohl seine Stimme jetzt von der Nähe zum Kasten gefärbt war, vielleicht großstädtischer, oder dort in der Nähe.
Er stand auf (und war dabei ganz und gar er selbst), etwas

magerer vielleicht, mit derselben gelbbraunen Haut, dem geraden Rücken und Nacken, der Bauch platt und die Schenkel knochig in den Hosen verborgen; mit dem wachhabenden Offiziersscheitel noch energisch in dem ergrauten, glattgekämmten Haar auf dem kleinen Kopf ganz oben auf dem Hals tätig. Seine Augen waren schon bereit zu ihren milden Vorurteilen, die aus der Überzeugung stammen, daß es Wahrheit für den gibt, der sie braucht. Obwohl seine Augenhöhlen tiefer geworden waren, die Wangen schärfer, der ganze Mann runzliger, und es war deutlich, daß irgend etwas insgeheim das Skelett drückte ... vielleicht eine beinahe unbekannte, von ihm selbst zurückgewiesene und nicht anerkannte Erklärung durch Krankheiten, die mit entsetzlicher Konsequenz zuschlagen würden. Er war gealtert. (Waren sie wirklich gleich alt, er und sie? Diese verbogenen Metalle: zwei Seiten derselben abgenutzten, bald aus dem Umlauf gezogenen Münze?)

Doch noch stand er dort oben und sah mit seinem schwerelosen Volksschullehrerblick auf sie herab (seine Zufriedenheit wäre noch größer gewesen, hätte er hören können, wie seine eigene Stimme die Worte nahm, die er aus staubigen Vorräten mechanisch hervorgekramt hatte: eigens für ihre ungebildeten, aber bildbaren Gesichtsovale).

Beine und Arme bewegten sich in den Bänken.

»Was wir gehört haben«, sagte er und räusperte sich frei von dem, was sie gehört hatten, »das Aufgebot, das ... das Erbe ... durch Generationen ... erinnert mich an einige Zeilen aus meiner eigenen Schulzeit.«

Er schloß die Augen, faltete über seinem nichtvorhandenen Bauch die Hände, legte den Kopf zurück und ließ die Stimme mit dem *warmen* Klang die alten Schulverse ergreifen, die er irgendwann einmal als Junge aufgesagt hatte, vielleicht auf einer Schulabschlußfeier, ganz vorn an der Orgel, breitbeinig und in Schnürstiefeln mit steifen, widerspenstigen Innenseiten:

»So rasch die Stürme straffgespannte Segel treiben,
in Wolken hüllen ihr geliebtes Heimatland,
so kurz, Orest, die Tage unserer Jugend bleiben,
das Alter schlägt uns, eh' wir uns noch umgewandt.«

(Er zögerte in aller Eile: war es wirklich *dieses*? Paßt das in diesen eher säkularisierten Zusammenhang? ... Ihm fiel tatsächlich nichts anderes ein ... durch seine Erinnerung tappend ... mit allen Versen am Ende ...)

»Mit Schmerzen wirst du dann dein leeres Leben finden,
der Wüste gleich, verdammt in alle Ewigkeit.
Und wie den Rauch siehst dann dein Wesen du verschwinden,
von dir gehaßt, bei deiner Nachwelt in Vergessenheit.«

(Jetzt kam's!)

»Tu Gutes. Nützliches. Sei deinen Müh'n verpflichtet.
Dann lebst du, deinem Lande wert, und tugendsam,
auf deines Alters Zeit mit reinem Sinn gerichtet,
bis in den Tod – dein Leben gab nicht Grund zu Scham.«

Was einen trübe weißen Himmel vor den Fenstern irgendwie dazu veranlaßte, die Erde zu beschatten.

Jedenfalls waren einige aufgewacht und saßen still und mit umschatteteren Augen da.

Er schien über die Fortsetzung nicht nachgedacht zu haben. Aber nach einem allgemeinbildenden Vortrag über Wikingeraktivitäten und Helden vielleicht nicht mit einem Gebet schließen?

Die Uhr an der Wand gab auch keine Anregung, mindestens eine halbe Stunde bis zum Abendessen. Da unten saßen sie in ihren Sonntagskleidern, vermutlich ohne ein Wort verstanden zu haben.

»Wir wollen sehen, was es noch gibt, während wir warten«, sagte er deshalb, ohne sich mit dem Übergang Mühe zu geben. Und war eigentlich nur alt und müde. »Ich sehe, daß es bis zum Essen noch eine Weile dauert.«

Er beugte sich über den Tisch und den kleinen gelben Apparat (der auch eine dunkle Gefahr war, wenn er auch nicht wußte, auf welche Weise).

Die Finger drehten vorsichtig den Knopf ... Und sofort stürzte aus dem Lautsprecher, willig und gedankenschnell wie ein Geist, durch das stoffbezogene Loch die wache Stimme einer Frau hervor:

» ... denn wann wird das Warten einem lang?«

2

Die Zeit kam, in der die Rosenquallen vom Meer hereinschwammen. Wie Wolken aus erstarrtem Gas trieben sie durch das Glaswasser und hingen schaukelnd in der Strandwelle. In der letzten Sonnenwärme paarten sich die Libellen; und ruhten nachher mit zitternden Flügeln auf den weißen Strandsteinen.
Auf gewisse Weise war dies das schwerste an den ruhigen, stillstehenden und guten Jahren nach Mrenta Nebbs Tod: die Gewohnheiten schlossen Begeisterung aus. Auch was die Fähigkeit betraf, einen Skandal zu genießen.
Wie wenn man zum Gottesdienst ging und anschließend Himmer dieses oder jenes vorlesen hörte, was er so lange getan hatte, wie man denken konnte: es war schwer zu hören, was er wirklich sagte.
Wie ein immer bedrückender werdendes Selbstverständlichkeitsgefühl.

3

In der Feuchtigkeit des kalten Aussonderungsraumes aber begegnete Åke Hansson jedem drohenden Zerfall und exerzierte mit den Mägden und einigen beleidigten Wärtern.
Auf dem Fußboden lagen Tannenzweige, und die Wände waren so frischgetüncht, daß sie noch Feuchtigkeitsflecken hatten Der ganze Raum stank nach erkaltetem Schweiß, Gotlandskalk, Scheuerkälte und Teer von der Dachverkleidung; hinter dem Kachelofen lag Slampen, ein überalterter Rüde, und schlief. Mit einem blauen und einem braunen Auge.
Arvid Waern grüßte brummig in Richtung Wand und setzte sich an den langen Tisch; wo bei der Ausmusterung der Protokollführer zu sitzen pflegte.
Aus der Kellerküche drangen Geräusche rasselnder Herdringe und nasser, steifer Bürsten.
Marjo Lyckou hatte im Laufe des Tages den Herd mehrmals mit Sand abreiben lassen. Schon am Morgen, als er ging, hatte Arvid Waern das Geräusch gehört: ein klirrendes Zischen, das sich um seine eigene Achse drehte.

Die Mägde und die mürrischen Wärter drängelten sich zu einer Art Aufstellungsreihe. Die Frauen aufgekratzt in ihren neugenähten Arbeitskleidern.
Åke Hansson inspizierte. Seine grobporigen fetten Wangen waren gerade so verbissen, daß sie glaubwürdig wirkten; und die Inspektion zu einer Strafe wurde.
Er zog mehrere Male seine Taschenuhr hervor, verglich mit der Uhr im Gehäuse über der Tür.
Der Hund schnarchte mit zuckenden Beinen. Ein Paar dünne schlaffe Lippen sabberten enttäuscht und schluckten im Schlaf.

Am ersten Mittwoch jedes vierten Monats inspizierten Himmer und Arvid Waern Den Keller.
In der Küche gingen sie zunächst den aktuellen Speiseplan durch. Himmer las vor. Sie durchliefen den gefirnißten Wandanschlag von SONNTAG bis SAMSTAG: von oben nach unten.
Das Personal lauschte. Alle, die lesen konnten, bewegten die Lippen und folgten. Und niemand konnte sich vor der Verantwortung drücken, zumindest so weit Wirt zu sein: Knäckebrot, Leichtbier, Porree, Salzhering und Petersilie.
Schließlich drückte die Stimme die sachliche Zufriedenheit aus, die alle erwarteten.
Himmer nickte Marjo Lyckous zurückhaltendem Brustkorb zu, und als Åke Hansson ihm den überschäumenden Porzellanbecher mit dem Leichtbier reichte, nannte er ihn »Verwalter«.
»Nach dem Verwalter«, sagte er beinahe ebenso, wie das Getränk schmeckte. »Es könnte ja untrinkbar sein.«
Alle lachten aufgeräumt und eine Spur zu spät.
Dann fragte Himmer in der Küche nach der Beleuchtung. Nun öffnete Marjo Lyckou den unteren Teil der Anrichte, in dem sich Heringstran in Kannen und präzis gestapelte Talglichter befanden. »Und das Fensterlicht«, sagte Himmer ebenso steif und blickte zum Fenster.
Alle guckten dorthin. Er antwortete selbst mit der Rückseite des Halses: »Hätte schlimmer sein können«; was alle notierten.
Dennoch war man sich die ganze Zeit über der Gäste bewußt.

Doch es war, als hätten auch sie begriffen, wie sie sich aufzuführen hatten. Keiner machte Lärm, schrie oder schniefte.
Vielleicht, weil Åke Hansson persönlich das neue Kurhausbad vorführen wollte. Jedenfalls waren vom Brunnen zum Baderaum Leitungen in gegossenen Eisenrohren durch die Erde gezogen worden.
Ein Kessel mit eigenem Warmwasserreservoir (von 640 Kannen) und einer für Kaltwasser (von 886) waren eingesetzt worden. Von diesen liefen Rohre mit Metallhähnen zu den Badewannen.
An der Wand stand ein kleines frisch grünlackiertes gußeisernes Sofa.
Himmer blinzelte. »Gut, gut«, sagte er ungeduldig.

Obwohl es mitten am Tag und draußen sehr heiß war, war das Licht im Korridor von einer feuchten Kälte durchtränkt. Sie kam von zwei weißleuchtenden Gitterluken an jedem Ende.
Der Ziegelboden war mit Sand und feingehackten Tannenzweigen bestreut. Die Zellentüren glänzten matt und geteert: Steinkohlenöl, Teer und Kienruß. Die Steinmauer roch nach Beerdigung und Bootsschuppen im Herbst.
Die Tür zum Holzschuppen war grünlackiert und so frischgestrichen, daß Himmer an die äußerste Spitze seines Zeigefingers Farbe bekam; als sie vorbeigingen, zerdrückte er auf der Türfüllung wie ein Kind eine Farbblase und landete in der weichen Farbe.

Die Tür zum Frauensaal stand offen.

Mitten im Raum stand der neue Bettenbau: zwei Etagen hoch.
Die Bettgiebel waren frischgeteert. Die Seiten und die Pfosten mit gelber Zederfarbe gestrichen, die Körper geschichtet wie Brot im Backofen.
Auf dem Boden schwarze Spucknäpfe.
Man konnte auch registrieren, daß Strohmatratzen, Laken aus Jute und Westgötalanddecken zierlich an der einen Wand gestapelt waren.
In den dreischläfrigen Betten der Schlafgestelle lagen die Frauen

wie gebohnertes Parkett; durchscheinend still und bewegungslos; auch die kleinen Mädchen hatten die Augen geschlossen und waren vollkommen still.
Beim Gehen, bevor er über die Schwelle treten wollte, hielt Himmer inne. Er wandte sich Arvid Waern zu, zeigte auf die Nachtstühle, die hinten auf der anderen Seite des Saals hockten:
»Sollten geteert werden.«
Arvid Waern glotzte auf die Oberseiten seiner Hände.
»Sie sin gefirnißt«, sagte er mürrisch.
In der Tür drehte Himmer sich um; und er winkte den Frauen und Kindern im Bettenstapel zu.

Auch die Männer lagen frischgewaschen in den Betten ihres Saales.
Himmer ließ Åke Hansson einen Jungen aus dem Inneren des Bettenstapels nehmen.
Es war ein kleiner graufaltiger, rotznasiger Wurm mit Armen und Beinen, die zusammengeborgt wirkten. Die verblichene, blaue Schirmmütze hing schwer über seinen Ohren, die senkrecht vom Kopf abstanden. Wenn man genau hinguckte, war der eine Nasenflügel beinahe weggefressen.
»Badest du oft?« sagte Himmer mit der Hand auf der Schulter des Jungen.
Die Ohren unter dem Mützenrand nickten undeutlich.
»Und es geht dir besser?«
Die Mütze zitterte wieder, und die Geschwürwunde begann zu leuchten.
Himmer wandte sich Arvid Waern zu:
»Die Kur schreibt dünne Wassersuppen vor. Aber er hat vermutlich mehr Fleisch als bei seiner Einlieferung. Sie sind meistens ausgemergelt. Zu wenig Getreide. Isländisch Moos hätte das ersetzen können. Aber sie wollen nichts essen, was das Vieh nicht frißt. Sie haben Angst vor Neuem. Trotzdem legen sie gegen die Läuse Ziegengagel ins Bettstroh.«
»Geh wieder ins Bett«, sagte er freundlich zu dem Jungen. »Und sei ein braves Kind.«

Himmer schrieb in Die Chronik:
»In diesem Gebäude haben wir den Fußboden aufgebrochen. Die Erde herausgeschaufelt und unter die Füllungen des Bodens Luftschächte gelegt, mit Ziehlöchern zu den Hauswänden.
Wir haben auch eine Innenlatrine mit gehobelten Brettern, Decke und Türen errichtet. Durch die Wand legten wir Kupferrohre.
Früher war das anders. Da mußten alle im selben Raum liegen, um Kerzen und Holz zu sparen; auch die Venerischen. Nur die Maniker saßen in Einer- oder Zweierzellen.
Doch nach wie vor war es notwendig zu sparen. Die Kleider Verstorbener können in Ordnung gebracht und wiederhergestellt werden. Die Kupferfußkessel für das Fußbad der Probekur war ein alter Branntweinkessel. Der für die Birkenasche eine Hummertiene. Alles kann benutzt und wiederbenutzt werden. Wenn man will und Augen hat zu sehen.
Wir hatten nicht die Absicht gehabt, die Venerischen aufzunehmen. Doch wie hindert man sie daran, sich einzudrängen?
Viele werden erst entdeckt, nachdem sie hier sind. Sie haben sich selber kuriert und gehen in den Attesten als körperlich gesund durch.
Wenn wir sie untersuchen, finden wir die typischen Narben am Gesäß, an den Geschlechtsteilen und im Hals. Einige haben im Hals verdächtige Schwellungen, die wir nicht als Erkältung abtun können.
Und hier einmal angekommen: was können wir tun?
Wir haben versucht, sie zu trennen. Darum haben wir die Uniformen eingeführt: die alten blauen Mützen. Mit den Frauen war es schlimmer. Schließlich haben wir ihnen Röcke aus ungefärbtem Nessel und Strümpfe aus Werggewebe gegeben. Den Mädchen dasselbe.
Vielleicht hat es geholfen. Vielleicht nicht.«

Man blieb vor Der Hausordung stehen.
Sie war in Schönschrift und Druckbuchstaben mit Tinte geschrieben, die graugrün geworden war vor Alter.
Pflichtschuldigst überflogen sie die eine oder andere Zeile am Schluß.

»10. Als Spucknäpfe werden vom Verwalter angewiesene Emailgefäße benutzt, in welche sein Wasser zu lassen strengstens verboten ist. Was von letzteren zerbrochen wird, wird nach denselben Bestimmungen ersetzt wie Eßgeschirr.«

Im Glas über Der Hausordnung tauchte kurz Arvid Waerns Kopf auf, ehe er aus dem Rahmen glitt.
Himmer selbst rutschte wie aus Kreide oder Rauch am Glas vorbei.

Sie standen wieder auf dem Ziegelboden im Korridor. Auf der anderen Seite lagen die Zellen.
Früher hatten die Gäste den Lehmboden aufgegraben, vor allem an den Türen. Die Wände waren mit Kot und Urin besudelt gewesen, die Pritschen zertreten. Es war vorgekommen, daß es einem, der monatelang wie besessen gearbeitet hatte, gelungen war, sich herauszugraben. Ein Mann aus Kalvasjö war zusammengebrochen und gestorben, als er schließlich in das hinauskam, was er für die Freiheit hielt, in den äußeren Gang.
Jetzt hatten alle Zellen Ziegelboden. Die Wände waren getäfelt oder paneeliert worden. Himmer hatte festgestellt: Die Betten können nicht an der nackten Mauer stehen. Die Ausdünstungen des Urins schädigen die Lungen durch Stickgase. Die Gäste wissen sich selbst nicht zu schützen und lassen Urin und Exkremente direkt auf den Fußboden. Darum habe er unter den Pritschen Reservoire aus geteertem Holz aufstellen lassen, die alle fünf Tage zu reinigen seien.
Er hatte hinzugefügt: Doch die Dunkelheit beruhigt.
Sie standen auf dem gespenstisch stillen Korridor.
Das Dach des Abtritts und der Hospitalbrunnen waren durch die Fensterluke zum Hang hin, wo der Wind Ziegel von den Dächern zu reißen pflegte, undeutlich sichtbar.
Himmer sagte:
»Früher war der Hospitalbrunnen offen, mit Winde. Es ist vorgekommen, daß Kurhausinsassen beim Wasserholen hineingefallen sind. Einmal hat sich ein Freigänger ertränkt.
Jetzt ist der Brunnen gesäubert und mit Lehm und Kies umgeben. Er hat ein darüberliegendes Steinpflaster. Es gibt

Rinnen für den Abfluß. Er ist mit Überbau und Pumpe versehen worden.«

Er nahm seine Taschenuhr heraus.
Sie blieben vor der Zellentür zur Probekur stehen.
»Wie viele?« fragte er.
Åke Hansson ließ seine kleinen Biberaugen die Anzahl überschlagen.
»Vier«, sagte er.
Himmer sagte:
»Du hast hier Ruhe reingebracht. Überall.« Und hatte selber nicht entschieden, ob es als Kritik oder Lob gemeint war.

Jenseits des Ganges gab es acht fensterlose Einzelzellen. Doch die Anzahl der Gäste konnte verdoppelt werden.
Ganz hinten in Richtung der Wärterräume (und wo die Mägde wohnten) standen vier Eisenkäfige für die Rasendsten; oder für die Bösartigen.
Gegen den Gestank in den länglichschmalen Zellen befanden sich in jeder Tür zwei Ventilluken.
Vor den Türen waren die alten Holzriegel durch doppelte, stabile Eisenriegel ersetzt worden. Auch die älteren Gitter in den Käfigen waren zu schwach und zu spärlich gewesen: sie waren gegen Vierkanteisen mit Kreuz- und Ringverstärkungen ausgetauscht worden.
Man passierte die Eisenkäfige, ohne stehenzubleiben.
Die in den Käfigen lagen tief, weit weg, kaum sichtbar.
»Wer ist das?« sagte Himmer und zeigte auf jemanden, ein Bündel auf dem Boden des letzten Käfigs.
»Quist«, sagte Åke Hansson.
»Warum?«
»Er ist auf ein Dach geklettert. Hat sich entblößt. Gepredigt.«
Himmer nickte müde.

Die Wärter waren im Wachraum versammelt. Die Tür stand offen. Sie hatten gewartet. Himmer hob den rechten Arm, als er vorbeiging.
»Funktionieren die Zugtrommeln?« fragte er Åke Hansson.
In der Küche gab er Marjo Lyckou die Hand. Sie begann, sich

über den Küchenherd zu beklagen, der rauchte, obwohl er eine neue Platte bekommen hatte. Das Rohr war zu eng, es rauchte, wenn nicht das Fenster offen war.
Er streichelte ihr den Arm und hörte geduldig zu.

Zuletzt gingen sie in der trockenen, betäubenden Hitze auf den Dachboden hinauf.
Sie saßen gelähmt auf den Balken, die von den Bingen zurückgeblieben waren, als man den Raum als Kornspeicher benutzt hatte.
Die Adern an Himmers breiter, faltiger Stirn schwollen schwarz. Alle drei trieften unter ihren Kleidern vor Schweiß.
»Promenadenboden« war er auf den Zeichnungen genannt worden.
Längliche Gitterfenster ließen ein widerwilliges, stearingelbes und zähflüssiges Licht ein. Die Luft stach in die Nase, scharf von verbranntem und wiederaufgeweichtem Harz.
Der Bretterboden war frischgelegt, doch schon hatten Holzschuhe wieder hellere Spuren in den Brettern hinterlassen.
Man hatte schon zur Probe diesen und jenen aus den Zellen heraufgeholt. Sie waren in der betäubenden Hitze umhergeschlurft, paralysiert durch den Mangel an Sauerstoff, obwohl die Fensterläden weit offen waren.
Es hatte funktioniert; es war ihnen gelungen, sie sowohl hinauf als auch hinunter zu befördern.

Sie saßen schweigend da.
Einer von ihnen begann, vom Dienen zu sprechen. Er drückte sich unklar aus, seine Stimme wurde schlapp und kraftlos, die Wärme saugte auf, was übrig war. Er kam nicht weit. Man konnte die Atemzüge hören.
»Ich seh' dich selten außerhalb des Dienstes«, sagte Himmer zu Arvid Waern.
Er atmete schwer, und die Worte rannen wie langsame Metalle.
»Darin bist du wie der nützliche Diener . . . der, den man nicht sieht.«

Die schweren, nassen, weißen Körper saßen da, unerschütterlich in ihren Kleidern und ihrer Wäsche, die gewickelt wurde. Nur ihre Gesichter drehten sich hin und wieder zu den zitternden Fensterläden, wo die Luft aussickerte.
Die Sonne stand schräg über dem Dach. Die Hitze hämmerte gegen das Meeresblech weit draußen.
»Es ist warm«, sagte Himmer.
Sie standen auf, prüften mit den Füßen das Holz, bewegten sich altmännerhaft auf die Treppe zu, alle drei.

Neununddreißigster Tag

4

Einige Male sprach Himmer mit Mulerthal über die Möglichkeit, die Steinwanderung wieder ins Leben zu rufen. Man sollte mit den Gebeten *arbeiten.* Früher, in seiner Jugend, als Bias und Tuppen Holgersson dies betrieben hatten, war er mißtrauisch gewesen. Doch vielleicht hatten sie recht gehabt. Vielleicht befreite die Gebetswanderung nicht nur die Knie.
Es kam noch immer vor, daß Leute kamen und fragten. Vor allem solche, die in der Familie Kranke hatten. Sie wollten etwas *tun.*
Er sprach mit Mulerthal mehrere Male darüber. Doch mehr wurde nie daraus.

In diesem Sommer kam es zu einer langen Trockenperiode, in der nichts blühte, außer dem Grus am Hang zum Rachen hinunter.
Mitten in der Hitze – an einem Nachmittag braunverbrannter Blumen und sterbender Laubbäume – kamen drei Männer in Uniform von der Landstraße herunter. Sie waren staubig und ausgetrocknet und hatten Augen, die geschwollen waren vor Mangel an Schlaf.
Nach den Rangzeichen zu urteilen, waren sie Offiziere. Jeder sehenswert auf seine Weise. Der Hauptmann war ohne Zweifel aufrecht mit langem platten Nacken und sprach zu den

Umstehenden wie zu Imbezilen. Wozu der Major aus einem kleinen zerkochten Gesicht heraus angeekelt lächelte. Der Unterleutnant war, trotz seiner Jugend, mit einem graustreifigen Ziegenbart ausgerüstet worden.
Auf Dem Kontor bei Himmer war es der Hauptmann, der Rechenschaft darüber ablegte, wer sie waren, und über die weniger lauten Umstände.
Zwei Kompanien von den sieben, die das Seeartilleriecorps in Carlscrona bildeten, waren zum Manöver an die Ostküste gezogen. Bei sich hatten sie ein Zehntel einer Schiffsjungenkompanie: zwanzig unausgebildete Grünschnäbel.
Sie waren in offenen Kanonenjollen und mit der gesamten Ausrüstung gekommen: Haubitzen- und Landungsschaluppen, Erkundungsbarkasse, Troßschiff, Führungsschaluppe, Küchenschaluppe. Auftrag: zwei Küstenbatterien mit 12- und 18-pfündigen Kanonen und dazugehöriger Schützenwehr zu errichten. Sie sollten eine Woche draußen sein. Es galt Kriegszustand.
Das Wasserschiff aber verfuhr sich; oder lief auf Grund. Es kam nie. Seit vierundzwanzig Stunden waren sie ohne Wasser. Das Ganze war, was der Hauptmann als »einen Höllenorganisationsskandal allerersten Ranges« bezeichnen wollte.
Der Major leckte seine violetten Lippen und lächelte angeekelt aus dem hautlosen Gesicht heraus; sein Haar lag in nassen Strähnen.
»Wir müssen Wasser borgen«, sagte der Major und lächelte.

5

Das ganze Dorf stand großäugig da und sah zu, als die Soldaten auf der Landzunge Den Krieg herbeiführten.
Zwischen den flatternden Rücken der Zelte rannten grinsende, irdische Kerle mit gereckten Hälsen, Spaten, Holzeimern, Fässern mit Eisengriffen, Blechnäpfen und schlenkernden Tornisterriemen umher.
Am frühen Morgen fingen sie an; am Nachmittag gruben sie sich widerwillig in den harten Kies, als suchten sie Schutz vor etwas, von dem sie gern gesehen hätten, daß es kam. Gegen Mittag machten sie Pause. Aus dem Rauch des Kochfeuers in

der Mitte des Zeltgewimmels stiegen jetzt Gerüche von Bierсuppe, Fisch und nasser Wäsche.
Die Schiffsjungen aßen stehend hinter den Rücken der bärtigen, rotohrigen Landser. Der eine oder andere Unteroffizierskorporal gähnte, furzte oder rülpste das Kommißbrot Der Krone.
Noch nie hatte man etwas Ähnliches gesehen, und so aus der Nähe: Schnurrbärte wie breite Mörserkaskaden in freiem Fall, Hände und Füße nackt und bläßlich wie gesottenes Fleisch, kleine Jungen mit Messingtrompeten, die wie Ohrfeigen klangen.
Im Laufe des Tages aber klärte sich das Bild.
Zwei riesige, quietschende Kanonenrohre wurden von der Landstraße heruntergeschleppt, bedeckt von Staub und den Verwünschungen keuchender, verschwitzter Männer. Eisen schrie gegen Kies, wo der Hanfbelag abgerieben wurde. Der Weg knurrte zurück und versuchte zu kratzen.
Schließlich waren die einäugigen Eisenmonster beim Os angekommen und wurden zu den niedergeknüppelten Baumstämmen weitergehievt und mißhandelt.
Der Haß von fünfzig Männern hob sie hoch, und dann lagen sie stumm da und stierten über Wasser und Bucht hinaus.
Als am Nachmittag die Kanonen installiert waren, veränderte sich merkbar die Stimmung. Die Männer wurden ungehemmt bissig und brutaler in ihren Bewegungen, besonders zwischen den Beinen.
Man hätte vermuten können, daß sie versuchen würden, mit der Bevölkerung zu fraternisieren. Doch ihr Auftreten war wie daheim auf dem Kasernenhof. Kam jemand zu nah, fluchten sie. Es war deutlich, daß sie vor irgend etwas Angst hatten, zwischen all den Krankheiten und dem Wahnsinn, die vielleicht ansteckend waren.
»Ihr Scheißkerle seid ja wohl nich bekloppt!« schrie der Gefreite mit dem Tauende, als die Schiffsjungen zum Antreten wirr durcheinanderliefen.
Gegen Abend war der Ton dumpfer: Erschöpfung. Hände mit einem Griff wie getrockneter Teer waren zu ahnen, eine träge Mauligkeit über der Feldküche, Ausgangsverbot und die Abwesenheit normaler Frauenzimmer.
Nach der Waffen- und Kleiderpflege in der Dämmerung gingen

nur einige wenige zum Strand hinunter, um sich zu waschen. Sie duckten und beeilten sich, offensichtlich von der Angst beseelt, daß irgendein Ansteckungskeim in ihre schutzlose Haut eindringen könnte, auf dem Schädel oder zwischen den Beinen.
Die Wachen an der vertäuten und abgemasteten Flotte unten an der Brücke gaben vor, die Neugierigen weder zu sehen noch zu hören, die die Linien und die Tragkraft der Schiffe taxierten.
Als man genug davon hatte, spielten einige der jüngeren Dorfbewohner verrückt, zogen sich aus und begannen, vor den Augen der Seeleute im Tang zu baden.
Doch da war es bereits so dunkel, daß viel davon verlorenging.

Am zweiten Tag Des Krieges veranstaltete der Major mit seinen Männern eine Art Vorführung.
Man zerschoß draußen in der Bucht ein Holzfloß mit Schrägsegel.
Ein eindringender Landungstrupp wurde am Strand niedergemacht: die Männer oben an den Batterien, und in den fachgerechten Schützenwehren, warfen die Schiffsjungen und einige aus vollem Halse brüllende Gefreite buchstäblich ins Meer.
Als Angriff Abgeschlagen geblasen wurde, gerieten nicht einmal die wenigen Zuschauer in Siegestaumel. Trotz des Lärms.
Der Major aber machte die Runde und dankte den Unteroffizierskorporalen und lobte (mit kleinen genierten Augen unter der Hutkrempe) die Anfangsphase, in der die Entscheidungen, die wichtigen, fallen.
Am Abend hielt der Prediger oben am Wehr auf eigenen Vorschlag einen Feldgottesdienst.
Die Hitze hatte im Laufe des Tages die Luft von Sauerstoff entleert. Die Möwen schabten beinahe bewegungslos am Stanniol des Abendhimmels.
Nach der Abendandacht nahmen der Major und Himmer eine vorläufige Inspektion der Schützengräben vor, die beinahe fertig waren.
Der Hauptmann dagegen war mürrisch gleichgültig und führte

die Artilleristen unmittelbar zu den Zelten im Lager auf der Landzunge zurück.
Dort trank man lauwarmes Wasser aus Blechkellen. Schweißiges Stroh und Segeltuch wurden ausgebreitet; unsaubere Füße begannen zu riechen.
Wachposten wurden aufgestellt, zur Verteidigung Des Landes.

Einige der Löcher, die oberhalb des Strandwalls gegraben worden waren, waren sehr tief. Sie waren streng zylindrisch und sehr schön.
Die Wände waren glatt. Mit dem Spatenblatt hatte man sie in rechteckige Felder eingeteilt, die mit einer leichten Bogenlinie abschlossen. Dadurch, daß die Bogenlinie sich zur Wand hin einbog, entstand eine eigentümlich starre Drehung, die das Loch mit Bewegung füllte. Wenn man von oben hineinsah, hatte man das Gefühl, hinunterzufallen, langsam rotierend.
Man konnte sich in einen stumpfen Bohrer verwandeln, der mit dem Kopf voran mit einer langsamen Schraubbewegung in die Erde fiel.
Vom Boden des Loches aus verliefen zwei flache Schächte in schiefem Winkel zu einander. Der östliche war nur einige Meter tief. Darin lagen Spaten und fast neue Hacken; und ein Eimer mit einem Seil anstelle des Henkels. Auf dem Boden lag eine Matte aus zusammengenähten Säcken.

Nach dem Abendessen am nächsten Tag wurde etwas durchgeführt, das einer Einweihung der Wehr glich: die Segnung Der Waffen.
Fünfzehn Mann vom Artilleristencamp marschierten angeführt vom strengen Ziegenbart des Unterleutnants hinauf.
Sie nahmen die noch leicht feuchten und salzriechenden Schützenstellungen ein, während die Wärter und deren Frauen und Kinder frischgewaschen zuguckten.
Die Artilleristen schossen zwei trockene Salven über das Wasser ab und verließen daraufhin die Wehr, voller Skepsis.
Anschließend wimmelten die Zivilisten in die Gruben hinauf und der Unterleutnant und der Major persönlich trugen eine Anzahl zusammengeborgter Gewehre herbei und teilten sie aus,

und diese wurden ungeladen abgefeuert, sobald sie in die Hände der Verteidiger gelangt waren.
Eine gewisse träge Ausgelassenheit breitete sich aus.
An diesen Übungen nahmen der Major und der Unterleutnant teil, dazu der Prediger.
Die Wehre wurden ein letztes Mal untersucht, und es wurde weiteres Lob verteilt.

Himmer stand mit leichten Kopfschmerzen neben den Löchern.
Als er mit dem Blick dem dienstwilligen Hinterteil des Unterleutnants folgte, das in eines der Löcher hineinkroch, konnte er konstatieren, was er schon wußte. Die Schützengräben waren flache Schächte, groß genug, daß eine kleine Gruppe Männer nach einer Wachablösung darin sitzen konnte. Oder wenn ein paar scherzhafte Feuerwerkskartätschen die Welt erleuchteten.
Das Graben hatte niemandem geschadet. Doch ihm war schlecht von der fortwährenden Hitze.
Außerdem von einer Art Menschenabneigung, einer Körperaversion, die eine Folge davon war: das Bestialische an den erdigen Zehennägeln des Militärs, die er sich vorstellen konnte; der getrocknete Speichel, oder der Schleim in den Augen des Majors.

Unten im Lager saßen die Männer in Decken gewickelt, um sich gegen anderes als die Feuchtigkeit zu schützen, still, niedergeschlagen und unglückverheißend frei von Ungeduld.
Nachher zogen Johanson-Radier und einige von den Frauen zur Kirche, wo eine Zusatzandacht abgehalten wurde.
Obwohl die Versammlung nicht anberaumt worden war, war die Kapelle beinahe halb voll. Überall brannten Kerzen, und in der feuchten, langen, stumpfen Stille sprach der Prediger über Syrak 3, 2. »Wer sich in Gefahr begibt, kommt darin um.«

6

Im Herbst und im Frühjahr pflegte ein Trödler ins Dorf zu kommen. Um Medizin, Amulette, Schmuck und Ringe mit Bildern von Vögeln und kopulierenden Paaren zu verkaufen; und um Gerümpel zu kaufen: Glasscherben, Tonkrüge ohne Henkel, ausgebrannten Lack und Seilenden.
Von den Bauern der Gegend handelte er Diverses ein: Kleiderlumpen, die nicht mehr repariert oder zu Flickenteppichen verarbeitet werden konnten, zerbrochene Holzlöffel, Kellenstiele, Herdringe und Hufeisen, abgenutztes Zaumzeug, gesprungene Eimer.
Er kaufte alles, was undicht, schief, ausgedient und wertlos war.
Auf irgendeine wunderbare Weise machte er es wieder brauchbar, wußte man. Verwandelte es. Verkaufte es weiter an Leute, die es gebrauchen und das Unbrauchbare verwandeln konnten.

In einem der Zelte lagen am Morgen des vierten Tages einige Soldaten und fühlten sich unpäßlich.
Einer von ihnen, ein Unteroffizierskorporal, wimmerte unaufhörlich vor sich hin. Er lag da und phantasierte, wenn er sich nicht in eine alte Munitionstasche erbrach. Er begann, von dem Trödler zu reden.
»Hier bin ich gewesen«, schrie der Soldat im Fieber. »Wech, wech. Hier bin ich gewesen.«
Er hatte den Trödler nie gesehen, nur von ihm reden hören. Der Vater des Unteroffizierskorporals und der Trödler waren Vettern. Doch sie verkehrten nicht miteinander, warum, wußte der Unteroffizierskorporal nicht.
»Wech, wech. Hier bin ich gewesen«, schrie er im Zelt; und der Sanitäter, der nach ihm sah, kam zunächst nur zu dem Ergebnis, daß er einen ungewöhnlich üblen Sommerdurchfall hatte.

Das Gesicht des Unteroffizierkorporals war grauweiß wie Blauton oder Seemarmor. Ansonsten war er ein junger Mann mit mehreren Kinnen, vorstehenden Lippen und dichtem, zottigem Haar, das in seinem Rotblond kaum eine gelbe Strähne hatte.

Doch als der Sanitäter gegen Mittag mit seiner langen rechten Knochenhand noch einige Male über die Kleider des Kranken gestrichen hatte, stand er gliederknackend auf. Und er spielte mit dem Gedanken, Hilfe zu holen, er, der beinahe professionelle Mediziner.
Er kam mit dem geradehalsigen Artilleriehauptmann und dem Unterleutnant zurück.
Und jetzt hatten alle vier, die in dem Zelt lagen, schweren Sommerdurchfall. Und ohne auch nur dem Major Mitteilung zu machen, ordnete der Hauptmann das Ausfallen des Nachmittagschießens und den Aufbruch an. Einen ganzen Tag zu früh.
Als der Major erfuhr, worum es sich handelte, lächelte er nur und strich sich über den Mund, denn er hatte kürzlich gegessen.
An diesem Morgen hatten die Artilleristen mit den Vorbereitungen für den letzten Übungstag begonnen.
Die Schiffsjungen hatten die Absicht gehabt, sich die Füße zu waschen. Auch im Hafen, wo Kanonenjollen, Schaluppen und Barkassen aneinanderschabten, war zu spüren, daß Der Krieg seinem Ende entgegenging.
Einige von den Wachposten sprachen steif mit den Dorfbewohnern. Die Angst war ein wenig zurückgegangen; da die Idioten offenbar nicht (nicht einmal in ihrem Wahnsinn) auf den Gedanken kommen würden, Menschen zu überfallen, die schon so gut wie abmarschiert waren.
Das Kontor hatte an jeden Krieger einen Frühstücksschnaps und eine halbe Maß Bier austeilen lassen. Auch die Schiffsjungen hatten die heißen Schnäpse in sich hineingeschlürft.
Das Ausgangsverbot aber wurde aufrechterhalten. Der Kriegszustand galt auch für den Heimtransport; und die Männer hatten nichts dagegen. Eine Art Biwak für die Vernunft. Ungefähr wie: *gegen* Den Wahnsinn Des Krieges.

Die Artilleristen embarkierten methodisch. Was sie betraf, war die ganze verdammte Welt von irgendeinem verdammten Dreck angesteckt, von dieser oder jener Sorte.
Die Schaluppen, die Jollen und die trägschwimmende Barkasse glitten auf das Wasser aus Glas und vielleicht aus Messern hinaus.
Die Kanonen rissen an ihren Vertäuungen.
Doch Bärte, Stiefel, Gewehre, Zehennägel und der phantasierende Unteroffizierskorporal schwammen: die Ganze Kriegsmacht schwamm in der Mittagshitze davon, unbefleckt und transparent wie die Möwenschreie über dem Strandgras.

7

In der Nacht hatten einige im Dorf einen unruhigen Schlaf.
Uhren tickten im Wind, der nicht wehte: Haut und nasse Laken rieben rauh und verheddert am knochigen Skelett, das daran erinnerte, wie der Körper einmal hatte werden sollen. Oder wie er weiter sein sollte: einigermaßen zuverlässig.
Man spürte, wie leicht in der Haut Flecken, Risse und Öffnungen entstehen; oder in den Knochen.
Auch das Herz verstummte manchmal. Als sei es im Begriff, müde zu werden, oder als wolle es langsamer schlagen.

8

Eine Mitteilung über die Krankheit beim Militär erreichte sie fünf Tage später.
Um elf Uhr vormittags ließ Himmer zum Sammeln im Rachen rufen.
Viele kamen von den Feldern und waren schon stumpf von der Hitze; man stand mit den Handgeräten am Brunnen, zwischen Kindern und Gästen.
Wie es aussah, schnitt die Sonne in Gesichter aus Lehm. Doch während der Prediger sprach, breitete sich eine unerwartete, beinahe oberflächliche Ausgelassenheit aus; viele nutzten Gelegenheiten zur Komik aus, die sie sonst übersehen hätten.
Ohne die Krankheit bei Namen zu nennen, las er mit sparsam

erhobener Stimme aus den Verordnungen vor, die die Behörden aufgestellt hatten. Wenn es sich überhaupt um eine Seuche handelte. Denn was auch immer man von Der Kriegsmacht sagen kann, sie ist nicht *immer* ansteckend.
Zunächst trug er die Quarantäneverordnung vor. Dies war die Stelle, an der gelacht wurde, oder gekichert. Sie schrieb schwarze Fahnen, Blechkisten, verschiedene Instrumente, Essig und Räucherutensilien vor: eine ganze Opernvorstellung.
Dann sprach er, auf dem Rand des Brunnenbeckens balancierend und mit schluckendem Hals, von der inneren Bekämpfung der Krankheit.

9

Darauf erkrankten im Laufe von vier Tagen fünf ältere und alte Männer und starben zwei.
Dann erkrankten elf und starben acht: Männer, Frauen und Kinder.
Anschließend starben im Laufe von fünf Tagen neun von achtzehn; in vier Tagen elf von dreiundzwanzig; in acht Tagen sechs von vierzehn; in fünf Tagen neun von zwölf; in drei Tagen zwei von fünf; in sechs Tagen zwei von drei; in fünf Tagen keiner von drei; in vier Tagen zwei von vier; in acht einer von zwei; in drei Tagen einer von einem; an keinem Tag keiner von keinem.
Keiner von Keinem.
Neunundsechzig Tage waren vergangen, und sechsundfünfzig waren tot.
Unter ihnen waren zweiundvierzig Gäste.

Vierzigster Tag

10

Fünf Tage, nachdem Martha zurückgekommen war und von dem erzählt hatte, Was Nicht Erwähnt Werden Durfte, öffnete Anna-Aurora das Haus.
Zu diesem Zeitpunkt war Martha schon einmal unten im Dorf

gewesen. Sie hatte, trotz des Zweifels ihrer Mutter, die Erlaubnis bekommen, zur Scheune hinauszugehen, um nachzusehen, ob der Viehhüter am Leben war und sich um die Tiere kümmern konnte. Sie hatten sich Sorgen gemacht, daß die Tiere verhungern könnten. Abends konnte man in der Dunkelheit Vieh hören, das brüllte, Tiere, die schrien.
Doch sowohl der Viehhüter als auch seine schieläugige Frau lebten, und die Tiere waren wohlauf.

Als die Krankheit kam und sie das Haus schlossen, durfte das Personal nach Hause gehen, alle, die wollten.
Die Köchin, die eine beleibte ältere Frau mit Asthma und geschwollenen Beinen war, hielt eine Woche länger aus als die übrigen. Dann setzte sie sich in den Kopf, daß die dumpfe Luft in dem geschlossenen Haus im Begriff sei, zu verderben und krank zu werden. Sie zog sich Mantel, Hut und Schuhe an, die sie zu tragen pflegte, wenn sie in die Kirche ging, und erklärte, sie müsse zu ihrer Schwester in Halland.
Niemand konnte sie dazu bringen, Vernunft anzunehmen, nicht einmal Aron, den sie sonst verwöhnte. Sie mußte nach Jämjö, und von dort mit der Postkutsche nach Christianstad. Sie hatte ein altes fleckiges Eiernetz mit etwas Proviant und einigen Strickjacken darin; ihr geschwollenes Gesicht war aufgelöst und verwirrt. Als Anna-Aurora sich weigerte, aufzuschließen, begann sie plötzlich zu schreien und zu fluchen. Sie schluchzte und schlug mit den Fäusten gegen die Tür und schwang das Netz. Schließlich sahen sie ein, daß es nicht möglich war, sie zu beruhigen, und ließen sie hinaus.

II

Obwohl das Haus, in dem sie lebten, schon bis zum Rand mit verschiedenen Arten von Stille gefüllt war, wurde es ganz und gar still, nachdem die Köchin verschwunden war.
Martha und Aron, die früher hierhin und dorthin in Bewegung gewesen waren, hatten jetzt Zeit, ihre Mutter zu beobachten. Darüber hinaus waren sie schon vor langer Zeit in das Alter gekommen, in dem man vom Bewußtsein von seiner eigenen Sterblichkeit überzeugt wird; und von der Einsamkeit, die

daher rührt, daß man gleichzeitig leugnet, bedeutungslos, vergänglich und unbegreiflich zu sein.
Doch sie lebten weiter, jeder für sich, allein in seinem Zimmer. Sie trafen sich eigentlich nur bei den Mahlzeiten, die sie recht gleichgültig zubereiteten.
Man ißt nicht mit Appetit, wenn Ansteckung und Krankheit Risse in den Mauern suchen.

Nicht einmal jetzt gab es viel, worüber sie hätten reden können.
Was sie hätten sagen können, war ausgesprochen in all dem, was nicht gesagt werden durfte. Man sprach nicht vom »Dorf«, vom »Klatsch«. Dann waren unter der Haut der Mutter deutlich die Kiefer zu sehen, als habe sie auf etwas gebissen.
An einem der ersten Tage der Krankheit wollte Martha an Andreas schreiben. Doch sie merkte sofort, daß das Anna-Aurora mißfiel.
»Wo findest du den«, sagte die Mutter. »Auf irgendeiner Poststation?«
Martha wollte jedenfalls von ihm sprechen.
»Er ist tüchtig«, sagte sie kindlicher, als sie war. »Wahrscheinlich kann er Krankheiten heilen, von denen man hier noch nicht mal den Namen gehört hat.«
Sie stand und schwitzte und bügelte Laken und Tischtücher am Bügeltisch vor dem Küchenfenster, vor dem ein alltäglicher Himmel ohne Blutspuren hing wie ein alter Schinken.
Die Mutter sagte nichts. Doch der Stuhl am Küchentisch machte einen geraden Rücken; während sie ihre Hände eine nützliche Arbeit tun ließ, und wenn diese nur im Zusammenrollen einer Serviette bestand, so daß sie im Serviettenring Platz fand.

Martha war zu dieser Zeit kein junges Mädchen mehr; nicht einmal in ihren eigenen Augen. Sie hatte zu Hause gelebt, bis sie den Zug von Zeitlosigkeit bekommen hatte, der aus lang schon erwachsenen Kindern hervordringt; zwischen dem täglichen Benutzten, den Rissen, dem liebgewordenen Gewohnten.
Früher einmal hatte sie an einen verhexenden Zufall geglaubt. Man hätte von ihr alles mögliche erwarten können. Sie hatte

wie ein Zauberer mit ihren Zwölffingerhänden gewinkt, oder wie ein noch Heiligerer. Vielleicht war es das, was sie eigentlich erwartet hatte: Berufung. So auserwählt zu sein, wie die Deformation-Verzauberung ihr vorgespiegelt hatte.

Doch die kleinen zusätzlichen Knollen an ihren kleinen Fingern, die wie Fingerstummel ausgesehen hatten, hatten sich als Gebilde aus Knorpel und Haut erwiesen, die nach und nach, wie sie wuchs, in den Knochen verschwanden. Schließlich war sie einfach normal.

Daraufhin hatte sie daran gedacht, etwas im Kontor zu werden. In Bücher schreiben, rechnen, planen, entscheiden.

Aber selbständig. Nicht auf jemandes Befehl.

Sie stand in der Dampfwolke am Bügeltisch; bügelte Bettlaken, während die Krankheit sich draußen durch Stoff, Haut und Knochenenden biß. Vielleicht wartete sie jetzt auch.

Sie hatte keine Angst. Die Seuche konnte eindringen, es wäre nur das, was zu erwarten war. Und dann erstarrte man wie ein Baumstamm, oder wie etwas aus Lehm (stellte sie sich vor). Doch Angst hatte sie nicht, obwohl sie wußte, daß die Möglichkeit bestand, daß sie auf diese Weise sterben mußte. (Obwohl – nicht ausgerechnet jetzt mit den anderen, nicht verheddert in vollgekotzte Laken, in den eigenen Ausscheidungen. Nicht ausgerechnet jetzt.)

Da war die andere Frau, die sich hinter ihr am Küchentisch kaum bewegte, eher bereit. Diese Bereitschaft, der Wille zur Unterwerfung war in ihre Haut eingetrocknet, fand die Tochter; in der Luft aus Kränkungen und Bitterkeit geschrumpft. Vom Haus und vom Haß im Haus, den Martha zu sehen und sich davon nichts anmerken zu lassen gelernt hatte, als sie als Kind *verstand.*

Zunächst hatte es sie nur verwirrt. Sie ging zur Schule. Sie ging zur Schule bei Der Anderen. Sie liebte sie, wie Kinder ihre erste Lehrerin lieben. Zu dieser Zeit hatte sie noch nicht einmal verstanden, warum die anderen Kinder feixten.

Später hatte sie eingesehen, daß es Haß geben und daß er respektiert werden muß. Ungefähr wie man das Alter respektiert: weil es einen alt macht.

Außerdem würde sie im Haus und im Dorf bleiben und warten. Auf irgend etwas warten.

Tatsächlich wartete sie so lange, bis alle anderen sich daran gewöhnten, daß sie wartete. Daß sie nicht irgend jemand war; denn natürlich gab es Männer, wenn sie gewollt hätte.
So kann man auch das Altern anderer spiegeln, war ihr klar geworden. (In jenem Winter, in dem Carl-Emanuel abreiste, konnte sie manchmal sehen, wie die Mutter in ihre eigene Lähmung und Aufgegebenheit hineinglitt. Weil sie *Frauen* waren; obwohl sie nicht einsehen konnte, warum das so sein mußte.)
Eine Weile hoffte sie (vage, undurchdacht) auf etwas im Zusammenhang mit Andreas; mit seinen Studien. Vielleicht konnte sie eine Art Apothekenvorsteherin werden, wenn er Arzt wurde. Sie wußte eine Menge von Blumen und Kräutern, was sie bei der Mutter im Garten einfach dadurch gelernt hatte, daß sie dabei war. Sie glaubte auch, daß man dergleichen lernen konnte, ohne Schulen in der Stadt zu besuchen. Man konnte bei irgend jemandem anfangen, in einer Apotheke. Andreas würde ihr helfen, wenn sie fertig war; oben im Landesinneren. Sie würde sich unentbehrlich machen, wußte sie. Sie war genau, fleißig, flink, wenn sie wollte.
Die Erwartungen aber, die sie mit Andreas verbunden hatte, lichteten und verflüchtigten sich. Auch *er* verschwand ja, so daß es nachher schwer war, sich ihn auch nur vorzustellen. Schließlich (als er, von vereinzelten, zufälligen Nachrichten abgesehen, nie von sich hören ließ) versuchte sie nicht einmal mehr gelegentlich, sich selbst den Eindruck zu vermitteln, sie habe ein Ziel. Sie gab auf und wartete nur noch.

Durch all das bekam sie etwas *mehr* Angst. Das mußte sie zugeben.
Sie stand da und bügelte und hörte, wie sich hinter ihr am Küchentisch die Mutter bewegte; und jeder kann sich müde fühlen, wenn die Dämmerung fällt.
Doch sie blieb und zog das Bügeln in die Länge, obwohl sie schon längst hätte fertig sein müssen. Sie konnte jedenfalls noch nicht auf ihr Zimmer gehen, wo ein uraltes Poesiebuch mit körnigem Einband wartete; oder der Stickrahmen.

Aron, der der Frau am Küchentisch nicht so unähnlich war, kam heruntergeschlendert, wenn er Hunger hatte.
Sie zündeten flackernde, knisternde Kerzen und Rübenöllampen an, die stanken. Er hing über dem rotgeblümten Flanelltischtuch des Eßzimmertisches, das medizinische Eigenschaften hatte; und gähnte, während er auf das Essen wartete. Vielleicht würde er, wenn er ruhelos genug war, in den Holzschuppen hinausgehen und Holz schlagen, das nicht gebraucht wurde. Dies war darüber hinaus ihre einzige Berührung mit der Außenwelt; (die einzig erlaubte und daher ungefährliche; wenn auch erst nach Einbruch der Dunkelheit).

Wenn sie gegessen hatten, saßen sie eine Weile am Tisch, umgeben von den dunklen, sinkenden Gegenständen; neben den Essensresten, den Brotkrümeln, der Menage aus Metall, dem falschen Silber der Serviettenringe; geschützt vom Geruch wacholdergeräucherten Specks, des Gurkenessigs, der Butter und des Rahmkäses, der schwitzte.
Vielleicht würde die ältere Frau sofort aufstehen; wenn sie das Abendgebet sofort auf ihrem Zimmer beten wollte. Beinahe zur gleichen Zeit, wie das Personal aus dem Haus ging, hatten sie angefangen, jeder für sich zu beten; nur die Gebete zu den Mahlzeiten murmelten sie gemeinsam.

Martha hörte das Bügeleisen zischen; und wie die Mutter sich in den Dämpfen von blankgeplättetem Leinen und dem brandigen Geruch bewegte, der in die Haut kratzte wie in Parkettwachs.
Hin und wieder hatte sie sie ertappt, wie sie im Schaukelstuhl saß und an ein paar alten Pelzstücken herumfingerte. Oder wie sie mit dem Gesangbuch auf dem Schoß eingeschlafen war: mit offenem Mund, die Halshaut körnig wie an einem Hühnerhals.
Einmal zuckte sie zusammen und sah Martha in der Türöffnung stehen. Und ihre Augen flossen über, und die faltigen Hände griffen sofort nach den Pelzfetzen; klammerten sich an ihnen fest.

12

Die Tage und die Nächte flossen teilweise ineinander. Vielleicht waren sie von einem Waldbrand umgeben, der lautlos vorbeiraste; der zurückkehrte, aufkläffte und seinen eigenen Atem verschluckte, die ganze Zeit jedoch das Haus und sie verschonte.

Obwohl es ja nicht so weitergehen konnte. Die Frau im Schaukelstuhl dort drinnen konnte das zuallerletzt zulassen. Ohne daß Schuldige bestraft wurden.

Eines Morgens, als Martha herunterkam, saß sie auf dem Sofa, mit weißem Kragen, umgeben von Gerüchen aus alten Koffern.

Ihr ganzer Körper und die Bewegungen ihres Rückens, mit denen sie vorbrachte, was sie gesagt haben wollte, deuteten auf Entschlossenheit. Sie sei davon aufgewacht, daß jemand an die Haustür klopfte, und hinaufgegangen, habe aber niemanden dort gefunden; obwohl es deutlich war, daß jemand eine Nachricht für sie gehabt und dicht am Haus gestanden habe, auf der Treppe.

Darum solle sich Martha am Abend umhören. Und obgleich sie, die Mutter, es nicht sagte, war klar, was sie meinte: im Kontor. (Doch nicht im Klartext, nicht gerade heraus: deinem Vater kann was passiert sein. Das wäre gottlos gewesen.)

Statt dessen hatte sie gutwillig Fakten referiert. So mußte Martha den ganzen Tag warten. Sie konnte nicht von sich aus etwas unternehmen, obwohl sie am Morgen des Vortages begonnen hatte, die Speisekammerregale zu putzen, und vorgehabt hatte, sie mit neuem Papier auszulegen: in der Küche stand alles in einem einzigen Durcheinander auf Boden und Bänken.

Im Grunde machte sie sich keine Sorgen. Wenn wirklich etwas passiert wäre, hätten sie es erfahren. Schließlich wußten sie nicht genau, was dort draußen vorging; am allerwenigsten in der Dämmerung, im Rauchdunst (oder in den Schatten zwischen den Häusern, wo die Luft von Nesseln und Dung dampfte).

Von all dem Warten wurde sie fast müde.

Den ganzen Nachmittag saß sie in der Wäschekammer und

kräuselte Kopfkissenbänder, zusammen mit der leicht zu Weckenden (die die Nachrichten empfing), und die auch schwieg und wartete. Und wie sie so dasaßen, mit den Händen, die sich bewegten und die Brennscheren drehten, im Lampenlicht, das aus dem Fenster hätte stürzen können, hätte jeder sie unsichtbar machen können, der eine Tür geöffnet hätte; oder versucht hätte, etwas zu erklären.

Der Ausflug (oder Auftrag) selbst beanspruchte nicht viel Zeit. Sie war jedenfalls dieselbe, als sie zurückkam.
Die Mutter stand im Dunkeln in der Tür, bevor sie auch nur hätte klopfen können.
Martha selbst gähnte vor Spannung und überließ der älteren Frau die Initiative.
»Mulerthal ist krank«, sagte sie und leckte sich über die trockenen Lippen. »Und Sophia. Und Magdalena Bias ist . . .«
So daß Anna-Aurora mit ihrem sehnigen Hals in ihrem Kleid unterbrechen konnte, was sie schon wußte; und ihr hinter der Tür die Schuhe ausziehen. Wie damals, als Martha klein war und lange hatte aufsein dürfen, zu müde, sich selbst auszuziehen, mit hängenden Armen.
Die Mutter hatte in Kesseln Wasser gewärmt, und den verbeulten, grünspanfleckigen Kupferbottich ins Eßzimmer geschleppt, und zwang sie, sich gefallen zu lassen, daß ihr die Kleider ausgezogen wurden. (Und um etwas Ähnliches, ein Fest oder eine Beerdigung, handelte es sich ja tatsächlich. Sie fühlte sich vollkommen erschöpft.)
Darum saß sie nackt in dem dampfenden Bottich und ließ sich mitten im Speisesaal waschen; und Aron kam herein, schwamm durch den Raum, um vom großen Tisch aus zuzugucken, während er etwas aß.
Obwohl er achtzehn Jahre alt und ein junger Mann war, und sie selbst im Badebottich eine erwachsene Frau, die sich nie ohne Kleider gezeigt hatte, schon gar nicht einem Mann, seit ihrer Kindheit, ließ sie es geschehen; und er sah zu, uninteressiert oder natürlich, als solle sie entlaust werden.
Dazu aß er ein paar kalte Kartoffeln, und Brot und Milch mit Zucker in einer Teetasse, denn er erwartete trotz allem Neuigkeiten, sobald die Desinfizierung beendet war.

Nachher, als sie mit graumatt reifem schimmerndem Fleisch aus der Wanne gestiegen und von der älteren Frau, die in die Knie ging und mit roten, aufgeweichten Händen arbeitete, abgetrocknet worden war, auch das kräftige Fleisch unterhalb des Bauches – als die Formen des Fleisches den Raum in die Kleider hinein verlassen hatten, die über der Stuhllehne bereithingen, halfen sich Bruder und Schwester gegenseitig, das schwappende trübe Badewasser hinauszutragen und mit Lappen alle feuchten, nassen, beschlagenen Spuren zu tilgen und den Teppich zurückzurollen. Während die Mutter weiter vorn aufwischte, an der Schwelle (und näher zum Dorf).
Sie säuberten den Eßzimmertisch von Arons Schlingmahlzeit und setzten sich an ein frischgebügeltes Leinentischtuch. Und Anna-Aurora brachte Teller aus Feinporzellan: auf dem Wasserlilien auf Wasser dahinschwammen, das auch lange, geheimnisvolle Reisen erlebt hatte.
Jedenfalls waren sich beide Frauen bewußt, daß man die festliche Stimmung verbarg, oder verbergen sollte, obwohl man zum Feiern einen gewissen Anlaß hatte.
Martha suchte nach etwas, womit sie anfangen konnte, da Aron (wie sie selbst) erwartete, daß sie etwas erzählte.
»Ich hab' Åke Hansson getroffen«, begann sie und versuchte zu gähnen; und blickte auf die Hände ihrer Mutter, die auf dem Teller die grauhäutige Dauerwurst aufschnitten, und mit dem Messer plötzlich andere, nachdrücklichere Bewegungen auf der Unterlage machten.

Sie aßen nicht besonders lange; und Martha erzählte von allem, was im Kontor in Ordnung war; und die Mutter nickte und schnitt Käse ab und legte Aron davon auf den Teller; und er nahm teil, indem er sich dem Essen überließ, wobei er schläfrig blinzelte und sein Gesicht unbestimmt werden ließ, beinahe dumm.
Und die Mutter machte deutlich, daß sie nicht die Absicht hatte, sehr lange aufzubleiben, obwohl man eine Art Rückkehr feierte.
Während die Frauen den Tisch abdeckten, füllte Aron die Lampen.
Dann stand er muskelfleischig und schläfrig in der Tür und

verdeckte fast das Licht, als Anna-Aurora Gute Nacht sagte, und still und groß die Treppe hinauf verschwand, weniger zusammengesunken, wenn auch in den Augen des Jungen nicht jünger.
Und sobald Martha und er allein waren, schlich er nach der Branntweinflasche im Küchenschrank; die Zuckerdose hatte er schon aus der Anrichte genommen.
Jeder setzte sich an seine Seite des Tisches, die Tischdecke noch voller Krümel und Käserinden, und die Lampe warf ihr gelbes Licht über die Hände, die beinahe leuchtend wurden.
Martha machte sich nicht die Mühe, seine Zuckerstücke und sein linkisches Kippen zu beachten (er trank in raschem Tempo zwei Schnäpse und schnitt Grimassen, und sie wußte, daß er keinen besonderen Gefallen daran fand).
Sie war müde und hielt sich mit der einen Hand an der Tischkante fest; konnte es aber nicht lassen, seine nackten Unterarme auf dem Tisch anzustarren, die mit trägen Muskelbündeln unter weicher Haut ebenso kindlich unreif waren.
Beide wußten, daß alles, was sie sagten, in jedem Winkel des Hauses zu hören war, auch das Geflüsterte.
Darum erzählte sie, was sie wußte, mit Worten, die ebenso deutlich ausfielen, wie sie waren.
»Ich hab' Åke Hansson getroffen«, sagte sie. »Auf dem Kiesplatz. Ich brauchte gar nicht reinzugehen. *Sie* ist im Kontorzimmer gestorben, vor zwei Tagen. Sophia war verschwunden; sie haben sie dann oben auf dem Os gefunden. Sie liegt jetzt im Aussonderungsraum bei den anderen und ist krank. Mulerthal geht's auch schlecht. Ist vielleicht schon tot. Die Frau lebt.«
Da keiner von ihnen so recht verstand, was das, was sie sagte, bedeutete, konnte sie an dieser Stelle aufhören. Und sie folgte Arons Blicken in die Lampenflamme; dann saß sie da und betrachtete ihre eigenen Hände, die langsam den Fuß des einsamen hohen Branntweinglases drehten.
Aron nahm die Karaffe, griff theatralisch nach dem Glas, balancierte ein Stück Zucker zwischen seinen Lippen.
»Und Er?« sagte er undeutlich und kicherte ein wenig zur Decke.
Er kicherte angetrunken.

»Und Er?« sagte er mit schwellenden Lippen.
Sie streckte die Hand aus, als wolle sie ihm mit den Nägeln die Wange einreißen; berührte den blauschwarzen Bartflaum.
»Kerngesund. Im Kontor«, sagte sie.

Die Rübenöllampen brannten und stanken wirklich vor Überlebenswillen.
Die Krankheit, die Abwesenheit, das mußte ja schließlich aufhören. Zumal sie selbst unbewegt zwischen den Mauern des Hauses saßen, das dasselbe war.
Es mußte ein Ende haben.
An den Abenden, an denen Martha nicht früh zu Bett ging, spielte sie eine Weile Klavier. Ab und zu sangen sie auch. (Dann konnte die Mutter plötzlich erstarren, als wolle sie in Tränen ausbrechen.) Und Martha war überrascht von der warmen, tiefen Stimme ihres Bruders, denn weder sie noch sonst irgend jemand in der Familie konnte singen.
Ihre Mutter aber saß selten besonders lange bei ihnen. Es war deutlich, daß sie sich noch nicht entschieden hatte, ob die Gefahr vorüber war oder nicht.
Manchmal saß sie auf dem Sofa und schlief, wenn sie hereinkamen.
Und sie schied auch Gerüche aus, die unter Verschluß gehörten, mit hochgerutschten Röcken und gespreizten Beinen, an denen die Strümpfe Wasser zogen.

13

Auf den Tag genau eine Woche nach dem Tod Der Anderen, sechs Tage nach der Beerdigung, gab Anna-Aurora in der Küchentür ihrer Tochter mit den Augen ein Zeichen; und ging selbst, mit steifen Ellenbogen, hinaus und schloß auf.

Sie öffnete alle Fenster und Türen und ließ den Wind eindringen.
Aron schlüpfte sofort hinaus, während die beiden Frauen begannen, Möbel zu waschen und Fußböden zu scheuern.
Sie aßen allein mitten am Tag, im Seifengeruch zwischen Eimern und umgestellten Möbeln, und ohne sich auch nur zu

setzen. Und während Martha die Außentreppe fegte, kam Aron zurück, vollgestopft, und hatte Gelegenheit, ihr ein paar von all den Neuigkeiten mitzuteilen, die die Frau drinnen auch hätte hören wollen, wenn sie sich das gestattet hätte.
Zum Beispiel: wie die Beerdigung verlief.
Nur *Er* und der Pastor und Bias und Abraham Nebb waren dabeigewesen, als man *Sie* eingrub.
Daniel wußte vermutlich nicht einmal, was geschehen war. Er sei nach wie vor bei Bauern auf Aspö, sagte Åke Hansson. Aron hatte aber gehört, daß er in Carlscrona sei und darauf wartete, Schiffsjunge zu werden. Und Sophia ginge es besser.
Das eigentliche Begräbnis war in aller Stille vor sich gegangen. Der Prediger hatte die Bestattungsliturgie gesprochen, daß sie kaum zu hören war (sagte Åke Hansson). Es war ein leichter Wind aufgekommen, als sie am Grab standen, sonst war nichts Besonderes gewesen.
Doch Aron war herumgekommen und hatte auch nach anderen fragen können (obwohl die Frau dort drinnen nicht darum gebeten hatte. Von *ihm* wollte sie wirklich keinen *Bericht* haben).
Tekla, die Magd, war tot, die übrigen aber lebten. Britta, die jüngste Köchin, hatte er selber gesehen, und an ihr stimmte alles; es sei denn, daß ihr Körper etwas schwerer geworden war, jedenfalls größere Brüste bekommen hatte.
Zu welchem letzteren er sich ein Lachen leistete, während er kaute, den Mund voller trauernder Zwiebackskrümel und Milch, die aus den Mundwinkeln lief.

Das ganze Haus wurde gescheuert und mit Tannenzweigen ausgeräuchert und aufgeräumt, und als es fertig war, wollte Anna-Aurora, daß Martha sie auf die Straße begleitete; vielleicht auf eine Art Danksagungsspaziergang.
In dem schrägen, warmen Sonnenwind hatte Aron sich mit ein paar erschöpften Männern auf den Weg gemacht, um frei herumlaufendes Vieh einzusammeln; und vielleicht bei der Reparatur des Viehstalldaches zu helfen, das Risse bekommen hatte und durch die Trockenheit aufgeschlitzt worden war.
Ehe sie gingen, zeigte die Mutter Martha ein kleines schnörke-

lig handgeschriebenes Buch mit silbergrauem Leineneinband, in dem jemand in Druckbuchstaben notiert hatte, daß heute der Tag von Johannes Des Täufers Enthauptung war. Und über den Küchentisch gebeugt, machte die ältere Frau mit dem Daumennagel in das steife Papier ein Zeichen.

Wie sie die Straße entlanggingen, konnten sie zunächst (und auch Martha, jetzt in Begleitung der Mutter) etwas über dem Dorf ausmachen, das an Krankheitsgerüche, oder an Reste davon erinnerte.

Doch vielleicht war das nur Einbildung. Wie der Geruch von nassem Hundefell in den ausgetrockneten Gräben. Das Wildgras und die verbrannten Wiesen aber dufteten bis hierher, würzig wie gepechtes Holz. Und dazu wurde der Straßenstaub von ihren Schritten aufgewirbelt, vor allem wenn man nach Gefahren in der Luft witterte, ohne irgendeinen verläßlichen Beigeschmack festzustellen.

Sie bogen in die neue Straße ein, zum Kontor hinunter. Dort nahmen sie die Abkürzung hinter der Kirche, mit über Brust und Schals gekreuzten Armen wie zwei Schwestern.

Schließlich kamen sie in den Sonnenschatten und die Wassergerüche hinaus und sahen, wie die Eichen auf der Landzunge ihr totes Laubwerk rieseln ließen.

Sie trafen auf einige Männer und Frauen, die gleichgültig oder auch feindselig grüßten. Jedenfalls graugezeichnet von Gefahr und Krankheit.

Am Nachmittag half Martha ihrer Mutter eine Weile im Garten.

Der Rauchgeruch vom Haus trieb mit einem schwachen, warmen Wind zwischen die Bäume.

Die Sonnenblumen hatten überlebt und wandten getrocknete, zitronengelbe Blütenblätter der Erde zu.

Doch die Stockrosen und die Rittersporne waren geschrumpft und entstellt, und ohne jene Würde, die das Wasser ihnen geben konnte, wenn sie tranken. Viel war verbrannt, und der Herbst würde nicht besonders lange zu suchen haben.

Dann sortierte Anna-Aurora allein die Steine in zwei Steinpartien: als habe sie einige von ihren Steinkästen durchgesehen und in den Schachteln nur Blattskelette gefunden.

Ab und zu schloß sie mit einem erdigen Puder von Sonne im Gesicht die Augen.

In der Küche hatte Martha angefangen, Sagosuppe mit Zimt und Rosinen zu kochen, die Aron sich erquengelt hatte, bevor er gegangen war.
Ohne darüber nachzudenken, deckte sie auch für den Vater, und legte dessen lächerlichen Knochenlöffel mit der klappernden Kugel am Stiel hin, denn er aß Suppe nie mit Metall.
Als sie merkte, was sie getan hatte, nahm sie den Teller weg, ließ aber den Löffel liegen, neben ihrem eigenen Teller.

Sie ging hinaus und holte Wasser.
Der Brunnen lag neben einer hohen Ulme, im Schatten.
Sie zog einen Eimer hoch.
Wenn sie nun mit Aron kämen, dachte sie. Wenn er zum Beispiel von der Leiter gefallen war. Mit schiefem Rücken, und Gesicht, Hals und Hände verdreht.
In ein paar Tagen ist er wieder auf den Beinen, sagte sie und blickte gen Himmel.
Auf dem Wasser schwammen einige gelbe trockene Tannennadeln.
Sie beugte sich über den Eimer, blies sie weg, und senkte die Hand in die eiskalte Wasserhaut, um zu probieren.

Einundvierzigster Tag

14

Der letzte, der ausschließlich durch die Krankheit starb, war ein blechäugiger Junge, der neu war, und der darum keine Ansprüche auf später stellte.
Er trocknete ein in wenigen Stunden, heiser klagend in einem Eisenbett, das ihn dorthin gebracht hatte, wohin weder er noch irgendein anderer sich sehnte. Er starb mit dem Kopf unter den grauen Decken, langsam von seinem eigenen Blut erstickt, das in den wehrlosen Adern zu einer teerähnlichen Masse erstarrt war.

Niemand hatte die Kraft, eingehender darüber nachzudenken. Ein Paar hackenschiefe Schuhe und ein zerbeulter Blechteller waren im Staub auf dem Boden unter dem Eisenbett zurückgeblieben; das weiterquietschte.
Seit neun Tagen war niemand erkrankt und niemand gestorben; und nach ihm folgten keine weiteren, nur ein langes, blechgraues, unwichtiges Erwachen.

Die Hitze blieb über ihnen: ein langer Sommer, der sich zur Kälte hin neigte; auch nachts, wenn sie träumten.
An einem Montagmorgen begann Åke Hansson, die überlebenden Gäste einzusammeln.
Es war nicht schwer, sie zu finden. Sie liefen frei herum und hatten angefangen, sich unter die Wärter zu mischen.
Man konnte durchs Dorf gehen und sie aus den Essigdämpfen der stillen, rauchstinkenden Häuser holen; oder aus den Viehställen, wo sie sich versammelt und mehrere Wochen zwischen den Tieren geschlafen hatten, geschützt von ihren sanften, schläfrigen Gedanken; oder unter dem Himmel jenseits des Flüßchens, wo eine heiße Wand aus Dunkelheit und Sternen sie versteckte.
Einigen war es gelungen, ins Alte Gästehaus zu kommen, das jetzt Speicher war.
Im Keller fand man zwei Tote, einen verblüfften erfrorenen Mann und eine Frau mit glänzendem Haar. Und die Ratten hatten sie nicht gefressen. Sie saßen mit aneinandergelegten Köpfen auf einem Haufen Kartoffelsäcke; sie waren die letzten, die begraben wurden.

Mit einer Art Verwunderung sah man, daß Werkzeug, Wagen, Eimer, Holzäxte und Riemenzeug noch da waren und überlebt hatten.
Åke Hansson kam als erster zu sich und brachte langsam die halb apathischen, halb abwesenden Gäste zum Arbeiten.
Besonders nach einem kurzen, plötzlichen Regen an einem Nachmittag, als auf einmal die Unterseiten des Laubes zum Vorschein kamen und zu glänzen begannen, mußte etwas getan werden. Er teilte auf dem nassen Kies Des Kontorplatzes Schaufeln und Rechen aus.

Am deutlichsten war die Stille zu hören: die Müdigkeit all dessen, was man sah.
Auf der Erde zwischen den Osern konnte man Netze von Eichwürmern sehen, die in Haufen gestorben waren, eingesponnen in sich selbst. Und man fand Dinge, die man gerne nicht zurückbekommen hätte.
Viele hatten das Interesse verloren; oder das Vertrauen zu ihren Händen eingebüßt: alle trugen Schuld.
Einige aber trugen schwerer als andere. Wie den Schlaf in einem schlaflosen Gesicht: die Augen werden blaß, kindlich und flach.
Am schlimmsten war es für die, die die Schuld der anderen trugen, aber wußten, daß es nur ihre eigene war.

15

Und schließlich gingen dem, der sprechen wollte, die Worte aus. Auch dem, der lange gebetet hatte.
Himmer hatte viel verloren. Er ging durch die Häuser, um zu trösten. Er bot ihnen Sakrament und Trost des Glaubens. Doch was konnte er sagen?
Meistens schwankte er auf Beinen, deren Bewegungen ihn überraschten, und suchte mit den Lippen nach etwas anderem.

Am ersten Abend, an dem es ihm gelungen war, einige widerwillige Zuhörer in der Kapelle zu versammeln, begann er, zögernd und auf gut Glück ein paar Bibelworte zu lesen. Dann erstarb seine Stimme.
Er stand mit zuckenden Augenbrauen vor ihnen, mit dem Rücken zum Altarbild, das Christus beim Gebet im Garten Gethsemane zeigte, und das von ihren Körpern wiedererkannt wurde.
Auf dieselbe Weise saßen die wenigen unten in den Bänken und starrten auf die kleine runde Kanzel: das Stundenglas auf seinem gedrechselten Fuß, die vergoldeten Säulen. Alles war fremd und neu, als sei es durch das Dach hereingefallen.
An der Holzwand leuchteten getriebene Lichtplatten aus verzinntem Blech mit steifen, drohenden Lichtpfeifen aus Eisen.

Das Gemälde mit Adam und Eva an der nördlichen Längswand sah in seinem Trauerflor kläglich eingemummelt aus; die Herbstdämmerung war unter den Öllack gedrungen und verteidigte das Dunkel zwischen den Bäumen: tief im Inneren der Lichtungen Des Paradieses.
An der Decke schwebte ein Messingkronleuchter mit Pfeifen, gearbeitet wie Muschelschalen. Doch die Augen, die Perlen, waren geschlossen und blind. Und das große, geschwärzte und goldgerahmte Bild links vom Chor, in Ölfarbe auf Leinen gemalt – Der Erlöser, Die Mutter und die stürzenden Engel –, war grau geworden wie Marmor.
Dies alles wuchs in das Schweigen da vorne hinein, so daß es nichts hinzuzufügen gab.
Statt dessen begann er unerwartet zu singen.
Er sang ein einfaches Kirchenlied, so bekannt, daß niemand auf die Worte hörte.
Obwohl die Stimme leise war, klang sie dicht, dunkel, warm und vibrierend; und es war deutlich, daß die Krankheit in ihren Anstrengungen, ihn zu vernichten, etwas von sich selbst hatte zurücklassen müssen.
Er sang nur einige Minuten. Doch sie wurden ergriffen von der Stimme und der unbekannten, wohlbekannten, eintönigen Melodie und erfaßten die Worte erst kurz bevor er endete: » . . . so sind auch wir verpflichtet, unsere Leben für die Brüder hinzugeben.«
Trotz einem kalten Regen, und dem Geruch sauren Rauches, der durch die Mauern geschlagen war, wurden viele zu etwas Beständigerem zurückgeführt. Sie erkannten sich ein wenig und wurden ruhiger.

Er sang vor dem Chor stehend, mit sich wiegenden Schultern und geschlossenen Augen, die Hände zum Boden ausgestreckt und mit ausgebreiteten fingersteifen Handflächen.
Als die schwache, warme Flamme der Stimme verklungen war, ging eine der alten Frauen, ein krankheitsverwandeltes Gesicht ohne Falten, zu ihm und berührte ihn mit ihrer trockenen Hand; und weckte ihn.
Mit ihrer Hand in seiner stand er da vorn auf dem Holzfußboden.

Wie es den Eimer, die Kelle und das Wasser gibt, wo viele trinken wollen.
Schließlich brach er in Tränen aus.

Gebrochen und mager wie ein Skelett; mit verwirrten Augen und Zuckungen, die in sein Gesicht schnitten, und trockenen, erstaunten, nuschelnden Lippen.
Halt jetzt den Mund, dachte man freundlich unten in den Bänken.

16

Den ganzen nächsten Tag regnete es; und die Luft wurde grün und durchsichtig und rein zu atmen, und das Geräusch des Regens auf den Dächern und wenn er in den Staub auf den Dorfwegen schlug, weckte Grün, das totgewesen war; und Laute und Flüstern tropften auf die Erde, auf der naß das Vieh stand und ins Gras lauschte.
Am Abend rief der Vorbeter wieder zum Gebet in die Kapelle; und am nächsten Abend, und am nächsten. Und danach wurde für die, die wollten, jeden zweiten Tag eine Versammlung abgehalten, nach dem Abendessen, und manchmal eine Nachmittagsandacht.
Sowohl Aron als auch seine ältere Schwester gingen hin. Die Norrländerin aber blieb zu Hause.

Abraham Nebb gehörte auch zu denen, die nie einen anderen als den Sonntagsgottesdienst besuchten; obwohl er Wand an Wand mit der Kirche wohnte.
Eine Anzahl junger Leute im Dorf begann unsicher zu werden, wer er eigentlich war. Für die etwas Älteren war er jemand, den man mit dem Aufbau verknüpfte; oder irgendeiner anderen großartigen Vagheit der Vergangenheit. Beinahe alle mit ihm Gleichaltrigen waren tot. Im übrigen hatte er nie zu denen gehört, die Mitmenschen dazu bringen, sich wohlzufühlen oder besserer Stimmung zu sein.
An einem Mittwochnachmittag aber, einige Stunden, bevor die Abendandacht beginnen sollte, kam er zur Kapelle.
Man sah einen alten Mann mit meliertem Bart, abgemagertem,

länglichem Gesicht und Augen, die das, was sie sahen, dicht neben etwas anderem festzunageln schienen. Er bewegte sich mit gebeugten Knien, jedoch nicht altersschwach, vielleicht von den Armen abgesehen, die direkt am Körper hingen.
Ohne jemanden zu grüßen, stampfte, man konnte nicht sagen stapfte, er knochentrocken auf den Wegbereiter an der Chorschranke zu.
Die Kapelle war knapp halbvoll mit schweigenden Menschen in Arbeitskleidern. Sie grüßten und wichen mit den Blicken aus, oder starrten neugierig.
Es war deutlich, daß der alte Mann ein Anliegen hatte; daß er gekommen war, um jemanden zu holen.
»Du sollst uns rudern«, sagte er mürrisch ohne jede Freundlichkeit zum Wegbereiter vorn am Chor.

Die Älteren wußten, daß Abraham Nebb in der Kammer im Gästehaus weiter den Lazarusmann gepflegt hatte, nachdem Mrenta gestorben war. Einer, der im Bett lag, einer, der daneben stand und fütterte und wusch und saubermachte. Dies war vielleicht nicht so ungewöhnlich, wenn man Abraham kannte, und wußte, wie er und Mrenta gelebt hatten.
Jetzt war es also aus. Der Unbewegliche und Stumme und Lebendigtote hatte aus sich selber sterben dürfen, neben der Seuche. Jetzt durfte er heimkommen, sein Bett nehmen, aufstehen und gehen.
Daß die Wanderung auf dem Wasser beginnen sollte, war auch nicht überraschend. Von dort war einmal der Sturm gekommen, der ihn geholt hatte; der ihn bewegungslos geschlagen hatte. Jetzt brach er von dort auf.

Vier alte Frauen halfen, den Toten in einen engen Birkensarg zu heben, der polierten lebendigen Knochen glich.
Der Lazarusmann trug seinen Sonntagsanzug und war frischrasiert. Das dünne Eisenhaar lag um einen blutlosen und schnurgeraden Mittelscheitel gekämmt. Die Hände ruhten gefaltet auf der Brust, mit geschnittenen, scharfen Nägeln. Zwischen Daumen und Zeigefinger lugte ein frischgeputztes Medaillon hervor; die dünne Goldkette ringelte sich fröstelnd unter das rechte Handgelenk.

Er hatte ein kreideweißes Hemd und frischgeputzte braune Stiefel an. Das Gesicht schlief ruhevoll und zufrieden auf eine magere Art. Er sah aus wie ein arm gealterter Grundbesitzer beim Mittagsschlaf; kurz vor der Pachtpfändung eines anderen.
Abraham Nebb hatte ihn wahrhaftig rein und sauber gehalten. Nicht zuletzt jetzt.

Er selbst zog den Zugkarren durch den Grauwind zur Brücke hinunter.
Himmer ging am Abhang voran und stemmte sich gegen den Karren. Und hatte sich eine zottige Wollmütze und einen altmodischen Fischerpullover geborgt, der zu lang und zu weit war; er trug das Ganze wie ein verschlissenes Schaffell am Oberkörper und auf dem Kopf. Nach unten spreizten sich seine krankheitsmageren, schwarzen Schenkel in blankgewordenen Hosenbeinen; wie die Sünde, die Schuld.
Sie begegneten kaum einem Menschen, nur ein paar desinteressierten Frauen, die am Weg herumlungerten.
Im scharfen Wind auf der Brücke warteten die beiden zähneklappernden Männer, die helfen sollten, den Sarg ins Boot zu stellen.

Das Leichenboot war ein ungedeckter Ruderkahn mit Balkensteven und niedrigem Spiegelheck.
Abraham Nebb saß dort im Heck, der Sarg stand im Bug, Himmer ruderte.
Es wehte eine steife Brise. Der Himmel duckte sich, graudiesig und zerrissen. An der Brücke brach sich die See mit hohlem Glucksen, die Wellen krängten und warfen Schaum auf die Molensteine; und weiter draußen riß der Wind lange weiße Fetzen aus den Wellenkämmen.
Himmer fror sichtlich; das Rudern war außerdem schwerer, als er angenommen hatte. Auf dem Meer hatte er sich nie zu Hause gefühlt.
Zwei alte Männer, die einander triefäugig führen. Oder drei; halb feindlich.
Mehrmals fragte er, ob der andere, ob Abraham Nebb auch friere; doch der antwortete nicht.

Himmer ruderte, und die Brücke versank im Dunst, und ihm fiel auf, daß der Wind zunahm.

Er ruderte langsam und ungeübt; das Boot schien stillzustehen, während es sich langsam auf das Wassergrab zubewegte, stampfend und grabend. Er ruderte, und Gesicht und Augenbrauen trieften vor Nässe, blaß vielleicht aus Pflichterfüllung.
Man kann sich in seinem eigenen Inneren wie über ein unbekanntes Wasser bewegen; oder über etwas, in das man nicht hineinblicken will. Darum beobachtete er aufmerksam alles um sich her.
Weiter draußen türmten sich die Wellen auf und schienen sich nach allen Seiten zu brechen. Schaumstreifen dampften und wurden sprühend von den Wellenkämmen abgeschält, in wechselnde, ungewisse Windrichtungen gerissen.
Er meinte noch immer die Sturzseen von der Mole zu hören; obwohl er sie nicht mehr von der Nebelwand der Landmasse unterscheiden konnte. Winde, die zu Böen erstarken.
Er ruderte und fror, und die Bibel lag unter seinem rechten Stiefel; und er heftete seinen Blick auf die Stiefelspitze, um nicht das unbarmherzige und verlassene Altmännergesicht des anderen zu sehen, nicht den Bart und nicht die hemmungslos mürrischen Kristalle des Haares, das im Sturm vom Kopf abstand.
Er ruderte weiter, blind und taub, und mehr und mehr überzeugt davon, daß der nasse Wollpullover, der seine Schultern beschwerte, nur der Anfang von etwas Schlimmerem war.
Bis Abraham Nebb das Backbordruder ergriff; und er sah, halbblind vor Wind, wie der andere den Draggen aushievte, so daß er im Leguan schrie . . . und sie waren da.

Da war er schlapp in den Schenkeln, und eine stechende Taubheit hatte begonnen, aus seinen Armbeugen hervorzudringen; frieren aber tat er immer noch.
Er hantierte an den Rudern herum und bückte sich steifrückig und griff mit klammen Fingern nach dem Buch, um zu lesen.
Doch Abraham Nebbs verwittertes sehendes schroffes Gesicht hielt ihn auf, und er ließ die Hand sinken und richtete sich auf,

und das Gerippe des anderen in dem schwarzen Sonntagsanzug saß bewegungslos und sah oder lauschte ins Wasser: so daß keine Wortgarnierungen sich aufdrängen oder ausbreiten konnten, weder gelesene noch geleierte, noch gepredigte; während der Himmel stieg und fiel, grau von Wind gegen Stein.

Die Meeresdämmerung war unterwegs: ein dünner, schwarzer Wasserrauch wehte durch dieselbe graue und zerrissene Unsichtbarkeit, in die sie aufgebrochen waren. Alles bewegte sich: Meer, Himmel, Boot, Salzwasserrauch und Nässe; alles, was ohne Halt ist.
Der Sarg vorn im Bug war mit Segeltuch, Gewichten, Ketten und rostigen Eisenkugeln umwickelt: von solchen, die früher einmal die Kettengäste durch Grus und Gras geschleppt hatten.
Himmer sah Abraham Nebb aufstehen, fühlte dessen Körper in einem Geruch von Nelkenseife, Urin und altem Leder an seinem eigenen vorbeidrängen, und dann, geschmeidig-breitbeinig, im Bug stehen.
Wie er sich mit fliegenden Haaren und grauweißem Bart langsam bückte ... knochig das Sargende hob ... und es seitlich über die Reeling schob, und den Griff wechselte und die Eisenkette ergriff und zu sich herzog ... und den Sarg hochhievte, Stück für Stück ... bis er überkippte und mit einem dumpfen Schlag über die Reeling verschwand.

Wie der Sarg wortlos kippte. Er spürte das Schwanken der Ruderbank, und wie der Sarg verschlungen wurde: das Boot, das lebte und schamlos knicksend zurückschaukelte, weich, mit aufs Wasser klatschendem Hinterteil.

*

Der Meister sprach:
»Erschien mir ein Mann in Weiß mit einem Dolch, ein zweiter trat auf ihn zu, wurde jedoch von dessen Dolch getroffen, dieser zweite wiederholte dieselbe Kampfhandlung, bei der er am Ohr und an den Schläfen verletzt wurde, recht schwer. Kam wieder ein anderer, der gegen ihn kämpfte, derselbe wurde

ebenfalls durchstochen, daß das Blut floß. Ich hatte einen langen Speer; dachte, wenn er zu mir käme, ihn vor mich halten zu wollen, und gleichzeitig, wie er nicht weit von mir war, sah ich, daß er den Dolch wegwarf und seiner Wege ging.«

Zweiundvierzigster Tag

17

Als die Krankheit in Den Keller kam, ging sie durch die Wände; sie griff jeden an, ohne Unterschied.
Marjo Lyckou und zwei Wärter starben zusammen mit Gästen aus Sälen, Zellen und Käfigen.
Niemand hielt danach noch jemanden eingesperrt, und niemand ließ sich einsperren.
Die Türen und die Wände und die Fenster öffneten sich von selbst, oder die Krankheit öffnete sie, und die, die noch konnten, gingen hinaus, um ihr zu entkommen.
Der Daumenlose ging auch hinaus.
Er glaubte nicht, daß sein Auftrag beendet war, doch er wartete auf ein Zeichen, oder eine Nachricht.
Er begann, den Hang hinunter zum Hafen und zum Meer zu gehen.
Er war durstig und fror, spürte aber noch nichts von der Krankheit.
Als er zum Anfang der Brücke gekommen war, blieb er stehen und zögerte.
Dann bog er nach Süden und Westen ab und begann, aus dem Dorf zu gehen.
Niemand hinderte ihn.

18

Dann war er am Rand angekommen, dort, wo er vielleicht fliegen sollte.
Vielleicht war es nur ein Graben durch verbranntes Gras; die Haut aus Rußflocken, die in einem stillstehenden Wasser aufplatzt: die Übelkeit: die entleerten Gedärme.

Jedenfalls: »Zwischen Mensch und Schmetterling gibt es notwendigerweise eine Grenze. Den Übergang nennt man die Verwandlung der Dinge.«
Und: »Alles, was ich besitze, trage ich bei mir.«

Er würde es nie beschreiben können – niemals. Nicht einmal durch die Augen anderer oder die Dinge: Des Meisters Engel und Dienstgeister, Luftpumpen, Wasseruhren, Flugmaschinen, Unterseeboote, Trockendocks, Die flatternd-mechanische »Welt«, die Zitterbewegungen, die feinen, seelischen Tremulationen der Materiepartikel: Das Äußere und Das Innere: der Tier-Engel.
So schoß er davon (»Auf Gußeisenpfoten ... ?«) – in Die Dunkelheit hinaus:
Das Abnehmen der Erinnerung: Die Enttäuschung (und den nadelfein wachsenden Schmerz): aufwärts-und-weiter-als-die-Ölengel-in-Der-Kapelle.

Wie Elias fiel er sprengend-donnernd aufwärts; und er fiel hundert Jahre lang, oder mehr.
Hundertneun Jahre und zweihundertzehn Tage.

19

Er wachte auf und stand in einem Baum, in einer großen hohlen Eiche. Es regnete. Er konnte die Arme bewegen, aber nicht hinaussehen.
Seine Füße standen in Lehm, in recht warmem Lehmwasser. Das Tageslicht beleuchtete seine Füße. Er bewegte sie, wackelte mit den Zehen, so daß der Lehm gluckerte und von den Zehen verschluckt wurde. Er spielte mit dem Lehm und dem Wasser. Er hatte Regenwasser getrunken und ein paar alte Eicheln gekaut.
Dann hörte er sie kommen. Er hörte wieder ihre Stimmen, auch Hunde, wie er meinte. Er erstarrte und stand vollkommen still, bewegungslos.
Doch das Tageslicht beleuchtete seine Füße.
Die Hosen waren abgetragen und verbraucht. Das Tageslicht beleuchtete die Beine bis zu den Knien. Die Füße und die Beine verrieten ihn schließlich.

Jemand bewegte ihn und gab ihm seinen Körper zurück. Er erwachte auf der Pritsche eines klappernden Leiterwagens. Es war früher Herbst, oder Spätsommer.
Sein Körper war der eines älteren Mannes. Er war ganz, konnte aber mit den Händen nicht greifen.
Er streckte die Hände nach dem Mann aus, der neben ihm auf der Wagenfläche lag, und versuchte, ihn zu berühren, um sich davon zu überzeugen, daß sein eigener Körper existierte.
Er lag halb auf der Seite. Er fühlte den Atem des anderen. Er sah dessen klare Augäpfel und Pupillen: Laubmassen, Vögel, Wolken und ein klappernder Himmel zogen über sie hin.
Er hob die Arme, um den anderen zu berühren.
Doch die Arme waren festgebunden; steife, schwere, scharfkantige Lederriemen preßten sie dicht an den Körper.
Die ganze Zeit stach ihm das Tageslicht ins Gesicht.
Er glaubte sich an einen schweren oder halbalten Frauenkörper in einem Wagen zu erinnern, und daß er gefroren hatte: in einem Graben an einem Weg gebrannt und gefroren.
Der Wagen schaukelte kreischend. Der andere lag vollkommen still mit klaren starren Augäpfeln. In ebensolchen Riemen.
Er fing an zu weinen.
Nach einer Weile verstummte er.

20

27. Februar 1933:
Am 1. November dieses Jahres, oder des Jahres darauf, im Zusammenhang mit dem Herbstputz, der auch Reparaturen, Anstreicherarbeiten und Inventarpflege umfaßte, wurde ein kleines Zimmer, oder eine Kammer, eingerichtet, die später die Letzte Ruhe genannt werden sollte.
Es lag hinter dem Raum des diensttuenden Wärters, hatte aber vom Korridor aus eine eigene Tür.
Um es zu erreichen, mußte man den Putzmaterialraum und einen Teil des oberen Kesselraumes passieren, wo der Warmwasserbereiter stand.
Das Kammer-Zimmer lag in der Ecke und hatte Fenster nach Westen wie nach Süden; die Fenster nahmen einen großen Teil der Wandfläche ein.

Es war ursprünglich als Ruheraum für das Personal gedacht gewesen, war aber um zwei Drittel geschrumpft; dann hatte man die Absicht gehabt, es als kleineres Krankenzimmer zu benutzen, im Falle kleinerer Unglücksfälle.
Abgesehen von einem Bett enthielt es einen sehr kleinen Tisch, zwei Stühle, eine Kommode und einen leeren Schrank mit Glastüren. Im Schrank waren früher gewisse Medizinen, nicht mehr gültige Zirkulare und Formulare sowie eine Anzahl erledigter Berichtsordner verwahrt worden, die eigentlich ins Archiv hätten überführt werden müssen, da sie Angaben über die Küchenverwaltung enthielten.
Es kam vor, daß sich jemand von den Gästen im Zimmer aufhalten durfte: als eine Auszeichnung, als Belohnung für gute Führung.
Man konnte hineingehen, um zu lesen oder zu schreiben; oder einfach allein dasitzen und aus dem Fenster schauen.

Fünftes Buch

Dreiundvierzigster Tag

I

Der Winter kam, und die Norrländerin holte ihren Mann nach Hause.

Es hatte von einem ruhigen und kalkweißen Himmel geschneit.

Viele von den Pferden hatten das Eishinken bekommen.

Am Morgen ging sie den langen, eisschwieligen Weg zum Kontor.

Sie ging mit der Kälte im Gesicht und einer müden Gleichgültigkeit in den Gliedern, die mit dem Schnee unter den Schuhen knirschten.

Sie holte ihren Mann nach Hause und ging in das Zimmer hinter der Expedition, in das sie nie ihren Fuß gesetzt hatte; und dort drinnen war es nur grau und schmutzig und hilflos unaufgeräumt.

Er war am allerschmutzigsten und ungepflegtesten.

Sie sah, daß er abgemagert war, und daß die Wangenknochen die Stirn gegen den beinahe kahlen Scheitel gedrückt hatten.

Nur eine spitze Nase war übriggeblieben, als das Übrige sich nach oben in Bewegung gesetzt hatte: eine gealterte, lächerlich erfrorene Nasenspitze, die nicht einmal rührend war.

Sie ging nicht im Zimmer umher, sondern stand an dem ungestrichenen braunfleckigen Nachttisch.

Auch das Bett war nur ein Bett. Ein lächerlich großer Kasten mit geschwungenen, krummen Beinen und einer Art Vogelfüßen.

Der Mann vor ihr sah leer und gealtert aus. Er war still; doch einmal fragte er nach Aron: ob er abgereist sei.

Sie gingen die Treppen hinunter, in den spärlichen Schneeregen hinaus; niemand sah sie.

Während sie dahinschritten, ließ der Himmel dünnen Schnee auf ihre Köpfe und Schultern fallen.

Sie stiegen den geschaufelten Pfad zur großen Treppe hinauf, und dort zog sie einen Pelzhandschuh aus und schloß auf.

Von der Straße her wehte es schneedünn durch den Garten.

Er schloß sich ein. Sie sorgte dafür, daß er ordentlich zu essen bekam.
Manchmal kam er zu den Mahlzeiten heraus, in einem Schlafrock mit Eiflecken auf den Revers und Resten abblätternder Grütze auf den stoffbezogenen Knöpfen. Er sah aus wie ein kahlköpfiger, blaßvergilbter Staatsbeamter irgendeiner Art.
Meist sagte er nichts, sondern saß mit eingesunkenen Schultern da, die mageren Handgelenke neben dem Teller auf dem Tisch.
Den Mädchen in der Küche fiel auf, daß seine Augen kindlich weiß und flach waren wie bei Männern, die dahinaltern.
Man konnte ihn nachts in der Kammer umherschlurfen hören, und manchmal redete er durch die Wand. Einmal lachte er und hustete schmetternd; meistens aber murmelte er, wenn er schwieg.
Er schlief meist auf dem Rücken, und es roch dort drinnen süßlich nach Greisenschweiß, Semmelbröseln und geschrumpelten Äpfeln. Er lag auf dem Rücken und schnüffelte aus einem kleinen Fleischloch in seinen Bartborsten.
Eines Morgens ging die Hausfrau mit hinein, als sie sein Bett machen wollten; und sie stand da und starrte auf seine leberfleckigen Hände. Dann ging sie steif und aufrecht hinaus, die Arme über der Brust verschränkt, als friere sie.

Das Zimmer, in dem er lag, war nicht größer, als daß er es in jeder Richtung mit sechs Schritten hätte durchmessen können. Er hatte um eben dieses Zimmer gebeten. Früher einmal war es das der Köchin gewesen.
Vom Fenster hatte er Ausblick über die Straße und die kahle Krone des nördlichsten Oses. Weit draußen lag das Meer: weiß und bleischwarz.
Das Fenster hätte eine beinahe großartige Aussicht bieten können, weder von Bebauung noch Bäumen verdeckt, wenn er sich die Mühe gemacht hätte hinauszugucken.
Unter den schweren Decken aber, und dem spitzen Zeiger der Uhr, der den Marmor auf dem Nachttisch einritzte, konnte man mit Sicherheit nichts sehen.
Das meiste wurde von verhedderten, feuchten Laken und dem Bett verdeckt, das mit klirrenden Federn atmete.

2

Ungefähr gleichzeitig mit ihm kam Mulerthal zurück, schwach, aber unverändert, mit einer gewissen Selbstverständlichkeit vor dem Tode gerettet.
Er wie Mulerthal konnten so zu Routinen und Sicherheitsgewohnheiten zurückkehren, ohne sich auf das Berechtigte an ihnen zu verlassen, oder auch nur auf das Wünschenswerte; denn der Körper, der die Welt in ihrem Inneren umgab, hatte eine Tendenz aufzureißen: wie die Nähte in dem schwarzen Seidenrücken eines Oberkellners, der lange gestanden hat.
Als allmählich aus dem nachmittäglichen Nebel das Weiß des Winters hervordrang, zündete Mulerthal im Fenster hinter seinem Arbeitstisch eine einsame Kerze an. Das Kratzen der Stahlfedern verband sie durch die offene Tür; außerdem rauchte Himmer manchmal eine Pfeife Tabak, in einem goldgesprenkelten Meerschaumkopf, den er von den Kindern zum Geburtstag bekommen hatte. Als wolle er beweisen, daß er in gewissem Maße Gatte und Vater gewesen war.
Er rauchte die Pfeife, bis seine Zunge zu brennen und anzuschwellen begann, doch von seinem eigenen Willen. Dann zwang er sich, dessen überdrüssig zu werden. (Als habe ihm jemand vorgeworfen, seine Kinder seien ihm gleichgültig.)
»Ein vorübergehender Fimmel«, hätte Mulerthals Frau sagen können, die inzwischen zahlreiche Romane gelesen hatte.
In dieser Haltung, auf dem Stuhl über den Schreibtisch gekauert, die Ellenbogen auf der Tischplatte, mit über dem Papier wartendem Federhalter – beim Kratzen stahlgespreizter, in regen Kolonnen marschierender Tintenziffern –, wenn er so dasaß, begannen seine Gedanken zu Den Warnungen zurückzufinden, den Erinnerungen, die rechtfertigen sollten, indem sie dem Jetzt seine Würde zurückgaben.
Er fand sogar einen Empfänger, jemanden, den er ansprechen konnte. Andreas war lange genug fort (und unbekannt genug); darüber hinaus derjenige, in dem er sich am liebsten verwirklicht sehen wollte.
Ganz oben auf ein Blatt Papier schrieb er:
»Vielleicht Eine Chronik; Eine Art Bericht.«

Dann hatte er aufgehört zu weinen, als er vorne am Chor etwas sagen wollte.
Im Großen und Ganzen ging es ihm etwas besser; er begann wieder, etwas von dem Essen zu essen, das Mulerthal durch einen der Laufburschen Der Brennerei aus der Marketenderei holen ließ; meist geräucherte Wurst, Roggenbrot, gekochte Eier, gelegentlich Erbsensuppe mit Thymian.
Er begann sogar, Spaziergänge im Herbstregen und im frühen Winternebel zu machen.

Er *sah*.
Gras in zottigen Häusern für kleine Vögel, Nager, Tiere, die die Stengel mit beinahe traurigen Mäulern berührten.
Wenn er draußen war, sah er sogar gewisse Gerüche sich ausbreiten, wie ihm schien. Wenn der Nachmittag in die Dämmerung überging, konnte man den Widerstand des modernden Laubes unter dem Schnee in den Gräben ahnen: wie die Düfte den letzten Rest körperlichen Widerstandes bei jemandem wecken konnten, der die Materie sehen, fühlen oder benutzen konnte, so daß das Licht Farbe annahm und seinen Teil beitrug.
Nach mildem Wetter fand sich gelbes stillstehendes Lehmwasser in der Senke zwischen den Osern, wo früher einmal das Wagenlager gewesen war; und Disteln und Kissenmoose von diamanthartem Glanz, bleichgrüner als alles, was er je gesehen hatte; und die Bewegungen der Vögel: Blaumeisen, Kohlmeisen, alle mit Lehmwassererde in jeder Linie und Bewegung.
Ein alter Mann mit Stock und rissig gewordenen wassergelben Grasstiefeln, Wollschal, Fingerhandschuhen und Pelzmütze mit Lasche. So konnte er auch die Landschaft sehen: umgeben von diesem Körper, der sich nach wie vor bewegte, beobachtete und beobachtet wurde.
Tatsächlich hatte er manchmal, wenn er so dahinschlurfte, vor allem wenn es dunkel wurde, den Eindruck, er sehe alles zum ersten Mal. Zumindest sich selbst.
Er grüßte alle, und die meisten sahen ihn und grüßten zurück; wenn er nicht hustete oder über ein paar Steine gebückt stand, oder bei einem Baum mit so schmalen Armen, daß allein das

Gewicht des blanken, feuchten Borkenwassers, das auf die Erde tropfte, sie hätte brechen können.
Dunkel wie Robbenfell, konnte er denken. Eine Art eigener Farbe, unbekannt, eigentlich unbeschreibbar: wie der Schleim der Weinbergschnecke: Drüsen, für das Auge unsichtbar: ihr Gehör.
Auf dieselbe Weise blieb er manchmal stehen, wenn er auf Gäste traf; wenn sie allein an einer Hauswand standen, oder die Brücke, das Meer oder die Äcker als schützenden Hintergrund hatten.
Er konnte die Hand ausstrecken und grüßen, während er versuchte, in die Gesichter zu sehen, wie er es nie zuvor getan hatte; und beide zogen sich hastig zurück, beiderseits geniert, jedenfalls überrascht.
So sah er Menschen, von denen er nicht angenommen hatte, daß sie existierten; gelegentlich ihm selbst so ähnlich, daß er gelähmt stehenblieb, wenn sie verwirrt oder erschrocken wegliefen.
Er hätte auch einige aufsuchen können, einige bestimmte. Doch er vermied es; denn es gab eine Trauer, die er sich in einem Gesicht nicht einmal vorstellen konnte; weil er selbst dazu beigetragen hatte. Nicht einmal das Mädchen, Sophia, deren Augenfarbe er nicht kannte, obwohl es auch die Magdalenas war.
So dehnte er seine Spaziergänge immer mehr aus; auf die Felder oder in den Wald jenseits der Landstraße, in den er floh, sobald er ein Pferdefuhrwerk rasseln hörte.

Und oft stand er in der Dunkelheit und sah Mulerthals Kerze im Fenster brennen, wenn niemand in der Nähe war; bevor er in die Ofenwärme hineintappte; voll von Lehm und Moos und Winternässe, lauter Gründe, die feuchten Kleider auszuziehen, sich schnaufend die Hände zu reiben, in Strumpfsocken auf den Boden zu stampfen, durch die Nase zu schnauben, den Schleim hochzuziehen: den gesunden Spaziergangs- und Frische-Luft-Schleim, der verjüngen soll.
Die gegenseitige Freundlichkeit zwischen Mulerthal und ihm selber war ebenfalls auffällig. Sie nickten sich zu, ermunterten sich nahezu, ohne viel zu sagen. Jedenfalls kochten sie auf dem

Ofen Kaffee; bald er selbst mit klammen Fingern, bald der Jüngere und Gerettete, der bald weiter ins mittlere Alter gespült werden würde, und daher noch mehr hatte, was er festhalten mußte.
Auf diese Weise reichten sie einander eine helfende Hand, jetzt, wo man von draußen den Sturm spürte und etwas brauchte, woran man sich wärmen konnte.
Dann trat er weiter ins Zimmer, wo er von der Tür aus nicht zu sehen war, und betete stehend ein eiliges, stilles Gebet, das aus dem Augenblick entstand.
So konnte er sich erleichert an den Schreibtisch setzen.
Voller Hilflosigkeit.

Er begann zögernd. »Eine Chronik, Eine Art Bericht«, schrieb er ganz oben auf ein Blatt Papier.
Dann reihte er wie einer die Worte aneinander, der die Abwesenheit im Gesicht eines anderen abmißt.

Doch er verwandelte sich langsam, nachdem er in Gang gekommen war; wurde jemand, der sein Leben in anderen sah, hörte und noch einmal lebte. Er verwandelte sich beinahe in ein ganzes Dorf oder eine ganze Stadt; auf der Pritsche eines schaukelnden, rasselnden Wagens.
Er hörte, abgesehen von den Geräuschen des Hauses. Magdalenas Bewegungen, wenn sie ihm durch den Raum entgegenging.
Die fremde, sprechende, diktierende Stimme konnte beinahe seine eigene sein.
»Es gibt ein Muster«, schrieb er.

3

Er saß im Zimmer der Köchin an der Marmorplatte des Nachttisches, umdrängt von Medizinflaschen und kaltgewordener Grütze in einer Tonschüssel, oder im Bett, und schrieb, bis er einschlief, und schrieb weiter, sobald er aufwachte.
Dort durchlebte er noch einmal die erste Zeit, die starken Bilder und die Ungeduld der Gründung; wie sie der Welt Namen

gaben; die sichere Sachlichkeit und den Hunger des Schöpfungstages, die Bewegungen des Todes, in ihrer Haut.
Alles kam in Wirbeln, Fetzen und Strömen. Er durchlebte das Zittern, das durch die Seiten des Planwagens zog, die Hitze des Feuers, den Geruch von Erbrochenem, den Schrecken und die Verwirrung, als das Morgengrauen durch die Bäume drang, er sah Aulins düsterschlafendes Gesicht, als sie am ersten Morgen den Os hinaufkletterten, hörte die Möwen über der Wagenburg schreien.
Er stand in der Dämmerung, die Hände im gelben kalten Wasser Des Leidens, fühlte die Plötzen wie schleimig tastende Schatten um seine Finger spielen, spürte das Gewicht der Werkzeuge in seinen Händen, die Sonne, die auf die Schultern brannte, die Bewegungen der Pferde und der Ochsen, das Knirschen von Stein gegen Pflugholz, den Geschmack von Segeltuchwasser unter dem Karren im Gras, wo die Luft schattig und kühl war.
Er bewegte sich, die ganze Zeit unterwegs zu einer Fortsetzung in die Zukunft.
Es gab ein Muster: die Auswanderung, der Hunger, das Gästehaus, der Wohlstand, die Sünde, der Tod.
Die Sünde.

Als der Winter streng und ernstlich das Haus umgab (und Anna-Aurora die Kachelöfen Tag und Nacht heizen ließ) quälte ihn Die Sünde wie Kälte, die der Wärme unzugänglich ist. Seine Müdigkeit verwirrte ihn, so daß er manchmal nicht wußte, ob er im Schlafrock am Nachttisch saß und schrieb oder in dem rasselnden, kreischenden Wagen mit weitoffenen Augen auf dem Rücken lag.
Die Dienstmädchen sahen alles, was in seinem Gesicht austrocknete, und vermieden, ihn zu berühren.
Er durchlief all diese langwierigen, unmerklichen und beinahe bewegungslosen Verwandlungen, die zusammen ein Gebäude von Vernichtung bilden.
Er lag mit geschlossenen Augen und lauschte entfernten, schwachen Geräuschen und Stimmen von der Straße: aus der Luft, aus seinem eigenen Kopf oder vom Dorf.
Das Haus war still. Er hörte nur die Stille der Straße und die Uhr, die draußen tickte.

So konnte er den ganzen Vormittag im Bett-Wagen liegen und lauschen.
Bis nichts mehr zu hören war als das Geräusch der Seile, wenn die Sonne höher auf den Winterhimmel gezogen wurde.

Er schrieb weiter. Noch einmal fing er von vorne an, und alles fügte sich in ein wachsendes, sich windendes und feinmaschiges Muster. Und er konnte alles zum Leben erwecken, wie es gewesen war.
Er wurde stark und schläfrig und schlief manchmal ein, während er arbeitete.
Wie er sich anschließend durch eine Öffnung im Schädel selbst gebar.

Die nach und nach fertigwerdenden Seiten band er mit Segelgarn zusammen (das Anna-Aurora für ihn hatte holen lassen); und er legte das dicke Papierbündel in einen kleinen Kasten aus Eichenholz, der im Wandschrank stand. Er vermutete, daß Martha Briefe, Seidenbänder und Lesezeichen darin aufbewahrt hatte.
Auf den Kastendeckel stellte er seine besten Lederstiefel. (Ein Paar gutgefettete, bequeme und braunglänzende Allwetterstiefel.)
Es gab keinen Schlüssel, mit dem er ihn hätte abschließen können. Doch selbst wenn es einen gegeben hätte, hätte er den Kasten nicht verschlossen.
Oben auf das Bündel schrieb er: An Andreas Himmer, Arzt.

Manchmal, wenn sie mit seinem Essen kamen, oder um das Bett zu machen und zu lüften und den Nachttopf auszuleeren, wollte er sie bitten, Anna-Aurora zu holen. Doch er sagte kein Wort.
Sie kam gelegentlich herein; doch dann war er vielleicht anderswo, oder konnte keine Worte finden, oder hörte Laute, die sich in ihm sammelten. So fand er keine Zeit, um Verzeihung zu bitten.
Er sah, daß sie ihm auch nicht mehr zu sagen hatte (als das Essen, die Küchenmädchen, das Haus, in dem er lag); und er wollte sich nicht aufdrängen.

Sie sprach nie über sich selbst oder über Carl-Emanuel, schien nicht einmal über die anderen Kinder mit ihm reden zu wollen. Er aber hätte gern mit ihr gesprochen. Wenn er gekonnt hätte. Wenn sie gekonnt hätten. Wenn sie es ihm erlaubt hätte.
Manchmal streckte er sich im Schlafrock auf dem Bett aus, um eine Weile auszuruhen. Er drehte das Gesicht zur Wand, wie er es zu tun pflegte, wenn er schlafen wollte; und sah manchmal in den Augenwinkeln, wie sich etwas am Fenster bewegte:
wie die verlassenen Kleider einer alten Frau, oder die trommelnden Beine eines weißhaarigen mageren Jungen, der den Weg entlanglief: ohne erzählen zu können.
Mehrere Male sah er den Jungen, der lief.
Einmal saß er im Kontor an Mulerthals Pult und arbeitete. Er saß über den Büchern und rechnete an einer langen, sich biegenden Ziffernkolonne. Die Feder surrte wie ein in der Tischplatte verstecktes Insekt.
Magdalena lag im Bett in der Expedition, in dem großen Holzbett mit den Vogelfüßen.
Ihre Gesichtsfarbe war dunkler geworden, sie atmete langsam und pfeifend. Stirn und Wangen waren gepudert, die Lippen mit braunrotem Purpur geschminkt, der Pferdeblut glich. Sie hatte eine Schwanendaunenboa um den Hals und öffnete ihre Augen zu Ritzen und sah ihn an, als wisse sie, wer er sei.
Er versuchte zu lächeln und fragte, ob sie etwas zu trinken haben wolle, und sie bewegte leicht den Kopf.
Als er ein paar Löffel Tee zwischen ihre toten Lippen gegossen hatte, zog er ihr die Boa und das lappige Seidenhemd aus, und trocknete ihr den Schweiß vom ganzen Körper; vom Hals bis zu den Füßen.
Sie war sehr mager, und ihr Brustkorb brannte unter seinen Fingern wie trockenes Holz.
Sie half ihm, als er ihr das reine Hemd anzog; stemmte sich hoch.
Dann saß er am Bett und trank selbst, in kleinen Schlucken, heißen Kaffee aus einem dicken Porzellanbecher, während er ihre Hand in seiner hielt.
Es war vollkommen still im Raum. Das Geräusch seines und ihres Atems flossen ineinander.

Bias saß bewegungslos, schwer und weiß auf einem Stuhl an der Tür.
Er winkte ihn zum Bett.
Sie saßen nebeneinander und blickten hilflos auf ihre Lippen und ihren Hals, während sie etwas schluckte, das der Erinnerung an den Durst ihres ganzen Lebens glich.
Ihre Lippen begannen zu reißen; die Krämpfe folgten den Wangen in die Muskeln des Halses hinunter, wo sie schwollen, wuchsen und zerrissen.
Er sah den Jungen den Weg entlanglaufen und die Lippen bewegen, um anzukommen. Oder als sei er niemals dort gewesen.

4

Um sechs Uhr am Abend des dritten Juni dieses Jahres schloß sich der Irrlehrer und Prediger, der, der Quist hieß, mit einem Mädchen in einer der Zellen im Keller ein.
Es war ein Sonnabend; er hatte einen abgebrochenen Löffelstiel und einen Dreifuß aus Eisen bei sich und drohte, mit dem Löffelstiel den Hals des Mädchens zu durchstechen.
Und obgleich er als fast immer ungefährlich bekannt war, ging Åke Hansson Himmer holen.
Himmer saß nach dem Abendessen in der Marketenderei am Tisch und döste; und er kam sofort mit.

Hie und da kam es vor, daß Gäste weggingen, daß sie ausrissen. Doch sie kamen niemals weit.
Die Leute in der Umgebung hatten Angst vor ihnen. Sie hatten Angst vor dem Dorf als solchem; einzelne Gäste aber, die auftauchten, barfuß, hinkend oder im Laufschritt, Angst und Müdigkeit in entstellten Gesichtern, machten sie schreckensstarr; auch wenn es sich nur um frei herumlaufende gutmütige Irre handelte.
Die Bauern pflegten einen Knecht oder einen halberwachsenen Jungen zu schicken, ab und zu einen Brief, der mitteilte, daß sie den Irren in irgendeinem Nebenhaus eingesperrt hätten; oder in einem Verschlag, oder einem Wagenschuppen, oder einem Getreidespeicher; einmal sogar in einer Hundehütte.

»Holt den Irren bei . . .«, stand dann da. »Er hat gebissen und getreten.« Oder: »Er brüllt und schreit wie ein wildes Tier. Er hat geprügelt.«
Man bekam die Ausreißer immer zurück.
Auch während der Krankheit verschwanden einige, die wiedergefunden wurden. Nur einer oder zwei kamen nicht zurück. Doch um sie hatten sich andere Zuständige gekümmert.
In gewisser Weise war die Flucht fast so etwas wie Aufruhr. Sie lag innerhalb derselben Kategorie. In beiden Fällen setzte man sich über Gesetze und Prinzipien hinweg, die Gleichgewicht und Notwendigkeit nicht nur im Dorf, sondern in der ganzen Gesellschaft regelten.
Durch Flucht, Ungehorsam, Drohungen wurden Wahrheiten in Frage gestellt, die formuliert worden waren, um den Schwächeren zu schützen; nicht zuletzt, wenn er vor sich selbst geschützt werden mußte.

Als Himmer in Den Keller kam, ordnete er an, die Tür zu öffnen; und einer der Wärter begann sofort, mit einem Hammer gegen das Schloß zu schlagen.
Während der Wärter mit dem Hammer klopfte und schlug, redete Himmer beruhigend auf Quist ein.

Drinnen konnten sie das Mädchen vor Angst wimmern oder schluchzen hören. Doch sehen konnte man sie nur undeutlich; und dazu mußte man das Gesicht an die enge, tiefe Luke in der Zellentür pressen.
Quist stand in einer der äußeren Ecken hinter ihr. Er hatte ihren einen Arm auf den Rücken gedreht und hielt den abgebrochenen, messerscharfen Löffelstiel gegen ihren Hals.
Das Gesicht des Mädchens war knochenweiß und aufgelöst, sie starrte mit stumpfen, beinahe erstaunten Augen, die aus dem Kopf zu fallen schienen, zur Tür. Sie war von kleinem Wuchs, ein dünner, knochiger Hals ragte aus dem verblichenen Kleid heraus; der Mund gaffte mit schmalen, zerfressenen Lippen, die Nase war platt, als habe jemand versucht, sie niederzutreten.
Himmer sagte: »Ich weiß, daß du sie nicht anrühren wirst. Ich komm' herein. Du tust niemandem weh. Ich komm' herein, und dann können wir reden.«

Er räusperte sich, während er sprach, und strich sich mit der Hand mehrmals über Nase und Mund, ohne es zu wissen.
Er sagte durch die Luke in der Eisentür wieder und wieder dasselbe: »Du tust niemanden weh. Ich weiß es.«
Quist aber schrie die ganze Zeit und warnte und sagte, daß er es tun werde.

»Ihr Teufel«, heulte er. »Ihr verdammten verdammten Teufel.«
Dann ließ er plötzlich das Mädchen los und fing an zu weinen.
Im selben Augenblick, als Himmer über die Schwelle trat, versuchte Quist, den Löffel in seinen eigenen Hals zu bohren.
Doch es gelang ihm nicht; die Löffelschneide rutschte aus und schnitt nur eine klaffende, blutende Wunde ins Muskelfleisch.
Es kam zu einem Gedränge in der Tür, als die Wärter hereinstürzen wollten, und Himmer wurde kopfüber auf den Steinboden geworfen.
Die Wärter aber schlugen Quist nieder und nahmen ihm alle Waffen.
Und kein Unschuldiger trug auch nur eine Schramme davon.

Vierundvierzigster Tag

5

Und Bias:
Gelegentlich sah man sein Gesicht hinter dem Fenster erscheinen. Wie man sich vorstellte, daß die *Seele* aussehen mochte, wenn sie den Körper eines Tages verlassen hatte: etwas Milchweißes; ein Mehlpuder, der in die Ecken weht: das Flimmern einer Motte an der Innenseite des Dachfensters.
Dann wurde man wehmütig gerührt angesichts der Seele, die man ein ganzes Leben hatte unsichtbar vor sich hertragen müssen; während man schuftete und sich abrackerte und niemand sah, wer man eigentlich war, in dem hartwerdenden Körper. Man konnte sogar das Gefühl haben, das einem Unrecht geschehen war.

So sah man ihn deutlicher; wie man ihn vor kurzem gesehen hatte: als er im Grus vom Grasmeer jenseits der Landstraße kam, die Tochter zwei Meter hinter ihm.
Und wenn man nachdachte, konnte man sich erinnern, daß sie sich niemals einzeln zeigten, sondern immer zusammen; vor allem seit auch der Jüngste, Daniel, verschwunden war (wie der Sohn der Norrländerin und Klein Rigor und Elis Nebb: man hörte nie mehr ein Wort). Er, Bias, stützte sich auf die Tochter, oder umgekehrt: wie ein unsicheres Flügelpaar, das nach irgendeinem verwirrten Himmelszeichen zu Boden geflattert wäre oder sich aufgelöst hätte; oder einfach aufgrund von Unverstand: durch all das, was sie nicht *verstanden.*
Meist trieben sie sich herum und sammelten Treibholz oder Eicheln oder Vogeleier oder Pilze; oder (wie Der Vorbeter) nichts – Nichts sammelte.
Was er in all den Jahren nach der Schließung im Sanktuariumkeller getan hatte, darüber konnte man nach wie vor nur spekulieren.
Man sagte, er habe Puppen aus Wachs, Talg und Leinenlappen gemacht. Und zwar nicht für das arme Mädchen (die damals noch nicht einmal geboren war), sondern für sich selbst.
Menschen aus Wachs auf Stahldrahtstativen mit Kleidern und Haaren, Augen und allem: eine Art Stellvertreter wie beim Wachsbildner; wenn auch ohne sie zu zeigen oder Eintrittsgeld zu nehmen: nur um sie zu haben: sie *anzugucken.*
Darüber hatte das Dorf gedichtet: Bilder gemacht. Er selber war auf jeden Fall vom Fleische gefallen. (Vom Fleische gefallen wie der da in Der Schrift; der, der sich selbst auf dem Felsen vergeudete. So etwas Ähnliches; obwohl man den Zusammenhang nicht klären konnte.)
Wenn man ihn allein traf, schmatzte er mit der Zunge. Er klapperte mit der Zunge gegen den Gaumen wie mit einem Holzklöppel oder wie ein Vogelschnabel, je nach den Umständen. War das Mädchen bei ihm, zog er den Kopf zwischen die Schultern und trieb sie mit einer Art Kurbelbewegung des Armes zur Eile – und beide huschten vorbei.
In all den Jahren waren er und das Mädchen unveränderlich geworden; wie das Gras oder die Steinchen oder das Tageslicht (das sich freilich verwandeln oder das verschwinden konnte).

Man hatte jedoch nie darüber nachgedacht, was später aus ihnen werden sollte; vor allem aus dem Mädchen, hatte es sich nie als Erwachsene vorgestellt.
Jetzt sah man: sie und den Alten: ein ewiges, flatternd unsicheres Flügelpaar.

6

Martha war aufrechter, sehniger und flinker geworden, nicht nur in den Augen. Zu irgend jemandem (man vergaß, zu wem) sagte sie das, was die Formel für alles werden sollte, für all das, was in Hüften und Hals und ihrer ruhigen runden Stirn lag, die man sonntags unter ihrem Hutschleier ahnte: Ich hab' ja meine Freiheit, sagte sie. Ich hab' ja meine Freiheit.
Und die anderen Frauen, auch die älteren, empfanden eine schmerzliche Ruhe, oder einen widerstrebenden Stolz, wenn sie sie sahen: einen widerwilligen Respekt, der auch ihnen selbst galt, ihrem Geschlecht. »Ich hab' ja meine Freiheit.« Vielleicht bedeutete das, andere von sich abhängig zu machen.
Manchmal ging sie aus ins Dorf. Sie ging zur Marketenderei und saß in der Nähe der Theke und trank eine Tasse Kaffee mit Streuzucker. Wenn es draußen auch nur im geringsten windig war, bestellte sie ihn frischgekocht und mit einem Schuß Branntwein. Sie hielt die Tasse zwischen den Händen, zerblies den heißen Dampf und musterte über den Rand die Männer im Raum.
Sie kümmerten sich nicht um sie; schwitzten aber, ohne es zu merken, gedrückt durch das Faktum, daß ihre Gegenwart soviel mehr enthielt als den hochgewachsenen Körper, der dazu noch Hüften und Brüste hatte.
Ihre Nase war kräftig und gerade. Sie würde selbst den umblasen können, der sie hart genug ritt. Doch sie war unzuverlässig, wie alle in ihrer Familie. Zwar war es angenehm, es von Frauenhänden besorgt zu bekommen, aber da reichten fünffingerige. Bei einem sechsten wußte man nie, was man zu erwarten hatte.
Nur wenn sie ging, sahen sie sie offen an. Und nahmen sie anschließend über dem Branntwein mit dem Mund. Wie sie Huren hätten nehmen können (wenn nicht der Glaube dies

verboten hätte), oder eine andere, mit der sie beliebig verfahren konnten, ohne daß es mehr kostete als das Prahlen.

In diesem Jahr starb Åke Hanssons Frau. Er wurde mit drei Kindern Witwer; und vielleicht durchzog ihn eine gewisse Unruhe.

Er war manchmal mehrere Tage hintereinander nicht im Dorf, und wenn er zurückkam, war er teilnahmslos und gereizt. Er mischte sich auch in Dinge ein, um die sich zu kümmern Himmer ihm nicht aufgetragen hatte.

Manchmal wollte er sogar auf dem Kutschbock sitzen, wenn der Warentransport zur großen Landstraße hinaufging. Es kam dann vor, daß Martha den Wagen anhielt, um mit zur Wegkreuzung zu fahren.

Er zügelte die Pferde und grunzte etwas, half ihr aber hinauf.

Sie wechselten nicht viele Worte.

Der Kutscher, der die Zügel übernehmen sollte, saß da und wurde nervös, und die Pferde merkten das und begannen, ungleichmäßig zu ziehen.

Wenn sie zur Wegkreuzung kamen, hatte es meist schon zu dämmern begonnen.

Sie spazierte weißgekleidet und mit Sonnenschirm ein wenig auf und ab, während er am Wegrand saß und eine Pfeife rauchte; dann gingen sie in dem warmen Spätsommerdunkel nach Hause und schwiegen. Doch sie entdeckte, daß er reden konnte, wenn er wollte.

Das geschah mehrere Male. Eines Abends lud er sie ein, mit ihm nach Hause zu kommen und das Sonntagsessen einzunehmen; und die Kinder kennenzulernen, wenn sie wollte. Sie lehnte ab, ohne eigentlich zu wissen, warum, und er berührte das Thema nicht mehr.

Der September verging. Eines Tages zu Beginn des Herbstes erschien sie im Kontor und fragte nach einigen Rechnungsbüchern.

Es war geplant, daß sie irgendwann in Zukunft anstelle ihres Vaters für die Familie im Rat sitzen sollte; ihn ablösen, wenn er müde war oder die Lust verloren hatte, da Aron in der Stadt die Schule besuchte. Deshalb hatte sie ein Recht auf Informationen, die die Ökonomie betrafen; sie mußte sich interessieren.

Auch Åke Hansson hatte angefangen, dem Wegbereiter zu helfen. Bei Waren, Transporten und Preisen kannte er sich gut aus. Beinahe ebensogut wie Mulerthal. Und am besten von allen wußte er über die Gäste Bescheid, wie sie sich führten, wer wen hatte, was sie bei der Arbeit konnten und nicht konnten.

Obwohl Mulerthal nicht darum gebeten hatte, hatte Åke Hansson begonnen, im Kontor mitzuhelfen. Manchmal setzte er sich sogar an Himmers Schreibtisch; doch nur, wenn das wegen der Journale, die darin lagen, notwendig war; wenn er besondere Zahlen oder schwerzugängliche Angaben brauchte; vor allem an Tagen vor einem erwarteten Wagenzug mit Armenhausgästen, oder wenn eine Branntweinsendung abgehen sollte.

An dem Nachmittag, an dem Martha ins Kontor kam, war der Verwalter dort, und er nahm sich ihrer besonders an. Als obliege es ihm in erster Linie, alle unzerstörbare Ignoranz zu überwinden, strengte er sich an, ihr beim Finden der Angaben zu helfen, die sie zu erhalten wünschte. Nachher, als sie fertig waren, bat er sie, ihr zeigen zu dürfen, womit er selbst sich zur Zeit beschäftigte.

Er hatte eine Denkschrift aufgesetzt, die die Verwendbarkeit der jüngsten Gäste untersuchte, derer, die mehr und mehr heranwuchsen, bis sie vollwertig einzusetzen waren und die Tagesarbeit von Erwachsenen leisten konnten. Ganz oben auf ein sauberes, weißes Blatt Papier hatte er in deutlicher, senkrechter Schulschrift geschrieben:

»Anmerkungen zur Kinderbeschäftigung«. Ob es sie vielleicht interessiere, sie zu hören?

Er räusperte sich und schluckte, ging zum Spucknapf und machte seinen Mund frei. Dann begann er vorzulesen.

Sie fing an zu lachen; er las mir pompöser Steifbeinigkeit, hinter einem Leiern verschanzt, das er im Dorfarrest gelernt zu haben schien.

Er aber las weiter und starrte ab und zu auf etwas neben ihr. Ihr langer gerader Hals hatte einen weißen und geraden Puls, der ihm direkt in die Brust schlug: eine Uhr schlug in einer dünnen Ader unter der Haut dicht über dem Schlüsselbein.

Sein borstiger Pelz auf Rücken und Armen richtete sich zu Wellen auf, während er las.

»Das war eine lange Reihe von Überflüssigkeiten«, sagte sie vergnügt, aber nicht unfreundlich.
Er lachte schwerfällig und fuhr fort:
»Wasser tragen, die Kälber beim Melken an den Ohren festhalten, bei der Wäsche helfen. Holz hauen, spalten, hereintragen. Nach dem Feuer sehen, in den Korb Späne sammeln zum Feueranzünden am Morgen und um in den Winternächten Licht zu haben, wenn es nicht genug Talg für die Kerzen gibt und alles Fett in der Küche gebraucht wird. Futter für die Kühe aufschütten, sie mit Stöcken züchtigen und hereintreiben.«
»Was ich ein ›Papierpapier‹ zu nennen pflege«, sagte sie, und ihr schlanker Rücken und ihre Zähne waren kühl abschätzend.
»Warum?« fragte er noch schwerfälliger. Und sie lachte noch mehr.
»Meinen Sie nicht, daß die Kinder auch so schon genug schuften müssen, ohne daß es auf irgendwelchen Papieren steht?«
Er faltete den steifen Bogen zusammen.
»Es war eigentlich wegen Mulerthal«, grinste er steif und gutmütig. »Aber dann laß ich's wohl bleiben. Wenn das Fräulein es so überflüssich findet.«
»Beschäftigst du dich immer mit sowas«, sagte sie geradewegs auf ihn zu.
Er lächelte und wurde unter der blauen Haut auf den Wangen etwas rot.
»Immer«, sagte er.
Er ließ seine groben, kurzfingerigen Hände auf der Armlehne des Stuhles ruhen, die Adern auf den Oberseiten schwollen an, sie wirkten jünger als sein Gesicht.
»Einmal hab ich 'nen Axtstiel gemacht«, sagte er. »Weiß das Fräulein, wie man 'nen Axtstiel macht?«
Sie schüttelte den Kopf auf dem weißen Hals und sah ihn interessiert an.
»Der Stiel muß lang sein. 'nen halben Meter. Den untern Teil macht man dünner als den obern, damit er federt. Dadurch wird die Axt nich nur stärker, es verhindert auch, daß man sich die Hand verstaucht, wenn man sie benutzt. Im Winter muß

man die Schneide anwärmen, bevor man anfängt zu schlagen; sons kann sie abbrechen.«
Er blickte aus seinem groben, ölblanken Gesicht zu ihr auf, aus dem aufgerichteten Pelz.
»Es is wichtich, daß man genau is. Un weiß, was man tut«, sagte er und sah starr ihre tickende Halshaut an.
Dann lachte sie und sagte: »Kannst du noch mehr?«

Ich führ Mulerthal in das Praktische ein, sagte er. Ich sitz hier, in meinem Zimmer. Er in seinem. Manchmal vergeß ich, ihn rauszuholn.
Er hatte ausgesehen wie ein untersetzter alter Höhlenhund: die Ohren ragten aus der Behaarung hervor, heiß vor Eifer, lüstern.
Er war mindestens zwanzig Jahre älter als sie.

Hinter Dem Kontor, am Hang, hatten sie vor vielen Jahren niedrige, schmale Vorratsannexe gebaut.
Zwischen den Hausmauern verlief ein enger Durchgang, in dem im Herbst die Fallrohre Wasser in Tonnen leiteten, die sich fast Bauch an Bauch drängten.
Sie erinnerte sich an sie aus ihrer Kindheit.
Der Durchgang war eine Abkürzung, wenn man zur neuen Straße hinauf wollte: man mußte nicht durch die sich windenden Sandwege des Obstgartens gehen, an allen Fenstern an der Vorderseite vorbei.
Vom ersten Fenster in Mulerthals Expedition aus konnte man die Köpfe von allen, die den hinteren Weg nahmen, im Fensterrahmen auf und ab hüpfen sehen. Bei geeigneten Wetterverhältnissen sah man geradewegs in die Fliegendrahtfenster des Magazins, in dem sich leere Branntweinfäßchen, Papierballen und Holzkisten befanden. All diese waren Dinge, an die sie sich von früher erinnerte.
Das Zimmer, in dem jetzt Åke Hansson saß, war groß und öde. Doch wenn sie im Winter den Ofen rotfeuerten, geriet das Holz an Wänden und Fußboden ins Schwitzen.
Der Korridor davor roch wie damals, wenn sie als Kind mit bis zum Hals klopfendem Herz vor der Tür zu Mulerthals Expedition gestanden hatte: mit der Bestellungsliste der Mutter in der

Hand. Er roch nach Seife, Staub, Kreide, Tinte, abgebranntem Lack. Und nach wie vor konnte sie sich nur mit Mühe zurückhalten anzuklopfen, bevor sie eintrat.
Sie war quer über den weiten, hallenden Holzfußboden zu dem gegangen, was Himmers Kontor gewesen war: Zum Allerheiligsten.
Dorthin war sie als Kind selten gekommen, doch sie hatte durch die halboffene Tür kurz den Schreibtisch erscheinen sehen; und hinter ihm, die Tür zu Der Anderen, zum Bett.
Jetzt saß Åke Hansson hier. Und sah das Dorf zur Stadt wachsen.
Als sie die Treppe hinunterging, und die Schritte hallten, als werde sie verfolgt, sah sie ihn plötzlich in dem heißen, stickigen, schrumpfenden Zimmer sitzen.

Er saß bewegungslos am Pult, am Schreibpult. Die Tür öffnete und schloß sich. Leute kamen und gingen. Einige grüßten; andere glotzten griesgrämig oder grinsten einschmeichelnd.
Er saß da und stellte jemanden dar, der gerade anfangen wollte, etwas zu schreiben; oder gerade aufgehört hatte. Eine bedeutende Persönlichkeit, einer, der Schreiben abfaßt.
Sie sah ihn deutlich. Seine Arme ruhten auf der Tischplatte, der Rücken lehnte, gestützt von einem dünnen Lederkissen, an der Stuhllehne.
Er saß bewegungslos mit weit geöffneten Augen.
Das Fensterlicht bewegte sich bewegungslos in seinen petroleumzischenden Pupillen wie die Speichen in einem Wagenrad.

Fünfundvierzigster Tag

7

11. Mai 1933:
Die Tür zum Kontor stand halboffen: ein armbreiter Spalt. Kein Laut von drinnen; er schob vorsichtig die Tür auf und trat ein.
Der neue Zugfahrplan saß festgenadelt an der Wand; und der Mann am Schreibtisch, der die Lippen bewegte.

Hjelms Pantoffeln schlurften über den Korkläufer, und er befand sich in den hängenden Hosen; und auch im Skelett, ohne daß der Vorsteher aufsah.
Er blieb in der üblichen Entfernung vor der Schreibtischkante stehen. Die Arme gerade an den Seiten, die Finger schlaff hängend in all dem Hängenden.

Rätsel: das Kreuzworträtsel im Familienjournal Für Alle. Der Vorsteher blies müde durch seinen Schnurrbart. (Erraten. Fünf senkrecht: Großmutter von Rotkäppchen!)
»Da ist er ja, Hjelm.«
Auf dem Tisch sah er jetzt, zugeschlagen und ungelesen: »Vom HIMMEL und seinen wunderbaren Dingen und von der Hölle«; und überrascht hörte er die Himmlische Stimme:
»Es gab gewiß einen Engel vom Himmel, der so war, daß er sich auch auf natürliche Begriffe einlassen konnte, auf solche, wie Menschen sie haben, und mit ihm sprach ich daher wie von Mensch zu Mensch. Er wußte zunächst nicht, was es war, das ich Zeit nannte, und so mußte ich ihm erklären, wie die Sonne unsere Erde führt und Tage und Jahre macht, und wie das Jahr in vier Jahreszeiten eingeteilt ist, und in Monate und Wochen, und die Tage in vierundzwanzig Stunden, und daß diese Zeiten in bestimmten Wechseln wiederkehren, und daß so die Zeit entsteht.«
Und er durchsuchte mit den Augen die Unordnung auf dem Schreibtisch, und dahinter, auf dem glasblitzenden Insektenschrank über den vergilbten Zeitungsstapeln und der Schüssel mit getrockneter Grütze über den Lochs Of Scotland, und auf dem Fußboden, wo mit trocknendem Holz der einsame Ledersessel stand.
»Denn im Gespräch mit ihm sagte ich auch, daß man auf der Welt weiß, daß es im Himmel keine Zeit gibt. Die Menschen sagen nämlich von denen, die sterben, sie verließen ›die Dinge‹, und gingen aus der Zeit, und damit meinen sie die Welt. Ich sagte auch, daß ein Teil von ihnen weiß, daß die Zeit in ihrem Ursprung ein Zustand ist, der sich der Umgebung anpaßt; kurze Zeiten für den, der es angenehm und schön hat, lange für den, der sich in Unannehmlichkeiten oder Sorgen befindet, gepaart mit dem Wechsel in Zustände von Hoffnung und Erwartung …«

Daneben sah er auf dem Boden die schwere, graulackierte Holzkiste, der Eisenhaken aufgehakt und hängend.
Deswegen! Bloß deswegen!
Und die heimlich goldbraunen, ermatteten Augäpfel des Vorstehers sahen seine Blicke und ließen müde die Augenlider sinken.
»Ja, ja. Die Bücherkiste ist da. Du kannst sie gleich mitnehmen, Hjelm.« (Mit der Hand mit dem Silberfüllfederhalter, den Leberflecken und der nikotingelben runzligen Haut, obwohl er niemals Tabak, Frauenzimmer oder auch nur Flüche gebraucht hatte.)
»Obwohl es mit dem Lesen ja nicht so weit her ist, soviel ich weiß. Wahrscheinlich bist nur du derjenige, der ... Und du hast wohl inzwischen alles mehrmals gelesen, wie?«
Und seine Lippen hatten den strengen, trockenen, verdrießlichen Zug von Volksschullehrern ohne Zähne bekommen.
Dann öffnete er den Mund und zeigte seine Porzellankronen (als habe er seine Gedanken gelesen).
»Kein Zuschüsse ... Die Wanderbücherei nicht so oft ... aber die ist vielleicht auch egal.«
Er guckte Hjelm stumpf an.
»Hast du wirklich alle gelesen?« fragte er eine Spur neugieriger.
Und Hjelms Schultern hoben sich und zuckten auf dem Weg zurück in die Schulterblätter noch einmal nach oben.
»Ja, ja, du hast wohl keinen, an den du sie austeilen könntest.«

Erinnerungen aus Schwedens Neuerer Geschichte, gesammelt von B. von Schinkel, Oberst, ehemaliger Adjutant bei König Carl XIV. Johan. Stockholm 1864. Samson & Wallin.
Sendschreiben der Exegetischen und Philanthropischen Gesellschaft an Les Amis Réunis in Strasbourg. Stockholm 1787. Anders Nordström.
Herman Bang. Daheim und in der Fremde. Kopenhagen 1881.
Das Interesse in der trockenen Lederhaut erstarb.
(Früher einmal: die blind machende Angst. Jetzt nicht. Ein einsam trocknendes Stück Leder. Aber ihn niemals an sich heranlassen.)

Hjelm bückte sich mit Anstrengung und ergriff die gekrümmten Eisenbügel der Holzkiste.
(Muß dableiben. Muß da stehenbleiben. Die Letzte Ruhe.)
Er begann, die Kiste über den Boden zur Tür zu ziehen.
»Dies auch«, sagte der Vorsteher und streckte den HIMMEL und die HÖLLE aus. »Ich habe darin geblättert. Schund ... aber vielleicht was für einen Flieger wie Hjelm. Aber Vorsicht!«

Wie Die Chronik, zusammengeschnürt mit dem crèmefarbenen Seidenband. Die Weißen Wälder der Fasern: das Gewimmel von ungefärbter Stille.
Und wie er einmal hilflos zusehen mußte, wie Tuppens Hände in seinem Inneren gruben, in dem Bündel braunfleckigen Papierabfalls im Bett.
»Bin zufällich im Schrank auf den Kram gestoßen ... rein zufällich. Nimms es hoffentlich nich übel ... Das is 'n Ding, Engel. Du has ja gedichtet!«
Der Zwiebackkarton zwischen den Knien auf der Decke aufgeschlitzt, die Seidenbandknoten gelöst, und sein ... Herz, Hirn, Magen, seine Eingeweide ausgekippt.
Wie er, Hjelm, hinstolperte und mit den Handflächen den Pappkarton an sich riß, überrascht von seiner eigenen Kühnheit ... und am Deckel und an den lappigen Bandenden herumzufingern begann.
Wie er, den Karton an die Brust gedrückt, zum hintersten Wandschrank neben dem Heizkörper schlurfte; die schiefen Türflügel öffnete, Deckel, Seidenbänder und alles ganz unten hineinschob.
Er schloß sorgfältig die Tür und drückte noch einmal mit der Schulter; und drehte ebenso gewissenhaft mit den Augen den Schlüssel um, der nicht vorhanden war.
»›Flieg, Hahn, flieg!‹« murmelte Tuppen süßsauer, und grub sich in die Kissen ein. »Ja, ja, ich weiß. Wir ›waren alle da‹«, sagte er und schoß eine Spucksalve zum Napf hinunter. »Aber verdammt noch mal, warum läß du mich so saumies sterben?«

Hjelm erreichte die Schwelle und grüßte lautlos-unsichtbar.
Ein Läufer, der in seinem eigenen Atem ruhte. Seine lilafarbe-

nen Handgelenke zogen und zerrten schwächlich; die Aderknoten ragten zitternd aus dem Zwischenraum zwischen Anstaltskittel und Hand-Griff heraus, die ineinander verschmolzen waren.

»Um Himmels willen, mach die Tür zu, Hjelm!« sagte der Vorsteher gereizt.

Und er schloß sie lautlos, richtete sich auf und atmete gerettet.

8

Aus dem Tagesraum kamen Radiostimmen, sonst war der Korridor still und verlassen.

Das Geräusch leicht klappernder Milcheimer oder Kasserollendeckel drang von der Küche herauf.

Der Geruch seiner eigenen Achselhöhlen.

Er stand still und lauschte, während seine Atemzüge versuchten, sich nach dem Takt des Brustkorbes zu richten.

Die Stimme im Radio schmetterte aufgeregt. Er spitzte die Ohren, konnte jedoch nur einzelne Worte verstehen.

Er bückte sich und schlug den Holzdeckel auf. Der wohlbekannte Geruch von Bücherstaub, Beize, Medizinschrank, Feuchtigkeit und bedrucktem Papier schlug ihm entgegen.

Mit geschlossenen Augen bog er den Rücken und ließ die Finger über das oberste wandern.

Dick: viereckiger Karton, nadelfeine Riffeln, Lederrücken. Der alte Ekbohrn! Die Sonderausgabe. Der Golddruck, die Pflanzenranken.

Die Finger spielten zerstreut, schlugen selber auf, obwohl sie wußten, daß sie nichts finden würden.

Alalit. Arkeographie.

Blätterte:

Citoyen, fr. (1. sitwa'jẽ), Bürger, Staatsbürger; wurde in der Zeit der französischen Republik allgemein zur Bezeichnung eines freien Bürgers verwendet. – *Citoyenne* (1. sitwa'jɛn), Staatsbürgerin.

Er suchte etwas bewußter – und fand schließlich, in Ermangelung eines Besseren:

»*Giel Jaghi* und *Giel Segin*, auch *Giel Atar* genannt, arab. Rosenöl, im allgemeinen aus der Türkei und Klein-Asien. Es wird durch eine Art Trockendestillation über Salz bei sehr starker Sonnenhitze hergestellt.«

Jetzt schrie die Stimme im Radio hysterisch.
Ja, seit gestern! Sie verbrennen wieder Menschen!
Er ließ hastig das Buch los und schlug den Kistendeckel zu. Hakte ein und begann zu schleppen. Der Steinboden jammerte unter den Eisenbeschlägen.
Vor dem Fenster ruhte er aus.
Die exaltierte Stimme war verschwunden. Jetzt eine andere, murmelnd.
Die Holzkiste vor den Füßen. Er setzte sich und ruhte sich aus.

Das Abendlicht quoll kreidig durch das Fenster.
Nachts Regen. »Licht von Hyazinthen« ... vielleicht Krieg, neue Morde.
»Wenn ich raufklettere«, sagte er laut.
Er stand auf, sah sich hastig um ... und stieg umständlich auf die Kiste.

*

Der Meister sprach:
Von diesem Engel kann ich nur sagen: ich habe ihn nicht geschickt.
Er hat sich auf den Weg gemacht. Erst nachher, als es zu spät war, habe ich von ihm gehört.
Er stolperte, fiel, stürzte hinaus – niemand konnte es verhindern. Es war ein Unglücksfall; und ich wiederhole: er hatte keinen Auftrag, keine Mission, keine Botschaft von mir oder irgendeinem anderen.
Dasselbe gilt für alle, die von sich behaupten, meine Lehren zu vertreten.
Sie sind falsche Propheten, sie mißdeuten meine Schriften. Wenn sie sie halb verdaut haben, gehen sie hinaus, um sie anzuwenden – zur falschen Zeit, am falschen Ort, in der falschen Sprache.
Ich sehe sie entstehen.

*

So stand er im Fenster, balancierend, mit greisenhaft gekrümmtem Hals, um sich nicht am Fensterrahmen den Kopf anzuschlagen.

(Die abgenutzte Witzigkeit des Vorstehers: »Na, Hjelm, du bleibst wohl bei uns?«)

Er räusperte sich, spuckte und schluckte.

»Fünfundvierzigster Tag«, sagte er laut und rauh.

Dann beobachtete er die Platten des Steinfußbodens, lange und genau, bevor er vorsichtig herunterkletterte, unter heftigem Protest aller Glieder.

Er setzte sich auf die Kiste und sah seine mürrischen Filzpantoffeln an.

»Ich bleibe«, sagte er laut zu den Füßen. »Ich und Der Meister.«

Und er erinnerte sich an etwas, das Tuppen vor langer Zeit gesagt hatte; etwas, das er ihn über den Irrglauben hatte sagen lassen.

»So einer bin ich«, sagte er, und sah auf seine Hände hinunter. »Eine Lampe, die Dunkelheit macht.«

Er dachte nach.

»Ein ganzes Leben«, sagte er langsam, und lächelte sein taubwerdendes Greisenlächeln. »Jesses, wie schlau.«

Er stand steifbeinig auf.

»Ein neuer Tag«, sagte er und spuckte. »Tu, was du kannst.«

Schlußbemerkung des Verfassers

Am letzten Tag seiner Erzählung gibt Hjelm, der Daumenlose, seine wichtigsten Quellen an. Zum Teil sind sie auch meine gewesen.

Das Gheel (heute Geel) in Belgien, in das Strindberg sich für den Fall eines psychischen Zusammenbruchs wünschte, war in den achtziger und neunziger Jahren des 19. Jahrhunderts als »Die Stadt der Besessenen« bekannt. Sie war ein für die damalige Zeit sensationelles Beispiel für das, was wir heute offene Psychiatrie nennen würden.

Das schwedische Gheel des Buches ist von mir ganz und gar frei erfunden.

Die Gestalt, die sich im Roman als »Der Meister« zitieren läßt, hat gelegentlich Züge des historischen Emanuel Swedenborg. Wenn ich Swedenborg'sche Wahrheiten in den Mund »Des Meisters« lege, habe ich dies mit Anführungsstrichen gekennzeichnet. Fehlen diese, ist also allein Der gheelianische Meister für die Äußerung verantwortlich. (In einem Fall, im Ausspruch über Die Künste, habe ich die Dreistigkeit besessen, ein Swedenborgzitat etwas umzuarbeiten.)

Darüber hinaus enthält der Text eine Anzahl verborgener Zitate und Anspielungen (nahezu alle bewußte Anachronismen). Sie mag der Leser selbst aufspüren und enthüllen, sofern er interessiert ist.

Soweit es möglich war, habe ich mich bei der Benennung der Figuren Personen bedient, die in der schwedischen Wirklichkeit des 18. Jahrhunderts existiert haben. So war z. B. Abraham Nebbs Vater tatsächlich Pastetenbäcker in Stockholm. Der Admiralitätssuperintendent hieß Fahnehjelm und lebte einige Jahre in Carlscrona. Dasselbe gilt für den Admiralitätsprediger Johanson-Radier. Auch die Namen im Zusammenhang mit der Philanthropischen und Exegetischen Gesellschaft und der Neuen Kirche in Göteborg sind in den meisten Fällen authentisch. Solche Kerne von Wahrheit sind es, um die ich hemmungslos weitergelogen habe.

Die Geschichte der Hungernden von Norra Åby, auf S. 34 ist in Schücks Schwedischen Bildern wiedergegeben.

Tuppens Bemerkungen auf S. 122, die heilende Wirkung von

Urin auf Pferde mit Kolik betreffend, beruhen auf einer Beobachtung von Linné.

Das »S. d. N.«, das den Brief des Vorstehers von S. 154 unterzeichnet, kann das Pseudonym Sacrificateur du Nord bedeuten, d. h. den künftigen »Reichsverweser« Gustaf-Adolf Reuterholm.

»Der Herzog« ist in diesem Fall Herzog Carl, später Carl XIII.

Wenn Tuppen auf S. 181 von Propst Aulin sagt: »Dieses Pferd is am Ende, ich nehm das nächste«, travestiert er (unwissentlich) Majakovskij.

Seine Erzählung auf S. 210 ist eine Paraphrase von »Lokes Wette mit den Zwergen«, aus Der Nordischen Göttersage.

Die Repliken, die Elis Nebb auf S. 360f. vor dem Rasierspiegel probiert, finden sich in Calderóns Schauspiel Das Leben ein Traum.

Weiter unten auf S. 361 spricht er mit Agamemnons Stimme aus Aischylos' Drama desselben Namens.

Das Gedicht, das auf S. 448 der Vorsteher vielleicht auf einer Schulabschlußfeier aufgesagt hat, ist Die Flucht der Jahre oder der letzte Akt des Schauspiels von Carl Gustaf af Leopold (die erste und die letzten beiden Strophen).

Die Zeilen auf S. 488 über die Grenze zwischen Mensch und Schmetterling stammen von Laotse, dem legendären Begründer des Taoismus.

»Alles, was ich besitze, trage ich bei mir«, auf derselben Seite, ist ein Ausspruch, der Bias' Namensvetter von Priene zugeschrieben wird, einem von Griechenlands sieben Weisen, von dem es heißt, er sei stehend gestorben, nachdem er gerade mit glänzender Rednerkunst einen Klienten vor Gericht verteidigt hatte.

»Auf Gußeisenpfoten ... « erscheint in der Seelenmesse von Sergej Jesenin. »Habt ihr gesehen / über die Steppen dahinzieh'n, / vom Nebel der Seen verhüllt, / schnaubend durch Nüstern aus Eisen, / auf Gußeisenpfoten – den Zug?« (Nach der Übersetzung von Jangfeldt-Julén.)

P. O.

Inhalt